# 조선후기 한문비평 연구

— 김영주 —

# 自序

　이 책은 조선 후기 한문 비평에 나타나는 양상들을 少論系를 중심으로 개관한 것이다. 제1부는 박사 학위 논문 일부와 아직 발표하지 않은 논문으로 구성하였다. 제2부와 제3부는 그동안 발표했던 문학론과 수사론 그리고 조선후기 한문학에 나타나는 특징에 관한 논문을 모았다.

　조선 후기 한문학은 복잡한 흐름 속에 그만큼 다양한 문학적 성과들을 내포하였다. 朴趾源을 비롯한 실학파 계열, 金昌協 계열, 그리고 許穆 계열 등은 문단에 끼친 영향만큼 조선 후기 우리 문화의 양적 질적 풍요에 기여하였다. 여기에 포함시킬 수 있는 또 다른 계열이 바로 소론계라고 생각된다.

　소론계는 대체로 개방적이고 실천 위주의 학문 취향을 바탕으로 일찍부터 實用의 학문을 강조하였다. 교조적인 성리학의 질곡에 저항하였기에, 정치에서 명분과 이념보다 실질을 숭상하고 문학에서도 道・文의 종속적 관계를 비판하며 문장의 가치를 재조명 하였다. 이들은 문학 전범에 대한 학습과 모방을 넘은 自得을 통해 작가의 개성을 나타내고자 하였다. 또한 正音 및 國文詩歌, 우리 歷史에 대한 관심과 이해를 樂府體 형식의 작품으로 漢譯하며 그것의 가치를 재발굴하였다.

　또한 조선 후기에는 현실이 문학적으로 여실히 수용되었음을 보여주는 경우가 있다. 병자호란 패배의 사실을 연상시키는 三田渡를 소재로 한 작품이나 序・跋이 없는 문집 등이 그것이다. 이 경우에 작가는 그들의 역사관이나 가치관에 따라 대상에 대한 인식을 다채롭게 형상한다. 이를 통해 독자는 시대를 읽고 작가를 읽을 수 있다.

이렇게 볼 때, 조선 후기 한문 비평에서는 그 어느 시대보다 현실에 근접한 문학 현상과 작가들을 만날 수 있다. 이것은 연구자에게 상당한 매력으로 작용하는 동시에 그만큼의 부담을 준다. 실제 문학 현상을 제대로 간취하였는가 하는 때문인데, 이에 대해서는 걱정과 조바심을 태우지만 늘 모자라다는 생각을 지울 수 없다.

노둔하고 모자라는 공부라서 여러 분들에게 많은 심려를 끼쳤다. 공부하는 내내 지켜봐 주시고 격려해 주신 黃渭周 선생님, 朴英鎬 선생님, 鄭炳浩 선생님, 姜玫求 선생님의 은덕을 잊을 수 없다. 선생님들의 따뜻한 격려와 매서운 질책에 그나마 공부를 계속 할 수 있었다. 박사 학위 논문 심사 과정에서 자상하게 많은 가르침을 주신 金血祚 선생님과 許捲洙 선생님께도 마음 깊이 감사를 드린다.

이 책의 부족함은 여러 선생님들의 가르침을 제대로 나타내지 못한 필자의 탓이다. 잘못에 대한 지적과 보완의 기회를 갖게 되기를 바란다.

늦은 공부에 늘 힘이 되어 주신 부모님을 비롯한 가족들에게 고마움을 전한다. 그리고 거친 책이 출판되도록 수고해 주신 보고사 출판사 여러 분의 수고에 감사를 전한다.

2006년 8월

김 영 주

# 글순서

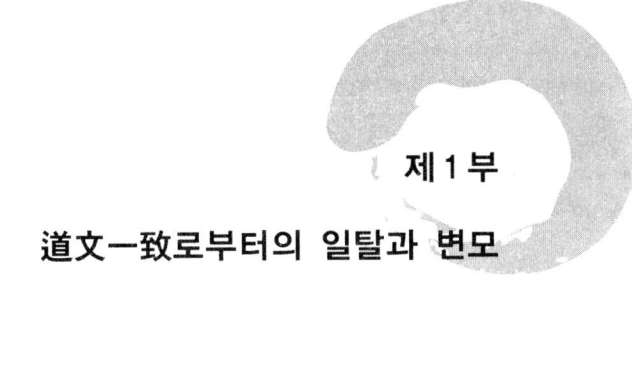

# 제1부
## 道文一致로부터의 일탈과 변모

# 제1장
# 玩物喪志의 굴레를 벗어나다

## 1. 머리말

　조선후기 경화 세족 가운데 일부는 학문 사상의 측면에서 탈주자학적이고 개방적인 형태를 나타냈다. 양명학의 수용, 서학의 합리성 긍정, 반존화적 역사 서술, 그리고 문화 예술의 부분에서의 藏書 및 古董 수집과 鑑賞學의 성립이 그것이다.

　장서와 고동 등의 외물에 지나치게 탐닉하는 태도는 유가의 '玩物喪志' 관념과 정면으로 배치된다. '완물상지'는 『書經, 旅獒』에 처음 나타난다. 이에 대해 孔安國은 '器物'에 대한 애호를 '완물상지'라고 이해하였다.[1] 반면에 宋代의 程子, 朱子 등은 記誦과 博識의 풍조까지도 그 범주에 포함시켜 그것의 범위를 더욱 확대하였다.[2] 이 때문에 특수한 경우를 제외하고 장서와 고동 수집의 취미가 양반의 삶의 주요 국면을 규정할 수는 없었다. 만약 고동 수집에 골몰하는 경우라면 도덕적 품성의 함양을 외면하는 부정적인 태도로 인식하였다.[3]

---

1) 『書經, 旅獒』. "玩人喪德, 玩物喪志. [孔傳] 以器物爲戲弄則喪其志."
2) 朱熹, 『近思錄』 卷2. "明道先生以記誦博識爲玩物喪志."
3) 강명관, 『조선시대 문학 예술의 생성 공간』, 소명출판, 1999, 286면 참조 ; 조선후

그러나 18·19세기에는 중요한 문화 현상의 하나로 경화의 세족을 중심으로 장서·고동 수집의 취미가 대두된다. 이것은 서적의 수입·유통과 함께 이 시기의 중요한 문화 현상의 하나이다. 또한 이것은 18세기 후반의 경화의 세족을 비롯한 젊은 학인들에게 나타나는 새로운 세계 이해 방식의 한 패러다임을 시사한다.[4]

아래에서는 조선후기 경화 세족들 그 가운데 소론계를 중심으로 한 완물상지 개념의 와해와 그 결과를 살펴보기로 한다.

## 2. 藏書·古董之趣의 擴大

장서 취미가 소론계에 나타나는 것은 비교적 이른 시기인 18세기 초부터이다.

> 崔錫鼎은 장서가 매우 많았지만 모두 藏書印을 쓰지 않았다. 한번 남에게 빌려주면 채근하는 법이 없었고 늘 자제들에게 다음과 같이 당부하였다.
>
> "書籍은 公物이다. 사사로이 차지할 수 없다. 내가 마침 서적을 모을 힘이 있어서 서적이 나에게 모인 것이다. 다른 사람인들 그렇지 않겠느냐?"[5]

---

기의 장서·고동 취미의 유행에 대해서는 강명관 교수의 연구에서 상세히 다루었다. 특히, 본 논문의 주제와 관련하여 강명관 교수의 저서 제3부의 내용을 주로 인용 및 참조하였음을 밝힌다.

4) 정민, 「18세기 지식인의 玩物 취미와 지적 경향」, 『고전문학연구』 23, 2005.

5) 兪晩柱, 1780年 8月 2日條, 『欽英』卷5. "崔錫鼎藏書極富, 而皆不用石記. 一借人無推索之法. 每戒子弟曰, 書籍公物也. 不可私守, 吾適有聚書之力, 故書聚於吾, 他

초기의 장서가로 유명한 최석정는 조부 崔鳴吉부터 이어진 누대에 걸친 사환과 경제적 풍요, 사행의 경험을 바탕으로 형성되었다.[6] 서적은 공유될 때 더욱 가치가 있게 된다고 생각한 그는 소장하고 있는 많은 서적에 藏書印을 전혀 쓰지 않거나 남에게 책을 빌려주고도 채근하지 않았다.

최석정의 장서관은 '완물'의 심미적 차원이기보다는 공리적인 성격에 더 가깝다. 그렇다면 그의 '공물' 의식은 어디에서 연원하였는가? 그것은 우계학통에서 비롯된 개방적 학문 성향에서이다. 趙翼이 보편적 진리를 의미하는 관념어인 '理'를 '경전', '공물'로 구체화[7]시켰다면 최석정은 그것에서 진일보하였다. 즉, 경전뿐만 아니라 각 종의 서적들, 심지어 野談·小說까지도 공물적 서적의 범주에 포괄시켰다.

1700년에『大典續錄』,『輿地勝覽』,『續東文選』의 편수를 담당한 최석정[8]은 소론계인 吳道一·李光佐 등을 중심으로 낭관을 선발하였다.[9] 또

---

人獨不然乎?"

6) 1639년 謝恩·正朝의 목적의 사행에서 최명길은 正使를 역임했고 1641년 正朝 사행에서 동생인 崔來吉이 正使였다. 1644년 三節年貢의 사행에서는 아우인 崔惠吉이 역시 正使였다. ; 최석정은 1686년 陳奏 謝恩行에 副使를 맡았고 1697년의 奏請陳奏 목적의 사행에서는 正使였다. (김문식,「18세기 후반 서울 學人의 淸學認識과 淸文物導入論」,『규장각』17, 1994, 附錄 참조.)

7) 趙翼,「大學困得後說中」,『浦渚集』卷2(『叢刊』V.85), 385면. "夫此理, …中略… 乃天下古今之公物也. 聖賢經傳, 所以明此理也, 則經傳之旨, 亦天下古今之公物也. 聖賢之所以爲聖賢, 以得乎此理也, 天下古今, 所以尊仰聖賢, 以先得乎此理也. 先聖所以立言垂後, 後賢所以解釋經義, 皆所以明此理也, 而後學所以講論經義, 所以求此理也. …中略… 如或有疑, 則當反覆尋思, 究極其所歸, 必得其一是而後已."

8) 崔昌大,「先考議政府領議政府君行狀」,『昆侖集』卷19(『叢刊』V.183), 357~358면. "先是, 上命取累朝增定敎條, 裒爲受敎輯錄. 公請通修爲一書, 定爲典章, 而疏橫看爲行書, 變細注爲大字, 類附續錄, 受敎於六典, 名曰典錄通考. 作序文印進. 輿地勝覽, 成於成宗朝, 增修於宣廟朝, 續東文選, 成於中宗朝, 爾後皆未遑續修. 公請設纂修廳, 擇宰臣名流, 啓差堂郞, 搜求八路書籍, 公總其事, 指授凡例, 又請因採野乘小說, 編成一書, 以補國史之闕, 修輯數年, 勝覽垂成, 文選史補, 未及成書, 而公去

國史의 누락 부분을 보완하기 위해 야담·소설을 책으로 만들어 활용하는 방법을 제안하였다. 주자학자들이 흔히 '無用之物'로 간주하던 야담·소설 등을 '국사편찬'의 자료로 채택한 것은 모든 서적이 공유될 때, 국가의 번성에 기여할 수 있다는 공리주의적 사고 때문이었다. 이것은 이학적 차원의 개념들을 시대 환경의 변화에 따라 다양하게 변용시켜 가는 소론계 학문의 개방적, 실용적 특성을 잘 나타내 준다.

소론계의 장서 문화는 개방적인 학문 성향, 누대의 사환으로 인한 부의 축적, 연행 경험 등을 공분모로 한다. 최석정의 조카인 李夏坤 역시 마찬가지다.

이하곤의 장서는 증조부 李時發과 조부 李慶億, 부친 李寅燁 등의 혁혁한 사환과 그로 인한 부의 축적, 연행의 경험 등을 통해 취득되었다. 洗馬副率에 제수되었지만 사퇴하고 鎭川의 金溪로 낙향한 이하곤은 萬卷樓를 지어 일만 여권의 서적을 보관하였고, 서울에도 宛委閣이란 별도의 서적 소장처를 마련하였다.10) 그의 수집벽은 유명해서 洪重聖은 '그의 작은 집은 도서로 가득하다'고 말할 정도였다.11) 서적을 혹독히 좋아하여 누가 책 파는 것을 보면 옷을 벗어 팔아서라도 구입하였고 잘 때나 아플 때도 손에서 놓지 않았다.12) 法書와 名畵 품평을 인생 제일의 즐거움으로 삼은 그13)의 태도야말로 심미적 향취에 흠뻑 취한 '완물상지'의 전형이라 할 수

---

位, 纂修廳尋罷, 論者惜之."

9) 『肅宗實錄, 二十六年 三月 癸丑條』 卷35(『朝鮮王朝實錄』 Ⅴ.39), 562면.

10) 李裕元, 「萬卷樓」, 『林下筆記』, 성균관대 대동문화연구원, 1961, 657면 참조.

11) 洪重聖, 「李載大夏坤第分韻共賦」, 『芸窩集』 卷2, "車馬通衢鬧, 圖書小屋深."

12) 李錫杓, 「澹軒行狀」, 『溯源錄』, 담헌 종손 李晶熙 所藏. "獨酷愛書籍, 見人有鬻書者至, 捐衣買之, 所蓄幾至萬卷, 上自經史子集, 下至稗官小說, 醫卜釋老之書, 靡不畢具. 公親自批抹評騭, 汎濫貫通, 雖寢疾之時, 猶未嘗一日去手."(이종주, 『담헌 이하곤 문학의 연구』, 이화문화출판사, 2003, 21면 인용.)

있다. 경사류에서 패관소설 등에 이르는 장서 취미와 허다한 서화의 수집
은 李秉淵·尹淳·鄭敾·尹斗緖 등과 같은 당대의 걸출한 시인, 서화가와
의 교유 기회를 제공하였고, 소장 서적에 직접 批點을 찍거나 評語를 붙이
는 철저한 섭렵을 통해 나름의 감상학을 성립하였다. 이로 볼 때, 그의 고
동 수집 취미는 단순히 그 자체에 몰두하는 호사가적 차원이 아닌 예술에
대한 감상 비평의 성립, 나아가 詩·書·畵의 장르간 교섭이 진행되는 구
체적인 예가 된다. 고동 감상에서 이하곤의 평가 기준은 '事實性'이었다.
이때의 '사실'은 외형적 사실만이 아닌 내면의 정신까지를 포함한 것이다.

> 무릇 그림은 傳神이 가장 어렵고 칠팔 할만 形似를 해도 고수라고
> 할 만하다. 元伯의 바다·산에 대한 여러 그림 중에 묘한 곳은 거의
> 전신에 가깝고 평범한 것 또한 모두 형사를 얻었다.[14]

> 나는 일찍이 寫字官의 서법에는 스스로 일종의 버릇이 있다고 생
> 각하였다. 예컨대, 李海龍·金義信·李翊臣 등이 글씨를 못쓰는 것
> 이 아닌데도 오히려 이런 버릇을 면치 못했다. 그런데 자네는 초연하
> 여 물들지 않고 오히려 진나라 王羲之와 王獻之를 본받았으니, 어찌
> 어렵지 않았을까? 이에 臨書한 聖敎帖을 보니, 優孟의 의관과 같이
> 육칠 푼의 形似를 얻었으니 가장 자네 뜻을 이룬 글씨라 하겠으니 더
> 욱 반가워할 만한 것이다.[15]

---

13) 李夏坤, 「題一源爛芳焦光帖」, 『頭陀草』 册18(『叢刊』 V.191), 562면. "自古高人韻
   士, …中略… 故明窓淨几焚香淪茗, 與意中人, 縱談山水, 評品法書書畫, 此爲人生第
   一至樂."
14) 李夏坤, 「題一源所藏海嶽傳神帖」, 『頭陀草』 册14(『叢刊』 V.191), 468면. "凡畫傳
   神則最難, 能得七八分形似, 斯亦高手也. 元伯海岳諸圖, 其妙處其幾乎傳神, 其平處,
   又皆得其形似."
15) 李夏坤, 「書李壽長所臨聖敎帖」, 『頭陀草』 册15(『叢刊』 V.191), 500면. "余嘗謂寫
   字官書法習氣, 自有一種習氣, 如李海龍·金義信·李翊臣輩, 非不工於書也. 猶不免此

초상화를 그릴 때 철저한 寫眞 이후에 神情과 통할 수 있다는 그의 언급은 '以形寫神'으로 요약된다. 그러나 傳神을 가장 높이 평가하고 칠팔할의 形似를 이루어도 고수가 될 수 있다고 논한 것이나[16] 일반적인 화원의 구태를 벗어나 생동감을 느끼게 하거나 '百鍊銀緣'과 같은 독특한 풍취를 갖춘다면 훌륭한 것으로 인정한 것[17] 등은 그가 단선적이거나 경직된 '사진'만을 주장한 것이 아님을 입증한다. 더욱이 정선의 화권을 평하면서 變形과 誇張까지를 '사실'의 범주에 포용한 점은 그의 화론의 우수성을 입증한다.[18]

南九萬의 아들이며 최석정의 절친한 교우였던 南鶴鳴 역시 서화 · 금석문 등을 만여 축이나 소장한 수집가였다.

> 중년에 水落山 서쪽 晦雲洞에 꽃과 과수 천 여 그루를 심고 몇 간 집을 지어 산골짜기의 아름다움을 담아냈다. 相國 崔錫鼎이 '晦隱齋'라 이름 붙였고 감히 나 스스로 이름지은 것은 아니었다. 書 · 史 · 金石文 등을 즐겨 쌓아 둔 것이 거의 일만 軸이 되었다. 무릇 세상의 이른바 聲 · 色 취미에 대해서는 담박하여 산수의 아름다움을 즐기며 혹 나귀를 타고 술병을 들고 유람 가서 돌아오기를 잊었다. 그렇지만 선조를 받들고 종족과 화목하는 일에는 감히 소홀함이 없었고 이렇게

---

等習氣, 君能超然不染, 而獨知效法晉人, 豈不難哉? 及見其所臨聖教帖, 如優孟之衣冠, 能得六七分形似, 最爲君得意筆, 尤可喜也."

16) 李夏坤,「題一源所藏海岳傳神帖」,『頭陀草』册14(『叢刊』 V.191), 468면. "凡畫傳神則最難, 能得七八分形似, 斯亦高手也. 元伯海岳諸圖, 其妙處幾其乎傳神, 其平處, 又皆得其形似."

17) 李夏坤,「題一源所藏宋元名蹟, 又題子昂馬」,『頭陀草』册18(『叢刊』 V.191), 561~562면. "子昂馬眞筆, 絕不可得. 余向疑寶繪帖中子昂馬爲贗, 尹孝彦曰, 此乃寫意法也. 其筆畫精峭如百鍊銀緣, 飮水二馬, 意態活動如生, 尤爲神妙云."

18) 유홍준,『조선시대 화론 연구』, 학고재, 1998, 151~156면 참조.

생을 마감하고자 하였다.[19]

　남학명의 5대조 南彦純, 南彦經을 비롯한 종조부 南二星 등은 선조~
숙종 조의 고관이었다. 그의 부친 남구만이 십여 세의 나이에 서울로 이주
하여 학식으로 서울의 명사들에게 알려지게 된 것도 이러한 가문의 덕분
이었음은 말할 필요가 없다.[20] 이들 역시 사행의 경험이 풍부하였다.[21]
사행의 경험은 '務實致用'을 추구하던 남구만[22]에게 선진의 문물 체험의
직접적인 계기가 되었고 이 과정에서 선진 문물과 서적의 구입이 이루어
졌음은 쉽게 짐작된다. 특별한 벼슬이 없던 남학명이 수천 그루의 과수를
심고 가옥을 축조하여 '喜佳山水, 奉先敦宗'하는 여유로운 삶을 영위한 것
도 모두 이 덕분이었다.

　서화 수집벽이 있던 남학명은 趙之耘[23]과 절친하였다. 그는 '三絶'로 일
컬어지던 趙涑[24]의 아들이었으며, 그 역시 수묵화조화와 묵매 등에서 '簡

---

19) 南鶴鳴, 「晦隱翁自序墓誌」, 『晦隱先生文集』 卷4(『韓國歷代文集叢書』 V.2389),
　　경인문화사, 1997, 414~415면. "中年種花果千樹於水落山西晦雲洞, 築數間屋, 有
　　溪壑之美, 崔相國錫鼎, 名以晦隱齋, 亦非敢自以爲號也. 耽蓄書史金石之文, 近萬軸,
　　凡世所謂聲色臭味泊如也. 喜佳山水, 或騎驢携壺, 出遊忘返, 於奉先敦宗, 不敢忽焉.
　　以此終身."
20) 崔昌大, 「領議政藥泉南公墓誌銘」, 『昆侖集』 卷17(『叢刊』 V.183), 319면. "公少家
　　湖西之結城, 年十餘來京師. 京師諸名士, 咸服公文識, 聲聞日廣."
21) 1681년 奏請과 三節年貢의 사행에 남이성은 副使로 종사하였고 1684년과 1686년
　　에 남구만은 謝恩行에 정사로 활약하였다(김문식, 전게서 참조).
22) 崔昌大, 「領議政藥泉南公墓誌銘」, 『昆侖集』 卷17, 322면. "公家居廉儉, 性好學,
　　至耄老, 手不去書, 貫通經史, 而務致於實用."
23) 趙之耘 : 1637~? 조선 중기의 문인화가. 자는 耘之, 호는 梅窓. 趙涑의 아들로
　　墨梅와 翎毛를 잘 그렸다. 우의정 許穆의 청으로 부채에 그림을 그려 준 일로 老論이
　　비난하자 그때부터 아예 그림을 그리지 않았다. 水墨花鳥에서 簡潔한 구도와 寫意的
　　인 분위기는 아버지의 화풍을 충실히 따른 것으로 평가된다.
24) 趙涑 : 1595~1668. 조선 중기의 서화가. 자는 希溫, 호는 滄江. 본관은 豐壤.

潔'과 '寫意'를 주로 하는 독특한 화풍을 전개하였다.

　　앞의 작은 종이의 여러 가지 그림 아홉 폭은 滄江 趙涑이 장난삼아 그린 것이다. 아들인 趙之耘이 내가 그림에 癖이 있음을 알고 흔쾌히 주며 말하기를,

　　"이것을 드리는 것은 저의 선친께서 사람들과 함께 그림을 즐긴 뜻입니다."

하였다. 이어서 말하기를,

　　"아버님께서는 유람을 가실 때마다 비록 바위 하나 물줄기 하나가 아름답더라도 반드시 말에서 내려, 앉아서 뜻대로 눈앞의 광경을 그리셨는데, 이것은 바로 금강산과 오대산 및 삼일포를 그린 것입니다."

고 하였다.

　　蕭散하고 簡遠한 형태는 유연히 自得의 정취가 있고 화법에 구구하게 얽매이지 않았다. 스스로 그의 경지에 미칠 수 없는 이유는 서화의 첩경에 대해 그 묘처를 논하여 형상하기 어려워서였으니 王羲之의 '蘭亭草本'이 저절로 神會함이 있음을 이것에서 더욱 확인할 수 있었다. 계유년 국화 핀 가을날, 琵潭의 작은 정자에서 이 그림을 펼쳐 보고 아득히 생각하며 흥분하고 감탄하던 여러 날 동안 나의 의사는 진실로 畵에 있었던 것이 아니라 境에 있었으며 비단 境에 있었을 뿐만 아니라 그림을 그린 사람에게 있었으니, 어찌 禪家의 三昧法이 아닐까?25)

---

　　1623년 仁祖 反正에 가담하여 공을 세웠으나 勳名과 官爵을 사양하고 고향으로 돌아갔다. 詩書畵에 모두 뛰어나 '三絕'로 일컬어졌으며 그림은 墨梅·翎毛·山水에 뛰어났다. 특히 한국적 정취가 물씬 풍기는 까치와 水禽을 소재로 한 水墨花鳥畵와 墨梅 등에서 격조 높은 개성을 발휘하여 조선 중기 이후 이 분야의 대표적인 화가로 꼽혔다. 그의 화풍은 아들인 조운지를 비롯하여 全忠孝·李涵 등에게 많은 영향을 끼쳤다.

25) 南鶴鳴, 「題趙滄江手畵帖後」, 『晦隱先生文集』 卷4(『叢書』 V.2389), 286~287면.
　　"右小紙雜畵凡九幅, 滄江趙公戲筆也. 其胤耘之以我癖於斯, 欣然分與, 曰此吾先人

서화에서 남학명이 중시한 것은 외형적 아름다움보다는 '恰似' 즉, 대상물의 사실적 표현이다. 우리나라의 서화 가운데 졸렬한 것은 벽 가득 그려 놓아도 '紙窄未展'의 작태를 면치 못한다고 비판한 것은 수식에 치중한 화풍에 대한 비판이었다.[26] 친구인 徐文裕가 사행에서 특별히 구입해 온 열 폭의 그림을 십여 일이나 보면서도 피로를 몰랐던 것은 '簡淡・蕭散'한 격조 때문이라고 진술하였다.[27] 그가 추구한 '簡'의 의미를 보완한다면, 보고 들은 것・가슴에서 우러나오는 진실한 마음이며 학식의 고하에는 관계 없다. 그가 崔昌大나 徐建中의 시문 창작에 권유한 것[28]도 바로 이러한 것이었다.[29]

朴齊家가 연행에서 목도한 북경의 서점가는 주인이 책을 파는데 정신이

---

與人同好之意也. 仍言公每出遊, 雖一石一水之勝, 輒下馬而坐, 率意畵出眼前光景, 此即金剛五臺及三日浦所寫者云. 其蕭散簡遠之態, 悠然自得之趣, 不拘拘於尺度之間, 而自有不可及者, 有難以楮毫蹊逕論狀其妙處, 蘭亭草本, 自有神會者, 於此, 益驗矣. 癸酉菊秋展閱於琵潭小亭, 緬想興嗟者累日, 固不在於畵, 而在於境, 不但在於境, 而在於其人, 豈禪家三昧法者耶?"

26) 南鶴鳴, 「題徐季容所藏燕京畵帖後」, 『晦隱先生文集』 第4(『叢書』 V.2389), 287~288면. "余嘗謂我東拙畵, 雖全滿一壁, 尙有紙窄未展之態,"

27) 南鶴鳴, 「題徐季容所藏燕京畵帖後」, 『晦隱先生文集』 第4(『叢書』 V.2389), 287~288면. "右畵凡十幅, 徐尙書季容公, 甲申歲, 購來燕市間, 以示余, 蕭散簡淡之趣, 尤工遠勢, 令人披閱浹旬忘倦, 信几案上希珍. …中略… 嗚呼! 世間大小萬事, 別其工拙, 豈獨繪事爲然? 此可與知者論也."

28) 南鶴鳴, 「詞翰」, 『晦隱先生文集』 第5(『叢書』 V.2389), 452면. "我東人區區詩文, 不足爲流名之資, 宜從耳目所到處, 據實著書, 雖學識不高, 亦可爲文獻可考之資. 余嘗勸徐直長建中, 著尙瑞故事, 勸崔校理昌大, 著弘文館志後, 皆成書."

29) 즉 서화뿐만 아니라 시문의 창작에서 그가 추구한 심미 이상은 '簡'이었다. 그가 시문의 편집에서 수식적인 화려함보다는 '簡約'을 추구하거나 '流出胸中'한 글을 중시한 것도 이러한 맥락에서 이해할 수 있다. ; 南鶴鳴, 「詞翰」, 『晦隱先生文集』 第5(『叢書』 V.2389), 478면. "凡纂文集, 詩文宜從簡約而書牘最是流出胸中之文, 可以想見其人, 如畵像之不取貌美, 只以恰似爲準之義也. 錢牧齋纂歸震川集凡例曰, 歐蘇集俱別載小簡, 古人取次削牘不經意之文, 神情謦唾彷彿具焉."

없어 장부에 옮겨 적을 시간이 없을 정도였고 江南·吳蜀·閩粵 같은 먼 지방의 도시라 해도 그 번화함과 문물의 발달 정도가 수도인 북경을 능가할 정도였다.30) 이에 반해 우리나라는 경화의 일부 세족31) 외에 대다수의 양반 사대부들은 검박한 생활과 단조로운 취미 그리고 여유롭지 못한 경제 사정 때문에 물건을 사들이는 경향이 대단치 못하였다. 가장 번성한 서울이라 해도 책 거간꾼들이 책을 짊어지고 몇 달을 다녀도 팔지 못할 정도이고 도성 몇 리 밖이면 이미 뚜렷하게 촌 같은 느낌이 들 정도였다. 이러한 사정은 지방에서는 더욱 심각하였다. 嶺南에서는 문장에 뛰어났다고 이름난 자라도 집에 『世說新語』를 둔 자가 전혀 없다는 兪晩柱의 진술32)이나, 김해 지역(1820)에서는 『三國志演義』 외우기를 능사로 여기고 『事文類聚』를 소장하여 보는 경우도 드문 형편일 정도였다는 이학규의 언급33)은 18세기 이후 심화된 조선과 중국 그리고 우리나라 京·鄕의 문화적 격차를 십분 이해하게 하는 지적들이다.

---

30) ① 朴齊家, 「古董書畵」, 『北學議, 內篇』. "嘗入一書肆, 見其主人, 疲於買賣, 文簿暫時無隙, 我國之書儈, 挾一書, 遍歷士大夫家, 往往數月而不售." ② 朴齊家, 「農蠶總論」, 『北學議, 外篇』. "中國, 無京外之別, 其大都會, 如江南吳蜀閩粵之遠, 而其繁華文物, 反勝於皇城, 我國, 都城數理之外, 風俗已有村意."

31) 洪翰周가 거론한 우리나라의 대표 장서가인 沈象奎·趙秉龜·尹致定·李慶億·徐有榘 등 역시 누대에 걸친 사환으로 인한 막대한 재력의 보유, 경화의 세거, 등의 가문 내력들을 공유한다.(洪翰周, 「藏書家」, 『智水拈筆』, 아세아문화사, 1984, 6면. "雖以我國之褊小, 沈斗室公之續堂, 太過四萬, 趙遊荷秉龜·尹石醉致定二公之家, 亦不下三四萬卷. 其他鎭川縣草坪里華谷李相公慶億之萬卷樓, 徐楓石有榘斗陵里之八千卷, 又其下也.") 특히 연행은 그들에게 보다 빨리 그리고 대량으로 중국의 선진 문물을 접할 수 있는 근거를 마련해 주었다(김문식, 전게서 참조).

32) 兪晩柱, 「1778年 九月 二十二日條」, 『欽英』 册6, 211면. "嶺南雖號爲能文者, 家置『世說』者絶罕."

33) 李學逵, 「與」, 『落下生全集·中』, 아세아문화사, 1985, 67면. "此鄕, 則以口誦三國演義能事, 家藏事文類聚爲稀玩, 八九年間, 見聞如此, 每憶前日數君子之言, 不覺浩歎."

이 시기 소론계의 인물 가운데 趙龜命(1693~1737) 역시 서화의 감상 수집에 대단한 취미가 있었다. 전체 12권인 그의 문집 가운데 권6의 贊과 題跋이 거의 書畵에 관한 것이었고 鄭敾·李夏坤·李麟祥·尹斗緖·李秉淵·尹淳 등의 교유 인물들이 18세기 예단의 중심 인물이었다.

모화적 태도에 공박을 마지않았던 조귀명은, 摹擬를 일삼는 우리나라의 풍조를 조롱하던 이하곤이 서화를 품평할 때는 중국 서화론을 기준 삼는 것을 비판하며 才藝의 우수함은 中·朝가 차이 없음을 강조하여 조선식의 품평 기준을 확립하였다.34) 민족 주체성의 확보를 예술 평가의 한 준거로 설정한 그의 의식은 조선이 중화의 아류인 小中華가 아니라 당당한 문명국이라는 현실주의적인 심미관념35)에서 발로하였다. 또한 이것은 18세기에 맹동하던 진경산수와 속화의 발전과 직결된다.36)

그림은 사물을 닮게 그리는 것을 지극한 경지로 여기니, 지금의 화가들이 물상을 安排하고 布置하는 것을 중히 여기는 것은 잘못이다. 하늘이 산과 물과 초목을 만듦에 있어 일찍이 안배하고 포치하는 것에 뜻을 두었겠는가? 그러므로 안배와 배치가 교묘하면 할수록 대상은 더욱 닮지 않게 된다. 훌륭한 그림은 붓 가는 대로 써서 산을 이루기도 하고 물을 이루기도 하며 초목을 이루기도 한다. 산의 높낮이,

---

34) 趙龜命,「茱萸軒詩畵帖序」,『東谿集』卷1(『叢刊』 V.215), 17면. "嘗對以載大, 論我國官號之不遵華制. 載大曰, 我國事多摸擬可笑, 獨此自立門戶, 爲强意爾. 載大此見, 故自豪. 顧其酷嗜書畵文辭, 凡有評品, 必取裁於華, 豈以才藝之工, 本無二致, 而中國文明之區, 自爲準的之所在歟?"

35) 趙龜命,「貫月帖序」,『東谿集』卷1(『叢刊』 V.215), 6~7면. "我東之稱小中華, 舊矣. 人徒知其與中華相類也, 而不知其相類之中, 又有不相類者存. …中略… 今學士大夫, 開口說我國勢道極澆漓, 人心極蕭颯, 不可容挽回之力, 而其實顧不至如今日中華之淪爲夷狄."

36) 유홍준,『조선시대 화론 연구』, 학고재, 1998, 113~116면 참조.

물길의 너비, 초목의 위치가 모두 나의 사사로운 지혜를 용납하지 않고 오직 '神'이 행한 후에야 비로소 조화를 빼앗았다고 할 수 있다.[37]

당대 화가들이 추구한 安排·布置의 작풍을 自然에 반하는 하는 인위적인 것으로 생각한 조귀명은 '肖物'에 기초하여 '神行' 즉 '傳神'의 단계로 나아가기를 주장하였다. 이러한 그의 주장은 '傳神論'이라고 할 수 있다. 즉 실제 사물에 대한 사실적 묘사를 기초로 작가 정신의 작용을 중시한 그의 견해는 자연 그 자체보다 인간의 정신이 예술적으로 가미된 회화 또는 산수화가 더욱 큰 감동을 줄 수 있다고 주장한 측면에서 사실론에서 '전신론'으로 한 걸음 더 나아간 것으로 이해된다. 산수화와 진짜 산수를 비교하여 '진짜 같다', '그림 같다'고 한 것[38]이나 心·手의 조화로운 작용에 의해 그림이 이루어진다고 한 것[39]은 화가의 정신과 노력에 의해 회화적으로 재창조 된 산수화가 더 큰 감동을 줄 수 있다는 주장에 대한 부연에 다름 아니다. 또한 이것이 바로 조귀명의 화론의 핵심이라고 할 수 있다.

18세기의 저명한 문장가 兪漢雋(1732~1811)이 경화 세족들 간에 족출하는 예술품 소장의 현상을 지적하며 거론한 대표 인물 가운데, 그림의 감식에 뛰어난 醫官 金光國(1729~1797)과 金光遂·李麟祥 모두 유명한

---

37) 趙龜命, 「題畵扇 甲午」, 『東谿集』 卷6(『叢刊』 V.215), 124면. "畵以肖物爲至, 今之畵家, 重排布非也. 天之爲山爲水爲草木, 何嘗有意排布哉? 故排布愈巧而愈不肖, 夫至畵者, 信筆而寫之, 或爲山或爲水或爲草木, 而山之高低, 水之闊狹, 草木之位置, 皆不容吾之私智, 而唯神之行然後, 始可語奪造化爾."

38) 趙龜命, 「題畵帖」, 『東谿集』 卷6(『叢刊』 V.215), 126면. "責眞山水以似畵, 責畵山水以似眞, 似眞, 貴自然, 似畵, 尙奇巧, 是則天之自然, 固爲法於人, 而人之奇巧, 亦有勝於天耶?"

39) 趙龜命, 「題畵扇 爲遇命作」, 『東谿集』 卷6(『叢刊』 V.215), 125면. "況復人物山水排置, 則是畵者, 不在於手, 而在於心, 當知是畵, 非心非手, 卽心卽手, 心使手行, 和合生畵."

서화 소장가였다.[40]

　金光遂는 소론 온건파로 영조의 탕평책에 적극 협조한 金東弼(1678~
1737)[41]의 아들이었다. 부친의 후광과 뛰어난 능력을 바탕으로 출신에 뜻
을 둘 수도 있었지만 文徵明의 「華尙古小傳」을 읽고 험난한 세로에 마음
을 두지 않고 마침내 고동서화 수집의 취미를 가지게 되었다.[42]

　　이에 문을 닫고 교유를 끊고 다만 안석과 책상을 깨끗이 청소하고
　古書畵・金石・異書를 좌우에 늘어놓았다. 端溪硯・隃糜墨과 兎
　毫・鼠鬚 중에 다른 나라에서 생산된 것을 모두 구하지 않는 것이 없
　었고, 그것을 어루만지며 감상하는 것을 낙으로 삼았다.
　　바야흐로 그윽이 정신을 모아 마치 고인과 만난 듯할 때는, 세상의
　썩고 비린 고기를 먹는 듯한 일을 보아도 그의 마음이 어지럽지 않았
　다. 이 때문에 무릇 남의 집에 소장된 것 가운데 중국이나 우리나라
　것을 막론하고 그의 눈을 거치지 않은 것이 드물었다. 또 그 물건의
　出處와 雅俗을 잘 분변하였기에 반도 펼쳐 보기 전에 진위가 곧 판가
　름났다. 서화를 팔러오는 자가 있어 진실로 그것이 자신의 뜻에 맞으
　면 비록 옷을 벗어주거나 곳간을 털어 사더라도 아까워하는 바가 없

---

40) 兪漢雋, 「準本, 石農畵苑跋」, 『自著』(『叢刊』 V.249), 528면. "石農金光國元賓, 妙
　　於知畵, 元賓之看畵, 以神不以形. 擧天下可好之物, 元賓無所愛, 愛畵頗甚, 故蓄之
　　如此其盛也. …中略… 少與名下士金光遂成仲・李麟祥元靈遊, 今元賓老白首, 舊徒零
　　落, 而余乃始交元賓相得也, 元賓求余帖跋."

41) 金東弼은 李麟佐의 난을 진압한 공로로 육조의 판서를 두루 역임하였다. 뿐만 아니라
　　한성부판윤 등의 요직을 역임하고 영조 5년(1729)에는 冬至正使로 연경을 다녀왔다.

42) 李德壽, 「雜著, 尙古堂金氏傳」, 『西堂私載』卷4(『叢刊』 V.186), 268면. "尙古堂金
　　氏者, 名光遂, 字成仲. 其先尙州人. …中略… 有諱東弼, 官吏曹判書, 持淸議, 爲一
　　時名臣, 君其仲子也. 生而狷潔好古, 嘗讀文待詔華氏傳, 謂其跡頗相類, 遂取其號以
　　自號, 生於綺紈, 而薄營利, 洒洒有出塵想, 旣擢司馬, 見世路艱險無投足地, 遂欲廢
　　公車業, 以其志告判書公, 判書公惜其才, 久而後許之日, 從若志, 不若强也."

었던 것은 그에게 鑑賞眼이 있었기 때문이었다. 소장한 바는 모두 精品이었다.[43]

김광수는 집의 재산을 털어, 멀리 연경에서 古書·名畫·硯墨·彛樽 등의 고동을 많이 구입하여 종일 그 사이에서 읊조리고 완상할 정도로 유별난 취미를 가졌다. 李德壽 등, 당대의 재사들에 의해 뛰어난 鑑識家로 인정받은 그가 고동을 감상할 때 중시한 것은 '神會'였다. '신회를 통하여 고인과 접촉했다'는 말로 볼 때, '신회'는 곧 '傳神'과 같은 의미이다. 서화의 창작 및 고동의 감상에서 '전신'을 중시하는 태도는 '사실'과 함께 조선후기 소론계의 사실주의적 예술 감상의 일면을 반영한다. 비록 박지원이 「筆洗說」에서의 골동 수집에 대한 김광수의 공을 폄시하기는 했지만, 趙熙龍[44], 申維翰 등의 평가[45]를 종합한다면 18세기 고동 감상 분야에서 그의 공적을 충분히 인정할 수 있다.

---

43) 李德壽, 「雜著, 尙古堂金氏傳」, 『西堂私載』 卷4(『叢刊』 V.186), 268~269면. "於是, 閉戶絶交遊, 惟淨掃几榻, 取古書畫·金石·異書 列置左右, 端溪之硯·隃糜之墨. 兎毫鼠鬚之産於異國者, 無不畢致, 摩挲閱玩, 以爲樂. 方其冥然神會, 若與古人相接, 視世之啄腐餐腥, 無足以累其懷, 以是凡人家所藏無論中州東土, 鮮有漏其眼. 又能辨其出處雅俗, 展閱未半, 眞贗立判. 有持書畫求售者, 苟其當於意, 雖解衣傾廩無所惜. 然以其有賞鑑也. 所蓄皆精品."; 『古文硏究』(3호, 한국고문연구회, 1991) 및 강명관의 『조선시대 문학 예술의 생성 공간』(소명출판, 1999)에서는 「尙古堂金氏傳」의 작자가 '未詳'인 것으로 되어있는데, 필자의 조사를 통하여 그 작자가 李德壽인 것으로 판명하였다.

44) 趙熙龍, 『海外遺墨』, 52장. "近者, 金楊根光遂, 尙書東弼之子也. 爲人放曠疏雅, 散盡家貲, 遠購燕市, 多致古書·名畫·硯墨·彛樽之屬, 終日吟弄其間."

45) 朴趾源과 달리 委巷의 저명한 인물인 趙熙龍과 申維翰은 그가 神妙한 鑑識眼을 가졌기에 그가 소장한 古書畫·진기한 器物은 모두 천하의 名品이었고 古詩文과 稗乘도 모두 천하의 奇書였다고 하였다. ; 申維翰, 「尙古堂自敍後題」, 『靑泉集』 卷6(『叢刊』 V.200), 358면. "室中蓄古書畫珍器, 皆天下名品, 古詩文稗乘, 皆天下奇書. 鑑識神妙, 一物當意, 不惜傾家以厚直."

이와 같은 고동 수집은 단순한 취미로서가 아니라 하나의 새로운 문화 코드로도 기능하였다.[46] 중국인 林本裕와 그 아들 林价와 교분이 두터웠던 김광수는 삼십여 년에 걸쳐 漢·魏의 碑文과 拓本들을 수집하였다.[47] 그가 소장한 비문과 탁본들은 이광사의 서체 연구의 중요한 자료로 활용되어[48] '圓嶠體'라는 독특한 서체로 재창출되었다. 이런 점에서 개인의 고동 수집이 조선후기의 예술 영역과 긴밀한 영향 관계가 있음은 확인된다.

장서가로 유명한 또 다른 인물인 李晚秀는 鄭齊斗의 제자다. 그의 형인 李時秀는 수천 권의 서적을 소장하였고 아우인 李耆秀 역시 鄴侯의 癖이 있다고 일컬어질 정도로 수 천여 권의 서적을 소유한 장서가였으며 萬松樓라는 수장처를 마련할 정도였다.[49] 이만수가의 장서 역시 그들 일문의 번성함에서 기인하였다. 좌의정이었던 그의 부친 李福源을 비롯하여 형 이시수는 영의정이었으며, 그 자신은 대제학을 역임하였다. 이들 형제 역

---

46) 그에 대해 '才思가 없어 아름다움을 다 나타내지 못하였다'고 폄하한 朴趾源조차 금석문 수집에 대한 그의 개창의 공을 인정하였다. ; 朴趾源, 「筆洗說」, 『燕巖集』卷3(『叢刊』V.252), 70면. "近世鑑賞家, 呼稱尙古堂金氏, 然無才思則未盡美矣. 盖金氏有開創之功."

47) ① 李匡師, 「書訣」, 『圓嶠集』卷10(『叢刊』V.221), 559면. "三十年來, 金光遂成仲癖於古, 創購得漢魏諸碑." ② 吳慶錫, 『天竹齋箚錄』. "尙古堂金光遂與中朝林本裕及其子价, 論交最善. 本裕所贈, 孔林漢碑三種及曹全碑, 非但精拓, 其考證甚詳. 又有原拓聖教序·宣德爐, 名人所篆印章甚多."

48) 徐有榘, 「怡雲志, 東國墨蹟」, 『林園經濟志』册5, 보경문화사, 1983, 370면. "圓嶠書始學白下, 旣而自開門戶, 名振一世. 白下嘗評其初年所作, 謂東方數千年所未有. 置之中華, 當在魏晉之間, 非唐宋以後, 可擬. 雖屬過詡, 亦可見才學之冠絶也. 其謫居海島, 每作行草眞楷小帖, 貯之葫蘆浮之水曰, 使海外殊方, 皆得吾墨蹟云. 其子令翊書法, 惟肖且南人從學者, 頗有臨池餘派, 往往亂眞世所行圓嶠書帖, 多如優孟之像叔敖, 具眼者, 不能辨也."

49) 李晚秀, 「書巢記」, 『屐園遺稿』卷2(『叢刊』V.268), 66면. "吾伯氏有書數千卷, 先王考題識, 家大人印章實在焉. 吾弟松宅居士, 蚤有鄴侯之癖, 其書又不啻數千卷, 藏之所謂萬松樓中."

시 연행의 경험이 있었다. 1803년 謝恩正使로 중국을 다녀온 이만수를 비롯하여, 이시수 역시 1805년과 1812년에 사은정사로 두 차례나 중국을 다녀왔다. 이만수의 장서는 주로 성인의 도가 간직된 經史子集類와 班固·范曄의 포폄이 담긴 진한 이래의 작문의 모범이 될 만한 서적이 중심을 이루었다.50) 고문 위주의 장서는 그가 순정한 고문가로 성장하는 밑거름이 되었다. 그가 正祖로부터 金載瓚과 함께 순정한 문장으로 인정받아 小品文과 考證學에 골몰하는 당대의 문폐를 바로 잡을 인물로 칭찬을 받은 사실51)이 그것을 입증한다. 그러나 만년에 중국에서 수입한 小說을 읽으면서 그의 문체는 변한다.

> 屐翁 李晩秀는 평생 '稗說'이 어떤 책인지를 몰랐다. 어느날, 누군가가 金聖歎이 비점을 찍은 『西廂記』·『水滸傳』 두 책을 그에게 주었다. 공이 한번 보고 대단히 놀라 말하기를,
> "이 책이 文字의 變幻을 구비하고 있을 줄은 몰랐다."
> 라고 하였다. 이 일로 말미암아 그의 文體가 크게 변했다.52)

순정한 고문으로 정조의 지우를 입은 그가 變·幻을 특징으로 하는 소

---

50) 李晩秀, 「書巢記」, 『屐園遺稿』 卷2, 66면. "余藏書, 經有易書詩語孟庸學大全五十册, 史有三漢書·八十八册, 子有朱子大全六十册, 集有全唐詩集百二十册, 古文淵鑑○册, …中略… 吾書雖少, 堯舜禹湯文武周孔之道在焉, 班范袞鉞之筆著焉, 紫陽夫子地負海涵之學存焉. 秦漢以來幾千百載古作者軌範, 靡不具焉. 吾將左右皮閣, 終身棲其中而有餘."

51) 『正朝實錄, 十八年 八月 庚午條』 卷40(『朝鮮王朝實錄』 V.46), 497면. "庚午, 以金載瓚爲弘文館提學. …中略… 批曰, 卿之文體, 不似近日少年, 閣僚之稱云能文諸人, 以是惟李晩秀與卿可之者, 予意在於矯文弊爲世敎也."

52) 李裕元, 「春明逸史, 喜看稗說」, 『林下筆記』 卷27, 成均館大學校 大東文化硏究院, 1961, 682면. "李屐翁晩秀, 平生不知稗說爲何書, 一日有人贈金聖歎所批西廂記水滸傳兩種, 公一覽大驚曰, 不圖此書能具文字之變幻也. 由是大變文體."

설식의 문체에 빠지게 된 것 역시 장서의 영향이었음은 위의 인용문에서
알 수 있다. 장서나 고동의 수집이 완물상지의 유가적 관념의 굴레를 벗게
하고 나아가 문예의 창작과 감상 비평의 분야에 새로운 계기를 마련하였
음은 입증된 바와 같다.

경화 세족의 장서 또는 고동 수집이 문화예술에 영향을 끼친다는 사실
은 李相璜(1763~1841)의 경우에서도 확인된다. 이상황은 보유한 小說만
수천 권일 정도의 장서가였다. 특히 '稗說' 또는 '新本 小說 읽기'라는 독특
한 그의 독서 취향으로 인해 역관들이 다투어 소설을 구입해서 갖다 바칠
정도로 사회적 파장을 야기하였다.[53]

> 桐漁 李相璜은 小說을 주로 읽었다. 『西廂記』를 무척 좋아하여 늘
> 다음과 같이 말하였다.
> "무릇 글자가 있는 책은 볼 때는 좋지만 책을 덮으면 그만이다. 그
> 러나 『西廂記』는 볼 때도 좋고 책을 덮어도 더욱 재미있다. 그 肯綮
> 를 상상하면 나도 모르게 혼이 녹는 것 같다. 이것은 韓愈·柳宗元·
> 歐陽修·蘇軾도 능히 하지 못했던 것이며, 『左傳』이나 『國語』, 『漢
> 書』나 『史記』도 능히 하지 못한 것이며, 『書經』의 二典·三謨도 능
> 히 하지 못했던 것이다."
> 그래서 밥을 먹을 때와 측간에 갈 때조차 책장을 쉬지 않고 넘겼으
> 니, 어찌 미혹됨이 심하며 기벽이 지나친 경우가 아니겠는가?[54]

---

53) 李裕元, 「春明逸史, 喜看稗說」, 『林下筆記』 卷27, 成均館大學校 大東文化硏究院,
1961, 682면. "桐魚李相公, 平日手不釋者, 卽稗說也. 毋論某種, 好閱新本, 時帶譯
院都相, 象譯之赴燕者, 爭相購納, 積至累千卷."

54) 洪翰周, 「正祖文體反正」, 『智水拈筆』 卷3, 아세아문화사, 1984, 127~128면. "桐
漁主小說, 酷好西廂記, 常曰, 凡有字之書, 見時雖好, 掩卷則已, 惟西廂一書, 見時
好, 掩卷愈味. 想像肯綮, 不覺其黯然銷魂. 此韓柳歐蘇不能爲, 左國班馬不能爲, 二
典三謨不能爲. 雖對飯如厠, 手不停披, 豈非惑之甚而嗜之癖乎?"

위에서 언급했듯이 당시 중국 소설의 최대 독자는 경화의 세족들이었
다. 그 가운데 이상황은 古文과는 다른 소설의 수사에 매료되어 전범적
산문 텍스트이던 韓·柳의 문장을 비롯하여 유교 정치이데올로기의 원천
이며 최고의 산문 텍스트인 『書經』의 전범적 가치를 현저히 축소하였다.
홍문관 대제학으로 순정한 문체를 견인할 책임이 있던 이만수가 소설적
수사에 매료되어 문체가 바뀌게 된 것이나 이상황이 소설 자체의 가치를
높이 평가하는 현상은 당시의 지식인의 유학에 대한 의식화의 강도를 우
회적으로 완화시키는 한 계기로 작용했을 가능성이 농후하였기에 정조를
비롯한 보수적 지배계층이 인물들이 邪學의 폐해보다 그 위험 정도를 더
욱 심각하게 인식할 수밖에 없었다. 소설 취향의 독서로 인해 이상황 역시
정조의 견책을 받아(1787)[55], 「詰稗」라는 제명의 삼십 수의 시를 지었다
(1788). 여기서 주목할 것은 「힐패」의 서문격에 해당하는 詰者와 稗者의
문답이다. 그 가운데 '패자왈' 부분은 이상황의 패관소품에 대한 의식을
대변한다.

> 稗者가 말하기를, "지금의 문장이 宋의 문장이나 唐의 문장이 될
> 수 없음은 당송의 문장이 殷·周의 문장이 될 수 없음과 같다. '시대
> 마다 각기 한 시대의 문체가 있어서 서로 뛰어넘을 수 없다'는 원석공
> 의 말은 옳다." …中略…
> 패자가 말하기를, "『西廂記』는 國風과 비슷하며 『水滸傳』은 사마
> 천의 『史記』와 비슷하니 참되게 깨달아 마음을 다스리는 중요한 책

---

55) 『正祖實錄 十六年 十月 己丑條』 卷36(『朝鮮王朝實錄』 V.46), 351면. "丁未年間,
相璜與金祖淳, 伴直翰苑, 取唐宋百家小說及平山冷燕等書以遺閑. 上, 偶使入侍注書,
視相璜所事. 相璜方閱是書, 命取入焚之, 戒兩人專力經傳, 勿看雜書, 相璜等自是不
敢復看稗官小說, 至是因南公轍對策, 用小品語, 遂命發緘以聞, 蓋以諸人年少有才,
欲其懋實學而視其志趣也."

들이다". …中略…

　패자가 말하기를, "패관소품을 읽는 것은 대개 기이한 글자와 오묘한 말을 취하기 위해서이다." …中略…

　패자가 말하기를, "패관소품을 읽는 것은 식견을 많이 쌓고 넓히기 위해서이다." …中略…

　패자가 말하기를, "모든 문장에서 가장 형용하기 어려운 곳은 나그네·서자들의 이별과 영락을 묘사하는 데 있다. 그런데 패관소품만은 핍진하게 묘사할 수 있다. 성조는 맑고 깨끗하며 기상은 처량하고 슬퍼서 읽는 사람으로 하여금 저도 모르게 알연히 마음을 감동시킨다. 패관소품이 나오고서야 문장의 묘가 다했다."[56]

　이상황은 시대마다 고유의 문장이 있으며 지금의 문장이 殷·周·唐·宋의 문장이 될 수 없다는 문장에 대한 상대주의적인 인식을 피력하였다. 특히 패관소품이 나오고서야 '문장의 묘리가 다했다'거나 『서상기』·『수호전』 등의 소설이 『시경』의 국풍, 『사기』와 비슷하다는 언급은 그의 의식 속에 유가의 도학적 굴레를 벗어난 새로운 패러다임이 자리하고 있음을 입증한다. 특히 유가의 대표적인 경서인 『시경』의 범주에 소설을 비견하는 그의 의식은 18세기 후반 이후, 서울 지역의 젊은 학인들을 중심으로 발생한 새로운 세계 이해 방식의 선도자라는 의미를 부여할 수 있다.[57]

---

56) 李相璜, 「詰稗 戊申」, 『桐漁遺集』 卷1. "稗者曰, …中略… 今之文之不能爲宋爲唐, 亦猶宋唐之不能爲周爲商也. 代各有一代之體, 不相踰越, 袁石公之言, 是也. …中略… 稗者曰, 西廂, 國風而似者也, 水滸, 遷史而似者也, 眞詮治心之要書也 …中略… 稗者曰, 讀稗官, 盖取其奇字奧語也. …中略… 稗者曰, 讀稗官, 將以多識廣聞也. …中略… 稗者曰, 文章之最難形容處, 每在於羈臣孽子仳儷瑣尾之際, 而惟稗官寫得逼眞, 聲調淸梵, 氣象凄黯, 使人讀之, 不覺憂然而心動, 稗官出而文章之妙, 盡矣."

57) 18세기 후반의 유득공, 이서구, 이옥 등 서울의 젊은 학인들은 앵무새·비둘기 사육, 담배 등과 같은 미물에 관한 자료를 모아 『綠鸚鵡經』, 『鵓鴿經』, 『烟經』 등으로 명명하였다. 이전까지 '經'이란 말은 聖人의 말씀에만 붙일 수 있는 표현임을 감안할 때,

이상에서 조선후기 소론계를 중심으로 한 장서와 고동 수집 취미의 유행과 그것의 문예적 의미를 살펴보았다. 이와 같은 문예 취향은 한 시대 문인들의 유희에 그치는 것이 아니라 완정한 鑑賞之學의 성립을 야기하였다. 그 대표가 달성 서씨가의 경우이다.

## 3. 鑑賞之學의 성립

조선후기의 대표적인 소론계 명문가인 達成 徐氏家 역시 장서와 고동 수집으로 유명하였다. 서형수의 전언에 의하면 그러한 수장의 풍조가 일시에 이루어진 것이 아니라 '博學·詳說'하는 가풍에 의해 누대에 걸친 학적 노력의 한 형태로 결집된 것이었다.[58] 그러한 노력을 기울인 대표인물이 徐有榘의 종조부이며 李晩秀의 장인이기도 한 徐命善(1728~1791)이다. 그는 이조판서로 재직할 때(1774) 세손이던 정조의 대리청정을 반대하던 洪麟漢·鄭厚謙 일파를 탄핵하여 대리청정을 가능케 하였다. 그 공로로 정조의 즉위 후에 영의정에 임명되었다. 그의 아들인 徐瀅修(1766~1814)는 서형수(1749~1824)에게 수학하여 名物考證學에 치력하였을 뿐만 아니라 古董에 대해서도 남다른 취미를 가졌다.

이만수는 서씨 가문[59]의 장서에 대해 아래와 같이 말하였다.

이들의 의식에 세계를 이해하는 새로운 패러다임이 자리잡고 있음을 알 수 있다(정민, 「18세기 지식인의 玩物 취미와 지적 경향」, 『고전문학연구』 23, 2005).

58) 徐瀅修, 「楓石庵藏書記」, 『明皋全集』 卷8(『叢刊』 V.261), 165면. "有榘家故貧, 所蓄書不滿一籃, 及其博學詳說, 稍有日月, 乃力蓄書不輟, 雖無郭永之錢, 朱昂之俸, 而銖積寸累, 四部幾略備矣. 於是兀以尊之, 庵以閣之, 落落如連珠, 粲粲如列宿, 又能晨夕其中, 吃吃無外事."

59) 1690년 서문중의 연행을 시작으로 1862년 서헌순의 연행에 이르기까지 무려 24회

忠文公(徐命善를 말함 ; 역자 주)께서 바야흐로 지위가 대단히 높아지자 軺軒과 駟馬가 대문에 가득하였다. 그러나 景博(徐潞修를 말함 ; 역자 주)의 집에 들어서자 주렴과 누각이 향을 사른 연기에 젖어 있었고 왼쪽에는 圖書가 즐비하고 오른쪽에는 鼎彛가 놓여있어 조용히 마치 山澤 사이에 사는 파리한 사람 같았다.

어려서부터 외적인 것을 사모하지 않고 마소가 꼴과 곡식을 먹듯이 성현의 墳典을 즐겨 읽었다. 명물고증학에 더욱 힘을 기울여서 升菴 楊愼과 竹垞 朱彛尊을 책 속의 벗으로 삼았다. 그의 뜻은 위로 三蒼을 거슬러 오르고 옆으로는 二酉를 거슬러 본원을 탐색하여 白虎觀과 石渠閣에서 五經의 同異를 考究하는 것이었다.[60]

焚香·掃地하며 고동을 감상하거나 서법에 뛰어나 '神妙하다'는 칭송을 받은 서로수는 단순히 고동 서화의 수집·감상에만 머물지 않았다. 그는 明~淸代의 고증학자인 楊愼·朱彛尊 등을 眞儒로 여기며 명물고증학에 경도되었다. 『倉頡篇』·『爰歷篇』·『博學篇』(三蒼) 등의 漢代 초기의 字書를 비롯하여 大酉山과 小酉山(二酉)에서 발견된 古書·五經古文 등을 訓詁·考證하였다.[61] 이것은 조선후기 경화세족의 서화·고동의 취미가

---

에 달하는 연행 경험이 이들 가문의 장서 수집 또는 학문에 지대한 영향을 끼쳤음은 쉽게 알 수 있다. ; 徐文重(3회)·徐文裕(1회)·徐宗玉(1회)·徐宗泰(1회)·徐命膺(2회)·徐命均(3회)·徐命彬(1회)·徐命臣(1회)·徐浩修(2회)·徐澄修(1회)·徐龍輔(2회)·徐俊輔(1회)·徐能輔(1회)·徐念淳(1회)·徐衡淳(1회)·徐憲淳(1회) 등 총 24회(김문식, 전게서, 부록 참조).

60) 李晩秀, 「徐景博墓碣銘」, 『屐園遺稿』 卷11(『叢刊』 V.268), 506면. "忠文公方官位隆赫, 軒駟溢門, 而入景博之室則簾閣熏香, 左圖書而右鼎彛, 澹然若山澤之癯. 自少無外慕, 嗜墳典如芻粲, 尤致力於名物考證之學, 以楊升菴·朱竹垞爲卷中友, 其志則上溯三蒼, 旁溯二酉, 元元本本, 考五經同異於虎觀石渠也."

61) 徐澄修, 「從弟景博墓誌銘」, 『明皐全集』 卷16(『叢刊』 V.261), 346면. "及從余讀書, 始有志於名物考證之學, 常喜楊升庵·朱竹垞之爲儒, 旣而, 塵纓馳騖, 業不從甚, 則所至簾閣綈几, 焚香掃地, 以篇咏筆妙, 少洩其攢花簇錦之才, 而殘膏賸馥, 往往見稱於人."

'명물훈고학'이라는 하나의 학풍의 형성과 긴밀한 연관을 이루고 있음을
말해준다.

또한 서로수와 마찬가지로 서형수에게 수학한 서유구도 장서와 고동 수
집에 대단한 취미가 있었다. 누대에 걸친 사환으로 부와 명성을 거머쥔
서유구 일가가 溶州에 정원을 꾸미는 과정은 당시 경화세족 문화의 일부
를 읽을 수 있게 한다.

> 조카인 有榘가 溶州에 살 때, 사방 1畝 되는 정원을 만들고 돌을
> 쌓아 계단을 만들었다.
> 계단 위에 심은 십여 그루의 단풍나무가 뾰죽이 서 있는 모습이 비
> 단 장막을 펼친 것 같았다. 계단 아래에는 몇 이랑의 차밭이 있었는
> 데 도랑과 밭두둑이 교차되어 있었다. 계단에서 대여섯 걸음 옮긴 자
> 리에 마루를 등지고 암자를 지었는데 조용하면서도 그윽하고 깨끗하
> 면서도 맑았다. 거문고와 서책들로 기둥을 괴고 楓石庵이라 하니 실
> 상을 기록한 것이다.[62]

인공적으로 축조한 석대와 십여 그루의 단풍나무, 차밭, 그리고 들보를
괼 정도로 많은 서적과 거문고 등의 고동들은 경화 세족의 호화로운 생활
의 일면을 알게 해준다. 특히 서유구는 '장서'가 단순한 서적의 수집이 아
니라 고도의 감식안을 필요로 하는 예술적 경지에 이른 것으로 이해하였
다. 그 결과로 나타난 것이 '鑑賞之學의 성립'이다.

> 옛날 서화를 논하던 자들은 好事家와 鑑賞家로 나뉜다. 나는 장서

---

62) 徐瀅修, 「楓石庵藏書記」, 『明皐全集』 卷8(『叢刊』 V.261), 165면. "從子有榘之居
溶州也, 方畝爲庭, 築石爲階, 階上楓樹十餘株, 簇立錦帳, 階下茶圃數頃, 交錯溝塍,
去階五六步, 負軒爲庵, 窈深潔淨, 琴書揩柱, 顏曰楓石庵, 紀實也."

역시 그렇다고 생각한다. 옛날에는 감식하고 그것을 栽하지 않고 다
만 사치스러운 서가에 아름답게 장식한 책을 꽂아두어 燕石이나 魚
目과 뒤섞여 온통 어지러워 책을 소장하고 있다는 이름만 있지 옛것
을 살펴볼 만한 실상이 없었다.

　　지난 날 三湖에 살 때, 우연히 이웃에게서 『四庫全書總目』을 빌려
보았는데, 그 구분이 자세하고 정밀한 것이 좋았다. 藏書家에게 빼놓을
수 없는 서책을 볼 때면 손수 초록하고 또 평소의 소견을 덧붙였다.
보고 싶었지만 보지 못한 책에 대해서는 經·藝·史·志·子·薈·集의
일곱 조목으로 나누어 총괄하여 『圖書待訪錄』이라고 명명하였다.[63]

　서유구는 고동서화의 소장 및 감상 유형에 따라 장식의 목적으로 구매
를 일삼는 부류를 '好事家'로, 고동서화의 진위를 비롯하여 제작연대, 제조
처, 재질, 감상의 중요 부분 등에 대해 비평적 안목을 견지하는 부류를 '鑑
賞家'로 세분하였다. 이러한 그의 분류 방법은 藏書의 부문에도 그대로 적
용된다.

　徐英輔는 「書品」·「書題諸品」·「秀軒墨蹟跋」 등에서 서화를 감상·
비평하며[64] 가치론적 차원에서 道·藝·書의 가치를 순차적으로 평가하
였다. 그는 '藝는 道에 대해서 末端이며 書는 藝에 대해서 또 말단이다'[65]

---

63) 徐有榘, 「題圖書待訪錄」, 『楓石全集·金華知非集』 卷9(『叢刊』 V.288), 479면. "昔
之論書畵者, 分好事鑑賞二家. 余謂儲書亦然. 舊無鑑識以栽之, 而徒侈揷架縹緗, 則
燕石魚目, 雜然叢淆, 有儲書之名而無考古之實矣. 曩寅三湖, 偶從隣人借見四庫全書
總目, 愛其品栽精核, 每遇藏書家所不可闕者, 隨手鈔錄, 且益之以平日所見, 及欲見
而未見者, 分爲七目, 曰經曰藝曰史曰志曰子曰薈曰集, 總名之曰圖書待訪錄."

64) ① 徐英輔, 「書品」, 『竹石館遺集』 册7(『叢刊』 V.269), 539면, ② 徐英輔, 「書題諸
品」, 『竹石館遺集』 册7(『叢刊』 V.269), 539면, ③ 徐英輔, 「秀軒墨蹟跋」, 『竹石館
遺集』 册2(『叢刊』 V.269), 372면.

65) 徐瀅修, 「朱子書敬齋箴幷序」, 『明皐全集』 卷7(『叢刊』 V.261), 151면. "藝於道, 末
也, 而書於藝, 又末也."

고 하였다. 그러나 드러내기 어려운 '妙'를 간직한 '道'와 전하기 어려운 '法'을 간직한 藝보다는 '用'이 대단한 書를 더욱 높이 평가하였다. 결국 이념적인 평가에서는 道가 우선이지만 실용의 차원에서 논한다면 書가 가장 우위에 선다는 것이다. 비록 '書' 자체만이 아닌 '心'과 연계된 범주에서 書畫이 곧 心畫이라는 의미에서 제한을 두기는 하였지만 이러한 그의 의식은 당시로서는 상당히 파격적인 鑑賞論이라 할 수 있다.[66]

서유구 일가와 아울러 조선후기를 대표하던 洪良浩 일가의 鑑賞論도 주목할 만하다. 그들의 서화 고동 수집 역시 선조대에서 비롯된 家傳이었다.[67]

우리 집에 翰墨이 대대로 전해지기 시작한 것은 팔대 조부이신 文敬公부터이다.

육대조의 부인이신 貞明公主께서는 규합의 귀하신 몸으로 열성의 심화를 얻으셨으니, 큰 글씨와 작은 글씨들이 모두 세상을 위해 道를 전한 것이었다.

오대조이신 判決事公부터 이하 삼 세의 필적은 모두 본받아 법삼을 만하다.

조부이신 文獻公께서 아울러 모두 표구하여 보관하셨는데 「祖先手澤」 등의 여러 첩이 이것이다. 문헌공께서 열심히 서화 공부를 하신 일은 세상에 이름이 났기에 한 치의 편지나 한 자의 그림도 모두 보

---

66) 徐瀅修, 「朱子書敬齋箴幷序」, 『明皐全集』 卷7(『叢刊』 V.261), 151면. "道非藝, 無以發其妙, 藝非書, 無以傳其法, 書之爲用, 大矣哉! 然古者, 書以觀心, 王逸少非不聖於書也, 飄若浮雲, 矯若驚龍而已矣. 鍾元常非不名於世也, 霧卷霞收, 踈而復密而已矣. 是其爲聖爲名, 在書而不在心, 則又焉用彼書爲哉? 然則必有事焉, 神明厥德, 此朱子之所以爲朱子, 而點墨守畫, 爲後人所愛, 至于今刻而行也."

67) 洪敬謨, 「先世水墨帖引」, 「四宜堂志, 書畫」, 『耘石外史』, 奎章閣 所藏. ; 이하의 홍경모와 관련한 자료는 이군선 교수의 박사학위 논문(「관암 홍경모의 시문과 그 성격」, 성균관대학교 박사학위 논문, 2002)를 주로 참조하였다.

배로 삼을 만하다. 그래서 부군께서 살아 계실 적에 이미 화첩으로
만든 것이 많았다.[68]

홍량호 일가가 세족으로 발전한 계기는 고조인 洪柱元이 숙종의 부마로
선발되면서이다.　홍주원의 아들인 洪萬容 · 洪萬衡 · 洪萬恢를 비롯한 일
족들은 홍량호와 그의 손자인 洪敬謨의 세대에 이르기까지 경화 세족으로
서의 번영을 누렸다. 큰외삼촌 沈鏐[69]의 영향으로 算法 · 九章 · 幾何 등
실용학을 특징으로 하는 학문 세계를 형성한 홍량호는 '六藝는 進德 · 造
道의 방법', '書劃이 곧 心劃'이라는 진전된 의식으로 고동 서화에 많은 관
심을 기울였다.

문예에 대한 홍량호의 관심은 최창대를 비롯한 金昌翕 · 李秉淵 · 洪世
泰 · 尹淳 · 趙景命 등의 일류 문사들과 결성한 시사와 법서 · 서화 등의
감상을 통하여 당대의 문예적 흐름에 민감했던 조부 洪重聖의 영향이 있
다.[70] 또 다른 요인으로는 홍씨 일문의 연행과 그로 인해 형성한 '神交'
덕택이다. 1647년 홍주원이 사은정사로 연행한 이후, 1850년의 洪義錫에
이르기까지 30여 차례의 사행 경험이 있었다. 홍량호 자신과 손자인 홍경

---

68) 洪敬謨,「先世手墨帖引」,『耘石外史, 後篇』. "我家翰墨之傳于世者, 自八代祖文敬公
　　始, 而六代祖妣貞明公主, 以閨閣之貴, 得列聖之心畫, 大字細書, 爲世傳道, 五代祖判
　　決事公以下, 三世筆蹟, 罔非可師而可法, 王考文獻公, 並粧而弆之, 卽祖先手澤諸帖
　　是也. 文獻公臨池之工, 名于世, 寸箋尺幅, 皆可爲寶, 自府君在當時, 已多成帖者."
69) 洪義俊,「本生先府君遺事」,『傳舊』. 奎章閣所藏. "外祖考沈相國, 以忠厚長德稱焉.
　　英廟, 每下追思之敎, 內舅樗村先生, 道學德行, 亦爲世所追服, 且其家孝友行誼, 聞
　　於一世, 故府君初無所碍, 而兩朝恩遇, 竟至崇秩焉."
70) 洪重一,「附錄, 行狀」,『芸窩集』(『叢書』V.2401), 경인문화사, 1999, 495면. "雅
　　不喜與人追逐, 而一代名公魁士, 樂趨下風, 如趙后溪裕壽李槎川秉淵洪滄浪世泰, 皆
　　與之結爲詩社, 酬唱無虛日, 風流翰墨, 膾炙一世, 與崔昆侖昌大, 文契最深, 崔公歿,
　　公抱絶絃之悲."

모는 각각 두 차례씩의 연행 경험이 있었다.[71] 특히 홍량호의 연행 경험
은 단순한 사행이나 중국 문물에 대한 遊觀의 수준을 넘어 그의 학예에
큰 영향을 주었다. 당대의 중국을 대표하던 紀昀·戴衢亨 등의 학자와의
대를 이은 교유의 계기를 만들었던 것이다. 그들은 자신들의 사귐을 '海內
神交'라고 명명하여 자손들끼리도 교유를 계속하며 서로 간의 학문적 격
려와 우의를 다졌다.[72] 홍경모의 연행에서는 기윤의 손자인 紀樹蘉와 친
교를 맺었을 뿐만 아니라 陳瑾光·葉志詵·帥方蔚·卓秉恬 등과 교유
(1834)하며 각 종 서적을 수집하거나 고동 서화를 교환하였다.[73] 특히 홍
경모가 탁병염과 교제할 수 있었던 것은 그보다 앞서 연행간 鄭元容의 소
개로 인해서였다.[74]

홍량호 등과 중국 인사의 교류를 양상별로 분류하자면, 시문의 교환·
서적의 수수·고동 서화의 증여로 요약된다. 홍량호 일가가 중국의 문인
들에게 증여한 서적은「六書妙契」·「六書經緯」(홍량호),『春秋』·『禮記』·
『耘石詩文集』,『耳溪公遺集』,『鴨江源流』·紀行詩集,『大貫』·『兀文』·
『玩易大旨』·『圖卦發蘊』·『圖書衍象』(홍희준) 등이다. 그들이 중국의
문사들에게 입수를 부탁한 것은 農桑에 관한 실용 서적류 등이었고 증여
받은 것은 기수유와 그의 족형인 紀樹森의 저술, 진연은의『述堂記』와 그

---

71) 홍량호는 謝恩과 三年節貢을 위해 1782년과 1794년에 연행하였고 손자인 홍경모는
　　冬至 謝恩 및 進賀 謝恩을 위해　1830년과 1834년에 연행하였다.
72) 洪敬謨,「答登之」,『耘石外史, 後篇』. "惠賜諸品, 箇箇珍妙, 不啻如百朋, 況出於
　　情, 而貺以心乎! 受言藏之, 歸示東國, 以詫我海內之神交也."
73) 洪重聖,「與紀茂林樹蘉書」,『耘石外史, 續編』. "庚寅如燕, 與茂林陳登之陸菊人訂
　　交, 甲午之行, 陳玉士葉東卿帥石村卓海帆, 又與之交, 互以楮墨相和一 尺牘其一也."
74) 洪敬謨,「海帆先生惠展」,『耘石外史, 續編』. "曩吾經山鄭元容之東還也, 吃吃說先
　　生早歲蜚英, 文彩煒燁, …中略… 敬謨自聞高名, 不覺聳喜, 今幸以使命入都, 竊擬造
　　請於門屛."

의 은사인 姚鏡堂의 『竹素齋遺集』, 탁병염의 『省吾齋集』, 진근광의 아들 陳疇謹이 보낸 家刻 五經全帙과 섭지선이 보낸 「海嶽詩集題詞」, 『金忠節公遺集』 등이었다. 특히 홍량호의 집안에 소장된 진기한 고동 서화는 홍량호의 선대부터 수집한 家藏 器玩과 그들이 연행에서 사귄 중국 학인의 증여품이었다.

　홍량호 일가가 소장한 고동은 특징이 있다. 서법에 많은 관심을 기울여 법첩이나 동국의 묵적만을 전문적으로 수집하고자 했다. 홍량호는 서예를 즐겨 고금의 금석서를 수집하여 서첩을 만들고 거기에 제발을 첨가하여 소장하였다. 그의 수집품은 역대 동방의 묵적 가운데 세상에 이름난 것들이어서 그야말로 집고가의 진품이라 할 정도로 값진 것이었다.[75) 서예에 대한 그의 취미는 단순한 호사가적 유흥이 아니었다. 초학자의 당면 과제로 敬業과 六藝의 학습을 통한 進德 · 造道를 강조하면서[76), '書, 心畫, 見君子小人'이라는 양자운의 견해를 수용한 그는, 서예가 작자의 기상과 천기를 발현할 뿐 아니라 邪正 · 賢愚 · 貴賤 · 壽夭까지도 예견할 수 있다는 적극적인 서예 옹호론을 펼쳤다.[77)

75) 洪敬謨, 「四宜堂志」, 『耘石外史, 前篇』 卷9. "文獻公府君雅好臨池之工, 裒訪古今金石書, 粧之而成帖, 手題跋語, 藏于家. 自歷代至東方墨蹟之名于世者, 咸萃焉. 凡若干帖, 是帖也, 俱爲集古家珍品."

76) 洪良浩, 「文獻書院九齋記」, 『耳溪集』 卷12(『叢刊』 V.241), 204면. "文獻崔先生居海州, 講學授徒, 設九齋以處學者, 一曰敬業, 二曰進德, 三曰修道, 四曰率性, 五曰樂性, 六曰泰和, 七曰待聘, 八曰誠明, 九曰造道, 初學者. 先居敬業, 習六藝之文, 以次升于進德, 終於造道, 順序而不敢躐엽等."

77) 洪良浩, 「筆跡類彙序」, 『耳溪集』 卷10(『叢刊』 V.241), 182~183면. "揚子雲曰, 書心畫也. 心畫形而君子小人見矣. 故賢者未必皆善書, 而善書者, 率多文雅豪俊之士, 蓋其精神寓於點畫, 氣象見於結構, 不可揜也. 至若片簡尺牘, 乃是尋常揮灑, 而其發於天機者, 尤不容矯飾, 善觀書者, 喜於簡牘焉驗之. 不獨其人之邪正賢愚, 抑貴賤壽夭, 亦可觇也."

　　서법의 학습에서 특히 홍량호가 강조한 것은 '專精古道'와 '心思手追'였
다.78) 그렇다면 그가 말하는 '古道'란 무엇인가? 古는 당시에는 今이고, 今
은 후세에는 古가 되는 것이다. 또한 그것이 古인 이유는 연대 때문이 아
니라 '말로 전할 수 없는 어떤 것' 때문이다. 이 때문에 古만을 귀하게 여
기고 今을 천하게 여긴다면 道를 안다고 할 수 없다고 하였다.79)

　　　　지금 한번 古로 돌아가고 싶다면 그 道를 배우는 것보다 좋은 것이
　　　없다. …中略… 아! 천년 뒤에 태어나 고인의 音을 좇고자 하니 어찌
　　　迂闊하고 狂妄하다 하지 않겠는가? 그러나 人心의 神靈함과 天機의
　　　奧妙함은 만세에 이르도록 쉬지 않고 변하지 않으니, 다만 그것을 自
　　　得하는데 달려 있을 뿐이다.80)

　　그가 말하는 '고도'란 오래된 특정한 시간의 것이 아니다. 영원히 변치
않을 인심의 신령함과 천기의 오묘함을 '自得'한 것이다. 당대에 전하지
않던 「麟角寺碑」나 「鍪藏寺碑」 등을 힘들여 발굴하고 김생에서부터 이
광사에 이르기까지 우리나라 역대 유명 서예가들의 手蹟을 『大東筆宗』이
라는 서첩으로 편찬한 것 역시 그러한 취지였다.
　　홍량호가 중국의 서첩뿐만 아니라 동국의 서첩을 만들거나 비문의 발굴

---

78) 洪敬謨, 「翰墨淸玩」, 『耘石外史, 後篇』. "文獻公府君, 於己酉, 持內憂, 閒居, 日以
　　課周易中庸, 時又臨池, 或臨古法書, 或以楷行見心畫. 嘗教小子曰, 近之學者, 終無
　　大成, 患在不學也, 患在學而不工也, …中略… 吾之文章筆法, 五十以後之所得者, 今
　　雖老矣. 若讀一書, 書一行, 每覺進益蓋專精古道, 心思手追, 勝於年少之時故也."
79) 洪良浩, 「稽古堂記」, 『耳溪集』 卷13(『叢刊』 V.241), 216면. "古者, 當時之今也,
　　今者, 後世之古也. 古之謂古, 非年代之謂也. 蓋有不可以言傳者, 若夫貴古而賤今者,
　　非知道至言也."
80) 洪良浩, 「與宋德文論詩書」, 『耳溪集』 卷15(『叢刊』 V.241), 262면. "今欲一反乎
　　古, 莫如師其道, …中略… 噫! 生乎千載之後, 欲追古人之音, 不亦迂且狂乎! 然人心
　　之靈, 天機之妙, 亙萬世而不息不變, 惟在自得之耳."

에 열성을 보이며 적극적으로 수집하였던 이유는 몇 가지로 정리된다.

우선, 위의 예문에 나타나 있듯이, 한묵에 대한 특별한 취향 때문이었다. 둘째, '전정고도', '심사수추'의 방법을 바탕으로 '자득'을 강조하는 그의 문예론에 의해, 중국의 서풍을 수용하되 일가를 이룬 우리나라의 서예가들이나 금석비문에 대한 관심 때문이었다. 또한 보다 체계화 된 금석학 연구 때문이다. 歐陽修의 『集古錄跋尾』로 대표되는 중국의 고문자학 · 경학 · 역사학 등의 성과를 바탕으로 형성된 송대의 금석학이 조선후기에 유입된 청대의 고증학적 경향과 결부되면서 보다 정밀화되었다. 이 때문에 조선전기까지 별로 나타나지 않던 금석첩의 간행이 17세기 이후 사대부들에게 하나의 유행이 되었다.[81] 이와 같은 홍량호의 서화고동 및 금석문에 대한 취미는 손자인 홍경모에게 전수되었다.

> 文獻公 부군께서 연행에서 돌아와 손수 遼薊詩 수십 수를 쓰시고, 하나로 粧帖하시고 겉면에 「華夏觀風帖」이라 쓰셨다. 眞草와 半行이 정연하게 갖추어져 法象과 意態가 신묘하게 옛날의 모범에 이르렀다. 王羲之의 "結構가 圓備된 것이 篆法과 같고, 飄揚灑落함이 章草와 같고, 窈窕出入하는 것이 飛白과 같고, 耿介特立한 것이 鶴頭와 같고, 鬱勃縱橫하는 것이 古隷와 같아서 매번 한 글자를 쓸 때마다 각각 그 모양을 형상한다."라는 말과 같다.
>
> 대개 부군의 서법은 晋唐人들과 깊이 계합하셨으니, 心畫이 妙悟神解하여 自然의 妙를 터득했다. 만년에 이르러 變態를 다 연구하여 편방의 속된고 비루한 습속을 멀리 벗어났고, 運筆과 行畫이 정밀상

---

81) ① 趙涑, 『金石淸玩』② 李俁, 『大東金石帖』③ 金在魯, 『金石錄』④ 洪良浩, 『大東古蹟』·『大東筆宗』⑤ 洪敬謨, 『集古續錄』⑥ 徐有榘, 『東國金石』⑦ 金正喜, 『金石過眼錄』등.

쾌하고 엄엄하셨다[精爽遒緊]. 그러므로 거의 風氣가 바다 건너 떨어
져 있다는 것을 알지 못할 정도였다. 몸소 중화의 옛 지역을 다녀오
신 뒤에는 안목이 이르면 흉차가 원대해지고 흉차가 원대해지면 심령
이 함께 변화되었다. 그러므로 이 첩은 더욱 그 神助를 얻어 서가의
萬法이 다 드러났다.[82]

홍량호가 연행에서 지은 시들을 모아 엮은 「華夏觀風帖」에 대해, 창작
배경·서법의 예술적 성취·특성 등을 낱낱이 적시한 한 편의 평론이다.

역대의 법첩과 동국 묵적에 대한 감상비평의 등장은 17세기 이래 지속
된 경화 세족들의 서화고동의 수집 취미가 18세기 이후 홍경모의 세대에
이르러서는 체계를 갖춘 鑑賞之學의 성립과정으로 나아가고 있음을 알게
해준다. 이것은 문화사적인 측면에서 상당히 주목할 만한 변화라고 생각
된다.

고동 수집과 飮茶 등의 취미를 속세의 제일 가는 아취로 삼은 '대단히
자유로운 사람'으로 자부한[83] 그는 고동을 '千古의 故實' 즉 '역사의 사실'
로 이해하였다.[84] 강한 예술적 취향과 함께, 이러한 의식은 소장한 御墨,
東國墨蹟 등의 각종 고동과 관련되는 고사의 소개, 고비의 위치·마모 정

---

82) 洪敬謨, 「華夏觀風帖」, 『耘石外史, 後篇』. "文獻公府君 使燕還, 手書遼薊詩數十
首, 粧成一帖, 又題于面曰華夏觀風帖, 眞草半行秩然俱備, 法象意態, 妙詣古範, 右
軍所謂, 結構圓備, 如篆法, 飄揚灑落, 如章艸, 窈窕出入, 如飛白, 耿介特立, 如鶴
頭, 鬱拔縱橫, 如古隷, 每爲一字, 各象其形者, 殆近之. 蓋府君書法, 深契晋唐人, 心
畫妙悟神解, 透得自然之妙, 至晩年, 窮極變態, 逈脫偏邦之俗陋, 運筆行畫, 精爽遒
緊, 殆不知風氣之隔於海外, 而及夫躬履中華之舊域, 眼目到而胸次大, 胸次大而心靈
與之俱化, 故此帖, 尤得其神助, 書家之萬法畢露."

83) 洪敬謨, 「與扶安守洪季習學淵」, 『耘石外史, 後篇』. "筆硯以爲曺暑, 書籍以爲齊民,
觴政茶格以爲令甲, 自以爲塵沙中第一佳趣, 而作世間大自在人."

84) 洪敬謨, 「新羅眞興王巡狩碑」, 『耘石外史, 後篇』. "此國史野乘所不載, 而獨荒裔片
石留作千古故實, 可補古史之闕, 而亦可備職方氏之探也."

도 · 고사 등을 기록하게 하였다. 고동에 대한 체계적인 분류 · 정리의 작업을 통해, 각 물품에 대한 예술적 가치와 성과의 평가, 법첩에 대한 판본계통의 고증, 오 · 탈자의 정정, 제가의 품평 비교 등의 비평론적인 의미의 跋尾를 첨기함으로써 감상학을 확립하였다.

## 4. 결론

결론적으로 요약하자면 조선후기 경화세족 특히 소론계의 고동 수집은 그들의 개방적인 학문 성향이 예술적인 취미로 승화된 현상으로 이해된다.

器物에 지나치게 탐닉하여 淸澄한 本志가 훼손될까를 염려한 도학자들과 달리, 18세기 초반부터 나타나기 시작한 소론계 인물들의 장서 취미와 고동 서화의 수집 취미는 공리를 표방하면서도 점차 개별적인 심미관념으로 변모하기 시작한 조선후기 문화사의 한 흐름을 보여준다. 동시에 그것은 한문학에서도 기존의 도문일치적 유가 문학 관념에 상당한 변동이 있을 것을 예시하는 한 징표로 이해된다. 그러한 변화의 흔적들이 주로 나타난 것은 도와 분리된 문장의 가치 인식, 문장의 실용성 강조, 개성적인 창작, 모국어 문학의 가치 인식 등 다양한 양상으로 나타났다. 이에 대해서는 보다 자세한 연구가 필요하리라 생각된다.

# 제2장
# 文章은 독자적일 수 있다

## 1. 머리말

고금의 시대 변화에 대한 인식은 문장가들의 주요한 관심사이다. 시대에 따라 세상과 사람뿐만 아니라, 文章 역시 변화하는데 그것에 대한 긍정 혹은 부정의 태도에 따라 문장관 역시 다양하게 나타난다.

조선후기의 많은 문인들 가운데 소론계 문인들은 일찍부터 문장의 의미와 가치에 대한 독자적인 견해를 밝혀왔다. 그들이 문장에 대한 독자적인 가치를 부여할 수 있었던 배경에는 주자학과 함께 실용에 주목하여 양명학, 서학 등을 비롯해 다양한 학문을 폭 넓게 수용한 개방적 학문 태도가 일정하게 작용하였을 것이다. 아울러 그러한 사고가 문학적인 흔적으로 나타난 것이 文·質을 나란히 강조하거나 문장이 문장을 평하는 기재로서 활용될 수 있다는 생각이었다.

이 글은 조선후기 소론계 인물을 중심으로 하는 문장의 독자적 가치 인식을 고찰하여 조선후기 한문단 내부에 움트는 문장에 대한 새로운 가치 인식의 일면을 밝히려는 데 목적을 둔다.

## 2. 辭 · 理, 文 · 質의 상호 가치 긍정

일찍이 程頤 · 朱熹 등은 '義理自體', '仁義道德' 또는 '本然之性' 자체에
대한 공부가 바로 '實學'이며 '道'라고 생각하였다.[85] 그들을 존신한 송시
열 역시 '性情', '天理' 등을 도의 범주로 설정하고, 의리의 궁구 방법으로
독서를 통한 講明 · 고금 인물의 시비 분별 · 사물에 대한 타당한 방법 적
용 등을 주장하였다. 그러나 실제로는 공허한 '의리', '이기' 만을 일삼고,
시비 판별의 구체적인 준거가 될 수 있는 史書와, 應事卽物의 방법이 될
수 있는 醫書 · 文選 · 文集類에 대한 독서의 필요성을 부인하고 극단적인
이념화를 추구하여 후대 학자들의 신랄한 비판을 받았다.[86] 이들과 달리
남구만은 문장에 대해 다음과 같이 정의하였다.

> "사람이 문장을 중요하게 만들 수는 있어도 문장이 사람을 중요하
> 게 만들 수 없다."[87]

그는 '仁義의 함양'을 문장의 기본 조건으로 강조하며 聲律 · 藻繪의 공
교함이 극처에 도달한 훌륭한 문장은 仁義道德의 내적인 수양이 없이는
이루어지기 힘들다고 생각하였다.[88] 이 때문에 그는 道가 상실된 후세에

---

85) 程頤, 『二程遺書』卷18. "或讀書講明義理, 或其古今人物, 別其是非, 或應事卽物而
  處其當, 皆窮理也."
86) 章學成, 「浙東學術」, 『文史通義』. "儒者, 欲尊德性而空言義理以爲功, 此宋學之所
  以見譏于大雅也."
87) 南九萬, 「醒翁集序」, 『藥泉集』第27(『叢刊』 V.132), 448~449면. "人能重文, 文
  不能重人."
88) 南九萬, 「醒翁集序」, 『藥泉集』第27(『叢刊』 V.132), 448~449면. "仁義之人, 其
  言謇如, 苟非仁義之積中, 其發而爲文章者, 雖極聲律藻繪之工, 求其所謂謇如, 終不
  可得. 文之美, 實亦有由於人者, 又可見矣."

유학을 배우는 자들이 '道의 外的 形象化'라는 문장의 본래적 기능을 망각한 채 摹擬와 거짓된 修飾을 일삼는 풍조를 비판하였다.[89] 이와 같은 남구만의 도문론에는 주자주의자들의 '道文一致論'과 차별적인 부분이 엿보인다.

> '文은 藝이다'. 비록 공교롭다고 한들 또한 '예'일 따름이다. 經術에 근본하고 國體를 밝히며, 사정을 다 말하며 마음을 넓히는 것, 이런 것은 필묵으로 첩경을 논할 수 없다.[90]

남구만은 문장을 하나의 '技藝'로 인식하였다. 이와 같은 의식은 주희 등이 문장이 성인의 大中 · 至正의 實體 즉 '순수한 마음'에서 자연 유출된 것이기에 인력이 거의 작용하지 않는다고 생각한 것과는 분명히 다르다. 대표적인 성리학자인 송시열도 문장이 도덕적 차원의 '性情'과 관련이 있다고 생각하여 작가를 소개할 때 작품에 대해 설명하기보다 작가의 인품을 우선적으로 설명하고자 하였다.[91]

이렇게 볼 때 남구만이 인식한 기예로서의 문장은 '性情'이나 '道德'의 차원과는 분명히 다르다. 문장을 '기예'로 인식했다는 것은 그것에 대한

---

89) 南九萬,「滄溪集序」,『藥泉集』第27(『叢刊』 V.132), 449~450면. "蓋聞古之制文, 所以記言也. 發諸口則爲言, 書諸册則爲文. 之二者同出而異名, 文之爲用於古者然也. 降而後也, 乃有所謂詞章之文, 竊竊焉摹擬假飾, 自以爲工, 不特文人之文爲然. 雖從事儒學者, 亦有不免於此, 其離古亦遠矣."

90) 南九萬,「竹西集序」,『藥泉集』第27(『叢刊』 V.132), 454면. "文者藝也. 雖工則亦藝而已矣. 至若本於經術, 明於國體, 說盡事情, 開拓心胸, 是不可以筆墨蹊逕論."

91) 宋時烈,「晴峯集序」,『宋子大全』卷138(『叢刊』 V.112), 550면. "文藝之與性情, 相關, 審矣. 然辭語之富麗, 節族之淸越, 則其所謂性情者, 雖或不純乎天理之正, 而反爲其籠罩掩蓋者多矣. …中略… 故魯論曰有言者, 不必有德, 朱子序諸賢之文, 必先序其爲人, 其意可知也已, 若近世晴峯沈公, 其所謂有德而有言者乎! 其可謂當序其人, 而不須序其文者乎!"

인력의 작용을 강하게 인식했다는 것이며 그것은 性命道德과는 일정한 거리를 가진다.

또한 그가 문장에서 기대한 것을 대별하면, 공리적 차원에서는 經術과 국가 운영의 요체에 대한 기여이며 정서적 차원에서는 사정을 다 말하고 사람의 마음을 넓혀 주는 것이다. 비록 그가 필묵과 같은 기예로서는 그것을 달성하기 위한 첩경을 논할 수 없다는 부정적인 언급을 보이기는 하였지만 문장에 대한 그의 기대가 단순한 기예의 차원에만 그치는 것이 아님을 보여준다. 이것은 '도'에 종속적인 문장이기보다는 기예적인 차원의 미약한 수준이기는 하지만 문장이 독립성을 가질 수 있다는 의식의 단초로 보인다.

남구만과 함께 교조적인 '道文一致論'에 대한 이의를 제기한 인물은 朴世堂(1629~1703)이 있다. 남구만의 처남이며 대표적인 주자학 비판론자이던 그는 주자설만을 전범화 하는 당대의 경전 해석 경향을 탈피하여 경서의 본의를 파악하고 그것을 독자 나름으로 체득하는 것이 올바른 경전 이해법의 하나가 될 수 있다고 하였다.[92]

이러한 견해는 경서 해석에서 주자설을 절대시하는 교조적 주자주의가 팽배하던 17세기의 학문 사상적 경향[93]에 대한 반론임과 동시에, 경서 강

---

92) 朴世堂, 「思辨錄, 論語·學而」, 『西溪全書·下』, 태학사, 1979, 68면. "學者於聖人之言, 必先求所以言之旨, 虛心遜志, 以深體之, 然後方有所得. …中略… 若先自立標準, 盡驅經義, 納於其中, 恐未可也."

93) ① 朴世堂, 「癸未錄·禮曹再啓」, 『西溪全書·下』, 태학사, 1979, 514면. "朱夫子經書箋註, 寔所謂建天地而不悖, 俟百世而不惑者也. 其或割裂章句, 反背辭意, 別立門戶, 僭汰無忌, 實聖門之叛卒, 斯文之亂賊也." ② 朴世堂, 「甲申錄·大司諫鄭澔上疏」, 『西溪全書·下』, 태학사, 1979, 582면. "(堯舜文武, 治天下之大經大法, 承而傳之者, 孔曾思孟, 而其道俱載於六經四子書, 闡而發之者, 奧有程朱之賢, 而其說載見集註章句之書), 外此而爲道, 則夷狄也, 禽獸也. 反此而爲說, 則異端也, 邪說也."

독에서 개별 독자의 해석을 존중하는 個性主義的 경향을 나타내어 이 시대의 학문 사상의 방향 전환을 모색하였다는 점에서 큰 의의를 갖는다. 이와 같이 독특한 학문사상을 배경으로 그는 '作文隨人論'을 주장하였다.

> 行狀은 정신이 없어서 아직 살펴 열람하지는 못했지만 明齋의 뜻은 진실로 좋습니다.
> 오직 '作文이란 또한 그 사람에 따라 쓰여지는 것'이니 억지로 할 수 없고 억지로 지어도 또한 더욱 좋아지지 않습니다. 그런 까닭에 처음부터 반드시 갖추어 쓰려는 계획은 하지 않아야 할 듯합니다.[94]

'지어진 문장은 그 사람에 따라 다르게 나타난다'는 말은 박세당이 창작 과정에서의 개성적인 심미관의 표출을 감지하고 있음을 보여준다. 이와 유사하게 보이는 견해에 '문장은 그 사람의 인품을 나타낸다'는 송시열의 견해가 있다.

일견하기에 양자의 주장은 유사한 듯하지만 자세히 살펴보면 다르다. 송시열이 말하는 '인품[爲人]'이 학문 도야와 수양의 정도에 따라 가변성을 내포하는 품성적인 차원의 것이라면, 박세당이 말하는 '그 사람[其人]'은 억지로 해서도 안 되고 억지로 할 수도 없는, 사람이 저마다 타고나는 불가변적 특성 즉 '個性'을 말한다. 바로 이 점에 양자의 차이가 있다.

박세당이 강조하는 개성주의적인 문학론은 의고주의가 팽배하던 17세기의 조선 문단 내부에 이미 격식과 규범으로부터 탈피하여 개성을 추구하고 진실한 표현과 寫實的인 묘사를 추구하는 18세기 문단의 경향이 萌

---

94) 朴世堂, 「與南教官 鶴鳴」, 『西溪集』 卷19(『叢刊』 V.134), 402면. "行狀, 悧甚未及省閱, 而明齋書意固好. 惟是作文, 亦隨其人, 不可强爲, 强爲又便不好. 故初亦不爲必求備述之計耳."

動하고 있음을 의미한다.

개성 표출과 효용적인 측면에서의 문장의 가치를 어느 정도 긍정하였기에, 박세당은 洪禹行에게 의고적인 작풍의 추구를 비판하고 창작에서 개성을 살리고 辭와 理를 반성하여 잘 살펴보기를 촉구하였다.[95]

> 보여주신 새로운 작품을 비평하여 돌려보냅니다. 한스러운 것은 그대가 시대의 유행 양식을 模倣하려 하고 다시 辭理가 어떠한지를 반성·관찰하지 않는 것입니다. 이런 식으로 글을 짓는다면 病敗가 겹겹이 생겨나서 날로 시들고 耗損되므로 장족의 발전을 할 수 있는 방법이 아닌 듯합니다.
>
> 무릇 詩文을 지을 때는 차라리 質이 勝하게 할 지언정 문장의 폐단에 이르도록 하지 말아야 합니다. 문장의 폐단은 흘러가서 되돌아오지 않을 것이니 아마도 구제할 약이 없을 것입니다.[96]

앞서 살펴보았듯이 박세당은 당시 문인들이 '模擬'의 습성에 골몰하여 개성이 결핍된 글을 쓴 것을 비판하였다. 그 대안으로 그는 창작에서의 辭와 理에 대해 반성하여 고찰하기를 요구하였다. 그가 '反察辭理論'을 통

---

95) '辭理'란 文章의 內容과 表現形式을 의미한다. 이것이 문장의 평가와 연관되어 최초로 사용된 것은 晉나라 范甯의 「春秋左傳序」에서이다. 범영은 『春秋』에 관한 傳을 쓴 십여 인의 평가기준으로 문장의 내용과 표현형식을 의미하는 辭理를 제시하였다. 劉勰 또한 작가의 창작 능력을 판정하는 기준으로 辭理의 우열을 제시하였다. 그러나 아래에서 박세당이 말하는 '辭理'는 '文道' 즉 '道文'의 의미이다. ; ① 劉呆 編, 『漢語大詞典』 V.11, 漢語大詞典出版社, 1993, 504면, "辭理, 指文章的內容和表現形式." ② 范甯, 「春秋左傳序」, "穀梁傳者, 雖近十家, 皆膚淺末學, 不經師匠, 辭理典據, 旣無可觀." ③ 劉勰, 『文心雕龍, 體性』 "故辭理庸儁, 莫能飜其才."

96) 朴世堂, 「與洪聖能禹行」, 『西溪集』卷20(『叢刊』 V.134), 417~418면. "及示新作, 評砭以還, 所恨者, 意在倣倣時樣, 不復反察辭理之如何? 如此爲之, 病敗層出, 日就凋耗, 恐非長進之道, 凡作詩文, 寧爲質勝, 勿使至文敝, 文之敝也, 流而不返, 殆無藥可救耳."

해 추구한 이상적인 문장은 辭와 理가 균형을 이룬 것이다. 그러나 당대
의 문인들이 말폐적인 '모의'의 습성에 길들여져 사리에 대한 반성이나 자
신의 개성적인 면모를 드러내지 못하고 작법의 형식에만 골몰함을 비판한
다. 그리하여 시문의 창작에서 모의를 하기보다는 차라리 '質'이 '勝'하고
'文'이 '拙'한 것이 나을 것이라고 말한다. 몰개성적인 모방보다는 차라리
도덕적 본질 즉 '도'나 '리'를 추구하는 것이 낫다는 주장이다. 이처럼 창작
에서 개성을 강조하는 박세당의 주장은 창작에서 도학적 내용[理, 道]의
절대적 우위를 강조하는 동시대의 송시열 등의 문장론과는 뚜렷한 차이를
갖는다.97)

이러한 박세당의 문장론은 도문일치의 주자주의적 문장론이 지배적인
위치를 점하고 의고주의적 경향이 풍미하던 17세기의 문단 상황에서 파격
적인 것으로 평가될 수 있다.

남구만과 박세당 등에 의해 제기되기 시작한 주자학적 도문일치론에 대
한 회의와 반론은 그 제자인 최창대에 이르러서는 문장의 가치를 적극 고

---

97) 송시열 등은 '문장이란 義理가 精純하고 論議가 올바르며 斯文에 도움이 되고 世道
를 裨補할 수 있는 것이어야 한다'고 주장하였다. 그들은 아무리 공교하고 아름다운
문장이라 하더라도 의리가 바르지 않거나 논의가 옳지 않은 것은 소용없는 것으로
간주하였다. 또한 문장을 짓기에 앞서 '道德'을 작가가 갖추어야 할 선행요소로 규정
하였다. 이와 같은 '文從道出'의 견해에 더하여 송시열은 "朱子의 글은 갖추어지지
않은 것이 없는데, 마음이 하고자 하는 대로 따라서 토해 낸 文辭가 글이 된 것이다.
그러므로 아마 문장도 朱子와 같은 이가 없을 것이다."고 하였다. 송시열 등이 주장
하는 이러한 崇道輕文 즉, 문장의 品格과 작가의 人品을 동일시하는 문장론은 명분
위주의 관념적인 그들의 학문·사상적 특징과의 관련성을 생각하게 한다.; ① 宋時烈,
「澤堂集序」, 『宋子大全』卷138(『叢刊』V.112), 556면. "然求其義理之精, 論議之正,
可以羽翼斯文裨補世道者, 則未有若澤堂公文稿者也. …中略… 而其發爲文章者, 爲
非義理之實, 而非藻繪纂組者之可比也." ② 宋時烈, 「崔愼錄·下, 語錄」, 『宋子大全,
附錄』卷18(『叢刊』V.115), 555면. "問, 朱子道德, 孔子後一人也. 文章何如? 先生
曰, 朱子之文, 無所不具, 而從心所欲, 吐辭爲文, 則竊恐文章亦若如朱子也."

양하는 방향으로 전환되기 시작하였다.

崔昌大는 외숙부 李寅燁에게 올린 편지에서 文辭의 重要性을 역설하였다. 즉 '事實의 보존'이라는 기능성을 염두에 둘 때, 言語는 文字에 비해 시간적, 공간적 제약을 가질 수밖에 없음을 인식했다.

> 대저 言語가 자세히 다 나타내는 면에 있어서는 비록 文字보다 나은 듯하지만 朝廷의 事宜를 上奏하는데 있어서는 문자가 더 나은 것은 어째서입니까?
>
> 임금 앞은 이미 私席과는 다르며 잡다하게 진술하는 文辭는 또 오로지 奏達하는 것과 다릅니다. 上奏하고자 하는 바가 혹 누락될까 근심하고 혹 빼앗기기도 하여 열 가지 중에 예닐곱 가지를 말할 수 없거늘 하물며 이와 같은 백성의 폐해에 대한 여러 조목은 이리저리 뒤얽혀 천 갈래 만 갈래가 되니 의논하는 신하들이 비록 매우 잘 변론을 한다고 하더라도 어찌 하나 하나를 다 풀어 말하겠습니까?98)

최창대가 인식한 바에 의하면, 언어는 보편적으로 음성을 사용하여 감정・정보・요구 등을 자세히 직접적으로 전달할 수 있다. 그러나 '瞬間性・詳備性・直接性'이라는 언어 체계의 특성은 당쟁이 치열하던 조선의 조정에서는 의사전달의 수단으로서만 활용되지 않았다. 개별적인 당론을 전개하며 상대파를 비판하고 정쟁을 야기하여 정권 구도의 변화를 야기할 정치적 도구로 전용이 되었다.99)

---

98) 崔昌大, 「上季舅 丙戌」, 『昆侖集』卷13(『叢刊』 V.183), 238면. "夫言語之詳備, 雖似勝於文字, 至於論列朝廷事宜, 則文字大勝, 何者? 威顏之下, 旣異於私席, 雜陳之辭, 又別於專奏, 所欲論列, 或患掛漏, 或被剿奪, 十不能道其六七, 況此民弊諸條, 綜錯棼糾, 千頭萬緒, 議臣雖甚辯洽, 其何能一一解說?"

99) 최창대는 박세당의 『사변록』에 대한 비판이 私憾에 바탕한 정치적 모해공작이라고 간주하고 그에 대해 '경전을 훼손하고 성인을 모욕했다[毁經侮聖]'는 당세의 비판을

이와 같은 시대 상황에 대해 치밀히 인식한 최창대는 '언어'라는 매개 수단의 한계성을 보완하고자 하였다. 그 결과 '保存性 · 可變性 · 間接性'을 특징으로 하는 문자의 필요성을 절실히 인식하게 되었다. 언어에 비해, 가변적이고 간접적인 문자는 긴박하게 돌아가는 당쟁기의 현실 상황에 맞게 적절히 변개할 수 있다는 점이 큰 매력으로 생각되었을 터이다. 또한 대단히 복잡하고 번다한 국정 운영의 여러 사항들을 조목조목 변론하여 국정 운영의 효율성을 증진시킬 수 있다는 실용적 측면 역시 문자의 필요성을 부각시키는 요인이 되었을 것이다.

상당히 현실적이고 실용적인 차원에 근거를 두었기에, 최창대의 문장관은 형이상학적인 道의 실현을 추구한 주자주의적인 도학파들의 문장론과 차이 날 수밖에 없었다. 이 때문에 최창대는 도덕적인 본질의 필요성만큼 문장이 필요하다는 '文質彬彬'의 창작 이론을 제창하였다.

> 지난번 足下의 편지를 받아보니 文章의 體를 자세히 논하면서, 제가 지나치게 工巧함을 추구하고 好古하는 큰 잘못을 바로잡아 주셨습니다. …중략… 그러나 足下의 편지 가운데 한 두 가지 다시 아뢸 만한 것이 있어 애오라지 다시 말씀을 드리고자 합니다.
>
> 足下께서는 "文字란 말을 붙이는 것으로서 詞는 의사를 전달하면 될 뿐이다."고 하셨습니다. 아주 좋은 말씀입니다. 그러나 이른바 '詞達'이 어찌 쓸데없이 말을 많이 하여 길게 늘이는 것이겠습니까? '말

---

일소에 부쳤다. 아울러 그는 주자가 박세당의 『사변록』을 비판하는 인물을 본다면 의아하게 여기며 비웃을 것이며 도리어 그들이 先賢을 인용하여 사람을 모함하는 도구로 만들었다고 비판할 것이라는 내용의 「論思辨錄疏」를 지었다. 그렇지만 그의 글로 인해 정치적 파장이 일어날까를 우려한 아버지의 만류로 글을 공개하지 않았다. 이 일은 '문장'이 당시 사회에서 문예적 창작물이 아닌 정쟁의 도구로 전용될 수 있는 구체적인 사례라는 점에서 주목될 만하다.(김영주, 「곤륜 최창대의 수사론 연구」, 『동방한문학』 24, 2003 참조).

이 문자가 없으면 전해져도 멀리 갈 수 없다'고 말하지 않았던가요? 孔子는 "質이 文을 이기면 野하고 文이 質을 이기면 史하다. 文質이 彬彬한 후에야 君子라고 할 수 있다."고 하셨습니다. 저 역시 文章에 대해서도 그렇게 생각합니다.

'文質彬彬'에는 방법이 있습니다. '理를 밝혀서 근본을 세우고, 적절한 방법을 골라서 趣旨를 바로잡고, 辭를 다듬어서 용도에 맞게' 해야 할 것입니다. 이 세 가지 중에 한 가지라도 빠진다면 옳지 않습니다. 이 세 가지를 따르기를 힘쓰고, 날마다 부지런히 연마한다면 각자의 재주에 따라서 저절로 이루어지는 것이 있을 것입니다.[100]

일찍이 張維는 文보다는 質을 강조하는 입장에서 文과 質이 균형 있게 이루어진 글을 가장 이상적으로 생각하였다.[101] 그는 實質은 언어를 빌어 표현되고 전달될 뿐만 아니라 언어와 문사 방면의 문채미를 강구함으로써 그 전달과 감동의 효과가 커질 수 있음을 강조하였으니, 산문예술의 심미적 감흥은 언어·문자의 운용과 그 효과에 달려 있다고 생각하였다.[102] 특히 그는 문채 획득의 방법으로 '務去陳言'을 주장하며 이를 통해 새로운

---

100) 崔昌大, 「答李仁老德壽 癸未」, 『昆侖集』 卷11(『叢刊』 V.183), 212면. "向者, 得足下書, 極論文章之體, 而規僕求工好古之太過, …中略… 然其中有一二可復者, 聊復言之. 足下云, 文字者, 言之寓也, 詞達而已耳. 甚善甚善. 然所謂詞達, 亦豈敷多冗長之謂, 獨不曰言之不文, 傳而不遠乎? 孔子曰, 質勝文則野, 文勝質則史. 文質彬彬然後君子. 吾於文章, 亦云然. 文質彬彬有道, 明理以樹其本, 擇術以端其趣, 修辭以致其用, 三者闕一, 不可. 循是三者, 焉日有, 則隨其材以自有所至."

101) 張維, 「簡易堂集序」, 『谿谷集』 卷6(『叢刊』 V.92) 110면. "譚文者, 動以辭達爲口實. 辭達故是聖人語, 獨不曰, 言之不文, 行而不遠乎? 夫辭至於達, 可謂有其質矣. 卽其無文, 何以稱彬彬君子, 而能垂諸不朽哉?"

102) 張維, 「拙翁集序」, 『谿谷集』 卷6(『叢刊』 V.92) 117면. "嘗聞孔氏四敎, 文行居其先, 文者其華而行者其實也. 天之降才, 鮮能全備, 故四科之徒, 亦有偏至, 況其下者乎? 今公高才粹質, 倬焉寡儔, 和順積中, 英華彪外, 德行著於儒林, 勳名載於國乘, 至其發於餘事者, 亦將炳烺緗素, 而垂諸不朽, 豈所謂彬彬君子, 質有其文者非耶?"

언어 표현 형식을 창조할 수 있을 것으로 기대하였다.[103]

장유와 비교한다면, 최창대는 '문질빈빈'의 실현 방법으로서 이치를 밝히고 근본을 수립하는 것에 대해서는 동일하다. 그러나 문장의 심미적 기능을 강조한, '적절한 방법을 선택하여 취지를 바로잡고, 문사를 다듬어 용도에 부합하게 한다'의 두 가지 조항을 첨부함으로써 문채미의 효능을 보다 강조하는 입장에 섰다. 더욱이 '이치의 구명[明理]', '적절한 방법의 선택[擇術]', '문사의 수련[修辭]'이라는 삼 요소 가운데 한 가지라도 빠질 수 없다는 주장은 '道本文末', '崇道輕文'의 주자주의적 문장 관념에 골몰한 대다수 문인들의 도와 문에 대한 가치를 송두리째 뒤흔드는 견해임은 말할 필요가 없다. 그의 견해가 진보적인 것임은 傳道와 明理에 편중된 이덕수와의 토론에서 잘 나타난다.

李德壽는 자신과 뚜렷한 견해차를 보이는 최창대의 '辭達論'을 다음과 같이 비판하였다.

> 제가 논한 바는 文藝의 末端에 불과할 뿐, 이른바 道德·性命에는 미치지 못하였습니다. 그러나 그 得失이 무슨 관계가 있겠습니까?
> 진실로 웅덩이를 따라 물의 근원을 찾고 지엽을 따라가서 뿌리를 구하여 오늘날에까지 반복하여 연마하는 것을 싫증내지 않는다면 저기에는 이익이 없더라도 반드시 여기에 이익이 있을 것입니다. 그러니 밖에 있는 文章이 또 어찌 이것을 벗어나겠습니까?
> 사람을 쏘려면 먼저 말을 쏘아야 하고 적을 사로잡자면 먼저 왕을 사로잡아야 하니 그 법이 대개 이와 같습니다.[104]

---

103) 정우봉, 「朝鮮後期 散文理論의 展開와 그 性格」, 『한국문학연구』 창간호, 2000, 고려대 민족문화연구소, 153~155면 참조.

104) 李德壽, 「答崔孝伯書」, 『西堂私載』 卷3(『叢刊』 V.186), 188면. "僕所論不過爲文

『論語·衛靈公』의 '辭達而已'를 근거로 한 이덕수의 견해는 '문자란 말이 붙은 것으로 이치가 순조롭고 문사는 뜻을 전달하면 될 뿐[理順辭達]'이라는 것이다. 그는 구절을 다듬고 글자를 정련하여 아름답게 꾸미는 것은 문장이 아니며 達意의 목적 외에 일체의 수식이 불필요함을 강조하였다.

문예 창작의 차원에서 문장의 존재 가치에 대해 회의한 이덕수가 중점을 둔 것은 내적으로 체득한 理·道德·性命 등이며 그에게 '文辭'란 내적인 체득을 외재적으로 구현하기 위한 수단으로 한정되어 있다. 즉 문사의 전달 기능은 인정하지만 수식이나 인위적 造作 등의 필요성을 경시하는, '重質輕文'의 태도라고 할 수 있다. 바로 이 지점에서 文과 質의 조화를 추구하는 최창대와 이덕수의 관점이 뚜렷이 차이난다.

> 立言하는 방법은 반드시 마음에서 체득하여 그 근본을 세우고, 六經을 참고하여 그 趣旨를 바로 하며 諸子百家의 학설을 참고하여 그 流를 넓힌 후에야 言辭가 전달되고 道가 그 가운데 있게 될 것입니다. 마음으로 체득하지 않는다면 辭語가 넘쳐나도 통제가 안 되고 六經으로 補翼하지 않으면 뜻이 여러 갈래로 나뉘어져 착오가 생기기 쉽고 諸子百家를 참고하지 않는다면 辭語가 비루해져서 만족스럽게 되지 못할 것입니다.
>
> 이 세 가지 중에서 진실로 어느 한 가지를 폐할 수 없으며 마음을 근본 삼아야 합니다. 그러한 뒤에야 표현하여 文章을 만들면, 환하게 밝으며 심오하게 깊으며 우뚝하게 높고 울창히 문채가 있게 될 것이니 이것이 바로 不朽의 業이 이루어진 것 입니다."[105]

---

藝之末耳. 所謂道德性命, 有未之及也, 則其得失有何所關? 誠能因泝而尋源, 緣枝而求本, 不厭其反復切磋於今日, 則不有益於彼, 必有益於此. 然則在外之文, 亦其能外是哉? 射人, 先射馬, 擒敵, 先擒王, 其法盖如此."

105) 崔昌大, 「答金子裕令行」, 『昆侖集』 卷12(『叢刊』 V.183), 220~221면. "立言之

최창대가 立言 즉 창작의 조건으로 제시한 '마음으로의 체득[體心]·육경의 참죄[翼六經]·제자의 참죄[參百氏]'는 도학가들이 생각하는 조건과는 상당히 다르다.

한 예로 張載는 '大中과 至正의 극처'106)를 문장 창작의 조건으로 이해하였으며, '史書·醫書·文集에 대한 공부나 六經에 대한 공부도 그다지 요긴하게 생각하지 않았다107). 朱熹 역시 '精明純粹의 실체인 성인의 마음이 내적으로 旁薄充塞하여 외현한 것'을 문장의 전제 조건으로 정의하였다.

이와 같은 도문가들의 견해에 비춘다면 최창대의 견해는 주자주의적 교조성이나 학문적·사상적 폐쇄성을 극복하였음을 나타냄과 동시에 史書와 道敎·佛敎 등의 이단의 서적을 배척하며 그 무익성을 주장하고 '義理'만을 중시하거나 朱門六書의 가치를 옹호한 주자주의자들의 보수성108)과는 분명한 대조를 이룬다고 할 수 있다.

---

道, 必體之心, 以立其根, 翼之六經, 以端其趣, 參之百氏之言, 以廣其流, 然後辭達而道在其中矣. 不體之心, 則言濫而無督, 不翼之六經, 則志歧而易跲, 不參之百氏, 卽辭陋而不洽, 三者固不可偏廢, 而心爲本焉. 迺後發而爲文, 則炳乎其陽也, 淵乎其深也, 超乎其高也, 蔚乎其有章也, 是不朽之業成也."

106) 張載, 「正蒙·樂器」, 『張載集』 第15. "大中至正之極, 文必能致其用."

107) 張載, 「義理」, 『張子全書』 卷6. "嘗謂文字若史書, 歷過見得, 無可取則可放下. 如此則一日之力, 可以了六七卷書, 又學史不爲, 爲人對人, 恥有所不知, 意只在相勝, 醫書雖聖人存此, 亦不須大段學, 不會亦不甚害事, 會得不過惠及骨肉間, 延得頃刻之生, 決無長生之理. 若窮理盡性則自會得. 如文集文選之類, 看得數篇, 無所取, 便可放下. 如道藏釋典不看, 亦無害. 旣如此則無可得看, 唯是有義理也. 故唯六經則須著循環, 能使晝夜不息理會, 得六七年則自無可得看, 若義理則儘無窮, 待自家長得一格則又見得別語道斷. 自仲尼, 不知仲尼以前, 更有古可稽, 雖文字不能傳, 然義理不滅則須有此言語, 不到得絶."

108) ① 朴世采, 「答申英仲 甲戌」, 『南溪集·續集』 卷11(『叢刊』V.142), 295면. ② 尹拯, 「與再從弟天縱 癸亥三月二十一日」, 『明齋遺稿』 卷27(『叢刊』 V.136), 54면.

최창대는 문장의 중요성을 확실히 입증하였을 뿐만 아니라 그것의 결과
적 효과까지도 제시하였다. 그는 문장 학습의 범주를 이단에까지 확장하
고[廣流], 문장으로 그것을 잘 표현할 때 '도'가 그것에 내재할 수 있다고
생각하였다. 그에 의하면 '도'는 어디서나 존재하는 보편적인 것, 구체적인
것, 다양성을 구비한 것일 수 있으며 추상적이고 관념적인 성리학적 차원
에만 한정되지는 않았다.

요컨대 남구만을 비롯한 박세당과 최창대의 논리에서 '道와 文', '辭와
理', '文과 質'이 같은 비중으로 자리를 잡아가고 있으며, 그것은 교조적인
주자주의에 구속되어 문장의 가치를 폄시하던 동시대의 대다수 문인들의
의식과는 일정한 간격을 이루고 있음을 알 수 있었다. 또한 그들이 문장의
필요성에 대해 인식한 출발점이 대체로 국정 운영의 효율성 제고, 독창적
인 학설의 전개, 모의적 창작 습성에 대한 비판 등, 대체로 실용적이고 현
실적이며 심미적인 차원이었음을 알 수 있었다. 이로 볼 때, 道·文에 대
한 이들의 相補的·相須的 인식이 점차 보다 현실적이고 심미적인 방향
으로 전개될 것을 예견할 수 있다. 그러한 예의 하나가 바로 '문장'의 독자
적 가치를 적극 발양하는 道文分離의 주장이다.

## 3. 道와 文의 分離 可能性 提高

明理·擇術·修辭를 문장 창작에 필수적인 삼 요소로 강조한 최창대와
마찬가지로 그의 제자인 申維翰(1681~1752) 역시 '紀事之文·紀言之文·
紀物之文'으로 문장을 삼분하고 그 중의 어느 하나도 소홀히 할 수 없다고
주장하였다. 성현의 가르침이 담긴 말, 즉 '紀言文'인 유가경전과 정주학

자들에 의해 무익한 것으로 비판받은 史記·漢書 등의 '紀事文'과 異域의
신이한 사물을 기록한 『山海經』·『汲冢書』 등의 '紀物文'을 經典과 같은
반열에 둘 수 있다고 주장한 점은 도학적 문장관념으로부터 상당히 일탈
하고 있음을 알게 한다.[109] 이에 대해 최창대는 그가 學古의 바탕인 '好古'
취향과 '氣力'을 갖추고도 고인을 닮으려 하는 의고적 태도를 가진 것을
비판하였다. 최창대는 '筋髓'와 '神氣' 등의 내재적인 훌륭한 작가적 역량
을 도외시하는 신유한의 태도를 경계하여 八大家文抄 가운데 曾鞏의 「南
豊」 두 권을 공부하여 그러한 병폐를 치유하도록 권하였다.[110]

도문에 대한 구체적인 논의를 남기지 않은 신유한이지만, 문장의 전범
을 논의하며 '吾所謂之文'과 '聖人說敎之言'의 이분법적 제시를 통하여 사
실상 '道文分離' 인식의 일단을 선보였다.

신유한은 어린 시절부터 스승의 가르침이나 학업을 연마하기보다는 『尙
書』의 隻章·片簡을 즐겨 암송하거나 좌구명·사마천 등의 句法을 익히

---

109) 申維翰, 「與任正言璞論文書」, 『靑泉集』 卷3(『叢刊』 V.200) 285면. "書契之作而
取其紀事·紀言·紀物之炳炳郁郁者曰文, 紀事之文, 祖二典, 以及周官三百六十紀, 素
王春秋, 光如鼎彝, 音中鍾磬, 紀言之文, 祖三謨誥命, 以及檀弓·樂記·魯論諸編, 光如
袞繡, 音中琴瑟, 紀物之文, 祖禹貢, 以及考工記·山海經·汲冢書, 光如玉璧, 音中琅
琊, 是其通天壤·亙古今媲三光而不墜者, 故翼素王則爲臣曰左丘·公·穀, 收秦火而置史
曰馬遷·班固, 俱能嫡傳史家宗法而網羅千古事變, 言辭以斐其文, 譬之善畫者摹寫人
物, 亡論形色惟肯, 必以造化精神, 得其生動氣魄之眞, 然後斯爲神品, 論語之間, 左
丘之塩·穀之淸·公之嫺, 魯史也. 遷之雋爽·固之精剛, 漢史也. 卽其紀事·紀言·紀物之
文, 與虞夏商周, 同堂而昭穆矣."

110) 申維翰, 「自敍」, 『靑泉集』 卷2(『叢刊』 V.200), 410면. "始余不遜, 竊慕古文辭,
往往自喜塗墨爲序記雜著, 生長遐陬, 亦未嘗取質於當世博雅君子. 行年三十五, 始遊
京師, 往謁昆侖崔學士, 翁盡索我少壯文藁見之, 沾沾喜曰, 君誠好古有氣力, 可進於
古, 而茫茫乎不識所由徑矣. 君欲以毛髮肖古人, 而不以筋髓神氣求古人, 故篇篇字句,
似馬似左似莊似子雲, 凡言似者皆非眞, 是不過優孟之爲孫叔敖矣. 自己腔裏, 亦有好
家居, 何苦寄宿人芭籬下, 因逆揣吾生平文字被病根委, 如倉扁視人肝肺, 診脈論症,
卽抽案上八大家文抄中曾南豊二卷授我曰, 試往讀此, 可以醫病."

고 웅얼거렸기에 당시인들로부터 '稚狂'이라 불릴 정도였다고 술회하였다[111]. 尹淳(1680~1741)은 '도'보다 '문'에 치중하는 그의 태도를 지적하며 도학 공부에 보다 충실하기를 권유하며 다음과 같이 말하였다.

제가 생각하기로 옛부터 文章을 공부하는 선비 중에 일찍이 배우지 않고 능한 사람은 없었습니다. 皇明을 예를 들어 말하자면 方遜志 · 王陽明이 탁월하게 가장 뛰어납니다. 저 濟南의 여러 분들이 뛰쳐오르며 소리치기를, "우리 『左傳』 · 우리 『史記』와 우리 『漢書』뿐이다."라고 하였지만 그분들의 지극하지 못한 점은 그대와 병이 같습니다. 환자가 자신의 병세에 대해서 말할 수 있다면 병은 치료될 수 있습니다.

이제 그대가 마음을 가다듬어 道를 배우고 精神을 오로지 하여 학문을 독실히 하고 詞華를 古訓과 견주지 말고 章句로 正理를 어지럽히지 말아서 理致가 밝아지고 學問이 순수해지면 그 말이 저절로 靖에 이를 것입니다. 左丘明 · 屈原 · 班固 · 司馬遷이라도 그대의 心思를 어지럽히지 못할 것이니 그러면 그대가 이에 빨리 좋아질 것입니다.[112]

위는 윤순이 문장 창작을 위해 제시한 조건과 문장 창작의 과정을 보여준다. 윤순은 문장 창작을 위한 전제로 '道의 연마 · 학문의 독실함 · 詞華

---

111) 申維翰, 「與任正言璞論文書」, 『青泉集』 卷3(『叢刊』 V. 200), 285면. "自念我生之初, 一物不帶來, 由生入老, 一事不係戀. 獨於古文聲句, 唱歌之嗜, 本乎天性, 甫離齓, 不喜從塾師章程業, 得尙書隻章片簡, 已喃喃學誦, 聞左丘·司馬數行句法, 輒鼓舞咿唔, 當是時, 人皆笑僕稚而狂."

112) 申維翰, 「雜著, 敍與尹太學士淳論文事」, 『青泉集』 卷6(『叢刊』 V. 200), 354면. "吾意自古文章之士, 未嘗無學而能, 卽以皇明言之, 方遜志·王陽明超然爲上乘, 彼濟南諸公躍而呼曰, 吾左吾史與漢而已, 其不至者, 與子同病, 病者能言其病則病可爲也. 今子息心而游於道, 專精而篤於學, 勿以詞華視古訓, 勿以章句亂正理, 理明而學純則其言自底于靖, 卽左屈班馬, 將無以惱子之心思, 而子於是霍然良已."

로 古訓을 비교하지 말 것·章句로 正理를 어지럽히지 말 것'의 네 가지를
제시하였다. 이어서 '이치를 밝히고[理明]', '학문이 순수해지는[學純]' 과정
을 거치고 나서야 말이 잘 다듬어지고[言靖] 훌륭한 문장이 이루어진다고
생각하였다. 그의 지적에 나타난 신유한의 모습은 詞華·章句의 文章에
탐닉하며 이른바 左·屈·班·馬의 문장의 경지를 추구하기 위해 고뇌하
는 文章之士로서의 모습이다.

> 나이 들어 『漢書』에 기록된 文武의 詔制와 賈誼의 「治安策」을 백
> 천 번 읽고서야 文章의 正脈이 史書에 있지 다른 것에 있지 않음을
> 비로소 믿게 되었습니다.
> 또 儒家가 익혀야 할 四書 중에서는 유독 『論語』를 즐겨 암송하였
> 는데, 洙泗의 문인들이 孔子의 一動一靜의 모든 움직임을 잘 기록하
> 여, 模寫한 것이 入神의 경지에 이른 것으로 생각해서였습니다. 그런
> 까닭에 그 문장이 史家의 體를 터득하여 字句를 雕琢·鍊磨한 법식
> 이 옥과 금과 같았습니다. 그것에 정신을 깊이하고 마음을 모은 지
> 십 수 년이 되자 문득 큰 소리로 말하기를, "하늘과 땅과 사람이 생긴
> 이래로 그 精髓가 가장 잘 드러난 것이 '文'이며 그 光華가 유달리
> 두드러진 것이 '文'이다. 文은 우연히 만들어지는 것이 아니며 또 구
> 차하게 이름할 수 있는 것도 아니다.113)

문장 창작에 골몰하는 신유한의 태도는 나이가 들어도 변함이 없었다.

---

113) 申維翰, 「與任正言璞論文書」, 『靑泉集』 卷3(『叢刊』 V.200), 285면. "年長而讀漢
書所紀文武詔制賈傅治安策百千過, 始信文章正脉, 在史而不在他. 又就儒家所習四
書, 而獨喜誦論語, 以爲是洙泗門人善記夫子一動一靜, 模寫入神, 故其文得史家之體,
所以句琢字鍊, 式如玉式如金, 旣覃精會心十數寒暑, 便能(口+畫)(口+畫)然私語口
曰, 自有天地人以來, 得其精英之最現曰文, 指其光華之獨著曰文, 文非偶然而作也,
亦不可苟然而名也."

『漢書』의 詔·制 및 賈誼의 「治安策」 등을 무수히 읽으면서 문장의 正脈이 바로 史에 있으며 다른 것에는 있지 않음을 깨달았다는 그의 술회는 古文을 酷好하는 문장지사로서의 모습을 확인시켜 준다. 특히 그의 언급에서 '文章正脉在史'라는 여섯 글자가 주목을 요한다.

신유한이 주장한 이 여섯 글자는 앞서 보았던 장재나 주희 등의 문장관에 정면으로 배치된다. 정주학자들이 쓸모없는 것으로 취급한 '史書'를 그가 문장의 정맥으로 정의한 이유는 무엇인가?

우선 詔·制·治安策 등 그가 史書 가운데 문장의 전범으로 지적한 것들이 經國濟民의 방책과 밀접한 관련이 있는 것을 볼 때, 그가 문장에서 중시한 것은 事實性과 實用性으로 정리된다.

또한 사서 가운데 『논어』를 가장 존숭한 이유가 공자의 一動一靜의 모든 움직임을 잘 기록하고 묘사하였으며 句琢·字鍊이 탁월한 '史家之體'를 구사하였다는 것이었다. 이로 볼 때 신유한이 주장하는 도문관에서의 문장은 성현의 내면이 발양한 것이 아니다. 가장 사실적으로 대상을 담지하는 것이 바로 문장이었다. 詔·制·策을 수없이 반복하여 읽으면서 그것을 문장의 올바른 길로 인식한 것은 그의 문장론이 투철하다고 할 정도로 실용주의에 기반한 것임을 알게 한다. 이와 같은 주장이 문장에 철저하게 도학적 이념이 투영되기를 요구하는 도학가의 도문일치론에 정면으로 위배됨은 불문의 사실이다.

또한 그는 훌륭한 문장이 구비할 요건으로 정밀한 模寫를 요구하였다. 그래서 문장의 자구를 雕琢하고 鍊磨하는데 십 수 년간 정진하여 내린 결론이 천지의 정수를 가장 잘 구현한 것, 빛과 광채가 가장 찬란히 나타난 것이 바로 '文'이라고 주장하였다.

신유한에게서는 우주의 운행 이치, 만물의 근원이라는 철학적 '道'·'理'

는 무의미해진다. 사물의 모습을 가장 사실적이며 아름답게 묘사한 '문장'
이 그 자리를 대신한다. 이것은 '도'와 '문'의 역할 바꾸기가 아니라 신유한
이 문장 자체의 심미성을 철저히 인식했다는 반증이며 그가 '도'와 '문'을
분리 인식했음을 보여주는 증거이다. 바꾸어 말한다면 '道文分離'의 주장
인 셈이다.

> 세상에서 이것 외에 文이라고 칭하는 것이 있는데 그 가운데 하나는
> 儒家의 訓詁學이니, 이것 또한 本源이 있습니다. 공자께서 『周易』
> 「繫辭傳」과 『孝經』을 지으신 이래, 曾子·子思의 『大學』·『中庸』
> 에 이르기까지, 사람에게 明理와 盡性을 가르치니 자세하게 명하는
> 것이 반드시 之·乎·者·也 등의 글자를 사용하는데 得力하여 천하
> 의 사람들로 하여금 실행하기를 마치 菽粟, 水火와 같게 하신 것입니
> 다. 그런데 이것은 '聖人이 가르침을 베푸는 말씀[聖人說敎之言]'이지
> '제가 말하는 文[吾所謂之文]'은 아닙니다.[114]

그가 문장이라고 생각한 두 번째 경우는 경전에 대한 풀이와 주석 중심
인 訓詁學이었다. 그는 훈고학을 '성인이 남긴 가르침[聖人說敎之言]'으로
정의하며, 훈고를 자질구레한 일로 간주한 도학자의 견해에 반대하였다.
신유한은 경서 자체를 문장의 전범으로 신봉하기보다는 '성인의 훈화'라
는 교화적 측면에서의 제한된 의미만을 부여하고 전범의 영역을 유가의
것에 한정하지 않고 천지간에 존재하는 모든 것[115]을 비롯하여 山海經·

---

114) 申維翰,「與任正言璞論文書」,『青泉集』卷3(『叢刊』V.200), 285면. "天下有舍是
而稱爲文者, 一日儒家訓詁學, 亦有本源矣. 夫子作系易·孝經, 以至曾·思大學·中庸,
誨人明理盡性, 所以諄諄焉命之者, 必用之·乎·者·也等字得力, 使天下家行戶踐, 如菽
粟水火, 是聖人設敎之言, 而非吾所謂文也."
115) 申維翰,「與任正言璞論文書」,『青泉集』卷3(『叢刊』V.200) 285면. "天之文, 日月

汲冢書・史記・漢書에 이르기까지의 諸家의 사상서마저 문장의 범주에
포용하였다.

　그가 문장으로 간주한 세 번째 경우는 '그 자신이 좋아하는 문장[吾所謂
之詞]'이었다. 그가 어린 시절부터 주로 읽은 것은 古文이었다. 그 대표는
屈原의 「離騷」와 賈誼의 「治安策」 등의 秦漢古文[116]과 『史記』의 「范蔡
傳」・「荀卿傳」・「項羽本記」・「李廣傳」 등이었다.[117] 이것들을 읽을 때
면, 그는 '흥이 한껏 고조되고 신명이 우러나며[興集神來]', '팔다리가 절로
춤추는[肘股如舞]' 沒我의 경지를 느낀다고 하였다. 유가에서 금기시하는
怪・力・亂・神의 소재를 대상으로 한 문예적 창작물에서 정서적 환희를
경험하는 그의 의식에 이미 '문예적 창작물'로서의 문장이 확실히 자리잡
고 있음을 알 수 있다.

　또 한 가지 위의 예문에서 주목할 언급은 '吾所謂之文'이다. '吾所謂之
文'이라는 표현을 통해 그가 전범으로 삼은 문장을 서술한 대목은 신유한
이후에 보다 구체적으로 나타나기 시작하는 '道文分離' 주장자들 간에 하
나의 키워드로 기능하고 있는 듯하다. 한 예로 조선후기의 대표적인 道文
分離論者로 거론되는 趙龜命이 '吾所謂之文'을 도문분리론의 發話點으로
삼고 있기 때문이다.

---

　　星辰, 雲霞電霓, 地之文, 含三品土五色球琳琅干, 人之文, 黼黻冠冕圭璋宮室, 河出
　　圖, 洛出書, 龍師鳥官鳳儀麟止, 皆文也, 龜之貝・蜃之珠・虎豹之毛・孔翠之羽, 皆文也."
116) 申維翰, 「雜說」, 『青泉集・續集』 卷2(『叢刊』 V.200), 411면. "余自童年, 不識書畵
　　方技, 以至奕碁六愽飮酒琴歌, 一無所解, 獨嗜古文, 韻語則離騷, 文章則賈傅治安策,
　　讀過千篇寢飯俱忘, …中略… 每於惱倦欲睡時, 枯槁索居處, 聽人讀離騷, 或自閱治安
　　策, 便覺興集神來, 肘股如舞, 始信吾生命分來, 只有此兩端因緣, 苦未磨矣."
117) 申維翰, 「書孫仲深史記抄」, 『青泉集』 卷6(『叢刊』 V.200), 351면. "今子役吻於斯,
　　讀「范蔡傳」, 即欲駕長辯, 讀「荀卿傳」, 即欲提匕首悲歌, 讀「項羽記」, 即欲喑嗚叱咤,
　　讀「李廣傳」, 即欲彎弓射單于, 此又誰之使耶? 即司馬氏之自爲, 至而亦不得自言其至
　　者, 天機之所動也."

문장을 학습하던 15~17세 무렵부터 겉으로는 周公·孔子를 사모한다고 하였지만 속으로는 司馬遷·班固의 문장에 빠지게 되었다고 술회한 趙龜命(1693~1737)[118]은 '道文一致'의 주장이 문학의 진보를 속박하는 것으로 생각하여 양자의 차별적 분리를 주장하였다.

대저 천하에는 三敎가 있으니 儒·佛·道가 그것입니다. 제가 일찍이 대략 그 한계를 살펴보았습니다. 천하의 일 가운데 그것을 따라 하여도 막힘이 없고 그것을 실행하여도 다함이 없으며 그 궁극을 추구하여도 계속할 수 있는 것을 바야흐로 '正道'라고 할 수 있는데 오직 儒敎만이 그럴 수 있고 나머지 것들은 그럴 수 없습니다.

道라는 것이 어떤 물건인지 저는 알지 못합니다. 다만, 하늘이 하늘 되는 이유, 사람이 사람 되는 이유, 내가 나 되는 이유는 이 物 때문이 아닐까 할 따름입니다. 대저 내가 나되는 이유는 이 때문일 뿐입니다. 그러므로 천하의 어떤 물건이 이것과 바꿀 수 있겠습니까? 이런 까닭에 반드시 쫓고 행하고자 하여 그칠 수 없는 것입니다.

무릇 道는 이와 같이 크고 文은 저와 같이 작아서 나를 해치기에 부족하니, 文은 즐겨도 그만, 즐기지 않아도 그만입니다.[119]

---

118) 趙龜命, 「答李生益幹書 ○辛丑」, 『東谿集』卷10(『叢刊』V.215), 207면. "僕幼少時, 狂奔無度量, 而髣髴有見於性善之理, 奪造化之論, 妄以爲聖賢可立地成, 而文章可强力占, 謂二道並行而不相悖, 而古人之智不及此也. 常以周·孔·班·馬, 對峙於胸中, 紛紜馳驟, 想像揣摩, 譬如宋子京之得半臂, 多則多矣, 而並穿勢, 有不能單着嫌于取舍, 實則無益於一煖之功, 如是者凡六七年矣, 而卒之於學則門墻難尋, 於文則路逕稍熟, 駁駁然遂至乎浮華之習勝, 而眞實之意衰, 厭日間之常食, 而悅海外之奇味, 陽浮慕於周·孔, 而陰自私於班·馬, 猖狂淫泆而不自返者, 又六七年矣."

119) 趙龜命, 「答稚晦兄書」, 『東谿集』卷10(『叢刊』V.215), 201면. "夫天下有三敎, 儒·佛·老, 是也, 而龜命蓋嘗略窺其涯涘矣, 天下之事, 惟由之而不窒, 行之而不窮, 求其終而可繼者, 方可謂正道, 而惟儒爲然, 餘則不能爲. 道者, 吾不知其何物也, 而獨疑夫天之所以爲天, 人之所以爲人, 吾之所以爲吾者, 以是物而已, 夫吾之所以爲吾者, 以是而已. 天下何物, 尚可以易此者乎? 是故, 必欲由之·行之而不得已也. 夫道若是其

조귀명은 儒·佛·道의 三敎 가운데, 이처럼 실행해도 막히거나 다함이 없으며 그 궁극을 추구해도 계속될 수 있는 '正道'를 간직한 것은 오직 儒敎 뿐이라고 주장하였다. 이와 같은 의식은 그가 유가 사상에 착근했다고 할 수 있다. 그에게 '道'는 하늘이 하늘일 수 있게, 사람이 사람일 수 있게, 내가 나일 수 있게 하는 이유 즉, 자연 법칙·인륜 도덕·개성 등을 종합한 存在의 本源을 의미한다. 그가 제시하는 '도'의 관념은 보편·현상에 內在하는 사물의 본질을 주로 지칭하며 '義理之學'으로서의 주자학이 강조하는 '理氣', '性理' 등의 형이상학적인 관념에만 치우친 '도'는 아니다.

'道는 이같이 크고 文은 저와 같이 작다'는 비교 설명이 가능한 것으로 볼 때, 그가 생각하는 '도'가 보다 구체성을 가진다는 개연성을 확신할 수 있다. 또한 그가 생각하는 문장이 '도'와 별개의 것임을 확인해주는 것은 다음과 같은 언급이다. '문장이란 즐겨도 그만, 즐기지 않아도 그만인 것·자신을 해치거나 道를 해칠 수 없는 것'. 이것은 도문일치의 관념에서는 결코 상정될 수 없는 논리이다. 천지 자연의 도와 문이 일치될 때, 문장은 도를 구현하는 수단적인 차원이기는 하지만 분명한 필요성을 인정받을 수 있다. 그러나 문장이 도와 전혀 별개의 것이 될 경우, 그것은 조귀명의 말처럼 즐겨도 그만 즐기지 않아도 그만일 수 있는 문예적 차원의 것이다. 바로 이 점에서 조귀명이 '도문분리'의 견해를 분명히 가졌음이 확인된다. 또한 그가 자신이 말하는 문장을 '잗달한 技術의 文[小技之文]'으로 명시한 것도 이해된다.

'제가 말하는 文[吾所謂之文]'은 立言의 文이 아니라 바로 筆墨으로 쓰는 보잘 것 없는 技術의 文으로 애오라지 스스로를 잠깐 동안이나마

---

大, 文如彼其小, 而不足以爲吾害, 則之文也, 嗜之可也, 不嗜之可也."

유쾌하게 하기 위한 것이며, 후세의 揚雄을 기다리는 것은 아닙니다.

대체로 三代 이전에는 文과 道가 하나였다가 秦漢 이후에는 두 길이 되었습니다. 이런 까닭에 程子·朱子 등 여러 선생들의 德은 伊尹·周公·孔子·孟子와 짝할 수 있지만 伊尹·周公·孔子·孟子의 文章은 될 수 없었는데, 韓愈·柳宗元은 도리어 그 嫡傳에 들었습니다.

무릇 지금의 학자들이 걸핏하면 "文과 道가 하나다[文與道一]."라고 하며 모두 억지로 씩씩한 척은 하지만, 어린아이조차도 속일 수 없습니다. 이 때문에 文은 文대로, 道는 道대로가 되어 서로 섞일 수 없게 되었습니다. 그러나 대소가 드러나니 또 돗자리 짜는 일과 천하를 아울러 삼키려는 모의와 대장장이 일이 세상을 휘두르려는 뜻과의 관계 같은 것입니다. 방해되는 혐의가 있다 하여 어찌 바꿀 수 있겠습니까?[120]

도문을 분리 인식한 조귀명이 추구한 문장은 무엇인가? 그것은 필묵으로만 써지는 것이며 보잘 것 없는 것이며 스스로를 위한 한때의 유쾌한 오락거리이다.

필묵으로만 써지는 문장은 도와는 분리된 문예적 차원의 글이다. 그것은 필묵을 움직이는 작가의 개성과 창작의도에 따라 다양한 아름다움을 만들어 가는 창의적인 문예활동의 산물이다. 그러하기에 당시의 보편적 견해로 본다면 '보잘 것 없는 것'일 수 있다. 또한 스스로를 위한 한때의 유쾌한 오락거리로서의 문장은 창작을 통한 정서의 순화라는 근대적 창작

---

120) 趙龜命,「答稚晦兄書」,『東谿集』卷10(『叢刊』V. 215), 201면. "吾所謂文, 非立言之文, 而乃翰墨小技之文, 聊以自快一時之間, 亦非有待於後世之子雲, 夫三代以上, 文與道爲一, 而秦漢以後, 便成二途. 故程·朱·諸夫子, 德可配於伊·周·孔·孟, 而不能爲伊·周·孔·孟之文, 韓·柳反與其嫡傳焉. 凡今學者動稱文與道一者, 皆强自壯也. 兒童之不可欺, 故文自文道自道, 不可以相混, 而其大小相形, 則亦結毫之於並吞天下之謀, 鍛鐵之於揮斥八極之志也. 烏可以有所嫌於妨而易焉矣乎?"

의 목적에 보다 근접한다. 조귀명이 정의한 문장의 구체적인 양상에서도 그것이 도와 분리되어 있음은 충분히 확인된다.

조귀명은 文이 道術을 밝히고 世敎에 보탬이 되거나 辭와 理의 구비를 이상으로 삼아야 한다는 전통적 인식을 단호히 부정하였다. 道와 文이 판연히 구분된 三代 이후에는 理면 理, 辭면 辭 어느 한쪽을 추구하는 것이 가능할 뿐, 그 둘의 구비가 가능하다든가 道에 밝으면 文은 자연히 잘 하게 된다는 식의 논리는 있을 수 없다고 보았다.

道文分離에 대해 전면적인 논의를 전개하고자 한 조귀명의 시도는 조금 앞 시기의 金春澤의 道文分離論과 차별적인 특성을 갖는다. 김춘택은 고금의 시간적 변화와 運氣 · 人事의 공간적 · 환경적 차이에서 도문이 분리된 것으로 인식하며 辭로 理를 구하고자 하였다. 즉 문학사상의 道文의 分離를 사실적으로 인정하면서도[121] 道文一致의 儒家的 當爲와 괴리된 현실을 비판하며 道에 의해 文의 수준이 결정된다는 종속적인 입장을 견지하였다.[122]

그러나 조귀명은 '道는 큰 것이며 文은 작은 것이다'라고 규정하여 아직 道 · 文 양자의 수평적 가치를 확립하지는 못하였지만, 道와 文에 대해 분립된 개체로서의 독립성을 부여하며 문장에 대해 굳이 道와의 상관관계를 논할 필요가 없다는 입장이었다. 이와 같은 견해는 기왕의 儒家的 道文觀의 지형도를 전면적으로 수정하였다는 의의를 부여할 수가 있다.

---

121) 金春澤, 「論詩文」, 『北軒集』 卷16(『叢刊』 V.185), 224면. "文本於道一而已. 道莫尊於孔孟, 故文亦莫盛於孔孟. 自孔孟以後, 則文有由韓歐, 道有程朱, 文與道始分焉. 此殆天地間一大欠事, 謂韓歐未達於道, 故其文猶不至, 則固可也. 謂程朱之有歉於文, 或由於其不深乎道, 則不可也. 然思文與道之所以分, 其亦出於古今之變, 運氣人事之致然者哉!"

122) 金英珠, 「北軒 金春澤의 文學論 硏究」, 『대동한문학』 15집, 2001, 198~199면 참조.

## 4. 批評機材로서의 文章 價値 認識

일찍이 정자는 학문을 삼분하여 인식하였다. 그것은 굴원·사마천·두보 등이 대표하는 文章之學과 漢代의 專門 및 당송대의 注疏를 의미하는 訓詁之學, 그리고 洙泗 이래 전승해 온 儒者之學이다. 이와 같은 분류법을 채용한 박세채는 당대 조선의 학풍은 '科擧之學'과 '儒者之學' 뿐이며 그 폐해는 '舍本趨末'이라고 주장하였다.123) 그리하여 '公物'인 '道理'와 '程朱의 集註書'는 학자들이 당연히 강론해야 할 것이며, 성현의 경서에 대한 독자적인 의견을 수립하는 행위는 一統의 大義와 儒家宗法의 大忌라고 탄식하였다. 이는 곧 '주자가 말한 道理야말로 천하의 公物이다'라는 당대의 일반적 인식을 직시한 것이라 할 수 있다.124)

吳道一과 鄭齊斗 등도 '道理는 公物이다'라는 논의에 공감하기는 하였지만 박세채와는 차이를 보였다. 오도일은 의리는 본래부터 천하의 누구나 공유할 수 있는 것이기에 일반적인 의리관에 비교하여 대체적으로 정당성을 확보하거나 유사하면 충분하며 반드시 특정한 의리관에 구애될 필요는 없다는 관용적인 입장이었다.125) 정제두 역시 '도리는 본래 공공의

---

123) 朴世采, 「寄贈李汝常序」, 『南溪集』 卷12(『叢刊』 V.141), 490~491면. "程子有言, 今之學者三, 一曰文章之學, 二曰訓詁之學, 三曰儒者之學, 欲趨道, 非儒者之學不可. 蓋其所謂文章之學者, 卽指屈宋遷固李杜之流, 訓詁之學者, 卽指漢之專門及唐宋註疏之家, 儒者之學者, 卽指洙泗以來聖賢之遺法, 是則文章訓詁, 爲學者之病久矣. 然猶無以科擧名學者, 世道愈敝, 爲章甫之徒, 舍本趨末, 惟甲乙是崇是利, 以故習文章者, 一歸於糊名聲病, 習訓詁者, 一歸於背誦帖括, 遂擧天下而變爲科擧之學, 愚故常曰, 今之學者二, 一曰科擧之學, 二曰儒者之學, 殆有所繇然也."

124) 朴世采, 「書, 答趙汝常持恒, 戊辰十一月三十日」, 『南溪集』 卷35(『叢刊』 V.139), 205~206면. "竊想先相公本意, 只謂道理是天下公物, 學者宜共講論, 有非先賢之所禁者, 而不察集註章句旣行之後, 不宜各立門庭以犯一統之義, 是爲儒家宗法之大忌."

125) 吳道一, 「書, 答沈龍卿」, 『西坡集』 卷21(『叢刊』 V.152), 413면. "義理, 本自天下公物, 要得十分正當, 十分恰好而已, 何可必要其相合也?"

것이기에 사물의 條貫 즉 條理를 공유하면 충분하며 특정한 이론에 구애될 필요가 없다'고 생각하였다.[126] 최창대 역시 스승인 박세당의 『사변록』으로 인한 시비를 논하는 소장에서, '道學者은 天下의 公物이다'라는 견해를 밝혔다. 그는 도학은 이치로 논해야 하며 특정한 '一家'의 견해에 종속될 필요가 없다고 생각하였다. 도학과 관련하여 세력이나 일신의 영욕, 책의 완정성 여부조차도 논의할 필요가 없다고 생각하였다.[127]

도학 · 의리와 관련한 공물론에서, 박세채가 획일적인 공물론을 제시하며 그것에 대한 맹종을 요구한 것과 달리, 오도일이나 정제두 등은 다양성을 제기하며 타당성을 확보하고자 하였다. 이와 같은 견해는 도학 · 의리에 대한 다양한 해석 가능성을 수긍하였다는 점에서 상당히 개방적이고 포용적이라고 판단된다.

오동일 등에게서 나타나는 개방적인 공물론은 李廷爕과 李德壽에 이르러 '文章은 公物이다[文章公物論]'을 창출하는 원동력이 되었다. 이정섭과 이덕수는 18세기 초엽에도 지배적이던 '道理公物'에 대한 논의에 대해 공물로서의 문장의 의미를 새롭게 인식하였다.

지난번에 귀하의 원고를 볼 때에 외람되이 소견에 따라 사사롭게 평한 말이 있었지만, 초면에 의리상 경솔하게 기록하여 드릴 수 없었습니다. 하물며 근세에 남의 문자의 득실을 의논하다가 분노를 불러들이는 일이 왕왕 있는 것을 보았습니다. 그런 까닭에 머뭇거리며 감

---

126) 鄭齊斗, 「書[三], 與崔汝和書 壬辰」, 『霞谷集』 卷2(『叢刊』 V.160), 53면. "今所引朱書諸義, 可知定論得之, 奉讀不覺欽服而敬歎. 道理本公物, 豈非自至於同條共貫者耶?"
127) 崔昌大, 「疏, 論思辨錄疏 癸未, 不果上」, 『昆侖集』 卷8(『叢刊』 V.183), 142면. "蓋曰道學者, 天下之公物, 非一家之事, 只可以理奪, 不可以力服. 其身之榮辱, 其書之成毁, 非所論耳. 若差殊於見解, 駁難於文義, 則又與異端他道, 不翅相反. 其善者, 固已羽翼乎先賢, 而其不善者, 不失爲起疑求益之言."

히 할 수 없었습니다.

어제 그대의 가르침을 받은 것 중에, '文章은 公物이다'라는 一段의 말을 본 후에야 비로소 집사께서 듣기를 즐기고 허심탄회하게 받아들이는 뜻이 세속의 좁은 규모에서 멀리 벗어나 있는 것을 알았습니다. 또 저를 인정해주는 두터운 마음에 감동되어 문득 분수에 넘치는 것도 잊고 別紙에 제 소견을 대략 올리니 집사께서 어떻게 여길지 모르겠습니다.

만약 이치에 합당하지 않다면 가르침의 답장을 주는 것을 꺼리지 마십시오.[128]

'문장이 公物이다'라고 천명한 이덕수의 주장에 공감한 이정섭은 문장공물론을 문예비평적 측면에서 활용하였다.

이덕수가 문장공물론을 주장하게 된 계기는 문장의 득실에 대한 논의를 작자에 대한 품평으로 오인하던 당시 문인들의 태도 때문이었다. 즉 정쟁에 따른 치열한 보복과 살육이 자행되던 18세기 초·중엽의 정치적 상황은 문인들의 비평에도 영향을 끼쳐, 비평이 작품 자체에 집중되기보다는 주로 소속 당파의 차이에 따라 결정되는 현상이 있었다.

한 예로, 귀양 가는 송시열을 전송하는 김창협의 시에 "의궤 안에는 효종께서 하사하신 貂裘 있건만, 이 어른이 무슨 일로 먼 귀양길 가야하나? 기로에서 외로운 신하의 눈물 한 줄기, 선생을 위해서가 아닌 나라를 위해서라네"라고 하였다. 이에 대해 南人이던 李瑞雨는 "貂裘의 털이 많지 않

---

128) 李廷燮,「與李仁老德壽」,『樗村集』卷4. "頃斂貴稿時, 猥有隨見私評之語, 而一面之始, 義不可率爾錄呈, 況見近世因議人文字得失而致其艴然者, 往往有之, 故次且而未敢也. 昨蒙盛諭, 見有文是公物一段說話然後, 始知執事樂聞虛受之意, 逈出世俗隘規, 而且感相與之厚, 輒忘僭越, 略貢愚見於別紙中, 未知執事以爲如何? 如未當理, 不憚回敎."

으면 개가죽으로 잇는 법, 이 길은 가깝거늘 어째 멀다 하느냐! 驩兜의 무리를 쫓아낸 역사를 살펴보라! 堯임금 때 아니고 舜임금 때였나?"라고 읊으며 귀양 가는 송시열의 모습을 희롱하였다.[129] 또 노론계 黃胤錫이 宋時烈·金昌協 등에 대한 南克寬의 비평을 당론에서 비롯된 是非論爭으로 해석하여 남극관을 두고 '선배의 지론을 꾸짖고 능가하려 하는 등 오만하고 사납기가 그 조부인 남구만의 유풍과 같다'고 한 지적 등이 있다.[130]

문장의 시비·득실에 대한 품평이 작자에 대한 품평으로 받아들여지던 조선전기[131]와 달리, 당쟁이 치열했던 조선후기에는 이처럼 문장 품평이 당론 차원에서 이해되는 변화가 나타났다. 그리고 그에 대한 반발로 노론계의 이덕수와 소론계의 이정섭 등의 일부 선각적인 문인들에 의해 '문장은 공물'이라는 인식이 나타나게 되면서 '문장'의 공개적 품평이 촉구되었다. 비록 이들이 문장에 대한 공개적인 품평을 추구하는 수단으로 문장의 가치를 인식하기는 했지만 양자가 인식하는 문장의 의미는 다소 차이가 있었다.

---

129) 具樹勳, 『二旬錄』. "尤庵先生謫濟州, 金農巖別詩曰, 儻有當年御賜貂, 此翁何事此行遙. 臨岐一掬孤臣淚, 不爲先生爲聖朝. 李瑞雨聞而次韻曰, 貂毛不多狗續貂, 此行猶近豈云遙, 試看放逐驩兜輩, 不在堯朝在舜朝. 一時膾炙, 李萬雄獨責之曰, 經傳不可引用如此. 李亦南人, 而其識見凌如此."

130) 黃胤錫, 「頤齋遺稿 下」, 『頤齋全書』 卷12(『叢刊』 V.246). "閱南克寬集中, …中略… 其人頗有才藝, 能出於文章曆數諸家, 沾沾自喜. 然而以一介黃口, 乃敢嘖嘖前輩持論, 傲狠有其祖遺風, 蓋於尤翁·谷雲·農巖則名之, 於文谷·畏齋則字之, 於許穆·李潛尤極推尊, 而朴世堂之文可伯仲八大家, 其擬議可有倫哉? 我國自有黨論以來, 無論大義理, 是非關係處, 一切不欲相通, 雖詩文字劃之末, 亦不欲相關, 此豈非痼疾也耶?"

131) 柳夢寅, 『於于野談』. "文章之士, 或言其文之疵病, 則有喜而樂聞, 改之如流. 或咈然而怒, 自知其病 而故爲不改者, 奇高峰大升, 自負其文章, 不肯下人, 以知製敎進應製之文, 政院承旨, 付標指其疵, 怒叱下吏, 不改一字."

무릇 내가 말한 것은, 道를 아는 자의 입장에서 말한다면 진실로
천하게 여길 뿐만 아니라 논할 것도 없을 것이네. 그렇지만 내 마음
을 돌아보니 진실로 상심하여 탄식하고 근심됨이 마치 고통이 몸 속
에 있는 것과 같네.

그런 까닭에 우선 세상 사람들이 들어가기 쉬운 것에 나아가 그 說
을 반복하니, 거의 이 한 등급을 진보하면 성인의 무리가 될 수 있을
것이네. 그럴 수 없는 자라도 굽혀서 나가면 또한 하루 아침의 득실
을 다투는 자에게 갑자기 뒤지지는 않을 것이네.

운수에 幸·不幸이 있어서 꼭 언제나 幸으로 나올 수 없는 경우라
면 물러가서 그 宿業을 다스리는 것이 오히려 不朽의 盛事를 이룰
방법으로 생각되네.132)

이덕수가 생각하기에, 삼대 이전의 고인들은 어린 시절에는 『小學』을
통해 일상의 예의범절을 익히고 자라서는 詩·書·六藝에 종사하여 노년
에는 자연스럽게 학문과 도리를 익힐 수 있었다.133) 그러나 辭章學·科擧
學에 몰두하는 후대의 문인들은 고인의 道와 점점 멀어지게 되면서 質과
道가 모두 뛰어난 인물이 드물게 되었다. 그러므로 자질과 품성이 고인보
다 못한 후인이 도를 체득할 수 있는 간접적인 방법의 하나로 문학을 힘쓰
자는 것이다.

---

132) 李德壽,「送友人序」,『西堂私載』卷3(『叢刊』V.186), 194면. "凡吾所云, 自知道
者而言之, 則固不啻卑之, 無足論矣, 而顧吾之心, 則誠有傷歎憂慼, 若疾痛之在身者,
故姑就世人之所易入者, 反覆其說, 庶其進乎此一等, 則可以爲聖人之徒, 而其不然者,
俯而就之, 亦未必遽後於爭一朝之得失者矣。若其數有幸不幸者存, 而未必恒出於幸
也, 則退而理其宿業, 猶足爲不朽之盛事."
133) 李德壽,「送友人序」,『西堂私載』卷3(『叢刊』V.186), 194면. "余嘗謂之曰, 古人
之設教, 使其八歲, 而入於小學, 習其洒掃應對唯諾進退之節, 及其長也, 又從事於詩
書六藝之文, 故不待勉强, 而自幼至於老, 未嘗去於學之中也."

　이와 달리 이정섭은 문장이 理致를 위주로 하지만 詞法 역시 소홀히 할
수 없다는 '尙理尙詞'을 批評 機材로 활용하였다.

　　대저 文章이 비록 理致를 주로 한다지만 문장의 詞法 역시 쉽사리
　여기거나 소홀히 할 수 없는 것이네. 지금 자네가 지은 글은 命意가
　진부하고 누추하며 章句가 또 文則에 맞지 않으니 어찌 양쪽으로 실
　수하는 것이 아니겠는가? 이와 같이 하고도 "나는 바로 내용을 귀하
　게 여기고 화려함을 천하게 여기며 이치를 숭상하고 문사는 숭상하지
　않는다"고 한다면 미치광이에 가깝지 않겠는가? 이는 다만 문자의 실
　수가 될 뿐만 아니라 德을 진보시키고 業을 닦음에 크게 방해되는 바
　가 있는 까닭에 이렇게 자세하게 말하는 것이라네.[134]

　문장이 오로지 근본해야 할 것으로 '修辭・立誠, 訥言・敏行'의 덕목을
제시한 것[135]이나 爲文・進德・修業에 지장을 초래한다고 주장하며 理와
詞 양자를 중시하는 그의 태도에서 '尙理尙詞'에 대한 견해를 충분히 확인
할 수 있다. 나아가 그의 도문관에서 주목되는 점은 바로 '批評 機材'로서
의 문장의 功能을 인식하고 활용한 것이다.
　문장에 대한 비평을 개인적인 비방으로 받아들이는 당대의 보편적 인식
을 염려하던 이정섭은 이덕수가 '公物로서의 문장'을 인식하고 있음을 인
지하고 기꺼이 비평자로서의 역할을 수행하였다.

---

134) 李廷燮, 「答徐君受」, 『樗村集』卷4. "凡文章, 雖以理致爲主, 而詞法, 亦未可易忽
　　也. 今君之爲也, 則命意, 旣未免陳陋, 而章句, 又不中律令, 豈非兩失之耶? 如是而
　　曰, 我乃貴實而賤華, 尙理而不尙詞, 則無乃近於猖狂者乎! 此不但爲文字之失, 而於
　　進德修業, 大有所妨, 故縷縷至此."
135) 李廷燮, 「答徐君受」, 『樗村集』卷4. "近世文章, 大抵尙華少實, 愚嘗病之, 久矣.
　　…中略… 修辭立誠, 訥言敏行, 文章之本, 亶在是乎!"

文藝的 차원에서의 문장의 공물적 가치를 인식한 이정섭의 비평관은, 그가 사위인 徐命膺에게 가한 비평에서 더욱 잘 나타난다. 즉, 서명응이 문장 창작에서 내용과 이치를 숭상하지만 수사의 화려함이나 작법을 소중히 하지 않겠다고 표방한 것에 대해 '미치광이에 가깝다'는 혹독한 비판과 함께 문장이 단순한 문사의 엮음과 사물을 나열하는 것만으로 이루어지지 않으며 문자의 구속과 한계를 뛰어넘고 境物을 넘어서 정감을 포착하여야 한다는 자신의 문학론으로 그를 설득시켰다.136)

비평의 기재로서 '文章'을 인식한 그의 활약은 李天輔가 李思重(1698~ 1733)에게 보낸 편지에서도 확인된다.

> 근래에 들으니 李廷爕 씨가 그 文章을 보고 돌아와 사람들에게 말하기를 "삼백년에 이런 작품이 없다"고 하니 사람들이 모두 분연히 외워 전하였습니다. 이에 大卿(黃景源 – 역자 주)의 이름이 날로 세상에 소문이 나자 세상에는 대경을 헐뜯는 자들도 많아졌습니다.
>
> 제가 일찍이 大卿에게, "자네가 비방을 받게 된 것은 李君(李廷爕 – 역자 주)에게 연루되었기 때문이다. 세상에 어찌 칭찬만 있고 비방이 없는 자가 있겠는가? 그대는 또 근신할지어다."라고 하였습니다.
>
> 아마도 李君은 제가 그 사람을 알지는 못하지만 결코 구차히 남을 기리는 사람은 아닙니다. 大卿에 대한 사랑이 우리들에게 미치지 못하나 봅니다.137)

---

136) 李廷爕, 「答徐君受」, 『樗村集』 卷4. "詩道之難, 不在乎屬辭比事, 而在乎言外有趣, 境外生情, 又其理之精粗, 辭之雅俗, 非具隻眼, 未易辨別."

137) 李天輔, 「與李士固思重」, 『晉庵集』 卷6(『叢刊』 V.218), 232면. "近聞, 李君廷爕氏見其文, 歸而語人曰, 三百年, 無此作, 人皆紛然誦傳. 於是, 大卿之名, 日聞於世, 而世之謗大卿者, 又多, 弟嘗謂大卿曰, 子之致謗, 李君累之也. 世其有有譽而無謗者乎? 子且愼之. 盖李君, 弟未知其人, 然決非苟譽人者, 而但其所以愛大卿者, 不及吾輩也."

이천보는 黃景源의 문명이 알려지게 된 직접적인 계기가 바로 이정섭의 비평을 통해서라고 하였다. 황경원의 작품에 대해 '삼백 년 이래 이런 작품이 없다'라는 이정섭의 극찬으로, 사람들이 앞다투어 그의 문장을 외우기도 하였지만 가끔 시기하는 부류까지 생겨나게 되었다는 지적에서 이정섭의 비평안에 대한 당시인의 신뢰를 확인할 수 있다.

아울러 일부의 문인들에게 비평 기재로서 文章公物論이 이용되고 있었으며 그 선봉이 이정섭이었음을 확인할 수 있었다. 더욱이 '그는 구차하게 남을 기리는 사람이 아니다'라는 이천보의 신뢰에서 그가 비평의 정확성과 함께 공정성을 인정받고 있음을 확인할 수 있다.[138]

이정섭의 비평이 공신력을 획득할 수 있었던 가장 큰 원인은 '文章은 公物'이라는 생각을 바탕으로 정신적 산고를 거쳐 탄생한 창작품은 이미 작가 개인의 것이 아닌 대중이 함께 하는 공적인 물건이기에 그것에 대해서는 공정히 비평을 가할 수 있다는 논리 때문이다.

## 5. 결론

이상에서 논의한 것을 정리하자면 다음과 같다.

남구만은 性理的인 道에 종속적이던 문장의 지위를 '기예적 차원'이라는 한정된 영역에서나마 독립적으로 인정하였다. 뿐만 아니라 經術 · 國體의 운영이나 事情 · 心胸의 등에서도 문장이 부분적으로 기능할 수 있을 가능성을 예시하였다. 박세당 역시 이념적인 도의 지배하에 있던 문장의

---

138) 姜玫求, 「英祖代 文學論과 批評에 對한 硏究」, 성균관대 박사논문, 1997, 165면 참조.

독자적인 가치를 '개성'의 실현이라는 부분에 중점을 두고 인정하였다. 그
러나 당시의 대부분의 문인들이 개성의 구현에는 소홀하고 '모의'적인 창
작을 일삼는 풍조에 반론을 제시하였다. 그는 모의를 일삼기보다는 차라
리 '理'의 본질에 중점을 두기를 요구하였다. 이와 같은 그의 주장은 문장
을 통한 개성의 구현이라는 측면에서 문장의 독자적 가치를 인정하여 조
선후기의 새로운 도·문 인식 양상을 보여주었다는 의의가 있다.

오도일, 정제두 그리고, 최창대 등은 '道理가 公物'이라는 의식을 가지기
는 했지만, 그것이 一家 혹은 특정 세력의 견해에 의해 지배당하거나 종속
될 필요가 없으며 일정 수준의 타당성을 확보한다면 누구나 개별적인 논
리를 전개할 수 있다고 생각하였다. 도리에 대해서와 마찬가지로 '문장'에
대해서도 그들은 타당성 있는 문장 창작은 그 자체로 의미가 있는 것으로
간주하여 개별적으로 창작되는 문장의 가치를 확보하였다. 도리나 문장이
특정한 기준이나 전범에 얽매일 필요가 없다는 이들의 주장은 문장이 보
다 독립적일 수 있는 입지를 마련하게 하였으며 이후 나타나는 조귀명 등
의 '도문분리론'과 이정섭의 '문장공물론' 형성의 밑거름이 되었다.

문장의 독자적인 가치 확립에서 단연 주목되는 인물인 조귀명은 道術과
世敎에 대한 문장의 기능을 밝히는 전통적 유가문학 인식을 단호히 부정
하였다. 그는 성인에 의한 至治가 실현되고 그것이 문장으로 발현되던 三
代 이후에는 理면 理, 辭면 辭 어느 한쪽을 추구하는 것이 가능할 뿐, 그
둘의 구비가 가능하다든가 道에 밝으면 文은 자연히 잘 하게 된다는 식의
논리는 있을 수 없다는 '道文分離論'을 전개하였다. 이와 같은 인식은 실
용적 도학관에 부분적으로 의지하던 문장에 대한 전면적인 부정의 의미를
갖는 동시에 이후에 전개될 도문논리의 심각한 변화를 예견하게 하였다.

도문이 분리된 이후의 문장의 의의와 기능을 문학적 측면에서 구명한

인물은 이정섭이다. 그는 '문장은 공물이다'는 논지를 바탕으로 특정 학파나 특정 당파의 소속 여부에 따라 문장을 비평하는 어용적 창작 태도를 비판하며 문장의 독립성과 비평의 공정성을 확보하고자 하였다. 그 결과 획일적 도학논의나 정치논리에서 벗어난 비평적 문장의 가치를 확보하여 조선후기 문장의 독자적 가치를 극명히 나타내었다.

그러나 조선후기를 관류하는 교조화 된 주자주의의 논리와 긴박하게 급변하는 정치적 상황 속에서 정국의 주도권을 상실하며 권력의 중심에서 소외되던 그들은 결국 정국 주도자들의 실무적인 관료로 변신하는 방법으로 그 권력의 명맥을 유지하고자 하였다.

문학에서는 도·문의 범주와 의미에 대해 논쟁하며 진보적이고 발전적인 방향으로의 논의를 모색하기보다는 당대의 보편적인 도문 논리와 타협하려는 양상을 보였다. 그리하여 문장이 '經術'에 이바지해야 한다는 '실용주의적인 문장론'으로 선회하게 되었다.

# 제3장
# 문장은 현실을 벗어날 수 없다

## 1. 머리말

　조선후기에 전개되는 다양한 문장론 가운데 소론계 일맥에서 발견되는
독특한 논의가 '實用'을 강조하는 문장론이다. 소론계의 원류라 할 수 있
는 남구만에서부터 나타나는 문장의 실용성 강조는 그들 일맥의 개방적인
학문 성향에 의해 道·文 혹은 文·質의 가치를 상보적으로 강조하는 것
에서 도문의 독자적인 가치 인식, 도문의 분리론, 비평기재로서의 문장 인
식 등으로 다양화 되었다.

　그러나 개방적인 그들의 학문성향과 문학 인식과는 별개로 현실의 상황
은 주자주의자들이 절대다수를 차지하는 노론이 주도하는 방향으로 전개
되었다. 이와 같은 현실에서 그들은 더 이상 독창적인 문장론을 주장하기
보다는 현실에 적응할 수 있는 가변적이고 실제적인 문학 창작 논리를 전
개할 필요가 있었다. 모색의 결과로서 그들은 문장이 經國에 기여하며 보
다 현실적이어야 한다는 '實用' 위주의 문장론을 전개하게 되었다.

## 2. 제왕학 구축을 위한 문헌 사업에의 참여

을해옥사로 대부분의 세력이 제거된 소론은 노론 및 탕평에 협조하는
세력들을 중심으로 왕권 강화의 기반, 노론의 견제, 청론을 통한 척족의
견제를 희구하던 正祖의 목적에 부합함으로써 다시 정계에 진출하였다.

정조는 영조의 탕평정치를 계승하되 그 폐단을 시정하고자 하였다. 그
는 '右賢左戚'의 새로운 정국 운영 원리를 내세우는 '義理蕩平論'을 정립하
여 척족을 축출하고 淸論士流를 적극 등용하였다. 한편으로는 '右文之治'
를 표방하여 규장각의 건립과 抄啓文臣 제도로 친위 관료를 양성하고
노·소·남의 삼상 체제를 수립하여 그들간의 견제 위에 왕권을 강화하는
'矯俗之治'[139]를 시행하였다.[140]

정조의 정책에 부응한 대표적 인물이 徐命善[141]을 비롯한 徐命膺, 徐瀅
修[142], 徐浩修[143], 徐有榘 등이다. 서명선은 정조의 즉위는 물론 洪國榮
의 축출에 결정적인 역할을 하며 정계에서 '義理主人'의 명분을 차지하고
영의정에 임명되어 큰 영향력을 발휘하였고, 서형수와 서유구 등은 정조
가 주도한 대단위의 경학 및 주자학 관련 서적의 간행을 주도하였다.

서명선은 그와 대립하던 소론계 金尙喆이 역모 혐의로 제거되고, 蔡濟
恭이 기용되어 남인의 정계 진출이 확대되면서 정치적 활동에 제약을 받

---

139) 『正祖實錄 二十四年 五月 辛亥條』 卷54(『朝鮮王朝實錄』 V.47), 273면. "上曰,
  …中略… 矯時正俗之道, 卽目下第一義理也. "
140) 박광용, 「蕩平論과 政局의 變化」, 『韓國史論』 10집, 서울대 국사학과, 1984 참조.
141) 徐命善은 正祖의 문화정책에 적극 동참하던 徐命膺의 아우이며 徐有榘의 從祖父
  이다.
142) 정조의 평생의 학문적 동지로서 『群書標記』를 비롯한 정조의 많은 문헌 편찬 사업
  을 주도하였다.
143) 1799년 정조의 문집인 『弘齋全書』를 정리하는 일을 맡았다.

았다. 그러나 서명응과 서형수 등은 소론의 실각에도 불구하고 정조의 제왕학 구축을 위한 문헌 정비 사업에 적극 참여함으로써 그 정치적 생명을 보장받을 수 있었다.

정조는 정치적으로 군주이면서 학자였던 삼대 성왕들의 모습을 회복하고 학문적으로 공자·주자로 이어진 유학의 정통을 계승하는 君師가 되고자 노력하여 어정서만 2천 권이 넘는 방대한 문헌 간행 사업을 벌였다.

서형수가 정조와 학문적 유대와 신뢰를 공유했음은 제왕학의 교과서라 할 수 있는 『대학유의』를 편찬하는 과정에서 잘 나타난다.

> 내가 이 책 보기를 좋아하여 한가한 틈에는 깊숙히 빠져들어 明明德·新民·體用에 관한 설과 옛부터 지금까지 變通의 적절함을 몸소 깨닫고 힘써 실천하여 정사를 처리하는 증거로 삼고자 했다.
>
> 그러나 책은 책대로 나는 나대로 여서 정치는 생각한대로 되지 않고, 시행한 정령을 돌아다보면 허물하고 후회하는 단서가 아닌 것이 없으니 어찌된 것인가?
>
> 지금 선유가 고심한 것을 아무런 도움도 되지 못하는 쓸데없는 말이 되지 않게 하려면 그 방법은 무엇인가?
>
> 아아, 너희 대부들은 반드시 나의 뜻을 백성들에게 널리 알릴 방책이 있을 것이니 각자의 뜻을 다하여 아뢰도록 하라!
>
> 내 직접 살펴보리라![144]

정조는 『대학연의보』 읽기를 좋아하여 틈만 나면 이 책을 탐독하며 백

---

144) 正祖, 「大學衍義補」, 『弘齋全書』 卷49(『叢刊』 V.263), 250면. "惟予耽看此書, 沈潛於燕護之中, 欲於明新體用之說·古今變通之宜, 體認而力行, 以作注措之左契. 而奈之何, 書自我自, 治不從欲, 反求政令, 無非尤悔之端, 今欲使先儒苦心, 不歸空言無補之科, 則其道何由? 咨爾子大夫, 必有導迪對揚之策, 須各悉意敷陳之, 予將親覽焉."

성을 새롭게 할 방법을 찾았다. 그리하여 규장각을 세우고 초계문신제를 실시하여 자신의 친위 세력을 양성하며 강력한 군주 중심의 개혁을 단행할 방법을 모색하는 한편 『대학연의보』를 현실정치에 적용할 수 있는 방법을 고심하였다. 이에 대해 서형수는 다음과 같이 대답한다.

> 신은 다음과 같이 대답합니다.
> "천하의 학문이 治道에 뜻을 두지 않은 지 오래입니다. 정치를 말하는 사람은 이치를 빠트리고 학문을 말하는 사람은 實事를 소홀히 하여 서로 바라보면서도 아무 상관이 없다고 여기니, 월나라 사람의 章甫冠과 다르지 않습니다. 저는 잘 모르지만 이런 정치가 잡백이 아니며 이런 학문이 쓸데없는 것이 아닐는지요? 이를 깨달은 다음에야 『대학연의』의 속집을 낸 사람은 학문을 거의 이룩했고 오직 성인만이 이를 實用할 수 천할 수 있다는 것을 알았습니다."[145]

서형수는 당시를 학문과 정치가 분리된 시대로 진단하고 학문과 정치가 긴밀히 연결되지 못한다면 그와 같은 학문이나 정치는 아무 쓸모가 없는 것으로 생각하였다.

> 유독 이 『대학연의보』는 학문하는 세목을 중심으로 하면서 정치하는 방안을 연계시켰고, 밑에서부터 공부하여 위로 성인의 공덕에 통달하고, 자기 몸의 수련에서 시작하여 사해를 바로잡는 데까지 이르렀습니다.

---

145) 徐瀅修, 「大學衍義補對」, 『明皐全集』 卷12(『叢刊』 V.261), 251면. "臣對. 天下之學, 不志於治道也, 厥惟舊矣. 言治者遺乎理, 言學者忽於事, 其相視而不相關, 殆無異越人之章甫. 臣未知, 是治也. 其不爲雜伯乎, 是學也, 其不爲空言乎? 然後, 知續衍義者, 幾於學, 而惟聖人, 可以措諸實用也."

규모가 광대하면서 절목은 섬세하니 이 책이 바로 <u>經이요 史</u>라고 <u>해도 지나친 말이 아닙니다.</u> 다만 후세에 나왔기 때문에 표장해 주는 사람이 없고 목록가들은 대부분 이 책을 유가의 끝에 배치하니, 도리어 顔茂猷의 『六經纂要』나 張伯行의 『訂集』과 같은 부류가 되었습니다.

신은 이를 개탄스럽게 여기니, 藝文考를 만들어 이 책을 經類에 편집하고, 정치와 학문의 처음과 끝을 이룬 것은 삼대 이후로 오직 이 책만이 그런 책임을 밝히고 있습니다.

생각건대 저의 지식이 두루 통하지 못해 혹시 참월하다는 비난을 듣지나 않을지 두렵습니다.

지금 우리 주상 전하께서는 하늘이 내리신 자질을 가지고 날마다 새로워지는 학문에 힘쓰시며, 경연에서 논란하시는 것이 우뚝하니 모든 왕의 으뜸이라 할 수 있습니다. 또한 『대학연의보』가 정치를 하는 데 공이 있다고 하시며 수십 행의 말씀을 널리 펴서서 한 가지라도 도움이 되는 견해를 두루 구하십니다. 만일 구준이 이 일을 알았다면 반드시 좋은 군주를 만나는 때가 있음을 다행으로 여기고, 자신이 당대에 등용되지 못한 것을 한스럽게 생각하지 않을 것입니다.[146]

서형수는 經과 史가 분리된 상황에서 『대학연의보』만이 학문과 정치를 연결시킬 수 있는데도 子部에 편집되어 다른 책과 동일시되는 것을 안타

---

146) 徐瀅修, 「大學衍義對」, 『明臯全集』 卷12(『叢刊』 V.261), 252면 "而獨此衍義之補, 主之以爲學之目, 繼之以爲治之方, 自下學而上達聖功, 自一身而放準四海, 規.模之廣大, 節目之纖悉, 雖謂之卽經卽史, 不是過矣. 特以出於後世, 無人表章, 目錄之家, 率多置之於儒家之末, 而反與顔茂猷之纂要, 張伯行之訂集, 同其類, 臣竊慨然於斯, 欲作藝文之考, 編此書於經類, 以明治與學之成始成終, 三代以後, 惟此書爲然. 顧以知未通方, 愼或犯於僭越之譏矣. 今我主上殿下, 以天縱之資, 懋日新之學, 經筵發難, 動出百王之表, 而又謂衍義之補, 有功於措治, 誕敷十行之編, 博采一得之愚, 使丘氏而有知, 亦必自幸其遭逢之有時, 而不恨其不用於當世矣."

까워 했다. 그리하여 자신이 『예문고』를 편찬하게 된다면 이 책을 經部에 배치하여 정치에 적극 활용하겠다고 하였다.[147] 이와 같은 그의 생각은 정조의 물음에 대한 적극적인 동의의 표식이며 그의 정책에 동참하리라는 의사의 표현이기도 하였다.

학문과 정치가 일치되는 이상적 현실 정치를 꿈꾸던 정조의 견해에 대한 이들의 동참의식은 학문은 실용적일 수 있어야 한다는 것이었다. 그 결과 '經은 바로 史'이며 '史는 바로 經'이라는 의식이 배태될 수 있었다. 이러한 생각은 문장의 현실적 사용 가능성을 강조하는 실용위주의 문장공물론으로 나타날 뿐만 아니라 '문장이 곧 역사이다'는 홍경모 등의 '문사일치론'으로 전개된다.


## 3. '實用'을 강조하는 문장공물론

조선후기 특히 18세기의 작가들은 대체로 唐宋古文으로 회귀하고 있었지만 그들이 당송고문을 문장 전범으로 설정하는 선택의 논리는 저마다 차이가 있었다.

18~19세기 대다수의 문인들이 당송고문을 선택하는 첫째 논리는 '理念性'이었다. 주자주의에 기반한 유가적 이념을 소유한 문인들은 秦漢 散文의 대표적인 저작의 하나인 『莊子』·『戰國策』 등의 유행으로 지식인이 이단적 사유로 경도될 가능성에 대하여 우려하였다. 둘째는 창작의 실제에서 제기되는 문제 즉, 진한문장의 예술성 재현을 위한 複製의 방법과

---

147) 김문식, 『정조의 경학과 주자학』, 문헌과해석사, 198~200면.

층위의 문제였다. 이 두 가지 문제에 대해 徐命膺·徐瀅修 ·徐有榘 등은
별반 관심을 기울이지 않았다. 그들의 관심은 載道·貫道의 차원이 아닌
實用의 차원에 경도되었다.

> 하물며『本史』를 저작하는 의도는 대개 천하의 愚夫愚婦로 하여금
> 책을 펼치기만 하면 種植·樹藝의 법을 환히 이해하여 實用에 쓰이
> 도록 하고자 한 것이다. 이제 만약 난삽한 말을 써서 독자의 입에 재
> 갈을 채운다면, 후세의 글을 모르는 사람들은 이것으로 장독을 덮을
> 것이라고 생각한다.[148]

서유구가 서명응의『本史』에 쓴 발문 가운데 서명응이 말한 언어와 글
쓰기의 목적을 인용한 부분이다. 서명응은 種植·樹藝 등의 '實用의 추구'
를 글쓰기의 목적으로 상정하고 난해한 의고문의 폐해를 지적하였다. 서
유구 역시 현재와 시간적인 거리가 짧은 당송고문이야말로 백성들과의 의
사 소통을 보다 쉽게 충족시킬 수 있는 수단으로 생각하였다.[149] 그리하
여 언어와 지식이 실용과 연관되어야 유의미하다는 판단하에, 실용이 강
조되는 農學에 골몰하게 되었다.

서유구의 학문 세계가 처음부터 실용을 지향한 것은 아니었다. 대체로
1806년을 기준으로 전후기의 학문적 성격이 판연히 달라진다. 즉 전반기
의 그의 학문은 名物考證·經學·農學 등의 다양한 분야에 걸쳐 있으면
서 어느 한 방면을 특화시키지 못했던 반면에 후반기에는 농학에 집중하

---

148) 徐有榘, 「跋本史」,『楓石全集·楓石鼓篋集』卷6(『叢刊』Ⅴ.288), 289면. "況本史
之作, 盖欲使天下之愚夫愚婦, 一開卷之頃, 沛然通曉其種植樹藝之法, 以施之實用,
今爲艱深幽澁之語, 使讀者如박在口, 則吾恐後世無文者, 將以是覆醬瓿也."

149) 강명관, 「楓石 徐有榘의 散文論」,『한국학 논집』34집, 한양대 한국학 연구소,
2000, 166~167면 참조.

여 큰 성과를 얻었다.[150] 서유구의 실용적 학문의 완결편이라 할 수 있는
『林園經濟志』에서 농학·수산학·목축학을 첫머리에 배열하고 의학·건
축학·예술학 등을 차례로 안배한 것도 실용적인 관점에 기반하여, 학문
과 문장으로 백성의 물질적·문화적 환경을 개선하여 당대의 조선체제가
봉착한 위기를 타개하고자 하는 궁극의 목표 때문이었다. 이와 같은 서유
구의 견해가 형성되기에는 그의 삼촌인 徐瀅修의 영향이 컸다.

서형수는 부친 서명응과 조카 서유구와 함께 정조조의 문화정책을 주도
하였다. 이 때문에 군주인 정조의 문학관에 영향을 받지 않을 수 없었다.

정조는 학문이 正道에 보탬이 되지 않는다면 학문이 없는 것만 못하고,
문장이 實用에 맞지 않는다면 문장이 없는 것만 못하다고 하며[151] 문장의
실용성을 강조하였다.

> 내가 본래 저술을 좋아하여 春邸에 있을 때부터 편집한 책이 과연
> 수백 종이 되니, 그 중에 어찌 전대 성인의 뜻을 밝혀 후인들에게 도
> 움을 줄 만한 것이 없기야 하겠는가?
> 그러나 근래 연경에서 새로 사온 책들을 보니, 禮樂·兵刑·錢
> 穀·甲兵 등 實用的인 것들은 하나도 볼 수가 없고, 단지 상스럽고
> 불경하고 잔달하고 가소로운 일을 가지고 구차히 한때 사람들의 눈을
> 즐겁게 만들기를 구하면서 천년 전 사람들과 동일하다고 스스로 자랑

---

150) 徐有榘, 「杏蒲志序」, 『楓石全集·金華知非集』 卷3(『叢刊』 V.288), 353~354면.
"余獨弊弊乎農家者流, 窮老盡氣而不之止者, 是誠何爲也?吾嘗治經藝之學矣, 可言
者, 昔之人言之已盡, 吾又再言之三言之, 何益也? 吾嘗謂經世之學矣, 處士체摩之言,
土羹焉已矣, 紙餠焉已矣, 工亦何益也? 於是乎廢照匍匐于氾勝之賈思繐樹藝之術, 妄
謂在今日坐可言起可措之實用者, 惟此爲然, 而其少酬天地祿養之恩, 亦在此而不在
彼, 嗟乎! 余豈得已哉?"

151) 正祖, 「日得錄, 文學 3」, 『弘齋全書』 卷163(『叢刊』 V.267), 195면. "學無益於正
道, 不如無學, 文無當於實用, 不如無文."

하였다. 그러므로 나는 과연 이것을 경계 삼아 전후로 책을 지을 때 대부분 實用에 중점을 두었다.[152]

　정조는 조선후기에 중국에서 수입되는 서적의 대부분이 비리하거나 자질구레하며 사람들의 이목을 즐겁게 하는 것에 불과하다고 생각하였다. 그리하여 禮樂·兵刑·錢穀·甲兵 등 국가 운영의 실제와 관련 있는 '實用性'에 주안을 두고 저술을 하고자 하였다. 그가 조선 초의 崔恒이나 徐居正의 문장을 높이 평가한 것은 그들의 문장이 평이하고 질박하며 世敎나 六藝 등의 실용에 관련된 것이어서이며, 명말~청초의 경학을 벗어난 올바르지 못한 글 즉 小品에 치중하는 당시의 폐단을 신랄히 비판하며 소품 형성의 근저로 반고와 사마천의 문장을 지목한 것도 그것이 실용이나 육예에서 벗어난 것으로 생각해서였다.[153]

　극단적이라 할 수 있는 정조의 실용적인 문장 추구에 대한 서형수의 반응은 어떠했는가? 그는 궁극의 실용이 時俗의 校正을 마음에 견지하여 지극한 도리로 국가를 운영하려는 임금의 도의에 부응하는 것이라고 생각하였다. 그 때문에 옛날 주나라 문왕과 蘇綽[154]의 일화를 제시하며 실용적

---

152) 正祖, 「日得錄, 文學 2」, 『弘齋全書』 卷162(『叢刊』 V.267), 181면. "予性好著書, 自在春邸時, 所編輯者, 果數百種, 其中亦豈無闖前資後者? 而近看燕中新購之書, 如禮樂兵刑錢穀甲兵等, 有實用者, 一不槪見, 只以鄙俚不經冗瑣可笑之事, 苟求一時之悅眼, 自詑千載之殊同, 故予果懲慾於此, 前後所著書, 率皆以實用爲主."

153) 『正祖實錄 二十三年 六月 辛亥條』 卷51(『朝鮮王朝實錄』 V.47), 192면. "上曰 …中略… 雖以我朝文章言之, 如崔恒·徐居正之平淡質實者, 近來則不以文視之, 其所從事者, 不過是明末淸初不經不正之書, 明文之弊, 固不可勝言矣. 日前偶見鄭樵通志, 深斥班固之文者, 正與予意, 胳合, 班馬文章, 自古並稱, 而予則謂霍光趙皇后等傳, 實爲小品之根柢, 此亦可謂六藝之外矣."

154) 蘇綽 : 北朝 周나라 武功人. 자는 令綽. 博學하고 文章에 능하며 算術에 더욱 뛰어났다. 文帝의 知遇로 朝廷 文案의 程式을 제정하였다. 장부를 쓸 때, 지출은 붉은 색으로 수입은 검은 색으로 쓰게 하고 帳簿와 戶籍을 비교하는 法을 만들었다. 官屯

인 문장의 추구를 재천명하였다.[155)]

> 文章은 천하의 公物이다. 그런 까닭에 세상을 논할 수는 있어도 사
> 람을 논할 수는 없다. 『書經』의 誓 · 命과 『詩經』의 風 · 雅가 어찌
> 한 집안을 사사로이 하고 한 가지만을 모은 것이었던가? 비단 사사롭
> 게 하거나 오로지하지 않을 뿐만 아니라 그 사람마저도 지금 시대에
> 고찰할 수 없는 것이 많다. …中略…
> 대저 文章이 세상과 관계 있은 지 오래되었다. 세상에 대한 의론을
> 잘하는 자들은 세상으로 세상을 논하지 않고 文으로 세상을 논한다.
> 예컨대 季札이 周를 관찰한 것이나 孔叢이 四代를 관찰할 수 있었던
> 것은 대부분 이러한 방도였다.
> 대저 풍속이 쓰러져도 문장을 自成하여 대대로 나타나 自立하여 오
> 히려 이와 같이 세상을 논할 수 있거늘 하물며 이 글에 있어서랴?[156)]

'文章은 公物이다'는 견해와 함께 서형수가 중시한 것은 '文章은 世敎와
관계 있다'는 것이다. 이러한 명제를 정리해 보면, 문장은 공물로서 세상
교화에 기능해야 한다는 결론이 난다. 이것은 문장의 실용성을 강조하는
정조의 견해와 차이가 없다.

서형수가 제시한 문장 전범은 『書經』의 誓 · 命과 『詩經』의 風 · 雅 등

---

田을 줄여 황제를 도와 富國하게 하였다. 저서에 『七經論』, 『佛書論』 등이 있다.

155) 徐瀅修, 「答李學士明淵」, 『明皐全集』 卷5(『叢刊』V.261), 101~102면. "昔周文
帝, 嘗患文體浮薄, 使蘇綽爲大誥以勸, 而卒能變一時士大夫之制作."

156) 徐瀅修, 「仙曹翅英序」, 『明皐全集』 卷7(『叢刊』 V.261), 144~145면. "文章, 天
下之公物也. 故以論世而不以論人. 書之誓命, 詩之風雅, 曷嘗私一家而專一集哉? 不
惟不私而專之, 幷與其人而今多不可考. …中略… 夫文章之關於世, 尙矣, 善世論者,
不以世論世而以文論世, 如季札之觀乎周, 孔叢之觀乎四代, 率是道也. 夫風僂而自成,
時出而自立, 猶可以論其世如此, 況是篇也?"

이다. 전범 가운데 '誓'는 徐師曾이 언급하였듯이 '여러 사람 앞에서 맹서하는 글'[157]이다. 蔡沈은 이를 다시 군사들을 경계시키거나 여러 신하들에게 고하는 것으로 세분하였다. 둘째, '命'은 '천자의 명령'으로, 천자가 관리에게 명하거나 봉작하는 것 또는 직무에 충실하기를 요구하는 것, 遺詔를 전하는 것 등을 의미한다. 셋째, 風은 周代 이전에 중국 전역의 여항의 가요가 대부분이며 부분적으로 왕의 교화를 입어 덕을 이루거나 성정의 바름을 얻은 것을 내용으로 한다. 넷째, 雅는 朝廷과 郊廟의 잔치나 제례에 사용되는 樂歌로 그 내용은 왕조의 찬양, 임금의 공덕 칭송이 대부분이다. 서형수가 제시한 네 가지 문체에서 나타나는 특성은 그것이 풍속교화와 왕정의 실현, 世道와 긴밀히 연관되었다는 것이다. 그러기에 그는 문장에서 수사적인 화미함을 추구하기보다는 실제적인 효용에 더 관심을 두었다. 서형수가 문장공물론을 주장하여 궁극적으로 염원한 것이 세속의 교화였음은 정조가 실시한 초계문신의 수련 효과를 이야기하는 과정에서 잘 드러난다. 그는 경전에 대한 지극한 탐구가 실질을 함양하게 하고 아름다운 문장이 문물의 화려함을 알리게 되면 수 년 안에 세상이 교화되어 변화되리라는 기대를 가졌다.[158] 문장의 실용성에 대한 기대는 李明淵에게 쓴 편지에서도 확인된다. '문장 가운데 가장 어려운 것이 외교 문서를 쓰는 일'이라는 주장[文章, 莫難於使事]은 그가 생각하는 문장공물론이 결국은 국가 경영과 긴밀히 연관되었음을 입증한다.

　서형수가 생각하는 문장의 실용 범위는 크게는 국가와 조정의 典章이 되거나 백성과 아전들의 풍속과 폐습을 바로잡고, 작게는 쌀과 소금을 기

---

157) 徐師曾, 『文體明辯』. "誓者, 誓衆之詞也."
158) 徐瀅修, 「仙曹翅英序」, 『明皐全集』 卷7(『叢刊』 V.261), 144면. "窮經而養其實, 摛藻以培其華, 識必期高, 辭必期工, 而行之數年, 世敎且一變矣.

록하는 장부나 댓조각이나 대패밥처럼 자질구레한 글쓰기에 이르기까지 광범위하였다.[159]

　문장의 實用性 강조와 世教補佐의 논리는 그의 노년에까지 이어진다. 紀昀에게 보내는 편지에서 文章의 一脈을 논하는 가운데, 義理로 立論하고 규칙으로 편을 구성 짓는 창작 과정을 언급하였다.[160] 그가 의미하는 문장의 義理란, 전대의 공허한 관념적 의리가 아니었다. 政事의 근본으로 천하에 널리 행해지는 보편성을 획득한 문장 즉 공물로서의 문장이다.

　'문장이 세교를 보좌해야 한다'는 서형수의 공물 의식은 시에도 적용되었다. '詩를 역사 기록의 부산물[詩, 史餘]'로 정의한 그는, 史가 주로 朝廷의 일을 주로 전달하지만, 시는 역사에 소개되지 않은 숨은 이야기나 기이한 소문까지를 수록하며 수렴의 영역도 朝廷에서 鄕黨, 天地와 人物, 實事와 虛誕・瑣細한 것에 이르기까지 제한되지 않아서 '사'보다 더욱 세교에 도움이 될 수 있다고 생각하였다. 그러나 모든 시가 실용성을 갖는다고 생각하지는 않았다. 시로 역사의 보조적 기능을 담당할 수 있다고 생각한 것은 古詩에 한정되었기에 漢・唐의 시나 杜甫의 시를 높이 평가하였다.[161]

---

159) 徐瀅修,「答李學士明淵」,『明皐全集』卷5(『叢刊』Ⅴ.261), 101면. "兄亦今人耳. 乃於衆咻之中, 獨不失作家繩墨, 而理勝機流, 氣昌神旺, 不待湊泊而自中窾, 不事摸擬而自合軌, 大之而國典朝章民風吏檠, 小之而米鹽簿書竹頭木屑, 一經諦搆, 都成雅語."

160) 徐瀅修,「與紀曉嵐」,『明皐全集』卷6(『叢刊』Ⅴ.261), 113면. "文章, 本有眞千古一脈, 凡近日之工鑿帨飾竽牘, 自詫爲專門名家, 而卒不免於僞玉贗鼎者, 非僕之所願聞也. …中略… 僕於文章, 童而習之, 至于今白紛如, 而乃所願則義理以立論, 繩墨以結篇, 抑揚頓挫以作句, 點綴關鍵以造字!"

161) 徐瀅修,「歌商樓詩集序」,『明皐全集』卷7(『叢刊』Ⅴ.261), 142면. "詩者, 史之餘也. 昔周盛時, 列國陳詩, 太史以占其風俗之汚隆, 傳詩後世, 以攷其政治之得失, 史之爲史, 亦如斯而已矣. 雖然, 史之所記, 止於朝廷, 詩之所載, 自朝廷達於鄕黨, 自天地達於人物, 自實事達於虛誕瑣　細, 無一之不具. 故其逸言異聞, 往往多出於史闕之

## 4. '文史一致論'의 주장

서형수와 서유구 등이 정조의 문화사업에 적극 참여했음은 주지의 사실
이다. 또한 그들은 학문과 정치가 일치되는 삼대의 이상적인 정치를 구상
하던 정조가 經이 곧 史이며 史가 곧 經이며 그것은 經世學과 연계된다는
통치론에도 찬동하였다[162]. 즉 정조는 삼대 이후의 진한시대는 제왕학의
전범이 될 수 없다고 구체적으로 지적하며 모두 삭제할 것을 명령했다.
그리하여 경·사를 일치시키고 학문과 정치를 일치시켜 삼대 이전의 모습
을 회복하기 위해 노력하였다[163].

이와 같은 인식은 홍경모에게도 나타난다. 홍경모의 학문 연원에는 그
의 조부인 홍량호의 영향이 컸다. 홍량호는 성리학이 경술의 본체임을 인
정하면서도 당대의 학자들이 활용인 정치에 밝지 못하며 또 그것과 연관
되는 역사·지리·제도 등의 학문에 소홀한 점을 일깨웠다. 중요성을 강

---

외, 詩之爲史, 可但如史之爲史而已哉. 雖然, 此古詩之謂也. 漢唐之際, 於斯爲盛, 善
說詩者, 獨以杜工部一人, 謂之詩史, 則其餘可知也. 使今列國之詩, 陳之太史, 傳之
後世, 其猶能風俗之足占而政治之可攷乎? 然則史自爲史, 詩自爲詩而已矣. 嗚呼! 是
亦可以詩云乎哉?"

162) 徐瀅修, 「大學衍義對」, 『明皐全集』 卷12(『叢刊』 V.241), 252면. "臣嘗以經史之體,
占治學之分, 而有以辨千歲之故. 盖三代以上, 經卽史, 史卽經, 故危微精一, 昭揭於禹
謨, 修己治人, 燦然於立政. 說命爲論學之書, 而治在其中, 洪範爲制治之具, 而學在其
中, 曷嘗有敎學之篇, 另行於法令之外者哉? 降及後世, 經史乃分, 問學之士, 指法書爲
末務, 經綸之士, 指儒家爲迂闊. 其所著述, 亦皆各從其所好, 則忘筌之書鳴道之集, 往
往有體而無用, 三通之作禮樂之志, 往往舍本而趨末, 歧途異轍, 至于今莫可歸一."

163) 正祖, 「日得錄, 文學 五」, 『弘齋全書』 卷165(『叢刊』 V.261), 241면. ""三代以上,
經卽史, 史卽經, 說命爲論學之書, 而治在其中, 洪範爲制治之具, 而學在其中, 未始
有敎學之篇, 另行於法令之外. 降及秦漢, 道問學者, 指法書爲末務, 志經濟者, 指儒
家爲迂闊, 或有體而無用, 或循末而舍本. 於是乎經史始分, 而治道之汚隆, 亦決於此.
惟眞德秀之大學衍義, 丘濬之大學衍義補, 主之以爲學之目, 繫之以制治之方, 援引經
訓, 旁徵史事, 允得古人經經緯史之義. 予素眈看是書, 每遇契意, 輒加點批, 繕寫成
帙, 當爲十餘卷, 治學之宏規大目, 庶亦卽此而無遺漏矣."

조하는 의미에서, 그는 '太史氏'로 자처하며 학문과 저술 활동을 하였다.
이와 같은 인식을 가진 홍량호에 의해, 세 살 때부터 훈육을 받은 홍경모
는 小學에서부터 九經의 학문에 이르기까지, 조손의 혈연관계를 넘어 학
문적 스승으로서 홍량호로부터 지대한 영향을 받았다.[164]

　　슬프다! 나는 어려서부터 늙을 때까지 文學의 일에 몸을 놀리지 않
은 적이 없다. 그러나 體를 밝히고 活用을 적절히 하는 학문에 마음
을 오로지 한 적은 없다.

　　한갓 浮華한 말을 조탁하는 데에만 밝아 摹擬와 假飾만을 스스로
잘하는 일이라고 생각하지만 작자의 울타리도 엿보지 못하고 다만 화
가가 모방만 하듯 하였으니 이는 '죽은 작법[死法]'이다. …中略… 『耘
石外史』의 前篇은 초년부터 시작하여 과거에 급제할 때까지의 기록
이고 後篇은 일에 따라 기록한 것으로 육순까지의 기록이며 續編은
육순 이후에 기록한 것으로 합하여 '耘石外史'라고 총칭하였다.

　　史는 事實을 기록한 글이다. 일을 바탕으로 그 사실을 기록하여 후
대에 보도록 남기는 것이지만 정식 史官의 글과 다르기 때문에 '外史'
라고 하였다. …中略… 거칠고 보잘 것 없는 내가 이러한 몇 편의 글
을 지을 수 있게 된 것은 나의 할아버지께서 가르치신 힘이 아님이
없다. 할아버지께서 가르치고 일깨워주심은 근실하고도 진지하였는

---

164) 홍량호의 홍경모에 대한 영향은 전체 학문 분야에 걸쳐 이루어졌다. 이와 관련하
여 이군선은 홍경모의 학문경향과 문학관의 형성에 대한 홍량호의 영향을 밝힌 바
있고(「冠巖 洪敬謨의 詩文과 그 性格」, 성균관대 박사학위논문, 2002.), 신영주는
서예 및 금석학 부분의 탐구와 비평에 대한 가학 전통을 밝혔다(「18·9세기 홍량호
家의 예술 향유와 서예 비평」, 성균관대 석사학위 논문, 2000). 이 외에 강석화는
홍경모의 사상에 주목하여 그의 생애와 관련하여 연구하였으며(「19세기 京華士族 洪
敬謨의 생애와 사상」, 『한국사연구』 112, 한국사연구회, 2001), 한영우는 홍경모의
역사서술의 특징을 고찰한 바 있다(「19세기 전반 홍경모의 역사서술」, 『한국문화』 11
집, 서울대 한국문화연구소, 1990).

데도 힘써 배우고 고심하여 공부하지 못해서 몇 편의 글조차도 이처
럼 보잘 것 없다. 그러나 내가 이것을 짓는 것은 자손에게 보여 못난
죄와 失學의 탄식을 드러내고자 하는 것일 뿐이지, 不朽의 자료로 삼
으려는 것은 아니다.[165]

홍경모가 추구한 학문세계는 『耘石外史』의 편수 과정에 잘 나타난다.
그는 體用을 위주로 하는 性理學에 침잠한 적이 없고 經·史에 침잠했음
을 고백하였다. 유년기부터 노년기까지, 역사 공부에 골몰하였을 뿐만 아
니라 문학에 취미를 가졌다. 그가 추구한 문학은 외형의 화려함만을 추구
하거나 모의를 일삼는 의고적 형태의 것은 아니었다. 그가 모의를 일삼는
글을 '죽은 글쓰기' 즉 '死法'으로 명명하며 비판하였기 때문이다.

18세기 말에서 19세기의 일부 학자들에게 이 시기를 유행하는 모의적
인 글쓰기와 대조되는 역사 현실을 중시하는 창작 경향이 감지되었다. 『書
經』을 역사서로 보는 시각이 보편화되기 시작한 것이다.[166]

홍경모보다 앞 시기의 인물인 서형수는 '史'를 '朝廷에 대한 기록'이라고

---

165) 洪敬謨,「耘石外史序」,『外史續編』卷4. "噫! 余自童習而老, 未嘗不游身於文學之
事, 而旣未專心於明體適用之學, 徒竊竊焉雕琢浮華之辭, 摹擬假飾, 自以爲工. 然未
窺作者之藩籬, 徒爲畵家之葫蘆 是死法也. …中略… 曰前編, 起自初年而至釋褐時也,
曰後編, 隨事隨筆, 止于六旬也, 曰續編, 六旬以後所記也, 合而總名之曰, 耘石外史.
史者, 記實之文也, 因事而記其實, 以遺後觀, 而異乎秉筆者之書. 故曰, 外史也. …中
略… 以余之鹵莽滅裂, 能有此幾編文字者, 罔非我王考敎訓之力, 而王考之敎訓, 旣
勤且摯, 而不能力學劬工, 所有幾編文字者, 若是之莽陋, 余之爲此, 要以示子孫, 以
彰不肖之罪, 失學之歎而已, 非欲爲不朽之資焉耳."

166) 19세기 초의 학자로서 홍경모의 族姪이었던 洪奭周는『尙書』를 '史'라고 해석했
고, 正祖의『弘齋全書』에서도 '三代以上, 經卽史, 史卽經'이라고 하였다. ; 이에 대
하여는 김문식의「尙書硏究를 중심으로 본 丁若鏞과 洪奭周의 政治思想 比較」(『한
국사론』20, 서울대 한국사학회, 1998) 및 한영우의「19세기 전반 洪敬謨의 역사서
술」(『한국문화』11, 서울대 한국문화연구소, 1990)이 참조된다.

하여 '正史'의 범주에서 해석하였다.[167] 반면에 홍경모는 '사는 事實의 기록이다'고 정의하며 '사'를 특정 분야에 한정하지 않았다. 그렇다면 그가 의미하는 '사실'이란 구체적으로 어떠한 것일까?

여러 차례에 걸쳐 시문집을 편집하는 과정에서, 홍경모는 『冠巖遊史』・『耘石外史』・『冠巖叢史』 등의 이름으로 명명하여, 개인의 저작 총집을 '~集'으로 명명하던 당대의 상규에서 벗어났다. 그가 유독 자신의 문집에 '사'라고 명명한 것은 그것이 기본적으로 '사'인 동시에 '문'이라고 믿었던 이유에서였을 것이다.

또한 홍경모의 문집에 실린 시문의 내용들은 대체로 郡邑의 沿革, 疆域의 分合, 山川의 險易, 樓臺의 增損, 古蹟과 名勝, 人物과 風謠, 燕使 등이다. 이것은 그가 오랜 관직 생활 중에 외방의 수령으로 있을 때 쓴 지방의 풍물・역사・지리, 그리고 중국 사행의 경험 등을 기록한 것이다. 이로 볼 때 홍경모의 문집에 수록된 글들은 시문의 형식으로 된 郡邑志・職方志 등의 사실적인 역사 기록물 즉 '사'로 명명할 수 있는 것이다.

그러나 그가 위에서 언급하였듯이 정식 史官의 기록과는 다른 개인적인 감회를 주제로 한 것이기에 '外史'로 명명한 것이다. 결국 홍경모는 '文史一致'의 문장 의식을 지녔다고 할 수 있다. 이러한 홍경모의 문장관은 조부인 홍량호의 경향을 계승하고 있음이 분명하다.[168]

홍량호는 외숙부 沈鐈의 영향으로 양명학적 가학 전통을 계승하였다. 이 과정에서 그는 왕양명의 '經史一致說[169]'을 접하여 '史는 質을 숭상하

---

167) 徐瀅修, 「歌商樓詩集序」, 『明皐全集』 卷7(『叢刊』 V.261), 142면. "史之所記, 止於朝廷."

168) 홍량호, 앞의 주 참조.

169) 王守仁, 「語錄, 傳習錄 上」, 『王文成公全書』 卷1, 上海古籍出版社, 1991, 10면. "愛曰, 先儒論六經, 以春秋爲史. 史專記事, 恐與五經, 事體終或稍異. 先生曰, 以事

고 經에 충실해야함'을 주장하였다.

홍량호가 말하는 '사'는 '典章'이다. 즉 성인이 통치하던 시대의 문물 제
도의 번성함을 기록한 것으로 경술이 잘 활용된 것이다. 그런데 우리나라
의 선비들은 문물제도에 관한 학문이라 할 수 있는 '사'를 도외시하고 이
념지향의 성리학연구에만 골몰하였다. 전장·문물제도의 사적 기록에 대
한 무관심은 결과적으로 정국운영에서 실용성이 부실한 결과를 초래하였
다. 그는 이것이 우리나라가 중국에 미치지 못한 이유라고 생각하였다. 때
문에 그는 문장 가운데 성현의 문물제도에 관한 기록이 '경'이라고 생각하
고 이것을 '사'와 동일시하는 입장을 취하였던 것이다. 이러한 그의 입장
이 손자인 홍경모에 이르러서는 '文卽史, 史卽文'이라는 '文史一致論'으로
개념화 된 것이다.

> 聖人의 道는 六經에 갖추어 있고 六經의 쓰임은 史에 드러나니 史
> 는 經이다. 『詩』·『書』는 史인데 經이 되었고『春秋』는 經에서 史
> 로 편수한 것이다. 紀傳·編年의 體에 있어서는 『書』는 紀傳體의 始
> 祖이고『春秋』는 編年體의 근본이니 體는 비록 다르지만 근원은 하
> 나이다.
>
> 『孟子』에 "『詩』가 없어진 연후에『春秋』가 지어졌다."고 하니『春
> 秋』이전의 詩는 모두 國史이다. 사람들은 孔子께서 詩書를 刪削한
> 것만 알지 역사를 劃定한 것은 알지 못한다. 사람들은 공자께서『춘
> 추』를 지은 것만 알지『詩』·『書』를 계속 이은 것은 알지 못한다.
> 『시』·『서』·『춘추』는 하나였던 것이 셋으로 나뉜 것이다. 漢에 이
> 르러 司馬遷·班固가 차례로 태어났는데 그들이 史를 씀에 오로지

---

言謂之史, 以道言謂之經, 事卽道, 道卽事, 春秋亦經, 五經亦史, 易是包犧氏之史, 書
是堯舜以下史, 禮樂是三代史, 其事同, 其道同, 安有所謂異?"

傳 · 志 · 表 · 記(紀傳體)를 위주로 하였기 때문에 經과 史가 나뉘어
졌다. 이에 經과 史가 각각 經은 經이고 史는 史가 된 것이다. 그러
나 詩의 뜻은 史에 근본하지 않을 수 없고 또한 經에 근원하지 않을
수 없다.[170)

'道 = 史 = 經'의 관점에서 도출된 '經卽史'의 개념을 바탕으로 그는 역사
시대의 발전 과정에 따른 문장의 변천 즉 역사의 변천을 지적하였다. 그가
'詩 · 書 · 春秋가 하나였다가 나뉜 것'으로 파악하게 된 공통 인소가 바로
'사'의 개념 때문이었다. 그는 漢代의 司馬遷과 班固 등이 傳 · 志 · 表 · 記
등의 紀傳體 문장을 주로 하면서 '경'과 '사'가 분리되었지만 正史의 기록
이든 아니든 간에 '사'를 '사실을 기록한 글'이라는 전제로 파악할 때, 꾸밈
없이 진솔한 생활 주변의 일상이나 작가의 개인 감정 등을 그대로 기록한
글 등이 모두 '사', 엄밀히 따진다면 '正史'가 아닌 '外史'에 포함될 것으로
파악하였다.

홍경모는 '사'의 범주를 '사실의 기록'으로 확대 제시하여 '문장의 사실성
구현'이라는 명제를 바탕으로 시대 현실을 문장에 구현하고 또 과거의 우
리 역사를 '事大意識'에 의한 왜곡 없이 바라보게 되었다. 그 결과, 그는
우리나라의 산천, 풍물, 역사, 인물 등에 대한 다양한 문학적 기록을, 개인
적 의식이 투영된 'ㅇㅇ外史'의 형식으로 구성하게 되었던 것이다.

---

170) 洪敬謨, 「冠巖叢史序」, 『叢史』 卷7. "聖人之道, 備於六經, 六經之用, 著於史, 史
則經也. 詩書以史爲經, 春秋因經脩史, 而乃有紀傳編年之體, 書爲紀傳之祖, 春秋爲
編年之本, 體雖各異, 源則一也. 孟子曰, 詩亡然後, 春秋作, 春秋以前之詩, 皆國史
也. 人知夫子之刪詩書, 不知其爲定史, 人知夫子之作春秋, 不知其爲續詩書, 詩書春
秋一書也. 而分而三之, 至漢以馬班遞起, 其作史也. 專爲傳志表記, 而經與史分, 於
是乎經與史各自爲經與史, 然詩之義, 不能不本乎史, 亦不能不源於經也."

## 5. 결론

이 글은 조선후기의 정치적·사회적 변화와 문학론과의 구체적인 상관관계를 고찰하려는 의도에서 연구되었다.

요컨대 서명응·서유구·서형수 등은 정조조의 문형으로 시대의 문화산업을 주도하였다. 그러하기에 정조의 학문관과 정책관, 문학관의 영향을 벗어나기 어려웠다. 그들은 삼대의 이상적인 정치 실현을 추구하는 정조와 같이 '經이 곧 史, 史가 곧 經'이라는 의식을 바탕으로 학문과 정치의 일치를 추구하였다. 이와 같은 노력의 결과 그들은 문장에서도 '실용'을 위주로 하는 문예 지향을 나타내게 하였다. 그들이 난해한 의고문의 폐해를 지적하며 당송고문을 즐겨한 것도 현재와 시간적인 거리가 짧은 당송고문이야말로 백성들과의 의사소통을 보다 쉽게 충족시킬 수 있는 수단으로 생각하여서다. 또한 種植·樹藝 등의 '實用의 추구'를 글쓰기의 또 다른 목적으로 상정하였다. 이처럼 당대의 정치·사회 운영을 보좌하는 공공의 기물로서의 문장 논의는 뒷시기의 洪敬謨에 이르러서는 문장에서보다 역사적 현실의 반영을 강조하는 '文史一致論'으로 탈바꿈한다. 그는 우리나라 각 지역의 연혁, 풍속, 유물 등의 지리지적 성격을 가진 많은 창작물을 남겼다.

이와 같은 사실은 조선후기라는 특수한 환경 속에서 문장이 문예적 차원의 심미이상보다는 실용 문학으로 전개되려는 한 양상을 나타낸 것이라 할 수 있다.

# 제4장
## 문장은 개성을 담아야 한다

## 1. 머리말

16세기 말~17세기 초에 尹根壽(1537~1616)에 의해 先秦兩漢의 문장을 전범삼는 전후칠자의 작품과 창작론이 소개되면서 조선 문단에는 진한고문과 성당시를 전범 삼으려는 하나의 거대한 문학적 파동이 발생하여 '秦漢古文派'로 명명되었다. 前·後七子 가운데 조선의 문단에 보다 큰 영향력을 행사한 쪽은 後七子였고, 그 가운데서도 李攀龍과 王世貞의 영향이 더욱 절대적이었다[171]. 중국에서도 1570년에 이반룡이 사망한 이후에 명대의 文柄이 왕세정에 의해 좌우되었다는 역사적 기록으로 볼 때[172], 이들의 위상은 짐작하고도 남음이 있다. 그러나 이와 같은 진한고문의 유입을 단순한 문학사적 조류의 하나로만 국한시켜 볼 수만은 없는 부분이 있다. 예컨대 金富軾을 거쳐 李齊賢에 의해 창도된 것으로 일컬어지는 古

---

171) 강명관, 「16세기 말 17세기 초 擬古文派의 수용과 秦漢古文派의 성립」, 『한국한문학연구』 18집, 한국한문학회, 1995 참조.
172) 「列傳·文苑, 三」 卷175(『明史』 卷287), "世貞始與李攀龍押主文盟, 攀龍沒, 獨操柄二十年. 才最高, 地望最顯, 聲華意氣籠盖海內. 一時士大夫及山人·詞客·衲子·羽類, 莫不奔走門下."

文[173]) 가운데, 여말~선초의 唐宋古文에 대한 관심은 이 시기, 역사의 전면에 부상했던 사대부들의 자기 개성의 발견 과정의 산물이었다. 새로운 시대의 주도 계층으로서 사대부다운 가치관과 인간형을 정립하고자 한 그들은 사대부적인 이데올로기의 구현을 위해 당송고문이라는 새로운 문학 형식을 창도하였을 뿐만 아니라 다가온 역사의 전환기에 주도적인 역할을 담당하였다[174]). 이 때문에 고문에 대한 인식과 실천을 단순히 문학적 현상으로만 제한할 것이 아니라, 당대의 정치 역학 관계, 학문·사상의 동향과 연계하여 파악하려는 자세가 필요하다.

그렇다면 17세기 이후의 진한고문과 당송고문에 대한 관심 등은 어떠한 역사적 조건, 사상사적 동향과 연관이 있는가? 아래에서 이를 밝혀 보기로 한다.

## 2. 模擬的 창작의 반대

조선 초의 고문론이 새로운 이념인 주자학의 전파와 정착을 기본 구도로 한다면, 17세기 이후의 고문론은 주자학의 고수와 확산을 통한 교조화의 시도를 기본 구도로 하는 축과 상대주의적인 관점에서 주자학에 대한 비판과 六經 古學의 회복 그리고 제반 학문 사상에 대한 개방적 수용 태도를 기본 구도로 하는 축으로 양분된다. 전자에 해당하는 경우는 육경을 전범으로 하면서 당송고문의 문체적 특성과 미의식을 지향하는 老論系가 주류를 이룬다면, 후자의 경우는 육경 고문의 전범성을 강조하며 당세에

---

173) 金澤榮, 「雜言」, 『金澤榮全集』 卷2, 아세아문화사, 1978, 123면. "吾方之文, 三國高麗, 專學六朝文, 長於騈麗, 而高麗中世金文烈公, 特爲傑出, 其所選三國史, 豊厚樸古, 綽有西漢之風, 其末世李益齋, 始唱韓歐古文."

174) 임형택, 「高麗末 益齋의 古文 唱導」, 『한국문학사의 시각』, 창작과비평사, 1984, 30면.

재현하고자 하는 상고적 취향의 近畿 南人 계열을 상정할 수 있다. 그러나 이들 부류와 구분되는 또다른 문학적 부류로서 소론계가 있다.

학문 · 사상의 측면에서 주자학에 대한 비판과 古學의 회복 그리고 제가의 학문 사상의 수용, 그 가운데서도 양명학적 학문 전통의 수립이라는 특기할 만한 경향을 가진 소론계는 위의 부류와 달리 일찍부터 주자학적 도문일치 관념에서 일탈하여 '務實'을 강조하며 도문에 한정된 문장의 관념적 범주를 '文史'로 전환하는 특성을 나타냈다. 뿐만 아니라 산문론의 전개에서도 소론계의 학인들은, 일방적인 주자학 추숭에 사로잡힌 노론계가 형식과 내용이 이상적으로 조화된 문장 전범으로서의 육경 고문을 중시하는 것과 달리 주로 당송고문의 주창을 강조하였다. 또한 선진 양한의 문장을 전범 삼으면서도 육경보다는『戰國策』·『國語』와 揚雄, 賈誼 등의 문장에 대해 酷好의 경향을 보인 근기 남인의 산문론과도 차이를 보였다. 그들은 16세기말에서 17세기말까지는 주로 육경 및 진한고문에 경도되었으며 이후에는 당송고문과 청대 전기의 魏禧(1624~1680) · 邵長衡(1637~1704) 등의 문학에 주로 경사되는 특성을 나타냈다.

육경 위주의 문장 전범을 맹신하며 邪說과 異端에 대한 유가적 道德 · 仁義의 부흥과 강화를 지향하려는 움직임에 반발하여 문장의 실용성 · 문체의 평간함 · 작가의 개성과 심미성에 보다 경사되는 특성이 바로 소론계의 고문론의 특색이라 할 수 있다. 이와 같은 양상은 산문론이나 문학사에만 한정된 것이 아니라 학문 · 사상 및 정치 · 경제 등의 제방면에서 감지되는 소론계의 학문적 특성이 문학적으로 표출된 경우라고 이해된다. 즉 소론계의 연원이라 할 수 있는 최명길, 장유, 이명한, 조익 등에게서 나타나는 양명학 수용의 개방적인 학문 자세와 이후의 박세당, 남구만, 정제두, 최석정, 이광사, 홍량호, 서유구, 이건창 등에 이르기까지 나타나는 주자학의 교조성에 대한 비판적 움직임 그리고 훈척 대신의 권위적 · 조작적 정치 풍토에 대한 반발에서 나타났던 것처럼 소론계의 학인들은 기왕의 보수적이고 교조적인 일체의 정치 · 학문 사상에 대해 반발하며 시대 현실을 반영하는 정치와 학문사상의 실현을 염원하였다. 그러한 정치 · 학문 사상적이 문학에 투영되면서 '自得'을 중시하는 하나의 창작 논리로 거듭 나게 된 것이다. '자득'을 중시하는 소론계의 문학론에서 전제적인 배격의 대상이 된 것은 다름 아닌 模倣 · 剽竊 · 蹈襲 · 剽剟 · 陳言 등으로 표상되는 모의적 창작 풍토였다.

명나라 세종에서 목종에 이르는 嘉靖(1522~1566) · 隆慶(1567~1572) 연간의 중국 문단은 擬古主義로 대변된다. 가정 초기의 李夢陽(1472~1529) · 何景明(1483~1521)을 중심으로 하는 前七子들은 '詩必盛唐, 文必秦漢'의 의고적 기풍을 크게 진작하였지만 결과적으로 盛唐 및 秦漢 시문에 대한 지나친 模倣과 剽竊로 인하여 내용이 없고 형식만을 추구한 작품들을 양산하는 폐해를 유발하였다. 그 결과, 정통 유가의 宗經論을 기초로 전칠자의 형식적인 의고를 결연히 반대하며 선진시대 이래 唐宋八家의 문학사상을 폭넓게 수용하여 고인의 참뜻을 작품에 형상화 한 王愼中(1509~1559) · 唐順之(1507~1560) · 歸有光(1507~1571) 등의 唐宋派의 비판을 받았다. 그들 역시 모방과 표절의 한계를 넘어서지 못하고 謝秦(1495~1575) · 李攀龍(1514~1570) · 王世貞(1526~1590) 등의 後七子에 영도되었다. 후칠자들은 의고주의 문풍을 진작시키는데 있어서 전칠자보다 훨씬 조직적이고 폐쇄적인 집단이었기에 이들 역시 反擬古를 표방한 公安三袁氏에 비판받았다[175].

---

175) 강정만, 「錢謙益의 反前後七子論考」, 『중국문학연구』 9집, 한국중문학회, 1991, 266~267면 참조.

문학진화론에 입각하여 전후칠자의 의고주의에 대항한 공안파의 이념적
배경에는 弘治 · 正德 연간(1506~1521)의 학술계에서 '知行合一'을 주장한
왕양명의 사상이 자리한다. 즉 왕양명이 송대 이래 관학으로 인정받던 주
자학의 속박을 벗어나 개인 良知의 자유를 제창하여 사상적 폭을 넓혀 놓
자, 李贄는 '童心說'을 주장하여 전후칠자의 의고적인 僞古學을 반대하였으
며 이러한 그의 사상이 공안파에 영향을 직접 영향을 끼치게 된 것이다.
　남구만의 전후칠자의 창작 풍토에 대한 비판은 진한고문의 추종에서 나
타나는 모의와 표절에 대한 비판에서 시작된다. 「靜虛堂集序」에서 洪萬
宗의 아버지인 洪叔鑌이 당대 儒冠 중에 제일의 文藝家라고 지칭한 남구
만이 그를 높이 평가한 이유는 세 가지로 요약될 수 있다.

> 지금 공의 문장은 한결같이 韓愈 · 歐陽修의 궤적과 洛閩의 여러
> 선생들의 흔적을 좇아, 申公 부자가 嘉靖 · 隆慶 연간의 기풍을 익히
> 기에 골몰하는 모습이 전혀 없고, 내면을 지키고 외면을 힘쓰지 않았
> 음을 알 수 있겠다[176].

　남구만은 '문장 전범의 설정 · 창작의 태도 · 창작의 본질'이라는 세 가지
측면에서 홍숙신을 추존하였다. 창작 전범으로서의 韓愈와 歐陽修 그리고
정자 · 주자의 문장에 나타나는 공통적인 특성은 모의적 창작 경향이 나타
나지 않고 또 배척했다는 점이다. 성리학의 관점에서, 작문 자체를 '玩物
喪志'로 간주한 정자[177]나 '重道輕文'의 입장에서 한유와 구양수의 문장을

---

176) 南九萬, 「靜虛堂集序」, 『藥泉集』 第27(『叢刊』 V.132), 447면. "今公之文則一遵
　　韓歐之軌·洛閩之轍, 絕無申公父子馳騁嘉隆間習氣, 其有內守而不外隨可知也."
177) 程頤, 「劉元承手編」, 『二程遺書』 卷18. "問作文害道否? 曰害也. 凡爲文不專意則
　　不工, 若專意則志局於此, 又安能與天地同其大也? 書云, 玩物喪志, 爲文亦玩物也.
　　古之學者惟務養性情, 其他則不學. 今爲文者專務章句, 悅人耳目, 既務悅人, 非俳優

'弊精神 · 糜歲月'한 것으로 평가한 주자[178)는 韓 · 歐의 문장이 '도'보다 '문'에 치우쳐 있음을 비판하기는 했지만, 그들이 장구의 수식에 골몰하거나 陳言 · 剽掠 · 僭竊하는 문장의 병폐를 극복한 부분에 대하여는 그 공로를 인정하였다. 이것은 뒤이어 서술된 申欽 · 申翊聖 부자의 의고적 창작 경향에 대한 비판에서 입증된다.

남구만을 비롯한 김창협 등에 의해 진한고문파의 의고적 창작 경향을 배웠다고 비판되던 신흠은 명대 초기의 고문가인 宋濂 · 方孝孺로부터 전후칠자를 대표하는 李夢陽 · 何景明 · 李攀龍 · 王世貞 등을 문장의 전범으로 간주하였다. 특히 왕세정을 매우 좋아하던 그의 영향으로 의고적 문풍에 경도하는 학인들이 많았다는 지적은 주목할 필요가 있다[179). 전후칠자의 문풍을 추숭한 신흠 부자를 창작에서 외형을 중시하는 형식주의에 경도된 것으로 비판한 남구만의 논리가 압축된 것이 '內守'와 '不外隨'이다. 그가 말하는 '內'란 문장의 내용이며 '外'란 문장의 형식이다. 즉 칠자파가 고인의 문장의 내면에 담겨진 格力과 風調 등을 지켜 따르지 못하고 한갓 외형적인 體格이나 聲調만을 모의했음을 비판한 것이라 할 수 있다. 칠자파의 문학의 내용면의 부족과 의고적 습성을 비판한 경우는 최석정에게서도 나타난다.

---

而何?"

178) 朱熹,「讀唐志」,『晦菴集』卷70. "東京以降訖于隋唐, 數百年間, 愈下愈衰, 則其去道益遠而無實之文, 亦無足論. 韓愈氏出, 始覺其陋, 慨然號於一世, 欲去陳言, 以追詩書六藝之作, 而其弊精神 · 糜歲月, 又有甚於前世諸人之所爲者. …中略…至於其徒之論, 亦但以剽掠僭竊爲文之病, 大振頹風, 敎人自爲, 爲韓之功, …中略… 又復衰歇數十百年而後歐陽子出, 其文之妙, 蓋已不愧於韓氏."

179) 申翊聖,「上孫太史承宗」,『樂全堂集』卷9(『叢刊』Ⅴ.93), 297면. "先大夫早有北學之志, …中略… 累償詔使, 雅慕華風, 嘗論昭代學者, 以羅一峯 · 薛文淸爲宗, 陽明 · 白沙 · 念庵 · 定山諸君子爲妙契也. 論文章, 以龍門 · 遜志 · 北地 · 新陽 · 歷下 · 南明爲大家, 而尤喜弇州, 以是後學稍稍知羅薛王陳之學, 以文必以歷下 · 弇州爲矜式"

'國朝文章三變說'을 통하여 문장의 변화 시기를 조선 초기・선조 무렵・인조 무렵으로 삼분한 최석정은 그 특색에 따라 다시 '平實渾厚・理順辭達한 문풍', '擬議修辭・一反正始한 가륭 연간 제자의 문풍', '前古를 절충하고 韓・蘇를 섭취한 문풍'으로 구체화 하였다. 세 문풍 가운데 그가 추종한 것은 두 번째의 칠자파가 주장한 진한문과 성당시였다. 그러나 그들의 문풍이 한결같이 正始에의 회귀를 염원하였지만 그 내용면에서 논의가 독실하지 못하고 의고와 수사에만 골몰한 폐단을 지적하였다[180].

> 文章이 시대와 더불어 점차 낮아져서 談藝家들이 復古를 어려운 일로 여겼다. 대저 西漢의 文章과 盛唐의 詩는 지극하고도 다한 것이어서 다시 더할 것이 없다. 후세의 글 짓는 선비들 중에 西漢風의 문장을 짓고 盛唐風의 시를 짓는 자들이 또한 많이 있었다. 그러나 평생토록 힘을 다하여 模擬하여도 끝내 西漢이나 盛唐의 작가의 경지에 거의 도달하지 못하는 자도 있고 그 聲音과 色澤을 터득하는 자가 있기도 하다. 그러나 形似와 彷髴을 닮는 것 또한 "어렵다"고 할 수 있다.[181]

칠자파의 고문론의 한계를 지적했던 최석정은 형식면에서 그들이 일삼

---

180) 崔錫鼎, 「東溟集序」, 『明谷集』 卷8(『叢刊』 Ⅴ.153), 578~579면. "國朝文章, 大略三變, 國初諸家, 平實渾厚, 理順辭達而止, 及至穆陵之世, 文苑諸公, 擬議修辭, 學嘉隆諸子, 一反正始, 而篤論者猶未翕然. 仁廟中興, 谿・澤諸公, 折衷前古, 步驟韓蘇, 質有其文, 殆所謂彬彬君子矣乎! 然引繩於西漢盛唐, 則或有所未遑焉. …中略… 我東文體, 大約有三病, 其氣衰薾而不振也, 其辭卑陋而不雅也, 其爲理纖瑣而不渾全也.."
181) 崔錫鼎, 「東溟集序」, 『明谷集』 卷8(『叢刊』 Ⅴ.153), 578면. "文章與時代漸降, 而談藝家以復古爲難. 夫文之於西漢, 詩之於盛唐, 至矣盡矣, 蔑以復加矣. 後世操觚之士爲西漢爲盛唐者, 亦多有之. 窮年沒世, 竭力模擬而卒未有幾及者, 有能得其聲音色澤, 肖其形似彷髴, 斯亦謂之難矣."

던 모의적 행태를 비판하며 '形似'와 '影髣'로 요약하였고 그마저도 충실치
못했음을 비판하였다.

남구만에 이어지는 최석정의 전후칠자의 창작 내용 및 형식의 모의적
행태에 대한 비판은 그의 아들인 최창대에게 이르러서는 전후칠자의 모의
적 문풍과 내용 측면의 비판에 아울러 '險僻'을 추구하는 창작 기풍 즉 審
美理想에 대한 비판으로 그 비평의 영역이 확장되는 추세를 보인다.

> 樊宗師·孫樵는 險僻한 것을 奇異하다고 여겼고 李攀龍·王世貞은
> 剽劌하는 것을 古雅하다 여겼기에, 저는 일찍부터 이 점에 대해 매우
> 질시하며 힘껏 배척하였습니다. 여러 분들이 험벽하고 표철한 것에
> 골몰하게 된 것은 대개 근본을 알지 못해서입니다. 근본이란 무엇일까
> 요? 지난 번에 말씀드렸던 明理·擇術·修辭이며 本源을 알고 要諦를
> 습득하는 것입니다. 족하께서 말씀하신 문단의 뛰어난 분들이 구절을
> 짧고 촉급하게 짓는 것에 대해서는, 비록 그 이유를 알 수는 없지만
> 그 잘못은 아무래도 根本을 알지 못함에 있다고 하겠습니다.182)

韓愈와 동시대의 樊宗師·孫樵의 작품을 '奇妙한 것'으로 높이 평가하
는 풍조에 대해, 최창대는 '險僻'을 오인한 결과라고 비판하였다. 최창대는
작품을 창작할 때 전인의 一言一句도 蹈襲하지 않아 '澀體'로 불렸던 번종
사에 대하여 그의 작품인 「絳守居園池記」를 거론하며 句讀를 끊을 수 없
을 정도의 험벽한 문장임을 적시하였다. 이러한 평가는 총 천여 편에 가까
운 번종사의 작품이 반드시 그 자신의 독창적인 식견에서 우러났으며 전

---

182) 崔昌大, 「答李仁老德壽 ○癸未」, 『昆侖集』 卷11(『叢刊』 V.183), 213면. "樊紹述·
孫樵, 險僻以爲奇, 李攀龍·王世貞, 剽劌以爲古, 僕亦嘗深疾而力排之, 數子之終於險
僻剽劌, 蓋亦不知本之過也. 本者, 何也? 向所謂明理·擇術·修辭也. 見本源而擧體要
也. 足下所稱藝苑哲匠, 短促其句節者, 雖未詳所指, 而其失亦在乎不知本也"

인의 一言一句도 襲蹈하지 않았다는 점과 文從字順한 점에서 그를 칭찬한 한유의 견해[183]와 차이 난다. 오히려 번종사의 험벽함에 대한 최창대의 비판은 한유가 지은 「樊紹述墓誌銘」에 대한 歐陽修의 주석의 내용과 유사하다.

　　唐나라 李肇의 『國史補』에 다음과 같은 말이 있다.
　　"元和 연간 이후, 문장을 짓는 이들은 韓愈에게서 奇詭함을 배우고 樊宗師에게서 苦澁함을 배워 모두 '元和體'라고 이름하였다. 그러므로 번종사와 한유 두 사람이 한 시대에 중망을 받았다. 그러나 지금 번종술의 문장은 조금도 보이지 않는다.
　　한유가 말하기를,
　　"문장에는 어렵고 쉬움이 없다. 오직 이것일 뿐이다."
　　또 말하기를,
　　"진부한 말을 힘써 제거하였다. 대저 진부한 말을 힘써 제거하려는 뜻을 충족시키려면 문장이 난삽한데 치우치지 않는 경우가 없다."
　　樊紹述의 문장은 대단히 어렵다고 할 수 있다. 지금 전해지는 「絳守居園池記」에 대하여 王晟과 劉忱이 각각 注解를 하고 句讀를 찍고자 했지만 두 사람 모두 하지 못했다. 번소술 당시에 구두를 끊으려던 자들도 오히려 마음대로 하지 못했을 것임은 물을 필요도 없다.[184]

---

183) 韓愈, 「南陽樊紹述墓誌銘」, 『昌黎韓愈文, 十』(『御選唐宋文醇』卷10). "樊紹述既卒且葬, 愈將銘之, 從其家求書得書, 號魁紀公者, 三十卷, 曰樊子者 又三十卷, 春秋集傳十五卷, 表·牋·狀·策·書·序·傳記·紀·誌·說·論·今文讚銘, 凡二百九十一篇, 道路所遇及器物門里雜銘, 二百二十, 賦十, 詩七百一十九, 曰多矣哉! 古未嘗有也, 然而必出於已, 不襲蹈前人一言一句, 又何其難也? 必出入仁義. 其富若生蓄萬物, 必具海含地負, 放恣橫從, 無所統紀, 然而不煩於繩削而自合也. …中略… 銘曰, 惟古於詞, 必已出, 降而不能, 乃剽賊, 後皆指前公相襲. 從漢迄今, 用一律, 寥寥久哉! 莫覺屬神徂聖, 伏道絶塞, 既極乃通發, 紹述文從字順, 各識職有欲求之此其躅."

184) 韓愈, 「南陽樊紹述墓誌銘」, 『昌黎韓愈文, 十』(『御選唐宋文醇』卷10). "唐李肇國

구양수의 지적에서 알 수 있듯이 한유의 번소술 옹호는 그 자신도 苦
澁·奇詭한 문장의 창작에 골몰했기 때문이며 그 배경은 진부한 말을 제
거하려는 데 그 원인이 있었음을 알 수 있다. 그러나 문제는 공자가 강조
한 문장의 목적기능이라 할 수 있는 '辭達'의 실현이 불가능하다는 데 그
비판이 집중된다. 구양수의 지적에 대한 최창대의 동의는 그가 표명했던
문장의 '斲雕反朴'의 심미이상 때문이었다. 그는 당대의 부미한 문풍을 일
소하기 위해 '朴'과 '簡寡'의 심미이상을 추구하였다. 이덕수에게 보낸 편
지에서 그는 문장을 談理·記事·詠歌·諸家之文으로 분류한 다음 그 각
각의 문장에서 모두 '簡寡'를 강조했는데 그 이유는 그것에서 문장의 體要
와 本源을 파악할 수 있기 때문이었다185). 그렇지만 최창대가 한유의 문
장 전체를 비판한 것은 아니었다. 그는 당송팔가 가운데 한유의 문장이
平正하고 渾質하며 문장의 구성과 배치가 법도가 있다고 평가하며 이를
법삼기를 주장함과 아울러 한유가 평생토록 추구한 작문의 지결인 '務去
陳言'에 대해서도 높이 평가하였다. 그는 工心·獨苦의 결과로 창작된 작
품의 怪怪奇奇함은 琱琢·華藻·背理가 없는 渾質이 流動하는 가치있는
문장이라고 인정하는 수정적인 태도를 보이기도 하였다186).

史補云, 元和已後, 爲文筆, 學奇詭於韓愈, 學苦澁於樊宗師, 俱名爲元和體. 然則樊
韓並重一時, 而今樊文不少槪見矣. 昌黎曰, 文無難易, 惟其是耳. 又曰惟陳言之務去,
夫充務去陳言之意, 未有不偏於難者, 樊紹述之文之難, 可爲極其致矣. 今所傳絳守居
園池記, 王晟·劉忱, 各爲之注解句讀, 要皆未必果得. 紹述當日所以斷句者也, 句尙不
能得意, 無問矣. 然則於孔子所爲辭達而已矣者, 不已遠乎遠乎! 聖人之言, 未聞有是
者也."

185) 崔昌大,「答李仁老德壽 ○癸未」,『昆侖集』卷11(『叢刊』V.183), 212∼213면.

186) 崔昌大,「答李仁老德壽 ○癸未」,『昆侖集』卷11(『叢刊』V.183), 213면. "後世工
於文者, 推韓愈爲首, 而平生作文指訣, 亦曰惟陳言之務去, 又曰人譽之則憂, 人笑之
則喜, 又曰不專一能, 怪怪奇奇, 凡若是者, 非苟爲異也. 只是良工心獨苦耳. 且所謂
務去陳言, 怪怪奇奇, 亦其琱琢云乎哉? 華藻云乎哉? 觀於韓氏之文, 豈有背於理乎?

명말의 전칠자의 뒤를 이어 의고주의를 진작시킨 이반룡 · 왕세정 중심의
후칠자의 문풍을 '표절', 즉 '전인의 작품 베껴 쓰기'라고 질시한 최창대는
후칠자의 문풍을 '古雅'하다고 추종하는 당대의 풍조를 비판하였다. 가식이
아닌 사실적 진술에서 우러난 진술하고 소박한 글쓰기 즉 '平正'한 글짓기를
추구한 최창대는 그의 문인 申維翰의 작품을 열람하고 혹평하였다.

> 昆侖 崔學士를 찾아뵈었다. 학사께서 내가 젊은 시절에 지은 글들
> 을 다 살펴보시고 沾沾히 재미있어 하며 말씀하시기를,
> "자네, 진실로 옛 것을 좋아하는구만. 氣力이 있어서 古文을 지향
> 할 수는 있겠지만 따라야 할 작문의 길에 대해서는 아득하여 알지를
> 못하는구만. 자네는 머리털로 고인을 닮고자 하고 힘줄이나 골수 · 神
> 氣로는 고인을 닮으려 하지 않는구만. 그러니 작품마다 字句들이 사
> 마천 · 좌구명 · 장자 · 양웅과 비슷하기만 한 것이지. 무릇 '비슷하다'
> 는 말은 모두 참이 아니라는 뜻이니 이것은 優孟이 孫叔敖를 흉내내
> 는 것과 마찬가지네. 자네의 마음 속에는 또한 훌륭한 작가가 있는데
> 어찌하여 남의 울타리 밑에 고생스럽게 빌붙어 지내려하는가?'
> 이어서 내가 평생 지은 문자의 병통의 자세한 내막을 거슬러 생각
> 하시는 것이 마치 倉公과 扁鵲이 사람의 간과 폐를 보고 진맥하고
> 증세를 논하는 것과 같았다. 그리고 즉시 책상 위에 있던 『八大家文
> 抄』 중에서 曾鞏의 『南豊集』 두 권을 뽑아서 나에게 주시며 말씀하
> 시기를,
> "시험삼아 이 책을 읽노라면 자네의 병근을 치료할 수 있을 것일세."
> 라고 하셨다.187)

---

豈嘗無渾質流動之意乎?"
187) 申維翰,「自敍」,『靑泉集』卷2(『叢刊』 V. 200), 410면. "往謁昆侖崔學士, 翁盡索
我少壯文藁見之, 沾沾喜曰, 君誠好古, 有氣力可進於古, 而茫茫乎不識所由徑矣. 君

창작에서 사마천·좌구명 등의 고인을 닮기만을 생각하고 그러한 문장
가들이 문장가가 되는 이유 즉, 각자의 가슴 속에 들어있는 훌륭한 작가
즉 자신의 속내를 꾸밈없이 토로하는 진실한 글짓기가 바로 그것임을 깨
닫지 못하는 신유한을 위해, 최창대가 권한 것은 당송팔대가의 한 사람인
曾鞏의 『南豊集』이었다. 스승인 구양수의 "學者當師經"의 주장을 계승한
증공은 육경에 근본하여 聖人之道를 밝힐 것을 강조하였는데, 그 방법으
로 '求意·得心·行己'를 강조하였다[188]. 문장 창작에서 작가의 마음 속에
서 우러난 체득과 그 실현을 중시한 최창대와 '得心·行己'를 통한 증공의
방법이 서로 연관되었기 때문이었다.

오도일은 진부한 말을 제거하여 팔대의 쇠미한 문풍을 진작시킨 한유가
출사하지 못한 역사적 일화를 예시하며, 당대의 문인들이 독서보다는
經·史를 표절하거나 문자를 꾸미고 얽어 벼슬 얻기만을 능사로 여기는
모방적·출세지향적 창작 풍토를 비판하였다. 그는 문장가로서의 지름길
을 체득하기 위해서는 이러한 모의적 창작 습성에서 벗어나야 함을 역설
하였다[189].

표절과 장철을 일삼으며 主司者에게 구사하려는 당시의 문인들의 행태를

---

欲以毛髮肖古人, 而不以筋髓神氣求古人, 故篇篇字句, 似馬似左似莊似子雲, 凡言似
者皆非眞, 是不過優孟之爲孫叔敖矣. 自己腔裏, 亦有好家居, 何苦寄宿人芭籬下? 因
逆揣吾生平文字被病根委, 如倉扁視人肝肺, 診脈論症, 卽推案上八大家文抄中曾南豊
二卷, 授我曰, 試往讀此, 可以醫病."

188) 曾鞏, 「王深甫文集序」, 『南豊文抄』 5(『唐宋八大家文抄』 卷101). "當先王之迹息, 六
藝殘缺, 道術衰微, 天下學者無所折衷, 深甫於是奮然獨起, 因先王之遺文, 以求其意,
得於心, 行之於己, 其動止語默, 必考於法度, 而窮達得喪, 不易其志也."

189) 吳道一, 「上氷丈老儓」, 『西坡集』 卷21(『叢刊』 V.152), 418∼419면. "噫噫! 自昔
文章之士不利於有司者何限? 如韓昌黎之力去陳言, 起八代之衰者, 猶且終身不見收
於吏部, 而當時不聞有以此疵其文者, 惜乎今之世爲士者, 不知讀書, 只以剽竊經史粧
綴文字, 取媚於主司者之眼爲能事, 而於古人所謂文章家蹊逕, 則實昧昧焉."

비판하며 오도일이 문장 폐해의 극복 방안으로 제시한 것은 '自得'이었다.

> 대저 文章의 妙는 그것을 自得에 있을 따름이며 남이 알고 모르고
> 는 나에게 있어 진실로 아무 이로움이나 해가 없습니다. 제가 이런
> 말로 장인 어른의 바람을 삼지 않을 수 없으니 이 또한 사랑이 지나
> 쳐서 사사로운데 가리워져서가 아니겠습니까? 장인어른께서는 이점
> 을 믿어주십시오.
> 저같은 사람은 어려서부터 文筆을 일삼아 요행히 과거에 급제하여
> 진실로 일찍부터 힘을 다해 문장을 짓지 않아서 藝文에 대해 이야기
> 함에 있어서 비단 여름철의 벌레가 얼음에 대해 이야기하는 것과 같
> 이 지식이 얕고 식견이 좁을 뿐만이 아닙니다.[190]

문장가로 자임한 오도일이 제시한 '문장가가 되는 지름길'은 광범한 독
서를 바탕으로 한 지식의 축적과 견문의 확대, 그것의 체화였으며, 경사를
비롯한 전범적 문장의 표절·꾸며 얽기, 그리고 입신·양명은 아니었다.
문장 창작에서의 '自得'의 중요성을 강조한 점에서는 그가 창작의 주체의
역할과 가치를 인식하고 있다고 할 수 있지만, 창작물에 대한 타인의 평가
여부를 무시한 서술 부분은, '문예 창작'이라는 예술적 행위에서, 문예적
창작물의 향유자들 즉 독자, 비평가들의 역할과 가치에 대한 인식은 미비
했다고 이해되며 이러한 점에서 그의 자득론은 문장 창작의 보편성을 획
득하지는 않았다고 할 수 있다. 그러나 이러한 그의 자득의 논리는 표절·
분식 등에 치중하는 당세 문단의 의고주의적인 작풍에 대한 비판과 함께

---

190) 吳道一, 「上氷丈老僩」, 『西坡集』卷21(『叢刊』 V.152), 418~419면. "…中略… 大
抵文章之妙, 在乎自得之而已. 人之知不知, 在我固無所損益, 而區區不得不以此爲吾
丈望, 其無亦愛過而蔽於私者耶? 惟吾丈諒之, 如不佞者, 少業鉛槧倖竊科第, 實未嘗
肆力爲文章, 其於譚摧藝文之事, 不翅若夏蟲之語氷"

창작에서 개성과 독창성을 추구하는 일련의 흐름이 나타나고 있음을 적시
하는 예라고 할 수 있다.

　　대저 古人은 辭命의 得失로 국가의 盛衰를 점쳤다. 그러나 辭命을
짓는 이들의 才量이 時代와 더불어 점차 낮아지고 文도 날로 피폐해
져 本實을 숭상하는 자는 급히 비루하여 속된 것에 가까워지며 藻華
를 숭상하는 자는 읽기 어려운 文章을 지어 俳體와 비슷하여 심지어
는 牛鬼처럼 虛幻・愧誕하고 狐白裘가 淸廉을 해치는 듯 점차 수준
이 비루하고 낮아져서 바로잡을 수 없다. 보고 베낄 견본을 위해서
창문을 부수고 가지러 갔다는 비웃음191)이나 본대로 줄풀을 따라 그
리는 듯한 습관이 오늘날에는 극도에 이르렀다. 이것은 학습하는 방
법이 잘못되어서 그러한 것인가? 배양하는 것이 잘못되어서 그런 것
인가? 아니면 氣數가 관여하는 바여서 人力을 용납할 수 없어서인가?
만약 古文을 가지고 今文을 고쳐서 한번 비루한 습속을 변화시키고,
용을 아로새기고 봉황을 토해내는 듯한 문장에 뛰어난 사람들로 하여
금 翰林院에서 詔書의 초안을 만들 때, 서로 잇따르고 실력을 발휘하
여 마음대로 글을 짓게 하며 능히 鋪張・潤色의 아름다움을 다하여
국가의 번성함을 크게 울릴 수 있게 하려면 그 방법은 무엇으로부터
비롯되겠는가?192)

---

191) 唐의 陽滔가 中書舍人이 되었을 때 급히 救文을 지으라는 명령을 받았지만 令史가
　　창고의 열쇠를 가지고 다른 곳으로 가버려서 견본이 없었다. 그래서 곧바로 창문을
　　부수고 들어가서 그것을 가져왔기 때문에 사람들이 '踘臆舍人'이라고 불렀다.

192) 吳道一, 「制誥」, 『西坡集』卷19(『叢刊』 V.152), 378~379면. "大抵古人以辭命得
　　失, 卜國盛衰, 而才與世降, 文以日弊, 尙本實者, 蒼陋而近俗, 務藻華者, 鉤棘而類
　　俳, 甚至牛鬼涉誕, 狐白傷廉, 寖以卑下, 莫可捄正, 踘臆之譏, 畵葫之習, 至于今日
　　而極矣. 學習之乖方而然歟? 培養之失宜而然歟? 抑氣數所關, 有不可容人力歟? 如欲
　　挽古塗今, 一變陋習, 使雕龍吐鳳之手, 接武掉鞅於詞垣視草之地, 克盡鋪張潤色之美,
　　而大鳴國家之盛, 則其道何由?"

‘尙本實者’와 ‘務藻華者’로 문장가를 양분한 오도일은, 이들의 작품에서
발견되는 비속하거나 난삽한 유희적이고 모의적인 창작 경향을 비판하여
국가의 성세를 반영하는 전범적인 문장의 창작을 고민하였다. 비록 오도
일이 ‘才文世降’의 인식을 바탕으로 역사의 추이를 하강·쇠퇴의 측면에서
이해하기는 하였지만 그는 그것이 극복될 수 없다고는 생각하지 않았다.

> 用功이, 비록 오래되어도 見·效·入 등의 글자를 구하지 말라. 意
> 味를 親切하고 明白하게 볼 수 있다면 人慾이 다하는 곳에서 天理가
> 流行하는 境界를 거의 볼 수 있을 것이다.[193]

문장 창작에서 특정인을 전범삼아 ‘見○○’, ‘效○○’, ‘入○○’ 등을 내
세우지 않는 작자 자신이 전달하고자 하는 의미를 충실히 한 뒤에 맞이하
는 天理가 유행하는 듯한 자연스러운 문장을 강조한 사실은 모의적 창작
풍조에 대한 오도일식의 극복 방안이었다. 오도일이 말하는 ‘天理’는 성리
학의 우주 본질, 자연질서로서의 의미라기보다는 창작 주체의 내면에서
우러나는 ‘天機’·‘天眞’과 같은 ‘꾸밈없는 자연스러움’을 의미한다고 이해
된다. 이것은 그가 시를 ‘詩, 天機也[194]’라 한 것이나, ‘天然의 意趣’가 있
다고 한 것[195] 등에서 확인된다.

道文의 분리 인식을 통하여 창작 주체인 작가의 개성을 보다 강조하는
방향의 주장을 제기한 趙龜命 역시 ‘裒綴’과 ‘規畫’이라는 말로 당시 문인
의 모의적 풍조를 비판하였다.

---

193) 吳道一, 「困得篇, 上」, 『西坡集』卷27(『叢刊』V.152), 523면. “用功雖久莫求見效
入箇字, 意味見得親切明白, 則人慾盡處, 天理流行境界, 庶可見矣.”
194) 吳道一, 「詩稿自序」, 『西坡集』卷17(『叢刊』V.152), 330면.
195) 吳道一, 「題崔擎天詩稿後」, 『西坡集』卷19(『叢刊』V.152), 374면. “玆足以狀擎
天之爲詩, 而第其所欠者, 天然之意趣.”

옛날에는 문장을 창작할 때 摹擬하지 않았다. 문장이 쇠퇴하면서 摹擬가 생겨났고 摹擬가 생겨나자 문장이 더욱 망하였다[196].

'한유를 배웠다', '구양수를 배웠다', '진한문장을 배웠다'고 과시하는 문인들이 당시 사람들의 입에 이미 익숙한 평범한 논의들을 긁어모으거나 고인의 전적에 실린 진부한 글들을 본떠 쓰느라 정신과 심력을 피로하게 하고 집안을 어지럽히는 행태를 비판한 것[197]은 모의에 대한 그의 비판적 태도를 여실히 입증한다. 그렇다면 그가 강조한 문장은 어떤 것일까?

천하가 버려서는 안될 문장으로 사리에 두루 통달한 성인의 문장인 '作', 타고난 자질에서 유래하여 문장의 자세함과 간략함을 구비한 현인의 문장인 '述' 그리고 조화의 묘리·사정의 진솔함·사물의 갖가지 경우를 다 나타낸 육경 이후의 '문예가의 문장'이다. 조귀명은 문장 창작의 목적을 어지럽게 뒤얽힌 천하의 물사와 깊고도 오묘한 천하의 이치에 대한 心知 즉 心得을 후세에 남기는 것으로 설정하였다. 창작에서의 내용을 강조한 조귀명에게[198] 고인의 자구의 모의를 일삼는 당세의 문장은 정신만을 피로

---

196) 趙龜命, 「贈鄭生錫儒序 丙午」, 『東谿集』 卷1(『叢刊』 V.215), 14면. "古者, 文章無摹擬, 文章衰而摹擬作, 摹擬作而文章益亡矣."

197) 趙龜命, 「贈羅生沈書」, 『東谿集』 卷1(『叢刊』 V.215), 12면. "余怪夫今世之文章, 不作不述而罷其神役其力, 裒綴流俗齒牙煖熟之常論, 規畫古人載籍陳腐之遺文, 以充溢於棟宇, 而夸矜於人曰, 我爲韓也, 我爲歐也, 我爲秦漢也, 是乃莊周所謂累瓦結繩, 無用之言, 其亦勞苦而已矣."

198) 趙龜命, 「贈羅生沈書」, 『東谿集』 卷1(『叢刊』 V.215), 12면. "文章何爲而設也? 天下之事有棼而錯者矣, 天下之理有深而賾者矣, 而天下之人, 未必人人而知之, 吾則幸而知之矣, 乎知矣, 而不言之於口, 則無以覺夫後覺者也. 口乎言矣, 而不筆之於文, 則天下之廣, 恐無以家喩, 而後世之遠, 恐無以不死而竢之也. 故文章者, 古之聖人所不得已而設也. 盖亦有二端焉. 聖人之智, 固周乎事理, 而事理無窮, 終身言之, 有不能畢者, 故前之所闕, 後或發焉, 是之謂作, 語之偏全, 由乎資質, 而文之詳略, 因乎時代, 古之人雖言之, 而其補苴張皇, 乃係于後賢, 是之謂述. 凡六經以下諸子之以立言"

하게 할 뿐인 철저한 비판의 대상이었다.

    대저 세상 사람들이 王世貞 · 李攀龍이 班固 · 司馬遷을 배운 것을
병통으로 여기는 것은, 반고 · 사마천을 병통으로 여기는 것이 아니
고, 字句로만 반고 · 사마천을 배우는 태도에 대하여 병통으로 여기는
것이다.
    대개 韓愈 · 歐陽修 · 蘇軾은 비록 반고 · 사마천을 배우지는 않았
지만, 그들의 의사 가운데 自得한 것은 반고 · 사마천과 같다. 이것이
바로 그들이 반고 · 사마천을 계승한 점이다.
    지금 한유 · 구양수 · 소식으로써 왕세정 · 이반룡 등을 다스리고자
하면서도 자신이 한유 · 구양수 · 소식을 배우는 것이 또한 字句로서
일 뿐이라면 이것은 한유 · 구양수 · 소식의 노예를 몰아다가 반고 ·
사마천을 섬기는 자들을 공격하는 것과 같다. 대개 한유 · 구양수 · 소
식의 힘이 진실로 반고 · 사마천을 섬기는 자들보다 굳건한 것이 당연
하지만 한유 · 구양수 · 소식의 노예의 힘이 반고 · 사마천을 섬기는
자들을 당해낼 수 없음이 분명하다[199].

위에서 알 수 있듯이 조귀명이 비판한 것은 왕세정, 이반룡 등에 의한
진한고문의 학습이 아니라, 고인의 문장의 본질을 파악하여 자득하지 못
한 채 형식상의 자구에만 골몰하고 모방하는 태도였다. 창작의 본질로서

---

名世者, 皆是物也. 其它文藝之士, 要亦窺造化之妙, 發事情之眞, 其言有以備一物之
數, 而不可廢於天下."
199) 趙龜命,「又答林彦春書」,『東谿集』卷10(『叢刊』V. 215), 219면. "夫世之病王李之
班馬, 非病其班馬, 病其以句字爲班馬, 盖韓歐蘇則雖不爲班馬, 而其意之自得也, 亦
班馬也, 此其所以接武于班馬. 今以韓歐蘇治王李, 而吾之爲韓歐蘇也. 又其句字而已,
則是驅韓歐蘇之奴隷, 以攻班馬之衙官, 夫韓歐蘇之力, 固宜健乎班馬之衙官, 而韓歐
蘇之奴隷之力, 其不適於班馬之衙官也, 審矣."

의 자득을 중시하는 입장이었던 그는, 육경에서부터 선진·한·당에 이르
기까지 특정한 시대에 얽매임이 없이[200], 형식적 모방에서 벗어나 자신의
체득에서 얻어지는 참된 문장의 창작을 희구하였다. 창작에서 心知·自得
을 희구하는 조귀명의 태도 역시 모의적 창작 태도에 대한 비판과 함께
창작에서 내용 특히 자득적인 측면의 강조로 나아가고 있음을 알게 한다.

生父인 서명응으로부터 시작되는 가학을 계승하여[201] 名物學에 정통하
였을 뿐만 아니라 사행을 통해 중국의 선진 문물을 수용하고, 朴趾源·柳
得恭 등의 북학파나 洪良浩·成海應 등의 저명 학자들과 당파를 초월한
폭넓은 교유를 가졌던 서형수의 문장론은 그의 학문적 계승자인 서유구의
문장론과 긴밀히 연관된다.

의고문파의 등장 원인에 대해, 서형수는 한유와 유종원에 의해 창시된
문장의 작법이 구양수·증공 등을 거치면서 엄격한 규칙과 계획을 강요하
는 제약으로 변질되는 양상에 대한 반발에서 기인한 것으로 파악하고, 명
대의 의고문파의 준동 이후로 고문의 자취가 상실된 것으로 지적하였
다[202].

---

200) 趙龜命,「答趙盛叔書」,『東谿集』卷10(『叢刊』 V.215), 213면. "惟當騁吾見之所
極, 快吾心之所樂, 雖本之六經, 而不死於六經之章句, 旁採先秦漢唐, 而不爲先秦漢
唐所縛, 推移上下, 以應時義."

201)『保晚齋集』,『明皐全集』 등의 기록에서 알 수 있듯이, 徐命膺이 아들인 서형수를
비롯한 손자들과 和·次韻 시를 지은 것을 비롯하여, 서형수가 사촌인 徐瀅修와 조카
서유구가 모여서 古文을 지으며 학문을 토론한다는 이야기를 듣고 장편의 시로서 이
들을 격려한 일 등에서 그러한 사실을 확인할 수 있다.

202) 徐瀅修,「楓石鼓篋集序」,『明皐全集』 卷7(『叢刊』 V.261), 143~144면. "文之弊,
久矣. 明淸以後, 跰(足+也)而不羈之士, 厭宋人之規撫劈畫, 而卓然注想於秦漢之高,
然秦漢卒不可儔, 則自王何已失其故步矣." 또한『中國文學批評通史』(卷6, 上海古籍
出版社, 355~356면.)에도 唐宋古文의 형식적 제약에 반발하여 明淸代의 의고주의
문파가 등장했다는 학설이 제기되고 있다.

　대저 明나라 중엽 이후로 別集과 標目이 번성한 당송 때와 비교하면 열 배나 되지만 벌레 새기기를 자랑하여 꾸미고 닭의 뒷발톱 같은 것이나 다투어 그리며 스스로를 뛰어난 문장가로 인정한다. …中略… 그러나 그들이 이른바 '古'라는 것은 사실은 거짓이며 '才'라는 것은 보잘 것이 없으며 '奇'라고 하는 것은 어눌하다. 그들이 문장의 귀결처로 삼는 것은 모두 兎園册이나 飣餖 같은 비속한 책이나 쓸데없는 장부나 문서의 기록에 불과한데도 오히려 큰 소리로 부끄러움도 없이 말하기를, "내 차라리 漢魏를 배우고자 하지만 漢魏에 이르지는 못하였다. 그러나 唐宋八家의 범주 아래로는 배우고자 아니한다."라고 한다. 이것은 가소롭고도 우스운 노릇이다. 그렇지만 應德 唐順之의 이른바, "세살의 어린 아이가 노인의 모습을 나타낼 수 있겠는가?"라는 말보다 더 심하지는 않다. …中略… 그러나 저들은 漢魏의 문장을 법삼았지만 그 모양은 나무인형과 비슷하고 齪着하여 걸음걸이를 잃어버렸으니 이것이 어찌 八家의 죄이겠는가? …中略…

　지금 사람들은 漢魏의 문장가들이 使字(接語)하는 풍속이나 用物(典故)의 時宜를 모르고 한갖 그들의 문장의 한두 구절을 剽竊하고 혹은 官命이나 地名을 빌린 후에 자주 바꾸어 그 자신의 문장의 천박함을 가리고자 해서 말하기를, "이것은 漢魏의 文章과 같다."라고 한다. 그러나 나는 도대체 무엇이 漢魏일지 모르겠다. 만약 漢魏의 문장이 이와같이 奄奄하다면 그렇다면 내가 생각건대 지금의 學者들은 마땅히 八家만을 宗祖로 받들며 베나 면, 콩이나 벼같은 宋儒의 저작을 엄격히 단속하여 그대로 좇지 말고, 明人의 가짜 옥, 가짜 솥 같은 글을 조용히 관찰하여 속지 말아야 한다. 작자가 지켜야 할 규칙들을 걸음마다 머리 돌려 살피고 틀에 박힌 비리하고 속된 표현은 말마다 없애고자 힘써야 한다203).

---

203) 徐瀅修,「答從子有本」,『明皐全集』卷5(『叢刊』Ⅴ.261), 107면. "大抵明朝中葉以

당송팔가를 문장의 宗祖로 강조한 서형수의 주장은 한·위 문장과 송·
명 문장의 폐해에 대한 분명한 인식에 바탕한다. 서형수는 한·위 문장
즉 진한고문의 학습을 기치로 내걸고서도 한·위의 문장가들의 글자를 운
용하여[使字]하여 말을 만드는[接語] 습속이나 사물을 통한 전고의 時宜性
을 이해하지 못한 채 한갓 그들의 문장의 구절을 훔치거나 官名·地名 등
을 교묘히 차용하여 변화시키는 창작 태도를 木偶나 邯鄲之步처럼 거짓
된 것으로 파악하였다. 또한 송대의 문장에 대해서는 베·면·콩의 비유
를 통해 그 거칠음과 지나치게 질박함을 제어하고자 하였고 명대의 가짜
옥·가짜 솥 같은 의고적 문장에 대해서도 신랄히 비판하여 작자의 모범
을 낱낱이 학습하고 틀에 박힌 비리하고 속된 표현 역시 힘써 제거해야함
을 역설하였다. 진한파의 의고성을 비롯하여 송유의 험벽한 창작 습성 그
리고 명대의 의고적 문풍까지를 비판한 서형수는 "時가 고금이 있을 뿐이
며 文이 어찌 고금이 있겠는가?"라는 柳虫川의 주장을 수긍하여 시·공간성
을 구현한 문장을 강조하였다. 즉 당송팔가의 문장이 반드시 한위의 문장
과 같을 필요가 없으며 한위의 문장이 반드시 『상서』·『좌전』의 문장과
같을 필요가 없다는 그의 주장204)은 바로 문장에서의 현실성·사실성을

---

後, 別集標目, 十倍於唐宋盛際, 其矜虫刻鬪鷄距, 自許以操觚大手者, …中略…. 然
其所謂古者贋, 才者莽, 奇者吃, 要其歸, 都不越乎兎園冊餖之簿錄, 而猶且夫言不愜
曰, 吾寧學漢魏而未至, 不欲居八家籬落下, 此之可笑可嘆, 不愈甚於唐應德所謂三歲
孩作老人形乎? …中略… 彼規撫而狀等木偶, 翻着而步失邯鄲者, 豈八家之罪哉? …
中略… 今不識漢魏使字之風俗, 用物之時宜, 徒然勦竊其一二句語, 又或借其官名地
名之後已屢變者, 欲以自掩其膚淺而曰, 此漢魏也. 吾未知何物, 漢魏奄奄若此, 吾故
曰, 今之學者, 只當奉八家爲宗祖, 而宋儒之布帛菽粟, 嚴之而勿踐跡, 明人之僞玉贋
鼎, 恬之而勿見欺, 作者之繩尺, 步步回首, 官樣之俚俗, 言言務祛."

204) 徐瀅修, 「答從子有本」, 『明皐全集』卷5(『叢刊』 V.261), 107면. "後周柳虫川嘗笑文
體古今之說曰, 特時有古今, 文豈有古今? 此言有味, 八家之不必同於漢魏, 猶漢魏之
不必同於尙書左氏, 卽勿論不爲與不能爲, 通一元比倫之, 亦猶一年之春秋, 一日之朝

강조한 것으로 이해된다. 그가 문장이 당송팔가에 이르러 거의 경지에 이르렀다고 생각한 이유도 팔가 이전 문장의 質朴함·法度와 條理의 정연함·字句와 篇章 구성의 자연스러움이 그들에게서 구현된 때문으로 풀이된다[205]. 진한고문, 송·명대의 문장 창작 풍토의 표절과 허위적인 창작태도를 비판한 그가 추구한 창작의 경지는 氣가 전일해지고 靈이 감응하며 구름과 노을이 마구 피어오르고 안개물결이 가까이 펼쳐지는 듯 한 그러한 것이다[206]. 여기서 주목할 것은 '氣'와 '靈'의 두 글자이다. 이것은 문장의 내용에서 작가의 개성과 정신이 우러나는 창작을 강조한 말이다. 작자가 '理勝·機流·氣昌·神旺'의 네 가지 조건을 구비할 때 모의를 일삼지 않더라도 문장이 저절로 규칙에 부합될 것이라는 주장[207]에서 알 수 있듯이 이때의 氣는 작자의 생명력 그리고 '영'은 '神'과 유사한 의미로 작자의 의식과 정감을 가리킨다. 이로 볼 때 行文에서 靈氣 즉 神氣를 중시한 것은 창작에서 창작 주체의 의식과 감정 그리고 생명력의 주도적 작용을 강조한 것으로 이해된다. 이러한 서형수의 논리는 조카인 서유구에게 영향을 끼쳤다.

서형수와 함께 당송고문의 애호를 공유한 서유구[208]는 구양수의 문장

暮, 業作隨其節候, 啓居適其早晏."
205) 徐瀅修, 「答從子有本」, 『明皐全集』 卷5(『叢刊』 V.261), 107면. "文至於八家而幾矣. 八家以前, 大羹玄酒, 固質而未文也. 撿押斬斬, 條理井井, 置字則如大禹之鑄鼎, 練句則如后夔之作樂, 成篇則如周公之致太平, 八家盖能之矣."
206) 徐瀅修, 「答從子有本」, 『明皐全集』 卷5(『叢刊』 V.261), 107면. "至於筆放墨飽, 氣壹靈應, 雲霞橫生, 烟波靉沓者, 又非敎詔之所由迪, 而汝可得之也."
207) 徐瀅修, 「答李學士明淵」, 『明皐全集』 卷5(『叢刊』 V.261), 101~102면. "兄亦今人耳. 乃於衆咻之中, 獨不失作家繩墨, 而理勝機流, 氣昌神旺, 不待湊泊而自中窾, 不事摸擬而自合軌."
208) 徐瀅修, 「楓石鼓篋集序」, 『明皐全集』 卷7(『叢刊』 V.261), 143~144면. "楓石子未弱冠, 從余讀五經四子唐宋八家文, 疑必叩叩必盡, 一有未契, 卽俛首覆看, 屢詰訓

을 전범삼고 모의와 표절을 일삼은 명대의 의고문파뿐만 아니라 그들을
비판하는 입장에 선 公安派의 경박함이나 현실과 유리된 난해하고 괴이한
자구를 나열하는 형식주의에 탐닉한 竟陵派의 한계를 비판하며 남들이 손
으로 문장을 이루는 것과 달리 자신은 '마음'으로 문장을 이룬다고 하였다.

　　우리나라의 문장가들은 도덕을 紀綱 삼고 인사를 經緯로 삼아 아
름다운 문사가 금석을 빛내고 고원한 의리가 하늘에 닿을 사람이 많
고도 아주 가까이 있지만 유독 세상의 詔勅을 관장하고 생황이나 큰
종처럼 고운 소리가 나거나 黼黻처럼 빛나는 정치를 꾸미는 문장은
드물다. 그런데 楓石太史 徐公께서는 여러 세대를 지나도록 문단의
준거가 되어 大家로 일컬어졌다. 공의 문장은 天機로부터 우러나고
史傳을 참고하였고 생각을 온축하여 붓을 들고 마음을 기울여 속으
로 생각하여 몇 일이 지난 후에야 비로소 말로 나타내어 종이에 쓰니
기운이 천연히 이루어져 性靈의 風標가 되고 神明의 律呂가 되었다.
공전절후의 늠름한 辭藻는 古語를 전혀 빌려 쓰지 않고도 지금 사람
의 마음을 나타내었으며 蘇氏 삼부자를 능가하고 魏氏 삼형제를 낮
게 여길 정도였다. 더욱 歐陽修의 문장을 즐기며 말씀하시기를, "남
들은 모두 손에서 문장을 이룬다지만 나는 다만 마음으로 이룬다."고
하셨다[209].

---

滋益不說, 苟契矣. 語未竟, 啞啞叫奇, 往往旁觀者駭而笑而不恤也. 如是十餘年, 雖
離合聚散不常于厥居乎? 至文字有事, 二人者瀜然會怡然得, 不知爲二身二心, 則百畸
可忘而一僑不與易也."

209) 李裕元, 「楓石集序」, 『楓石全集』(『叢刊』 V.288), 212면. "我東文章家, 紀綱道
德, 經緯人事, 英辭潤金石, 高義薄雲天者, 磊落相望, 獨世掌絲綸, 賁飾笙鏞黼黻之
治鮮矣. 惟楓石太史徐公, 歷屢世立幟騷壇, 稱爲大家, 其文委自天機, 參之史傳, 蘊
思含毫, 遊心內運, 經累日, 始放言落紙, 氣韻天成, 性靈之風標, 神明之律呂也. 稟藻
超前絶後, 不全借古語, 用申今情, 駕三蘇而卑三魏, 尤嗜歐陽文曰, 人皆成於手, 我
獨成於心."

그 자신이 '文成於心'이라고 자부할 정도였고 제자인 이유원의 말을 빈다면 古語를 전혀 빌려 쓰지 않고도 당시인의 심정을 잘 나타낸다고 한 서유구가 의고와 표절을 일삼는 명대의 의고파를 비판한 것은 당연한 일이었다.

> 古文은 明나라에 이르러 거의 망하였다. 嘉靖·隆慶의 여러 군자들의 작품은 겉모습은 秦漢이지만 이미 뭇사람의 바람을 충족시키지 못하였다. 나중에서야 다투어가며 바로잡았지만, 바로 잡은 것이 더욱 아래로 변하여 明이 망하면서 古文은 더욱 망하였으니, 슬프다![210]

'훌륭한 문장이나 졸렬한 문장, 아름다운 문장이나 추한 문장이나 할 것 없이 作者의 苦心을 전한다는 점은 마찬가지다'는 언급에서 창작 주체인 작가의 '心'의 작용을 강조한 서유구의 주장[211]은 창작 주체의 神氣의 작용을 강조한 서형수의 주장과도 상통된다. 그렇다면 고심어린 글짓기를 주장한 서유구가 제안한 창작의 전제는 무엇인가? 서유구의 경우 그것은 '積學'과 '沈思'로 정리된다.

> 큰 소리로 朴生에게 말하기를, "자네, 오늘 내리는 비에 대해 아는가? 이것은 古人의 文章과 같은 점이 있다네." 박생이 이해하지 못하였다. 내가 그에게 말하였다. "예전에 비가 내리지 않은 것은 오늘을 위해 비를 모으기 위해서이며 오늘 내리는 비는 예전에 모아두었던

---

210) 徐有榘,「魏禧邵長衡傳」,『楓石全集·楓石鼓篋集』卷4(『叢刊』V.288), 255면. "古文至於明, 幾亡矣. 自嘉隆諸君子, 貌爲秦漢, 已不厭衆望, 後乃爭矯之, 而矯之者 變逾下, 委靡疲薾, 國運隨之. 明亡而古文益亡矣, 悲夫!"

211) 徐有榘,「與沈穉敎乞題小照書」,『楓石全集·楓石鼓篋集』卷3(『叢刊』V.288), 248 면. "夫文章之巧拙妍醜姑勿論, 傳其人之苦心則一耳."

것이 새어나오는 것이네. 오직 비를 모아둔 것이 오래 된 까닭에 새어나오는 것이 끝없는 것이네. 문장 역시 그러하다네. 옛날의 작자들은 모두 학문을 쌓고 사고를 깊이 하여 멀게는 수십 년, 가깝게도 십여 년 동안이나 물이 넘치듯 생각이 넘쳐나고 더욱 많아져도 억눌러서 퍼내지 않은 후에야 비로소 문장을 짓는다. 그런 까닭에 말이 솟아나서 文章을 이룸이 끝이 없게 된다. 그렇게 하지 않고 모자라고 부족한 학문과 사고를 바탕으로 日用의 수요에 응하게 되면 글을 지을 수 없어서 남의 것을 빌거나 剽竊하게 될 것이니 얼마나 문장이 부족하지 않겠는가?" 朴生이 탄식하여 명언이라고 하며 마침내 한번 크게 웃고는 헤어졌다. …中略…

　　내가 그대의 문장을 기다림이 농부가 가뭄에 비를 기다리는 것보다 심하다. 이제 그대의 문장을 보니 마치 기다리던 비가 내리는 듯하다. 십 년을 모았다가 하루에 쏟아내는 듯하니 이후로 그대가 문장을 지어내는 것이 끝이 있겠는가? 나는 독서가 매우 부족한데도 날마다 자주 글을 짓느라 뱃속에 축적된 학문이 거의 텅 비어 장차 그대의 것을 빌고 剽竊하려고 한다. 비록 그렇기는 하지만 문장을 위해 독서하는 것과 작문하는 것은 儒者의 知行과 같다. 독서만 하고 작문하지 않는다면 禪家들이 經을 외우는 것과 같고 작문만 하고 독서하지 않는다면 陸氏의 良能과 같다. 나의 문장의 병폐는 陸氏와 같은 것이고 그대의 문장의 병폐는 禪家와 같은 것이니, 그대의 것으로 나의 결점을 치료하고 나의 것으로 그대의 결점을 치료한다면 괜찮을 것이다212).

---

212) 徐有榘, 「與從父弟道可書」, 『楓石全集·楓石鼓篋集』卷3(『叢刊』 V.288), 249~
250면. "大聲謂生曰, 子知今日之雨乎? 此古人之文章也. 生未達, 吾告之曰, 前日之
不雨, 爲今日畜也, 今日之雨, 爲前日洩也. 唯其畜也久, 故洩也不匱, 文章亦然, 古之
作者類皆積學沉思, 遠者數十年, 近者亦十餘年, 汩浮蒸溢, 抑而不伸, 然後洒出之爲
文章, 故其言渾渾泡泡, 汜之不竭, 不然而以貸褻之産, 應日用之需, 不足則假貸剽竊,
幾何其不餒也? 生歎息以爲名言. 遂一哄而罷. …中略… 待君之文甚於農家之待雨,
今見君之文, 君於是雨矣. 十年之畜一日洩之, 自玆以逞, 君之洩容有匱乎? 吾讀書甚

창작을 위한 독서와 작문을 儒家의 知行에 비유한 서유구는 '積學'과 '沉思'가 부족한 상태에서 창작을 일삼게 되면 剽竊의 폐단이 생기고 또 독서나 작문의 일방에만 치우쳐도 談經을 일삼는 禪家들의 폐단이나 良能만을 일삼는 육왕학자의 폐단 같은 것이 생길 수 있음을 예시하였다. 의고와 표절에 반대하며 '積學'과 '沉思'를 바탕으로 작자의 神氣가 반영되는 成心·苦心의 창작을 강조한 서유구의 태도는 문예 창작에서 내용의 중요성 특히 작가의 주체적 인식을 강조하는 것으로 정리된다. 이것은 앞서 남구만에서부터 비롯된 모방과 표절에 반대하는 창작 논리에서 창작 주체인 작가의 의식, 역량 등에 가치를 부여하고 있는 것으로 이해된다.

李攀龍과 王世貞의 글을 읽은 李匡師는 그들의 문장에 사용된 한 글자 한 구절이 모두 고인이 이미 썼던 것을 偸竊하였기에 芻狗나 筌蹄처럼 쓸 모없으며, 奇異하고 華麗할 수록 더욱 陳腐하다[213]고 비판하였다. 나아가 이광사는 고인의 작품에 대한 偸竊에서 비롯된 陳言을 다음과 같이 분석하였다.

> 韓愈가 말하기를,
> "이미 陳腐한 말로 변해버린 陳言을 사용하지 않도록 노력해야 한다. 문장에 한번이라도 진언을 사용하면 마치 남의 의관을 빌려 쓴 것처럼 기상이 죽고 영혼이 사라진다. 고인이 이미 사용한 글을 내가 다시 끌어쓰는 것, 이것이 바로 陳言이다."
> 근세에 王世貞·李攀龍의 무리들이 진언을 늘상 사용할 수 있는

---

貧, 而日用頻繁, 腹笥之藏, 己枵然餒矣, 行將假貸剽竊於君矣. 雖然文章之讀作, 猶儒者之知行, 徒讀不作, 禪家之談經也, 徒作不讀, 陸氏之良能也, 吾之文病陸, 君之文病禪, 以君瞖吾, 以吾瞖君, 斯可爾."

213) 李匡師, 「讀滄溟鳳洲文」, 『斗南集』卷3, 규장각 소장본. "觀滄溟鳳洲文, 果有一字一辭之出於己, 而不偸竊者乎? 古人已道者, 便芻狗筌蹄也. 語愈奇愈麗, 而愈臭腐矣."

범상한 말이라고 잘못 생각하여 애써 괴벽한 말만 끌어쓰고 평범한 말들을 물리치고 있다. 또한 고인의 글귀 중에서 기이한 것이 발견되면 의례 훔쳐보거나 탐하면서도 그것이 정말 진언인지를 모르니 개탄할 노릇이다. 베와 비단을 짜는 사람이 화려하게 수놓은 비단을 이리 자르고 저리 잘라서 군데군데 꿰매어 놓는다면 아이들의 눈을 현혹시킬 수는 있겠지만 과연 그것으로 文采를 이루어 낼 수 있겠는가?

　　문장의 어려움은 보통의 평범한 글자를 찾아 적절하게 사용하면서도, 시정의 속인들이 사용하는 저속한 말을 적절히 제어할 수 있도록 모든 힘을 기울이는 데에 있다. 그러므로 고인의 문장은 여러 행을 읽지 않거나, 혹은 전편을 다 읽지 않고서는 그 장점을 발견하기 어렵지만 요즈음의 문장은 전편을 모두 읽어도 깊은 흥취가 일어나지 않고 한두 구절만 읽어도 벌써 현란해져서 보통 사람의 말투가 아님을 금새 알 수 있으니 이것이 천박하고 속되다고 하는 이유이다214).

　이광사가 '陳言'의 폐해로 가장 염려한 것은 바로 '氣死'와 '精索' 즉 주체적인 개성의 소멸이었다. 그가 이반룡과 왕세정을 비판한 주된 이유도 '陳言'을 '尋常語'와 오인한 때문이었다. 문장 창작의 어려움을 심상어의 활용과 속언을 잘 제어하는 것에 있다고 하며 이 두 가지에 사력을 기울이기를 요구하였다. 이광사가 낡은 형식의 묵은 껍질을 반복적으로 표절하는 진언을 비판하며 창신을 이루기 위한 방법으로 제안한 것은 '上規下逮'이다.

---

214) 李匡師, 「辨陳言」, 『斗南集』 卷1. "韓退之曰, 陳言之務去, 文章而一涉陳言, 如假人衣冠, 氣已死, 而精爽索矣. 古人已書者, 我復授, 是陳言也. 近世王李輩, 誤以陳言爲凡常之言, 務鉤僻而去尋常文. 見古人文句奇者, 已套竊闖粧, 不避貪, 不知是眞陳言, 可嘅也. 織布帛者, 稚割綿繡, 而間衲衣最之可以炫稚兒之目, 果然成章乎? 文章之難, 在善用尋常字, 驅市人而善制之, 皆可致死力. 故古人之文, 讀未及累行, 或未盡篇, 難見其好, 近世文, 竟一篇, 寡深趣, 而讀一二句, 已絢績可知非庸人之口氣, 是可謂淺俗也."

文章을 전공하려는 자가 韓愈를 배우고자 하여 단지 한유의 글만을 읽는다면 한유를 배울 수 없다. 마땅히 「進學解」에서 이른바, '위로 규범을 삼고 아래에까지 미친다'는 말처럼 한유의 학문을 배우고서 아울러 한유를 공부해야 바야흐로 한유처럼 될 수 있다.[215]

문장의 창작에서 진언을 비롯한 모방의 습성을 배격한 이광사가 강조한 창작 논리는 상하고금을 두루 공부하여 자신의 주장을 확립하여야 하며 그렇지 못한 경우는 절대로 볼 만한 글이 지어질 수 없다는 것[216]이다. 이것은 앞의 서유구가 모방의 폐습을 방지하기 위하여 積學을 강조한 것과 일맥상통한다. '상하고금을 두루 공부하라'는 이광사의 지적이 바로 '적학'을 의미한다고 이해된다.

모방과 진언에 대한 이광사의 비판 논리가 아들인 李令翊에게 계승되면서 모방의 발단을 진한 시기의 揚雄에게 소급하는 주장이 제기된다.

문장의 폐단이 있게 된 것은 揚雄이 피폐시켜서 그렇다. 양웅은 古文의 模倣을 좋아하여 『太玄』을 지어 『易』을 모방했고 『法言』을 지어 『論語』를 모방했다. 騷는 屈原을 모방하고 賦는 司馬相如를 모방했다. 秦을 비판하고 王莽의 新을 미화하여 「封禪頌」·「解嘲」·「客難」을 새로 만들어 東方生을 조술하였다. 이로부터 작가들이 다투어 앞사람 모방을 숭상하여 지금에는 고질로 되어 있다. 그래서 붓을 잡고 일어서서는 『左傳』과 『國語』를 한다, 西漢의 문장을 한다, 나는

---

215) 李匡師, 「答慶兒書」, 『斗南集』 卷4, 서울대 규장각소장 필사본. "攻文章者, 要學退之, 只讀退之文, 無以成退之, 宜攝進學解所云, 上規下逮者, 學退之之學, 而兼治退之, 方成退之."

216) 李匡師, 「讀南豊寄歐陽舍人書」, 『斗南集』 卷3, 서울대 규장각소장 필사본. "不敢自作主張, 所以絶無可觀者."

韓愈를 본받는다, 나는 柳宗元을 본받는다, 나는 歐陽修를 본받는다, 나는 蘇軾을 본받는다 하여, 모방하는 명목은 일 만 가지나 되지만 사람마다 각각 하나만을 주장한다. 『좌전』과 『국어』를 모방하는 자는 "구양수나 소식은 현대어라서 모방할 것이 없다"하고, 구양수와 소식을 모방하는 자들은 "『좌전』과 『국어』는 올바른 길이 아니라서 모방할 것 없다"고 하여, 서로 헐뜯기를 그치지 않는다. 광대가 변장을 할 때, 儒冠을 쓰기도 하고 무당의 흉내를 내기도 하는데, 유관과 무당 고깔은 서로 다르지만 광대가 가장한 것이란 점은 같다. 그러니 어찌 그 둘 사이에 어느 쪽의 변장이 나은지 따질 필요가 있겠는가? 이를테면 서법은 자기가 쓰고서 자기가 모방하려 하여도 처음 같지가 않다. 종이를 덮고서 그대로 베껴낸다 하여도 意態가 어그러진다. 지금 천년 뒤에 천년 전의 사람을 모방하면서, 어찌 罔兩에게나마 방불하도록 허락할 수 있겠는가? 설령 罔兩에 비슷하다 하더라도 그것은 옛사람이 罔兩에게 영향을 주는 것이니, 어찌 내 情性의 표현일 수 있겠는가? 오늘날의 도리는, 비록 맹자처럼 知言하는 분이 있어도 그 사람이 지은 시를 암송하고 글을 읽어서는 그 사람을 알 도리가 없다. 세상의 풍조에 따라 도도하게 정신을 피폐시키고 성정을 깎아내어 문장을 짓는 이들은 마침내는 광대의 후배에 불과할 것인데도 부끄럼을 모르니, 어찌 슬프지 아니한가?217)

---

217) 李令翊,「論文章之弊」,『信齋集』册2(『叢刊』V.252), 451면. "文章之弊, 揚子雲弊之也. 子雲喜倣古文, 作玄倣易, 作法言倣論語, 騷效屈原, 賦效相如. 劇秦美新, 出封禪頌·解嘲·客難, 祖東方生. 自是作家競以倣效前人相尙, 至於今而痼矣. 操觚以起日, 我爲左國, 我爲西韓, 我爲韓柳歐蘇, 所倣效之名目萬家, 而人各主一焉. 倣左國者必曰, 歐蘇今人言, 不足效, 效歐蘇者必曰, 左國非正逕, 不可倣, 方且攘詰不已. 倡優之裝戲也, 或裝儒冠, 或裝巫瞽. 儒冠之於巫瞽, 則固有間. 其爲優人之假之則同也. 是何足考定所假之優劣於其間哉? 且夫書字者, 自書而自倣之, 已不如初. 覆紙而摸不差, 意態則爽. 今從千載之後, 欲倣千載之前, 又何以得影響罔兩之彷彿? 使可得影響罔兩之彷彿, 是古人之影響罔兩也. 又爲得爲吾之情性所達由? 今之道, 雖有知言如孟子者, 無以誦詩讀書而知其人矣. 滔滔之瘦神刻性爲文章者, 卒爲倡優之後陳, 而不知

　　문장 창작에서 고인의 문구를 湊引하는 연원이 만당 무렵부터이며 극성한 시대는 송대라고 파악한 이광사[218]와 달리 이영익은 창작에서의 모방하는 습성의 유래를 한대의 양웅에게서 찾았다. 그가 양웅을 비판하는 논리는 크게 두 가지 측면에서이다. 하나는 전인의 작품을 倣效하는 폐습을 유발시켜 후세의 작가들로 하여금 일가를 蹈襲하는 폐단을 촉발시켰다는 것이며 다른 하나는 창작에서 정과 성의 자연성을 상실케 했다는 것이다. 진한고문 또는 당송고문을 표방하며 모방을 일삼던 당대 문인들의 모방 풍조 자체를 비판하는 입장이었던 이영익은 특정한 유파의 입장을 견지하기보다는 창작에서의 자연성을 강조하는 입장에서 두 집단 모두를 '喜倣古文'하는 것으로 파악하여 '『좌전』·『국어』의 모방자', '구양수와 소식의 모방자'로 폄하하고 창작에서의 자연성을 한층 강조하였다.

　　이영익과 함께 정제두의 손녀 사위였던 申大羽는 이영익과 오랜 친구로[219], 특정 작가에 대한 모방을 배격하는 이영익의 주장에 동의하였다. 이처럼 특정 작가에 대한 蹈襲을 반대하는 신대우의 논리 구조 속에 이영익이 제시한 광대의 예화나 서법을 거론한[220] 구조적 유사성이 나타남을 볼 때 모방과 도습에 대한 비판적인 견해를 양자가 공유함을 확인할 수 있다.

---

恥, 不亦哀哉?"
218) 李匡師,「蘇齋東溟詩說」,『斗南集』卷2, 서울대 규장각소장 필사본. "湊引古人文句成者, 中唐以上無之, 晚唐人, 往往始之, 至宋甚多."
219) 李令翊,「次翁逸寄韻」,『信齋集』册1(『叢刊』V.252), 427면. "石幕愁長在, 茅齋雪未稀. 故人書一尺, 眞是客如歸."
220) 李令翊,「論文章之弊」,『信齋集』册2(『叢刊』V.252), 451면. "倡優之裝戲也, 或裝儒冠, 或裝巫覡. 儒冠之於巫覡, 則固有間. 其爲優人之假之則同也. 是何足考定所假之優劣於其間哉? 且夫書字者, 自書而自倣之, 已不如初. 覆紙而摸不差, 意態則爽. 今從千載之後, 欲倣千載之前, 又何以得影響罔兩之彷彿? 使可得影響罔兩之彷彿, 是古人之影響罔兩也. 又焉得爲吾之情性所達由?"

　　오늘날 문장을 짓는 자들이 몰래몰래 옛 작가 한 사람을 훔쳐 보고
서는, 歐陽修와 蘇軾을 위조한 글들을 인쇄하고 집에 가득 쌓아두며,
패거리를 지어 서로 칭찬하며 자만하고 있으니, 고루하기 그지 없습
니다. …中略… 오늘날의 문장은 고문에 대해 그 말단을 모방하는데
그칠 따름입니다. 글씨도 작은 기예에 불과하지만 자기가 써 놓고 다
시 보면 조금도 닮지 않으므로, "그 뒤끝을 그리면 의태가 문드러진
다."하였습니다. 그러니 구양수·소식보다 칠 백 년이나 뒤에 태어나
서 格例와 字句만 비슷하게 해놓고, "내가 진실로 꼭 같다."고 한다면
그것은 미친 것이 아니면 망령된 짓입니다. 게다가 하찮은 지식으로
자기 자신에게만 망령된 게 아니라 또 천하의 문장을 다 억지로 그
망령됨과 같이 하게 한다면, "스스로의 역량을 모른다."고 할 수 있을
것입니다. 문장의 도가 연원을 따라 踏襲함을 가장 높이 친다고 하면,
司馬遷도 『藝文志』를 이었을 것이고, 韓愈가 五代의 쇠망한 끝에 문
풍을 진작시키는 일은 없었을 것입니다. 優孟이 죽은 사람과 꼭 같이
손바닥치며 담소하는 것을 보고 사람들이 孫叔敖가 살아왔나 보다 의
심하였지만 군자는 그것을 비웃었으며, 偃師가 만든 기계가 꾸물거리
고 활동하는 것을 보고 거리의 사람들이 다투어 보고 游龍이라 여겼
지만 식자는 변별하였습니다. 지금 사람들이 자만하고 우쭐대며 模倣
에 골몰해서 머리를 세는 것은 우맹과 언사가 가짜 구양수와 소식을
만들어내기를 기대하는 것에 불과한 것이 아니겠습니까?221)

---

221) 申大羽,「與南受之書」,『宛丘遺集』卷2(『叢刊』V.251), 148면. "今之爲文者, 竊
竊占私先古一作家, 儗歐贋蘇之書, 張皇乎雌黃, 汗漫于棟宇, 引朋比儔, 延譽以自高,
呆固陋適丁此時, …中略… 文之于古, 慕效其末爾. 書字小技, 己所寫而復臨之, 多不
類影, 曰畵其後, 意態則爽, 生歐蘇七百載下, 依俙其格例字句之間, 而曰我眞是也.
非狂則妄, 乃欲以區區之識, 不唯妄之於己, 又欲强天下之文而同其妄, 可謂不知量已.
如使文章之道, 沿襲爲上, 史遷已能續藝, 韓愈無事起衰矣. 抵掌談笑, 人或疑其叔敖
而君子哂之, 矯天空蕩, 市爭覩爲游龍而識者辨焉. 今之人高自標揭, 仡仡以曰其首
者, 曾不過以優孟偃師之歐蘇而自期邪?"

南建福에게 보낸 편지에서 자신의 창작론을 개진한 신대우는 창작에 유해한 요소로 '尺度·仿像·下宋之書·媚時俗·華靡' 즉 문법·모방·어록체 그리고 이기론·수식·조탁 등을 거론하며 이와 같은 제약과 굴레를 벗어난 참다운 글짓기를 주장하였다[222]. 그가 서한에서 당대의 한유에 이르기까지 완전하고도 순수한 제가의 문장을 선집하여 『古文程楷』를 선집한 것도 글을 잘 짓기 위한 모방을 위해서가 아니라 고인의 훌륭한 작품을 바탕으로 자신이 추구해 가야 할 창작의 방향을 시사받기 위해서라고 하였다[223].

이상에서 살펴본 모의적 창작 풍조에 대한 소론계 학인들의 견해를 정리해 보면 다음과 같다. 주로 칠자파 가운데 李攀龍과 王世貞의 모방과 표절의 습성에 대한 비판에 집중하면서도 당송고문파를 비롯하여 진한시대의 揚雄을 비롯한 여러 작가들, 그리고 역대 우리나라 문인들의 모의적 창작 풍토에 대한 비판까지 언급하고 있는 소론계의 비판 기준은, 작가 즉 창작 주체의 개성과 주체적인 대상 인식이 얼마나 사실적으로 꾸밈없이 이루어져 있는가 하는 것이었다. 과거로부터 문장을 창작하는 이들이 '形似'·'髣髴' 등의 수식적인 외피로 그들 자신의 모방적 창작 태도를 옹호하고자

---

222) 申大羽, 「與南受之書」, 『宛丘遺集』 卷2(『叢刊』 V.251), 148면. "所爲文, 旣屢承索, 謹將近錄若干篇備覽觀, 弗能以尺度爲工, 弗能以仿像爲能, 弗能讀下宋之書, 以媚時俗, 慮其雜則去漓滾, 懼其靡而黜醢華, 其志固囂然不息, 不審足下將何以敎?"

223) 申大羽, 「古文程楷序」, 『宛丘遺集』 卷3(『叢刊』 V.251), 155면. "余於西漢文類之次, 輒錄其尤完粹者, 仍略綴先秦·後漢, 訖于韓子. 文凡一百一十有四, 卷凡一十有五, 總名之曰古文程楷, 可繕寫. 敍曰, 選有得有失, 志及之, 力不能及之, 則亡己汎濫乎大全之富, 而知有所未至者, 亦於斯所裁云爾. 且昭明收亡代於燎原, 弟生濟王李之襄陵, 逮世祝尸而傳尙之, 然程錘之衡稱弗壹, 而品比之珍價隨殊, 旣莫以咸有大統, 復往往使安於塗飾, 間厥格例, 公相襲蹈於先古之作, 而文章遂爲之贗借焉. 何況染末指於斷臑, 而口己勸於全鼎乎? 夫蒙供者, 意儗似聖, 酌蠡而庶幾測海, 至惠尙知其不然, 然而以爲古人之文, 可掠略而盡, 古文之制, 可摸盡而取, 惑已, 其趣彌捷而其塗彌(阤), 其步彌蹙, 其去而離諸古也曰遠矣. 故善爲文者之於選也, 但能脫牡首路, 涉水爲杠, 要弗眩所向而已. 此蓋用選汲長之術也."

했지만 그마저도 제대로 이루지 못했다는 비판이 그것을 입증한다.

또 한 가지 주목할 것은 '陳言'에 대한 경계이다. 문장에 사용하는 한 글자 한 구절이 모두 고인이 썼던 것을 偸竊하였기에 芻狗나 筌蹄처럼 쓸모 없으며, 奇異하고 華麗할 수록 더욱 陳腐하다고 비판하였다. 偸竊에서 비롯 된 陳言의 폐해로 그들이 가장 염려한 것은 '氣死'와 '精索' 즉 창작물 속에 창작의 주체를 대변해 주는 氣力과 精神의 소멸이었다. 이와 같이 낡은 형식과 묵은 껍질 같은 고인의 말들을 반복적으로 표절하는 진언을 비판하 며 創新을 이루기 위한 방법의 하나로 그들이 제안한 것은 '積學', '沈思', '上規下逮' 등의 방법이었다. 이것은 문예 창작에서의 자연성과 창작 주체 의 생명력을 키우기 위해 그들이 제시한 일종의 대안이라고 할 수 있다.


## 3. 自作一體와 自成一家의 추구

'인간'이라는 內質은 동일하지만 '面目'이라는 형상의 차별성에 착안한 이정섭의 사상적 토대는 다음의 시에서 확인된다.

| | |
|---|---|
| 敢哂陽明與白沙 | 감히 王守仁과 陳獻章을 비웃을까? |
| 吾人等是墮偏斜 | 우리는 똑같이 不正한 곳에 떨어졌다. |
| 直饒說得驚天地 | 한갓 무익한 말로 천지를 놀래키지만 |
| 究竟何曾涉自家 | 마침내 무엇이 나와 관계 있겠는가?[224] |

陳獻章(1428~1500)은 陸九淵의 학풍을 계승하여, 靜坐로 마음을 맑게

---

224) 李廷燮, 「夜與元履談詩, 感其見戒語, 遂次其韻以謝之, 其三」, 『樗村集』卷2.

하여 우주의 이치를 몸으로 체득하기를 강조하였다. 또한 그는 마음의 본
연적 모습에서 주체성의 확립을 추구하여 육경 주석 등 경전의 문구 해석
에 골몰한 주자학을 비판하고 실천에 중점을 두었다. 이러한 논리를 계승
한 王守仁은, '리'와 '리'의 소재인 '기'를 엄격히 구별하여 '마음은 氣·마
음이 갖춘 도덕성은 리'로 규정한 주자학의 性卽理說과 객관 세계에 실재
하는 사물의 이치를 궁구하여 지식을 이룩하는 이론적 방법으로서의 格物
致知說에 반대하였다. 그는 사물이 외재하기 이전에 마음의 발동이 선행
해야 한다는 사실에 착안하여, '格物'이란, 마음이 발동하여 이룩한 '人間
事'를 바로잡는 것이며, '致知'는 외재하는 이치를 파악하기 이전에 주체로
서의 마음의 선천적인 앎인 '良知'를 수렴·확충하여 부정한 인간사를 바
르게 하는 것이라고 주장하였다. 이와 같은 '心卽理說'의 특성으로 인하여
인식과 실천이 둘이 아닌 하나라는 '知行合一說'이 제창될 수 있었다.

　이정섭은 처음에 주체성의 확립 또는 독창성의 확립과 연계될 마음의
본연적 모습을 강조한 왕수인과 진헌장의 논리를 비웃었다. 그러나 허황
하게 꾸며낸 말이나 도습한 말들이 자신의 참모습과 관계없는 무익한 말
임을 깨닫고 오히려 진헌장과 왕수인의 논리를 수긍하며 창작 과정에서
작가들의 개성적인 작품의 가치를 깨닫게 된다. 그가 "참으로 내 시를 알
려고 하거든 필묵의 밖에서 찾으라!"[225)]고 한 것이나 "광달한 백거이, 호
방한 소옹. 그들에겐 그대들의 詩의 묘리가 있고, 나는 내 시의 졸렬함을
아낀다.[226)]"고 한 것은 마음의 중요성, 독창성의 중요성에 대한 깨달음의
표현이라고 할 수 있다. 시문의 창작에서 도습을 반대하며 독창성을 강조

---

225) 李廷燮, 「吾詩, 其七」, 『樗村集』 卷2. "欲識眞吾詩, 求之筆墨外."
226) 李廷燮, 「吾詩, 其八」, 『樗村集』 卷2. "曠達白樂天, 豪橫邵康節, 君有君詩妙, 吾
　　愛吾詩拙."

한 이정섭은 그의 사위인 서명응의 작품에 나타나는 '肖似'를 일삼는 폐습에 대하여 비판하며 '本色'을 찾기를 강조하였다.

> 아침에 보내 준 세 편의 律詩는 이미 심히 위안이 되었네. 편지에 원고까지 받아 보고 돌려 보내네.
> 무릇 詩는 唐人·宋人의 것 할 것 없이 나름대로 시의 本色이 있거늘 자네의 작품은 本色을 알지 못하는 까닭에 문구를 만들고 글자를 쓸 때, 억측하여 만듦을 면치 못하였네. 이른바 香山 白居易를 摹擬하면 끝내 향산을 닮지 못할 뿐이네. 그러나 이것은 自知와 自得에 있을 뿐이니 한 때의 논평으로는 형용할 수 있는 바가 아니네. 모름지기 틈을 타서 한 번 와서 조용히 대면하여 토론해 보세.227)

이정섭은 시대의 고하에 관계없이 시작에서 本色의 구비를 강조하였다. 그가 말하는 본색은 억측이나 모의와 거리가 먼 것이다. 이 때문에, 그는 모의를 통한 닮기보다는 작가의 체험적인 自知·自得의 내재적 존재로서 작가의 본색이 작품으로 형상되어야 한다는 '本色論'을 주장하였다.

이와 같은 이정섭의 견해에 대하여, 徐命膺은 孤高하고 虛遠하여 전혀 짐작할 수 없을 뿐만 아니라 이 말을 한 사람이라도 '본색'을 실현하기는 어려울 것이라고 비판하였다. '실행에 옮겨질 수 없는 말이라면 좋은 말이 아니다'는 서명응의 견해는 '본색론'의 추상성 또는 모호함에 대한 비판으로 이해된다.228) 또한 이것은 이정섭의 '본색론'에 대한 서명응의 관점을

---

227) 李廷燮, 「答徐君受」, 『樗村集』 卷4. "朝惠三律, 已深傾慰, 卽書又荷華稿覽還, 凡詩毋論唐人宋人, 自有詩之本色, 而盛作則似不識本色, 故鑄句使字, 不免以臆見爲之, 所謂摹擬香山, 竟不能肖香山耳. 然此在自知而自得之, 非一時論評所可形容, 須乘間一來, 從容面討也."

228) 徐命膺, 「蠡測篇」, 『保晩齋集』 卷16(『叢刊』 V.233), 399면. "又以冲澹蕭散, 幽

대변한다. 그렇다면 '본색론'의 추상성과 모호성을 비판하며 그가 지향한 논리는 무엇인가? 그것은 체험적이고 반복적인 창작 훈련과 문장 학습을 통해 작가가 독자적인 문체를 이루어야 한다는 '自作一體論'이다.

이렇게 볼 때, '본색론'과 '자작일체론'은 자득 논리의 실현 방식에 있어서 추상성과 실천성의 대립적 양상을 대변하는 것이라 할 수 있다. 또한 이정섭에 비해 보다 구체적이고 실천적인 서명응의 논리는 '본색론'의 추상적인 한계를 극복하였다는 점에서 서명응만의 독특한 논리로 이해된다.

서명응이 문장의 독창성을 실현하기 위한 방법으로 제시한 것 중에 주목할 것은 문장 전범의 성격이다. 기왕의 문장 전범들이 유가적 이상을 구현하거나 특정 시대의 특정 작가 위주로 구성된 관용적 성격의 것이라면 서명응이 제안한 문장 전범은 개성적이고 독창적이다. 서명응은 문장 전범의 선정 조건으로 '작가가 좋아하는 문장'・'작자의 本性과의 친근성 여부'를 중시하였다. 그는 이와 같은 대상을 선정한 다음 그것을 학습・모방하는 과정을 거쳐 최종적으로 '自作一體'를 구현하고자 하였다.

> 學者들이 자신의 性과 가깝고 마음으로 좋아하는 문장을 學習하며 그것을 模倣하여 학습을 끝낸 뒤에는 각자 '하나의 風格'을 이루는 것이 옳으리라. 만약 문장을 처음 공부할 때 갑작스레 먼저 前人의 詩文에서 取舍를 하며 이것은 옳고 저것은 틀린다고 하거나 저것에서

---

曠自在, 爲五古之本色, 又以優游和平, 抑揚頓挫, 鋪敍開合, 風度迢遞, 爲七古之本色, 又以開闔縱橫, 變幻超忽, 譬之江海, 一波未平, 一波復起, 譬之兵陣, 方以爲正, 忽復是奇, 爲歌之本色, 又以位置森嚴, 筋脈聯絡, 如走月流雲, 如輕車熟路, 不難於揮灑而難於蘊藉, 不難於氣槩而難於神情, 不難於音節而難於步驟, 不難於胸腹而難於首尾, 爲行之本色. 大抵此等之言, 固自有其理, 然率皆孤高虛遠, 全無斟酌, 雖使爲此言者循此法, 亦未知其必能, 與夫沈休文之四聲八病, 均爲縛束千古詩人, 凡言而不可行者, 非言之善者也."

벗어나 이것에 들어간다면 立志가 闊遠해지고 取舍가 不安定하여 갈
림길에서 방황하다가 늙을 때까지 하나의 風格도 이루지 못했다는
탄식만 하게 될 것이다.[229)]

서명응은 '자작일체'를 문장 창작의 궁극적 목표로 삼았다. 이 때문에,
그는 진한고문이나 당송고문과 같이 일방적으로 정형화 되어있는 문장 전
범의 준수보다는 창작 주체의 개성을 살리기에 적합한 작가들을 선정하여
반복적으로 모방 · 학습하는 과정을 통해 작자 나름의 '문체' 즉 작가적인
개성을 확보하기를 요구하였다. 자신의 본성에 근사한 작가를 학습 대상
으로 선정하라는 서명응의 '고정된 전범 타파'의 논리는 기왕에 지속되어
오던 모방의 폐습에 대한 비판과 동시에 모방을 위한 모방이라는 획일적
이고 단선적인 논리에서 벗어나 개별적인 작품 세계 구현을 위한 모방의
학습적인 기능을 인식하였다는 측면에서 이 시대 문학사에서 한 의미를
갖는다고 할 수 있다. 즉 서명응이 말한 모방은 학습의 과정이지 궁극적
목표가 아니었다는 점에서 모의론자들과 기본적 변별성을 갖는다. 작자의
내면에 대한 진정한 성찰의 결과를 작품으로 표현하기를 주장한 이정섭의
논리에서 나아가, 작가의 내면과 개성이 반영된 진정한 자득적 문학작품
의 창작을 위한 이론적 모색과 그 실천에 보다 충실했다는 측면에서 서명
응의 '자작일체론'을 평가할 수 있다.

이정섭의 '본색론'과 서명응의 '자작일체론'이 자득 논리의 추상성과 구
체성에 대한 대립적 인식의 결과라면, 이광사의 '自成一家論'은 자득 논리

---

229) 徐命膺, 「蠡測篇」, 『保晩齋集』 卷16(『叢刊』 V.233), 416면. "學者, 當就其性之相
近, 心之所好, 學習而摹倣之, 及其業成之後, 自作一體, 可也. 若發軔之初, 遽先取舍
於前人詩文, 是此而非彼, 脫彼而與此, 則立志闊遠, 趣舍未定, 彷徨岐路, 徒有白首
無成之歎也.

의 개방성을 대변한다.

이광사는 '忍'을 爲學의 요체로 삼아 감정과 욕구를 억제하는 학문 태도를 비난하며[230] 優游活潑한 心의 배양을 강조하였다.[231] 공부이론에서 마음의 배양을 강조하는 태도는 양명학적인 가학 전통의 영향으로 이해된다. 그는 季行인 李匡呂와 李匡明・李匡臣과 함께 양명학의 거두인 정제두의 제자였다. 따라서 그들 일족의 양명적 가학 전통은 부인할 수 없다. '性'은 모두 선하지만 '기'에서는 선・악의 차이가 있다고 주장하는 주자학적 이기관과 달리, 양명적 학문 전통 하에서는 '心卽性', '心卽理'의 관점에서 모든 가치 기준의 근거로 心을 설정한다. 이광사는 自悟・自覺과 가치표준의 근원으로서의 '심'의 작용을 강조하는 양명적 심관을 계승하여 시문의 창작에서 '心得' 즉 '自得'을 중시하였다.

文章의 성대한 것으로는 六經보다 더한 것이 없다. 그것은 모두 옛사람이 몸소 실천하고 마음으로 터득한 것을 표현하여 말로 만든 것이니 工巧함을 의도하지 않았지만 저절로 매우 精緻하다. 수식이나 화려함에 마음을 쓰지 않았지만 자연히 아름답게 빛이 난다. 대개 본질은 기예보다 앞서며 그림 그리는 일은 본바탕이 있은 뒤에 가능하다. 自得으로 말미암아 外的인 것에 의지해서는 안 된다. 그래서 六經은 모두 한 뜻이지만 한 마디 한 구절도 서로 주고 받은 것이 없다. 시대가 내려와 先秦・西漢 시대의 문장은 순후함・방잡함・우아

---

230) 李匡師, 「寄示令兒二則」, 『斗南集』 册3, 서울대 규장각 소장본. "吾嘗謂忍非美德. …中略… 心不可苦 …中略… 至於平說爲學之要, 則吾意終以爲未安."

231) 李匡師, 「寄示令兒二則」, 『斗南集』 册3, 서울대 규장각 소장본. "養心之道, 當優游活發, 切不可著力驅除. 汝又曰, 心之存亡出入, 不能執持, 發於萬事者, 安能一一檢束? 是又不然. 心不可以執持檢束. 孟子曰, 學問之道無他, 求其放心而已. 言收其已放之心, 反復立身來而已, 非執持檢束之謂也."

함·박잡함의 차이가 있다. 그렇지만 스스로 一家를 이루어 서로 도
습하지 않는다는 점에서는 六經과 마찬가지이다. 이제 滄溟의 「鳳洲
文」을 보면 과연 한 글자 한 단어라도 모두 자신에게서 나오고 훔치
지 않은 것이 있던가? 옛사람이 이미 말한 것은 바로 제사에 쓰는 짚
개나 통발·덫이다. 말이 기이하고 화려할수록 더욱 진부해진다.232)

이광사는 문장의 전범으로서의 '육경'의 가치를 '躬行·心得'에 두었다.
육경은 고인의 심득의 결과로 공교함과 수식·화려함 등을 의도하지 않았
지만 자연히 아름다운 수사적 효과를 성취하였기 때문이다. 이러한 논리
의 연장선에서 그는 선진과 양한의 문장은 육경 문장의 순후하고 우아한
것에 비해 잡박한 차이가 있지만 그것 역시 스스로 일가를 이루어[自成一
家] 작가의 개성을 담지하고 도습하지 않았다는 점에서 높이 평가하였다.
이런 이유로 이광사는 '스스로의 주장을 펴지 못하는 문장은 전혀 볼 것이
없다'고 주장하였다.233) '자성일가'의 실현 방법으로 그가 제시한 것은 '上
規下逮'이다.

文章을 전공하려는 자가 韓愈를 배우고자 하여 단지 한유의 글만
을 읽는다면 한유를 배울 수 없다. 마땅히 「進學解」에서 이른바, '위
로 규범을 삼고 아래에까지 미친다'는 말처럼 한유의 학문을 배우고

---

232) 李匡師, 「讀滄溟鳳洲文」, 『斗南集』 册3, 서울대 규장각 소장본. "文章之盛, 莫盛
於六經, 皆古人所以躬行心得, 而發以爲言者. 無意於工, 而自極精緻, 不用心於藻華,
而自然絢績燁如. 盖質先於藝, 而繪後於素也. 由其自得, 而不藉於外. 故六經皆一義,
無一言一句之相蒙. 降而爲先秦西漢, 則有醇厖雅駁之殊者, 要其自成一家, 不相沿掇
則一也. 今觀滄溟鳳洲文, 果有一字一辭之出於己, 而不偸竊者乎? 古人已道者, 便芻
狗筌蹄也. 語愈奇愈麗, 而愈臭腐矣."
233) 李匡師, 「讀南豊寄歐陽舍人書」, 『斗南集』 册3, 서울대 규장각 소장본. "不敢自作
主張, 所以絶無可觀者."

서 아울러 한유를 공부해야 바야흐로 한유처럼 될 수 있다.[234]

자득적인 문장의 창작을 위해 문장에만 한정하여 전범을 학습할 경우 모방이나 표절로 흐르기 쉬운 단점을 간취한 이광사는 문장 학습에만 골몰하기보다는 전범으로 설정된 작가의 학문·사상세계에 대한 진지한 학습을 축적한 다음에야 스스로 일가의 문장을 이룰 수 있음을 주장하였다. 이것은 '자득' 논리에 나타날 수 있는 폐쇄성을 극복하는 방법으로 생각된다. 즉 '자득론'은 설정된 문장 전범에 대한 학습과 반복적인 창작 훈련의 결과적 산물이다. 이 때문에 '자득론'의 체득 과정에서, 작가들이 '문장 전범'에만 골몰하는 폐쇄적 경향이 나타날 수밖에 없다. 이와 같은 양상을 극복하기 위하여 이광사는 전범이 되는 문장을 창작한 작가의 학문·사상 세계에 대한 광범위하고 개방적인 학습을 통하여 진정한 의미의 자득을 체현하고자 했다. 문학작품은 단순히 작가의 습관적 글쓰기가 아니다. 그 것은 작가의 대사회관, 세계관, 이념 등의 총체적인 것들이 예술적으로 구현된 것이라 할 수 있다. 이 때문에 진정으로 자신만의 문학세계를 이룩하고자 한다면, 전범이 되는 작가의 학문·사상 세계와 문학작품과의 연계 메카니즘을 이해할 필요를 제기한 것이다. 바로 이점에서 이광사의 '자성 일가론'은 개방적 특성을 갖는다.

---

234) 李匡師, 「答慶兒書」, 『斗南集』册4, 서울대 규장각 소장본. "攻文章者, 要學退之, 只讀退之文, 無以成退之, 宜攝進學解所云, 上規下逮者, 學退之之學, 而兼治退之, 方成退之."

## 4. 결론

결론적으로 말한다면 소론계 학인들은 창작 과정에서의 외형적인 字
句·篇章·體格·聲調의 모방에 대한 철저한 비판과 自得의 결과로 얻어
지는 창작 주체의 格力과 風調·氣力·靈·神 등의 내면적·주체적 모습
의 발현을 강조하였다. 그러한 것을 입증할 수 있는 예가 서명응 '自作一
體論'과 이광사의 '自成一家論'이다.

서명응은 끊임없는 작문 수련과 그 과정에서의 체득이라는 구체적이고
실천적인 문장 수련을 통하여 작가 나름의 독창적인 아름다움을 갖춘 문
장을 완성하고자 하였다. 그는 문장의 독창성을 실현하기 위해 특정 시대
의 특정 작가에 얽매이기보다 '작가가 좋아하는 문장'·'작자의 本性과의
친근성 여부'를 기준으로 작문 모범을 설정할 것을 제안하였다. 이와 같은
대상 선정 이후에는 '학습'과 '모방'의 단계를 거쳐 최종적으로 '작가 나름
의 개성이 구현된 문체[自作一體]'를 구현하고자 하였다. 이것은 모의적인
창작에는 반대하면서도 개성적인 문체를 구현하기 위한 학습의 과정으로
'모방'의 효과를 재해석 했다는 의미가 있다.

이광사는 학문적 측면에서 감정과 욕구를 억제하기보다는 여유롭고 활
발한 마음 기르기를 강조하였다. 그리하여 '自悟'와 '自覺'의 근원으로서의
'심'의 작용을 강조하는 양명적 심관을 계승하여 시문의 창작에서 '心得'을
중시하였다. 문장의 전범으로 설정한 '육경'의 가치 해석에서도 문장 자체
보다는 '躬行·心得'한 특성에 주목하여, 육경의 문장을 고인의 심득의 결
과로 해석하고, 심득의 결과 공교함과 수식·화려함 등을 의도하지 않았
지만 자연히 아름다운 수사적 효과를 성취하여 '스스로 일가를 이룸[自成
一家]' 것으로 해석하였다. '자성일가'의 실현 방법으로서 문장 학습에만

골몰하기보다는 전범으로 설정된 작가의 학문·사상세계에 대한 진지한 학습을 축적한 다음에 일가의 문장을 이루어야 한다는 '上規下逮'의 방법을 제안하였다.

구체적인 창작의 연습 방법에 차이가 있기는 하지만 서명응과 이광사 모두는 작가가 주체적으로 문장 전범을 수용하여 개성이 가장 잘 드러난 문장을 쓰기를 요구했다. 이와 같은 '작가의 개성'을 구현하려는 창작 노력은 '실용'을 기치로 어용적인 성격을 나타내는 일부 소론계 관료 문인의 문장론과 차이를 보이며 이 시기 문단의 또다른 축으로 기능하였다고 할 수 있다.

# 제5장
# 문장에 민족의 소리를 담아내다

## 1. 머리말

소론계의 문인들은 일찍부터 고증학의 여러 영역 가운데 명물학·금석학·훈고학 등의 생산적 본령을 인식하였다. 그 가운데 특기할 만한 경향의 하나가 言語學 특히 『訓民正音』(이하 『正音』)에 대한 관심이다. 『正音』에 대한 소론계 학인의 지속적인 관심과 연구는 實學과 함께 싹트기 시작하는 朝鮮學의 한 예로 특징지을 수 있다. 이것은 임진왜란을 전후로 융성한 평민적 正音文學에 의한 母語意識이 계도한 소치로 여겨진다.

근세의 문자음운학은 이상적인 韻圖, 한자음의 표기에 대한 연구, 구체적인 編韻, 『正音』과 그 字形의 起源에 대한 연구 등으로 구분된다.[235] 이러한 연구 영역 가운데 본고에서는 소론계 학인들의 『정음』의 가치에 대한 인식의 소산으로 간주되어지는 諺解 및 朝鮮漢字音의 價値에 대한 인식을 고찰하고 그러한 의식 표현의 한 양태로서 그들의 漢譯詩歌와 詠史樂府에 대해 고찰하기로 한다.

---

235) 金敏洙, 『新國語學史』, 一潮閣, 1980.

## 2. 國文擁護論 - 諺解와 朝鮮漢字音의 가치 인정

'정음'의 가치 옹호와 그 기원설에서 확인되는 소론계 문인의 국문 옹호 의식이 더욱 구체적으로 나타난 것이 '諺解 및 朝鮮漢字音의 價值에 대한 肯定'이다.

朴世采는 소론계의 문인 가운데 비교적 주자학적 성향이 농후한 인물이다.[236] 박세채는 '太子洗馬'의 자음 가운데 '洗'의 독음이 『大全』과 언해에서 '[世]'와 '[先]'으로 차이나는 현상에 대한 논의에서, 우리나라와 중국 한자의 차이를 지적하며 중국의 한자에만 얽매일 필요 없이 부분적으로는 타당성 있는 언해의 자음을 수용하는 것도 무방하다고 하였다.[237] 이것은 소론계의 문인들에게 조선한자음의 가치에 대한 긍정이 이미 보편적인 인

---

236) 박세채는 주자를 聖學의 완성자로 보고 주자정론을 엄격히 고집하였다. 그는 성현의 학문이 계승되면서 수학의 邵雍·사학의 司馬遷·예학의 張軾 등과 같이 분야별로 대표인물이 있기는 하지만 三經과 三禮에 통한 인물은 오직 주자뿐이며 조선성리학이 이것에 전일하지 못함을 부끄러워해야 한다고 주장하였다. ; 朴世采, 「隨筆錄」, 『南溪集』 卷54(『叢刊』 V.140), 112~132면.

박세채는 일상생활에서도 주자의 整齊·嚴肅를 강조하여 한 치도 어긋남이 없었으며 학문하는 태도에서도 비록 식견이 높다 하더라도 희학하는 것을 용납하지 않았다. ; 金榦, 「隨錄」, 『厚齋別集』 卷2(『叢刊』 V.156), 240면.

또한 그는 '주자→이이→서인'으로 이어지는 조선성리학의 적통을 정한 다음 서인 내의 다양한 학풍에 대해 엄밀하게 적통을 가려 이단을 변별하고자 하였다. 먼저 그는 서인의 兩賢 가운데 成渾의 학문이 주자학을 연구하지 않는 下學에 치중한 實用主義 경향의 것으로 비판하였다. 그는 이와 같은 하학 위주의 학문 경향을 계승한 윤증과 남구만, 최석정, 정제두 등의 소론계의 학풍을 비판하였다. ; 朴世采, 「答李載叔」, 『南溪集』 卷32(『叢刊』 V.139), 139~140면 ; 朴世采, 「與任大年別紙」, 『南溪集』 卷33(『叢刊』 V.139), 148면.

237) 朴世采, 「答朴一和問 小學 乙卯 9월 1일」, 『南溪集』 卷46(『叢刊』 V.139), 433면. "太子洗馬, 洗之言先也, 當以先讀, 而諺音作世, 當以世讀否, 凡大全與諺解字音多有不同者, 率皆從諺否, 當以先子讀, 其餘當從大全, 然我國聲音與中國大異, 苟非十分明白, 則姑依諺解無妨."

식으로 자리하고 있음을 예시한다. 이와 같은 박세채의 언해의 한자음 긍
정은 소론계 문인들의 조선한자음의 가치 긍정이 단순한 정서적 차원이
아닌 어휘에 대한 실증적인 고구를 통한 객관적 증명을 거치고 있다는 점
에서 더욱 의미를 갖는다. 이러한 태도는 세종대왕이 한자음이 사대교린
과 관계되는 것으로 파악하여 義州와 遼東 등지에 사람을 파견하여 실제
의 중국한자음을 배우게 한 태도와는 뚜렷한 차이를 나타낸다.[238]

조선한자음의 긍정 논리는 南九萬에 이르러서 더욱 적극적으로 나타난
다. "이제는 마땅히 우리나라의 한자음을 올바른 한자음으로 삼아야 한다."[239]
고 주장한 그는 중국의 자음이 五胡時代 이래로 夷·夏가 서로 뒤섞이면서
한자음이 본래의 중국한자음을 잃고 잘못되기 시작하였다고 주장하였다.

우리나라는 三韓 이전에 중국에서 글자의 음을 배웠고 나중에는 단
지 책자 상으로 전하여 익혔기에 (字音이) 일상의 語音과 서로 섞이
지 않았다. 그런 까닭에 年代가 바뀌고 方言은 비록 변했지만 문자는
아직도 옛날의 音을 보존하였다.

그러나 중국은 五胡時代 이래로 사방의 이민족과 중국민족이 뒤얽
히고 語音이 나날이 뒤섞여 字音 역시 따라서 잘못되었으니 이것은
필연의 형세이다. 지금 (중국의 어음은) 蕭·肴·高 및 尤韻은 한 글
자의 음이 모두 두 글자의 음으로 읽히고 侵韻과 眞韻은 섞여 읽히고
入聲을 去聲으로 읽히니 모든 것이 기필코 중국의 본래 음이 아닌

---

238) 『世宗實錄 十五年 十二月 壬戌條』 卷62(『朝鮮王朝實錄』 V.3), 531면. "議政府와
   六曹를 불러 의논하기를, 지금 온 勅書에서 자제들의 中國學校 입학을 허가하지 않
   으니, 지금부터는 중국의 학교에 입학할 희망은 이미 끊어졌다. 그러나, 중국의 語音
   은 事大하는 데에 有關하므로 고려하지 않을 수 없다. 나는 이들을 義州에 보내어
   遼東에 내왕하면서 漢語를 익히게 하고자 하는데 어떻게 생각하는가?"
239) 南九萬, 「丙寅燕行雜錄」, 『藥泉集』 第29(『叢刊』 V.132), 494면. "今當以我國音
   爲正."

것이다. …中略… 이제는 마땅히 우리나라의 字音을 정칙으로 삼아야 한다. 谿谷 張維는 이점을 살피지 못하고 '우리나라 사람이 중국의 歌[ge]·麻[ma]가 음이 다르지만 押韻에서는 通用함을 모른다.'고 기롱하니 남을 따라 기뻐하고 슬퍼하는 자에 가깝지 않은가?[240]

正使로서 연행에 오른 남구만은 도중에 만난 이와 시를 주고받는 과정이나 숙소의 벽, 또는 당시에 간행된 서적을 읽으면서 중국의 자음이 조선의 한자음과 차이가 있음을 발견하였다. 그 원인을, 그는 오호시대 이후 이족의 국가들이 중국에 세워져 漢族의 어음과 북방의 非漢族系의 어음이 서로 교섭하는 과정에서 한자음의 정통성이 파괴되고 뒤섞인 때문으로 파악하였다. 남구만은 자음의 通·不通을 증명하는 방법으로 『시경』의 압운 체계를 이용하였다. 압운과 諧聲字 체계에 근거하여 韻의 협운 정도를 증명하는 것은 청대의 古音學者 즉 考證學者들이 즐겨 사용하던 것으로 그 객관성과 과학성은 익히 검증된 바이다.[241] 그는 객관적 검증을 통하여 張維가 당시 우리나라의 시인들이 한자음의 작시상의 통용 규칙을 모르는 것으로 비웃었던 것이, 실상은 장유가 한자음 통용의 법칙을 제대로 규명하지 못한 채 무조건적으로 청조의 어음 규칙을 따라서라고 비판하였다. 그는 조선의 한자음이 바른 이유를 문자로 기록되어 전한 때문이라고 생각하였다. 즉, 삼한시대 이래로 받아들인 한자의 어음이 책자로 전

---

240) 南九萬, 「丙寅燕行雜錄」, 『藥泉集』 第29(『叢刊』 V.132), 494면. "我國人三韓以前, 學字音於中國, 後來只從册子上傳習, 與日用語音, 不相交涉, 故年代遷易, 方言雖變, 而文字則尙存舊音, 中國自五胡以來, 夷夏相雜, 語音日淆, 字音亦隨而訛誤, 此必然之勢也. 今蕭肴高及尤韻, 一字音皆作二字音讀, 侵韻與眞韻混讀, 入聲作去聲讀, 皆必非中國本音, …中略… 今當以我國音爲正, 而谿谷張公不察於此, 乃以我國人不知中國歌麻之異音通用於押韻爲譏, 不幾近於隨人悲喜者耶?"
241) 濮之珍 著/김현철 외 共譯, 『중국언어학사』, 신아사, 1995, 448면 참조.

습되어 일상의 말소리와 섞이지 않았기 때문에 연대나 방언의 변화와 상관없이 어음을 보전하였다는 것이다.

일견하기에 이러한 주장은 한자음의 전래적 측면에서 논한다면 중국의 것을 존중하는 사대적인 것이라고 할 수 있지만, 조선한자음에 대한 가치를 긍정했다는 측면에서는 주체적 · 자존적 인식을 나타낸 것으로 평가된다. 이러한 의식은 문학 창작의 측면에서 『시경』시의 가치를 제고하는 것뿐만 아니라 조선의 소리인 민요 · 시조 등의 가치를 인정하여 그것을 한역하는 작업으로 나타났다.

남구만이 역사적 동인에 의해 조선한자음의 정당성을 탐색하였다면, 최석정은 보다 실제적인 한자의 음운과 훈고에 관심을 기울였다. 金代의 韓道昭가 편찬한 『五音篇韻』은 그의 부친인 韓孝彦의 『四聲篇海』(이하『篇海』) 등의 운서가 官韻으로 당시의 실제음을 고려하지 않은 단점을 보완하여 간행한 것이다.[242] 최석정은 『오음편운』의 평가 기준으로 편차의 적정성 · 실용성 · 刪繁 · 補略 · 倂同 · 柝異 등을 적용하였다.[243] 최석정

---

242) 濮之珍, 전게서 참조. ; 『오음편운』은 『廣韻』 · 『集韻』을 저본으로 하였지만 韻部와 체제 면에서 다소의 개혁을 성취하였다. 먼저 '합병된 韻은 마땅히 開合에 차이가 없고 같아야 한다.'는 원리에 의거하여 『절운』系 운서의 206韻部를 정리하여 160운부로 만들었다. 또 反切의 표기에서는 기본적으로는 『광운』을 따랐지만 때로는 『광운』과 『집운』을 모두 열거한 경우도 있고 韻字의 주석에서는 주로 『광운』에 의거하였다. 따라서 『오음집운』이 비록 개혁적이기는 하지만 『광운』과 『집운』 등의 영향도 많이 받았다. 또 하나, 『오음집운』은 전체의 편제에서 비교적 큰 개혁을 이루었다. 예컨대 『절운』계의 운서인 『광운』과 『집운』 등은 매 韻 아래에 同音字를 條로 나누어 배열하였다. 『오음집운』의 경우는 36字母에 따라 배열하였으니 이것은 바로 韻部 이외에 聲類를 분명히 고려하고 있음을 나타내는 것이다. 이것은 韓道昇의 서문에서도 입증된다. 즉 사회가 발전하고 語音 연구가 발전함에 따라, 사람들의 語音에 대한 연구도 韻部를 분석하고 연구할 뿐만 아니라, 聲類도 분석하고 연구할 수 있게 되었다는 사실이다.

243) 崔錫鼎, 「序引 · 五音篇韻後序」, 『明谷集』 卷7(『叢刊』 V.153), 555면. "五音篇韻者, 卽韓孝彦道昭父子所輯修也, 始王與祕廣玉篇而爲篇海, 荊璞辨五音而脩集韻, 韓

은 『經世訓民正音圖說(이하 圖說)』에서 '정음'의 창제 기원을 역학과 음성학의 영향으로 풀이하며[244] 문자 및 음성 현상을 우주 생성에 관한 易理로 풀이하여 易數에 지나치게 경도되는 불합리한 양상을 나타냈다.[245] 비록 최석정이 역리 · 역수에 치중하기는 했지만, 국어학에 대한 그의 공적을 간과할 수는 없다. 즉, 그의 노력으로 음절 위주의 표기에서 표의적인 표기로 발전하는 계기가 마련되었으며 『皇極經世書』의 數理論의 영향하에 국어 연구사상 최초로 음절수를 계산하여 국어교육의 실용성과 객관성을 개척했다는 점은 높이 평가되어야 한다. 또한 「聲分平上去入圖」와 「音分開發收閉圖」 등에서 四聲과 四音의 기능적 관계를 역의 四德과 四占의 自轉的 循環論과 아울러 상호의 共轉的 循環論을 빌어서 각각을 자전과 상호간의 공전적 순환구조 관계로 논증한 것은 그의 언어관이 비록 易變에 합리화하고 있지만 철저히 구조적인 관점에서 음의 성질을 논증하였다는 의의를 부여할 수 있다.[246]

南克寬은 말소리의 공간적 · 시간적 가변성을 분명히 인식하였다. 그는 程子의 語錄 가운데 朱子가 알지 못하는 부분이 있었던 이유를 洛과 閩이 지역적으로 멀었기 때문이라고 설명하였다.[247] 또한 그는 천하의 말소리

---

氏專門字書, 實有天縱之識, 而濟以家傳之妙, 遂取二書, 究觀要指, 惜其各自爲書而不相統, 且其中多疏謬處, 於是刪繁補略, 倂同柝異, 合爲一書, 俾後之得其字而失其音者, 先數字畫, 求之於篇, 識其音切然後, 就集韻, 求其韻母而辨其訓義, 體用相涵, 內外共貫, 其於小學, 可謂賅且詳矣."

244) 崔錫鼎, 『經世訓民正音圖說』. "臣錫鼎謹按御製諺文二十八字, 卽列宿之象也. 初聲十七字, 牙音角屬東方木象物之始生, 故爲首, 舌音徵屬火, 脣音宮屬土, 齒音商屬金, 喉音羽屬水, 以五行相生之序爲次, 中聲十一字, 太極兩儀八卦之象也."

245) 初聲인 牙·舌·脣·齒·喉의 생성과정을 五音·五方位·五行의 相生的인 次序와 五行之義로 풀이하는 과정에서 지나치게 『易』에 경도하여 불합리한 해석을 한 부분이 나타나게 되었다.

246) 김석득, 「실학과 국어학의 전개」, 『동방학지』 16집, 연세대 국학연구원, 1975 참조.

가운데 가장 바른 소리였던 중국말의 소리가 시대를 지나면서 주변 이족의 말소리와 혼용되어 본래의 올바른 소리를 잃었다고 생각하였다.[248]

남극관은 우리나라의 말소리 역시 변했다고 생각하였다.[249] 아울러 우리나라 말의 통사 구조가 한문과 분명한 차이가 있음을 예시하였다.[250] 한자음과 우리 말소리의 가변성과 차별성에 대한 남극관의 인식은 상대주의적인 견해가 전제된다. 남극관은 정인지의 훈민정음 발문을 비판하며 정음의 字母는 '사람의 말소리'에 근원한다고 하였다. 그 때문에 아기의 웃음·미소 등과 같은 사람의 말소리가 아닌 것은 나타낼 수 없다고 하였다.[251] 이와 같은 분석이 가능한 것은 말소리에 대한 그의 객관적이고 과학적인 견해 때문이었다.

鄭東愈는 飜切을 이용한 표기와 정음을 이용한 표기를 대조하며 표음문자인 정음의 우수성을 구체적으로 제시하였다.

飜切說은 西域의 승려인 了義에게서 기원한다. 이것을 계승한 자들이 또 얼마나 되는지 알 수 없으며 그들의 천 마디의 말과 만 마디

---

247) 南克寬, 「謝施子」, 『夢囈集』 坤(『叢刊』 V.209), 316면. "二程語錄, 朱子已有不識者, 洛固地懸遠故也."

248) 南克寬, 「謝施子」, 『夢囈集』 坤(『叢刊』 V.209), 316면. "天下言語, 中國最簡, 爲天地正聲, 世漸下, 胡羯雜糅, 日就繁絮, 古之物名, 皆一字, 今至三四字, 可驗也."

249) 南克寬, 「謝施子」, 『夢囈集』 坤(『叢刊』 V.209), 317면. "我國諺解字訓, 已多變殊, 大曰키, 小曰효근, 龍曰미르, 城曰재, 今皆不用, 猶稱城內曰재안, 犬曰가히, 今稱개, 與猫之괴同."

250) 南克寬, 「謝施子」, 『夢囈集』 坤(『叢刊』 V.209), 317면. "東語能所先後, 與中國異, 如看花折柳, 先言花柳, 後言看折, 是也."

251) 南克寬, 「謝施子」, 『夢囈集』 坤(『叢刊』 V.209), 316면. "鄭文成跋諺文, 謂風聲鶴唳, 皆可書也. 是不然. 字母皆據人之語音, 如咳笑之類, 又在其外, 已不可書, 況風雨鳥獸, 人不能讀者乎? 如古人所謂風之瑟瑟, 鵲之喈喈, 皆約略近之耳, 實不同也. 莊子所謂鷄鳴狗吠, 是人之所知, 雖有大知, 不能以言讀其所自化, 是也."

의 말이 정성스럽고 간절하지 않은 것이 없었다. 마침내 말하기를,
"[東]의 음은 [徒]와 [紅]의 飜切이며, [江]의 음은 [古]와 [雙]의 飜切이
다."고 하였다. 글자로 글자를 비유하고, 음으로 음을 비유하여 마침
내 사람들로 하여금 한 꺼풀 간격을 두게 하니 대개 假借하여 말하지
않을 수 없는 이유이다.

지금의 『正音』에서는 [東]의 음은 진실로 [동]이라 발음하고 [江]의
음은 진실로 [강]이라 발음하니 만약 倉頡이 한자를 만들 때 『정음』
이 있어서 함께 전해졌다면 그때의 字音이 영원토록 잘못될 리가 없
었을 것이니, 저 沈約·周顒·了義 등의 무리가 일이 없었을 것이다.
다시 한 마디 말을 더 한다면, 알지 못하겠다! 천하에 또 이런 문자가
있겠는가?[252]

정동유는 한문의 假借表記의 한계를 지적하며, 한자 창제 당시에 정음이
함께 전해졌다면 고대의 자음이 올바르게 전달될 수 있었을 것이라는 언급
을 통해 정음의 표음적 특성을 강조하였다. 그가 저서인 『晝永編』에서 純祖
때 표류해 온 琉球 사람의 말을 비롯한 다른 나라말을 '정음'으로 표기한
것은 정음 표기의 우수성을 실제로 입증한 것이라 할 수 있다. 이러한 그의
노력에 대해 정인보는 '近世 正音學의 濬道[253]'로 그를 평하였다. 정음의
표음적 우수성에 대한 그의 태도는 제자인 柳僖에게 영향을 주었다.

유희는 『諺文志』「序文」에서 스승 정동유의 견해를 언급하였다. 즉,
한자는 字音으로 字音을 표시하여 옛날의 吐音과 당대의 漢音이 어긋나

---

252) 鄭東愈, 『晝永編(下)』, 을유문화사, 1971, 205면. "飜切之說起於西僧了義. 繼此
而著述者, 又不知幾家而其千言萬語非不諄復丁寧, 畢竟則曰, 東音徒紅飜, 江音古雙
飜, 以字論字, 以音論音, 終使人隔一膜子者, 盖由不能不假借爲說故也. 今正音則東
音而眞言동, 江音而眞言강, 若使倉頡造書之時, 有正音而並傳則其時字音千萬世無差
誤之理, 彼沈約·周顒·了義之徒無事乎! 復容一辭, 未知, 宇內更有此等文獻乎?"
253) 鄭寅普, 「詹園國學散藁」, 『詹園鄭寅普全集』, 연세대출판부, 1983 참조.

게 마련이지만, 정음으로 기록하면 아무리 오래 되어도 本音이 변할 리가 없다. 또한 간결하면서도 오묘한 것을 귀하게 여기는 한문 문장은 해석상의 오류를 유발할 수 있지만, 정음은 전혀 그럴 일이 없다. 이와 같은 정동유의 주장이 바로 유희의 『언문지』 서술의 계기였다.254) 유희는 『언문지』에서 정음의 기원, [ ‧ ]의 음가 문제, 그 외에 초‧중‧종성 및 全字 등에 대한 상세한 분석적 고찰을 통하여 정음의 우수성을 보다 객관적이고 분석적인 시각에서 검증하였다.

① 이제 내가 이 『諺文志』에서 비록 간간이 한자음을 가지고 설명하고 있지만 애당초 한자음을 밝히기 위한 것은 아니다. 단지 사람의 입에서 나오는 소리를 다 전사하고자 해서일 뿐이다.255)

② 오히려 정음은 한문 문장을 풀이할 때 反切처럼 서로 틀리는 폐단이 없고 뜻을 통할 때 잘못 읽을 근심이 없다. …中略… 律呂와 音調는 들을 수는 있어도 볼 수는 없는데, 이제는 그것을 필묵을 가지고 형용하게 되었으니 또한 기이한 일이다!256)

위의 예문 ①, ②는 정동유의 견해가 유희에게 이르러 더욱 발전적으로 나타나고 있음을 보여준다. 유희는 자신이 『언문지』에서 한자음을 설명하였지만, 그것이 한자음을 규명하기 위해서가 아니라 사람의 입에서 나오는 소리를 전사하기 위한 도구적 차원에서 한자음을 활용한다고 하였다. 이러한 인식은 17세기 후반의 최석정이 정음에 대해 긍정하는 입장이

---

254) 柳僖, 「序文」, 『諺文志』, 형설출판사, 1978, 57면 참조.

255) 柳僖, 「初聲例」, 『諺文志』, 형설출판사, 1978 참조. "今余此志雖間間發明以字音, 初非爲字音說也. 只欲寫盡人口所出之聲而已."

256) 柳僖, 「全字例」, 『諺文志』, 형설출판사, 1978 참조. "猶足以釋文無反切互僞之弊, 通情無言語誤看之慮. …中略… 律呂音調可聽而不可見, 今以筆墨形容之, 亦奇哉!"

면서도 그 가치에 대한 논의에서는 중립적 입장을 유지한 것과 뚜렷한 대조를 이룬다. 이러한 태도는 당대의 대부분의 문인들에게 절대적 가치로 인식되던 한자 · 한문에 대한 인식을 새롭게 하는 계기가 되었으며 이후의 근대적인 문자음운학 연구에 또 다른 지평이 되었다.

## 3. 漢譯詩歌 및 詠史樂府의 가치 긍정

### 1) 漢譯詩歌의 형태 및 내용적 특징

#### (1) 漢譯詩歌의 형태적 특징

현존하는 소론계의 한역시가 작품으로 240여 수 가운데 대다수를 차지하는 것은 時調이며 그 외에 '長歌'로 명명되는 歌辭(이형상, 4수)와 俗言 즉 주로 俗談類를 번역한 경우(박세당, 3수)가 있다[257]. 이로 볼 때, 소론계의 학인들은 連詩調 형식보다는 주로 짤막한 短形時調인 平時調를 즐겨 한역하였고 연시조를 한역할 경우에도 전체를 한역하는 것이 아니라 자신의 기호에 의한 선택적 한역을 주로 하였다고 이해된다. 그렇다면 어째서 그들이 평시조를 가장 많이 한역하게 되었을까? 그것은 국문시가의 한역 전통에서 해답의 실마리를 찾을 수 있다.

한자가 도입된 이후, 우리말 노래들은 한자로 기록되거나 한문학 양식에 맞추어 번역되는 과정을 거쳤다. 고대가요인 「龜旨歌」·「黃鳥歌」나 『三國遺事』의 「海歌」 등의 한역 그리고 解詩 성격의 한역가가 병기된 「兜率歌」·「普賢十願歌」 등은 주로 4구체 또는 8구체로 한역되었다. 이러한

---

257) 뒤의 별첨 자료 참조.

유형적 특성이 나타나게 된 원인은, 原歌와의 형태적 유사성 때문이거나 중세의 보편문자인 한자에 대하여 우리의 문학 수준이 결코 낮지 않음을 나타내고자 한시의 보편적 양식을 채용한 결과로 이해된다[258].

한 예로 崔行歸는 향가와 한시의 형식 구조를 비교하여 한시에 비해 鄕札의 수준이 결코 낮지 않음을 강조함과 아울러 향찰을 모르는 중국인에게 그 우수성을 알리기 위해 향가를 번역한다고 서술하며 향가와 형식 구조가 유사한 칠언의 율시 형태로 재현하였다[259].

고려의 俗樂歌詞를 '小樂府'라는 제명으로 한역한 李齊賢과 閔思平 등은 중국 남북조시대의 齊·梁의 '民歌를 대폭 수용한 짧은 형식의 민가적인 短形詩歌'로 소악부의 개념을 유추하였다[260]. 이제현은 자신의 소악부에 화답을 하지 못하는 민사평에게 화답을 촉구하는 가운데, 소악부 짓는 방법을 다음과 같이 설명하였다.

> 그제 郭翀龍을 만나니, 及菴께서 저의 소악부에 화답하려고 하였지만 한 가지 일에 말이 중복된다고 여겨 아직 화답하지 못하고 있다고 하였습니다. 저는 이렇게 말하고 싶습니다.
> "劉禹錫의 竹枝詞는 모든 내용이 산골짜기 남녀들의 즐기는 말이며 蘇軾의 경우는 二妃·屈原·懷王·項羽의 일을 엮어서 長歌로 만들었으니 대저 어찌 전인의 작품을 蹈襲했다고 하겠습니까? 及菴께서 別曲 중에서 마음에 느껴지는 것을 골라 번역해서 新詞를 지으

---

258) 김문기·김명순, 「朝鮮朝 漢譯詩歌의 類型的 特徵과 展開 樣相 硏究(1)」, 『대동한문학』 7집, 1995 참조.

259) 「譯歌顯德分子」, 『均如傳』 第8. "詩揖唐辭, 磨琢於五言七字, 歌排鄕語, 切磋於參句六名, 論聲則隔若參商, 東西易辨, 據理則敵如矛盾, 强弱難分, 雖云對衒詞鋒, 足認同歸養海, 各得其所, 于何不臧, 而所恨者, 我邦之才者名公, 解吟唐什, 彼土之鴻儒碩德, 莫解鄕謠, 矧復唐文如帝網交羅, 我邦易讀, 鄕札似梵書連布, 彼土難諳, 者."

260) 황위주, 「朝鮮後期 小樂府 硏究」, 한국학 대학원석사논문, 1983, 19면 참조.

면 될 것입니다."261)

이제현은 국문시가의 한역이 이중적 문자 체계를 가진 우리나라와 같은 특수한 상황에서 시도될 수 있는 변법적인 것이며 또한 그것의 가치는 전인의 시문을 도습하는 것보다는 훨씬 우위에 있음을 강조하였다. 이러한 이제현의 의식을 전범 삼은 조선후기의 소악부 작가들은 '한역 자체'를 소악부의 가장 중요한 특색으로 이해하였다.

> 高麗의 李齊賢 선생이 採曲하여 七言 絶句로 만들어 「小樂府」라 명명하였다. 지금 선생의 문집 속에 있는 것은 대부분이 오늘날 樂歌들에게 전해지지 않는 곡인데, 그 辭가 없어지지 않은 것은 선생의 시에 힘입어서이니 문인들의 글이 어찌 귀중하지 않다 하겠는가? 내가 가만히 이것을 기뻐하여 조선의 小曲 가운데 내가 기억하는 것 역시 칠언 절구로 만들었다. 辭藻와 文采가 비록 도저히 선생께 미치지는 못한다. 그러나 다른 시대의 같은 곡조를 國風으로 채집한 점은 한가지라 하겠다262).

조선후기의 소악부는 부분 번역이나 대체적인 의역의 수준에서, 그 자체로 하나의 의미있는 특징으로 조선후기 문단에서의 실질적인 창작 방식의 하나로 인정되었다. 물론 신위의 언급에서도 나타나듯이 한역시가를

---

261) 李齊賢, 「昨見郭翀龍, 言及菴欲和小樂府, 以其事一而語重, 故未也, 僕謂劉賓客作竹枝歌, 皆夔峽間男女相悅之辭, 東坡則用二妃, 屈子, 懷王, 項羽事, 綴爲長歌, 夫豈襲前人乎? 及菴取別曲之感於意者, 翻爲新詞可也, 作二篇挑之.」, 『益齋亂藁』卷4 (『叢刊』V.2), 537면의 제목 부분.

262) 申緯, 「小樂府四十首幷序」, 『警修堂全藁』卷49. "高麗李益齋先生, 採曲爲七節, 命之曰小樂府. 今在先生集中, 擧皆今日管絃家不傳之曲, 而其辭之不亡, 賴有此詩, 文人命筆, 顧不重歟? 余竊喜之, 就我朝小曲中, 余所記憶者, 亦以爲七言絶句, 藻采雖萬萬不逮先生, 而異代同調, 各採其國之風則一也."

통한 '觀風俗'의 기본적 성격은 크게 부정되지 않았지만 한역시가 자체가 하나의 유의미한 창작의 범주로 자리잡게 되었다. '한역시가'가 하나의 의미있는 창작 방식으로 기능하게 된 것은 조선후기에 진행된 '우리것', '조선것'에 대한 관심과 유행의 풍조가 한 몫을 했다 할 수 있다.

'우리것'에 대한 인식은 소론계의 학인들에게 비교적 일찍부터 나타났다. 일찍이 17세기 중엽의 남구만은 정음의 가치를 긍정하고 우리 국문시가의 가치가 중국과는 분명히 다르다는 것을 인식하였다. 그는 이족의 침입으로 고유의 한자음이 파괴된 중국에 비해 본래의 순선한 자음을 보전한 우리나라의 한자음이 더욱 정확하며 그것을 가능하게 한 것이 바로 표음성에 탁월한 장점을 지니는 정음 문자의 우수함이라고 설파하였다. 비록 우리 국문시가의 우수성을 한문으로 보존하려는 한계점이 노출되기는 했지만 국문시가 자체의 보존적 필요성을 분명히 인정하였다는 점에서 그의 발언은 충분한 가치를 획득한다. 아울러 남구만은 국문시가를 개인 성정의 진솔하고 때묻지 않은 발로라고 인식하며 그 가치를 옹호하였는데, 바로 이러한 점들이 소론계의 한역시가 창작의 전통을 가능하게 하였다.

〈少論系 時調 漢譯의 類型 分析〉

| 句數 | 字數 | 대 상 작 가 | | | | | | | | | | 小計 | 累計 |
|---|---|---|---|---|---|---|---|---|---|---|---|---|---|
| | | 南九萬 | 李衡祥 | 南道振 | 南鶴寬 | 洪良浩 | 李令翊 | 李肯翊 | 申緯 | 李裕元 | 李裕承 | | |
| 6 | 자유형 | 5 | 22 | 6 | 10 | 25 | 1 | 1 | | | | 70 | 95 |
| | 5언 | 2 | 23 | | 2 | 2 | | | | | | 9 | |
| | 4언 | | 15 | | | | | | | | | 15 | |
| | 7언 | 1 | | | | | | | | | | 1 | |
| 4 | 7언 | | | | 1 | 3 | | | 40 | 29 | 10 | 83 | 86 |
| | 자유형 | 1 | 2 | | | | | | | | | 3 | |
| 5 | 자유형 | 2 | 7 | | | 2 | | | | | | 11 | 12 |
| | 4언 | | 1 | | | | | | | | | 1 | |

위의 도표를 보면 국문시가의 한역 특히 시조의 한역에서 일정하게 유형적인 특징을 발견할 수 있다. 즉 단일 작가의 한역시가 형식으로는 7언 4구 형태가 가장 보편적이고 전체 구수의 비교를 통해서 볼 때는 6구체의 형식이 가장 많이 나타난다는 점이다. 이러한 유형의 분기를 대변하는 대표적인 작가는 이형상, 홍량호, 신위, 이유원 등이다. 이것은 작가 개인의 취향이 적용된 이유도 있지만 위에서 언급한 양식적 특성이 반영된 결과이다. 즉, '소악부'라는 단형시가를 제명으로 한 신위와 이유원의 경우가 단형시가의 묘미를 4구체 형식으로 표현한 반면에, 이형상과 남구만 등은 3장 6구체의 시조의 원형적 특징 자체를 재현하는 측면에 주안을 둔 시가 논리를 전개한 것으로 이해된다.

시조와 한시는 여러 측면에서 상당히 이질적이고 쉽게 동화할 수 없는 서로 다른 특색을 지닌다. 작품 창작의 기본이 되는 문자의 차이부터 실제 작품의 양식도 한시는 4구 혹은 8구를 기본 구조로 하고 있는데 반하여 시조는 6구를 기본으로 한다. 뿐만 아니라 언어 감각이나 작품 서술의 구체적 차이 등 여러 가지 형질적 차이를 지닌다[263]. 이 때문에 두 양식의 결합 과정에서는 어느 한 쪽의 양식에 편중되어 다른 한쪽을 축소하거나 또는 부연할 수밖에 없다. 시조의 한역에서 가장 대표적 양식에는 한시의 4행 구조를 부인하고 시조의 6구체 양식을 따라 한역하거나, 6구체 양식을 부정하고 한시의 4행 구조로 변용하는 방법이 있다. 전자의 경우는 시조를 보다 중시하는 태도로서 남구만의 「飜方曲」을 비롯하여 李衡祥의 「浩唱謳」, 南道振과 南肅寬의 「短謠」, 洪良浩의 「靑丘短曲」, 「北塞雜徭」, 李令翊・李肯翊의 시조 한역 등이 있다. 후자의 경우는 한시 형식을 중시하는 태도로 조선후기의 소악부가 주로 여기에 해당하며 '소악부'라는 제

---

263) 황위주, 「朝鮮後期 小樂府 硏究」, 한국학 대학원 석사논문, 1983, 47면 참조.

명하의 申緯와 李裕元, 李裕承 등의 작품이 주로 여기에 속한다.

無名氏
말은 가쟈 울고 님은 잡고 울고 — A
夕陽은 재을 넘고 갈길은 千里로다 — B
져 님아 가ᄂᆞᆫ 날 잡지 말고 지ᄂᆞᆫ 히를 줍아라 — C

─────────

① 南九萬

征馬啼欲去, 佳人啼欲留, 夕陽落已盡, 客路千里悠, 佳人且收淚, 吾魂消幾流
　　　　A　　　　　　　　　B　　　　　　　　　C

② 南肅寬, 「惜別行」

征馬行欲嘶, 佳人相挽啼, 夕陽在遙嶺, 去路千里兮, 佳人莫挽將行子, 須繫西日低
　　　　A　　　　　　　　B　　　　　　　　　C

③ 申緯, 「白馬青娥」[264]

欲去長嘶郎白馬, 挽衫惜別小娥青. 夕陽冉冉銜西嶺, 去路長亭復短亭.
　　　　　　A　　　　　　　　　　　　　　　B

④ 李裕元, 「沅郎婦」[265]

白馬青娥長短亭, 夕陽欲暮掛西扃. 去路悠悠望不盡, 把衫惜別約丁寧.
　　A　　　　　　B　　　　　　　　B　　　　　　　　C'

　위에서 제시한 작자불명의 시조는 이들의 한역 외에도 任埏(1694~
1750)[266]과 權用正(1801~?)[267] 등의 한역이 발견되고 민간가요[268]로도

─────────

264) 申緯, 「小樂府四十首」, 『申緯全集』 3집, 태학사, 1983, 1193~1194면.

265) 李裕元, 「小樂府四十五首 - 沅郎歸」, 『嘉梧藁略, 樂府』.

266) 任埏, 「飜方曲」, 『厄齋遺稿』. "征馬臨去嘶, 情人摻袂啼, 夕陽度西嶺, 歸路千里
　　餘, 憑君莫挽我, 且駐咸池暉."

267) 沈載完, 『定本 時調大全』, 一潮閣, 1984, 267면 참조. "征馬蕭蕭頓碧蹄, 請君莫

변형되어 근세까지 그 명맥을 유지하는 등 그 인기가 꽤 오래도록 지속되었다.[269] 떠나기를 재촉하며 우는 말과 지는 석양이 어찌 할 수 없는 이별의 슬픔에 눈물 흘리며 떠나려는 님의 옷깃을 부여잡는 여인네의 애끓는 심정과 묘한 대조를 이루고 있다.

위에 제시된 원시조와 한역시는 원시와 한역시 사이에 나타나는 형식상의 변개 양상을 구체적으로 나타낼 뿐만 아니라, 한역화 과정이 16세기부터 19세기말까지 꾸준히 이루어지고 있다는 측면에서 소론계 한역시의 형태적 특성을 설명하는 자료로서의 의의가 충분하다.

먼저, 형식상 시조 본연의 6구체형식을 반영한 남구만과 남숙관의 한역시는 逐字的인 번역을 통하여 원시가의 의미와 정감을 전폭적으로 수용하였다. 원시가의 이별의 불가피함을 나타낸 시조의 종장에 대해 남숙관은 '佳人莫挽將行子, 須繫西日低'라고 번역함으로서 이전까지 '5언'의 규칙적인 번역습관을 종장에서 파괴하며 어찌할 수 없는 이별에 서러워하는 서정적 자아의 모습을 최대한 근접하게 나타내고자 노력하였다. 반면에 남구만의 경우는 6구체로 원시가를 번역한 점에서는 동일하지만 5言의 규칙적인 형식을 이용한 번역 과정의 마지막 구절에서 '佳人且收淚, 吾魂消幾流'라고 원시와 조금 다른 의경을 연출하였다. 즉 남숙관의 시가 '佳人莫挽將行子' 부분에서의 특별한 형식 파괴를 통해 이별의 원인 제공이 서정적 자아가 아님을 강하게 부각시켰다면 남구만은 '吾魂消幾流'를 통해 이별에 아파하는 자아의 심정을 강조하였다. 6구체의 축자적인 한역 양식과

---

　挽吾行住, 人情揮淚手中携, 挽住峰頭白日西."
268) 任東權, 『韓國民謠史』, 민음사, 1964, 139면 참조. "말은 가자고 네굽을 치는데, 정든 님 붙잡고 만단 정화하네."
269) 李東歡, 앞의 논문 39~40면 참조 및 인용.

그 속에서의 일부 변개를 통한 원시의 의경 변화를 위의 두 시가 보여주었다면, 신위와 이유원은 7언 4구체의 정형적인 한시 양식의 수용을 통해 보다 전폭적인 의경의 변화를 창출하고 있다.

7언 4구의 한시 형태로 번역한 신위의 경우, '白馬郎', '小娥靑', '長亭', '短亭', '冉冉' 등의 한문식 어휘를 활용하여 그들만의 새로운 의경을 창출하였다. 이유원 역시 이와 유사한 양상을 나타내었다.

6구체의 한역시가는 원시조의 재현에 보다 치중한 반면 4구체 한역시가는 새로운 의경의 창출에까지 나아가 재창작의 문예적 성취를 이루었다고 평가할 수 있다. 또한 원시가의 구체화 양식에서도 6구체는 원시가의 내용에 가감이 없이 거의 원형대로 형상화 된 반면에 정형화 된 한시 형태의 7언 4구체 형식에서는 한역자의 의사에 따른 증감이 과감하게 나타나고 있다. 특히 4구체 형식 가운데, 신위의 경우에는 주제구인 시조의 종장 부분을 과감히 생략하며 초장과 중장, 두 구절의 부연을 통하여 머나먼 여정을 앞에 둔 연인들의 이별을 서술했다. 반면에 이유원은 원시가의 초장과 종장은 그대로 한역해 내면서 중장 부분에 대한 특별한 부연을 통하여 이별에 임하는 애절한 마음을 형상했다. 이외의 소론계의 6구체 한역시들과 7언 4구체의 양식들도 유사한 양상을 나타냈다.

이로 볼 때, 소론계 학인들의 한역시에서는 시조의 원형을 존중한 측과 시조의 재창조라는 측면에서의 독특한 두 양상이 나타나고 있음을 알 수 있다.

또 한 가지 언급할 것은 6구체 한역시가에서는 대부분이 원시조의 양식 재현에 충실하여 시조의 각 구와 한역시의 각 구절이 대칭되는 양상을 나타냈다는 것이다. 이것은 그들이 '국문시가의 재현'이라는 원래 의도에 충실함을 나타낸다. 조선후기의 독특한 한시 양식으로 기능한 소악부의 경우에도 이와 유사한 현상이 나타났다. 즉 4구 형태의 한역시가에서 '한시 1행:1·2구 / 2행:3·4구 / 3행:5구 / 4행:6구' 또는 '1행:1구 / 2행:2구 / 3행:3·4구 / 4행:5·6구'의 형태가 전체 83수 가운데 36수와 34수를 차지하였다.

시조의 초장과 종장에 대한 특별한 부연은 대부분의 시조의 주제가 초장 혹은 종장에 모여있다는 사실[270]과 깊은 연관이 있을 듯하며 원시조에 대한 첨삭이 거의 없는 이와 같은 逐句的 意譯樣式으로 이해할 수 있다. 이와 같은 양상에서 국문시가의 형태적 특징에 대한 소론계 학인들의 긍정적인 수용의 태도를 읽을 수 있다.

### (2) 漢譯詩歌의 내용적 특징

전통적인 우리나라의 한시는 허구성이 배제되고 閑情·偶吟·感興·田園生活 등의 한가로운 서정이나 보편적 주제에 기초하는 서정시였다. 그러나 송대의 性命哲學인 주자학이 조선 건국 이후의 정치이념으로 채택되면서 조선의 사상계는 사변적인 윤리철학으로 개편되기 시작하였고 창작 역시 이에 영향을 받았다.

16세기에 성리학에 의한 사상의 지배체제가 공고화되면서 사림의 문예의식이 시대의 보편적인 문학론으로 발전하였다. 그 대표자인 李滉은 초야에서의 은일적 삶을 통하여 '溫柔敦厚'의 실체를 구현하고자 하였고, 당쟁과 권력 투쟁의 현실에 눈감는 韜晦의 태도를 자칭하였다. 산수자연을 '修' 또는 '涵養'의 공부 공간으로 활용한 이황은 산수자연의 理法 속에서 生生運行하는 天理가 나에게로 개시되어 오는 것을 경험하거나 경험할

---

270) 김동준, 『時調文學의 構造 研究』, 동국대 한국문화연구소, 1981, 67~83면 참조.

수 있으리라고 믿었다[271].

임병 양란 이후에 사회의 자기 붕괴 현상 및 그것을 반영하는 일련의 시대적 제양상 속에서 조선후기의 학인들은 自己省察의 변화 계기를 맞이하였다.

도덕적 실천의지를 강조하던 사림파 학인들 대다수가 이·기의 번쇄한 개념 유희에 탐닉하거나 주어진 현실에 순응하고 향촌의 질서 속에 안락함을 누렸다. 즉 생명의 원두를 응시하고자 하던 경건성이 사라지고 道學이 행세를 위한 학문으로 전락하여 문제 제기를 위한 문제 제기, 논변을 위한 논변을 일삼으면서 마침내 속화의 부작용을 전면적으로 노출하였다.[272] 이 시기 사림에 근저를 둔 서인계의 내부에서도 학문적·정치적 견해차로 인한 노·소론의 분파가 이루어졌고 양자간의 분열을 추동한 요인은 문학 방면에도 투사되었다.

우리말로 불려지던 시조·민가 등을 한시로 번역한 한역시가에 관심을 갖는 이유는, 실제의 삶에서 가창되던 음악의 가사와 악부와의 관련성 때문이거나 우리 고유 시가와의 깊은 연관성 때문이다. 시조·민가·실전가요 등에 대한 소론계 학인들의 관심은 남구만·박세당 등에서부터 이형상·남도진·남숙관·홍량호·신위·이유원·이유승에 이르기까지 지속되며 소론계 문학의 한 특성을 형성하였다. 그렇다면 이들이 주도적으로 시조의 한역 작업에 골몰하게 된 원인은 무엇인가?

양명학에의 경사에 나타나는 개방적인 학문성향과 한글 가치의 긍정에서 추론되는 국문시가를 비롯한 토속적인 풍속에 대한 관심, 악곡의 속성을 지니는 악부시의 효용성 인정, 교조적 주자주의가 지배하는 경직된 생

---

271) 沈慶昊, 「16世紀 道學家의 世界觀과 美學」, 『국문학연구』 7호, 서울대 국문학회, 2002, 75~76면 참조.
272) 沈慶昊, 「漢文學에 나타난 處士의 典型」, 『국제고려학회 논문집』 창간호, 국제고려학회, 1999, 319~339면 참조.

활 속에서의 인간의 정감을 자극하는 감성 영역에 대한 관심 등이 그 이유
가 될 것이다. 물론 이들의 작업이 한시를 시조로 번역한 것이 아니라 국
문시가인 시조를 한시로 번역하였다는 한계가 지적될 수는 있지만 이것은
중세의 보편적 문자 체계였던 한자 절대 우위의 인식에 비해, 그들이 한글
시가의 가치를 긍정하여 그것을 항구적으로 지속・보존하려는 차원에서
이루어진 한역이라는 점이 이들의 시조 한역의 전통을 전진적으로 평가하
게 한다. 그렇다면 소론계 학인들의 한역시가에서 발견되는 내용적 특징
은 무엇인가?

### ① 인간의 보편정서를 노래한 漢譯詩歌

한역 대상 시조의 선택은 한역자의 개성과 취향, 학문적 성향 등이 좌우
하기도 한다. 조선후기에 수집되어 한역된 대부분의 작품들은 유교의 이
념을 표상하기보다는 인간의 보편적인 정서를 노래한 것이 주류를 이룸에
도 양반사대부 계층에서는 여전히 유가적 이념을 표상한 九曲歌系의 시가
나 訓民歌, 忠孝의 이념을 노래한 작품을 주로 한역하였다. 이러한 일반
의 유학자들의 한역시가와 달리 소론계 학인들은 인간의 보편 정서를 노
래한 시조를 주로 한역하였다.

우리나라의 시조를 11수를 한역한 남구만의 작품 가운데 '忠君'을 제재
로 한 시는 4수이며 나머지는 歎老・愛情・別離・婦女怨慕・田家閑居 등
의 보편적 정서를 노래하였다. 6수를 한역한 南道振의 경우 6수의 한역시
가에 道學的이거나 敎訓的인 내용은 나타나지 않는다. 세상 만물의 이치
를 나타내며 천리의 자연스러움을 표상하는 '鳶飛魚躍'의 구절조차 그에게
는 흥에 겨워지는 자연 경관의 하나로 새겨진다[273]. 그의 아들로 14수의

273) 南道振,「樂隱別曲」,『弄丸齋歌詞集』. 閑中의 無事ᄒᆞ야 無極翁을 차자보랴, 天根

한역시가를 남긴 南黼寬은 道學과 관련한 2수의 한역시 외에는 주로 江湖
自然·閑情·戀情·人生無常·歎老·風流 등을 읊었다[274]. 洪良浩의 경
우 39수의 한역시 가운데 도학을 주제로 한 5수의 한역시를 제외하고 대
체로 보편적인 정서를 담지하였다. 40수를 한역한 申緯와 39수를 한역한
李裕元 역시 도학을 주제로 한 경우는 한 수도 없다. 이 점은 10수를 한역
한 李裕承의 경우도 마찬가지이다.

　㉠ 江湖歌道를 제재로 한 경우

　江湖歌道系 시가는 조선시대 시가문학의 한 사조로 '自然 예찬과 忠義
의 이념을 가미하여 유교적 관념을 노래한 일련의 작품'을 의미하며, 修己
와 治人의 상호 융합을 추구하던 사대부가 치인에의 길이 좌절된 이후,
강호자연에 묻혀 修己에 치중하면서 생성되었다. 또한 사대부의 토지 소
유 형태의 변화와 함께 당쟁하에서의 明哲保身의 추구와 귀거래를 淸風
高趣로 높이 평가한 당대 사대부의 관념적 풍조의 영향도 간과할 수 없다.
　맹사성의 「강호사시가」로 대표되는 15세기의 강호가도계 시가는 주로
致仕閑客의 官人的 樂觀主義가 주된 정조를 이룬 반면 이현보의 「어부단
가」를 비롯하여 이황의 「도산십이곡」·이이의 「고산구곡가」·권호문의
「한거팔곡」 등의 많은 강호가도계 시가가 지어진 16세기의 경우, 道學的
理念을 江湖로 형상화하여 성리학의 이념을 주로 노래하였다.
　16세기 강호시가의 주요 특징은 어부·산림처사·누정·서원 등이 중
요하게 형상화되었으며, 서정적 자아의 이념을 투영하여 規範化하고 節制

---

　　을 도라드려 月窟노 나려가니, 아마도 鳶飛魚躍하니 幽興겨워 하노라(南道振) → 丸
　　齋翁兮閑無事, 訪無極翁兮, 順天根而下月窟, 入靈臺中兮, 鳶飛天而魚躍淵, 興自不
　　窮兮."
274) 南黼寬, 「八灘公遺稿」, 『宜山世稿』 卷9, 霞山閣藏本(精寫本).

美를 표출하는 경우가 많았다. 또한 서정 자아가 시적 대상에 몰입하기보다는 관조적 자세를 유지하며 調和를 지향하였다는 점 그리고 江湖를 혼탁한 현실에 대비되는 청정한 이념적 공간을 표상하는 경우가 많았다는 점 등이다.

17세기초에는 성리학적 이념을 노래한 강호시가가 쇠퇴하며 다양한 형상으로 분화되었다. 구체적인 생활의 면모들이 확보되고, 강호의 심미성을 고양하는 특징이 나타나기 시작하였다. 특히 윤선도는 「어부사시가」・「산중신곡」・「오우가」 등을 창작했는데 그의 시조는 조선 전기 시조 중에서도 가장 세련된 미의식을 보여주었다.

16~17세기 강호시가 변모의 추이를 살펴보자면, 우선 강호를 기준으로 16세기의 강호는 실제 경관이 아니라 불변의 영속성을 지닌 사물로서 관념화 된 자연이었고, 17세기의 강호는 구체적인 현실세계이며 인정이 물씬 풍기는 생활공간, 일상적 삶의 자족감이 드러나는 자연이다. 둘째, 미학을 기준으로 구별한다면, 16세기의 강호시가가 정적감, 어둠과 흰 달이 존재하는 간결한 묵화적 풍경, 절제와 평담의 내면지향과 조응되는 시적 상관물이 등장한 반면에 17세기에는 은빛물결 일렁이는 아름다운 채색화의 풍경과 강호에 대한 심미적 인식과 고양된 흥취가 나타난다. 즉, 다시 말하자면 평담의 미학에서 흥취의 미학으로 변화하였다.

소론계의 한역시에서 가장 많은 숫자를 차지하는 것이 바로 江湖歌道系 한역시(49)이며 그 가운데 대부분을 차지하는 것은 강호자연에서 한가롭고 평화로운 분위기를 즐기며, 걱정・근심・욕심없이 여유롭게 지내는 모습이 주를 이루는 江湖閑情이며 君德이나 君恩을 노래한 작품은 이항복의 시조를 번역한 경우 외에는 거의 발견되지 않는다.

李恒福

江湖에 期約을 두고 十年을 奔走ᄒ니

그 모른 白鷗는 더듸 온다 ᄒ려니와

聖恩이 至重ᄒ시미 갑고 가려 ᄒ노라(117)

---

「感君恩曲」 ― 南肅寬

江湖留舊約, 十年計差池.

無情白鷗輩, 笑我尋盟遲.

君恩猶未報, 不忍浩然歸[275].

「白鷗盟」 ― 李裕承

縮約江湖閱幾春, 十年奔走軟紅塵,

無情鷗鳥休相笑, 擬報君恩未暇身[276]

강호에의 은거를 기약한지 십년이 지나도록 돌아가지 못한 이유는 지극히 소중한 임금의 은혜에 보답하기 위해서라는 사대부적인 의식이 충만한 내용이다. 이러한 자아에 대해 강호의 白鷗는 나를 비웃기지만 자아의 관심은 '君'에 집중되어 있다. 16세기의 전형적인 사대부인 이항복의 임금의 은혜에 대한 심정이 토로된 위의 내용에 대해 남숙관과 이유승 모두는 강호로의 귀환을 미루는 자신을 비웃는 白鷗를 '無情之物'로 묘사하고 있다. 이로 볼 때, 양자가 17세기~19세기라는 현격한 시공의 격차에도 불구하고 治人·忠義라는 중세 사대부의 이념에 근거하고 있으며 그 이념의 가치는 개인의 신의의 가치보다 절대적인 우위에 서 있다.

---

275) 南肅寬, 「感君恩曲」, 심재완, 『역대 시조전서』, 세종문화사, 43면 참조.

276) 심재완, 전게서, 45면 참조.

위의 한역시에서 나타나듯이 소론계 학인들에게 忠義에 바탕한 治人이 개인적 신의에 보다 우선하기는 하지만 이들에게서는 적어도 17세기의 노론계 인물들의 강호시가에 나타나는 유교적 이념에 바탕한 미의식이나 교화적 특성들은 많이 약화되었다.

한 예로, 송시열은 16세기 강호가도의 담당층으로서 사림이 자연에서 天理를 발견하고 그것을 인간의 심성 속에다 내면화시켜 天人合一 혹은 物我一體의 참된 즐거움을 희구한 전통을 계승하였다. 그는 시작의 우열이 선비의 덕목에 포함되지 않는 '小技'[277]라고 하며, 시의 고하는 자연의 상태에서 우러나는 것[278]이라고 하였다. 이 때문에 그는 閔鼎重(1628~1692)이 편수한 「五倫詩」의 後序에서 시라는 양식을 채택한 이유가 선을 좋아하고 악을 싫어하는 마음을 흥기 시키려는 五倫의 교화 때문임을 밝혔다[279].

시에서 형식의 공교로움을 추구하기보다 성정에서 유로되는 자연스러운 시의 창작을 강조한 송시열의 의도는, 시를 통한 교화보다는 '性情之正'의 회복에 있었다. 심성수양에서의 시의 효능을 강조한 주자의 설을 그대로 채용하는 보수적 관념은 조선전기의 李珥와 유사하다. 이이는 시의 본원이 '優游忠厚하여 正으로 돌아가게 한다[280]'고 하며 시의 인생에 대한

---

277) 宋時烈, 「語錄, 崔愼錄」, 『宋子大全, 附錄』 卷18(『叢刊』 V.115), 555면. "問, 士之不能作節句律詩者何如? 先生曰, 詩詞, 作之可也, 不作亦可也. 不能作詩詞, 何害之有?"

278) 宋時烈, 「洪忍齋遺集序」, 『宋子大全』 卷137(『叢刊』 V.112.), 535면. "余嘗得以玩賞, 則其詩溫厚和平, 不役於節奏之標格, 而有自然之音響."

279) 宋時烈, 「書閔台叟所編五倫詩後」, 『宋子大全』 卷147(『叢刊』 V.113.), 163면. "然必以詩爲主者, 豈非以諷詠抑揚之間, 其感人易以入, 而興起其好善惡樂之心?"

280) 李珥, 「精言妙選序」, 『栗谷先生全書』 卷13(『叢刊』 V.44), 271면. "詩本性情, 非矯僞而成, 聲音高下, 出於自然. 三百篇, 曲盡人情, 旁通物理, 優柔忠厚, 要歸於正, 此詩之本源也."

의의를 '淸和를 宣揚하여 가슴속의 찌꺼기와 더러움을 씻어내는 것'으로 정의하였다. 이것은 송시열을 중심으로 한 노론계 학인들이 心性修養, 性情之正으로의 회귀, 民衆敎化 등의 주자주의적 시관을 면면히 계승하고 있음을 알게 한다.

이와 같이 17세기의 사림파는 '敬을 통한 內聖의 實踐'이라는 공분모를 바탕으로 도덕적 실천 의지를 공고히 하여 표현 기교의 미적 추구를 통한 작시 원칙을 반대하고 성정의 함양에서 우러나는 자연스러운 시를 강조하였다. 사림파의 미의식은 문자의 繪飾을 일삼지 않고 자연스러운 가운데 妙趣가 있는 '沖澹蕭散', 現實을 멀리하며 事物에 집착하지 않고 超然한 자세를 취하는 '閒美淸適', 人慾을 씻고 淸澄한 정신을 찾으려는 데서 형성되는 '淸新灑落' 등으로 특화된다[281]. 이러한 그들의 문학관은 한마디로 '以道爲文' 즉 시문이 도에 종속되며 특별히 문학에 전심하는 태도를 배격하였다고 할 수 있다.

송시열을 비롯한 주자주의 학통을 고수한 문인들은 景物에 대한 興趣뿐만 아니라 자연 속에 내재하는 理趣를 추구하려 한 九曲歌系의 한시나 생활공간 주변의 아름나운 경관을 노래하는 八詠詩 혹은 十詠詩를 주로 한역하였다. 이러한 작품은 외형상으로 경물의 아름다움에 대한 홍취를 노래한 듯하지만 그 이면은 '心性'과 '道體'를 자연물과 연관지은 것이 많다. 이 때문에 그들은 주로 '심성'과 '도체'를 제재로 한 구곡가 계열의 시조의 한역에 집중하였다. 그 대표적인 예가 송시열과 그 제자들에 의한 「高山九曲歌」의 한역이다[282].

---

281) 임형택, 「16世紀 士林派의 文藝意識」, 『한국학논집』 3집, 계명대 한국학연구소, 1980, 552~553면 참조.
282) 이들은 「고산구곡가」를 한역했을 뿐만 아니라 畵屛으로 만들어 감상하며 그 정신을 본받고자 하였다.(김명순, 「朝鮮後期 時調 漢譯의 樣相과 意味」, 『韓國漢文學』

송시열과 李賀朝(1664~1700)는 「高山九曲歌」 전체를 한역하였고 그 외, 金壽增[283] · 金昌翕 · 權尙夏[284] · 宋疇錫(1650~1692)[285] · 李喜朝(1655~1724)[286] · 權尙夏 · 宋奎濂 · 鄭澔(1648~1736)[287] · 李畬(1645~1718)[288] 등은 각각 한 수씩을 한역하였다. 이들을 나란히 기록하는 이유는, 역대 작가의 시조 한역을 집대성 한 『時調漢譯總攬』에 수록된 3,335여 수의 한역시 가운데 이들이 한역한 것이 도학가 계열의 전형적 창작물인 「고산구곡가」

---

22집, 1998, 385면 참조.

283) 金壽增(1624~1701) : 아우이자 金昌翕의 아버지인 金壽恒(1629~1689)이 老論 4大臣의 한 사람으로 南人이 재집권한 己巳換局(1689, 숙종 15) 때 진도에 유배되어 사사되자 강원도의 화천군에 은거할 땅을 마련하고 籠水精舍를 짓고 朱子의 행적을 모방하여 '谷雲九曲'이라 명명하고 曹世傑을 시켜 「谷雲九曲圖」를 그리게 하였다.

284) 權尙夏(1641~1721) : 송준길·송시열의 학문에 전념하여 송시열로부터 의복과 서적을 유품으로 물려받을 정도로 아낌을 받았다. 己巳換局으로 송시열이 죽자 그의 유언에 따라 華陽洞에 萬東廟를 짓고 명나라의 神宗과 毅宗을 제향하는 등의 大明報恩 사업에 앞장섰다.

285) 宋疇錫(1650~1692) : 송시열의 손자. 할아버지 송시열이 朴世采·李端夏 등과 문답한 時事를 정리하여 『香洞問答』을 완성했다. 저서로 당쟁에 얽힌 집안 일을 기록한 『構禍事實』이 있다.

286) 李喜朝(1655~1724) : 송시열의 高第로 유명한 李喜朝는 李賀朝의 형으로, 辛壬士禍로 노론의 4대신이 유배될 때 靈巖으로 귀양갔다가 鐵山으로 유배되는 도중 죽음을 맞이하였다. 그리고 이들 형제의 아버지인 李端相(1628~1699)은 金昌翕·金昌協 형제의 스승으로 성리학에 뛰어났던 인물이었다.

287) 鄭澔(1648~1736) : 송시열의 문인. 鄭澈의 현손. 1689년 기사환국으로 인현왕후가 폐출될 깨 경성으로 유배되었다가 1894년 갑술옥사로 인현왕후가 복위되면서 풀려났다. 이 1715년 소론인 윤증이 스승 송시열을 배반하고 당쟁을 조장했다는 내용을 『家禮源流』의 발문에 썼다가 당쟁이 격화되어 파직당했지만 다음해 노론이 승리하자 대사헌에 기용되었다. 1717년 소론의 반대를 물리치고 세자(뒤의 景宗)의 대리청정을 건의하여 시행하게 하였다. 신임사화로 노론 4대신과 함께 파직되었지만 1725년(영조 1) 노론이 재집권하면서 영의정에 이르렀다. 일생 노론의 선봉으로 활동하였고 성리학에 밝았다.

288) 李畬(1645~1718) : 송시열의 문인. 1686년의 기사환국으로 송시열과 함께 면직되었다가 1894년 갑술옥사로 형조참판에 발탁되었고 1703년 좌의정을 거쳐 二 ㅋㄹ 영의정에 올랐다. 도성수축·과거제 문란 등의 문제로 최석문과 대립하였다.

라는 사실과 이를 한역한 이들이 주로 노론계의 핵심 인물이며 송시열과
사제관계 또는 혈연 관계로 긴밀히 연결되기 때문이다.

> 一曲(二數大葉, 李珥)
> 高山 九曲潭을 사름이 모로더니
> 誅茅卜居ᄒ니 벗님늬 다 오신다
> 어즈버 武夷를 상상ᄒ고 學朱子을 ᄒ리라
>
> ─────────
>
> 宋時烈(1)
> 高山九曲潭, 世人曾未知 / 誅茅來卜居, 朋友皆會之 / 武夷仍想象,
> 所願學朱子.
>
> 宋時烈(2)
> 五百天鍾地炳靈, 栗翁資稟粹而淸, 高山九曲幽深處, 汩(氵+號)寒流
> 點瑟聲
>
> 李賀朝
> 一盃聊欲賀山靈, 九曲溪潭乃爾淸, 早得先生爲地主, 高名千古○○聲.

「고산구곡가」는 주자의 가르침을 배우기 위해[學朱子] 이이가 「武夷櫂
歌」[289]를 모방하여 지은 것으로, 그의 유가적 이념과 사대부적 의식이 연
시조 형식으로 작품화 된 것이다. 一曲에서 九曲에 이르기까지의 전체적
인 한역 형식은 이이의 시조를 송시열이 逐字 形式으로 6句로 충실히 한
역한 다음, 그 자신의 의경을 첨가하여 七言絶句 형식으로 새로 짓고 또
그의 제자들 역시 칠언 절구의 형식으로 송시열의 한시와 유사한 의경의

---

289) 朱熹, 「武夷櫂歌, 其一」 "武夷山上有仙靈, 山下寒流曲曲淸, 欲識箇中奇絶處, 櫂
　　歌閑聽兩三聲."

시로 창작하는 형태를 이루고 있다.

「고산구곡가」의 序言에 해당하는 위의 작품에서 이이가 '學朱子'를 위해 가장 먼저 제시한 방법은 '卜居' 즉 지속적인 생활 터전의 확립에 있었던 반면에 주자의 「무이도가」는 배를 타고 武夷山의 곳곳을 유람하는 뱃노래의 형식이다. 내용 면에서 송시열의 의경으로 새롭게 구성된 시는, 이이나 주자와 달리 孔子와 曾點의 일화를 채용하여 주자와 이이의 관계를 연관지으며 찬미를 주로 하였다. 이러한 의경의 재구성은 이하조의 시에서도 마찬가지로 나타난다. 이처럼 송시열을 비롯한 노론계 핵심 인물들의 강호시가들이 유교적 이념이나 가치관, 미의식 등을 주로 노래한 교훈성 시조에 관심을 기울였다면, 소론계의 학인들의 강호는 구체적인 현실세계이며 인정이 물씬 풍기는 생활공간, 일상적 삶의 자족감이 드러나는 자연이며 심미적 인식과 고양된 흥취가 나타나는 곳으로 변화되고 있다.

A. 無名氏
뭇노라 져 禪師야 關東風景 엇더터니
明沙十里에 海棠花 불것ᄂᆞ듸
遠浦에 兩兩白鷗ᄂᆞ 飛疎雨를 ᄒᆞ더라(1097)

關東風景問何如, 山僧向我說依俙. 明沙十里棠花外, 夕陽疎雨鷺雙飛[290].
釋子相逢無別語, 關東風景也如許. 明沙十里海棠花, 兩兩白鷗飛小雨.[291]

B. 無名氏
黃山谷 도라드러 李白花를 것써 들고

---

290) 洪良浩, 「關東」, 『耳溪集』 卷2(『叢刊』 V.241), 19면.
291) 申緯, 「十洲佳處」, 『警修堂全藁』 册17(『叢刊』 V.291), 384면.

陶淵明 츠즈이라 五柳村에 드러가니

葛巾에 술듯는 소릭 細雨聲인가 ᄒ노라(3297)

---

黃山谷裏蕩春光, 李白花枝手折將. 五柳村尋陶令宅, 葛巾漉酒雨浪浪[292].

三春澹蕩黃山谷, 一朵嬋姸李白花. 漉酒聲聲春雨滴, 門前五柳先生家[293].

C. 無名氏

瀟湘江 細雨中에 삿갓 쓴 져 老翁아

뷔 빅를 저어 어드러로 向ᄒ는다

太白이 騎鯨飛上天後 ㅣ민 風月 실너 가노라(1659)

---

瀟湘江細雨中, 簑衣蒻笠一漁翁. 浪頭駕扁舟, 借問向何處, 李白騎

鯨飛上天, 欲載風月采石去[294].

細雨瀟湘簑笠翁, 扁舟一葉大江東. 李白騎鯨天上去, 載歸明月與淸

風[295].

소론계의 강호 한역시 가운데 A・B・C는 二人 이상에 의해 번역되고
강호한정을 노래한 한역시의 보편적인 소재 즉, 江・雨・舟・酒・花・老
翁 등으로 구성된다는 측면에서 그 일반성을 인정할 수 있다. 또한 이들
강호시가에 나타나는 미적 공간 역시 九曲 혹은 別曲歌 계열의 미적 공간
이 제명에 나타난 특정한 공간으로 한정되는 협소와 폐쇄성을 보이는 것
과 달리, 소론계 강호시가의 미적 공간은 특정 지역에 한정되거나 패쇄적

---

292) 申緯, 「冶春」, 『警修堂全藁』 册17(『叢刊』 V.291), 383면.

293) 李裕元, 「憶秦娥」, 『嘉梧藁略』 册1(『叢刊』 V.315), 28면.

294) 南肅寬, 「采石風月歌」. ; 강전섭, 전게서, 163면 참조.

295) 李裕元, 「一葉索」, 『嘉梧藁略』 册1(『叢刊』 V.315), 28면.

이지 않은 열린 공간으로 형상화된다. 그곳은 佛·俗, 貴·賤, 物·我의
구분이 없이 모두가 함께 하는 공유의 공간이다. 이러한 강호는 생활에
인접한 사실적인 실존의 공간으로 꽃피고 술 따르는 소리, 비 내리는 일상
의 흥취가 어린 공간이다. 이러한 모습은 16세기의 사림 도학가들의 강호
시가와는 뚜렷한 대조를 이룬다.[296]

　소론계의 강호 한역시가에 나타나는 일상적인 삶의 공간으로서의 자연
공간의 존재에 대한 긍정은 무엇에 기인하는가? 그것은 사람의 삶에서의
'情'의 가치를 강조하며 허위적인 원망과 사모, 수식이 없는 진솔한 정을
강조한 박세당의 詩觀[297]에서 나타나는 성정의 진솔함의 강조에서 기인
한다. 정서의 개별적 측면을 보다 강조한 박세당의 의식은 이후의 소론계
학인들의 문학창작론에서 그 영향성이 감지되며 구체적인 창작의 영역 가
운데, 시조 한역의 전통에서 그 영향을 감지할 수 있다. 즉 노론계의 인물
들이 특정 주제 즉 주자주의 이념, 사대부의 가치관, 도학적 미의식 등의
주제에 대한 필연성이 전제된 평시조의 연장체인 연시조에 관심을 기울였
다면, 소론계의 학인들은 주자주의적 관념의 한계를 인식한 바탕 위에 한

---

296) 16세기 도학가들의 강호시가가 樓·亭·書院·谷 등의 협소하고 폐쇄적인 공간에서
　　유가의 이념에 바탕한 자기 수양에 골몰하며 자연에서 객관정신으로서의 天理를 발
　　견하고, 그것을 다시 心性 속에 내면화시킨 天然合一을 眞樂으로 간주하던 모습과는
　　분명한 대조를 이룬다는 것은 부인할 수 없다.
297) 박세당은 '思無邪'를 善과 동일한 개념으로 파악하지 않고 '情에서 나와서 虛僞로
　　꾸며내는 말이 없는 것'으로 해석하여 그것이 善惡의 판단에 직접적으로 관여하지 않
　　는 것으로 해석하였다. 그는 사람은 나면서 情을 가지며 그 종류에는 기쁨·성냄·슬
　　픔·즐거움 등이 있고 이것들이 마음에 쌓이면 말로 나타나지 않을 수 없어서 말에
　　長短·節奏가 있게 된 것이 詩라고 하였다. 즉 詩를 情宜의 표현으로 보고, 특히 '思無
　　邪'가 꾸밈없는 情의 발로 즉 '情之眞'인 '詩'를 말한 것이라 생각하였다. 이러한 견해
　　는 性情陶冶의 수단이나 純善한 情을 강조한 주자나 김창협 등과는 현저한 차이를
　　나타낸다.(金興圭, 前揭書, 67~70면 참조.)

글의 가치를 인식하며 시조 한역의 전통을 확립하였다. 또한 소론계 학인
은 유교적 이념이나 도학적 미의식을 대표하는 이황의 「도산십이곡」이나
「훈민가」를 한역하는 경우에도 자신의 의사를 적극 반영하여 거의 새로
운 의경으로 재창조하거나 생활에 필요한 권농 등의 작품에 주로 치중하
였다. 노론계와 비교할 때, 수적으로 비교가 안될 정도의 많은 시조를 한
역하면서도 구곡가 계열이나 훈민가 계열의 시조를 거의 한역하지 않은
이유는 무엇일까? 이에 대한 단초는 홍량호에게서 발견된다.

> 李滉
> 古人도 날 몯보고 나도 고인 몯뵈
> 古人을 몯봐도 녀던 길 앞픠 잇늬
> 녀던 길 앞픠 잇거든 아니녀고 엇뎔고
> _____
>
> 옛 사람 지금 사람 기다리지 않는데          古人不待今人
> 지금 사람 오히려 옛 사람 생각하네.          今人還思古人
> 옛 사람 비록 이미 멀리 있다 해도,          古人雖已遠
> 살던 곳에서는 또 지금 사람이었네.          行處又今人
> 지금 사람 옛 사람에 못 미친ᄃ 마소          莫道今人古人不相及
> 聖賢과 나도 모두 이 사람인 것을.          聖賢與我均是人(洪良浩)

유명한 이황의 「도산십이곡」 가운데의 한 수를 한역한 것이다. 원작자
인 이황은 '古人'의 의미를 '典範', '準據'로 설정하여 그것의 학습을 목표삼
았다. 그 방법으로서, 그는 끊임없는 학적 자세의 견지를 제시하였다. 그러
나 홍량호는 '고인'을 전범화 하는 이황의 학문 자세에서 벗어나 '고인' 역
시 그가 살던 시대에서는 또 한 사람의 '今人'이었음을 지적하며 '고인'의
의미를 현재의 나와 대칭되는 相對的 존재로 이해하였다. 즉 '고인'은 과거

의 '금인'이며 나는 미래의 '고인'으로 이해한 것이다. 이러한 의식 구도하에 그는 지금 사람은 옛 사람에 미치지 못한다고 떠들어대며 '思古人'에 목매는 당대의 풍조를 비판하였다. 여기에서 도출된 결론이 바로 '聖賢과 나는 모두 동등한 인간'을 의미하는 '聖我均人'의 개념이다. '聖我均人'과 연계되는 '古'의 절대성 파괴의 움직임은 다음의 인용문에서도 확인된다.

古는 당시의 수이요, 수은 후세의 古이다. 古가 古되는 이유는 年代 때문이 아니다. 대개 말로 전할 수 없는 부분이 있어서이다. 예컨대 古를 귀하게 여기고 수을 천하게 여긴다면[貴古賤今], 道의 의미를 알지 못함이다. 세상 사람 가운데 古에 뜻을 둔 자는 그 이름만을 흠모하여 그 자취에 고착되었다. 예컨대 음악을 배우는 자가 북채를 쥐고 土鼓를 치면서도 韶武의 변화를 모르고 음미하기를 좋아하는 자가 大羹을 맛보고서도 간이 맞는지 어떤지를 모르는 것과 같다. 그러면서 사람들에게 말하기를,
"나는 古에 能하다"
고 한다.
'古에 能하다'고 하는 것, 이것이 어찌 옳겠는가?[298]

위는 상대주의적인 '古今觀'에서 '古'만을 귀하게 여기고 '今'을 천시하는 의고 혹은 상고적 풍조를 비판한 글이다.[299] 그렇다면 비롯된 '聖我均人論'은 홍량호만의 것인가?

---

298) 洪良浩, 「稽古堂記」, 『耳溪全書』 卷13, 264면. "古者, 當時之今也. 今者, 後世之古也. 古之爲古, 非年代之謂也. 蓋有不可以言傳者. 若夫貴古而賤今者, 非知道之言也. 世有志於古者, 慕其名而泥其跡, 譬如學音者, 執追鑧而拊土鼓, 不知韶武之變. 好味者, 把汗樽而啜大羹, 不識鹽梅之和, 號於人曰, 我能古也. 我能古也, 其可乎哉?"
299) 진재교, 「홍량호 시문학에 있어서 민족정서의 수용과 형상화」, 성균관대 박사 논문, 1992, 83~85면 참조.

實學의 선구로 일컬어지는 이수광은 실천성의 부족과 도문학의 강조로 인한 번쇄함을 극복하기 위해 성현의 글을 벗삼고 자신의 마음을 벗삼는다는 '事心論'을 주장하였다[300]. 마음은 누구나 가지고 있는 것이며 요순의 '精·一'의 법칙과 공자의 도덕의 '體·用'이 두루 구비된 것이다. 그러한 마음에 비한다면 '執經'이나 '問學'은 사소한 것에 불과하다. '사심론'에 비추어 볼 때, 심득이나 자득이 없는 공부, 도학 만을 중시하는 학문 태도는 당연히 비판의 대상이었다. 이러한 태도는 경전에 대한 태도와 학습 방법에 대해서도 변화를 요구하게 되었다.

주자주의를 표방하는 노론을 비롯한 보수적 유자들이 주자집전을 전범으로 경전을 학습하던 태도는 당연히 거부되고 '성인은 배울 수 있고, 이를 위해서는 성인의 말씀이 담겨있는 육경에 주목할 것'을 강조하였다[301]. '육경을 배운다' 함은 육경의 문자를 학습함이 아니라 문자로 표현된 성인의 정신을 배운다는 것이다, '聖人의 마음인 六經'은 문자가 아닌 마음으로 구해야 얻어질 수 있는 것이다[302]. 이러한 '聖人可學'의 정신이 홍량호의 시대에 이르러 '聖我均人'의 형태로 변모된 전화한 것이다. 단순한 학습의 전범의 범주를 넘어서 고금의 상대주의적인 시각에 입각한 그에게는 성인도 나와 같은 인간임을 전제로 나 역시 심득을 통하면 성인이 될 수 있다는 '聖我均人'의 형태로 발전한 것이다[303]. 이러한 상대주의적인 사고

---

300) 李睟光, 「東園師友對」, 『芝峯集』 卷21(『叢刊』 V.66), 192면. "師莫嚴乎心, 而執經非實師莫尙乎心, 而問學爲末."

301) ① 李睟光, 「采薪雜錄」, 『芝峯集』 卷24(『叢刊』 V.66), 256면. "學以聖賢爲的, 而今學者自視太卑, 斷然以聖賢爲不可學. 是甘爲小人, 而不甘爲聖賢, 豈所謂學哉?" ② 李睟光, 「警語雜編」, 『芝峯集』 卷29(『叢刊』 V.66), 300면. "聖人之言, 著在六經."

302) 李睟光, 「警語雜編」, 『芝峯集』 卷29(『叢刊』 V.66), 301면. "六經, 聖人之心也. 學者以心求經則得之, 以文字看經則失之."

303) 고금에 대한 상대주의적인 시각은 홍량호보다 조금 뒷 시기의 朴趾源(1737~

를 바탕으로 홍량호는 나의 시, 우리식의 한시 짓기, 사대부의 한시나 민간의 시조·노랫가락 등에도 관심을 가지게 된 것이다. 바로 이 점이 소론계의 악부체 한시의 창작, 시조의 한역, 시작에서의 방언의 활용 등을 특징으로 하는 국문시가에 대한 관심을 설명해주는 중요한 사안이라 할 수 있다.

ⓛ 戀情類를 제재로 한 경우

소론계의 한역시에서 가장 많은 부분을 차지하는 江湖歌道(49) 다음으로 많이 등장하는 제재가 戀情(26)과 風流(26)이다. 특히 연정류 한역시에서 주목할 특징은 하나의 동일 작품에 대해 가장 많은 작가들이 한역하였다는 것이다.

無名氏
말은 가쟈 울고 님은 잡고 울고
夕陽은 재을 넘고 갈길은 千里로다
져 님아 가는 날 잡지 말고 지는 ㅎㅣ를 줍아라(992)

---

1805)에게도 나타난다. 박지원은 尙古主義者들이 고대를 이상화하면서 고대문학과 당대문학에 질적으로 현격한 차이가 있는 것으로 간주하는 것을 貴古賤今의 복고적 관점에 입각하여 역사의 흐름을 왜곡하는 행위라고 생각했다. 즉 도도한 역사의 흐름에 비추어 보면 고금의 구분은 어디까지나 상대적이고 유동적이기 때문이다. 현재의 시점에서 볼 때는 古인 시대도 그 당시의 시점에서는 今이며, 현대 역시 千秋萬世 뒤에는 古로 간주될 것이다. 이와 같이 今이란 古의 대비적 명칭일 뿐이므로, 자기 당대의 현실을 포함한 古文은 다름 아닌 그 시대의 今文인 것이요, 오늘의 현실을 충실하게 그린 今文도 후세에는 古文으로 간주될 것이 분명하다.(김명호, 『熱河日記研究』, 창작과비평사, 1990, 60~61면. ; ① 朴趾源, 「嬰妻稿序」, 『燕巖集』 卷7(『叢刊』 V.252), 110면. "古人自視, 未必自古. 當時觀者, 亦一今耳…中略… 然則今者, 對古之謂也." ② 朴趾源, 「贈左蘇山人」, 『燕巖集』 卷4(『叢刊』 V.252), 89면. "英謌今時近, 應古千載下".

---

無名氏

白馬는 欲去長嘶ᄒ고 靑娥는 惜別率衣ㅣ로다

夕陽은 已傾西嶺이오 去路는 長程短程이로다

아마도 이님의 離別은 百年三萬六天千日에 오늘뿐인가 ᄒ노라(1183)

　시조와 한시라는, 형식이 다른 두 양식을 어떠한 정형성을 바탕으로 연결시켰는가 하는 것은 한시화의 방식과 그 특징을 이해하는데 좋은 재료가 될 수 있다. 그러한 측면에서 위의 시조는 남구만[304]·남숙관[305]과 조선말기의 신위[306]와 이유원[307]에 이르기까지 여러 작가들의 공통적인 한역 대상이 되었다는 점과 특히 양반 사대부의 보편적 정서에서 벗어난 남녀간의 애잔한 이별의 정한을 묘사한 작품으로 이들의 한역 외에도 任埏 (1694~1750)[308]과 權用正(1801~?)[309] 등의 한역이 발견되고 民間歌謠[310]로도 변형되어 근세까지 그 명맥을 유지하는 등 그 인기가 꽤 오래도록 지속되었기에[311] 더욱 주목할 가치를 지닌다.

---

304) 南九萬, "**征馬啼欲去, 佳人啼欲留**, 夕陽落已盡, 客路千里悠, 佳人且收淚, 吾魂消幾流."

305) 南肅寬, 「惜別行」. "征馬行欲嘶, 佳人相挽啼, 夕陽在遙嶺, 去路千里兮, 佳人莫挽將行子, 須繫西日低."

306) 申緯, 「小樂府四十首」, 『申緯全集』 3집, 태학사, 1983, 1193~1194면. "欲去長嘶郎白馬, 挽衫惜別小娥靑. 夕陽冉冉衝西嶺, 去路長亭復短亭."

307) 李裕元, 「小樂府四十五首 - 沅郎歸」, 『嘉梧考略, 樂府』. "白馬靑娥長短亭, 夕陽欲暮掛西局. 去路悠悠望不盡, 把衫惜別約丁寧."

308) 任埏, 「鱗方曲」, 『㢛齋遺稿』. "征馬臨去嘶, 情人摻袂啼, 夕陽度西嶺, 歸路千里餘, 憑君莫挽我, 且駐咸池暉."

309) 沈載完, 『定本 時調大全』, 一潮閣, 1984, 267면 참조. "征馬蕭蕭頓碧蹄, 請君莫挽吾行住, 人情揮淚手中携, 挽住峰頭白日西."

310) 任東權, 『韓國民謠史』, 민음사, 1964, 139면 참조. "말은 가자고 네굽을 치는데, 정든 님 붙잡고 만단 정화하네."

달리고 싶은 본능에 재촉하며 우는 말과 시간의 흐름에 따라 저물어 가는 석양이 어찌 할 수 없는 이별의 슬픔에 눈물 흘리며 떠나려는 님의 옷깃을 부여잡는 여인네의 애끓는 심정과 묘한 대조를 이루고 있다.

형식상 시조 본연의 6구체를 충실히 반영한 남구만은 원시의 의미와 정감을 수용하는 한편 결구에서 떠나려는 당사자의 이별의 아픔을 한층 더 절실하게 묘사하여 '님아 눈물 거두소, 내 넋이 다 없어질 것 같소이대佳人且收淚, 吾魂消幾流]'라고 번역하였다.

남숙관의 경우에는 거의 원작시의 정감 재현에 충실하여 거의 직역 형태로 나타내고 있다. 이들 두 사람의 한역시는 이별의 정한에 대한 덧보탬이 부분적으로 나타나기는 하지만 원시의 어휘를 가능한 한자로 충실히 번역하여 나타내는 데 충실했다.

반면에 7언 4구의 한시 형태로 번역한 신위와 이유원의 경우에서는 '白馬郞', '小娥靑', '長亭', '短亭', '冉冉' 등의 한문식 어휘를 활용하여 그만의 새로운 의경을 창출하였다. 이유원 역시 이와 유사한 양상을 나타내었다.

이로 볼 때, 6구체의 한역시가는 원시조의 재현에 보다 치중한 반면 4구체 한역시가는 새로운 의경의 창출에까지 나아가 재창작의 문예적 성취를 이루었다고 평가할 수 있다. 이들의 정조와 달리 동일한 시조에 대해 민요에서는 '잡아서 될 것 같으면, 그대 잡을 리 만무 로다'는 여성 화자의 화답이 첨가된 형태가 발견되는데[312] 이러한 자신감에 찬 여성의 어조 또는 모습이 소론계 학인들의 한역시에서도 부분적으로 나타나기 시작한다.

양반사대부들의 연정류 시조의 대부분이 위의 시조처럼 별리의 슬픔을 담아낸 시조가 많은데 30여 수의 연정류 한역시 가운데 절반 가량이 이와

---

311) 李東歡, 앞의 논문 39~40면 참조 및 인용.
312) 박춘우, 『한국 이별시가의 전통』, 역락, 2004 참조.

유사한 정조를 담아 눈물어린 여인네의 모습을 그려내고 있다. 이와같이 이별의 슬퍼하는 주체는 대개 여성화자이지만 二妃의 정절을 못 잊은 聖帝魂을 읊은 한역시가도 있다[313]. 그 외 소론계의 한역시가에 나타나는 여인네들은 님을 위해 거울을 보고 눈썹을 고르며 단장하거나[314] 다른 여인을 사랑할까 의심하며 애교어린 질투의 모습을 보이는 경우[315], 낙엽의 바스락거림, 부는 바람에 조차 님일까 신경을 곤두세우는 모습[316] 등 섬세하다. 더욱이 서로 그리워만하며 괴롭게 사느니보다는 차라리 죽어 빈 산 달밝은 밤에 한 가닥 두견새 움음으로 님을 찾아가겠다는 애절한 피울음을 토해내는 경우가 있다.

> 無名氏
> 그려 사지 말고 차하리 시여져서
> 月明 空山의 杜鵑시 넉시되여
> 밤中만 슬아져 울러 님의 귀의 들리니라(358)

---

313) 李後白, 蒼梧山 聖帝魂이 구름조ᄎ 瀟湘에 ᄂ려/ 夜半에 흘녀들어 竹間雨 되온 뜻은/ 二妃의 千年淚痕을 못ᄂ 씨셔 홈이라(2731) → 李衡祥, 「瀟湘斑」, 『甁窩全書』. "蒼梧山聖帝魂, 雲物並瀟湘之寄, 夜半流入, 竹間相化意. 至今二妃冤淚不盡洗."

314) 朴熙瑞, "言約이 느져가니 碧桃花도 다 지거다/ 아츰에 우ᄂ 가치 有信타 ᄒ랴마ᄂ/ 그러나 鏡中蛾眉를 다스려나 보리라."(1989) → 李裕承, 「靈鵲報喜」, 『續小樂府』. "佳期腕春將暮, 看看桃花已盡飛. 朝鵲俄鳴雖未信, 聊爲鸞鏡理蛾眉"; 심재완, 전게서, 711면.

315) 金尙容, "思郎이 거즛말이 님 날 思郎이 거즛말이/ 쯤에와 뵈단말이 긔 더욱 거즛말/ 날 ᄀ치 줌.아니오면 어늬 쯤에 뵈리오(1405)." → 申緯, 「奉虛言」, 『警修堂全藁』 冊17(『叢刊』 V.291), 381면. "向儂恩愛非眞辭, 最是難憑夢見之. 若使如儂眠不得, 更成何夢見儂時"

316) 徐敬德, "ᄆ음이 어린 後 ㅣ니 ᄒᄂ 일이 다 어리다/ 萬重雲山에 어ᄂ 님 오리마ᄂ/ 지ᄂ 입 부ᄂ ᄇ람에 힝여 긘가 ᄒ노라."(956) →"吾心旣云醉, 事事皆成癡, 月沈到三更, 豈是人來時, 風鳴葉落聲, 猶復浪驚疑."(南九萬, 「黐方曲」, 『藥泉集』 第1, 『叢刊』 V.131, 431면.)

苦苦相思不欲生, 空山落月夜三更,
願化此身爲蜀魄, 一聲聲向降郞鳴.[317]

이러한 전통적인 여성상과 달리 소론계의 한역시에는 남의 님과 인연을
맺은 여인네의 모습이 그려지기도 한다.

無名氏
萬頃蒼波之水에 둥둥 썬는 불약금이 게올이들과
비솔금성 중경이 동당강상녀시 두르미드라
너썬는 물 깁 를 알고 둥썬는 모르고 둥썬는
우리도 남의 님 거러 두고 깁  을 몰라 ᄒ노라(964)

萬頃蒼波之水, 鸜鵒鸕鷀鷗鷺鴨共浮沈,
問爾浮沈在水面, 能知水淺深,
嗟乎水雖深猶可測, 孰知世路與人心[318].

한없이 넓은 바다에 떠있는 머리감는 새·거위·오리를 비롯하여 금슬
좋은 징경이와 동당과 강성에 있는 너새, 두루미들에게 남의 님과 인연을
맺어놓고 그 애정의 깊이를 알 수 없을 정도라고 말하는 내용이다. 원시에
서 가장 중요한 종장의 '우리도 남의 님 거러 두고 깁픠을 몰라 ᄒ노라'하
는 부분이 홍량호의 한역시에서는 '뉘라서 世路와 人心을 알겠는가?'라는
표현으로 직접적인 한역을 회피하며 남녀간의 애정 문제를 세상 인심에
대한 이야기로 전환함으로서 사대부다운 의경을 창출하였다.

317) 李裕承, 「續小樂府」(심재완, 『歷代 時調全書』, 세종문화사, 1972, 126면 참조.)
318) 洪良浩, 「青丘短曲·萬頃波」, 『耳溪集』卷2(『叢刊』Ⅴ.241), 20면.

원시의 내용과 전혀 다른 이러한 의경의 재창조는 소론계 학인들의 의식에 사대부적인 보수관념의 한 줄기가 뿌리 깊이 박혀 있어서 사실적인 표현에 일정한 제한적 기능을 발휘하고 있음을 살펴볼 수 있다. 특히 위시조의 경우는 19세기의 대표적인 女唱歌曲으로 현재까지 그 명맥을 유지하고 있다[319]. 남녀의 애정에 관한 이러한 작품들은 그 주제나 정조 자체도 상당히 感覺的이고 庶民的[320]이어서 소론계 학인들이 민요의 세계에 근접 혹은 밀착되어 있음을 알게 한다.

ⓒ 現實 批判 및 諷刺를 제재로 한 경우

시조에는 위선과 허위에 가득찬 인심을 비판·풍자하는 노래가 많지 않다. 그렇지만 소론계의 한역시에는 현실 세태를 비판하거나 풍자하는 노래가 상대적으로 많이 나타나지는 않는다. 그 가운데 박세당과 이형상은 조선의 개국공신에 임명된 李稷(1362~1431)이 자신의 행위를 옹호하고 정당성을 부여하기 위해 표리부동한 인물에 대한 풍자의 목적으로 지은 「가마귀 검다ᄒ고」의 한역에서 세태의 표리부동함을 지적하는 풍자적 한역시를 지었다.

李稷
가마귀 검다ᄒ고 백로야 웃지마라
겟치 검운들 속좃ᄎ 검울소냐

---

319) ① 이인숙, 「가곡의 노랫말 배자규칙에서 발견되는 특징들 – 平時調를 노랫말로 사용한 女唱歌曲을 중심으로」, 『한국음악사학보』 19집, 2004. ② 정창관의 국악CD 음반 세계 http://www.kukak.cd.pe.kr.

320) "닉 언지 無信ᄒ여 님을 속엿관닉, 月到三更에 온 뜻지 전혀 업닉, 秋風에 지는 닙소릭야 닉들 어니 ᄒ리오"(황진이) → "何曾妾無信, 乃與君相欺, 深夜遠來意, 而君諒不知, 鳴風落葉本無情, 渠自爲聲妾何爲."

것희고 속검운 즘싱은 네야 긘가 ᄒ노라

――――――

朴世堂

| | |
|---|---|
| 까마귀 검고 백로깃 희다지만 | 烏黑鷺羽白, |
| 백로야 까마귀 검다고 비웃지마라 | 鷺來笑烏黑 |
| 까마귀 백로에게 인사하며, | 烏謝謂鷺言 |
| 네가 희다지만 난 굴복하지 않아 | 汝白吾不伏. |
| 내 비록 깃털이 검지만은 | 吾雖毛羽黑 |
| 살갗은 본래 결백하단다 | 肉膚本潔白 |
| 네 깃털 비록 희다지만 | 汝縱毛羽白 |
| 살갗은 도리어 비루하고 더럽구나 | 肉膚反陋黑. |
| 우리 서로 表裏가 不同하다지만 | 表裏各不同, |
| 어찌 속이 결백한 나만 같을까? | 寧如肉潔白.321) |

――――――

李衡祥, 「忠邪辨」

| | |
|---|---|
| 새가 날마다 목욕한들 | 鳥雖日浴, |
| 백로가 까마귀 못되고 | 不白還黑, |
| 사탕수수가 햇볕을 쬔들 | 蔗雖日曝, |
| 단맛이 어찌 짠맛이 되리? | 旣甛何鹽? |
| 청컨대 천하의 물상을 보게나 | 請觀天下物, |
| 털끝에서 인심의 炎涼이 변한다네 | 豪釐判炎涼322) |

――――――

李衡祥, 「表裏叱」

| | |
|---|---|
| 까마귀 검기는 하지만 | 莫黔非烏 |

――――――

321) 朴世堂, 「演俗言四首」, 『西溪集』 卷3(『叢刊』 V.134), 51면.
322) 李衡祥, 「今俗行用歌曲, 忠邪辨」.

| 백로야 또 비웃지 말아라 | 白鷺且莫笑 |
|---|---|
| 깃은 깨끗하지 않지만 | 毛雖不潔 |
| 속도 겉과 같을까? | 裡豈如表 |
| 겉희고 속검은 것은 | 表白裡黑 |
| 사람들은 너라고 하지. | 人熟汝要[323] |

풍자적 의미의 시조를 한역한 것에는 위에 제시한 「가마귀 검다ᄒ고」外에도 「忠邪辨」・「荊王冤」(이수)・「小大感」・「落葉護」 등이 있다. 이 外에 박세당은 '말 가는데 소도 간대[馬亦行牛亦行]'는 우리 속담을 자유로운 5구의 한시 형식으로 표현한 「演俗言四首」를 지었다.

속언・속담의 한시화는 다른 이들의 작품에 잘 등장하지 않는 독특한 양식으로 소론계 학인들의 국문시가론에 대한 개방적이고 수용적인 자세가 일반적인 속담의 수용에까지 그 폭이 확장되었음을 의미해 준다[324].

### ② 士大夫的 世界와 美意識의 反影

이형상은 「今俗行用歌曲」 55수와 「長歌」 4수, 「浩皞謳」 16수, 「圃隱歌」와 「冶隱歌」 2수 등 모두 77수의 시조를 한역하였다. 그 가운데 가장 많은 한역 작품이 수록되어 있는 「금속행용가곡」에는 道學・忠義 등의 유교적 이념을 나타낸 것과 강호한정・풍류 등의 사대부의 의식세계와 생활 감정을 나타낸 것, 그리고 인생살이를 다룬 것 등이 대부분이며 애정을 노래한 것은 한 수도 없다.

---

323) 李衡祥, 「今俗行用歌曲」.

324) 朴世堂, 「演俗言四首」, 『西溪集』 卷3(『叢刊』 V.134), 51면. ; ① "釜底黑鼎底黑, 鼎底雖黑釜未白, 釜底莫笑鼎底黑, 由來此醜誰所取, 總爲將軍不負腹." ② "馬亦行牛亦行, 牛行雖遲馬行速, 馬行百里牛亦得牛言我後君且先, 日暮期君店門前." ③ "斑鳩子爾莫稱, 養來六翮猶未齊, 那能便越前山岡, 人生分量須自知, 事到難時悔已遲."

未詳

入門하여 나아가면 規模 절로 정해 있다

語孟詩書가 이로조차 거치시니

하물며 次序도 있으니 어찌아니 밝힐고

---

「大學遺」, 李衡祥

入門在卽, 規模自定, 語孟詩書, 由此可徑, 矧有次第, 何敢聽螢

---

「大學曲」, 高應陟

훈권 大學册이 엇디ᄒ야 됴흔글고

나슬고 놉사니 긔아니 됴흔글가

나속고 놉소길 그리 아니라 안닐어 므슴ᄒ료

위는 『大學』의 章句를 노래한 11수[325]의 한 수로 高應陟(1531~1605)
이 『大學』 및 경전의 주요 내용을 '歌曲'의 제명으로 노래하여 23題 28首
의 시조를 남긴 것[326]과 대응된다. 이형상은 『대학』을 四書·三經 학습
의 관문이며 학문의 차서를 밝힌 학적 가치에 주안을 두었다면 고응척은
'나와 남'을 위한 공생의 방법이 수록된 책이라고 평가하였다. 양자간의
견해는 한역시의 제명에도 반영되었다. 고응척은 'ㅇㅇ曲'과 'ㅇㅇ歌'로
일관되게 표현하는 특성을 나타낸 반면에 이형상은 학문의 차서를 고려하
여 'ㅇㅇ遺, ㅇㅇ綱, ㅇㅇ推, ㅇㅇ總, ㅇㅇ判, ㅇㅇ圾, ㅇㅇ關, ㅇㅇ鑰,

---

325) 이형상 : 大學遺, 明德綱, 新民推, 至善總, 心性判, 格致圾, 誠意關, 正心鑰, 修
　　身訣, 靈臺澈, 學工博
326) 고응척 : 大學曲, 立德門曲, 明明德曲, 新民曲, 至善曲, 君子曲, 小人曲, 格致曲,
　　誠意曲, 正心曲, 修身曲, 治國曲, 平天下曲, 天地一家曲, 仁智曲, 唐虞曲, 鳶魚吷,
　　然然曲(2수), 晝夜曲(2수), 磨石曲(2수), 浩浩歌(3수)

○○訣, ○○澈, ○○博'으로 명명하였다. 이것은 고응척의 작품과는 별
도의『大學』장구를 시조화한 노래가 불렸으며 이형상이 그것을 모아서
連作詩의 형태로 한역하여 수록하고 있음을 알 수 있다.

이형상이 63세~69세 사이에 한역한 「호파구」 16수에는 「節操祝」 1수
를 제외하고는 「금속행용가곡」인 「장가」에 많은 유교적 관념이나 교훈·
충의에 대한 노래가 없고 安分·隱逸·歎老·人生苦·世態諷論·道仙의
世界 등의 내용을 담았으며 애정시조는 역시 수록하지 않았다.

> 陋巷樂
>
> | | |
> |---|---|
> | 十年을 經營ᄒ야 | 十年經營久 |
> | 草廬 흔間 지어ᄂ니 | 草屋一間設 |
> | 半間은 淸風이요 | 半間淸風在 |
> | 半間은 明月이라 | 又半間明月 |
> | 江山은 드릴듸 없스니 | 江山無置處 |
> | 들너 두고 보리라 | 屛簇左右列 |

위는 안분자족하며 강호에 은거하는 삶의 즐거움을 노래한 金長生의 시
조를 한역한 것으로 이와 유사한 정조의 작품에는 「路松勸」·「弊屐閔」·
「安分勅」·「漁父約」 등이 있다.

「금속행용가곡」과 「호파구」에 나타나는 작품 성향의 차이는 그의 삶의
행태와 관련되는 것으로 이해된다. 즉 「금속행용가곡」은 그가 목민관으
로 복무하던 시기인 55세 이전에 거의 대부분이 한역되었기에 치자로서의
자세, 유교적 이념, 학문 등과 관련된 내용에 관심이 기울었고 관직에서
물러난 永川의 浩然亭에서의 노년기에 지어진 「호파구」는 그의 노경의
삶의 정서와 회한을 대변한 때문에 양자간의 이러한 변화가 나타난 것으

로 이해된다.

이형상과 유사한 정조를 표출한 한역가에 南道振(1674~1735)[327]이 있다. 그는 남구만의 족친이며 南老星의 손자로「弄丸齋歌詞集」에 수록된 시조(3수)와「丸齋翁自傳」[328]에 작자 자신이 한역한「三疊歌」3수를 남겼다. 또한 아들 南肅寬이 지은「先考行錄」에도 한역된「白雲問答歌」2수와 또다른「三疊歌」가 한역되어 전한다. 이 가운데 중복된 것을 빼면 모두 6수 정도의 한역가가 전한다.[329] 남도진이 홍에 젖어 시조를 창하거나 한역하는 광경은 남숙관의「先考行錄」에 실린 일화에서 볼 수 있다.

어느 달밤, 아버지께서 조용히 앉아 계시다가 나를 불러 말씀하시기를,

"네가 琴을 연주하면 내가 맞추어 노래하마."

라고 하셨다.

내가 羽調의 第一章을 연주하자 이에「山人問白雲歌」를 노래하셨다. …中略… 모두 직접 지으신 노래였다. 연주가 끝나자 琴을 미뤄두고 모시고 앉았다. 아버지께서 琴을 당기시더니 손수 宮商의 음을 고르시고「步虛子曲」을 지으셨다. 나와 여러 동생들이 일어나 춤을 추었다. 밤은 이미 三更을 지나 있었다.[330]

---

327) 南道振(1674~1735) : 자는 仲玉, 호는 弄丸齋. 조선 초기 양명학자인 南彦經의 5대손이며 그의 아버지 南老星은 張維와 동서간이다. 일찍 과거를 포기하고 經學 연구에 골몰했다. 監役에 拜命되었지만 취임하지 않았다. 歌辭「樂隱別曲」을 비롯하여 한역시「三疊歌」등이 전한다. 문집으로『弄丸齋集』이 있다.

328)「丸齋翁自傳」은 陶淵明의「五柳先生傳」과 唐 나라 白樂天의「醉吟先生傳」과 궤를 같이하는 辭賦體 自敍傳으로 여기에는「三疊歌」가 삽입되어 있다.(강전섭, 상게 논문, 157면 참조.)

329) 이하 南道振과 南肅寬에 대한 기록은 姜銓燮의「弄丸齋 短歌와 南肅寬의 漢譯短謠에 對하여」,(『한국어문학』3집, 1965, 한국어문학회.)를 주로 활용하였음.

330)『宜寧南氏家乘』卷4.“一日月夜, 靜坐丸齋, 呼不肖曰, 汝彈琴, 吾依而歌. 不肯弄

집안의 자제들과 달밤의 흥취를 느끼며 시조를 창하는 광경이 눈에 선연하다. 이 때 그가 자신이 지은 시조를 한역한 것은 모두 6수이다. 그 가운데 原歌를 확인할 수 있는 것을 소개하면 다음과 같다.

> 한둥의 무스ᄒ여 무극옹을 츠쟈보랴
> 텬근을 도라들어 월굴노 ᄂᆞ려가니
> 아마도 연비어약ᄒ니 유흥계워 ᄒ노래[3193]

_____

> ①
> 丸齋翁兮閒無事, 訪無極翁兮
> 徇天根而下月窟, 入靈臺中兮
> 鳶飛天而魚躍淵, 興自不窮兮[331]
> ②
> 山齋閒意足, 乃尋無極翁
> 來自天根上, 去入月窟中
> 鳶飛魚躍兮上下, 坐看乾坤造化功[332]

①, ②는 남도진이 자신의 시조를 辭賦體와 자유형의 6구시의 형태로 한역한 것으로 사대부의 의식세계와 흥취가 잘 드러나 있다.

> 복희지은 삼십뉴궁 문왕공즈 드럿더니,
> 무명공 듕챵ᄒᆞ후 뷘집만 남아셰라.
> 우리도 이집슈쇄ᄒ고 드러보랴 ᄒ노라 [1266]

_____

羽調第一章, 於是歌山人間白雲歌. …中略… 皆自製歌也. 曲終, 椎琴侍坐, 先考進琴, 手調宮商, 作步虛子曲, 不肯與諸弟, 起舞, 夜已三更矣."
331) 『宜寧南氏家乘』에 소재한 「自傳」에서 발췌.
332) 南肅寬, 「先考行錄」.

伏羲開宮三十六, 文王孔子此棲息
無名公重修後, 管無人兮長寂莫
余欲淨灑掃, 送餘年兮此樓閣

'三十六宮'에서의 '三十六'은 '매우 많다'는 의미를 내포하는데[333] 이는
伏羲氏가 이룩한 많은 업적들 예컨대 漁獵과 八卦 등등 인간생활에 유익
한 가르침을 많이 남겼고 그를 뒤이는 문왕과 공자 역시 복희의 가르침을
기본 삼아 衆民들을 구제하고자 했음은 주지의 사실이다. 성인들의 가르
침에 '無名氏' 즉 작자 자신도 항상 따르겠다는 내용이다. 이것은 유가적
이념이 형상화 된 사대부적인 의식의 표출이라 할 수 있다. 주로 유가적
사대부의 의식과 淡泊한 隱逸의 삶 등을[334] 가벼운 필치로 형상한 그는
'三公이 貴타흐나 나는아니 밧고리라. 갑슬쳐 비기랴면 萬金인들 당홀손
가?'[335]라고 하며, 心性修養을 염두에 둔 道學者의 隱逸과는 또다른 俗世
를 달관한 隱逸의 삶을 희구하였다.

남도진에게서 주목할 또 한 가지는 시조뿐만 아니라 사대부의 典型을
형상화 한 92句의 歌辭 「樂隱別曲」[336]을 남겼다는 사실이다. 이것은 국
문문학의 가치를 긍정하고 활용하는 의식을 확인케 하는 중요한 단서이다.

333) 『漢語大詞典』卷1, '三十六'條에 의하면 이것은 '매우 많다'는 의미이며 『文選』의
班固의 「西都賦」에 '離宮別館, 三十六所'를 비롯하여 「上林賦」, 駱賓王의 「帝京篇」
등의 용례를 제시하였다.
334) ① 「樂隱別曲, 身勢章」. '보리밥 맛드리니 八珍味를 부러흐랴? 헌뵈옷 맛거즈니
綺紈흐여 무엇흘꼬?'→ "短褐稱身, 焉里綺紈, 麥飯適口, 何必八珍."
② 츈산의 비간후의 퍼기마다 고지로다. 일호쥬 가지고 냇ᄀ의 안즈시니, 믈우희
도화범범흐니 무릉인가 흐노라.
335) 「樂隱別曲, 身勢章」.
336) 姜銓爕, 「樂隱別曲의 연구」(『어문연구』 6집, 어문연구회, 1970) 및 『韓國古典文
學硏究』, 대왕사, 1982 참조.

항상 말하기를, "짧은 갈옷 몸에 맞으니, 綺紈 입어 무엇할까? 보리
밥 입에 맞으니 八珍味가 어찌 필요하랴?"고 하였다.[337]

사대부로서 소박한 삶을 추구하는 양상을 갈옷과 보리밥으로 대변하였
는데 이는 그가 늘 입에 올리며 추구하던 삶의 양태였다. 이러한 그의 자
세는 歌辭 작품인 「樂隱別曲」[338]으로뿐만 아니라 漢譯되어 그 자신의 삶
을 나타내었다. 시조·가사 등의 양식으로 표출된 남도진의 삶의 세계는
그가 우리의 국문시가의 가치를 적극 인정하였을 뿐만 아니라 사대부 생활
의 일부로서의 국문시가의 가치를 인정하였음을 시사한다고 할 수 있다.

## 2) 詠史樂府의 형태 및 내용상의 특징

### (1) 詠史樂府의 형태적 특징

조선후기 한문학에 나타나 樂府體 형식의 시가는 중국의 唐代 이전처럼
독립된 장르를 가리키는 것이 아니라 주로 民歌의 시정신을 드러내기 위하
여 도입되었을 뿐만 아니라 사대부의 보편적 문학 창작 양식인 정형화 된
한시 양식으로 변용되는 양상이 나타났다. 이러한 현상은 17세기 이후에
본격적으로 등장한 연작시 형태의 詠史樂府들에서 발견된다. 특히 여러
詠史詩를 편집한 형태의 영사악부의 등장은 단순한 시풍상의 특성만을 취
한 것이 아니라 '敍事性'이라는 근본적으로 상이한 장르의 성격마저 포용하
여 형태상 몇 가지 특징을 나타냈다. 이와 같은 영사악부의 등장 배경에는
창작미학의 변화에 따른 문학양식의 분화·발전이 자리한다.

---

337) 南道振, 「丸齋翁自傳」, "常日, 短褐稱身, 焉里綺紈, 麥飯適口, 何必八珍."
338) 南道振, 「樂隱別曲, 身勢章」, "보리밥 맛드리니 八珍味를 부러ᄒ랴? 헌뵈옷 맛거
즈니 綺紈ᄒ여 무엇홀꼬?"

조선후기의 영사악부는 '性情之正'을 희구하던 주자주의적인 시정신이 희석되면서 대두된 '性情之眞'의 새로운 창작 정신에 영향 받은 바가 크다고 할 수 있다. 즉 '詩言志'라는 전통적인 창작정신을 계승하되, 주로 '志'의 의미를 '觀念的인 道'의 차원에서 이해하던 조선전기의 창작 경향과는 달리, 事實과 時事를 내용으로 하는 작시 경향이 대두되었다. 이것은 사실과 시사를 주체적으로 파악함으로서 기존 질서의 제모순을 해소할 이념을 제시하려는 소론계의 정치적 의도 내지는 그들의 역사관의 변용된 형태로 이해된다.

이러한 성격을 지닌 소론계의 영사악부는 아래의 도표에 제시된 작품들을 분석한 결과 몇 가지의 형태적 특징이 발견된다.

| | | |
|---|---|---|
| 少論系列 | 李衡祥 | 次佔畢齋東都樂府 |
| | 南克寬 | 續東都樂府 |
| | 李匡師 | 東國樂府 |
| | 李令翊 | 東國樂府 |
| | 李裕元 | 海東樂府 |
| 南人系列 | 李瀷 | 海東樂府 |
| | 吳光運 | 海東樂府 |
| | 安鼎福 | 觀東史有感效樂府體五章 |
| | 姜浚欽 | 海東樂府 |
| | 李學逵 | 嶺南樂府 |
| 在野士人 | 金壽民 | 箕東樂府 |
| | 趙顯範 | 江南樂府 |
| | 朴致馥(盧德奎) | 大東續樂府 |
| | 姜邅桓 | 海東樂府 |
| | 姜邅桓 | 晉陽樂府 |
| 老論系列 | 李宜顯 | 東都樂府 |
| | 趙宗鉉 | 三史異蹟 |
| | 金養根 | 東方古樂府 |

※ 이들 외에 李福休 · 韓愉 · 崔鉉達의 악부 작품이 있으나 정확한 계열 파악이 곤란하여 위 표에 첨기하지 않았다.

먼저, 대부분의 영사악부는 작가들이 권력의 핵심에서 제외된 계층의 인물이라는 점이다. 대체로 소론·남인·재야의 문인들로 이루어진 영사악부의 작가 가운데, 老論 碧派에 속하는 趙宗鉉 마저도 時派에 의해 탄핵을 받아 귀양을 살았으며, 金養根 역시 노론계이기는 하지만 큰 영달을 이루지 못한 인물이다. 즉, 극렬한 정치적 대립 양상이 나타나던 조선후기의 특수한 역사 배경 속에서 권력의 정점에서 비켜선 비주류 관료계층으로서의 소론계 학인들 역시 영사악부의 창작 배경에 한 몫을 했다고 생각된다. 實用과 주체적인 自覺을 위주로 양명학을 수용한 그들의 학문 전통에 나타나는 개방적이고 실용적인 인식 태도는 그들로 하여금 중국을 통해 유입된 선진 문물에 대해 적극적인 수용의 태도를 나타나게 하였고 사대부간에 천시되던 국문시가에 대한 옹호의 태도를 나타내게 하였다. 또한 도본문말의 폐쇄적인 유가 문학의 논리에 매몰되어 있던 대다수의 유학자들과 달리 '道·文'의 상호 가치를 강조하는 변화된 인식과 함께, 自得을 중시하는 창작 논리의 연장에서 진솔한 성정의 표현을 문학의 새로운 지향처로 인식한 그들은 우리 민중의 진솔한 삶과 정서가 담겨 있는 民謠·俗言·失傳歌謠·史實·樂舞 등을 漢譯하는 독특한 창작 전통을 수립하였고 그 결과의 한 양태가 바로 '영사악부'라고 할 수 있다.

둘째, 영사악부의 表題에 특정한 어휘가 반복적으로 사용되고 있다는 점이다. 김종직의 영사악부 제명인 '東都'(3)를 비롯하여 심광세의 악부명인 '海東'(8)이 주로 쓰이고 있으며 그 외에 '東國'(2)·'嶺南'(1)·'汾陽'(1)·'晉陽'(1)·'箕東'(1) 등, 우리나라 혹은 우리나라의 특정 지역을 제명으로 하고 있다. 이와 같은 특정 제명의 공유 현상은 영사악부 작가들의 신분적 특성과 함께, 형식·내용상의 일정한 경향성을 기대하게 한다. 더욱이 '東都'·'嶺南'·'汾陽'·'晉陽'·'箕東' 같은 특정 지역명이 사용된 경우는 일반의 역사 사실뿐만 아니라 특정한 지역의 풍속을 반영하는 竹枝

詞 계열에 연원을 둔 紀俗的인 성향마저 나타날 것으로 생각된다.

　셋째, '東都'·'東國'·'海東'으로 삼별되는 소론계 영사악부의 형태적 특징에서 가장 두드러지는 점은 題材의 仍用性이다. 〈會蘇曲〉·〈憂息曲〉·〈鵄述嶺〉·〈怛忉歌〉·〈陽山歌〉·〈碓樂〉·〈黃昌郎〉 7편으로 이루어진 이형상의 「次佔畢齋東都樂府」는 김종직의 「東都樂府」와 작품명이 일치하며, 李裕元 역시 〈會蘇曲〉·〈憂息樂〉·〈鵄述嶺曲〉·〈怛忉歌〉·〈陽山歌〉·〈碓樂〉·〈黃昌郎舞〉·〈處容歌舞〉 등의 동일한 제명으로 창작을 하였다. 30편으로 이루어진 李匡師와 李令翊의 「東國樂府」는, 28편으로 이루어진 吳光運의 「海東樂府」의 詩題를 그대로 사용하면서 「鵄述嶺」·「迎茜旗」의 두 편을 첨부하였다[339].

　이와 같은 仍用性이 제재에 한정하여 나타나는 것은 아니다. 句法에서도 유사한 양상이 나타난다. 이형상의 경우, 김종직의 「동도악부」와 마찬가지로 雜言體의 長短句 형식 구사를 통하여 歌詩의 속성을 최대한 반영하고자 하였다. 그의 7편의 작품 중 6편의 형식이 김종직의 「동도악부」의 것과 완전히 일치하는 가운데 〈鵄述嶺〉만이 7-7-7-7-3 · 3-7-7-7 형식의 8구로 이루어진 김종직과 달리, 7-7-7-7-3-7-7-7의 8구 형식을 취하고 있는데 아마도 이것은 필사 과정에서의 3언 1구가 누락된 것이 아닌가 한다.

　넷째, 영사악부의 소재로 채용된 原詩가 대체로 雜言 형태와 換韻法을 취하여 樂曲을 연상시키는 효과를 나타냈다. 이와 함께 각각의 시들은 史實을 소재로 삼은 敍情詩가 아니라 事件 자체가 중심이 되는 敍述詩的 성격을 주로 나타냈다.

---

339) 李匡師와 李令翊의 「東國樂府」의 題名 : 太白檀·黃河歌·聖母祠·林中鷄·憂息曲·鵄述嶺·黃昌舞·斬馬衒·王毋去·陽山歌·破鏡合·朝蜀使·玄鶴琴·萬波息笛·月明衒·上書莊·鮑石亭·釣龍臺·落花巖·朝天石·薩水捷·城上拜·迎茜旗·絶影馬·昌瑾鏡·聖帝帶·文曲星·百死歌·女戴笠·杜門洞.

다섯째, 소론계 영사악부 작품들의 구성 역시 同一化의 경향을 나타낸다. 김종직의 악부를 차운한 李衡祥이나 吳光運의「해동악부」의 구성 체재를 답습한 李匡師와 李令翊 역시 '題名 - 小序 - 詩'로 작품을 구성하여, 편제상 독립되어 있는 듯하면서도 동시에 역사로서의 일정한 連續性을 보인다. 이유원의 경우는 소서의 위치가 작품의 후미에 자리한다는 점에서 앞의 경우와 차이난다. 이러한 속성은 고려 중엽의 李奎報의「東明王篇」이나 李承休의「帝王韻紀」, 金宗直의「東都樂府」, 沈光世의「海東樂府」의 특성을 연계한 것으로 이해된다.

아래에서는 이상에서 검토한 소론계 영사악부의 형태상의 특징들을 검증함과 아울러 소론계의 영사악부의 내용상의 특징들에 대해 고찰해 보기로 한다340).

---

340) 南克寬의 악부 작품을 제외한 이유는 그가「續東都樂府」를 창작하던 때가 15세 무렵으로 기타 영사악부 작가들이 성년이 되어 학문적으로 성숙하여 나름의 학적 체계를 갖춘 이후의 작품으로 그들의 학문관, 문학관 등의 연구에 자료적 가치가 충분하겠지만 남극관의 경우는 아직 그러한 가치관이 형성되었다고 보기 어려운 비교적 소년기의 작품이기 때문이다. 다만 그 내용을 간략히 소개하자면 다음과 같다. : 김종직의「東都樂府」를 계승한다는 의미에서 영사악부의 이름을「續東都樂府」로 명명하고 영사악부를 지은 남극관의 경우, 구법·편법·표현양식 등의 형식적 측면과 소재 등의 내용 측면에서 일치하는 것이 거의 나타나지 않는다. 작품의 구성에서도 '小序 - 原詩'로 이루어진「동도악부」와 달리 '원시'의 끝부분에 史評 성격의 구절을 첨가하는 독특한 형식을 나타냈다. 작품별로 '君不見', '嗚呼', '聊', '吁嗟' 등의 어휘를 활용하여 원시 부분과의 차별화를 시도하였다. 내용면에서 〈居西干〉·〈師毖山〉·〈賣錦曲〉 등의 제명에서 알 수 있듯이 남극관은「동도악부」의 제명을 답습하지 않고 신라의 건국설화, 충성·신의·정절을 대표하는 인물들을 대상으로 한 독자적인 작품명을 만들었다. 이는 실전가요 및 민속무용의 연원 등을 담은「동도악부」와 달리 서사적 특성이 더욱 강화된 경우로 이해된다. 창작의 대상도 '新羅'로 한정되어 있다. 이점은「동도악부」의 경우와 마찬가지인데, 아마도 '東都'라는 表題로 인한 영향인 듯하다. 주제적인 측면에서는 신라 건국 찬양, 忠節, 信義, 貞節, 孝道 등의 비교적 사대부적인 도덕 관념에 충실한 측면을 나타냈고 형식면에서는「동도악부」의 경우와 마찬가지로 잡언체(6)가 주류를 이루는 가운데 5언(1) 혹은 7언(1)의 정형화 양상이

## (2) 詠史樂府의 내용적 특징

小序를 부대하며 여러 영사시들을 편집한 영사악부들은[341], 허구성이 배제되며 인간 보편 정서의 추구를 주제로 하는 漢譯詩歌와 달리, 내용면에서 부분적으로 신이한 성격의 神話 · 傳說 · 民譚 등을 수용하고 또 한편으로는 우리 민족의 풍속 · 역사 인물에 관한 失傳歌謠 및 樂曲, 춤의 연원에 대하여 주로 읊었다. 그에 따라 작품의 주제 역시 忠節, 孝烈, 戀情에 이르기까지 다양하게 나타난다. 또한 '題名—小序—詩—(小序)'의 구성 양태를 보이는 소론계의 영사악부 가운데 이형상과 이유원의 악부에서 原詩가 단순한 讚詠 · 議論의 성격에 머물렀다면, 이광사 · 이영익의 경우에는 원시에 서사적인 요소가 결부되면서 한국의 한시가 서정시에서 서사시로 접근하는 변화 양상을 보여주었다. 특히 이광사 · 이영익의 작품은 대부분 雜言體를 사용하여 근체시의 형식적 제한을 벗어나 서술을 개입시키는 영사적 성격이 뚜렷이 나타난다. 이에 대해 「憂息曲」을 통해 고찰해 보기로 한다.

A. 이형상

| | |
|---|---|
| 치아도 덜 자란 더벅머리 어린아이가 | 童髮鬖鬆齓未齠, |
| 담크고 굳세기는 날랜 장부와 같구나 | 瞻大桓桓丈夫驍, |
| 정성이 느껴지는 곳에서 움직일 수도 없는데 | 精誠感處自不動, |
| 이 몸이 어찌 생사를 의뢰하리? | 此身寧爲生死僥, |
| 멀리 떠난 秦舞陽 열살 소년을 본 듯하고 | 高離舞陽尺童視, |
| 흰 칼날 앞에서도 마음 흔들리지 않네 | 白刃當前心不搖, |

---

나타나기도 하였다.

341) 沈慶昊, 「朝鮮後期 漢詩의 自意識的 傾向과 海東樂府體」, 『한국문화』 2, 서울대 한국문화연구소, 1981, 20면 참조.

| 술상 앞의 칼춤 끝내고 뜻한 소원 이루니 | 樽前舞罷志願遂, |
| 泰山과 北海를 금시라도 넘을 듯하네 | 泰山北海頃刻超.[342] |

B. 이유원

| 官昌이 잘못 전해져 황창랑인가? | 官昌訛誤黃昌郎, |
| 역사의 칼로 춤추던 곳 증명할 수 없네 | 史傳無徵擊釰場. |
| 여덟 살 어린 소년 원수를 갚으려 하니 | 八歲眇童謀釋憾, |
| 술상 앞의 백제왕이 놀라서 일어나네. | 樽前驚起夫餘王[343] |

C. 이광사

| 황창랑, 열다섯살 | 黃昌兒, 年十五, |
| 임금 찌르기를, 천한 사람 찌르듯 하였네 | 萬乘刺, 褐夫刺, |
| 칼춤 추며 서쪽을 나가 백제임금 목을 베어 | 舞劍西出斬白帝, |
| 임금의 천년 병사 기른 뜻에 보답하네 | 報君千年養士義, |
| 이때 溫祚王의 복이 이미 다하였으니 | 此時溫祚祚已歇, |
| 세상 사람들, 백제를 평정한 羅唐의 힘을 알아 | 世知平濟蘇金力, |
| 지금도 악부에는 뛰어난 용맹으로 올리네 | 至今樂府登殊烈[344]. |

D. 이영익

| 고향사람 한숨 짓고 마을사람은 가슴 죄고 | 鄕人嗟之兮里人斬之. |
| 나는 귀세워 들을 수 없구나 | 我搞耳兮無聞, |
| 천자의 군대 멋있고 용감한 군대 귀신같아도 | 羽林嬌兮虎賁魅, |
| 나는 눈을 부릅떠도 사람을 볼 수 없네 | 我延睗兮不見人, |
| 태양은 황홀하리만치 빛나고 | 惚怳兮白日, |
| 흰구름은 뱀처럼 꿈틀거리네 | 蟉虯兮白雲, |

342) 李衡祥, 「黃昌郎」, 『芝嶺錄』(『甁窩全書』 V.8), 770면.
343) 李裕元, 「黃昌郎」, 『嘉梧藁略』 冊1(『叢刊』 V.315), 13면.
344) 李匡師, 「黃昌郎」, 『圓嶠集』 卷1(『叢刊』 V.221), 432~433면.

| 황창랑이여! | 黃昌兒兮 |
| 참을 수 없는 슬픔이 북받쳐 오른다 | 忼慨兮悲辛 |
| 죽음이야 옳다지만, 알아주는 이 있던가 | 死兮理有知乎, |
| 늙으신 어머님은 눈이 멀고 | 目沉沉兮老親, |
| 눈이 멀어 정신조차 흐려지는데 | 目沉沉兮神蘯蘯, |
| 죽었는지 살았는지, 어찌 되었느냐 | 爾死爾生兮何爲眞[345]. |

위의 네 사람의 작품 중에, 이형상의 것은 김종직의 작품에 차운하여 齠, 驍, 悐, 搖, 超의 동일한 운자를 사용할 뿐만 아니라 형식도 일치되어 있다. 표현·시상의 전개·운법·편법 등이 일치될 뿐만 아니라 汪錡와 昌郞을 대비하여 창랑의 용감함을 부각시킨 김종직의 작법을 따라 이형상 역시 秦舞陽와 창랑을 대비하는 수사기교를 통해 창랑의 우수함을 나타냈다. 내용 자체는 황창랑에 대한 찬양 일색이다. 이유원의 경우는 7언 4구의 정제된 형식 속에서 '官昌이 잘못 전해져 황창랑인가, 역사에서 칼로 춤추던 곳 증명할 수 없네(官昌訛誤黃昌郞, 史傳無徵擊釰場.)'라고 작품의 서두에서 의문을 제시한 뒤, 후서에서도 황창랑이 역사적 이야기의 내용대로 훌륭한 일을 했다면 『三國史記』 등의 사료에 기록이 나타나겠지만 실제의 사료에 그러한 기록이 없다는 점을 들어 황창랑 설화에 대한 의론의 여지를 마련하였다. 이와 같은 일방적인 찬양 혹은 서사성이 결여된 의론적 서술이 이들 양자의 특징이라면 이광사의 경우에는, 사건과 관련 인물들에 대한 언급 등을 통하여 서정의 영역에 속하는 악부에 서사적 요소들을 결합하는 특이한 양식을 선보였다.

이광사는 백제의 왕을 찌르는 장면을 사건을 재현하듯이 세밀하게 묘사

---

345) 李令翊, 「黃昌郞」, 『信齋集』 冊1(『叢刊』 V.252), 408면.

하고, 그것과 관련되는 백제 멸망의 사실 등을 제시함으로써 서사적 요소의 결합을 시도하였다.

이영익의 경우는 사화의 전체 부분 가운데 상당 부분을 생략하고 창랑의 죽음의 의미를 집중·조명하였다. '눈먼 어머니의 존재'를 통해 창랑의 죽음이 과연 어떠한 가치와 의미를 지니는가에 대한 의론을 제기하였다.

이로 볼 때, 개인적인 차이가 있기는 하지만, 동일한 소재에 대한 소론계의 영사악부에서 서정적 악부시에서 서사적 요소가 결합되어 서사시적인 변모를 보이는 양상을 확인할 수 있었다.

동일한 설화를 대상으로 한 소론계의 영사악부에서는 그들의 국문시가에 대한 의식 역시 나타나 있다. 우리의 역사 사실을 소재로 악부시를 창작한 점은 동일하지만 이광사는 이영익이나 이유원 등과 달리 내용의 사실성에 대해서는 그다지 관심을 기울이지 않았다. 그에게 중요한 것은 우리의 역사, 우리의 표현 방식이 중국의 그것과 마찬가지로 중요하며 큰 의의가 있다는 것을 확인하는 것이었다. 이러한 의식은 정몽주의 선죽교 사화를 차용한 〈百死歌〉에서 잘 나타난다.

> 高麗侍中圃隱先生鄭夢周,  知天意人心已歸我太祖,  託問疾往察之.. 太宗使人歌於酒席曰, **이런들 엇더ᄒ리, 뎌런들 엇더ᄒ리, 萬壽山 드렁 이 얼거딘들 엇더ᄒ리, 우리도 이리코 잇다가 百年산들 엇더ᄒ리.** 圃隱和之曰 **이몸이죽어죽어 一百番고텨죽어, 白骨이 塵土되여, 넉시라도 잇고업고, 님向ᄒᆫ 一片丹心이야, 가싈 줄이 이시랴.** 歸路入舊酒家, 階上百花爛開, 呼酒極飮, 起舞花間曰, 今日風色, 甚惡甚惡, 遂欲直造闕, 行至善竹橋. 趙英珪持鐵椎伏橋下椎殺之, 今上幸松都, 手書立碑於橋邊[346].

---

346) 李匡師, 「百死歌」, 『圓嶠集』 卷1(『叢刊』 V.221), 440면.

오광운은 정몽주의 선죽교 사화를 노래한 〈百死歌〉에의 小序에서 그 제명과 의미에 대한 간략한 서술과 함께, 원시의 聲韻을 최대한 반영하였음을 지적하고 실제 작품에서는 정몽주의 노래와 그에 대한 자신의 소감 두 구절을 첨부하였다[347].

이영익은 오광운보다 자세하게 당시의 사건 전말을 기록함과 아울러 小序 부분에 정몽주의 노래를 한역하여 수록하고 실제의 작품에서는 완전히 그만의 의경으로 새롭게 창작하였다[348].

이와 달리 이광사는 정몽주의 선죽교 일화를 소서에서 밝힘과 아울러 그의 노래를 국문을 사용하여 그대로 노출시켰다. 이것은 國文에 대한 그의 의식을 나타내는 것으로 이해된다. 성음과 문자가 시가나 음악, 정교의 근원이라고 생각한 이광사는 바른 음을 잃어버린 중국 한자음과 우리나라의 한자음을 바로잡기 위해 諺解와 佛經을 참고한 『五音正』을 간행하였다. 그 서문에서 그는 '정음'의 가치를 적극 옹호하는 발언을 남겼다. 즉 세종대왕이 만든 '諺文'은 중국의 운서에 바르게 합치될 뿐만 아니라 만세의 법이며 우리나라 경서 언해의 잘못을 시정할 수 있는 소중한 보배로서의 가치를 지닌 것으로 평가한 것[349]이 그것이다. 국문가치에 대한 이와

---

347) 吳光運,「百死歌」,『藥山漫稿』卷5(『叢刊』V.210), 434면. "〈小序〉世傳鄭圃隱百死歌, 使忠臣志士千古抆淚, 謹依其聲而韻之, 因結之. 〈詩〉此身死復死百廻死, 白骨塵沉復灰飄, 鬼兮有也無, 向君一片丹心那可鎖, 可憐天壽門前水, 千古東流善竹橋."
348) 李令翊,「百死歌」,『信齋集』冊1(『叢刊』V.252), 412면. "〈小序〉高麗忠臣鄭文忠公, 知天意人心已歸我太祖, 託問疾至, 察之. 太宗使人歌於酒席曰, 如此如何, 如彼如何, 萬壽山蔓葛, 縈紆如何, 吾徒亦如此, 在百年生何如? 文忠公曰, 此身死死, 一百番更死, 白骨爲塵土, 魂魄有也未, 向主一片丹心, 寧有變改所? 歸路入舊酒家, 階上百花爛開, 呼酒極飮, 起舞花間曰, 今日風色, 甚惡甚惡, 遂欲直造闕, 行至善竹橋, 遇害. 〈詩〉百年生如何, 如何不如此. 人心已有歸, 天意我亦揣. 爲樂我自有, 有忠與義耳. 今朝相訣別, 舞袖紛紛起, 紛紛意未已, 何家酒味美, 花底樽安排甚有理. 今日風色惡, 有酒當及是, 安能百年生, 一百番死死."

같이 적극적인 인식에서 국문시가의 노출과 강조가 이루어질 수 있었던 것이다.

소재가 된 역사적 이야기의 사실성 여부에 대한 평가에서, 이유원과 이광사는 단순 해설의 성격으로 활용하였다. 한 예로, 이광사는 사화의 사실성 여부보다는 관련 사실의 기록과 전승 자체에 주안을 두었다. 이와달리 이영익은 객관적 설명이 불가능하거나 역사적인 전거가 없는 史話에 대하여, 대체로 '荒誕·怪奇·非信·不足多辯' 등의 어휘에서 알 수 있듯이 비판적인 태도를 취하였다. '聖母祠'를 예로 들어 보기로 한다.

〈聖母祠 小序〉

A. 이광사의 경우 :

경주의 西岳인 仙桃山의 聖母는 중국 황실의 여인으로 이름이 娑蘇이다. 일찍 神仙術을 터득하여 우리나라에 와서 오래도록 돌아가지 않다가 마침내 신선이 되었다. 세상에 전하기를, '朴赫居世가 바로 聖母의 아들이다'고 한다. 중국인들의 찬가에 '仙桃聖母가 현인을 낳아 나라를 세웠다'고 하였다[350].

B. 이영익의 경우 :

경주의 西岳인 仙桃山의 聖母는 중국 황실의 여인으로 이름이 娑蘇이다. 일찍 神仙術을 터득하여 우리나라에 와서 오래도록 돌아가지 않다가 마침내 신선이 되었다. 세상에 전하기를, '朴赫居世가 바로 聖母의 아들이다'고 한다. 중국인들의 찬가에 '仙桃聖母가 현인을 낳

---

349) 李匡師, 「五正音序」, 『圓嶠集』 卷8, 541면.

350) 李匡師, 「東國樂府, 聖母祠」, 『圓嶠集』 卷1(『叢刊』 V.221), 431면. "在慶州西岳仙桃山, 聖母中國帝室之女, 名娑蘇, 早得神仙之術, 來止海東, 久而不還, 遂爲神. 世傳赫居世, 乃聖母之所誕也. 中國人讚, 有仙桃聖母娠賢肇邦之語."

아 나라를 세웠다'고 하였다.

**우리나라는 이때 문물이 아직 시작되지 않아서 진실로 황당하고 우매한 일들이 많았으니 어찌 중국 漢나라 황실의 여인이 이같이 궤이한 행적을 할 수 있겠으며 또 대개 중국의 전적에 나타나지 않을 리가 있겠는가? 이것은 아마도 거짓되고 속임수가 심한 경우인 듯하다**[351].

소서의 내용 중, 경주 仙桃山의 중국 여인이 神仙術을 얻어 신선이 되었는데, 그녀가 바로 朴赫居世의 어머니라는 〈聖母祠〉는 신라 시조의 한 사람인 박혁거세의 탄생 관련 설화를 서술한 것이다.

이에 대하여 이광사는 그녀가 朴赫居世의 어머니라는 말과 함께 '仙桃聖母가 현인을 낳아 나라를 세우게 했다'는 중국인들의 讚을 함께 수록하였다. 이에 반해 이영익은 박혁거세 탄생 당시의 우리나라의 문물이 발달하지 못하여 허황한 이야기가 많이 있다고 전제하며, 중국의 전적에 '仙桃聖母' 설화가 전혀 나타나지 않는다는 점과 '漢나라 황실녀로서의 처신'이라는 사대적이고 유교적인 잣대를 근거로, 위의 이야기가 속임수라고 반박하였다. 우리 역사를 중국의 역사에 연계하려는 태도를 보인 이광사에게서 사대부적인 의식의 한계를 읽을 수 있다. 반면에 객관적 사료를 바탕으로 사실성을 입증하려는 이영익의 서술 태도는 보다 과학적이고 주체적인 태도라고 평가하지 않을 수 없다[352].

---

351) 李令翊,「東國樂府, 聖母祠」,『信齋集』册1(『叢刊』V.252), 407면. "在慶州西岳仙桃山聖母中國帝室之女, 名娑蘇, 早得神仙之術, 來止海東, 久而不還, 遂爲神. 世傳赫居世, 乃聖母之所誕也. 中國人讚, 有仙桃聖母娠賢肇邦之語. 東方此時文物未啓, 固多荒昧之事, 安有中國漢世帝室之女, 有此詭跡, 而又不槩見於中國典籍之理? 此盖僞誕之甚者也."

352) 사리에 배치되거나 허황한 이야기에 대한 비판이 첨부된「東國樂府」의 小序(「東

소론계의 영사악부에서 가장 즐겨 사용된 소재 중의 하나인 處容說話를 대상으로 한 작품에서 그들의 인식 태도의 일단을 읽을 수 있다. 開雲浦에 유람갔던 憲康王에 의해 경주로 와서 벼슬하게 된 處容이 역신에 의해 아내의 정조가 유린된 사실을 알고, '處容歌'를 부르며 자리를 물러나자, 역신이 처용에게 용서를 구하며 처용의 모습이 그려진 곳에는 이후로 들어가지 않기로 맹세했다는 이야기이다. 그렇다면 이와 같은 처용설화에 대해 이광사를 비롯한 소론계 학인들은 어떠한 관점을 나타내는가?

A. 李匡師의 경우

憲康王이 鶴城에 유람을 갔다. 갑자기 기이한 형상에 궤이한 복장을 한 사람이 왕 앞에 나타나 노래하고 춤을 췄다. 왕을 따라 경주로 와서는 '處容'이라고 자호하였다. 매일 밤, 시정에서 노래하고 춤을 추었지만 끝내 그 장소를 알 수 없자 사람들이 神으로 생각하였다. 후인들이 그가 노래하고 춤추던 곳을 '月明衖'이라고 하였다. '處容舞'가 이것에서 비롯되었다.

| 그대가 나라 일을 하게 된 것은 | 自君之出治也, |
| 서리와 이슬이 내리던 때였네 | 霜露之適時也, |

---

國樂府」, 『信齋集』 册1, 407~412면). ; ① 〈黃河歌〉"雖未詳其必有是事, 要非倍理, 亦不必多辯云." ② 〈林中鷄〉"東方生民不遠, 故羅麗之蹟, 尙多如中國三皇五帝時事之傳者, 金氏之出, 雖異, 亦不爲無理云". ③ 〈斬馬衖〉"其事雖過, 其剛於決斷, 勇於改過, 不但爲荒于色者之戒." ④ 〈王毋去〉"其事雖異, 至誠之感, 自有是理云." ⑤ 〈萬波息笛〉"其傳旣怪, 盖不足述也." ⑥ 〈月明衖〉"其來詭怪, 其所爲適以迷惑世主, 宜不辭明王之法誅, 後世乃以魅䲹之形, 俳優之儛, 雜於雅樂之列, 何哉?" ⑦ 〈釣龍臺〉"盖非信傳也." ⑧ 〈朝天石〉"然以理考之, 盖誕也." ⑨ 〈迎茜旗〉"東人好誇已甚, 首露王之事, 亦不宜盡信也. 且荒異如此者, 其傳擧多相似, 豈不怪哉?" ⑩ 〈昌瑾鏡〉"國之興, 有禎祥, 天垂景, 鬼神襄, 我德符, 民爲命, 新羅絀, 王建王, 昌瑾鏡, 匪其貞, 白魚僞, 黃犀亡." ⑪ 〈文曲星〉"北斗第四星, 術家謂之文曲, 初非可信, 況謂不見, 久而爲邯贊, 又謂宋使有此言者, 不足多辯也."

바다 물결 드세지 않고 海波之不競也.

타고난 氣運은 天性에 통하였다. 含氣稟生之達性也.

깊은 산에 사는 늙은 나이지만 余爲深山之古老,

멋지고 아름다움을 알았다. 猗而與有好猗,

한 자나 되는 턱이며 長一尺頤乎,

넓게 활짝 펼쳐진 옷자락이여 廣全布者衣乎,

나를 춤추게 하는 것은 시원한 바람이며 舞我者風之敝乎,

나를 노래부르게 한 것은 밝은 달빛이었다. 歌我者月之朗乎,

밝은 달빛 거리에 가득하니 月朗兮滿衢,

시정의 백성과 즐기리라 余與市之氓娛之.[353]

B. 李裕元의 경우

봄날 鶴城에 신라왕이 잔치를 열고 鶴城春日讌羅王,

龍神에 감동하여 한 묶음 향을 살랐다 感動龍神一炷香,

處容歌와 霜髥舞는 處容歌是霜髥舞,

오색의 다른 모습으로 五方에 자리했구나 五色殊容處五方.

  헌강왕이 鶴城으로 나가서 노닐 때, 갑자기 구름과 안개가 자욱하였다. 日官이 "이것은 동해의 용이 조화를 일으킨 것입니다. 좋은 일을 행하여 그를 위로 하소서"라고 하였다. 有司에게 용을 위하여 佛舍를 창건하게 하고, 구름을 걷도록 하고 그 포구를 '開雲浦'라고 명하였다. 용이 기뻐하며 일곱 아들을 거느리고 어가 앞에 나타나 임금의 덕을 찬양하고 노래하니 그 아들의 하나가 '處容'이다. 일명 '霜髥

---

353) 李匡師, 「月明衖」, 『圓嶠集』卷1(『叢刊』 V.221), 436면. "憲康王遊鶴城, 忽有一人奇形詭服, 詣王前歌舞, 從王入京, 自號處容. 每有夜歌舞於市, 竟不知所在. 以爲神, 後人名其歌舞處爲月明衖. 處容舞始此. 自君之出治也, 霜露之適時也, 海波之不競也. 含氣稟生之達性也. 余爲深山之古老, 猗而與有好猗, 長一尺頤乎, 廣全布者衣乎, 舞我者風之敝乎, 歌我者月之朗乎, 月朗兮滿衢, 余與市之氓娛之."

이라고도 한다354).

## C. 李令翊의 경우

新羅 憲康王이 鶴城에 유람을 갔다. 갑자기 기이한 형상에 궤이한 복장을 한 사람이 왕 앞에 나타나 노래하고 춤을 췄다. 왕을 따라 경주로 와서는 '處容'이라고 자호하였다. 매일 밤, 시정에서 노래하고 춤을 추었지만 끝내 그 장소를 알 수 없자 사람들이 神으로 생각하였다. 후인들이 그가 노래하고 춤추던 곳을 '月明衖'이라고 하였다. '處容舞'가 이것에서 비롯되었다.

처용의 유래가 괴이하고도 괴상하여 임금을 미혹시킨 행위는 명왕의 법으로 죽음을 면할 수 없다. 후세 사람들이 방상시의 형상과 광대들의 춤으로 雅樂의 반열에 섞어 놓았으니, 어째서인가?

| | |
|---|---|
| 밝은 덕을 갖춘 옛날의 임금들은 | 盖古昔王明德邪, |
| 침상에서 악기를 연주하고 | 絃于牀, |
| 아름다운 새와 외뿔의 짐승을 | 鳥五章獸一角耶, |
| 물가에서 사냥하였다 | 田于渚, |
| 훌륭한 처사를 우연히 만남은 | 非羆處士之碩邪, |
| 신라왕의 덕이로다 | 新羅王之德邪, |
| 處容이라 이름하였도다. | 號處容355) |

---

354) 李裕元,「處容歌舞」,『嘉梧藁略』册1(『叢刊』V.315), 13면. "鶴城春日鷰羅王, 感動龍神一炷香, 處容歌是霜髯舞, 五色殊容處五方. 憲康王出遊鶴城, 忽雲霧暝噎, 日官奏此東海龍所變也, 宜行勝事以解之. 於是勅有司爲龍創佛寺, 令出雲開, 因以名其浦. 龍喜, 乃率七子, 現於駕前, 讚德歌舞, 其一處容, 一名霜髯."

355) 李令翊,「月明衖」,『信齋集』册1(『叢刊』V.221), 409면. "新羅憲康王遊鶴城, 忽有一人奇形詭服, 詣王前歌舞, 從王入京, 自號處容. 每有夜歌舞於市, 竟不知所在. 以爲神, 後人名其歌舞處爲月明衖. 處容舞始此. 其來詭怪, 其所爲適以迷惑世主, 宜不辭明王之法誅, 後世乃以魁儡之形, 俳優之儛, 雜於雅樂之列, 何哉? 盖古昔王明德邪, 絃于牀, 鳥五章獸一角耶, 田于渚, 非羆處士之碩邪, 新羅王之德邪, 號處容."

處容說話는 민중의 무속적 세계관에 결부되어, 處容을 疫鬼를 물리치는 신이한 존재로 격상시키기도 하고, 强者에 의해 아내의 정조를 유린당한 채 민중의 여론에 호소할 수밖에 없는 남편 등의 복합적인 화소의 이야기로 나타난다356). 이러한 복합적 성격의 상황에 대한 태도에서 소론계 작가들의 의식의 일단을 엿볼 수 있다.

이광사와 이유원은 처용설화에 대하여 '處容舞'의 근원설화라는 시각에서 접근하였다. 이광사는 '처용무'의 근원 설화로 처용설화를 이해하면서도 그의 관심은 당시에 행해지던 '처용무'보다는 민중과 함께 하는 처용의 모습에 초점을 맞춰 자신의 작품 속에 재현시키고 그 자신도 민중과 함께 즐기겠다는 '與民樂'의 자세를 나타냈다. 이광사가 '처용무'라는 동일 대상으로 작품을 창작하면서도 '月明術'이라는 제목을 붙인 것에는 이러한 그의 의도가 내재된 것으로 이해할 수 있다.

이유원의 경우는 작품의 내용과 마찬가지로 '處容歌舞'라고 명명하여 처용설화의 樂舞的 요소에 더욱 관심을 기울였다. 이들과는 별개로 이영익의 경우는 이광사와 이유원이 긍정한 처용설화의 악무적 특성, 與民樂까지를 모두 비판한다. 그의 시선에서 '처용'은 군왕을 미혹시키고 雅樂을 더럽히는 신이하고 기괴한 것으로 처용의 존재 자체에 대해 부정적 입장을 나타낸다. 처용에 대한 그의 태도는 '怪 · 力 · 亂 · 神을 말하지 않는다'는 유가의 일반적 관념을 고수하려는 보수적 유자의 모습으로 비춰지기도 한다.

### (3) 少論系 詠史樂府 創作의 意味

위에서 살펴본 결과, 특정 악부 작품에 대한 소론계 학인들의 경사를

---

356) 김학성, 「處容說話의 形成과 變異 過程」, 『韓國民俗學』 10집, 1977 참조.

어떻게 이해해야 할까? 그에 대한 단서는 이형상과 김종직에게서 발견된
다. 유교적 국가체제를 실현하고자 하는 의지를 지닌 鄭道傳·權近 등은
조선전기부터 禮樂의 조화를 강조하였고 그들의 의도는 예악 정비 사업
및 관련 서적의 간행 등의 형태로 지속되었다. 이후의 김종직 역시 爲政
의 요체로 禮樂을 강조하여 타고난 자질을 바탕으로 民物을 흡족히 잘 다
스리는 것을 임금의 治道라고 생각하였다357).

　　이 책[東國與地勝覽 ; 역자 주.]은 祝穆의 編書에 의거하여 그 중요
한 사항들을 제기하고 겸하여 詩文까지 채집해서 널리 찾아 광대히
기록해 놓았으니, 국가의 文獻에는 참으로 도움된 바가 있다. …中
略… 臣 宗直이 삼가 생각건대, 中原의 땅은 비록 치우친 지방의 작
은 고을이라도 圖志가 있지 않은 데가 없으므로, 만일 찾아서 책을
만들려고 한다면 매우 쉽게 해낼 수가 있다. 그런데 우리 동방의 경
우는 三國時代 이래로 朝廷에도 오히려 簡籍이 없는 지경인데, 더구
나 郡邑이야 말할 나위가 있겠는가? 지금 이 편서가 이루어진 것은
俗諺의 견문들을 주워 모은 나머지에서 나온 것이고, 버리고 취하고
刪定한 것도 그 타당함을 얻지 못하였다. 그러나 이 疆域 안에 소재
한, 고금에 걸쳐 이미 드러난 자취들이 精粗·巨細를 막론하고 한번
책을 펴면 일목요연하게 되었으니, 이것을 비록 『大明一統志』에는
감히 비길 수 없으나, 『方輿勝覽』에 비교한다면 실로 손색이 없다 하
겠다. 그러니 이 책을 사방과 후세에 널리 보도록 한다면 반드시 작
은 도움이 없지 않을 것이다358).

---

357) 金宗直, 「大駕自溫陽還宮, 成均館歌謠. 幷序」, 『佔畢齋集』 卷1(『叢刊』 V.12),
　　215면. "殿下以神聖之資, 撫享嘉之運, 禮制作樂, 民物熙洽, 而且厲精爲治."
358) 金宗直, 「輿地勝覽跋」, 『佔畢齋集』 卷2(『叢刊』 V.12), 418~419면. "據祝穆之編,
　　提其事要, 兼采詩文, 博求而廣記之, 於國家文獻, 誠有所益. …中略… 臣宗直, 竊惟
　　中原之地, 雖偏方小邑, 莫不有圖志, 苟欲蒐討成書, 其力甚易, 我東方, 則自三國以

成化 21년(1485)에 成宗이 하사한 『東國輿地勝覽』을 받고 쓴 발문359) 에서, 김종직은 우리나라 강역의 중요성을 기록한 지리지로서의 중요성과 함께 채집한 民歌가 국가의 문헌에 보탬이 된다는 측면과 함께 동방의 강역 안에 소재한 고금의 사실들의 精粗·巨細를 막론하고 살필 수 있게 한다는 측면에서 民歌採集의 의의를 설파하였다.

임병 양란 이후, 중세적인 사회 체계의 모순이 노정한 사회의 질서 유지를 위한 목적으로 禮學이 상대적으로 강화되었지만, 점차 가열되는 당쟁의 소용돌이 속에서, 禮學은 정쟁의 도구로 전락하는 병폐를 야기하였다.

> 禮와 樂은 어느 한쪽을 폐할 수 없는 것이니 禮가 지나치면 거리감이 생긴다. 그러므로 宋 나라 때, 禮敎가 극도로 성하더니 말엽에 이르러서는 三黨이 나뉘었고, 우리나라에서도 오로지 번거로운 禮文만 일삼고 樂學은 알지 못한다. 근래의 黨禍 역시 禮에 너무 지나친 말유의 폐단이라 하겠다360).

정쟁의 원인을 특정한 기득권 계층에 예학이 편중된 때문으로 이해한 이형상은, 그 해결책으로 禮樂이 조화로왔던 古禮의 입장을 기본으로 하여 당대의 문제에 접근하여 실제적인 예론의 적용에서는 조화를 강조하였

---

來, 朝廷之上, 尙缺簡籍, 況郡邑乎? 今是編之成, 出於俗諺見聞采撫之餘, 而去取芟定, 又未得其當, 然幅員之內, 古今已然之迹, 精粗巨細, 一開卷而了然在目, 雖不敢擬一統志, 而較諸方輿勝覽, 則實無愧焉, 以之嘉惠于四方後世, 未必無小補云."

359) 金宗直, 「輿地勝覽跋」, 『佔畢齋集』 卷2(『叢刊』 V.12), 418면. "成化二十一年三月, 上命承政院, 召今平安道觀察使臣成俔·忠淸道觀察使臣蔡壽泊臣宗直, 出示宣城府院君臣盧思愼等所進東國輿地勝覽五十卷."

360) 蔡濟恭, 「瓶窩先生李公行狀」, 『瓶窩集』 卷18(『叢刊』 V.164), 527면. "禮樂不可偏廢, 禮勝則離, 故宋朝禮敎極盛, 至末葉, 三黨分. 我朝專事煩文, 不習樂學, 近來黨禍, 亦禮勝之流弊也."

다[361]. 의론에서 예악의 조화를 추구하기는 했지만, 이형상의 의도는 예론에 대해 상대적으로 樂論에 대한 관심을 증대하는 방향으로 나타났다. 그가 "樂이 지나치면 遊蕩하고 禮가 지나치면 離散한다"는 『禮記』의 말을 인용하여, 遊蕩하여 放曠하게 되는 것은 음란한 음악이 지나쳐서이고 離散하여 黨禍가 야기되는 것은 소소한 禮義를 지나치게 따져서라고 지적하며, 유탕한 풍속을 바로잡아서 서로 다투고 죽이는 폐단을 교정하는 것이 바로 당대의 '權道'라고 주장하였다[362]. 당쟁의 폐단을 악론으로 조절하고자 시도한 이형상의 '禮樂調和論'은 중세 사회의 해체와 근대 사회로의 이행 과정 속에서 사회변동의 일면을 반영한 것으로 이해될 수 있다. 또한 그의 논리는 그동안 논외로 치부되어 오던 우리 음악에 대한 자연스러운 자각과 재발견으로 발전되어 나갔다.

예론에 대해 상대적인 樂論의 비중을 강조한 이형상의 관념은 그의 문학론에도 영향을 끼쳤다. 즉 문학작품을 단순한 심미적인 차원으로 인식하는 데 그치는 것이 아니라 현실과 결부된, 목적과 양식을 겸비한 차원으로 확대하고자 한 것이다. 특히 그는 당시의 폐단을 개선하는 방안으로 온전히 우리의 정서와 가락이 배어 있는 문학 양식을 고려하였다.

客이 말하기를, "樂府는 아무나 지을 수 있는 글이 아니고 더구나 우리나라는 예로부터 雅樂이 없었으니 그대가 樂府를 짓는 것은 주제넘은 짓이 아닌가?" 내가 말하기를, "무릇 '樂府'라고 하는 글은 반

---

361) 李衡祥, 「更永錄, 禮樂說」(『瓶窩全書』 V.8) 참조.
362) 李衡祥, 「答李仲舒」, 『瓶窩集』 卷7(『叢刊』 V.164), 304면. "記曰, 樂勝則流, 禮勝則離, 竊謂流而爲放曠者, 必淫樂之勝也. 離而爲黨禍者, 必曲禮之勝也. 以是常切切有慨於心, 心以爲扶祖沮弱人, 以救世交者, 豈晦菴得已之辭也? 寧種流蕩之俗, 以矯爭殺之弊者, 不害爲權時之道."

드시 中氣를 얻은 뒤라야 가능하다. 蘇軾은 蜀 땅에서 생장하여 치우친 점이 단지 齶音일 뿐이었는데도 音律의 調和를 이루고자 했으나 (이루지) 못한 이유는 氣類가 그러해서였다. 우리 나라의 聲音은 이미 齒音에 치우쳤으니 어찌 펴낼 수 있겠는가? 다만 方音의 平調, 羽調, 界面調를 따르고 五音을 잃지 않는다면 곧 못할 것이 무엇이 있겠는가?" 客이 말하기를, "옳다!"363)

우리나라 사람은 특유의 生得的 氣質에 맞춰 적절한 형식과 내용을 취해 음악으로 연주하고 즐기면 될 뿐 억지로 중국의 음악에 맞추는 부자연스러움을 연출할 필요가 없음을 주장한 것이나, 우리나라의 平調, 羽調, 界面調를 비롯하여 牙舌脣齒喉의 五音을 잃지 않는다면 바로 '樂府'의 의의를 살릴 수 있다고 주장한 것에서 그의 樂府觀을 읽을 수 있다.

단군조선의 건국에서부터 신라·고구려·백제와 고려 말에 이르기까지 史話를 골라 악부시로 창작한 李匡師와 李令翊의 경우 그들의 영사악부의 창작 동기에 대한 구체적인 자료가 없어 입증이 곤란하지만 그들이 전범삼은 오광운의 자료를 참고하면 그들의 창작 의도에 대한 이해가 분명해지리라 생각된다.

詩道와 史道는 통괄하여 하나가 된다. 역사 서술의 목적은 勸懲에 있으며 詩의 창작 목적 역시 勸懲에 있다. 그러므로 詩道가 없어진 후에 『春秋』가 지어진 것이 당연하다. 후세에 그러한 사례를 터득한 경우로 '詩史'로 불리는 杜甫가 있으니 그는 작시자의 指南이다.

---

363) 李衡祥,「次益齋雜詠」,『瓶窩集』卷3(『叢刊』V.164), 246~247면. "客曰, 樂府人人可能, 況東方自古無雅樂, 子之爲樂府, 不亦濫乎? 余曰, 凡所爲樂府, 必得中氣然後可也. 東坡生長於蜀, 所偏只齶音, 欲諧而未諧者, 氣類然也. 吾東聲音, 已偏於齒, 何能普也? 只依方音之平調·羽調·界面調, 要不失五音, 則何不可之有? 客曰諾."

역사를 기록한 자는 벼슬이 있지만 시를 쓰는 자는 벼슬이 없다. 벼슬이 없으면서 역사를 기록하는 것은 聖賢이 아니고서는 불가능하다.

예컨대 詩란, 여항의 아녀자들도 모두 지을 수 있으며 里巷의 謳謠는 모두 歷史일 수 있다. 하물며 박식하고 기개있는 선비가 蘭臺의 세 치의 붓대롱을 빌릴 수 없어 이미 답답하게 재주를 쓸 곳이 없음에랴? 고금을 우러보고 굽어보니, 사물의 시비를 감발하게 하는 것이 많아 마침내 韻 있는 역사 즉 樂府詩의 형식을 빌어 무료함을 펴고자 하니 어찌 불가하겠는가? …中略…

아! 우리나라 사람들이 중국을 무조건적으로 믿은 것이 오래 되었는데, 이 책이 동국의 악부를 창제하였으니 더욱 기이하다고 하겠다. 우리나라 사람 중에 李芑라는 자는 항상 다음과 같이 말하였다. "『東國通鑑』을 읽을 자가 누가 있겠는가?" 소인이 역사를 두려워함이 이와 같으니 가령 소인이 거리낌이 없는 자라면 우리나라 사람들이 우리의 역사를 익히지 않은 잘못일 것이다. 우리나라의 역사서의 문장은 변변찮고 거칠어서 사람으로 하여금 보기 싫게 만든다. 이제 훌륭한 시로 그것을 바꾸었으니 감상자가 반드시 많아질 것이다. 예컨대 李芑 같은 자는 아마도 두려워하게 되리라.

오호라! 이 책이야말로 우리나라의 중요한 전적이 아니겠는가? 세상 사람들이 바람·구름·달·이슬·벌레·물고기 등의 것들을 읊은 것과 함께 볼 수 없으리라[364].

---

364) 吳光運, 「撫史俚唱跋」, 『藥山漫稿』 卷16(『叢刊』 V.210), 77면. "詩與史道通爲一, 史勸懲, 詩亦勸懲, 詩亡而春秋作, 尙矣. 後世之得其例者, 有杜甫詩史, 此作詩者之司南也. 史有官詩無官, 無官而作史, 非聖賢不可. 若詩者, 里巷婦孺皆可作, 里謳巷謠, 皆可以史也. 而況博聞倜儻之士, 不能借蘭臺三寸之管, 旣鬱鬱無所用其才? 俯仰今古, 多事物是非相感發, 遂乃遊戲於有韻之史, 以抒其無聊, 顧何不可? …中略… 噫! 東之人耳食於中國, 久矣, 玆編之創製東樂府爲尤奇, 東有小人李芑者恒言曰, 東國通鑑, 誰讀之者, 小人之畏史如此, 使小人無忌憚者, 東人不習東事之過也. 東史文章魯莽, 令人厭看, 今以好詩易之, 賞鑑者必衆, 如芑者, 庶將知懼矣. 嗚呼! 玆編也,

隨城(지금의 경기도 화성)에 사는 趙逸士가 西厓 李東陽의 악부를 본떠 우리나라 역사를 대상으로 지은 『撫史俚唱』[365])에 붙인 吳光運의 서문[366]) 이다. 이 글에서 오광운은 '詩史一致' 관념을 선보이고 있다.

'勸戒'와 '懲戒'라는 교화와 효용의 측면에서 詩와 史의 공능을 동일하게 평가한 오광운은 詩 · 史란 특별한 것이 아니라 일반의 아녀자들도 모두 지을 수 있으며 里巷의 謳謠가 모두 歷史라는 견해를 피력하였다.

아울러 그는 능력을 발휘하지 못한 박식하고 기개 있는 선비가 古今의 是非를 통찰하여 '韻을 붙여 기록한 역사'로서 樂府詩를 정의하였다. 또한 당시 사람들의 뇌리에 깊숙이 자리한 사대주의적 모화의식을 비판하며 우리나라의 악부 즉 東國樂府를 창제한 것을 높이 평가하였다. 오광운의 말을 빈다면 그의 악부명인 '海東樂府'와 이광사 등의 '東國樂府'는 바로 '우리 역사'에 대한 自矜意識의 한 표현으로 이해된다. 더욱이 '『東國通鑑』을 누가 읽겠는가?'라는 李荇의 일화를 덧붙여 당대인의 모화의식에 대비해 그들의 주체적 역사의식을 더욱 부각시킨 점이 이를 확신하게 한다.

그가 문장으로 기록되어 소수의 사대부 계층의 전유물이 될 수 있는 역사의 전승 형태를 '詩→史'가 아닌 '史→詩'의 변화된 전이 형태를 보인 것은, 비록 '漢字'로 표현했다는 제한은 있지만 문장으로서 전승될 역사기록보다 훨씬 더 보편성을 획득할 것은 주지의 사실일 터이다. 더욱이 그가 전제한 두 가지 사실, '여항의 누구나 詩人'이라는 말과 '여항의 謳謠 모두

---

其東國之要典乎? 世不可與風雲月露虫魚物類之詠同視之也."

365) 『撫史俚唱』: 작자의 성명 및 체재, 저작시기 등에 대해 알려진 바 없다. 趙逸士도 성명이 아닌 逸士인 趙氏인 듯한데 누구인지 확인할 수 없다.

366) 吳光運, 「撫史俚唱跋」, 『藥山漫稿』卷16(『叢刊』V.210), 77면. "撫史俚唱者, 隨城趙逸士之作也. 逸士工詩文, 尤長於歌行長篇, 晩以詩史爲歸, 撫實命題, 類李西崖, 而專用東事."

가 歷史'라는 의식은 우리 역사의 가치 인식에 대한 보편성을 획득하는
노력의 일환이라 할 수 있을 것이다. 이러한 오광운의 의식을 전폭적으로
계승한 이광사는 오광운의 「해동악부」의 題名과 小序의 내용을 거의 답
습하며 적극적인 찬동을 표했던 것이다. 이광사의 아들인 李令翊 역시 「해
동악부」의 제명과 구성 양식을 답습하였는데, 그는 자신의 「해동악부」의
창작 동기에 대해 다음과 같이 말하였다.

> 아버지께서 「東國樂府」 30편을 지으시고 나에게 화운하라고 하셨
> 다. 생각해보니 나는 가사도 잘 짓지 못하고 또 억지로 본 뜰 수도
> 없어서 지을 수가 없었다. 그러나 또 사양할 수도 없어서, 이에 소박
> 하고 보잘 것 없는 말을 엮었다. 황당하고 기이하며 불경한데서 나와
> 의심할 만하고 비난할 만한 사적에 대해서는 반드시 편제에 기록하고
> 시에도 나타내어, 屈原이 「天文」을 지을 때의 뜻을 부쳤다367).

위에서 말했듯이 이영익의 「동국악부」 창작의 직접 동기는 부친 이광
사의 권유였다. 다시 말하자면, 그것은 '詩史一致'의 오광운 및 그의 부친
이광사의 인식태도를 계승하되, 荒異・不經・可疑・可譏한 내용에 대한
태도에서는 차이를 나타냈다. 그가 荒異・不經한 내용에 대해서는 반드시
小序에 기록하고 시에서도 나타내어 굴원의 「天問」의 의미를 되살린다고
한 것이 그것을 말해준다.

「天問」은 '하늘에 묻다'는 뜻으로, 설명될 수 없는 자연 현상이나 善惡
의 因果的 사실과 관련되는 神話와 傳說・역사적 故事에 대해 하늘에 질

---

367) 李令翊, 「東國樂府」, 『信齋集』 冊1(『叢刊』 V.252), 407면. "家君爲東國樂府三十
    篇, 命令翊, 屬和. 顧令翊, 不能於詞, 不能强效, 不能. 然亦不能辭矣. 玆綴以朴陋之
    語, 於其蹟之出於荒異不經, 可疑可譏者, 必志于篇題, 見于詩, 自附屈子天問之意."

문하는 형식이다. 그것은 죄없이 방축된 자신의 처지와 설명이 불가능한 자연 현상・전설・신화 등의 불합리성을 동일한 선상에서 이해하려는 굴원의 정신적 방황과 고민의 문학적 표현 양태이다. 그러나 이영익의 경우에는 자신의 처지에서 이러한 양식을 채택하게 되었다기보다는 객관적 사실의 범위를 벗어난 신화・전설 혹은 역사 사실 자체에 대한 의문을 나타낸다는 점에서 굴원과 차이난다.

箕子朝鮮의 건국에서 朝鮮의 樂章에 이르기까지의 다양한 악곡 및 사화를 채집한 이유원의 「海東樂府」는 沈光世의 창작 이후로 가장 대표적 악부 제명인 '海東'을 사용할 뿐만 아니라 구체적인 작품 명칭에서도 擬題 경향을 나타내었다. 작품별 구성 양식은 '小序 - 詩' 양식이 아닌 詩 뒤에 부분적인 설명이 첨부된 7언 4구의 정제된 형식이다. 30여 수에 달하는 그의 漢譯詩歌에서도 동일하게 나타난 이러한 양식은 무엇을 의미하는가? 이유원의 「小樂府 後序」에 의하면 그가 「해동악부」를 짓게 된 것은 李齊賢의 '小樂府法'을 바탕 삼아서라고 하였다[368]. 그렇다면 이제현의 「소악부」 창작 형식 및 내용상의 특징이 무엇인가 고찰할 필요가 있다. 11수에 달하는 「小樂府」 작품 가운데, '長巖・居士戀・濟危寶・沙里花・處容・五冠山・鄭瓜亭'의 7수는 『高麗史』 「樂志・俗樂條」에 수록되어 있으며 2수는 濟州道民謠, 나머지 2수 가운데 한 수는 樂章歌詞에 所載한 鄭石歌에서 내용을 확인할 수 있으며 나머지 1수만이 그 출처가 불분명하다[369]. 또한 형식은 모두 7언 4구의 단형이다. 이로 볼 때, '小樂府法'이란 주로 우리나라의 民謠・俗謠 俗樂 등을 採集하여 한시로 창작한 형태를 말하는

---

368) 李裕元, 「小樂府 後序」, 『嘉梧藁略』 冊1(『叢刊』 V.315), 29면. "余昨夏, 作海東樂府百首, 原於益齋先生小樂府法,"
369) 李佑成, 「高麗末期의 小樂府」, 『한국한문학연구』 1집, 1976, 11면.

것으로 이해된다. 형식을 7언 4구로 한정하여 말하지 않은 것은, 이제현의
소악부에 대한 和答으로 고민하는 민사평에게 그가 '화답은 반드시 同一한
형식과 내용으로 국한할 필요가 없다'고 말하며 劉禹錫의 竹枝詞를 蘇軾
은 長歌로, 男女相悅之辭를 英雄의 故事로 대신 화답하였다는 일화370)를
언급한 것에서 특별한 형식의 제약을 두지 않음을 알 수 있기 때문이다.
결론적으로 말한다면, 이유원은 우리나라의 樂曲을 채집하여 한역화 하는
데 주로 7언 4구의 정제된 형식을 추구한 이제현의 창작 전통을 계승하였
으며 이러한 태도는 여타의 소론계 영사악부 작가에 비해 더욱 樂・歌・
舞를 소재로 한 음악성에 경도되는 특징을 나타낸다고 할 수 있다.


## 4. 결론

이상의 연구 결과를 요약하자면 다음과 같다. '實用'과 '主體的 自覺'을
위주로 하는 소론계의 학문 전통이 '과학으로서의 국어학'이 정립되어 있
지 못하다고 평가받는 조선후기에서도 『정음』과 조선식 한자음에 대한
가치를 긍정하게 하였고, 나아가 우리말로 지어진 시조와 시가 그리고 우
리의 역사를 노래한 영사악부 등에 깊은 관심을 가지고 漢譯하게 하였다.
이것은 그때까지 한문을 전용해 오던 조선후기의 지식인층 일각에서 조선
적인 문예창작물에 대한 가치를 긍정했다는 한 표식이며 한문과 국문간의
일반적인 교섭이 이루어지기 시작하는 한 단계로 평가할 수 있을 것이다.

---

370) 李齊賢, 「…中略… 僕謂劉賓客作竹枝歌, 皆夔峽間男女相悅之辭, 東坡則用二妃,
　　 屈子, 懷王, 項羽事, 綴爲長歌, 夫豈襲前人乎? 及菴取別曲之感於意者, 翻爲新詞可
　　 也, 作二篇挑之.」, 『益齋亂藁』卷4(『叢刊』V.2), 537면의 제목 부분.

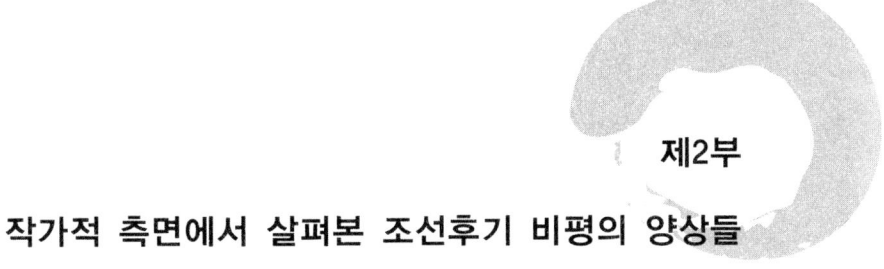

제2부

작가적 측면에서 살펴본 조선후기 비평의 양상들

# 제1장
# 藥泉 南九萬의 경우

## 1. 머리말

한문학사에서 17세기를 준동한 復古主義는 모방과 표절의 한계를 노정함으로써 18세기 이후의 주된 비판과 공격의 대상이 된다. 그러나 이 시기의 문단 내부에는 문단의 지각변동을 예고하는 움직임이 있었다. 鄭澈·金萬重·金春澤 등의 國文詩歌에 대한 호의에서 엿보이는 조선적인 창작경향의 배태와 金昌協·李用休·朴趾源·李德懋 등에 의해 전개되는 사실주의 문풍의 유행으로 규범과 상투성에서 벗어난 성정과 자연의 물상에 대한 관심의 촉발, 眞의 추구, 法古創新에 의한 조선풍의 추구가 그 예이다. 그러나 문단의 움직임을 도출하는 과정이 몇몇 당파와 학맥만을 중심으로 하여 우리 한문학의 실상을 다각적이고 구체적으로 규명하지 못하는 한계가 나타났다.

우리 한문학사에서 조선후기는 작가 개인의 창작경향과 함께 黨脈, 學脈, 血脈의 이념과 학풍에 영향을 받는 경우가 많았다. 조선후기의 문학이론 연구에서 理念集團과 認識集團, 血緣集團의 공유부분을 도외시한 연구는 그 자체에 이미 모순과 불완정함이 내재된다 할 수 있다.

이러한 시대문학적 특징에 착안하여, 본고는 교조적 주자주의의 질곡에 저항하며 다양한 학문의 수용을 통해 혼란한 정치현실과 민생의 안정, 역사인식에서의 민족적 관점의 제시, 당대 한문학의 병폐를 개선하여 이후의 시기에 나타나는 實學의 일 모태로 기능한 소론계 문인지식인들의 문학이론을 고찰하여 조선후기 한문학의 일면을 새롭게 규명해보고자 한다. 이를 위해 藥泉 南九萬(1629~1711)을 그 대상으로 하였다. 본고에서는 17~18세기의 문단에서 차지하는 그의 위상을 조명하여 이 시기 문단의 또한 흐름을 규명하는 초석으로 삼고자 한다.[1]

## 2. 實證的·折衷的 학문태도

약천의 學問思想에서 주목되는 점은 조선 최초의 陽明學 수용자[2] 南彦經(1528~1594)이 그의 從高祖라는 것이다. 남언경은 徐敬德·李滉의 문하에 왕래하고 成渾·李珥와 從遊하였다. 그는 李滉을 비롯한 名流들과 心性學的 討論을 전개하고, 東·西黨論에서도 成渾·李珥와 함께 중요한 위치를 점하였다[3]

---

1) 본고는 민족문화추진회에서 발간한 『藥泉集』을 텍스트로 하여 南九萬의 學問思想과 文學論을 검토하였다.

2) 尹南漢, 『朝鮮時代의 陽明學 硏究』, 집문당, 1982, 137~138면 참조. ; 윤남한은 李能和·李丙燾를 비롯한 先學들의 論考와 日本人 高橋亨·阿部吉雄의 論考에서도 다같이 南彦經을 조선 최초의 양명학자로 소개하고 있음을 제시하였다. 이어서 그는 『宣祖實錄, 27년 甲午 7월 癸巳條』의 남언경의 문인 李瑤의 請對記事 가운데 "朝鮮最初治陽明學者乃南彦經·李瑤也."라고 한 점을 예시하였다.

3) 尹南漢, 前揭書, 139면 참조. ; 主氣學派의 淵源이라고 할 수 있는 花潭學派에서 남언경과 관련된 學人들은 당시로서는 新思潮인 明의 白沙學이나 陽明學, 整菴學 등에 관심을 기울였다. 뿐만 아니라 朝鮮中期의 花潭學派의 특징의 하나인 다양한 신

남언경의 陽明學的 학문 경향은 어떻게 계승되는가? 南彦經의 손자이며 藥泉의 從祖父인 南好學과 張維(1587~1638)는 同壻간이다. 특히 장유는 조선의 대표적 양명학 수용자로 거론되기에 그 연계를 추측할 수 있다. 또 그와 함께 세칭 '四友'로 거론되는 崔鳴吉(1586~1647)[4]은 병자호란 때 대의명분보다는 현실적인 主和論을 주장한 인물로 일찍부터 그의 陽明的 학문경향이 언급되었다. 그의 손자 崔錫鼎(1646~1715)과 증손자 崔昌大(1669~1720) 역시 이러한 학통에 기반하여 현실적인 '變通論'을 국가운영 원리로 제시한 바 있다.[5]

> 공은 평소에 天人과 性命에 대해서는 말씀하시지 않고 종일 책을 보고 沈潛하여 한결같이 躬行·心得을 우선하였다. 立志와 勅身에 대해 공정히 생각하느라 매우 피로하고 몹시 초췌할 정도였지만 簡嚴과 介潔함으로 자신을 단속하였다. 비록 德과 관련되는 것이면 비록 적은 것이라 해도 타고난 자질과 道에 가깝지 않은 경우가 드물었다.[6]

이것은 아들인 南鶴鳴이 약천의 遺事를 기록한 것이다. 이념적인 天人論·性命論에 대한 것보다는 實踐躬行을 중시하는 그의 학문 경향을 짐작할 수 있다. 또한 趙泰耈(1660~1723)가 咸慶道 御史로 나갔을 때 慶興

---

분계층의 사람 즉, 宗室·庶孽·庶民層이 많이 포섭되어 있어 兩班 계층을 주로하는 경향 가운데서보다 開放的이고 近民的 학문태도를 지녔다고 할 수 있다.

4) 최명길의 祖母 南氏가 남언경과 堂內間인 南尙質의 딸이다.(尹南漢, 前揭書, 140면 참조.)

5) 拙稿, 「昆侖 崔昌大의 修辭論 硏究」, 『동방한문학』 24집, 동방한문학회, 2003, 120~122면 참조.

6) 南鶴鳴, 「先考遺事」, 『晦隱先生文集』 권4(『韓國歷代文集叢書』 V.2389, 경인문화사), 385~386면. "公居常不談天人性命, 終日看書沈潛, 一以躬行心得爲務, 夷考其立志勅身, 勤勞盡瘁, 簡潔自守, 雖於小德出入者, 鮮不但天資近道而已."

의 座首가 자신의 고을에 폐단이 없는 것은 이전에 약천이 함경도 관찰사로 부임하여 와서 그 고을의 폐해를 모두 變通하여 준 이후로 그런 일이 없어졌다는 일화가 그의 실천적 학문경향을 입증해준다.[7]

藥泉의 처남이며 대표적인 주자학 비판론자인 朴世堂(1629~1703)은 약천과 어린 시절부터 20여년간을 함께 기거하며[8] 南二星(1625~1683)과 학문에 대한 논쟁을 즐겼다.[9] 이 과정에서 약천과 박세당이 양명적 경향이 짙게 배인 그의 一門의 학문적 경향에 영향을 받았을 것임은 짐작할 수 있다.[10] 또한 약천의 제자인 朴泰輔(1646~1689), 鄭齊斗(1649~1736) 등의 학문적 경향을 살펴보건대, 이들이 공유하는 일부가 바로 陽明學的이거나 朱子學 批判임을 짐작 할 수 있다.

약천은 당시에 널리 읽히던 『書傳』의 蔡沈의 편명 가운데 「虞書」를 馬融·王肅·鄭玄 등 諸家의 의견을 참고하여 '虞夏書'라고 하는 것이 타당함을 주장하였다. 또한 「說命·中」에 나오는 '斅學'의 의미와 「周書·召

---

7) 南鶴鳴, 「先考遺事」, 『晦隱先生文集』 권4(『韓國歷代文集叢書』 V.2389, 경인문화사), 373면. "趙判書泰耉嘗自北關御史還言, 到慶興, 座首告御史曰, 此邑無一弊端, 而有一故事. 南相公按節時, 盡問弊瘼, 皆變通."

8) 南九萬, 「題林淸道淨所藏西溪朴兄手寫詩第後」, 『藥泉集』 第27(『叢刊』 V.132), 458~459면. "西溪朴先生, 余之姊兄也. 時同居家食同爨二十餘年, 每得一卷書作一篇文, 未嘗不反復質理, 砭剌制定, 以相樂也."

9) 朴世堂, 「年譜」, 『西溪集』卷22(『叢刊』V.134), 436면. "先生時與夫人弟南相國九萬及其叔父南尙書二星, 辨論文義, 或不相屈, 以至窮日繼夜. 晚年答南相公書曰, 索居以來, 無復昔年辯論之樂, 追思當時, 劇談縱橫, 彌日竟夕, 不自知疲, 雖齟疎之說, 未足以盡契妙解, 若比餘人言, 茫然不知何謂者, 則誠不翅我洋之耳矣."

10) 朴世堂이 敎條主義的으로 치닫는 朱子學에 반기를 들고 독자적으로 經典을 해석하며 학문과 사상의 자유를 추구하여 四書三經의 註解를 새로이 하여 『思辨錄』으로 결실을 맺은 것이나 양명학의 가치를 인정하게 된 것도 어쩌면 藥泉 一門의 陽明學的 경향의 영향을 입어서일 것이라고 추론해 볼 수 있을 것이다.(崔永成, 『韓國儒學思想史Ⅲ』, 아세아문화사, 1995, 274면 참조.)

誥」의 '用牲于郊, 牛二'에 대한 것, 「周書·洛誥」의 '明禋'의 文勢構成, '戊辰王在厥邑'의 구절의 위치 문제 등에 대해 諸家의 說을 검토하여 논리적이고 타당성 있는 의견을 채용하고자 하였다.[11]

이처럼 약천은 朱子說이나 특정 학설을 墨守하기보다는 그에 대한 논리적 검증을 통해 그 타당성과 객관성을 확보하고자 하였다. 이러한 학문 태도는 그의 천성일 뿐 아니라 實質性을 중시하는 家學 전통과도 무관하지는 않을 것이다.

약천의 학문 경향은 理念的이라기보다는 考證的이고 客觀的이라고 특징지을 수 있다. 「東史辨證」[12]에서 우리 역사의 주요 관심사인 檀君朝鮮·箕子朝鮮·浿水·眞番·首陽山 등에 대해 편견이나 事大主義的 의식의 구속을 벗어나서 客觀的인 考證을 위하여, 『書經』·『三韓古記』·『三國遺事』·『筆苑雜記』·邵康節의 『皇極經世書』·『天運紹統』을 비롯한 『漢書』·『史記』·『唐書』·『通典』·『東國與地勝覽』, 그 외의 中國의 史書 및 諸家說을 섭렵하였다. 이러한 연구는 조선후기의 역사지리학 연구에 큰 영향을 끼쳤다. 柳光翼의 『楓巖輯話』, 李肯翊의 『燃藜室記述』에 수록되었고, 安鼎福의 『東史綱目』에서도 남구만의 浿水에 대한 논의를 인용하였다. 이처럼 성리학자들의 포폄위주의 道德論的인 史觀을 탈피하여 歷史地理의 考證을 통한 연구방법은 17~18세기의 歷史地理學의 考證的 研究의 발전에 중요한 업적을 세웠다고 평가할 수 있다.[13]

또 약천은 朝鮮의 漢字音을 正音으로 평가하였다.[14] 그는 중국의 字音

---

11) 南九萬, 「答崔汝和 癸酉 12월 12일」, 『藥泉集』 第32(『叢刊』 V.132), 544~547면.
12) 南九萬, 「東史辨證」, 『藥泉集』 第29(『叢刊』 V.132), 484~489면.
13) 朴仁鎬, 전게서, 69~72면 참조.
14) 南九萬, 「丙寅燕行雜錄」, 『藥泉集』 第29(『叢刊』 V.132), 494면.

이 五胡時代 이래로 夷·夏가 서로 뒤섞이면서 한자의 語音과 字音이 본
래의 夏音을 잃고 잘못되기 시작하였다고 주장하였다. 반면에 朝鮮漢字音
은 三韓 이래로 받아들인 중국의 字音이 책자로 전습되어 日用의 語音과
섞이지 않았기 때문에 年代·方言의 變易과 상관없이 전래된 正音 그대
로임을 주장하며 중국의 음을 존중하여 우리나라 사람이 한자음을 제대로
모른다고 한 張維의 견해를 비판하였다. 일견하기에 이러한 주장은 漢字
音의 傳來的 측면에서 논한다면 중국의 것을 존중하는 事大的인 것이라
고 할 수 있지만, 朝鮮漢字音에 대한 가치를 긍정했다는 측면에서는 나름
대로 自尊的 認識을 가졌다고 평가할 수 있다. 이러한 학문 태도는 문학
창작에서 조선의 소리인 民謠·時調 등의 가치를 인정하여 그것을 漢譯
하는 작업을 통해서 구체화 된다.


## 3. 藥泉의 詩文學論

### 1) 內外修養을 위한 道文相須論의 提示

古今의 시대변화에 대한 인식은 문장가들의 주요한 관심사이다. 시대에
따라 세상과 사람은 달라진다. 문장 역시 변화한다. 이러한 변화에 대한
긍정 혹은 부정의 태도가 古文論者와 擬古論者로 나뉘게 한다.

대개 다음과 같은 말을 들었다. 옛날에 글을 지은 이유는 말을 기
록하기 위해서였다. 道가 입으로 나오면 말이 되고 書册에 쓰여지면
文章이 된다. 이 두 가지가 같은 곳에서 나왔지만 이름이 달라지는
것은 文章이 옛날에 사용될 때도 그러하였다. 시대를 내려와 후대에

는 이른바 詞章之文이라는 것이 생겨나서 가만가만히 摹擬하고 假飾하는 것을 스스로 工巧하다고 여겼다. 文人의 文章만 그러한 것은 아니었다. 비록 儒學에 종사하는 자라 해도 또한 이러한 행태를 면치 못하였으니 옛날과 멀어진 것이 또한 오래되었기 때문이다.[15)]

약천은 시대와 문장의 변화를 부인하지 않고 비판적으로 直視하였다. 道가 상실된 후대에 문장창작이 道의 外的 表出이라는 본래적 기능을 망각한 채 摹擬와 거짓된 修飾을 일삼는 것을 뛰어나다고 여기며 儒學을 배우는 자들조차 그러한 풍조에 물든 것을 비판하였다.

일찍이 金宗直(1431~1492)은 文章이 經術에서 나온 것이며 經術은 文章의 근저가 되기에 양자가 별개일 수 없음을 주장하였다.[16)] 金邁淳(1776~1840)은 文章의 뛰어난 것은 반드시 華實을 겸하였기에, 道文이 일컬을 만한 것이 없으면 華 · 實은 서로 補益될 수 없어서 그 文章의 졸렬함을 숨길 수 없다고 하였다.[17)]

약천은 문장 창작의 기본 조건으로 仁義의 蓄積을 강조하였다[18)]. 仁義

---

15) 南九萬,「滄溪集序」,『藥泉集』第27(『叢刊』V.132), 449~450면. "蓋聞古之制文, 所以記言也. 發諸口則爲言, 書諸册則爲文. 之二者同出而異名, 文之爲用於古者然也. 降而後也, 乃有所謂詞章之文, 竊竊焉摹擬假飾, 自以爲工, 不特文人之文爲然. 雖從事儒學者, 亦有不免於此, 其離古亦遠矣."

16) 金宗直,「尹先生祥詩集序」,『佔畢齋集』文卷1(『叢刊』V.12), 413면. "經術之士, 劣於文章, 文章之士, 闇於經術. 世之人有是言也, 以余觀之, 不然. 文章者, 出於經術, 經術乃文章之根柢也. 譬之草木焉, 安有無根柢而柯葉之條鬯, 華實之穠秀者乎? 詩書六藝, 皆經術也. 詩書六藝之文, 卽其文章也. 苟能因其文, 而究其理, 精以察之, 優而游之, 理之與文, 融會於吾之胸中, 則其發而爲言語詞賦, 自期於工而公矣, 自古, 以文章鳴於時而傳後者, 如斯而已."

17) 金邁淳,「石陵稿自序」,『臺山全書』册2(계명문화사, 1985), 538면. "夫文之雋者, 華實必兼, 本末必具, 本實未足以稱, 而華與末, 又不能以相補, 則其文之拙可知也."

18) 南九萬,「醒翁集序」,『藥泉集』第27(『叢刊』V.132), 448~449면. "仁義之人, 其言藹如, 苟非仁義之積中, 其發而爲文章者, 雖極聲律藻繪之工, 求其所謂藹如, 終不

가 축적되지 못한 사람의 문장은 비록 聲律과 藻繪의 工巧함을 극도록 추구하여 藹然한 문장을 짓고자 하더라도 끝내 지을 수 없다고 하였다. 內的인 修養이 충실하지 못하기에 그것의 外的 形象인 文章 역시 뛰어날 수 없다고 여겼기 때문이다. 그래서 "사람이 문장을 중요하게 만들 수는 있어도 문장이 사람을 중요하게 만들 수는 없다[人能重文, 文不能重人]."고 하였다. 그가 추구한 문장창작의 이상적 경계는 '道文一致'에 가깝다고 할 수 있다.19) 그러나 주의할 점은 그가 의미하는 '文'의 개념이 '本末' 개념의 道學的 次元에만 그치는 것은 아니라는 점이다.

"文은 藝이다."20) 이것은 약천의 '文章'에 대한 정의이다. 그는 技藝인 문장에만 골몰하기보다는 經術에 근본하여 國政의 要諦를 밝히고, 事情을 다 밝히고 人間 情緖의 표출을 요구하였다. 여기에서 '文'은 內的인 修養의 外的 發露로서의 의미뿐만 아니라 辭章·文藝의 의미도 아울러 지닌다. 이러한 인식을 바탕으로 약천은 修行과 經術, 文藝의 필요성을 절감하며 '道文相須論'을 전개한다.

　　내 들으니 선비라는 사람은 집에 들어와서는 부모에게 효도하고 나

---

可得. …… 文之美, 實亦有由於人者, 又可見矣."

19) 南九萬, 「醒翁集序」, 『藥泉集』 第27(『叢刊』 V.132), 448~449면. "余聞人能重文, 文不能重人. 以此古人之文爲後世所重者, 必其人有卓犖奇偉之節, 不然文雖美, 不之重也. 又聞文有少而傳, 多而不傳, 其傳者必其人之足以重其文, 而不傳者亦必以其文之不能重其人故也. …… 仁義之人, 其言藹如, 苟非仁義之積中, 其發而爲文章者, 雖極聲律藻繪之工, 求其所謂藹如, 終不可得. 今見公詩文, 眞所謂藹如者, 彼世之所稱以文章自命而不知本於仁義者 顧何得以與於此哉? 繇此言之, 人之能重其文固也. 文之美, 實亦有由於人者, 又可見矣"

20) 南九萬, 「竹西集序」, 『藥泉集』 第27(『叢刊』 V.132), 454면. "用力於有用之文, 雕琢浮華之辭, 不屑爲也. …… 文者藝也. 雖工則亦藝而已矣. 至若本於經術, 明於國體, 說盡事情, 開拓心胸, 是不可以筆墨蹊逕論."

가서는 어른에게 공손한 이외에 또한 學文에 종사하지 않을 수 없다고 하였다. 이것은 內外가 서로 함양되고 本末이 서로 필요다는 말이다. 혹 물뿌리고 쓸며, 응낙하고 대답하는 예절에만 전심하고 學文을 힘쓰지 않는다면 識見이 도달하지 못하게 되고 善을 밝히는 영역에 나아갈 수 없게 된다. 혹 기억하며 암송하고 辭章을 짓기를 골몰하는 습관에 부려져서 修行을 독실하 하지 못하면 本源이 확립되지 못하여 몸을 誠實히 하는 지경에 나아갈 수 없게 된다. 이것은 그 先後와 終始가 비록 '차례가 있다'라고는 하지만 이 두 가지는 마치 수레의 두 바퀴, 새의 양 날개와 같아서 진실로 어느 한 가지도 그만둘 수 없다. ……

　지금 세상의 선비들은 대략 과거에 이끌려서 고인의 이른바 '學文하는 일'에 힘을 다할 수 없다고 말한다. 일찍이 聖門之學에 종사하여 六藝의 文章에 통달하고서 도리어 과거공부가 부족한 자를 본 적이 있던가?[21]

　약천은 內的인 修養과 그것의 생활에서의 實行을 중요시하였다. 그러나 修行에만 골몰하여 學文을 힘쓰지 않으면 識見이 高遠해 질 수 없고 至善의 영역에 나아갈 수 없음을 지적한다. 아울러 記憶하고 暗誦하는 辭章之學에 골몰하여 修行을 소홀히 하는 경우에 야기될 폐해 역시 지적하였다. 그는 修行과 學文(文藝의 의미까지 포함)이 서로에게 필요충분해야 할 것임을 지적한다. 이런 이유로 그는 修行과 文章學을 새의 두 날개,

---

21) 南九萬, 「送姜進士亨叔聖復還洪陽序」, 『藥泉集』 第27(『叢刊』 V.132), 445~446면. "余聞爲士者, 入孝出弟之外, 又不可不事於學文, 此內外之交養而本末之相須也. 其或專於洒掃應對之節, 不勉於學文, 則見識未到, 無以進乎明善之域, 其或役於記誦辭章之習, 不篤於修行, 則本原不立, 無以造乎誠身之地, 此其先後始終, 雖曰有序, 如車兩輪, 如鳥兩翼, 實不可廢一者也. …… 今世之士, 率以牽於擧業, 不能盡力於古人所謂學文之事爲言, 曷嘗見有從事於聖門之學, 貫通六藝之文, 而反不足於應擧之業者乎?"

수레의 두 바퀴에 비유하여 양자간의 긴밀한 필요성을 제시한 것이다.


## 2) 詩敎의 再認識과 物語相稱의 追求

漢詩史에서 17세기는 復古風이 지배하는 시기이다. 鄭斗卿(1597~1673)
과 金得臣(1604~1684) 등은 일반적인 學唐의 풍조를 탈피하여 漢魏盛唐
詩를 모범삼아 17세기 漢詩史의 흐름을 변화시키는 데 기여했다. 이들은
『詩經』을 典範삼고 漢魏古詩와 樂府詩의 가치를 발견하여 적극적으로 창
작에 반영함으로써 唐詩의 한계를 극복하고자 하였다.

이러한 詩史的인 흐름의 이면에 18세기를 향한 새로운 詩學的 움직임
이 있었다. 17세기 후반, 金昌協과 金昌翕 등은 眞을 상실한 江西詩와 擬
古主義詩를 비판하며 自然과 天機를 강조하였다. 김창협은 詩란 性情을
나타내는 것이므로 用事의 巧拙 · 詩語의 雅俗 · 古今의 구분도 불필요함
을 주장하였다. 또한 그들은 形式이나 格調에 구애되지 않는 호탕한 氣象
의 宋詩에서 오히려 性情의 참됨을 볼 수 있다고 하며 唐詩에 경도된 풍
조를 비판하였다.[22]

이러한 詩風 변화의 저변에는 退栗을 뒤이어 나타난 宋時烈 등에 의해
朱子의 문학관이 추숭되어 형성된 宋詩 추종의 분위기가 자리한다.[23] 특
히 학자풍의 문인들에 의해 17세기에 溫柔敦厚의 詩敎가 다시 강조되었

---

22) 이종묵, 전게서 491면 참조.
23) 이러한 九曲歌系의 한시는 경물에 대한 興趣 뿐만 아니라 자연 속에 내재하는 理趣
   를 추구하려 하는 것이 많다. 또 생활공간 주변의 아름다운 경관을 노래하는 八詠
   혹은 十詠詩도 17세기에 더욱 많아진다. 이러한 작품은 외형상으로 경물의 아름다움
   에 대한 흥취를 노래한 듯하다. 그러나 그 이면은 心性과 道體를 자연물과 연관지은
   것이 많다.

다. 그들은 性情의 자연스런 노출에 있어서 근체시의 형식적 한계를 인식
하여 古體詩에 대해 높은 관심을 나타냈다. 즉 晚唐을 극복하고자 하는
복고풍의 시인들에 의해 歌行體나 樂府 등이 관심의 대상이 되었던 것과
는 또다른 양상에서 『시경』이 숭상된 것이다.[24]

약천은 「琴湖遺稿序」에서 詩에서 익힐 것은 四聲八病說이 아니라 바로
溫柔敦厚의 詩敎라고 역설한다.

> 나는 시에서 이른바 四聲八病이라는 것은 진실로 익힐 필요가 없
> 다고 생각한다. 이른바 溫柔敦厚의 가르침이라는 것에 대해서는 또
> 한 일찍이 대략 들었다. 詩敎가 본래 溫柔敦厚하고자 했던 것은 그것
> 이 性情을 다스리고 風化를 이루며, 人心을 감동시키고 世程을 돕기
> 때문이었다. 그런데 요사이 시를 배우는 자들은 혹 凄淸한 것을 工이
> 라 하며 詰屈한 것을 奇라 하고, 혹 雕鏤하는 것을 巧라 하며 枯槁한
> 것을 高라고도 하니 어찌 詩敎가 진실로 그러하게 한 것이겠는가?
> 지금 公의 詩를 보니 音調에 나타나는 것이 諧而和하고 辭氣에 나
> 타나는 것이 醇而雅하여 무릇 寒苦之語와 橫軼之言이나 刻削之獘와
> 淡薄之病을 한번 씻어 없애버리고 때때로 高遠한 데에 마음을 부치
> 고 時事에 대한 胸懷를 일으켜 가슴 속에 感憤한 것이 意象의 표면
> 에 은은히 나타나니 또한 일찍이 溫柔敦厚로 근본 삼지 않은 것이
> 없었다. 그런 까닭으로 듣는 자들이 깨우칠 수 있고 말하는 자들은
> 죄가 없으니 이 때문에 가히 詩敎를 깊이 깨달아서 그 사람됨을 살펴
> 알 수 있는 것이다.[25]

琴湖 李志傑(1632~1702)은 仁祖~肅宗 연간의 인물로 漢詩에 능하여 1

---

24) 이종묵, 전게서, 490~494면 참조.
25) 南九萬, 「琴湖遺稿序」, 『藥泉集』 第27(『叢刊』 V.132), 449~450면.

천 5백여 수의 한시를 남겼다. 약천은 이지걸과 나이차가 많지 않고 같이 조정을 출입하면서도 그를 제대로 알지 못했지만 그의 遺文을 보고 恬靜한 행동을 살펴볼 수 있었다고 하였다. 약천은 詩敎는 性情을 陶冶하며 風化를 達成하고, 人心에 感應하며 世程을 보조하는 것이라고 정의하였다. 즉 시가 修養 뿐 아니라 外的으로 風化·世程의 보조적 수단이며, 외물에 感應한 개인적 情緖의 表出이라고 간주한 것이다. 그의 언급에서 주목될 것은 '感應하는 人心'이다. 이것은 諷刺와는 또다른 의미를 내함하고 있다. 약천이 이지걸의 시를 보고 그의 사람됨을 알았다는 언급에서 알 수 있듯이 詩敎가 溫柔敦厚의 敎化的 次元에만 머물지 않고 個人 情緖의 形象에까지 그 의미망이 확충되었음을 확인시켜 주는 것이다.

위에서 제시된 詩의 기능 가운데 또 한 가지는 時事에 대해 우러나는 鬱憤의 詩的 表出이다. 이것은 시인이 마주하는 현실에 대해 事實的이고 眞率하게 형상화하기를 요구하는 것으로 이를 위해 약천은 景意의 一致와 物語의 相稱을 창작 기법으로 제시하였다.

약천과 朴世堂은 젊은 시절 이십여 년을 한 집에 살며 책 한 권을 얻거나 글 한편을 지을 때마다 反復하여 質正하고 問難하며 砥刺하여 改定하기를 즐겼다. 박세당이 이십여 세이던 무렵 楊州의 大灘에서 돌아와 그가 지은 近體詩 一聯을 약천에게 보여주었다.

물결따라 나아가는 배는 丹楓아래를 지나려하고  逐水船將紅葉下
모래밭에 잠든 사람 白鷗와 더불어 한가롭구나.  眠沙人共白鷗閒

나는 이 詩가 景·意가 一致되고 物·語가 相稱하여 참으로 아름다운 작품이라고 생각하였다.26)

---

26) 南九萬, 「題林淸道淨所藏西溪朴兄手寫詩卷後 庚寅」, 『藥泉集』 第27(『叢刊』 V.132),

意와 景(境), 이 두 가지는 예술의 형상에 관한 인식을 이야기 할 때
중요시되는 美學의 범주이다. 역대의 논자들은 意境의 개념에 대해 이견
을 보였다. 唐代의 王昌齡은『詩格』에서 境을 物境・情境・意境의 세 가
지로 분류하며 意境을 처음 거론하였다. 그는 意境이 心物의 어울림을 통
해 창조된 예술경계라고 하였다. 情・境 또는 意・境이 서로 어울리는 것
이 詩作의 근본이며 이것을 기초할 때야 비로소 마음 속에 意境을 형성할
수 있다고 여겼다. 이후의 司空圖[27]를 비롯한 南宋의 姜夔[28] 역시 意와
境의 어울림을 강조하였다. "景意가 一致되고 物語가 相稱하여 참으로 아
름다운 작품이라고 생각하였다."라고 한 언급에서 약천이 이들과 意境에
대해 유사한 관점을 가졌음을 알 수 있다.

약천이 말하는 '景'은 광의의 것으로, 山水・花鳥・宮室 등의 구체적인
物象을 가리킬 뿐만이 아니라 기타의 갖가지 현실 생활의 景象을 포괄한
다. 作家가 현실 생활의 경상을 묘사할 때, 그는 순수하게 객관적으로 그
것을 간단히 복제하는 것이 아니라 현실생활 경상에 대한 자신의 認識과
感情을 그 속에 포함하여 예술적인 작업을 통해 다른 자연형태의 새롭고
독특한 면모를 만들어낸다. 이것이 바로 약천이 말하는 景(境)이다.

약천은 兪命衡의 부탁으로 쓴「題林碧堂七首稿後」에서 作詩法을 밝히
고 있다.

　　내가 兪命衡의 부탁을 받아 그의 先祖妣의「枕角繡詩」에 서문을
　　썼다. 兪君이 또 그의 선조인 林碧堂 兪汝舟(1480~?)의『七繡稿』한
　　책을 보여주었다. 맨 먼저 칠언절구 두 수가 있는데 바로「枕角繡詩」

458~459면.

27) 司空圖,「與王駕評詩」,『司空表聖文集』권1, "思與景偕, 乃詩家之所尙."
28) 魏慶之,「白石詩說」,『詩人玉屑』권1, "意中有景, 景中有意."

였다. 다음으로는 오언 절구 두 수가 쓰여 있었는데 하나는 집안사람
들이 전하여 기록한 것이었고 다른 하나는 許筠이 편집한 『國朝詩刪』에
서 뽑은 것이었다. 끝에는 오언 율시 한 수와 오언 절구 두 수가 있었
는데 明나라의 牧齋 錢謙益이 편집한 『列朝詩集』에서 뽑은 것이었
다. 그 시들 가운데 枕角繡詩가 가장 雅正하다는 것은 내가 序에서
이미 논하였다. 그리고 집안에 전하는 시를 기록한 것과 『국조시산』
에 실린 두 수의 오언 절구는 그 意趣가 음미할만한 것이 진실로 「枕
角繡詩」보다 매우 못하지는 않았다. …… 「枕角繡詩」를 보니 卽事
賦懷하여 悠然히 自得한 것과 큰 차이가 없었다.29)

약천은 詩作을 할 때, 바로 사물을 대하여 자신의 興懷를 읊는다면 悠
然히 自得하는 것과 마찬가지로 훌륭한 시를 지을 수 있다고 하였다. 이
것은 바로 審美觀照의 즈음에 直覺을 통하여 感興을 일으킴으로써 意境
과 하나 되기를 주장한 것이라 할 수 있다. 이것은 王夫之가 景物을 대하
여 문득 마음에 떠오른 것 즉, 情意를 따라 시를 쓴다면 자연스럽고 精妙
해 질 것이라고 한 말과 흡사하다.30)
　이상의 분석을 종합한다면, 약천이 말한 意境은 情·境 또는 意·境의
어울림을 통해 작자가 構想할 때 마음 속에 빚어낸 意中의 境界 즉 審美

---

29) 南九萬,「題林碧堂七首稿後」, 『藥泉集』 第27(『叢刊』 V.132), 454~455면. "余旣
承兪君命衡之託, 叙其先祖妣枕角繡詩矣. 兪君又寄示林碧堂七首稿一册, 首書七言絶
句二首, 卽枕角詩也, 次書五言絶句二首, 一出家人之所傳錄, 一出東人所編國朝詩刪,
末書五言律一首, 五言絶句二首, 出皇明遺老錢牧齋謙益所輯列朝詩集, 枕角詩詞致最
雅正. 余旣論著於序矣. 家錄及詩刪所載二絶, 味其意趣, 固與枕角詩不甚遠矣.……
其視枕角詩卽事賦懷, 悠然自得者, 不啻逕庭矣."
30) 王夫之, 『薑齋詩話』. "「僧敲月下門」, 只是妄想揣摩. 如說他人夢, 縱令形容酷似, 何
嘗毫髮關心? 知然者, 以其沈吟「推敲」二字, 就他作想也. 若卽景會心, 則或「推」或「敲」,
必居其一, 因景因情, 自然靈妙, 何勞擬議哉?"

境界이다. 또한 약천은 이러한 意境의 일치 즉 物象과 意思가 일치를 作詩의 이상적인 경지로 간주하였다고 할 수 있다.

## 4. 결론

본 논문은 少論系 文學理論의 史的 展開를 파악하는 연구의 일단으로 그 대표자인 藥泉 南九萬의 文學理論을 고찰하였다.

尹宣擧의 碑文 사건이 빌미가 된 老少論의 분열 양상은 조선후기의 정치 및 사회·문화적 측면에 적지 않은 영향을 끼쳤다. 前者가 宋時烈을 주축으로 하는 朱子主義의 墨守와 擁護를 나타낸 반면 後者는 實用性의 중시 차원에서 朱子學에 대한 批判과 아울러 陽明學·老莊學 등에 대한 사상적 개방의 경향을 특징으로 하였다.

문학면에서는 老少論의 각 黨派에 속한 문인들 대부분이 17세기의 復古主義가 노정한 模倣과 剽竊의 단점을 비판한 점에서는 공통적이지만, 그들이 추구한 道文論, 구체적인 創作 技巧, 創作 典範의 設定에 있어서는 집단간 혹은 개인간의 편차가 나타났다. 그 대표적인 예가 鄭斗卿에 대한 평가[31]이다.

이러한 정치·문화적 요인이 조선후기 작가의 문학이론 형성에 영향을 끼쳤음은 약천을 통해 확인 할 수 있었다. 약천은 조선 최초의 陽明學 수용자로 거론되는 南彦經이 從高祖이다. 또한 그의 집안과 절친한 張維나

---

31) 格調와 氣象을 중시하는 少論系의 南九萬·南鶴鳴·南克寬·崔錫鼎·崔昌大·朴世堂·朴泰輔·吳道一·朴世采 등은 鄭斗卿을 높이 평가하였다. 반면에 시에서의 性情의 발로와 學力을 중시한 金昌協·申靖夏·申昉·金春澤·李宜顯·李德懋 등은 朴誾을 높이 평가하였다.

崔鳴吉 一門 역시 양명적 학풍을 추구한 것으로 알려져 있다. 처남인 朴世堂의 주자학에 대한 비판적 경향과 老莊學으로의 경도를 참고할 때 그의 학문 경향이 당시의 일반 사대부들과는 뚜렷한 차이점을 가질 것으로 이해할 수 있다. 이점은 그가 관리로 재직할 때, 政務의 처리에서 民生의 安定과 實效와 實用을 거듭 강조하는 것에서 확인된다.

또한 우리나라 역사에 나타나는 非事實的이거나 虛僞的 요소들 즉, 檀君朝鮮과 箕子朝鮮의 실재 여부·浿水의 위치·眞番의 경계·首陽山의 위치에 대해 다양한 전적을 섭렵하고 考證하여 實證的으로 규명하고자 하였다. 이러한 그의 학문태도는 이후 조선후기의 역사지리 연구에 대한 考證的 學風과의 연계면에서 선도적인 위치를 점한다고 평할 수 있다.

약천은 부친인 南一星에게 주로 학문을 전수받고, 李明漢과 尹宣擧 등에게 수학하였다. 교유 인물로는 朴世堂·朴世采, 李敏叙·李敏迪 형제, 李世華, 尹拯, 吳道一, 柳尙運, 尹趾完 등이 있다. 특이한 것은 약천의 교우관계가 黨派 뿐 아니라 인척간을 중심으로 한 경우가 많다는 점인데 이는 학연과 혈연을 중심으로 형성되는 黨派의 특성이 반영된 결과라 할 수 있을 것이다. 또한 그의 대표 제자로 거론되는 崔錫鼎·崔奎瑞·朴泰輔 역시 少論의 대표적 인물임을 볼 때 조선후기 문학이론의 추이를 파악하는 데 있어 '黨派'라는 정치적 요소를 배제할 수 없음은 분명해 보인다.

약천은 시대에 따른 文章의 변화를 비판적으로 직시하여, 후대의 문장이 道의 體現이라는 본래적 기능을 망각한 채 摹擬와 거짓된 修飾을 일삼는 것을 비판하였다. 또한 그는 '文'의 개념을 '道의 體現'으로 간주하는 전통적 견해에서 벗어나 '文藝'의 차원으로 확대해석하였다. 그리고 이를 바탕으로 修身·經術 등의 목적의 달성에 있어 이러한 文과 道의 필요성을 절감하여 '道文相須論'을 전개하였다.

약천은 鄭斗卿·金得臣 등이 일반적인 學唐의 풍조를 탈피하여 漢魏盛唐詩를 모범삼아 『詩經』을 典範삼고 漢魏古詩와 樂府詩의 가치를 발견하여 적극적으로 창작에 반영한 점을 높이 평가하였다. 약천은 性情의 자연스런 表出, 國政經營의 補益, 개인정서의 진솔한 표현으로서 文의 가치를 인정하여 전통적인 溫柔敦厚의 詩敎를 재인식하고 『시경』의 가치를 새롭게 인식하였다. 그 결과로 古體詩와 歌行體, 樂府 등에 관심을 기울임과 아울러 우리의 民謠와 時調에 대한 인식을 새로이 하였다.

　이상의 연구 결과 藥泉 南九萬의 學問思想과 文學論이 17세기 후반~18세기 초반의 문단에 나타나는 변화 양상을 적극적으로 수용·발전시켜 이후에 나타나는 朝鮮風의 文學創作의 始原으로서 그 일익을 담당했다고 할 수 있겠다.

# 제2장
# 東州 李敏求의 경우

## 1. 머리말

조선조 사대부들은 그들이 처했던 역사적 조건이나 개인적 취향 등에 따라 문학을 보는 관점에 상당한 편차를 드러냈다. 이들의 문학론은 道·文의 결합형태에 따라 '文以載道論'과 '道本文末論'으로 구분된다.

16세기 말 조선 문단의 새로운 조류로 등장한 古文派는 擬古派의 이론을 수용하여 先秦兩漢散文의 탁월한 성취를 당대에 재현시키고자 하는 秦漢古文派(이하 秦漢派)의 성립에서 비롯되었다고 할 수 있다. 그러나 조선후기 진한파에 대한 기존 연구는 16세기말~17세기 초의 漢文四大家 등의 특정 인물에 한정되어 진한파의 계보를 의고주의자를 최초로 소개했던 尹根壽(1537~1616)에서 시작하여[32] 申欽·張維·鄭弘溟(1592~1650)·金尙憲(1570~1652)으로 이어지는 것으로 설정하고[33] 이들 외에 金鎏(1571~

---

32) 姜明官은『月汀集·別集』권4, 369면의「漫錄」을 인용하여 1580년에 윤근수가『空同集』을 간행하여 이몽양의 존재가 조선문단에 알려지기 시작했음을 근거로 전후칠자의 존재와 저작을 최초로 소개한 문인으로 꼽았다.(「16세기 말 17세기 초 擬古文派의 수용과 秦漢古文派의 성립」,『한국한문학연구』18, 1995, 290~304면 참조.)
33) 金尙憲,「月汀先生集跋」,『淸陰集』, 권39, 594면. "竊槪我朝文苑, 自卞春亭以下,

1648)·趙緯韓(1572~1631)·申翊聖(1588~1644) 등을 언급하였다.34)

그러나 진한파 연구에서 주목할 만한 인물인 東州 李敏求(1589~1670)의 문학론에 대한 연구는 거의 전무한 실정이다.35) 金萬重은 『西浦漫筆』에서 "明을 배우는 한 물결은 月汀 尹根壽·玄軒 申欽 등 여러 공에게서 시작되었는데, 근래의 子時 李敏求가 一家 이룬 사람이니, 대개 우리나라의 시가 횡으로 뻗어난 가지다."36)고 하여 동주를 진한파의 계보를 잇는 대표적 인물 중의 한 사람으로 간주했다.37) 김만중이 비록 詩에 국한하여 언급하고 있는 듯하지만, 그가 거론한 윤근수와 신흠은 모두 진한파의 대

---

率皆規唐藻宋, 樂習軟美, 號爲館閣體, 顧於古文辭, 大有徑庭, 先生慨然自奮爲詞林倡, 手揭赤幟, 啓示指南, 使後來操觚之徒, 知所去就. 自是爭尙先秦兩京之文, 幾乎一變. …中略… 門下一時出三大提學, 張右相維·鄭同樞弘溟, 先後嗣興, 雖以尙憲之不才, 亦嘗代匱, 討論潤色, 幸不辱命. 若鄭參贊曄·趙太宰翼·金宗伯堉, 竝以經術著聞, 實先生成就之力也."

34) 姜明官, 전게서 299~301면 참조.

35) ① 金台俊, 『朝鮮漢文學史』는 역대의 문벌을 언급하는 가운데 分沙와 東州를 간략히 언급했다.

　② 崔海鍾(『韓國漢文學史』)은 이수광 일가의 3대에 걸친 문장가적 측면을 기술하며 동주와 그의 아들인 元揆·重揆와 함께 간략히 서술했다.

36) 金萬重, 「西浦漫筆」, 『韓國詩話叢編』 권4, 529면. 學明一波, 濫觴於月汀·玄軒諸公, 近代李子時, 其成家者. 盖東詩橫出之枝也.

37) 이 외에도 洪萬鍾·南龍翼·申緯 등은 동주의 문학적 역량을 높이 평가하였는데, 대체로 동주가 學明을 했다는 것이 일반적인 견해다.

　① 「海東諸家諸話」, 『韓國詩話總編』 권9, 379면. "其子觀海敏救, 尙明而有調格, 或可謂跨竈耶, 然造詣未必及."

　② 「喝砲談苑(小華詩評)」, 『韓國詩話總編』 권10, 578면. "李東州敏救, 自小業文章而最長者詞賦也. 其詩初以佶屈爲主脫廢江外益肆力焉而漸近明, …중략…, 亦豪爽可稱."

　③ 「喝砲談苑(壺谷詩話)」, 『韓國詩話總編』 권10, 510면. "其子觀海敏救, 尙明而有調格, 或可謂跨竈耶, 然造詣未必及."

　④ 「東人論詩絶句」, 『韓國詩話總編』 권10, 669면. "奚論骨力韻優優, 城枕寒江地易秋, 眞見人家有跨竈, 詩人雙絶李東洲."

　⑤ 「東國詩話彙成 권16」, 『韓國詩話叢編』 권5, 481면. "東洲父子, 俱以詞翰名家稱, 芝峰長於詩, 東洲長於賦, 東洲曰, 先人詩尙摩詰, 余詩尙杜陵."

표적 인물이고, 그가 '明을 배우는 물결'이라고 한 것은, 그가 말한 것이 단순히 詩에만 국한된 것이 아니라 詩文을 모두 포괄하여 언급한 것으로 이해해도 무리가 없을 듯하다. 위의 언급을 인정한다면 진한파에서의 동주의 위상이 어떠했을까는 충분히 짐작할 수 있다.

특히, 동주와 鄭斗卿[38]·許穆 등은 삼당시인과 권필 등의 성과에 불만을 품고 學唐의 범위를 확대하여 漢魏盛唐詩의 추숭 및 시에서의 '格調'를 더 한층 높여 漢魏古詩 및 樂府詩의 가치와 의의를 발견하여 이를 적극적으로 창작하는 열의를 보였다. 이러한 詩史의 전개 속에서 동주는 學明派의 일원으로 朝鮮詩學史의 새로운 풍조를 수용하고 실천했다[39]는 의의를 부여할 수 있다. 그럼에도 기존 연구에서는 동주를 壬亂期의 名家 혹은 南人 詩脈의 연원으로 분류하는데[40] 그쳐 그의 시론이나 문학사적 위상

---

38) 東溟 鄭斗卿에 대한 연구는 동주에 대한 연구에 비해 활발히 전개되어 학위논문으로 ① 권오웅 『東溟詩의 意識과 風格』(성균관대 박사학위 논문, 1998), ② 김상일 『東溟子 鄭斗卿의 詩世界』(동국대 석사학위 논문, 1990), ③ 남은경 『東溟 鄭斗卿 文學의 硏究』(이화여대 박사학위 논문, 1998)·「17세기 復古主義 詩의 특징-東溟 鄭斗卿의 詩를 중심으로』『우리 한문학사의 새로운 조명』, 1999, 집문당), ④ 박태성 『東溟 鄭斗卿 詩 硏究』(연세대 석사학위 논문, 1991) 등이 있고 그외 다수의 논문에 동명에 관한 언급이 있다.

39) 安大會, 『18세기 한국한시사 연구』, 소명출판사, 1999, 17~22면 참조.

40) ① 李家原은 두세 편의 漢詩를 소개하는 정도에 그쳤다.(『朝鮮漢文學史』)

② 閔丙秀는 동주를 穆陵盛世期의 戰亂중의 名家로 단순 분류했다.(『韓國漢詩史』, 1996, 태학사)

③ 沈慶昊는 (「18세기 중·말엽의 남인문단」, 『국문학연구』, 태학사, 1997)

④ 安大會는 동주를 三唐詩人과 權韠의 성과에 불만을 가지고 格調를 높이고자 한 鄭斗卿을 비롯한 일군의 시인의 범주에 분류하여 그들이 漢魏盛唐詩를 모범으로 삼아 이 주장에 입각하여 창작과 비평활동을 전개했다고 하였다.(『18세기 韓國漢詩史 硏究』, 1999, 소명출판)

⑤ 沈慶昊는 동주를 南人 詩派의 계보를 잇는 인물로 분류하였다.(『한국한시의 이해』, 2000, 태학사)

⑥ 夫裕燮은 다양하고 풍부한 자료를 바탕으로 동주를 蔡裕後와 함께 南人 詩脈의

에 대해서는 아직 제대로 연구가 되지 못하고 있는 실정이다.

본고는 이러한 문제의식하에 먼저 그의 문학활동의 배경으로서 생애 및 교유·사승관계를 살펴보고 이어서 그의 문학론을 살펴보기로 한다. 이를 위한 자료로는 『東州集』(前集 8권, 詩集 24권, 文集 10권, 別集 1권)을 중심으로 그가 편집한 『唐律廣選』 및 그의 집안의 기록인 『嘉林四稿』를 주로 활용하였다.

## 2. 與世並變의 古文論

周敦頤는 重道輕文의 載道論的 입장에서 道와 무관한 文을 빈 수레에 비유하고, 文辭의 화려함을 수레의 겉치장에 견주어 文이란 道의 도구일 뿐임을 말했다.[41] 이것은 16세기 이후의 조선조 사대부들에게는 하나의 통념이었다. 동주 역시 예외는 아니어서 ①과 같은 언급을 했다. 그러나 아래 ②~④에 나타나는 동주의 관점은 '作文害道' 및 '文從道出'을 주장하는 道學家들의 극단적 重道輕文과는 차이가 있음을 보여준다.

　① 대저 文이란 道를 싣는 그릇이다.[42]
　② 대저 文이란 道의 작은 것[細]이다.[43]

---

　연원으로 분류하여 그 계승관계를 밝히는데 주력하였는데, 잎으로의 지속적인 연구
　가 기대된다.(「東州 李敏求와 南人 詩脈의 전개」, 『韓國 漢詩 研究』, 2000, 태학사)
41) 周敦頤, 「文辭」, 『通書』. "文所以載道也. 輪轅飾而人弗庸, 徒飾也, 況虛車乎? 文辭
　藝也, 道德實也. …中略… 不知務道德, 而第以文辭爲能者, 藝焉而已."(鄭珉, 『조선
　후기 고문론 연구』, 28~29 참조, 1989, 아세아문화사.)
42) 李敏求, 「文喩說」, 『東州集·文集』, 卷4, 320면. "夫文者載道之器也."
43) 李敏求, 「西疇遺稿序」, 『東州集·文集』 卷2, 292면. "夫文者, 道之細也."

③ 전대의 聖人을 보좌로 삼으니 業이 이로 말미암아 빛나고, 先王을
   문장[黼黻]으로 삼아 道가 이로 말미암아 밝아지니 이것이 文의
   완성이다.[44]

④ 文道는 …중략… 세상과 盛衰를 나란히하여 각 시대의 아름다움
   을 융성히 하였다.[45]

①에서 동주는 道를 중시하는 입장을 나타냈는데, 이 점은 古文家와 道
學家 모두 차이가 없다. ②에서 동주는 '文을 道의 작은 것'으로 정의하였
다. ③에서는 聖人을 보좌로 삼자 문장을 짓는 일[業]이 빛나게 되고 道가
밝아지게 되었다고 했다. 이점은 李漢이 「昌黎先生集序」에서 '文者貫道之
氣'라 하며 文을 빌어 道가 드러나므로 文과 道가 서로 조응·상보관계에
있음을 말한 것과 유사하다.[46] 이것은 '因道生文, 因文見道'라 하여 文과
道를 본질과 작용의 상관관계로 파악하는 古文家의 태도와도 일치한다.
④에서는 文道가 세상의 성쇠와 함께 한다고 했다. 이 말은 文은 곧 道를
형상하는 것이므로 文과 道는 두 가지가 아니며 文이 곧 道이며 道가 곧
文이라는 입장이다. 이렇게 볼 때 文道에 대한 동주의 입장은 文을 통해
明道하고 傳道한다고 생각한 고문가의 입장[47]과 유사함을 알 수 있다.
  동주는 漢 이후 明에 이르기까지 文道가 세상의 성쇠와 나란했지만 그
의 시대는 儒道가 쇠퇴했다고 생각했다. 그래서 文道가 남아있던 秦漢을

---

44) 李敏求, 「文喩說」, 『東州集·文集』卷4, 321면. "羽翼乎前聖而業由是光, 黼黻乎先
    王而道由是明, 此文之成也."
45) 李敏求, 「西疇遺稿序」, 『東州集·文集』, 卷2, 292면. "文道, …중략… 與世並盛衰,
    郁郁乎各一代之媺哉!"
46) 鄭珉, 전게서, 28면 참조.
47) 道學家는 文의 도움을 빌지 않더라도 道는 그대로 道임을 주장한 반면, 古文家는
    道의 작용을 드러내기 위해 文의 작용이 필수임을 긍정하였다.

비롯한 唐·宋·明代의 글들을 배워 當時의 기풍을 바로잡고 世道를 회
복할 것을 주장했다.

> 지금의 문장은 또 어찌 이른바 黼黻과 經緯의 文章이라 하겠는가?
> 比興을 도야하여 性情에 나아가는 데 그칠 따름이고, 節奏를 조화로
> 이 하여 聲律에 어울리게 하는 데 그칠 따름이니 수준이 낮은 자는
> 진실로 논할 것도 없고 수준이 높은 자 또한 이와 같은 데 그칠 따름
> 이다. 그러나 작자들이 대대로 일어나서 흐름을 이끌고 물결을 드날
> 려서 수천년을 지나도록 文道가 망하는 데까지 이르지는 않았다. 漢
> 에서부터 唐·宋·明에 이르기까지 文道는 세상의 盛衰와 나란하여
> 각 시대의 아름다움을 융성히 하였다. 그러나 불행하게도 근세에는
> 三精이 쇠미하고 어두워져서 儒學의 道가 이미 다하여 학사들이 경
> 전을 묶어놓고 강론하지 않고 후생들이 학업을 폐하고 스스로 방탕하
> 여 귀한 지위에 있는 사람 가운데는 博通한 선비가 적고 여항의 인물
> 가운데는 즐겁게 노는 무리들이 많다.[48]

위의 예문에서 동주는 역사를 古·今이 대립된 것 혹은 상반된 것으로
인식하고, 尙古의 시각에 기초하여 시대가 흐를수록 儒學의 道가 다하여
상하를 막론하고 습속이 말단으로 치닫고 있다고 하였다. 이와 같은 尙古
的 경향은 언제나 復古의 욕구를 수반하기 마련이다. 동주는 漢 이후 明
에 이르기까지 '文道가 시대와 성쇠를 나란히 했다(文道, 與世並盛衰)'고
했다. 그는 文道가 시대의 성쇠와 함께 하기에 태평한 시대에는 文道가

---

48) 李敏求, 「西疇遺稿序」, 『東州集·文集』卷2, 292면. "今之文又豈所謂黼黻經緯之文
也? 陶冶比興, 適性情而止耳. 和調節奏, 諧聲律而止耳. 卑者固不足論, 高者亦止如
此. 然作者代興, 導流而揚波, 經累數千年, 文道不至遂亡, 由漢而唐而宋而明, 與世
並盛衰, 郁郁乎各一代之嬊哉! 不幸近世三精沈晦, 儒服道盡, 學士束經而不講, 後生
屛業而自放, 貴位少博通之彦, 閭巷多佚游之徒."

번성하고 혼란한 시대에는 文道가 쇠퇴한다고 보았다. 그렇지만 동주가
인식하는 현실은 三精과 儒道가 쇠퇴하고 그에 따라 문인들의 학풍이 쇠
미한 문제투성이의 시기였다. 그래서 그는 불완전한 현실에 대한 개선의
방법을 고대의 聖人이 함께 하며 儒學의 道가 완전하던 시기를 재현하는
것에서 찾고자 했다. 이런 점에서 동주의 생각은 '시대가 내려올수록 文의
격이 더욱 낮아졌다(世愈而文益卑)'고 주장하며 말류로 떨어진 시대의 風
氣와 世級을 바로잡아 고인의 정신을 회복하는 것을 과제로 삼으려는 復
古主義者들과 일면 유사한 듯하면서도 현실의 상황을 무시하고 맹목적으
로 과거의 회귀를 주장하던 복고주의자들과 구별된다.

또한 일견하기에 이것은 明의 의고파가 주장한 '文隨世變, 代不如前'과
유사한 듯하지만 실재로 차이가 있다. 의고파는 '文隨世變'에서 文의 변화
성을 인정하는 듯하지만 그들의 주안은 '代不如前'에 있었다. 그들은 文이
시대에 따라 변화하지만 그 방향은 그릇된 쪽이라고 생각했다. 그래서 가
치기준을 무조건 '古'에 두고 '文必秦漢, 詩必盛唐'의 復古를 내세우면서
변화의 가치를 철저히 무시하였다. 특히 의고파는 진한의 글을 추숭하여
후대의 문장을 경시하고 폄하하면서 진한 이후는 글이 없다고 주장했다.
그래서 그들은 한 글자 한 구절이라도 진한의 것을 모방해야 하고 조금이
라도 벗어나서는 안된다고 주장하였다. 이로 인해 의고파는 창작에서의
독자적 문채와 특색의 결핍 및 독자에 대한 감화력 및 흥미의 결핍 등으로
후대의 비판을 받았다.[49]

반면에 동주는 文道가 세상과 함께 변한다고 생각하고, 文이 곧 道요
道가 곧 文이며 이것은 世道와 나란하다고 했다. 그래서 '古道'의 가치를

---

49) 徐志嘯, 『古典文學三百題』, 上海古籍出版社, 1986, 67~69면 참조.

인식하고 그것을 추구하고자 했다. 이와 같은 동주의 태도는 文과 시대의 변화를 조응관계로 파악하고 '今'에 가치기준을 두는 明末 公安派의 주장과도 일맥상통한다고 할 수 있다.

袁宏道는 "世道가 변하면, 文은 또한 이를 반영한다. 지금 사람이 반드시 옛 것을 摹擬할 필요가 없는 것은 勢이다.", "文이 「古」만을 고집할 수 없고 「今」이 되는 것은 시대가 그렇게 만든 것이다."라고 했다.50) 인간의 언어와 생각·제도는 모두 변한다. 따라서 '古'와 '今'은 단절의 개념이 아닌 변화의 연속인 것이다. 이 때문에 동주는 儒家에서 이단이라고 하는 楊子雲 등의 글뿐만 아니라, 아첨하는 자들의 글, 六經을 비롯한 儒家書, 秦漢과 唐宋의 글까지를 모두 자신의 가치 기준[今]에 따라 평가하게 되었다.

대개 옛날에 作文을 논하는 자들은 문장을 빨리 짓고 천천히 짓는 것으로 作文 솜씨의 工拙을 나누었는데, 이것은 枚乘과 司馬相如가 논한 것에서 말미암았을 뿐이다. 장차 천하 고금의 作文을 다스리던 자들이 거의 다 그런 것은 아닐 것이다.

대개 문장의 工拙은 그 사람이 타고난 재능이 어떠한가에 달려있을 따름이지 어떻게 작문 속도의 느림과 빠름에 달려있다 하겠는가? 이런 까닭에 진부한 필체여서 졸렬한 자가 있고 바리때를 두드리는 듯하면서도 빼어난 자가 있다. 재주가 졸렬한 자는 꾸짖어도 빼어나게 될 수가 없고, 재주가 빼어난 자는 억눌러도 졸렬할 수가 없어서 마치 예쁜 사람은 못생기게 할 수 없고, 못생긴 사람은 예쁘게 할 수 없어서 머리를 찧고 이마를 찌푸려도 그로 하여금 문득 예쁘고 요염하며

---

50) 袁宏道는 〈與江進之〉에서 "世道旣變, 文亦因之, 今之不必摹古者也, 亦勢也."라 했고, 〈花雲賦引〉에서 "天下無百年不變之文章"이라 하였다.

아름답게 할 수 없는 것과 같다. 그러므로 어떻게 빨리 짓고 천천히 짓는 것을 가지고 문장을 짓는 솜씨가 빼어난가 졸렬한가를 나눌 수 있겠는가?

대저 사물은 빨리 이루어졌지만 오래도록 보존되는 것도 있고, 천천히 이루어졌지만 갑자기 훼손되는 것도 있다. …중략…

李白은 술 한 말을 마시고 백편의 작품을 지었고 陳三은 문을 닫고 句를 찾았다. 그러나 어찌 이것 때문에 이백을 졸렬하다[下] 하고 진삼을 빼어나다[上] 하겠는가? 韓愈는 문장을 논하여 말하기를, "그 처음에는 어근버근하여 어렵고 그 끝에는 汨汨히 온다." 고 하였으니 이것은 처음은 어렵지만 끝은 쉬움을 말하였다. 그러므로 어찌 어려운 것을 빼어나다[工] 하고 쉬운 것은 졸렬하다 하겠는가? 그런 까닭으로 말하기를, "문장의 빼어남과 졸렬함은 그 사람의 타고난 재능이 어떠한가에 달려 있을 뿐이고 문장을 짓는 속도의 빠름과 느림에 있는 것이 아니다."[51]

동주는 文이 世道의 성쇠와 나란하다고 인식했다. 그래서 그는 道不在의 현실을 극복하기 위해 文의 전범을 세우고 그것을 형상화해서 현실에서 道를 구현하기를 바랐다. 그것의 실현 방법으로 시대적 際限과 사상의 正誤를 초월했다. 동주는 道를 구현할 수 있는 방법으로 후천적 요소보다 작가의 선천적 才氣를 더 중시했다. 동주는 작가의 선천적 才氣를 바탕

---

51) 李敏求,「文不可以遲速分工拙說」,『東州集·文集』卷4, 319~320면. "盖古之論爲文者, 以遲速分工拙, 此由論枚馬而云爾, 將以律天下古今之爲文者, 殆未盡然, 夫文之工拙, 在其人才分之如何, 烏在其遲與速也. 故有腐毫而拙者, 有叩鉢而工者, 其才之拙者, 不可責以爲工, 工者不可抑以爲拙, 猶姸者不可使之醜, 醜者不可使之姸, 白頭䕺頹, 不可使之爲便姸妖冶, 文何可以遲速分工拙也? 凡物有速成而久存者, 有遲成而遽毀者, …中略…, 李白一斗百篇, 陳三閉門覓句, 何可以此下李白而上陳三哉? 韓子論文曰, 其始憂憂乎難哉? 其終汨汨然來矣. 此言始難而終易也. 何可以難者爲工, 易者爲拙乎? 故曰, 文之工拙, 在其人才分之何如, 而不在於遲速也."

으로 독자적 가치기준을 확립하고 광범함 독서를 통해 작품을 창작하여 현실에서의 道의 형상화를 추구했다.

동주는 창작에서 '시대적·사상적 제한을 두지 않는 모범의 제시'라는 개방적이고 절충적인 태도를 바탕으로, 개성적인 창작을 통해 문장에서의 예술적 감화력을 추구하고 현실에서의 道의 구현을 시도했다. 그렇지만 그는 그것의 추구방법에서 의고파와 궤를 달리했다.

의고파가 진한 이후의 글은 무조건 배척했던 것에 비해 그는 秦漢 이후 唐宋의 작품 및 이단의 글까지 창작의 모범으로 수용했다. 그리고 의고파가 진한의 문장에 대해 한 자 한구의 어김도 없는 무조건적인 모방을 주장했던 반면 그는 각자의 기준에 따른 취사선택을 할 것을 분명히 했다. 이러한 점들은 그가 배만들기를 文의 창작과정에 비유한 「文喩說」에 잘 나타난다.

문장을 짓는 것이 공교롭지 못하다면 전해지는 것이 반드시 멀리까지 가지 못할 것이다. 그런 까닭으로 六經을 근거로 하여 재료로 삼고, 百家의 설을 찾아 깎아내어 械로 삼아서 여러 성인들이 저술한 遺書와 老子·莊子·左氏·屈原·太師氏·枚乘·鄒陽·賈誼·淮南子·司馬相如·楊子雲·班固·陳思·韓愈·柳宗元·歐陽修·蘇東坡 등이 지은 것에서부터 상하 수천년 동안의 …중략…, 뜻있는 선비들이 지은 것에 이르기까지 …중략…, 한 글자와 한 구절의 아름다움을 모두 나의 尋尺과 繩墨 같은 기준을 적용하여야 한다.
이른바 해진 옷과 무늬 있는 비단, 돛대·키·짧은 노·긴 노, 뱃고물·배의 후미, 돛대·사다리 등의 시설물 같은 것을 다 모아서 문장을 이룬 후에야 仁義의 항구를 가고 道德의 물결에 떠다니다가 마침내 지극한 이치를 빛내고 純精함이 빛나는 듯하여 …중략… 이것으로 지난날의 모범을 설명한다면 마땅하지 않음이 없을 것이고, 이것

을 가지고 후대의 모범으로 전해준다면 드러나지 않음이 없을 것이
다. 전대의 성인을 보좌로 삼는다면 문장을 짓는 일(業)이 이것으로
말미암아 빛나게 될 것이고, 先王을 文章으로 삼는다면 道가 이것으
로 말미암아 밝아질 것이니 이것이 文章의 완성이다.[52]

　　동주는 六經에 바탕을 두고, 先秦·兩漢의 글 뿐 아니라 唐宋代의 글까
지 모두 古文[53]에 포함시켰다. 이전까지 주로 심신 수양의 바탕이며 학문
적 탐구의 대상이던 儒家書를 비롯한 歷史書, 諸子書·楊子雲의 글과 같
은 異端의 서적뿐 아니라 韓·柳·蘇로 대표되는 唐宋諸家의 서적들을
모두 作文의 모범으로 제시했다.

　　동주가 사상적인 차별 없이 작문의 모범으로 삼은 것은, 그의 부친 이수
광이 박학적 학문 경향을 추구하며 西學에 관련한 서적 및 다양한 종류의
독서를 주장했던 것에서 원인을 찾을 수 있다. 그의 스승 신흠은 젊어서는
韓愈를 좋아했지만 만년에는 『易經』에 심취하여 邵康節의 象數學에 통하
고 西漢 이전의 글 및 唐詩와 明人諸家를 좋아했고[54] 성리학적 문인들이
금기시했던 百家를 넘나들며 道家書와 諸子書 및 漢代 아홉 학파의 근원
을 두루 섭렵하기도 했다.[55] 특히 신흠은 그의 아들 신익성의 말처럼[56]

---

52) 李敏求, 「文喩說」, 『東州集·文集』卷4, 321면. "爲之也若不工, 傳之也必不遠, 故
　　根據六籍以爲材, 搜剔百家以爲械, 彼群聖人所著遺書與夫老·莊氏·左氏·屈氏·太師氏·
　　枚乘·鄒陽·賈誼·淮南·相如·子雲·班固·陳思·韓·柳·歐·蘇氏所作, 給至上下數千年 …中
　　略… 志士之所爲, …中略… 一字之妨, 一句之嫩, 皆歸吾尋尺繩墨之用, 而所謂衣衲
　　也. 緋纚也. 橻枕橈楫舳艫栊機之施, 咸集而成文, 然後行乎仁義之港, 游乎道德之波,
　　卒澤於至理, 繩精燁如也. …中略… 以之槪乎往範而無不當, 以之傳乎來繼而無不彰,
　　羽翼乎前聖而業由是光, 黼黻乎先王而道由是明, 此文之成也."
53) 여기서의 古文의 의미는 道를 간직하고 있는 작문 모범으로서의 古文을 말한다.
54) 申欽, 「大匡輔國 …중략… 申公諡狀」, 『象村集』附錄 上. "公於文, 少嗜昌黎, 晚乃
　　出入百氏, 自闢堂奧文, 取西京以前, 詩取唐人, 而頗愛明諸家."
55) ① 申欽, 「玄翁自敍」, 『象村集』卷22. "少志于學, 旁通九流, 精涉其源, 未竟其歸,

明代의 문장가 중에 특히 李攀龍과 王世貞을 모범으로 삼았는데 이러한 경향은 후진들의 창작에도 상당한 영향을 끼쳤다. 동주 역시 이런 점에 영향을 받아 광범한 독서를 하고 그것을 작문의 모범으로 수용하게 되었던 것이다. 동주 역시 독서를 즐겨 다양한 방면의 서적을 탐독했다. 그는 부친의 병중에도 史記와 尙書를 읽는 것을 비롯해 천체의 운행 및 달력에 관한 상수학에 관심을 관해서도 관심을 가졌다.57)

 그렇다면 이러한 인식을 가진 동주가 제시한 창작의 기본 요소들은 어떤 것인지 살펴보도록 하자.

## 3. 立言 및 修辭의 審美價値 認識

 앞에서 살펴보았듯이 동주는 진한파의 한계점을 인식하고 작가의 기준에 따라 창작을 할 것을 주장했다. 본 장에서는 이를 바탕으로 동주의 作

---

 晩好羲易, 有會於邵氏, 天地萬物之數, 而亦通厓略而已, 書無所不觀, 倘然終日, 俗物不敢干也." ② 李廷龜,「象村集序」,『月沙集』. "罹否運, 擯逐田野, 覃思墳典, 大肆力於斯文, 役僕百家, 睥睨千古, 上之先天奧義, 下之野史·小說, 衆體俱該, 成一家焉."

56) 申翊聖,「上孫太師承宗」,『樂全堂集』卷9(『叢刊』V.93), 297면. "論文章, 以龍門·遜志·北地·信陽·歷下·南明爲大家, 而尤喜弇園. 以是後學, …中略… 而爲文必以歷下弇園爲矜式."

57) ① 李裕元,「後錄」,『嘉林四稿』卷9. "分沙兄弟, 持韻書入場, 芝峯責之曰, 士寧可昧於韻書, 至犯, 禁狹册耶".

 ② ____,「後錄」,『嘉林四稿』卷9. "有嶺儒明史學者, 聞東州博雅故, 就之試說綱目甚習, 東州無以難, 但於說處, 每擧年首干支而已, 嶺儒大服而歸."

 ③ ____,「後錄」,『嘉林四稿』卷9. "分沙·東州, 居文簡公憂也. 分沙讀禮記·綱目, 東州尙書·馬史. 東州千篇, 分沙不記讀數. 蓋亦甚多. 時二公位頗高, 憂恤中勤讀如此, 東州少時, 當夏讀書, 單衫袴汗, 腐歲數件."

 ④ ____,「後錄」,『嘉林四稿』卷9. "分沙·東州善推步."

文論을 살펴보도록 한다.

　동주는 육경에 바탕하면서도 유가의 정통론에 어긋나는 諸子書를 비롯한 唐宋文 등에서 창작에 필요한 요소를 흡수했다. 그래서 그의 作文論은 철저하다고 할 정도로 절충적인 사고방식에 따라 전개되었다. 이것을 증명해 주는 것이 '立言'에 대한 그의 태도이다.

　'立言'은 『左傳·襄公 24年』條에 傳道를 위한 방법의 하나로 聖人의 德化를 이루는 立德, 功業을 이루는 立功과 함께 道에 관련한 말을 남기는 것으로 제시되어 있다.[58] 이것들은 傳道의 방법이기는 했지만 동등한 가치개념이 아닌 층차적 의미를 갖고 있었다. 傳道의 최선의 방법인 立德은 立功과 立言의 출발점이기는 했지만, 유가문학의 틀 속에서 '입언'의 형식을 빌어 문장으로 바뀌어야만 영원할 수 있었다.

　孔子도 '말로 뜻을 충분히 하고, 典籍으로 말을 충분히 해야 한다. 말하지 않으면 누가 그 뜻을 알 수 있겠는가? 말만 하고 문채가 없다면 가도 멀리 가지 못한다'고 했다. 그래서 '입언'에는 聖人이 現世하여 經世濟民의 德化를 베풀거나 功業을 이루는 등 직접적으로 道를 전달하기가 어려운 경우에 말이라는 보조적인 언어 수단을 이용하여 그것을 실현한다는 의미가 담기게 되었다.[59] 또한 '입언'에는 '요체를 얻어 논리에 맞게 자신의 주장을 편다'는 의미가 들어있는데 이것은 역사상 '입언'을 한 대표적 인물의 한 사람인 史佚의 일화에서 확인할 수 있다. 이와 같은 '입언'의 역할은 중국 고대 문학의 발전에 그대로 반영되어 작자가 문학을 창작할 때 '입언'으로 돌아가려는 데 지나친 집착을 보여 전국시대에는 墨家와 道

---

58) 『左傳·地』. "大上有立德, 其次有立功, 其次有立言, 雖久不廢, 此之謂不朽."
59) 『漢語大詞典』 권5, 374면, 한어대사전출판사, 1991. "孔穎達疎, 立言, 謂言得其要, 理足可傳, 其身旣沒, 其言尙存."

家로부터 儒家가 공격을 받는 원인이 되기도 했다.[60] 魏晋시대의 劉勰은 『文心雕龍·諸子』에서 다음과 같이 말했다.

> 가장 훌륭한 것은 덕을 세우는 것이며, 그 다음이 말을 세우는 것이다. 백성들은 무리지어 살면서 분잡하여 이름이 드러나지 못하는 것을 싫어한다. 오직 재주가 특별하게 뛰어난 사람이라야 곧 빛나는 문장을 남겨서 그 성명을 크게 드날려 해와 달처럼 현저하게 드러낼 수가 있다.[61]

유협은 뛰어난 작가면서 문학이론가였기에 창작의 원리를 깊이 이해하고, 사유를 언어화하는 어려움을 누구보다 깊이 체험했다. 그는 '입언'을 위한 방법으로 문학을 해야 한다는 기본 입장을 견지하면서, "언어란 문장 구성의 관건이며, 정신 발로의 지도리다.(言語者, 文章關鍵, 神明樞機.)"라고 했다.[62]

동주 역시 입덕의 방편으로 문학을 해야 한다는 기본 입장을 견지하면서도 다음과 같이 '입언'을 말했다.

> 立言과 修辭를 하여 작자의 軌度에 부합되어 후세에 그것을 전하여 장래 천백년 뒤의 억만의 사람들에게 기쁘게 여겨지기를 바란다면 어찌 가히 소홀히 할 수 있겠는가? 文을 짓는 것이 공교롭지 못하다면 전해지는 것이 반드시 멀리 가지 못할 것이다.[63]

---

60) 金元中, 『中國 文學 理論의 世界』, 183~189에서 참조 및 인용.
61) 『文心雕龍注釋·諸子』. "太上立德, 其次立言, 百姓之群居, 苦紛雜而莫顯, 君子之處世, 疾名德之文章, 唯英才特達, 卽炳曜垂文, 騰其姓氏, 懸諸日月焉."
62) 錢士新, 「言意之辯與文心雕龍」, 『衡陽師專學報』, 50~51면 참조, 社會科學 第1期, 1999.(金元中, 『中國 文學 理論의 世界』, 60~671면 참조, 을유문화사, 2000 재인용.)
63) 李敏求, 「文喩說」, 『東州集·文集』 卷4, 320면. "立言修辭, 蘄合乎作者之軌度, 以

전대의 聖人을 보좌로 삼는다면 문장을 짓는 일(業)이 이것으로 말
미암아 빛나게 될 것이고, 先王을 文章으로 삼는다면 道가 이것으로
말미암아 밝아질 것이니 이것이 文章의 완성이다.[64]

동주는 漢에서부터 明代까지는 文道가 세상의 성쇠와 나란하였지만 明
代 이후에는 儒學의 道가 없어졌다고 하며 당대를 道不在의 시기로 인식
했다.[65] 그는 聖人이 現世하여 德化를 베풀수도 없고 功業을 이룰수 없는
현실에서 유용한 道德의 실현방법은 '立言'이라고 생각했다.

동주는 '立言'을 도덕의 구체적 실현이라는 의미에서 도덕의 언어적 실
현으로 인식하고, 여기에서 한걸음 더 나아가 창작 원리로서의 '입언'의 기
능을 인식했다. 그래서 그는 '立言'을 '修辭', '措意'와 나란히 문학의 창작
방법으로 인식했다.[66] 동주가 이와 같이 '입언'을 강조한 이유는 무엇인가?

조정에서는 文을 이용하여 治를 하여 (文을) 널리 권장하는 방법이
이미 다하였다. …중략… 불행하게도 壬辰과 癸丑의 병란을 겪고 난
뒤, 斯文에 겨를이 없은지 16년이 되었다. 萬曆 戊申年(1608, 광해군
1)에 비로소 폐지된 법[의식]을 일으켰지만 혼란한 정치를 만나 온갖

垂諸後, 取悅於將來千百歲萬億人之目, 烏可鹵莽而已乎? 爲之也若不工, 傳之也必不
遠.'
64) 李敏求, 「文喩說」, 『東州集·文集』卷4, 320면. "羽翼乎前聖而業由是光, 黼黻乎先
王而道由是明, 此文之成也."
65) 李敏求, 「西疇遺稿序」, 『東州集·文集』卷2, 292면. "今之文又豈所謂黼黻經緯之文
也? 陶冶比興, 適性情而止耳. 和調節奏, 諧聲律而止耳. 卑者固不足論, 高者亦止如
此, 然作者代興, 導流而揚波, 經累千年, 文道不知遂亡, 由漢而唐而宋而明, 與世並
盛衰, 郁郁乎各一代之嫩哉! 不幸近世三精沈晦, 儒服道盡, 學士束經而不講, 後生屛
業而自放, 貴位少博通之彦, 閭巷多佚游之徒."
66) 李敏求, 「西疇遺稿序」, 『東州集·文集』권2, 292면. "奚以是修辭·立言·措意也哉?
此子大夫在常者之羞也."

일들이 무너지고 혼란해져서 御事 · 庶司로 부터 이하가 임무를 저울질하는 私人 아닌 이가 없었는데, 하물며 예컨대 士林의 학문에 대해서는 또 어찌 말할 수 있겠는가? 癸亥年(1623, 인조 1)에 이르러 성현이 크게 일어나서 인재를 기르는 것을 급선무로 생각하시어 더욱 文事를 중하게 여기니 당시의 學士 · 大夫들 중에 經書와 典籍을 안고 깊은 곳에 숨고 먼 곳에 있으면서 학문을 연마하며 등용되기를 기다리던 자들이 모두 조정에 모였다. 이에 곧 18명을 가려서 賜暇讀書의 선발에 충당케 하였다.[67]

동주는 조정에서 대대로 文을 이용하여 治를 이루어 왔기에 道의 문자적 형상화인 '立言'을 통해 治道를 이룰 수 있을 것으로 생각했다. 그래서 그는 道를 후세에까지 전하기 위한 중요한 요소로 文의 공교로움이 필요함을 인식하고 작품에서의 '修辭'의 중요성을 강조하게 되었다.

'修辭'는 언어재료와 표현수법을 운용하여 가장 적절한 언어형식을 선택하여 사상 · 내용을 가장 아름답게 나타나도록 하는 일종의 언어 가공활동이다. 동주는 '修辭'를 '立言'을 위한 필요조건의 차원에서 그 가치를 인정했다. 그래서 수식과 조탁에 치중하기보다는 효과적인 수사를 위해 다양한 재료를 적절하게 목적에 맞게 운용할 것을 주장했다.

그대는 일찍이 江河를 떠다니는 배를 본 적이 있는가? 그대가 그대의 문장을 공교하게 하고자 한다면 청컨대 배로써 비유를 하리라.

---

67) 李敏求,「讀書堂楔屛後序」,『東州集 · 文集』卷2, 278면. "國朝用文爲治, 崇奬之方旣盡矣. …중략… 不幸壬癸兵荒之後, 未遑斯文者十有六年, 萬曆戊申, 始擧廢典, 值時政昏, 百爲壞亂, 自御事庶司以下罔非權壬之私人, 況如士林之學, 又何可言. 至癸亥, 聖哲丕作, 以儲畜人材爲先務, 尤重文事, 時則學士大夫抱經籍深藏遠引, 磨厲以待用者皆會於朝, 以充賜暇之選."

匠人이 배를 만들 때는 여러 가지 목재를 모아서 만든다. 산의 나무 가운데 큰 것이나 작은 것 모두 버려지는 경우가 없다. 톱으로 자르고 도끼로 쪼개어 尋尺의 자로 재고, 먹줄로 재단하여 돛대·키·짧은 노·긴 노와 같은 도구와 뱃고물과 배의 후미, 돛대·사다리 등의 시설물과 해진 옷으로 만든 그물과 줄로 이어놓은 것이 다 갖추어진 후에야 강과 바다의 넓고 깊은 곳이나 나루터 다리의 중요한 곳에 배를 띄워 九鼎처럼 중요한 것과 만섬이나 되는 많은 곡식과 사람들이 기르고 생산한 재물과 수레, 천지간에 풍부한 온갖 물건 가운데 싣고 운반하지 않는 것이 없고 바람을 따라 가서 뜻대로 가지 않는 곳이 없다.[68]

이와 같은 태도는 의고파가 진한 이후의 문장을 경시하고 폄하하며, 습관적으로 진한의 문장을 쫓아 모방하여 詰屈聱牙하며 심오하고 이해하기 어려운 문장을 구사하여 진실성이 결여된 문장을 창작했던 것과는[69] 뚜렷이 구별된다. 또 그는 작품의 창작에서 字句를 적절히 표현하는 것에 아름답게 표현하는데 힘을 기울였다. 그렇지만 무조건적인 수식과 조탁을 힘쓴 것이 아니라, 대립적 요소간의 조화를 추구하면서 수사를 했다.

典하면서도 法이 있고, 활달하면서도 이치가 있고, 거리낌이 없지만 사리가 없지 않으며, 婉曲하지만 음란하지 않으며, 엉성한 듯하면

---

68) 李敏求, 「文喩說」, 『東州集·文集』, 卷4 , 320면. "子嘗觀乎江河之舟乎? 子欲子之文之工也? 請以舟爲喩. 彼匠氏之爲舟也. 集衆材而成也. 取山木之大者與細者, 靡有所遺, 鉅以斷之, 斧以斲之, 尋尺以度之, 繩墨以裁之. 檣柁橈楫之具, 舳艫椳栿之設, 衣袽之濡, 絆纜之維, 莫不畢備, 然後泛之乎河海之廣深, 津梁之要會, 九鼎之重, 萬斛之多, 人民畜産財賄車輿天地百物之殷, 無所不載, 無所不運, 順風而行, 無所不如志焉."

69) 徐志嘯, 『古典文學三百題』, 91~93면 참조, 上海古籍出版社, 1986.

서도 河水가 터진 듯 하며, 그윽하지만 귀신인가 의심할 듯 하며, 자
질구레하지만 아름다운 구슬과 무늬있는 비단처럼 화려하고, 넉넉하
여 우주 만물의 번다함을 다하고 비바람과 서리와 눈이 갑자기 모였
다 갑자기 변하는 듯 하며, 슬픔과 기쁨, 놀라움이 번갈아 왔다가 가
는 것 같이하여, 한 글자와 한 구절의 아름다움을 모두 나의 尋尺과
繩墨 같은 기준을 적용하여야 한다[70]

즉 그는 典·紆·肆·婉·疎·幽·瑣·華縟·豊·驟至 등을 강조하면
서도 그것에 대립적 성질의 것을 대칭하여 제시하고 양자간의 調和로운
결합을 통해 문장의 수사에 힘을 쓸 것을 강조했다. 그리고 수사가 전범에
대한 무조건적인 모방의 차원이 아닌 '歸吾尋尺繩墨之用'이라 하여 '자신
의 기준'에 따라야 함을 강조했다. 이러한 修辭의 중시는 그의 스승이던
신흠에게서도 나타난다.

六經을 근본삼아 노련하게 典重함을 이루어 남들이 한 글자도 흠
을 잡지 못했다. 젊은 시절부터 이미 그러하여 만년에는 더욱 깊은
뜻을 깨닫게 되었다.
詞에는 더욱 工巧함을 이루어 沖澹하고 超脫하여 필묵의 자취를
벗어나니, 또한 天稟이 높고 修養이 깊으며 字劃의 기묘함은 다만 그
나머지일 뿐임을 알 수 있다.[71]

---

70) 李敏求,「文喻說」,『東州集·文集』卷4, 320면. "典而有法, 紆而有理, 肆而不倨, 婉
而不濫, 疎而爲河流之決, 幽而爲鬼神之怪, 瑣而爲珠璣, 錦纈之華縟, 豊而爲宇宙品
類之繁夥, 風雨霜雪之驟至而驟變也. 悲愉愕賍之迭遭而迭還也. 一字之姸, 一句之
嫩, 皆歸吾尋尺繩墨之用."
71) 李晬光,「墓地銘」,『象村集』, 附錄二, 중, 430~431면. "其爲文章, 本於六經, 老成
典重, 人不敢瑕點一字, 自少歲已然, 晩乃更闖堂奧, 詞致益工, 沖澹超洒, 脫去筆墨
磎逕, 亦可見其稟高養深, 而字畫之妙, 特緖餘耳."

> 象村은 옛것을 보고 말을 꾸몄으니, 문장을 수식한 공이 많다. …
> 중략… 辭를 숭상하는 자는 象村을 높였고 理를 중시하는 자는 月沙
> 를 취했다.72)

이수광은 신흠에 대해 그가 창작에 있어서 六經을 근본삼기는 했지만
공교함을 추구하는 등 수식을 일삼았다고 했다. 신흠은 華藻에 대해 일정
한 의의를 부여하고, 창작 주체의 예술적 역량을 인정하여 당시 士林의
'修飾 반대'와 다른 입장을 나타냈다.73)

신흠이 館閣文學에서의 炳煥함을 인정하였다면74) 동주는 傳道를 위한
'立言'의 방법으로서 수사의 필요성을 인정했다는 점에서 차이를 가진다고
할 수 있다. 아울러 수사에 대한 동주의 이러한 입장은 절대적으로 진한문
을 추종하여 한 자 한 구라도 전범을 벗어나서는 안된다고 주장하던 진한
파의 폐쇄적이고 몰개성적인 태도와 구별된다고 할 수 있다.

또한 동주는 어려서부터 韓愈를 문장의 전범으로 삼아, 한유가 창작에
서 당시에 통용할 수 있는 문학적 언어의 창조를 강조한 것을 수용하고,
고문의 창작에서 무조건적인 진한 문장의 모방을 배격한 것처럼 자신의
기준에 따라 창작을 할 것을 주장했다. 그러나 한유가 창작에서 六朝文學
에 대해 屈原의 뛰어난 辭賦작품까지도 亡國之音이라고 심하게 매도했던
것과 달리 주로 굴원의 작품이 가지는 수사적 기능에 주목하여 그것을 수
용하였다. 이런 점은 앞에서 동주가 이단의 작품 중에서 문장이 뛰어난
것을 수용하는 태도에서 확인할 수 있다.

---

72) 金昌協, 「雜識」, 『農巖集』 卷34, 144면. "象村視古修辭藻飾之功多. …中略… 尙辭
　　者右象村, 主理者取月沙."
73) 박영호, 전게서, 101~103면 참조.
74) 박영호, 전게서, 103면 참조.

그렇지만 동주는 수사의 활용에 있어서도 지나친 수식은 자제하고 調和
美를 추구했다.

> 古今의 詩文의 體格의 高下와 得失은 앞에서 분명히 알 수 있습니
> 다. 종이를 펼치고 붓에 명하여 意와 語가 서로 만나고 情과 境이 함
> 께 이르러 한 잔을 마시고 한번 읊조리며 자적하였습니다.[75]

또한 동주는 표현과 내용 사이의 균형과 조화를 위하여 「文喻說」과 「答
愼伯擧書」에서 體와 格, 意와 語, 情과 境, 聲響 등을 강조했다. 이점은
특히 그의 시창작에서 잘 나타나기에 아래의 시론 부문에서 살펴보기로
한다.

## 4. 律詩의 形式的 定制美 强調

17세기 초·중엽에 활동했던 일군의 시인들은 그 이전의 三唐派와 權
韠 등의 문학에 불만을 품었다. 먼저 권필과 이안눌 등은 삼당시인이 전
적으로 시의 音樂性을 위주로 창작하여 시의 內密度가 떨어지고[76], 시에
표현된 정서가 연약하고, 제재가 상투적 한계를 벗어나지 못하며[77], 시어

---

75) 李敏求, 「答愼伯擧書」, 『東州集』文集, 卷1, 266면. "古今詩文之體格高下得失, 暸
　　然於前, 伸紙命筆, 意與語會, 情境俱到, 一觴一詠, 有以自適."
76) 金得臣, 「贈龜谷詩序」, 『栢谷文集』, 태학사, 영인본, 591면. "徒以響爲詩者, 不悟
　　詩. 崔·白·李專以響爲務, 不知其理, 吾蚍蜉不悟詩也."
77) 柳夢寅, 「題王道昆副墨」, 『於于集』卷6, 張24. "近觀爲詩者, 號稱學唐, 其措諸句
　　語, 不越山水花鳥雲煙仙僧梅竹風月若而字, 以爲唐調. 如經史子集恒言常說及幽辭艱
　　語, 皆棄而不取."

가 너무 부드럽고 연약하며, 시어의 독자성이 결핍되어 있어서 이들이 모범으로 삼은 것은 晩唐의 소규모였다고 비판을 했다.[78] 이수광 역시 삼당시인의 한계를 비판했다.

> 李胄·兪好仁·申從濩·申光漢 등이 唐에 가깝다고는 하지만 深造의 공이 없는 듯하다. 朴淳·崔慶昌·白光勳·李純仁·李達 등은 모두 唐을 배웠다고는 하지만 그들이 지은 시 중에 칭송할 만한 것은 絶句 뿐이다. 五言律詩나 七言律詩 이상은 아름답지도 못하며 또 盛唐으로 나갈수도 없다.[79]

동주와 鄭斗卿·許穆 등은 삼당시인과 권필 등의 성과에 불만을 품고 學唐의 틀을 확대하여 漢魏盛唐詩를 추숭하고, 시에서의 '格調'를 한층 더 높여 漢魏古詩 및 樂府詩의 가치와 의의를 발견하여 이를 적극적으로 창작하는 열의를 보였다.[80] 이러한 詩史의 전개 속에서 동주는 學明派의 일원으로 朝鮮詩學史의 새로운 풍조를 수용하고 실천했다. 그 결과 동주는 盛唐詩를 작시의 모범으로 삼고 그 가운데 七言律詩를 가장 정밀한 것으로 간주하고 『唐律廣選』(이하 『廣選』)을 편찬했다.

> 詩는 唐을 근본으로 삼아야 한다. 唐은 진실로 작자의 모범이다! 대개 (唐詩중에) 詩辭가 정밀한 것은 律인데 또 詩의 정밀한 것이기도 하다.

---

78) 李鍾默, 「朝鮮 前期 漢詩의 特性과 限界」, 『韓國漢文學研究』18, 1995, 참조.
79) 李睟光, 『芝峯類說』卷9. "李胄·兪好仁·申從濩·申光漢號近唐, 而似無深造之功, 朴淳·崔慶昌·白光勳·李純仁·李達, 皆學唐, 其所爲詩有可稱誦者, 但止於絶句, 或五言律而七言律以上, 則不能佳."
80) 安大會, 『18세기 한국한시사 연구』, 소명출판사, 1999, 17~22면 참조.

고인들이 '七言'이라고 문득 두 글자를 더한 것은 그것을 더욱 어렵게 여겨서이다. 그러므로 이것은 또한 가장 정밀한 것이다. 이처럼 더욱 어려운 것에 나아가서 그 가운데 가장 정밀한 것을 구해야 함은 의심할 것이 없다! 百家가 뒤섞여 나오고 衆音이 번갈아 노래되는 것이 더욱 많을수록 더욱 실수하게 됨은 사실이다.[81]

唐代는 科擧制의 실시로 인해 시형식이 점차 획일화되어 平仄 · 對句 · 字數 등이 모두 엄격한 규정을 갖게 되었다. 이렇게 엄격한 규정에 의해 씌여진 시는 唐代 밖에 없었다. 그 가운데 律詩는 4구의 絶句詩에 비해 그 형식이 훨씬 엄격한 격률에 의해 씌어졌다.[82] 따라서 동주가 唐代의 律詩를 모아 선집을 엮은 것은 삼당파 시의 섬약한 기풍과 내적긴밀도를 강화하려는 취지에서임을 짐작할 수 있다.

동주는『廣選』에서 唐詩를 初 · 盛 · 中 · 晩唐의 네 시기로 분류하고 각 시기의 특징을 서술하였다. 그는 초당의 시에 대해서 元氣를 익힐 만하고, 성당시는 體가 구비되고 氣가 완전하여 더할 것이 없어 모범으로 삼을 만하다고 했다. 중당시에 대해서는 聲調와 格調가 조금 늦고 체재가 조금 다르기는 하지만 風調가 맑고 깊어서 빼어난 작가들이라고 하였다. 만당시에 대해서는 氣가 낮고 약하며 힘이 부족하여 제대로 된 작품이나 완전히 격을 갖춘 것이 없다고 비판했다.[83]

---

81) 李敏求,「唐律廣選序」, "詩以唐爲宗, 唐固作者之準的哉! 盖詩辭之精者律, 又詩之精者, 而古人謂'七言'便加二字, 爲尤難. 然則斯又其最精者也. 爲是者, 就其尤難而求其最精, 無惑乎! 百家錯出, 衆音迭倡, 愈多而愈失, 眞也."

82) 洪禹欽 編譯,『漢詩韻律論』, 1983, 영남대학교출판부, 21면 참조.

83) 李敏救,「唐律廣選序」, "其始也, 天葩未敷, 大羹未調, 元氣可習也. 其盛也, 體賅氣完, 蔑以加矣. 軌度可則也. 中酒聲格稍緩, 體裁稍別, 然其風調瀏瀏, 猶爲匠門之高手也. 晩則卑弱欠力, 其細已甚, 無完篇無全格, 然其援物寓興, 取境寄意, 猶爲摸索, 知唐摘句則可也. 余故於始盛十擧其九, 中五取其三, 晩則三存其一, 而杜工部之具美

〈『唐律廣選』소재 작가·작품 수 분석〉

|  | 初唐 | 盛唐 | 中唐 | 晚唐 | 계 |
|---|---|---|---|---|---|
| 작가수 | 31 | 8 | 61 | 63 | 163 |
| 작품수 | 89 | 65 | 265 | 458 | 877 |

그러나 『광선』에 수록되어 있는 총 877수의 시를 분석한 결과 만당시 부분에 수록된 작품이 가장 많고 이어서 중당, 초당, 성당의 순으로 작품 수가 나타났다. 이점은 성당시야말로 작문의 모범이라 한 그의 주장과 완전히 배치가 된다.

특히 동주는 『광선』에서 律詩의 正宗으로 불리는 杜甫의 작품을 한 수도 싣지 않고 白居易의 작품 역시 수록하지 않았다. 이에 대해 그는 杜甫는 완전함을 갖추었기에 수록하지 않고, 백거이의 뛰어남에 대해서는 그와 비슷한 종류의 시들로 조화시킬 수 있기에 거의 수록하지 않았다고 했다.[84] 이에 대해 혹자가 唐代를 네 시기로 나눈 것은 적절하지만 시를 선집하는 것이 초당과 성당에 그치지 않고 중당과 만당을 주로 수록한 것을 이해할 수 없다고 하자 다음과 같이 대답했다.

> 말하기를, "아닙니다, 아닙니다. 泳桃와 雪梨(진귀한 과일 이름 ; 역자 註)는 사람들이 모두 진귀하게 여기지만 또 사람들은 마름이나 羊棗 같이 흔한 것도 즐기지 않습니까? 그러니 어진 사람이 그것을 본다면 어질다 할 것이고 지혜로운 자가 그것을 보면 지혜롭다 할 것입니다. 이것이 제가 널리 선집한 뜻입니다."[85]

---

以有全家, 玆不並錄, 白香山之鉅, 此以類能諧, 取之甚尠."

84) 李敏求, 「唐律廣選序」, "杜工部之具美以有全家, 玆不幷錄, 白香山之鉅, 此以類能諧, 取之甚尠."

85) 李敏求, 「唐律廣選序」, "曰否否, 泳桃雪梨, 人所共珍, 亦不耆芰耆羊棗乎? 使仁者

동주는 초당과 성당의 시를 泳桃와 雪梨처럼 보기드문 진귀한 과일에 비유하고 중당과 만당의 시를 마름이나 羊棗처럼 흔한 것에 비유하여 진귀한 것보다 흔히 볼 수 있고 사람들이 하찮게 여기는 것 가운데서도 그 나름의 맛을 즐길 수 있는 것이 있다고 했다. 즉 동주는 시의 감상에 있어서 감상자의 능력에 따른 상대주의적 입장을 취하여 어진 사람이 보면 어질다 하고 지혜로운 사람이 보면 지혜롭다고 느낄 것이라고 하였다. 이러한 상대주의적 選集 태도는 그의 창작론과 연계해 볼 수 있다.

동주는 창작에 있어서 창작자의 선천적 才氣와 광범한 독서에 바탕한 창작을 주장하여 문장의 工拙은 그 사람의 타고난 才能에 달려 있으며 작문의 속도나 인위적 노력에 의해서 이루어질 수 없다고 보았다. 그는 이러한 견해를 창작뿐만 아니라 상의 차원에도 적용시켜 감상자의 능력을 중시하였다.


## 5. 결론

16세기 말~17세기 초의 사회정치적 상황은 체제 정비의 필요성을 절감하게 했다. 그에 따라 이후에 전개된 문학의 신조류들은 경직된 성리학적 문학론에서 벗어나려는 바탕위에서 출발하게 되었다.

동주는 부친 및 스승 신흠의 박학적이고 개방적인 학문태도에 영향을 받아 異端에 대한 포용성, 신분의 개방성, 자유로운 감정의 표현 등 주자 성리학에 국한되지 않은 특성을 나타냈다.

---

見之, 謂之仁, 智者見之, 謂之智. 是余廣選意也."

동주는 창작의 전범으로 유가서를 비롯한 이단의 서적들과 역사서 등을 수용하고 시기적으로 秦漢文 및 唐宋文까지를 창작의 전범으로 삼고 아울러 작자의 선천적인 才氣를 중시했다. 동주는 秦漢古文만을 전범으로 인정하던 의고파의 인습적이고 몰개성적인 문학론을 지양하여 시대와 사상의 정오에 구애되지 않는 창작의 전범을 제시함으로써 문학창작에서의 예술적 감화력을 추구하고자 했다. 이러한 맥락에서 그는 立言의 審美的 가치를 인식하고 修辭의 필요성을 인정했다. 그는 수사에 있어 지나치게 화미함을 추구하기보다 상반되는 요소간의 대립을 통한 調和美와 定制美를 중시했다.

이와 같은 동주의 문학론에서 그가 調和와 折衷을 주로 했음을 알 수 있다. 이런 태도는 그를 여타의 진한파와 변별되게 하는 특색이라는 점에서 그 의미를 되새길 필요가 있다 하겠다.

앞으로 동주 문학에 대한 심층적 연구를 위해서는 그의 작품에 대한 분석을 통해 그의 문학론과 실재 창작물과의 관계가 어떠한가를 밝히는 작업이 이루어져야 할 것이다. 그리고 문학이론과 실재 작품론의 연구에서 한걸음 더 나아가 조선 중기 진한파의 문학론에서 진한파 정착 초기의 문학론과 이후 17세기 중엽에 대두되는 당송고문파와의 관계 속에서 그의 위치를 가늠하는 작업이 이루어져야 할 듯하다. 또한 그의 작품 속에 나타나는 중인문학에 대한 그의 시각도 깊이 있게 따져볼 필요가 있을 것이다. 아울러 16세기 중엽~17세기 초·중반의 서울·경기 지역의 다양한 대표적 문장가들이 그 구성원으로 활동했던 枕流臺學士 구성원의 문학론을 시기별·작가별로 분석·고찰하여 그들의 차이점을 살피는 것 또한 이 시기 문단의 다양한 모습을 조명하는 데 의미있는 작업이리라 생각된다.

# 제3장
# 昆侖 崔昌大의 경우

## 1. 머리말

17세기 말~18세기 초의 조선사회는 이전 시기와 구별되는 양상이 나타났다. 중앙정계에 진출한 士林간의 黨爭의 격화로 소수의 벌열에 의한 권력독점이 이루어져 대다수의 사대부 집단이 정치적·경제적으로 몰락하였다. 숙종 말엽의 경제안정으로 서울이 국제무역과 유통경제의 중심이 되면서 京鄉의 分岐현상이 심각하였다. 문화적 측면에서는 당파와 사회경제적 처지에 따른 사대부간의 폐쇄적 교류가 촉진되었다. 그들은 淸에서 대량의 서적을 수입하거나 서화·골동에 대한 취미, 박학의 傾倒 등 계층 특유의 문화를 형성하였다. 그들은 학맥·당파·지역적 유대를 기반으로 하는 동인 집단을 형성하여 18세기 문학사에 지대한 영향을 끼쳤다. 그 대표적 현상의 하나가 詩文刷新의 움직임이다.

金昌協·金昌翕을 중심으로 한 일군의 작가들은 17세기의 復古的·擬古的 경향에 반대하며 시의 규범과 상투성으로부터의 탈피를 추구하였다. 그들은 模倣에 의한 고전작품의 복제 생산 거부, 한국적 自然의 형상화, 인간경험의 사실적이고 진실한 표현 등을 바탕으로 斬新하고 個性的인 문학세계를 창조하고자 하였다.

이에 대해 17세기의 복고주의적 경향을 발전적으로 계승한 일파 역시 문단에 자리하였다. 그 대표자의 한 사람이 昆侖 崔昌大(1669~1720)다. 그는 朱子主義의 理念性과 名分論에 매몰되어 치열한 政爭이 반복되는 현실을 극복하고자 하였다. 그 일환으로 陽明的 경향이 스민 家學을 계승하여 시대적 현안을 해결하고자 하였다. 문학의 측면에서는 創作에서 文·質의 가치를 재조명하여 文道合一을 주장함과 아울러 詩文에서의 修辭의 가치를 새롭게 인식하였다. 그는 秦漢·唐宋의 詩文을 전범으로 하되 模倣과 蹈襲, 奇詭한 표현을 배격하고 眞情의 표출과 質朴의 審美理想을 추구하여 전시기의 낭만적 감상에 치우친 복고주의를 발전적으로 계승하고자 하였다.

본고는 이러한 곤륜의 修辭論 연구가 17세기말~18세기 초의 조선문단의 상황을 실제적으로 조망할 수 있는 한 계기가 되기를 기대한다.[86]

## 2. 昆侖의 學問思想

곤륜의 學問思想에서 주목할 것은 家學과 師承關係이다. 곤륜의 家系는 陽明學과 관계깊다. 곤륜의 5代祖 崔秀俊은 조선중기의 陽明學者인 南彦經(1528?~1595?)의 同高祖內인 南尙質의 사위이다. 남언경의 손자 南好學은 조선중기의 대표적 양명학자인 張維(1587~1638)와 同壻間이다. 곤륜의 同曾祖內인 崔來吉의 外孫壻가 조선 최고의 양명학자인 鄭齊斗

---

86) 이를 위해 본고에서는 민족문화추진회에서 발간한 『韓國文集叢刊』(이하 『총간』 V.183)의 『昆侖集』을 텍스트로 하였다.

(1649~1736)이다.[87] 또한 곤륜의 증조부 崔鳴吉(1586~1647)은 장유와 함께 조선의 양명학파 형성에 이바지하였다.[88]

① 陽明書에 이르기를, '마음은 본래 活物이기에 오래오래 고수하고 집착한다면 마음에 병이 생길까 두렵다.'고 하였다. 이 말은 반드시 직접적이고 절실히 자기가 體驗하여 분명히 알아낸 것이기에 이렇게 말한 것일 것이다. 陽明같이 高明한 이도 오히려 이러한 걱정을 하였는데, 하물며 너는 바로 逆境에 처해있으니 心事가 어찌 보통 사람처럼 태연할 수 있겠느냐?[89]

② 마음은 活物이다. 처음에 숨기고 참다가 끝에 가서 나타날 때는 반드시 난폭해진다. 마음이 강제로 情에 제약을 당하면 그 일에 나타나는 것이 매우 잘못될 수 있다.[90]

주자학의 「理」는 이상주의적인 것으로 의리의 실천은 가능하지만 양명학의 理氣一元論에 비해 현실성이 희박하다. 반면에 양명철학의 기본 명제인 「心卽理」에서의 「理」는 존재하면서 활동하는 현실적인 존재이기에 心·情·氣 즉 감정까지를 포함하여 현실성이 강하다.[91] 예①은 최명길이 아들 최후량에게 보낸 편지의 일부이다. 최명길은 마음에 관한 양명설을 수용하였다. 그는 마음이 무언가에 집착·고수할 경우 병이 생길 수 있다며

---

87) 尹南漢, 『朝鮮時代의 陽明學 研究』, 集文堂, 1982, 140면 참조.
88) 金吉洛, 「韓國陽明哲學의 展開」, 『동양학논총』, 1989, 258면 참조.
89) 崔鳴吉, 「寄後亮書」, 『遲川集』 권17(『叢刊』 V.89), 531면. "陽明書云, 心本爲活物, 久久守着, 亦恐於心地上發病, 此必見得親切自家體驗分明, 故其言如此, 以陽明之高明, 猶有是憂, 況汝方處逆境, 心事何能和泰如平人耶?"
90) 崔昌大, 「折屐辨」, 『昆侖集』 권14(『叢刊』 V.183), 263면. "心者, 活物也. 隱忍於始, 則其發於終也必暴, 强制於情, 則其形於事者太過."
91) 金吉洛, 상게서, 9면 참조.(蔡仁厚, 『宋明理學·南宋篇』, 學生書局, 8면.)

최후량에게 역경에 처하여 집착하기 보다는 학문에 전심하기를 촉구하였다. 예②는 곤륜이 晉의 謝安의 折屐故事92)를 변론한 것이다. 곤륜은 活物인 마음의 작용을 억제하다가 실태를 빚기보다는 마음의 움직임 자체를 따르는 것이 純理임을 강조한다. 이것은 「心卽理」의 형상화에 다름아니다.93)

곤륜의 『思辨錄』에 대한 疏94)는 그의 朱子學的 경향에 대한 비판을 확인시켜 준다. 곤륜은 朴世堂(1629~1703)이 주자를 相對化한 것에 수긍한다. 그는 박세당이 주자의 사유방식을 자기식으로 분석비판하면서 독자적

---

92) 晉의 謝安이 국가의 존망이 걸린 전쟁 중에 손님과 바둑을 두고 책을 보다가 전쟁에 승리했다는 보고를 듣고도 아무런 기쁨을 표시하지 않고 손님을 보내고 집의 문지방을 넘다가 너무 기쁜 나머지 나막신의 이가 부러졌는지도 몰랐다는 일화(『晉書·謝安傳』)

93) 최석정의 朱子學에 대한 비판적 견해 혹은 陽明學에 대한 경도를 엿볼 수 있는 것은 여러 곳에서 발견된다. ; ① 「書閔彦暉往復之後」(『明谷集』 권12, 88면)에서는 朱子의 中庸章句 중 費隱에 대한 해석을 비난하고 程子說에 근거하여 자신의 주장을 비호했다. ② 「大學集覽跋」(『明谷集』 권12, 70면)에서 양명학을 비난하는 발언 중에 '陽明子'라고 지칭한 것이 그 예다. ③ 최석정 자신도 朱子說에서 벗어난 『禮記類編』을 지어 士林의 공격을 받아 책을 불태운 일이 있다. 곤륜은 "공(崔鳴吉을 지칭함.)은 谿谷이 젊은 시절에 陸王書를 보고 그 본체를 直指하여 枝葉이 모두 떨어져 나갔음을 좋아하였다. 兩公이 모두 깊이 이점을 취하였다. 그러나 공만은 중년부터 그 학술에 흠이 있음을 깨달았다."고 하였다. 이들 부자가 양명학적 전통을 부인한 것은 黨禍를 피하고자 하는 의도가 강하게 작용한 듯하다.(劉明鍾, 『성리학과 양명학』, 연세대출판부, 1994, 246면 참조.)

94) 崔昌大, 「上季舅 ○ 癸未」, 『昆侖集』 권13(『叢刊』 V.183), 236면. "思辨錄事, 夫疑難箚錄, 是後學之所當勉, 非先賢之所禁絶, 則今之病溪丈者, 止在意見之多舛異, 辭句之欠遜悌而已, 此又箚錄者之所不能免, 晦齋大學補遺, 曾亦細覽矣乎? 其多舛異欠遜悌, 有倍於思辨錄而不貶, 爲脫文廟之大賢, 今以經說病西溪, 竊所未喩. 挾私逞憾家, 固在無論, 雖公心無愛憎者, 或不無然矣, 蓋此事, 須有公心高眼博學三者備具之人, 乃可看破故也. 今世公心固少, 而高眼博學, 尤尠, 且心公者, 未必眼高, 又未必學博, 宜其疑謗之多也. 然百年後, 愛憎灰冷, 是非雲宵, 則恐不足爲疵累, 雖其論說一無可取, 篤論者, 只當評其見解之差謬, 其何有於一身之疵累耶? 非敢以異同之私, 攙論於學術之重也. 淺見本來如此, 自謂看得分曉, 未知如何, 只是拘儒滯見, 雖百年之後, 容有云云, 而此則不過與後儒之評貶晦齋者矣. 況溪丈之自居, 與晦齋又異, 後儒亦當置之一邊而已, 又烏有所謂毀經侮聖之誚耶?"

인 경전 해석을 시도하고 그를 위해 異學과 異說을 채용한 것에 동의하였다. 곤륜은 『사변록』을 疑難箚錄으로 규정하였다. 그는 朱子의 四書集註와 의견을 달리하고 辭句가 달라진 점을 箚錄의 문체적 특성으로 설명하였다. 그 예로 李彦迪의 『大學補遺』를 제시하였다.[95]

곤륜은 국가의 주요 政事인 田政·兵制·賦役·科選을 비롯하여 全羅左道御史 재직시 목격한 어촌의 조세, 소금생산, 貢納, 身役 및 절에 부과되는 紙役 등의 폐해에 대해 원칙의 고수보다는 '變通'을 통해 民生을 개선할 수 있다고 확신하였다.[96] 그의 이러한 현실인식 태도의 근저에는 '實'이 자리한다.

　　방금의 나라의 운세는 '아직 혼란하지 않다[未亂]'고 말할 수 없고,

---

95) 곤륜은 박세당에 대한 당시의 비판이 私憾에 바탕한 정치적 모해공작이라고 간주하고 그에 대해 '경전을 훼손하고 성인을 모욕했다[毁經侮聖]'는 당세의 비판을 일소에 부쳤다. 그는 朱子가 박세당의 『사변록』을 비판하는 인물을 본다면 의아하게 여기며 비웃을 것이며 도리어 그들이 先賢을 인용하여 사람을 모함하는 도구로 만들어 天子를 끼고 제후에게 명령하지만 사실은 漢賊이며 朱子의 죄인일 것이라고 비난하였다.; 崔昌大, 「論思辨錄疏」, 『昆侖集』 권8(『叢刊』 V.183), 137면 참조.

96) 곤륜 一門에서 '變通'은 時勢의 변화를 정국에 반영하는 經世觀으로 활용되었다. 최명길은 양명학이 추구하는 知行合一의 이념을 적극 수용하여 명분보다는 현실의 문제를 중요시하고 실천궁행을 강조하였다. 이점에서 성리학적 원칙론에 의거하여 祖宗成憲을 존중하고 현실상황을 묵수하거나, 대의명분을 강조하는 당시 士林들의 인식과 차이난다. 그는 현실의 문제를 해결하는데 원칙보다도 變通에 더 주목하였다.(李在喆, 「遲川 崔鳴吉의 經世觀과 官制運營論」, 『朝鮮史硏究』1집, 1994, 복현조선사연구회, 51면 참조.) 최석정 역시 '變通'의 당위성과 논리적 근거를 입증하고 백성의 생활이 곤궁하다면 聖人의 법도 고칠 수 있다고 확신하였고, 역사적으로는 조부 최명길이 이 원칙을 실천하였다고 주장하였다. 이런 의식을 바탕으로 그는 良役變通事, 都城修築事, 行錢 등의 문제에 변통론을 적용하고자 하였다. 그러나 인순고식하는 조정신료들의 미약한 변통의지와 공론을 중시하는 사림정치 등으로 인하여 그의 변통론은 실효를 거두지 못하였다.(李在喆, 「朝鮮後期 明谷 崔錫鼎의 現實認識과 政局運營 方案」, 『한국 중세사 논총─이수건교수정년기념』, 2000, 605~609면 참조.)

또 '이미 혼란하다[旣亂]'하다고 할 수 없으며 '장차 혼란해질 것이다
[將亂]'라고 말할 수 있을 것입니다. …中略… 臣이 말하고자 하는 것
은 다름이 아닙니다. 단지 '實'이라는 한 글자일 뿐입니다. 그 조목은
여덟가지입니다. '실제로 뜻을 세워 治를 이루는 근본을 세우고[實立
志以建出治之本]', '실제로 하늘을 공경하며 治를 도모하는 機微를 살
피고[實敬天以省圖治之機]', '실제로 학문에 종사하여 治로 추향하는
길을 열고[實典學以端趨治之道]', '실제로 정치를 부지런히 하여 治를
강구할 기술을 다하며[實勤政以盡講治之術]', '실제로 간언을 용납하
여 治로 향하는 문을 열며[實納諫以開嚮治之門]', '실제로 당쟁를 격
파하여 治를 병들게 하는 근원을 다스리며[實破黨以藥病治之源]', '실
제로 검소를 숭상하여 治를 좀먹는 근원을 없애며[實崇儉以祛蠹治
之根]', '실제로 백성을 사랑하여 治를 보호할 바탕을 묶어두는 것[實
愛民以鞏保治之基]'입니다. 옛부터 임금의 德을 논하고 治道를 논한
것들은 그 요체가 이 몇가지에 불과하였습니다.97)

곤륜은 당시를 危亡으로 치닫는 형국으로 간주하고 그 방법으로 '實'을
제시하였다. '實'이란, 理念的이고 空論的인 것에 대응되는 '實行·實質'등
을 뜻하는 개념이다. 곤륜이 국가재건을 위해 제시한 팔조목은 최석정이
蕩平 政局의 實現을 위한 군주의 자세로 '端本·建極·納諫·典學·勤
政·恤民'을 강조한 것98)과 대동소이하다. 이러한 務實과 立志, 破黨 등
의 誠實한 實學을 강구하는 기풍은 宋時烈을 중심으로 하는 노론계의 偏
黨性과 학술적 偏執心에 대한 반발의 의미도 가진다.99)

---

97) 崔昌大,「玉堂應旨陳八條箚」,『昆侖集』권9(『叢刊』 V.183), 152면.
98) 崔錫鼎,「位宁六箴」,『明谷集』권11, 45~49면·「進位宁六箴疏」,『明谷集』권15(『叢
刊』 V.154), 143면.
99) 劉明鍾, 전게서, 1994, 연세대학교출판부, 257면 참조.

## 3. 昆侖의 修辭論의 實際

### 1) 文質彬彬의 修辭哲學 追求

'修辭'는 『周易·乾卦』 九三의 爻辭를 풀이한 文言傳에 처음 나타난다[100]. 여기에서 '修辭'는 외적으로 文辭를 修飾하고 내적으로 誠實을 다하여 功業을 이루는 것이다.[101] 修辭의 궁극적 목적은 君子의 양성이다.

곤륜은 '修辭'를 어떻게 인식하는가? 그에게 '辭'는 '意', '志', '理' 등과 대립적인 의미가 아닌[102] 技巧를 가미한 창작이며 '修辭'는 文辭를 修飾 혹은 修鍊하여 용도에 맞게 하는 것이다.

> 지난번 足下께서는 편지에서 文章의 體를 자세히 논하여, 저의 工巧함을 추구하고 好古하는 큰 잘못을 바로잡아 주셨습니다. …중략… 그러나 足下의 편지 가운데 한두 가지 다시 논할 것이 있어 애오라지 다시 말씀을 드리고자 합니다.
>
> 足下께서는 '文字란 말이 붙은 것에 불과하므로 詞로써 자신의 의사를 충분히 나타내면 될 뿐이다[詞達而已].'라고 하셨습니다. 그러나 이른바 詞達이란 것이 또한 어찌 쓸데없이 긴 말을 많이 하는 것이겠습니까? 어째서 다만 '말이 문자가 없으면 전하여 멀리 갈 수 없다[言之無文, 傳而不遠]'고 말하지 않으십니까? 孔子는 '質이 文을 이기면

---

100) 『周易·乾卦』, "君子終日乾乾, 夕惕若厲. ; 君子進德修業. 忠信, 所以進德也, 修辭立其誠, 所以居業也."

101) 孔穎達, 『周易正義』 "外則修理文辭, 內則立其誠實, 內外相成, 則有工業可居, 故云居業也."

102) ① 崔昌大, 「上季舅 ○癸未」, 『昆侖集』 권13(『叢刊』 V.183), 238면. "徐觀時勢, 歸臥湖山, 方有辭於一世矣.", ② 崔昌大, 「答金子裕令行 ○辛未」, 『昆侖集』 권12(『叢刊』 V.183), 220면. "詩本出於性情而心志形焉, 觀其辭而得其所存", "不參之百氏, 則辭陋而不洽."

野하고 文이 質을 이기면 史하다. 文質이 彬彬한 후에야 군자라고
할 수 있다.'고 하셨습니다. 저는 文章에 대해서도 그렇다고 생각합니
다. '文質彬彬'을 하는 데는 방법이 있으니 理를 밝혀서 근본을 세우
고[明理以樹其本], 적절한 방법을 골라서 趣旨를 바로잡고[擇術以端
其趣], 辭를 다듬어서 용도에 맞게[修辭以致其用] 해야 할 것입니다.
이 세 가지 중에 한 가지라도 빠진다면 옳지 않습니다. 이 세 가지를
따라 힘써 날마다 부지런히 연마한다면 각자의 재주에 따라서 저절로
이루어지는 것이 있을 것입니다.103)

위의 인용문에서 곤륜과 李德壽는 '詞[辭]達'의 해석에 뚜렷한 차이를 나
타낸다. 이덕수는 『論語·衛靈公』의 '辭達而已'를 근거로, 文字란 말이
붙은 것이기에 '理致가 순조롭고 文辭는 뜻을 전달하면 될 뿐[理順辭達]'이
라고 하였다. 구절을 다듬고 글자를 정련하여 아름답게 꾸미는 것은 文이
아니며 達意의 목적 외에 일체의 수식이 불필요함을 경계한 것이다104).
이는 道學家의 견해와 유사하다. 즉 文辭의 傳達 技能은 인정하지만 修飾
이나 인위적 造作 등의 필요성을 경시하는, '重質輕文'의 수사철학관이라
고 할 수 있다.

곤륜은 '辭達'이 文辭를 무시한 것이 아니라 오히려 중시한 것으로 이해
하였다. 불필요한 꾸밈이나 인위적인 짜임새는 뜻을 충분히 전달하는데
오히려 방해가 된다. 그러나 아무리 충실한 내용이라도 정연한 논리와 적

---

103) 崔昌大, 「答李仁老德壽 ○癸未」, 『昆侖集』 권11(『叢刊』 V.183), 212면. "向者, 得
足下書, 極論文章之體, 而規僕求工好古之太過, …中略… 然其中有一二可復者, 聊復
言之. 足下云, 文字者, 言之寓也, 詞達而可耳. 甚善甚善. 然所謂詞達, 亦豈敷多冗長
之謂, 獨不曰言之不文, 傳而不遠乎. 孔子曰, 質勝文則野, 文勝質則史. 文質彬彬然
後君子. 吾於文章, 亦云然. 文質彬彬有道, 明理以樹其本, 擇術以端其趣, 修辭以致
其用, 三者闕一, 不可. 循是三者, 俛焉日有孳孳, 則隨其材而自有所至."
104) 李德壽, 「答崔孝伯書」, 『西堂私載』 권3(『叢刊』 V.186), 188면.

절한 표현이 수반되지 않는다면 전달될 수 없기 때문이다.[105]

'말이 문자가 없으면 전하여 멀리 갈 수 없다.[言之無文, 傳而不遠]106)' 이것은 말과 글의 차이를 설명한 명제이며 古人의 立言精神107)과 연관된다. 立言이란 쓰고 싶어 쓴 것이 아니다. 德을 세울 수 없고 功으로도 자신의 경륜을 펼 수 없을 때 부득이하게 후세를 기약하고자 하는 의도로 하는 것이다. 마음 속에 갖추어진 道가 문자를 빌어 표출되는 것이기에 傳道와 明道만이 立言의 궁극적 목적이 된다.[108]

곤륜은 立德·立功·立言의 三不朽에 대해 德은 內·實로, 言은 外·華로 이해하였다. 또 言이 德과 功을 통솔하여 후대에 전달한다고 하였다.[109] 이것은 文과 道의 관계에서 文의 표현기능을 더욱 중시한 발언으로 이해된다. 곤륜은 立言을 실현하기 위한 세 가지의 방법─心得을 통한 근본의 확립, 六經을 참고한 취지의 정립, 百家書를 참고한 流의 확충을 제시하였다. 그는 마음으로 체득하지 않을 경우는 말이 넘쳐나서 통제할 수 없고, 육경을 참고하지 않으면 뜻이 분산되어 잘못되기 쉽고, 백가서를 참고하지 않는다면 文辭가 비루하여 흡족하지 못할 것이라고 하였다. 이

---

105) 郭紹虞, 「中國文學批評史上文與道의 問題」, 『照隅室古典文學論集』, 上海古籍出版
    社, 1983, 184~185면 참조(鄭珉, 『朝鮮後期 古文論 硏究』, 1989, 아세아문화사,
    33면 참조).
106) 『左傳·襄公 25』"志有之, 言以足之, 文以足言, 不言誰知其志? 言之無文, 行而不
    遠. 晉爲伯, 鄭入陳, 非文辭不爲功, 愼辭哉'"
107) 『左傳·襄公 24』"古人有焉曰死而不朽, 何謂也? … 豹聞之, 太上有立德, 其次有立
    功, 其次有立言. 雖久不廢, 此之謂不朽."
108) 鄭珉, 『朝鮮後期 古文論 硏究』, 아세아문화사, 1989, 31~33면 참조.
109) 崔昌大, 「答金子裕令行 ○ 辛未」, 『昆侖集』 권12(『叢刊』 V.183), 220면. "古稱三
    不朽, 德者, 存諸己施於人也, 功者, 須諸人而利乎時者也. 言者, 率是二道而傳之後
    者也. 古之人, 德修而功與言隨之. 故名實茂著, 光輝流於無窮, …… 德者, 內也, 實
    也, 言者, 外也, 華也."

런 이유로 그는 세 가지 중 어느 것에 치우치거나 없앨 수 없다고 하였다.

'道本文末' 혹은 '重質(道)輕文'의 修辭觀은 정연한 논리와 적실한 표현의 한계를 나타냈다. 이 점에 기인하여 곤륜은 '辭達'과 '言之無文, 傳而不遠'을 재해석하였다. 文과 道의 가치를 재조명하여 기존 修辭觀에서의 '文'의 역할비중을 더욱 강조하여 '文質彬彬'의 修辭哲學을 제창하였다. 이러한 곤륜의 수사철학은 文辭의 가치를 그 본질적 측면에서 새롭게 인식하고 강조하였다는 측면에서 그 의의를 가진다고 할 수 있다.


## 2) '人力'의 강조와 秦漢 · 唐宋文 수용의 의미

尙古主義者는 시간의 추이를 하강 · 쇠퇴의 과정으로 이해하여 역사의 진보적 인식을 가로 막는다. 그들은 '古'와 '今'을 대립된 것, 상반된 것으로 인식하여 世降末俗, 厚古薄今을 내세우며 붕괴된 '今'의 가치를 올바른 '古'의 형태로 되돌리고자 한다. 이와 달리 古文家는 文과 시대의 변화에 대하여 '文隨世變, 代不如前', '文隨道轉, 時非所論', '世道旣變, 文亦因之' 등으로 이해하였다. 古文家 역시 末流로 떨어진 文章之道를 어떻게 예전의 원형에 가깝게 되돌리는가를 고민하였다. 고문가에게 文章之道의 타락은 곧 道[110]와의 괴리를 의미했기 때문이다.[111]

곤륜은 이들과 인식을 달리한다.

> 일찍이 '文章은 시대의 高下에 관계된다.'고 한 것은 道를 모르는 사람의 말입니다. 대저 문장창작의 원칙[文章之理]은 하늘에서 나오

---

110) 여기서 말하는 道의 내용은 儒敎的 세계질서, 혹은 그것이 지향하는 이념적 가치, 聖人이 가르치는 義理·道德이다.

111) 鄭珉, 前揭書, 20~23면 참조.

고 하늘은 고금의 차이가 없으니 문장의 원칙 또한 고금이 같습니다. 문장 창작의 동기[文章之機]는 인심이 감응하는 것에 달려있고 인심 은 고금의 차이가 없으니 문장의 창작 동기 또한 고금이 같습니다. 천지만물과 인간사의 변화는 문장 창작의 실제[文章之實]가 되는 것 입니다. 비록 得失과 治亂이 동일하지는 않지만 그 名目과 節度는 대체로 같습니다. 문자 중의 乎·者·也 따위를 부리는 것에 이르러 서도 옛날과 차이가 없습니다. 이로 말미암아 말한다면 今文이 古文 에 미치지 못한다는 것은 진실로 장차 죄를 氣數에 돌리고 人力의 개입을 용납지 않으려는 것입니까? 아니면 사람이 마음을 다하여 그 것을 구하지 않으려는 잘못입니까? …… 또 蘇軾을 班固·司馬遷· 揚雄·韓愈에 비해 매우 비하하시는데 이것 또한 옳지 못합니다. 대 저 文章의 用度는 세 가지입니다. 談理·記事·論事입니다. 반고· 사마천은 記事에 뛰어나고, 양웅·한유는 談理에 소식은 論事에 뛰 어납니다. 비록 이들간에 體裁와 模範이 다르기는 하지만 뛰어난 것 을 바탕으로 각각 妙에 이른 점은 같은데 어떻게 갑자기 비하할 수 있습니까?112)

곤륜은 文章之理 즉, 文章之道는 하늘에서 나오며 고금의 차이가 없다 고 인식한다. 文章之機 즉, 문장 표현의 기본 원리는 인심이 감응하는 것 에서 비롯되기에 그 역시 고금의 차이가 없다고 하였다. 文章之實 즉, 문

---

112) 崔昌大, 「答李益之 庚辰」, 『昆侖集』 권12(『叢刊』 V.183), 222면. "嘗謂文章與時 高下, 不知道者之言也. 夫文章之理, 出乎天而天無古今之異, 則文章之理, 亦古今同 也. 文章之機, 在人心所感而人心無古今之異, 則文章之機, 亦古今同也. 天地萬物人 事之變化, 所以爲文章之實者, 雖得失治亂不一, 其名目節度則大同, 至於所使文字之 乎者也之屬, 又無變於古者, 由是言之, 今文之不及古文, 固將歸罪於氣數而莫容人力 耶? 抑人之不肯悉心求之之過歟? …… 又以蘇氏之於班·馬·揚·韓, 卑下爲甚, 此又不 可, 夫文章之用, 有三, 有談理者, 有記事者, 有論事者, 班·馬長於記事, 揚·韓長於談 理, 蘇氏長於論事, 雖體裁模範不類, 因其所長而各臻於妙則同, 何可遽斷爲卑下耶?"

장의 내용은 천지만물, 인간사의 변화 역시 그 名稱과 法度는 대체로 비슷하다고 하였다. '乎·者·也' 등을 구사하는 文章의 구체적 寫作 技巧 역시 고금의 차이가 없다고 하였다. 그렇다면 무엇이 今文으로 하여금 古文에 미치지 못하게 하는가? '사람의 노력[人力]'이다. 곤륜은 聖賢의 立言·傳道나 고인의 作文體要를 마음 속에 自得하지 못하고 성취하기 어렵게 하는 것은 당대인의 노력이 부족한 탓이라고 하였다.[113]

곤륜은 李夏英이 蘇軾을 班固나 司馬遷, 揚雄이나 韓愈보다 낮게 평가한 것에 대해 불가함을 역설한다. 그는 문장의 갈래를 談理·記事·論事로 파악하였다. 각 문장은 體裁와 模範은 다르지만 文章之道·文章之機·文章之實·寫作技巧로 구성됨은 동일하다. 그래서 반고와 사마천이 記事에 뛰어나고, 양웅·한유가 談理에 뛰어나듯 論事에 特長을 발휘하여 그 妙理를 터득한 점에서 소식이 그들과 동일하다고 평가하였다. 그가 秦漢과 唐宋文 자체를 지향처로 삼은 것은 아니다. 그에게 秦漢과 唐宋文은 文章 수련을 통하여 文章之道, 궁극적으로 道에 도달하기 위한 것으로 인식되었다. 물론 文章이 없으면 道에 도달할 수 없으므로 文은 없어도 되는 무엇은 결코 아니다.

이와 같은 '因文入道'의 과정을 위해 곤륜이 추구한 방법은 무엇인가? '博學之·審問之·愼思之·明辨之·篤行之'이다[114]. 이것은 『中庸』에서

---

113) 崔昌大, 「答李益之 己卯」, 『昆侖集』 권12(『叢刊』 V.183), 221면. "至於聖賢立言傳道之旨, 與夫古人作文體要, 芒不省爲何事? 以故雖其質美者才高者有志者, 卒無得於胸中, 及見其艱難所成就, 卽一進士一及第志名耳, 其不幸者, 並與一名而卒無得焉. 僕每閔然憐之, 而無奈溺於積習, 終不能譬曉."

114) 崔昌大, 「答李益之 己卯」, 『昆侖集』 권12(『叢刊』 V.183), 221면. "今欲索至寶於千古墜緒之後, 而只得涉獵數三家言論, 諷誦十許卷編帙, 便謂此足矣. 夫豈能觸類而逢原也? 惟宜博訪書籍, 無書不過眼, 而又必虛心眇觀, 勿以掇剽蹈襲爲心, 直求古人用心處, 則雖由是得聖賢之道, 通經濟之術, 亦可, 至於詞章小道, 寧患不得其門戶

天理의 근본인 誠을 이루게 하는 節目이다. 곤륜은 이것을 學問하는 방법
뿐 아니라 文章工夫의 방법이 될 수 있다고 하였다. 이것을 위한 구체적
인 방법은 여러 經典을 두루 보아 지식을 해박하게 하고 諸子書와 史書를
환히 알아서 文辭를 수련하고 그런 뒤에 익숙히 읽고 중요한 말에 힘을
쏟아 수시로 作文하고, 겸하여 여러 文體를 익히는 것이다.[115] 또 마음을
비우고 妙理를 관찰하며 剽竊과 蹈襲을 일삼지 않는 것이다. 곤륜은 단순
한 광범위의 독서만을 권한 것은 아니다. 그는 독서를 통한 지식의 축적으
로 사물의 本原과 要諦를 터득하는 것이 정확하고 간결한 문장을 구성하
는 것에 영향을 준다고 생각하였다. 그 예로 司馬遷이 漢高祖를 '寬仁愛
人, 好謀能聽'라 찬술한 것과 班固가 霍光을 '沈靜詳審'이라 묘사한 것을
제시하였다.[116]


## 3) 情緖의 表出과 風雅之道의 俱現

詩經을 참다운 시의 전범으로 생각하거나, 그 이후의 시가 점점 못하게
되었다는 논법은 유학자들에게서 흔히 발견되는 것이다.[117] 곤륜 역시 이
에 동의한다. 그는 詩가 性情에서 나와서 心志를 형상하기에 시를 보면

---

耶? 然徒博不能深造, 又必講討而衡之, 思索而精之, 去取而明之, 時習而成之. 傳曰,
博學之·審問之·愼思之·明辨之·篤行之. 程叔子謂廢一則非學, 此固求道作聖之大方,
而愚謂爲文章者, 亦廢一不可."

115) 崔昌大, 「與申士相弼夏 ○癸未」, 『昆侖集』 권12(『叢刊』 V.183), 226면.
116) 崔昌大, 「答李仁老德壽 ○癸未」, 『昆侖集』 권11(『叢刊』 V.183), 213면. "古人識
高, 故其文精, 今人識下, 故其文粗. …中略… 又觀馬遷贊高祖, 不過曰寬仁愛人, 好
謀能聽, 班固叙霍光爲人, 不過曰沈靜詳審, 夫帝王如高祖, 宰相如霍光, 而論贊之
事, 止此數語, 毋亦太草草乎, 然其能一言而盡之者, 亦其見本原擧體要也."
117) 김흥규, 『朝鮮後期의 詩經論과 詩意識』, 고려대출판부, 1982, 42면 참조.

그 사람이 마음속에 간직한 바를 알수 있다고 하였다. 그러나 곤륜은 實心을 버리고 지나치게 감정에 치중하여 비통하거나 괴로움, 탄식의 소리를 주로 하여 시를 짓는 것에 반대하였다.[118]

> 詩란 다만 歌詠의 의의를 취하여 가슴의 답답함을 떨치고 분개한 마음을 펴내면 충분하다. 부당하게 정신을 피곤하고 힘들게 하거나 한갓 아로새겨 그리거나 조롱하여 읊조리거나 귀를 위한다면 또한 作詩의 道에 해가 될 것이다. 『詩經』의 風雅의 작자들이 어찌 일찍이 정신을 피곤하고 힘들게 하거나 아로새겨 꾸미거나 시를 지어 비웃기를 일삼았는가? 다만 그 슬픔과 즐거움을 펴내고 그 소리를 알맞게 할 따름이다.
>
> 근세의 作詩의 道를 따르면서 風雅에 합하기를 구한다면 마치 燕나라로 가고자 하면서 越나라로 수레를 달리게 하는 것과 같으니 지날수록 더욱 멀어질 것이다. 진실로 다만 詩에 뜻을 둔 자라면 아까 내가 말한 세 가지를 가지고 능히 作詩의 道를 이루지 못할 자를 나는 아직 보지 못하였다.[119]

곤륜은 詩란 가슴의 답답함과 분개함을 노래하고 읊는 것이라고 하였다. 그가 추구하는 作詩의 목표는 風雅之道의 구현이었다. 그를 위한 전제로 立言의 道를 마음으로 체득하고 六經을 참고하여 취지를 바로잡고, 百家의 말을 참고하여 그 流를 넓히기를 요구하였다.[120] 이런 관점에서

---

118) 崔昌大, 「答金子裕令行 ○辛未」, 『昆侖集』 권12(『叢刊』 V.183), 220면. "詩本出於性情而心志形焉. 觀其辭而得其所存, 非可誣也. 子裕齒妙而性馴, 身逸而志樂, 不宜有此, 豈必爲悲苦嗟咄之言而後可爲詩歟? 此皆爲詩者之所急聞也."

119) 崔昌大, 「答金子裕令行」, 『昆侖集』 권12(『叢刊』 V.183), 220~221면.

120) 崔昌大, 「答金子裕令行」, 『昆侖集』 권12(『叢刊』 V.183), 220~221면. "立言之道, 必體之心, 以立其根, 翼之六經, 以端其趣, 參之百氏之言, 以廣其流, 然後辭達而

그는 당대의 시가 추구하는 과장된 표현, 지나친 彫琢과 修飾, 타인에 대한 비방에의 활용, 字句의 음악성에 대한 치중에 반대하였다.

이런 견지에서 곤륜은 奇巧를 추구하고 詭異함을 추구하는 당대의 作詩傾向을 비판하여 그것을 따를수록 더욱 風雅의 道에서 멀어질 것이라고 하였다. 이러한 그의 생각은 「答許生統」에 잘 나타나 있다.

① 근세의 科生들이 시를 지을 때 尖巧하고 詭異함을 힘쓰며 남보다 낫기를 바라지만 詩體는 날이 갈수록 더욱 平正한 것에서 멀어지고 이름하여 재주가 뛰어난 이들일수록 더욱 심하여 마음으로 항상 그것을 아파하였다.[121]

② 하물며 근래의 재주있는 이들 가운데 조금 두각을 나타내는 자들이 모두 奇巧를 우수한 것으로 여긴다. 그래서 和平·醇醨한 작품을 추구하여 잘 지은 것은 한편도 취할 만한 것이 없다. 만약 奇巧를 추구하는 이들을 물리친다면 과거합격자를 채울 수 없을 것이니 내 홀로 또 어찌 하겠는가? 가령 典實完好한 예로는 "㉠봄제비 숲의 나무에 둥지를 짓네[春燕巢林木]" 같은 것이 있고, 淸新圓妙한 예로는 "㉡흰꿩을 놓아주어 굴욕을 당하였네[放白鷳而見屈]" 같은 것이 있다.[122]

곤륜은 과생들이 尖巧하고 詭異함을 추구하는 시작 풍토를 배격하고 平正한 시를 지을 것을 강조하였다. 平은 和·正·無奇를, 正은 雅·平·純

---

道在其中矣. 不體之心, 則言濫而無督, 不翼之六經, 則志岐而易踣, 不參之百氏, 則辭陋而不洽, 三者固不可偏廢."
121) 崔昌大, 「答許生統 ○辛卯」, 『昆侖集』 권12(『叢刊』 V.183), 230면. "近日科生輩之爲詩, 務以尖巧詭異, 求勝於人, 而文體日乖於平正, 號爲才子者尤甚, 心常病之"
122) 崔昌大, 「答申生宗夏 ○ 辛卯」, 『昆侖集』 권12(『叢刊』 V.183), 228면.

一을 의미한다. 이렇게 본다면 예①, ②의 平正과 和平은 내포하는 의미가 유사하다. 平正한 시는 ②에 구체적으로 제시된다. ⊙은 봄날 돌아온 제비가 숲에 제가 살 둥지를 얽는 광경을 詩로 읊은 것이다. 이 구절은 奇妙하고 詭異한 표현없이 본성을 따라 살아가는 자연물의 모습을 꾸밈없이 나타냈다. ⓛ은 진귀한 흰 꿩을 놓아주어 욕을 당한 일을 사실대로 서술하였다. 이 가운데 어느 것에도 奇妙하고 詭異한 표현은 사용되지 않았다. 곤륜은 平正을 詩作法의 차원에서뿐만 아니라 風格의 차원에서도 활용하였다. 또한 시에 나타나는 시인의 氣象[氣], 시적 表現[色], 시어의 運用[聲]에서도 平正을 유지할 것을 강조하였다. 「答金子裕令行」에서 김령행이 '登山'을 '세상을 버리고 신선을 따른다[遺世從儒]'라고 표현한 것과 '세월에 대한 아쉬움[惜歲]'을 '붉은 얼굴에 흰 머리[朱顔白髮]'라고 한 것을 거론하며 자신의 진실된 감정을 도외시한 채 지나치게 슬픈 기색을 나타내어 읽는 사람으로 하여금 전혀 기쁘지 않게 하는 것은 意象이 아름답지 못한 것일 뿐 아니라 詩體도 老宿하고 眞實되지 않은 것이라고 평가하였다.[123)

곤륜의 제자 申維翰은 곤륜이 杜甫, 三唐調, 宋元調의 시를 지었다고 하였다.[124) 곤륜 자신은 陶淵明을 스승삼고[125) 평생 韋應物의 시를 애송하였다고 하였다.[126) 도연명의 시는 眞情에서 우러났으며[127), 인위적으로

---

123) 崔昌大, 「答金子裕令行」, 『昆侖集』 권12(『叢刊』 V.183), 220면.

124) 申維翰, 「祭昆侖崔學士昌大文」, 『青川集』 권5(『叢刊』 V.200), 347면. "文而爲兩漢語韓柳語歐曾語, 詩而爲少陵采石三唐調宋元調."

125) 李宗城, 「祭昆侖崔公文」, 『梧川集』 권13(『叢刊』 V.214), 298면. "公病已瘳, 興言謂我, 聲厓出嗁, 樂天乘化, 我師陶翁."

126) 崔昌大, 「寄贈晦隱丈蘇坡江居」, 『昆侖集』 권5(『叢刊』 V.183), 96면. "平生愛誦韋詩寄全椒道人四句, 昨來早起, 積雪滿山, 興懷高韻, 杳然有山陰之思, 聊演韋詩之意奉呈."

127) 薛瑄, 「讀書錄-詩評條」, 『薛文清集』 권24. "凡詩文出於眞情則工, 昔人所謂出於肺腑也. 如三百篇, 楚辭, 武侯出師表, 李令伯眞情表, 陶情節詩, 韓文公祭兄子老成"

만들 수 없는 담담하고 적절히 어울리는 글의 참된 性靈을 얻었다는 점128), 自得의 妙를 터득할 수 있게 한다는 점을129) 특징으로 한다. 韋應物의 시는 聲色臭味가 없고130), 시의 妙處가 淡泊·無意하여 인위적인 가탁의 흔적이 없는 것이 특징이다.131) 또한 위응물은 陶詩의 특색을 詩에 살린 것으로 평해지기도 한다.132) 곤륜이 도연명과 위응물의 시를 특히 애호한 것은 가슴에서 우러난 眞情을 수식없이 담박하게 시적으로 체현하고 그 妙處를 터득하여 作詩의 道를 완성한 것으로 간주해서인 것이다.

### 4) 質朴·簡寡의 審美理想 追求

곤륜은 '文質彬彬'의 수사철학을 바탕으로 理를 밝혀 근본을 세우고 적절한 방법을 선택하여 취지를 바로잡고 辭를 다듬어 용도에 맞게 하기를 주장하였다. 또 다양한 독서와 부단한 작문연습을 통한 立言精神의 구현을 강조하였다. 그렇다면 그가 추구한 심미적 이상은 무엇인가?

곤륜은 成均館 大司成으로 유생들을 훈도하는 자리에서 '文章을 彫琢하는 습속을 버리고 質朴하게 할 것[斲雕反朴]'을 장려하며 당대의 浮靡한 文風을 일소하고자 하였다. 이때 그가 강조한 것은 '朴'이다. 이것은 '雕'와 대립되는 개념이며 그의 審美理想을 나타낸다. 이에 대한 그의 생각은 「答

---

文, 歐陽公瀧岡阡表, 皆所謂出於肺腑者也. 故皆不求工而工."

128) 「尙氏家乘集序」. "子瞻酷嗜陶令詩, 貴其淡而適也. ……惟淡也不可造, 不可造, 文之眞性靈也."(차주환, 『中國詩論』, 서울대학교출판부, 1989, 278면.)

129) 鍾惺, 『古詩歸』, "幽生於朴, 淸出於老, 高本於厚, 逸原於細, 此陶詩也. 讀此等作, 當自得之."(전게서, 280면 참조.)

130) 朱熹, 「論詩」, 『性理大全書』 권56. "韋蘇州高於王維·孟浩然諸人, 以其無聲色臭味也."

131) 翁方綱, 『石洲詩話』, "獨至韋蘇州, 則其妙處全在淡處, 實無迹可求."

132) 차주환, 전게서, 283면 참조.

李仁老德壽」에 잘 나타나 있다.

　　고인의 문장에서도 반드시 簡寡를 귀중하게 여겼습니다. 談理하는
경우에 대해 말한다면 孟子의 말은 荀子·韓非子보다 적고, 曾子·
子思의 말은 孟子보다 적고, 孔子의 말은 또 曾子·子思보다 적습니
다. 記事하는 경우에 대해 말한다면 左丘明은 司馬遷·班固보다 적
고, 『春秋』·『尙書』는 또 左丘明보다 적습니다. 詠歌의 경우에 대해
말한다면 楚辭·離騷는 漢·魏보다 적고, 風·雅·頌은 초사·이소
보다 적습니다. 그외 道家의 『道德經』, 縱橫家의 『陰符經』, 兵家의
『三略』, 醫家의 『素問』은 모두 寂廖한 短篇이어서 아무리 많아도
수백천 언에 불과합니다. 그러나 말[言]은 간략하지만 의미[意]는 더
욱 넓어지며, 辭는 비근하지만 지향처는 더욱 심원합니다. 어째서냐
면 理에 대해서는 그 本原을 보고, 事에 대해서는 그 體要를 제시하
는 까닭입니다.133)

　　곤륜은 글을 용도에 따라 談理·記事·詠歌·諸家類로 분류하였다. 談
理類는 荀子·韓非子에서 子思를 거쳐 孔子에 이를수록 간단하며, 記事
類는 司馬遷에서 『春秋』·『尙書』에 이를수록 간단하며, 詠歌類는 漢魏
詩에서 楚辭를 거쳐 風·雅·頌에 이를수록 간결하다고 하였다. 諸家類
는 道家의 『道德經』, 縱橫家의 『陰符經』, 兵家의 『三略』, 醫家의 『素問』
이 가장 간결하다고 제시하였다. 이점은 곤륜이 추구한 審美理想이 단순
히 문장을 간결하게만 쓰는 것이 아님을 시사한다. 그의 말대로 言辭는
간략하고 비근하지만 意趣는 더욱 깊은 그러한 작법을 추구한 것이다. 이
것은 내용적 측면에서의 理와 本原, 要體의 체득을 바탕으로 형식적 측면

---

133) 崔昌大, 「答李仁老德壽 ○癸未」, 『昆侖集』 권11(『叢刊』 V.183), 212~213면.

에서 雕琢 · 修飾을 일소하고 이루어 낸 簡寡이다.

곤륜은 韓愈의 문장이 平正하고 純厚 · 朴實하며 문장의 구성과 배치가 法度가 있다고 평가하며 이를 법삼기를 주장하였다. 반대로 한유와 동시대의 樊宗師 · 孫樵에 대하여는 힘써 배척하였다. 번종사는 문장을 지을 때 전인의 一言一句도 蹈襲하지 않아 당시에 '澁體'라고 불렀다. 그가 지은 「絳守居園池記」는 句讀를 끊을 수 없을 정도였다. 그러나 韓愈는 그의 논의가 平正하며 경전에 근거한 것이 있다고 칭하여 그를 천거하였다. 이에 대해 곤륜은 險僻한 것을 奇妙한 것으로 가장한 경우라며 힘써 배척했다고 자술하고 있다. 經典에 근거하고 平正하다고해도 句讀도 끊을 수 없는 난삽한 문장을 배제한 것이다. 이것은 明理에는 적합할지 몰라도 記事 · 論事의 원칙에는 위배되기 때문이다.

이러한 견지에서 그는 明代의 擬古文家인 李攀龍 · 王世貞에 대해서는 剽剟한 것을 古雅하다고 여겼다며 일찍부터 질시하였다. 그는 사람들의 문장이 險僻 · 剽剟한 것으로 종결되는 이유가 근본을 알지 못해서라고 여겼다. 그가 의미하는 근본이란 '明理 · 擇術 · 修辭'이며 '本源을 보고 體要를 거론하는 것'이다.[134]

## 4. 결론

이상에서 昆侖 崔昌大의 修辭哲學과 구체적인 修辭論을 考究하여 아래와 같은 결론을 도출하였다.

---

134) 崔昌大, 「答李仁老德壽 ○ 癸未」, 『昆侖集』 권11(『叢刊』 V.183), 213면.

곤륜은 朱王學을 批判的·折衷的으로 수용한 독특한 가학전통과 학문 연원을 바탕으로 朱子主義의 理念性과 名分論에 침잠된 조선후기의 제반 현실문제를 극복하고자 하였다.

곤륜은 金昌協·金昌翕을 중심으로 하는 일군의 詩文刷新의 움직임에 대하여 17세기의 복고주의적 경향을 발전적으로 계승하였다.

'辭達'의 해석에서는, 그것이 文辭를 무시한 것이 아니라 오히려 중시한 것이라고 간주하였고 불필요한 꾸밈이나 인위적 짜임을 배제하고 충실한 내용과 정연한 논리를 갖추기를 주장하였다. '言之無文, 傳而不遠'의 해석에서, 德은 內·實로, 言은 外·華로 이해하여 文과 道의 관계에서 文의 표현기능을 더욱 중시하였다. 이러한 立言의 실현방법으로 心得·六經·百家書를 참고하여 그 流의 확충을 제시하였다.

秦漢과 唐宋古文의 가치평가에서 곤륜은 단순한 문장전범 이상의 의미를 부여하였다. 그에게 고문은 文章之道, 궁극적으로 道에 도달하는 수단이었다. '因文入道'의 실현방법으로 '博學之·審問之·愼思之·明辨之·篤行之'를 제시하였다. 특히 『中庸』에서 誠의 실현방법, 공부방법이던 다섯가지를 문장창작의 영역에까지 확충한 것은 곤륜 修辭論의 특징이라 할 수 있을 것이다.

문장의 창작에서, 文章之道와 文章之機·文章之實 및 구체적 寫作 技巧의 시대적 변화 가능성을 부인하였다. 그는 불변의 道와 古人의 作文體要는 창작자의 노력[人力]에 의해 이루어진다고 하였다.

곤륜은 인간의 정서를 대변하는 詩의 창작과정을 통하여 風雅之道의 구현을 추구하였다. 그는 시에서의 과장된 표현, 지나친 彫琢과 修飾, 타인에의 비방, 字句의 음악성 치중 등을 배척하고 眞情의 詩作을 통한 風雅之道의 구현을 목표하였다. 그런 이유로, 중국의 시인 중에 眞情이 우러난 詩를 짓고, 作爲的인 기교를 배제하고, 자득의 妙理를 체득한 陶淵明과 韋應物을 존중하였다.

곤륜이 추구한 審美理想은 質朴 · 簡寡이다. 이것은 단순한 쓰기 차원에 그치는 것이 아니라 내용과 형식 양면의 조화를 통해 이루어지는 것이다. 그는 심미적 전범으로 韓愈의 문장을 존숭하였다. 반면에 難澁하고 險僻하며 기괴한 표현을 남발하고 남의 것을 剽掠한 樊宗師 · 孫樵 · 李攀龍 · 王世貞을 배척하였다.

이러한 곤륜의 修辭論은 17세기의 復古的 경향을 탈피하여 創新을 추구하려는 18세기 초의 문단의 역동적 움직임 속에 기존의 격식과 규범을 극복 · 계승하려는 前進的 復古主義로 평가할 수 있을 것이다.

# 제4장
# 西坡 吳道一의 경우

## 1. 머리말

조선 역사상 17세기는 격동의 시대이다. 국외적으로는 明·淸의 교체라는 큰 정세 변화와 국내적으로는 2차례의 호란으로 인한 인구의 감소, 경제적 피폐로 국가재건을 주창하는 시대사회적 분위기가 야기되었고 그것은 문학에도 영향을 끼쳤다.

16세기 말~17세기 초에 수입된 명말의 전후칠자의 창작론의 영향과 조선문단의 내부적 요인[135]으로 진한고문파가 성립되지만 이들의 문학적 성향은 이후 李植·金昌協·李宜顯 등에 의해 비판되고, 창작의 전범 설정 자체를 거부하는 燕巖그룹에 의해 재차 비판당한다.[136] 이와 같이 다양한 문예사조가 수입되는 상황에서도 문인들은 여전히 주자학적 도문일

---

135) 金正國이 『文範』에 수록한 글이 주로 『史記』와 『漢書』에서 뽑아 역은 것이었고 (『思齋集』 권3, 『叢刊』 V.23, 43면.), 己卯士林들이 秦漢古文을 전범삼고자 했다는 尹近壽의 기록(『月汀集·別集』 卷4, 『叢刊』 V.47, 379면.)에서 진한고문파 성립의 국내적 요인을 찾을 수 있다.

136) 강명관, 「16세기 말 17세기 초 擬古文派의 수용과 秦漢古文派의 성립」, 『한국한문학연구』 18집, 한국한문학회, 1995, 304~305면 참조.

치의 규범성과 통일성에 안착하였다. 특히 17세기 초반의 조선사회에서는 지배사상에 대한 회의나 도전의 혐의가 있는 제문학적 경향에 대해 주자학을 고수·확산하려는 당대의 지배계층의 문학방면의 대응이 고문론에 반영되기도 하였고[137], 그것으로부터 부분적으로 탈피하려는 현상이 동시에 확인되기도 하였다.[138]

16세기 중반~17세기 초의 시단은 三唐詩人과 二才의 주도하에 學唐을 근저로 인간의 감정을 서정적으로 표현하고 시적 긴밀도를 고취하며 시체의 규모를 확대하고 성당의 운치를 표현하는 등 이전의 시작에서 나타나는 섬약한 기세와 몰개성, 주제의식의 미비 등을 극복하고자 하였다.

鄭斗卿(1597~1673)·李敏求(1589~1670)·金得臣(1604~1684) 등은 格調와 識見을 강조하며『詩經』과 한위·성당시를 전범삼아 17세기 詩史의 큰 줄기를 바꾸는데 기여하였다. 또한 고시와 악부시의 가치를 발견하여 그들 시체의 작품을 적극 창작함으로써 學唐의 굴레를 벗어나는데 일조하는 한편 명대의 복고적 시론을 수용함으로써 시풍을 일신하였다. 그들의 시작에서 노정된 시어의 踏襲과 의고적·허위적·희작적 묘사 등 부정적 경향은 金昌協(1651~1708)·金昌翕(1653~1722) 등에 의해 비판받는다.[139]

---

137) 李植(1584~1647)이 당대의 문장을 異端之文과 聖賢之文으로 대별한 것이 그 좋은 예이다.(우응순,「17세기 古文論의 背景과 歷史的 性格」,『고전비평 연구』1, 태학사, 1997, 58~59면 참조.)

138) 許筠(1569~1618)과 李睟光(1563~1628)·張維(1587~1638) 등은 朱子學的 文學觀을 인정하면서도 작가의 個性과 審美性에 관심을 기울여 문학의 형상성에 주목하였다.

139) 안대회,『18세기 한국한시사 연구』, 소명출판, 1999, 17~55면 참조. ; 18세기 한시사의 향방을 결정짓는 중심적 역할을 한 김창협 등은 格式과 規範으로부터 탈피하여 시인의 個性을 추구하고 詩作에서의 변화를 시도하여 眞實한 표현과 事實的 描寫를 주로 하는 새로운 創作 경향을 제시하며 이전의 擬古主義的 경향을 비판하였다.

김창협 등은 18세기 한시사의 향방을 결정짓는 중심적 역할을 하였다.
그는 格式과 規範으로부터 탈피하여 시인의 個性을 추구하고 시작에서의
변화를 시도하여 眞實한 표현과 事實的 描寫를 주로 하는 새로운 창작 경
향을 제시하며 이전의 의고주의적 경향을 비판하였다.

이러한 시기의 대표적 문장가의 한 사람이 西坡 吳道一(1645~1703)[140]
이다. 『王朝實錄』의 卒記[141]에 의하면 그는 인물됨이 倜儻하고 聰明이
무리에서 뛰어났다. 그의 風致는 사람을 움직일 정도였고 文辭는 넉넉하
고 민첩하였다.

대각에 있을 때는 淸議를 주장하여 風節을 힘써서 士類의 존경을 받았
고, 淸白함은 세상에서 氷蘗으로서 인정받았다. 이로 인해 肅宗도 그의
재주를 기특하게 여겨[142] 특별한 은혜를 베풀었다. 그러나 당론을 주장하
여 李師命 등을 논핵한 상소(1694년)로 노론의 원망과 미움을 받아 마침

---

140) 吳道一(1645~1703)은 본관이 海州, 자는 貫之, 호는 西坡이다. 그의 家系는 高
麗 檢校 軍器監을 지낸 吳仁裕에서 비롯된다. 高祖 吳景閔이 司憲府 監察을 역임한
것을 비롯하여, 曾祖 吳希文은 繕工監役 贈議政府 領議政이 되었다. 祖父 吳允謙은
議政府 領議政을 역임하였고 세상에서 楸灘先生으로 일컬었다. 아버지 吳達天은 宗
親府典籤 贈吏曹判書에 제수되었다. 외가는 漢陽 趙氏로 儀賓府 都事 趙幹이 외조부
이다. 그의 妻는 豐壤 趙氏로 趙復陽의 딸이며 妻祖父는 趙翼이다. 繼室은 延日 鄭
氏로 鄭淹의 딸이다.

141) 『肅宗實錄 3』 卷38(『朝鮮王朝實錄』 V.40), 33면. "己丑, 前判書吳道一, 卒於長
城謫所. 道一倜儻有俊才, 聰明超類, 風致動人, 文辭亦瞻敏, 外似樸疎, 內實機警,
居臺閣, 主張淸議, 自勵風節, 爲一代士流所推許, 律己淸白, 世以氷蘗許之. …中
略… 上, 亦奇其才多, 被曠世異數.. …中略… 甲戌論師命等疏, 固人所不敢言, 而被
黨人, 怨嫉益甚, 道一, 亦因此益激, 爲趨勢喜事者所宗, 行止放倒, 屢遭顚躓, 有進
無退, 及有科查及彦良獄, 橫被誣巘黨人, 遂傳會鍛鍊, 竟以謫死."

142) 吳道一, 「年譜」, 『西坡集』 卷29(『韓國文集叢刊』 V.152), 553면. "一日講訖, 上
曰, 曾在丙辰冬, 爾入於史薦, 而爲姜碩賓所狙擊, 予當時不察其黨伐之意矣. 其後諸
臣多言爾之文學, 觀於近日筵中, 則爾之文學, 果卓異矣. 時與副修撰林公泳, 同承恩
諭, 而華袞之獎, 復出千古, 一時榮之."

내 적소에서 생을 마감한다.[143]

　서파의 사승내력은 뚜렷이 나타나지는 않는다. 다만 15세 무렵 趙宗著(1631~1690)에게 수학하였다는 기록이 있다.

　학문경향은 문집의 작품[144]을 통해 볼 때, 대체로 성리학에 경도된 것으로 파악된다. 이 점은 같은 소론계인 尹拯(1629~1714)·朴世采(1631~1695) 등의 학문경향과 유사하다. 그러나 그와 10세 때부터 교유한 崔錫鼎(1646~1715)[145]이 유가적 입장에서 육왕학을 이해하고 주자학의 한계를 비판하여 사문난적으로 내몰린 朴世堂(1629~1703)을 옹호하던 학문경향과는 뚜렷한 차이를 나타낸다.

　위에서 살펴본 것처럼 서파는 17세기 후반~18세기 초반의 복고와 의고, 의고에 대한 비판이 뒤얽힌 복잡한 문단의 상황 속에서 학문 사상과 개성적인 문학창작을 바탕으로 동시대의 일반 문장가들에 비해 보다 진전된 문학론을 제시하였다. 그의 문학론이 17세기의 한계를 완전히 극복하지는 못하였지만 模倣과 剽竊에 대한 반대, 특정한 전범의 설정 거부, 文의 가치 긍정, 진실과 순수차원에서의 閭巷謳謠의 가치 긍정, 天機에 대한 나름의 인식 등을 통하여 진정한 문학 세계를 구현하고자 하는 노력은 높이 평가할 만하다.

---

143) 吳道一이 역임한 직책은 주로 文翰職이 대부분이며 그외 조정의 實務와 관련된 요직을 두루 역임하였다.(「年譜」, 『西坡集』卷29, 552~583면 참조.)

144) 「原理氣不相離說」(18세)을 비롯하여 存心養性을 學으로 정의한 「原學」(19세), 性命·理氣의 근원, 讀書·窮理의 방법, 操存·窮格의 要諦 및 人倫 日用의 常道, 潛心·處事의 要領 등에 대한 先儒의 글을 읽은 느낌을 기록한 122 조목의 「困得篇」(26세), 「大學正心問答」(26세), 「自警文」(28세), 「養心閣銘」, 「敬以直內箴」, 「危者安其位, 亂者有其治」 등과 佛教의 폐해를 지적한 「釋迦」 등.

145) 崔錫鼎 이외에 吳道一과 교유하던 인물로 함께 湖堂에서 賜暇讀書를 한 趙持謙·林泳·朴泰輔·李畬·徐宗泰·韓泰東·兪得一 등이 있다.(「年譜」, 『西坡集』卷29, 557~558면 참조.)

서파의 문학론에 대한 연구는 거의 전무한 실정이다. 본고에서는 먼저 그의 문학론을 검토하여 서파의 문학세계를 규명하는 발판을 삼고자 한다.146)

## 2. 文變論과 眞見의 强調

"文이란 道를 꿰는 器物이다. 이 道에 깊지 못하고서 이름이 있는 자는 없다."147)

위는 고문가의 중요한 이론의 하나인 文·道의 관계를 언급한 李漢의 「昌黎先生集序」의 일부이다.148) 한유는 고문을 하는 이유가 문장 체제만을 위해서가 아니라 古道의 학습과 문사에 겸통하기 위해서이며 본래의 의도는 바로 '古'라고 하였다.149) 그가 말하는 '도'는 '獨善自養'보다는 '兼濟天下'의 강조, 사회위기에 대한 관심, 노·불 사상에 대한 반대, 인재선발의 중시 등이다.150) 이 점은 서파가 강조하는 부분이기도 하다.151)

---

146) 본고에서는 민족문화추진회에서 영인·간행한 『韓國文集叢刊』 V.152의 『西坡集』을 텍스트로 하였다.

147) 李漢, 「昌黎先生集序」, 『韓昌黎集』, 상무인서관, 1958, 1면. "文者, 貫道之器也. 不深於斯道, 有名者不也."

148) 王運熙·顧易生 編, 『中國文學批評通史』 3, 上海古籍出版社, 1996, 487~488면 참조. ; ① 梁肅, 「補闕李君前集序」, "文本於道", ② 柳冕, 「答楊中丞論文書」, "君子學文, 所以行道."

149) ① 韓愈, 「答陳生書」, 『韓昌黎集』 卷16, 62면. "愈之志在古道, 又甚好其言辭?" ② 韓愈, 「答李秀才書」, 『韓昌黎集』 卷16, 61~62면. "愈之所志於古者, 不惟其辭之好, 好其道焉爾." ③ 韓愈, 「題歐陽生哀辭後序」, 『韓昌黎集』 卷22, 47면. "愈之爲古文, 豈獨取其句讀, 不類於今者邪? 思古人而不得見, 學古道則欲兼通其辭. 通其辭者, 本志乎古道也."

150) 郭預衡, 『中國散文史·中』, 上海古籍出版社, 2000, 175~178면 참조.

151) 吳道一은 「釋迦」(『西坡集』 卷19, 379~380면)에서 불교의 폐단이 倫紀를 끊어버

文이란 貫道之器이다. 道에 深奧하지 못한 文章은 末端的인 것이다. 최경천은 나이는 어리지만 학문에 힘써서 진실로 經術에 本源을 두고 차츰 그것에 젖어 들어 오르내리니 그의 진전은 진실로 헤아릴 수 없을 정도이다. 이 외에는 별도로 권면할 만한 말이 없다. 漢唐 이하의 여러 작가들 가운데 韓愈의 文章이 八代의 쇠미함을 일으키게 된 이유는 뿌리가 튼튼하고 열매가 탐스러웠기 때문이다.[152]

서파가 말하는 '도'는 인군의 典學·誠身·化民·成俗 등이다. 이것은 인의도덕이나 倫常 관계의 회복 즉, 중세의 봉건적인 신분제를 회복하는 것이기도 하며 또한 서파의 고문이론의 사상적 기저이다. 이것은 그가 한유의 '貫道論'을 수용하여 도·문의 관계를 밝힌 이유이기도 하다.

도의 깊이 있는 체득을 바탕으로 서파는 '經世義理之文'의 창작을 강조하였다. 그는 道와 經術을 나무의 뿌리로, 文章을 열매로 비유하여 전자와 후자가 결코 별개가 아닌 相補的인 것이라고 주장하였다.[153]

---

리고 君親을 버리며 惑世誣民하는 점이라고 논박하였다. 특히 그가 큰 폐해로 지적한 점은 국가의 경영과 관계되는 부분이라는 점이 주목할 만하다. 그는 절이 곳곳에 지어짐으로써 산과 들의 경작지 감소와 중의 숫자가 증가함에 따라 軍役을 면제받는 사람이 늘어서 軍政이 피폐해지는 점 등을 거론하며 儒家의 興行과 至治를 이루기 위해서는 佛家를 熄滅 시키는 것이 좋은 방법이라고 하였다.

152) 吳道一,「贈崔擎天勸讀韓愈文小序」,『西坡集』卷17, 333면. "文者, 貫道之器, 不深於道則末也. 擎天年富力强苟能本源經術, 浸淫而上下之, 則其進固不可量也. 此外無別語可以相勉者, 而自漢唐以下諸家, 昌黎文之所以起衰八代, 以根茂實秀故也."

153) 草木의 비유를 통하여 經術·文章이 별개일 수 없음을 강조한 내용은 조선전기의 金宗直이나 조선후기의 金邁淳 등의 경우에서 확인된다. ; ① 金宗直,「尹先生詳詩集序」,『佔畢齋集』文卷1(『叢刊』Ⅴ.12), 413면. "經術之士, 劣於文章, 文章之士, 闇於經術. 世之人有是言也, 以余觀之, 不然. 文章者, 出於經術, 經術乃文章之根柢也. 譬之草木焉, 安有無根柢而柯葉之條鬯, 華實之穠秀者乎? 詩書六藝, 皆經術也. 詩書六藝之文, 卽其文章也. 苟能因其文, 而究其理, 精以察之, 優而游之, 理之與文, 融會於吾之胸中, 則其發而爲言語詞賦, 自不期於工而公矣, 自古, 以文章鳴於時而傳後者, 如斯而已." ② 金邁淳,「石陵稿自序」,『臺山全書』册2(계명문화사, 1985),

그렇다면 文과 時代變化에 대한 西坡의 인식은 어떠한가? 文變에 대한 認識은 古文家의 이론에서 빼놓을 수 없는 중요한 것의 하나이다.

> 대저 古人은 辭命의 得失로 국가의 盛衰를 점쳤다. 그러나 辭命을 짓는 이들의 才量이 時代와 더불어 점차 낮아지고 文도 날로 피폐해져 本實을 숭상하는 자는 급히 비루하여져 속된 것에 가까워지며 藻華를 숭상하는 자는 읽기 어려운 文章을 지어 俳體와 비슷하여 심지어는 牛鬼처럼 虛誕하거나 狐白이 淸廉을 해친 것처럼 점차 수준이 비루하고 낮아져서 바르게 되기를 구할 수 없을 정도였다. 창문을 부수고 들어가 급히 글을 지었다는 비웃음[154]이나 줄풀을 그리듯 글을 짓는 습관이 오늘날에는 극도에 이르렀다. 이것은 학습하는 방법이 잘못되어서 그러한 것인가? 배양하는 것이 잘못되어서 그런 것인가? 아니면 氣數가 관여하는 바여서 人力을 용납하지 않아서인가? 만약 古文을 가지고 今文을 고쳐서 비루한 습속을 한번 변화시키고, 文章에 뛰어난 사람으로 하여금 翰林院에서 詔書의 초안을 만들 때, 前人의 法을 계승하여 마음대로 글을 짓게 한다면 능히 鋪張·潤色의 아름다움을 다하여 국가의 번성함을 알게 할 수 있을 것이다. 그렇다면 그 道는 어디에서 비롯하겠는가?[155]

---

538면. "夫文之雋者, 華實必兼, 本末必具, 本實未足以稱, 而華與末, 又不能以相補, 則其文之拙可知也."

154) 唐의 陽滔가 中書舍人이 되었을 때 급히 敕文을 지으라는 명령을 받았지만 令史가 창고의 열쇠를 가지고 다른 곳으로 가버렸다는 사실을 알고는 예전의 열쇠가 있는지를 확인하지 않고 곧바로 창문을 부수고 들어가서 그것을 가져왔기 때문에 사람들이 '豼牖舍人'이라고 불렀다.

155) 吳道一, 「制誥」, 『西坡集』 卷19, 378~379면. "大抵古人以辭命得失, 卜國盛衰, 而才與世降, 文以日斃, 尙本實者蒼陋而近俗, 務藻華者鉤棘而類俳, 甚至牛鬼涉誕, 狐白傷廉, 寢以卑下, 莫可捄正, 豼牖之譏, 畵葫之習, 至于今日而極矣. 學習之乖方而然歟? 培養之失宜而然歟? 抑氣數所關, 有不可容人力歟? 如欲挽古塗今, 一變陋習, 使雕龍吐鳳之手, 接武掉鞅於詞垣視草之地, 克盡鋪張潤色之美, 而大鳴國家之

서파는 문장을 국정 운영에 필요한 실용문류와 문예적 취향의 문장으로 대별하였다. 그는 국가간의 聘會 · 往來 등의 외교적 언사에 사용되는 辭命을 통하여 국가의 흥망을 점친다는 전인의 말을 수용함으로써 실용적 측면에서의 문장의 가치와 그 필요성을 긍정하였다. 그러나 사명을 짓는 이들의 才量과 世道가 점차 낮아지면서 문예적 취향의 문장 역시 날로 피폐해졌다고 서술하였다. 그것의 실제적 현상으로 본실 즉 '도'를 숭상하는 자들의 문장이 급속도로 俗化되고 藻華를 숭상하는 자들은 읽기조차 어려운 俳體를 창작하는 점을 제시하였다.

서파는 '才文世降'의 인식하에 역사의 추이를 하강 · 쇠퇴의 측면에서 이해하기는 하였지만 그것이 결코 극복될 수 없다고는 생각하지 않았다. 그는 고문으로 금문의 비루한 습속을 변화시키고, 문장의 초안을 작성할 때 전인의 法을 계승하여 마음대로 글을 짓게 한다면 鋪張 · 潤色의 아름다움을 다하여 국가의 번성함을 알게 할 수 있고 문장 역시 그 기능[用]과 아름다움[美]을 회복할 수 있을 것이라고 생각하였다.

문장의 가치를 實用과 文藝美의 측면에서 인정한 서파의 견해는 당대의 일반 문장가들의 재도론에 입각한 作文害道論에 견주어 본다면 파격적이라 할 수 있다. 이와 같이 相補的이고 照應的인 도문의 관계를 천명한 서파가 문장 창작의 실제에서 주장한 것은 무엇인지 살펴보기로 한다.

서파는 모친상(1670년)을 당하여 哭泣하고 饋奠하는 외에 外誘도 없고 일용에 마음 쓸 곳이 없는 틈을 타서 사서 · 심경 · 근사록 · 주자서 · 조선조 선현의 저서 등을 번역 · 열람하는 시간을 가졌다. 그는 洙泗 이후의 선유의 性理 · 理氣의 근원, 인륜이 날마다 사용하는 常道, 독서 · 궁리의

---

盛, 則其道何由?"

방법, 存心·處事의 요목 등의 학설에 대하여 潛心하고 玩意하였다.156)
이 가운데 讀書와 窮理에 대한 공부법은 그의 文學論과 연계된다는 측면
에서 주목을 요한다.

독서와 궁리의 방법으로 서파가 제시한 것은 虛心·平氣·沈潛·涵泳
이다. 예컨대 지나치게 생각하는 '用意太過'의 공부법은 도리어 眞見에 어
둡게 한다고 하였다. 또 이 방법은 대강 보고 지나는 '泛泛看過'의 공부법
과 다른 듯하지만 공부에 있어서 하나의 큰 병이 되는 점에서는 마찬가지
라고 하였다.157)

아래의 예문을 참조하여 서파의 用功法과 문장 작법을 살펴보기로 한다.

　　朱子가 말하기를,
　　"學問을 할 때는 모름지기 정성을 다하고[致誠] 오래도록 인내해야
　　하며[耐久] 특별한 계교를 내어 먼저를 생각하고 나중을 계산할 필요
　　가 없다."
　　라고 하였다. …중략… 처음 배우는 자들이 허다한 言語와 허다한 安
　　排를 제거하여 물리치고 단지 '用功'에 의지한다면 그 道에 나아감을
　　근심할 필요가 없을 것이다.158)

---

156) 吳道一, 「困得篇, 上」, 『西坡集』卷27, 520면. "歲庚戌春, 余纍然居憂服之中, 而
　　哀苦之餘, 無他外誘, 日用之間, 無所用心, 於哭泣饋奠之暇, 取四子·心經·近思錄·朱
　　子書及我朝諸先正文字, 時加繙閱, 自洙泗以還, 群儒所說性命理氣之原, 人倫日用之
　　常, 讀書窮理之方, 存心處事之要, 無不一一潛心而玩意焉."

157) 吳道一, 「困得篇, 上」, 『西坡集』卷27, 523면. "讀書窮理, 必須虛心平氣, 沈潛涵
　　泳, 可以有得矣. 若用意太過, 則反晦眞見, 雖與泛泛看過者有異, 然此亦一大病也.
　　不可不知."

158) 吳道一, 「困得篇, 上」, 『西坡集』卷27, 523면. "朱子曰, 爲學, 只要致誠耐久, 不
　　須別生計較思前筭後也. 此說雖若淺近, 然其旨意, 極緊要極親切. …中略… 初學除
　　却許多言語許多安排, 只依此用功, 則不患其不進於道也."

用功을 할 때, 비록 오래도록 見·效·入 등의 글자를 구하지 않더라도 意味를 親切하고 明白하게 알 수 있다면 人慾이 다하는 곳과 天理가 流行하는 境界를 거의 볼 수 있을 것이다.[159]

서파는 '見○○', '效○○', '入○○' 등을 학문의 경향성을 대변하는 용어로 의미지어 특정한 경향만을 고수하기보다는 이념적(주로 주자학적인) 구속에서 보다 자유롭기를 강조하였다. 또한 이를 바탕으로 연구 혹은 창작 대상의 內涵에 대한 이해와 체득을 강조하고 그 결과로 인욕이 다하고 천리가 유행하는 궁극의 경계를 발견할 것을 주장하였다.

見·效·入 등이 학문의 경향성만을 의미한 것은 아니다. 조선시대에는 작가의 문학세계를 평할 때 전범을 설정하여 '由○入○', '見○○', '效○○', '入○○' 등으로 표현하는 것이 일반적이었다. 위의 서파의 주장을 참조한다면 그는 특정시대·특정 작가를 전범화하여 고수하는 것에 반대한 것으로 이해된다. 전범에 지나치게 집착할 때, 인욕이 다하고 천리가 유행하는 경계 즉 '眞見'을 보지 못하는 폐단이 생길 수 있다고 보았던 것이다.[160]

---

159) 吳道一, 「困得篇, 上」, 『西坡集』 卷27, 523면. "用功雖久莫求見效入箇字, 意味見得親切明白, 則人慾盡處, 天理流行境界, 庶可見矣."

160) '眞見'은 바로 天機·天眞의 의미에 다름아니다. 吳道一이 「詩稿自序」(『西坡集』 卷17, 330면)에서 "詩, 天機也."라 한 것이나, 「題崔擎天詩稿後」(『西坡集』 卷19, 374면)에서 詩評의 기준으로 "玆足以狀擎天之爲詩, 而第其所欠者, 天然之意趣"라고 할 때, 天機와 天然을 동일한 개념으로 사용한 점을 미루어 위의 眞見이나 天理 역시 그와 동일한 의미 범주에 포함시킬 수 있을 것이다. 이와 관련하여 任侑炅이 주장한 견해 역시 참고할 만하다. 임유경은 天機란 인간에게 내재된 순수본질로서의 天眞을 가리키며 그 근원이 하늘로부터 온 것이므로 '하늘의 비밀·조화의 신비'가 깃든 것으로 간주할 수 있다고 하였다.(「18세기 天機論의 特徵」, 『韓國漢文學硏究』 10집, 1996 참조.) 『中文大辭典』 권5(中國文化大學印行, 1995, 481면.)의 '機'條에서 "機, 天機, 天眞也, 自然之發也."라고 풀이한 뒤에 『莊子·大宗師』의 "嗜慾深者, 天機淺."

이렇게 볼 때 서파가 문장창작에서 강조한 것은 사상의 제약과 구속에서 벗어나 광범한 用功 즉 학습을 바탕하여 작가만의 진실하고 개성적인 문학세계를 구현하는 것이라고 할 수 있다. 이러한 맥락에서 창작에서의 '眞見', '眞情'의 가치를 강조한 그의 견해가 이해되어야 할 것이다.

## 3. 言志論과 和暢性情·粉飾治道

『書經·舜典』의 '詩는 마음이 가는 바가 말로 나타난 것'이라는 정의161)를 수용하여 詩의 本質을 '言志'이라고 규정하는 것은 이미 고전적이고 일반적인 견해이다. 서파 역시 詩의 본질을 '言志'로 정의한다.

> 내가 또 써서 보여주었다.
> "어찌 그리도 지나치게 겸손합니까? 詩는 많이 짓는 것에 달려있는 것이 아니라 '뜻을 말함[言志]'에 달려 있을 따름입니다. 바라건대 金玉같은 詩를 아끼지 말고 빨리 한 구절을 지어주십시오." …中略…
> 내가 또 다음과 같이 써서 보여주었다.
> "지금 여기서 제가 원하는 것은 그대의 아름다운 詩句이며, 마음속에서 우러나온[出於中心] 글이지 典例에 따라 장식한 글이 아닙니다. 어찌하여 선생은 진실로 지어주지 않으시고 이렇게도 부끄러워만 하십니까?" …中略…
> 내가 또 다음과 같이 써서 보여주었다.

---

의 것에서도 이러한 의미 범주로 사용하고 있음을 확인할 수 있다.
161)『書經·舜典』, 학민문화사, 1989, 187~190면. "詩言志, 歌永言, 聲依永, 律和聲.
　　[注] 心之所之, 謂之志, 心有所之, 必形於言, 故曰詩言志."

　　"古人의 말을 모방하여 쓰는[模寫] 것은 일에 있어서는 자세하고 좋
　　지만 이것은 詩家에서 비난하는 것입니다."162)

　서파가 1686년의 燕行때 쓴 日記이다. 위의 인용문에서 주목할 점은 두
가지이다. 詩의 본질을 정의한 '詩言志'에서 '志'는 '작자의 마음에서 우러
나는 바[心之所之]'를 나타낸다. 흔히 '志'는 '意'와 동일한 개념으로 이해한
다. 그러나 서파는 '意'의 개념에 대해 독특한 견해를 펴고 있어 주목된다.
아래에서 살펴보기로 한다.

　　모든 일에 있어서 거짓으로 만들어 낼 수 있는 것은 意이며 情이
　　아니다. 그러므로,
　　"意는 거짓으로 꾸며낼 수 있지만 情은 거짓으로 꾸며낼 수 없다."
　　라고 한다.163)

　위에서 '意'는 마음에서 우러나는 바를 꾸밈없이 나타낸 '心之所之'의 그
것이 아니다. 『論語 · 子罕』에서 말하는 '私意' 즉 개인의 욕심에 가깝
다.164) 위의 예문에서는 차라리 情이 '거짓으로 꾸며낼 수 없는 것'165)으
로서 '心之所之'의 의미에 근접한다. 이렇게 본다면 '詩言志'는 '詩言中心'

---

162) 吳道一, 「丙寅燕行日乘」, 『西坡集』 卷26, 517~518면. "詩不在多, 言志而已. 願
　　毋吝金玉, 亟惠一絶, …中略… 余又書示今此願得璿章, 非飾例之言, 出於中心, 先生
　　何不諒至此, 還切赧顔? …中略… 余又書示用古人語模寫, 卽事親切, 此尤詩家志之
　　所難也. "

163) 吳道一, 「困得篇, 上」, 『西坡集』 卷27, 522~523면. "凡事假作者, 意也, 非情也.
　　故曰意可以僞爲, 情不可以僞爲."

164) 『論語·子罕』. "子絶四, 毋意·毋必·毋固·毋我. [注] 意, 私意也."

165) '情'이 '꾸밈없는 사실'의 개념으로 사용된 용례를 찾아보면 다음과 같은 경우가
　　있다. ; 『孟子·離婁, 下』 "聲聞過情, 君子恥之."

이라고 말할 수 있다.

서파가 수용한 또다른 시의 본질적 기능은 性情을 和暢하게 하고 治道를 賁飾하는 것이다.

> 【1687년】 ○ (12월, 左副承旨에 배임되었다.) ○ (들어가 임금을 알현하고 밤에 모시고 있으면서 御製詩에 和答하였다.) …중략…
> 공이 또 말하기를,
> "詩道는 본래 排比·聲律을 귀하게 여기지 않고 性情을 和暢하게 하고 治道를 賁飾할 수 있어야 합니다. 엎드려 임금께서 지으신 詩를 보니 위로는 上下가 함께 즐거워함을 말씀하시고 아래로는 신하들에게 힘써 경계하도록 하시니 진실로 詩道를 깊이 체득하였다고 할 수 있습니다. 밤기운이 맑은 때, 만약 이를 바탕으로 聲律 같은 말단의 것을 버리고 性情의 根本을 구하신다면 學問의 功을 미루어 넓힐 수 있을 것입니다."
> 라고 하였다.166)

承旨에 배임되어 夜對할 때 숙종의 시를 두고 시도에 대해 설명한 것이다. 그는 詩가 추구해야 할 본원이 성정을 온화하며 따뜻하게 하고 治道를 꾸밀 수 있는 것이어야 함을 강조한다. 이때의 성정은 주자를 비롯한 이황·李珥 등이 강조하는 '本然之性', '性情之情'과 다른 시각에서 심성의 본원적 순수성 전체를 의미하는 것으로 이해된다. 이러한 측면에서 서파는 『시경』이 여항의 가요이지만 후세의 수많은 문장가들의 이름난 작품

---

166) 吳道一, 「年譜」, 『西坡集』 卷29, 563면. "【丁卯】十二月, 移拜左副承旨. ○ 入侍夜對, 和進御製詩). …中略… 公又曰, 詩道本不以排比聲律爲貴, 有可以和暢性情, 賁飾治道者. 伏見聖製, 上言上下同樂, 下言勉戒臣隣, 誠深得於詩道矣. 當夜氣淸明之時, 若因此而捨聲律之末, 求諸性情之本 則可以推廣學問之功矣."

보다 더욱 뛰어나다고 높이 평가하였다.[167] 즉 일반적인 성리학자와 달리 꾸밈없는 정을 긍정적으로 평가했기 때문이다.

治道의 費飾은 시가 가지는 미학적 측면의 효용성을 제고한 의식의 소산이다. 詩를 통하여 治世를 선전하고 상하간의 단결과 화목을 꾀하고 신하를 권면하게 하는 교화 수단으로서의 가치를 밝힌 것이다. 이 때문에 그는 聲律 · 排比 · 擬古的 模寫 등 시의 형식적 측면에 경도하는 것을 반대하며 성정의 근본을 체득하기를 요구한다.

이와 같은 '심' 혹은 '성정'의 개념은 17세기 이후 중국과 우리나라의 시론의 흐름 속에서 性情 · 天機 · 神情 · 興懷 · 自然 · 眞 등이 보편적인 용어로 사용된 것과 무관하지 않다.[168] 아래 장에서 이를 검토해 보기로 한다.


## 4. 造化作用과 純粹情緖로서의 天機

17세기 이후의 조선 문단에서 주목할 만한 이론의 하나는 '天機'에 관한 것이다.[169] '천기'가 가장 먼저 사용된 문헌으로 거론되는 『장자』에서조

---

167) 吳道一, 「詩稿自序」, 『西坡集』 卷17, 330면. "詩三百, 大抵閭巷之歌謠也. 曷嘗掊擢心肝, 務采色誇聲音, 如秉觚墨者爲也. 後之名家作述以千萬數而莫與之齒者, 以此哉."
168) 이에 대해서는 4章에서 구체적으로 다루기로 한다.
169) 기왕의 연구에서 天機는 주로 작가와 연구자에 따라 정의·정리되었다. ; 장원철, 『朝鮮後期 文學思想의 展開와 天氣論』(정문연 석사학위논문, 1982), 김흥규, 『朝鮮後期 詩經論과 詩意識』(고대 민족문화연구소, 1982), 정연봉, 『張維 詩文學 硏究』(고려대 박사학위 논문, 1989), 윤재민, 『朝鮮後期 中人層 漢文學의 硏究』(고려대 박사학위 논문, 1990), 이상진, 『朝鮮後期 閭巷文學의 展開過程과 文藝意識』(성균관대 박사학위 논문, 1991), 최신호, 「朝鮮後期 物性論과 文學思想」(『동양학』 23집, 단국대 동양학 연구소, 1993), 이승수, 「17세기말 天氣論의 形成과 認識의 基盤」(『한국한문학연구』 18집, 1995), 김혜숙, 「韓國漢詩論에 있어서의 天機에 대한 考察」 1

차 '천기'의 개념은 타고난 天眞한 마음[170], 자연의 중추기관 혹은 근본 정신[171], 천연의 性狀 혹은 천연의 造化[172] 등으로 다양하게 해석된다.

사전에서는 하늘의 기밀로 天意와 같은 것, 자연의 機關 혹은 천연의 機關으로서 天性과 같은 뜻이라고 정의된다.[173]

『장자』에서의 '천'의 개념이 일차적인 하늘[天] 차원의 의미가 아니라 자연과 도의 含蓄이듯이 '천기' 역시 이와 관련한 다른 용어들 예컨대 天成 · 天放 · 天眞 등과의 복합적 개념형성에 의해서 '천지의 기密, 조화의 작용'의 의미를 가지게 된 것으로 보인다.[174]

이렇게 볼 때 '천기'에 대한 개념적 이해는 원전에서의 의미를 바탕으로 사용자의 문학론 및 시대 환경 등 다양한 요인을 고려하여 규명해야 할 것이다. 한 예로 서파와 동시대의 김창협은 다음과 같은 주장을 폈다.

> 詩는 性情의 발현이며 天機의 움직임이다. 唐人의 詩는 이것을 터득하였기 때문에 初 · 盛 · 中 · 晩唐을 논할 것 없이 대개 모두 自然에 가까웠다. 지금 이런 사실을 알지 못하고 오로지 聲色을 摸象하고

---

(『한국한시연구』 2집, 한국한시학회, 1994), ―「韓國漢詩論에 있어서의 天機에 대한 考察」 2(『한국한시연구』 3집, 한국한시학회, 1995), 진영미, 『農巖 金昌協 詩論 研究』(보고사, 1999), [朝鮮後期 '天璣論'의 槪念 및 美學理念과 그 文藝思想史的 聯關」(『한국한문학연구』 28집, 2001) 등이 있다.

170) 『莊子·大宗師篇』. "其嗜欲深者, 其天機淺."

171) 『莊子·天運篇』. "聖也者, 達於情而遂於命也. 天機不張而五官皆備, 此之謂天樂, 無言而心說."

172) 『莊子·秋水篇』. "今子, 動吾天機而不知其所以然.", "夫天機之所動, 何可易邪?"

173) 張其均 외, 『中文大辭典』 3, 中國文化大學出版部, 1973, 1579면. ; ① 天之機密 也, 猶言天意, ② 自然之機關, 天然之機關也, 猶言天性. 특히 ②의 용례로 위에서 거론한 『莊子』의 세 예문을 제시하였다.

174) 정연봉, 「朝鮮前期 性情 論議와 張維의 天氣論」, 『민족문화연구』 23집, 고려대 민족문화연구소, 1990, 199~200면 참조.

氣格에 힘써 古人을 追踵한다면 그 聲音과 면모는 비록 흡사할 지라
도 神情興會는 모두 서로 같지 않을 것이다.175)

　김창협은 재도론에 바탕하여 시가 성정의 발현이며 천기의 움직임이라고
정의하고 唐詩가 그것을 터득하여 자연스럽다고 하였다. 천기의 속성을
動·活·變化와 같은 用으로 규정하여 性보다 情에 밀접한 것, 자연에서
나온 것으로 인식하였다.176) 그러나 그는 천기를 인식·활용하는 주체인 인
간의 오용으로 유발될 폐해를 우려하여 정과 관련된 천기 혹은 천기 자체만의
動을 경계하여 자연의 道나 性情과의 관련 속에서 천기를 이해하였다.177)
　그렇다면 서파는 '천기'를 어떻게 이해하는가?

　　'詩는 天機'이다. 천기가 얕으면 조각하여 아로새긴 것이 공교롭고,
　그리고 꾸민 것이 화려하여도 또한 말단일 따름이다. 詩三百篇은 대
　저 여항의 가요이다. 어찌 일찍이 가슴속의 것을 억지로 뽑아내고 채
　색을 힘쓰며 성음을 자랑하기를 붓이나 먹을 잡아쥔 문장가와 같이
　하였겠는가? 후세의 이름난 작가들의 작품이 천만편이나 되지만 여항
　의 가요와 비견할 수 없는 것은 이 때문이다!178)

───────────────

175)金昌協,「雜識·外篇」,『農巖集』卷34(『叢刊』V.162), 375면. "詩者, 性情之發,
　　而天機之動也. 唐人詩有得於此, 故無論初盛中晚, 大抵皆近自然, 今不知此, 而專欲
　　摸象聲色, 黽勉氣格, 以追踵古人, 則其聲音面貌, 雖或髣髴, 而神情興會, 都不相似."
176)金昌協은 "雲木嚶嚶鳥, 春潭潑潑魚, 天機取次會, 於此欲忘書."(「次道以韻」,『農
　　巖集』卷5, 391~392면.)의 만물이 自然의 理法을 따르는 광경에서 天機의 流動을
　　관찰하였다. 또 "天機袞袞何曾息"(「道以自書院入城口號以贈」,『農巖集』卷5, 391
　　면.)에서는 變化하는 天機의 모습을 강하게 부각하여 인식시켰다.
177)쯤永美는 농암에게 天機가 시의 형식보다는 內容이나 詩精神과 밀접한 것으로 이
　　해하였는데 타당한 견해라 생각된다.(『農巖 金昌協 詩論 研究』, 보고사, 1999,
　　157~187면 참조.)
178)吳道一,「詩稿自序」,『西坡集』卷17, 330면. "詩, 天機也. 苟天機淺, 雖雕鏤以爲
　　工, 繪飾以爲華, 抑末矣. 詩三百, 大抵閭巷之歌謠也. 曷嘗掐擢心肝, 務采色誇聲音,

서파는 '시는 천기이다'라고 정의하였다. 그는 시[天機]가 가슴 속의 것을 억지로 뽑아내거나 彩色이나 성음을 힘쓰는 자들이 할 수 없는 것이라고 하였다. 이것은 천기가 시의 형식보다는 내용 특히, 시인의 감정의 자연스러운 표출임을 의미한다. 수천 수만 편의 문장가들의 조각하여 아로새긴 시보다 여항인의 내면의 자연스러운 감정을 노래한 점에서『시경』의 가치를 긍정한 점이나 杜甫·李白, 韓愈를 시의 '三大家'로 지칭하며 이들의 작품이 천연의 意趣를 구비하였다고 칭송한 것도 이와 연관하여 이해할 수 있다.179) 이것은 서파가 천기를 인간의 순수한 정서의 발출이며 시인의 성정 특히 정에 밀접한 그것을 자연스럽게 표출하는 것으로 인식하고 있음을 의미한다.180)

이 때문에 서파는 작자의 순수 정감의 표출 결과로서 시문의 가치를 인식하여 당대의 일반 문인들 보다 적극적으로 시문의 가치를 옹호하는 貫道論을 주장하였다. 바로 이점에서 서파의 천기의 개념은 그것의 오용으로 인한 폐해의 유발을 우려하여 자연의 도나 성정과의 관련 속에서 天機를 이해한 김창협과 뚜렷한 차별성을 갖는다.

天機를 인간의 純粹한 情緖의 발출이며 詩人의 情에 밀접한 것을 自然스럽게 표출하는 것으로 인식하기는 하였지만 서파가 天機의 본래적인 의

---

如秉觚墨者爲也. 後之名家作述以千萬數而莫與之齒者, 以此哉."

179) 吳道一,「題崔擎天詩稿後」,『西坡集』卷19, 373~374면. "玆足以狀擎天之爲詩, 而第其所欠者, 天然之意趣, 淵然之光色, 森然之格力而已. 大抵淸麗者欠遒健, 雅都者鮮勁悍, 物之理然也. 詩之道莫盛於唐, 而自韓·李·杜三大家外, 類皆輕脆纖麗, 罕有氣勢澎湃骨法矜莊者."

180) 서파는 그가 鈍澀한 才情에서 詩를 짓고 辭가 鄙俚하며 格調가 卑近한 것이 砥砆가 崑玉에 대해서나 嫫母가 西施에 대해서와 같지만 支離하거나 華靡함을 일삼기보다는 곧바로 性情(情에 보다 밀접한 것으로서의 性情)을 표출한다는 점에서 우위를 점하는 것으로 인식하였다.(「詩稿自序」,『西坡集』卷17, 330면.)

미를 도외시한 것은 아니다. 오히려 '天地의 機密, 造化의 作用'이라는 광범위한 의미에 자신의 문학론 등을 결합시켜 복합적인 개념으로 부각시킨 것으로 이해된다. 아래의 시에서 이를 확인할 수 있다.

봄날 높은 곳에 올라서 「春日登高」

| | |
|---|---|
| 단정히 앉아 典墳을 음미하고 | 端居味典墳, |
| 부지런히 공부하며 아침 저녁을 지나네. | 兀兀窮曛昕. |
| 문닫고 눈깜짝할 사이 열흘이 지나 | 閉戶倏經旬, |
| 봄일이 늦었음을 살피지 못하였다. | 不省春事晚. |
| 한가한 날 우연히 걸음을 내디뎌 | 暇日偶引步, |
| 바삐바삐 오래된 비탈길을 오르니. | 薄言登古陂. |
| 산꽃들 나를 향해 웃음짓고 | 山花向我笑, |
| 작약은 어여쁜 모습 자랑하네. | 炸爍誇妍姿. |
| 명아주지팡이 짚고 느긋이 어정대며 | 扶藜倦容輿, |
| 광활하게 펼쳐진 저 멀리를 바라본다. | 曠然舒遐觀 |
| 긴 제방의 버드나무는 바람에 한들한들 | 長堤柳搖風, |
| 무너진 동산의 풀에는 아지랑이 어른어른. | 廢苑草織煙. |
| 둥지 짓는 제비들은 지지배배 지지배배 | 營巢燕喃喃, |
| 어딘가를 향하여 나비들 훨훨 날아간다. | 趁向蝶翩翩. |
| 一元은 조화의 기운을 빚어내고 | 一元釀和氣, |
| 온갖 物象들은 生의 의지를 펼친다. | 萬彙敷生意. |
| 玄樞는 누가 주관하는가? | 玄樞孰主張, |
| 至理는 妙하여 논하기 어렵네. | 至理妙難議. |
| 興이 오니 天機가 활발하고 | 興來天機活, |
| 心境은 절로 光大하게 드러난다. | 心境自昭融. |
| 고금의 이 즐거움을 아는 이는 | 古今知此樂, |

오직 曾點 뿐이리라.[181]                    其惟浴沂翁.

봄날 비탈길에 올라 바라본 주변의 경물을 읊은 시다. 산꽃과 작약은
자태를 뽐내고 늘어진 버들은 바람 따라 한들거리며 풀에는 아지랑이가
어른거린다. 돌아온 제비는 둥지를 트느라 부산하고 꽃을 찾는 나비는 날
아다닌다. 산수의 자연성에서, 봄날의 생기 가득한 물상에서 서파가 느낀
것은 천리의 유행과 오묘한 이치다. 그것이 흥을 일으키고 천기의 활동을
야기한다. 이 시는 觀物 → 認至理 → 興動 → 天機活에 이르는 서파의 인
식과정을 잘 나타낸다.

천기의 활발함을 잘 아는 인물로 제시된 曾點은 공자가 여러 제자들의
뜻을 물었을 때, 沂水에서 목욕하고 舞雩에서 바람을 쐬고 노래하며 돌아
오겠다고 하여 공자의 인정을 받았다. 그것은 증점이 인욕이 다한 곳에
천리가 유행함을 깨달아 일상의 떳떳함을 즐기며 천지 만물이 본성을 얻
은 妙를 말로 나타냈기 때문이다.[182] 여기에서 천기의 의미가 '천지의 기
밀, 조화의 작용 혹은 천지자연의 理法的 질서'임이 확인된다.[183]

---

181) 吳道一, 「春日登高」, 『西坡集』 卷2, 26면.
182) 『論語·先進』, 여강출판사, 1989, 68~73면. "點, 爾, 何如?…中略… 曰莫春者, 春
     服旣成, 冠者五六人, 童子六七人, 浴乎沂, 風乎舞雩, 詠而歸. 夫子 喟然嘆曰, 吾與
     點也. [注] 曾點之學, 蓋有以見夫人欲盡處, 天理流行, 隨處充滿, 無所欠闕, 故其動
     靜之際, 從容如此, 而其言志則又不過卽其所居之位, 樂其日用之常, 初無舍已爲人之
     意, 而其氣胸次悠然, 直與天地萬物, 上下同流, 各得其所之妙, 隱然自見於言外. [章
     注]曾點, 狂者也. 未必能爲聖人之事, 而能知夫子之志, 故曰浴乎沂, 風乎舞雩, 詠而
     歸, 言樂而得其所也. 孔子之志, 在於老者安之, 朋友信之, 少者懷之, 使萬物莫不遂
     其性, 曾點知之. 故孔子喟然嘆曰, 吾與點也."
183) 이외에 天機의 개념을 확인할 수 있는 것으로 다음과 같은 예가 있다. ; ① 숲의
     정자에 봄이 오니 꽃과 나무 곱고 / 섬돌 에워싼 복사꽃 살구꽃 서로를 찾는 듯 /
     어젯밤 적은 비에 꽃의 뜻 재촉하여 / 엷은 자주 짙은 붉은 꽃 일시에 폈네 / 잎 아래
     미친 벌들 마음대로 오가고 / 가지 위 예쁜 새들 오르락 내리락 / 達者는 理를 깨우침

## 5. 결론

이상에서 살핀 西坡 吳道一의 문학론은 17세기에 전개된 다양한 문학 양상에 대한 비판적 수용과 새로운 문학론의 제안 등을 통하여 18세기 문학론의 한 방향을 제시한 것으로 요약될 수 있다.

서파는 역사의 추이를 '才文世降'의 하강・쇠퇴의 측면에서 이해하였다. 그는 당대의 俗化되거나 藻華를 숭상하는 자들의 읽기 어려운 俳體 창작을 비판하였다. 이에 대한 극복 방안으로 고문으로 금문의 비루한 습속을 변화시켜 鋪張・潤色의 아름다움을 다하여 국가의 번성함을 알게 한다면 문장의 기능[用]과 아름다움[美]을 회복할 수 있을 것이라고 생각하였다.

이러한 의식에 중세적인 사회윤리개념의 회복을 사상적 기저로 삼아 韓愈의 貫道論을 수용하여 道文의 관계를 규명하였다. 道와 經術을 나무의 뿌리로, 문장을 열매로 비유하여 전자와 후자가 결코 별개가 아닌 相補的인 것이라고 주장하였지만 문장에서 문예취향의 것보다는 經術과 관련되는 實用文類에 중심을 두고 문장의 가치와 필요성을 제시하는 한계를 노

---

을 귀하게 여기니 / 이를 대하니 저도 모르게 天機가 녹아드네 / 곁의 어느 누가 내 마음의 즐거움 알리오? / 붓쥐고 외로이 읊으며 혼자 시를 짓네.(林亭春至卉木麗/擁階桃杏相摻挐/ 昨夜小雨摧花意/淺紫深紅一時破/葉底狂蜂自往還/枝上嬌禽互斷飛/達者觀物貴觀理/對此不覺融天機/旁人誰識余心樂/把筆孤吟自題詩,「雨後卽事」,『西坡集』卷2, 16면.) ② 온갖 근심 네 뜻을 따라서 이미 다 강건하니 / 눈 아래 우뚝 솟은 험준한 산을 사랑한다 / 두루 보는 것은 謝靈運의 興에 관계없고 / 누워 그림을 감상함은 宗炳의 聞과 다르다 / 天機 고요한 곳에서 참모습을 보고 / 道體의 유래가 한가지임을 깨닫는다. / 석달동안 어김이 없어야 바야흐로 즐거우니 / 당일의 孔門에서 顔淵을 자주 칭찬하였네.(朋從百慮已全剛/眼底崢嶸只愛山/歷覽非關靈運興/臥遊還異少文間/天機靜處看眞面/道體從來覺一般/三月不違方是樂/孔門當日亟稱顔,「樂山」,『西坡集』卷2, 33면.) ③ 우뚝 구름 끝에 솟아나 / 정정히 괴이한 모양 날아갈 듯 / 천만 劫의 세월을 지내오며 / 神鬼함 속에는 天機가 깃들었네.(卓立干雲表/亭亭怪欲飛/閱來千萬劫/神鬼秘天機,「飛鳳塔」,『西坡集』卷3, 41면.)

정하였다.

시의 본질에 대하여는 『서경』의 '시언지'의 고전적이고 일반적인 견해를 수용함과 동시에 '意'와 '情'을 새롭게 해석하여 '言志'에서 '言情'의 영역에까지 확장시켰다. 또한 시의 기능으로 성정을 和暢하게 하고 治道를 賁飾하는 점을 거론하였다. 그가 의미하는 성정은 주자를 비롯한 이황·이이 등이 강조하는 '本然之性', '性情之正'과 다른 시각에서 심성의 본원적 진솔함이다. 이러한 측면에서 여항의 謳謠인 『시경』의 가치를 수많은 문장가들의 유명한 작품보다 더욱 높은 것으로 평가하고 聲律·排比·擬古的 模寫 등의 시의 형식적 측면에의 경도를 비판하였다.

17세기 이후의 조선 문단에서 주목받는 '천기'에 관하여는 자연 물태에 대한 觀物 → 認至理 → 興動 → 天機活에 이르는 인식을 거쳐 '천지의 기밀, 조화의 작용'으로서의 본원적 의미 외에 '인간의 순수한 정서의 발출, 시인의 감정에 밀접한 것'으로 정의하였다. 이 점은 서파보다 조금 뒷 시기의 김창협이 천기의 오용으로 인한 폐해의 유발을 우려하여 자연의 도나 성정과의 관련 속에서 천기를 이해한 것과 뚜렷한 차별성을 갖는 동시에 인간에 대한 신뢰, 인간 정서의 표출에 대해 보다 긍정한 것으로 평가할 수 있다.

# 제5장
## 北軒 金春澤의 경우


## 1. 머리말

　임병 양란 후, 17세기 후반 조선 문단에는 語錄體, 註疏體가 섞인 글이나 擬古文이 풍미하였다. 이런 현상의 발생 원인은 전란을 통해 중국 문화가 국내에 대량 유입되었고, 전대 文風에 대한 비판적 움직임이 활발했다는 데 있다. 또한 일부 문인들에 의해 反擬古的 고문론이 제시되기도 했고, 작가의 개성이 매몰되어 버린 前代詩의 한계를 비판하며 개성의 자연스러운 표출을 강조하는 시론이 대두되기도 했고, 주체적 인식하에 자국문학의 가치에 대한 인식을 새롭게 하려는 움직임이 나타나기도 했다.

　본고에서 살펴보고자 하는 北軒 金春澤(1670~1717)은 朋黨政治로 정국 교체가 거듭 일어나던 肅宗朝를 살았다. 그의 집안은 당대 국정 운영에 막대한 영향력을 행사하던 光山 金氏家로 그의 종조부 金萬重은 鄭澈의 歌詞 작품을 옹호하며 자국문학론을 창도한 인물이었고, 북헌은 金壽恒과 金萬重을 비롯한 당대 인물들이 인정하고, 스스로 자부할 정도로 뛰어난 재능을 갖고 적극적으로 행동하기를 즐겼다.184) 그는 송시열을 孔子·孟

---

184) 「肅宗實錄補闕正誤」 권31, 23年條, 『朝鮮王朝實錄』 권39, 國史編纂委員會, 480면.

子·朱子를 잇는 四大人으로 존숭하였고[185], 先世의 교유로 인해 당대의
대표적 문장가이며 眞境文化를 창도해 가던 김창협 형제와도 교분을 가질
수 있었다. 이들에게서 북헌은 反擬古的 文風과 性情의 자연스런 표출 등
새로운 문학론을 접하게 되었다.[186] 이들로 인해 그는 洛社의 대표적 인
물인 洪世泰와도 교유를 가졌다.[187]

또한 그는 평생 宦路에 나가지 않았으면서도 閔妃의 복위를 도모하다
발각되는 咸以完의 告變事件을 비롯해, 老少 연합 집권 이후 양자간의 반
목과 대립 속에 少論으로부터 견제와 비판을 받으며 다섯 차례의 유배와
세 차례의 투옥을 겪었다. 이러한 시대적·문화적 배경 속에서 북헌은 가
문 및 학통을 바탕으로 17세기 말에 전진적 문학론을 제시하였다.

북헌에 대한 기존 연구는 梁淳珌과 鄭雨峰, 李來宗에 의하여 이루어졌
으나[188] 당대 문단에서의 북헌의 문학론의 위치 및 성격 등을 충분히 고찰

---

185) 金春澤, 〈二先生贊〉, 『北軒集』 권14, 「囚海錄」, 203면. "天下萬古有四大人, 非四
　　人外, 更無一人. …中略… 卓矣朱子. 承孔孟者, 猗嗟東土, 有宋先生, 生乎不時, 乃見
　　其成."
186) 병자호란 후, 문화 전반에 걸쳐 조선 고유의 색을 드러내려는 眞境文化가 일어나
　　기 시작했다. 이러한 움직임은 鄭澈을 비롯한 金萬重 등을 시작으로, 17세기 후반의
　　문단의 주도적 인물인 김창협 등에게 이어져 眞實되고 事實的인 문장과 시를 쓸 것
　　을 주장하는 문학운동으로 결실을 보게 된다. 이러한 당시의 문화변동을 북헌은 자
　　신의 문학세계에 적극적·발전적으로 수용하였다.(정옥자, 「조선후기의 문풍과 진경
　　시문학」, 『眞景時代』, 돌베개, 1999, 45~80면 참조.)
187) 金春澤, 〈寄洪世泰〉, 『北軒集』 권6, 「蘆山錄」, 87면.
188) ① 梁淳珌은 북헌의 제주 유배한시의 특징을 신세 한탄·당파싸움 등 일체의 현실
　　로부터의 은둔도피, 자연에의 몰입 등으로 파악했다.(「北軒 金春澤의 濟州流配期漢
　　詩考」, 『白鹿語文』 6, 제주대 국어교육연구회, 1989) ② 鄭雨峰은 북헌의 가학에 바
　　탕한 사승관계와 國文詩歌·小說論 및 古文論·詩論 등을 연구하였다. 이를 통해 정우
　　봉은 북헌이 김만중에 비해 심화된 민족문학이론을 제시하지는 못했지만 국문시가에
　　대한 다방면의 풍부한 인식과 소설의 교훈적·교양적 기능을 가졌음을 인식했다.(「北
　　軒 金春澤의 生涯와 文學觀」, 『金萬重 文學 研究』, 국학자료원, 1993) ③ 李來宗은

하지 못한 아쉬움이 있다. 이에 본고에서는 위의 논의를 바탕으로 기존 연구의 성과를 수용하며 그의 문학론과 그 의미를 연구해 보기로 한다.[189]

## 2. 개방적 문학관의 제창

북헌은 文이란 본래 道에 근본해서 道와 하나인 존재였지만, 시대 변화와 자연계의 운행과 인간사의 변화에 의해 孔孟 이후에 道文이 분리되었다고 파악했다. 그래서 그는 후대에 文으로 뛰어난 韓愈와 歐陽修라고 해도 道에 뛰어나지 못하기에 결국 그들의 文도 최고의 경지에 이르지 못했다고 할 수 있지만, 程子와 朱子는 文에 부족한 점이 있어도 道가 깊지 않다고 말하는 것은 불가하다는 견해를 제시했다. 주자는 孟子 사후로 聖學이 失傳되어 천하 선비들이 道를 배반하고 말단으로 치달아 문장을 일삼아서, 戰國時代의 신불해 등에서부터 司馬遷 · 劉向 · 嚴安 · 徐樂 등까지는 모두 實質을 우선하고 뒤에 말에 가탁하였지만 道가 없어서 군자가 그것을 수치스럽게 생각했고, 宋玉 · 司馬相如 등은 浮華만을 숭상해서 實相을 말할 만한 것이 없다고 했다.[190] 이러한 주자의 의론에 대해, 북헌은 孔孟 이후 道文이 분리되었다는 사실을 수용하는 바탕 위에 자신의 의견을 표준으로 문장을 창작하겠다고 했다.

북헌은 유배지에서 明나라 沈津의 『百家類纂』을 읽고 자신의 관점에

---

『사씨남정기』의 한역본 및 선대의 행장을 연구했다.(「謝氏南征記 金春澤 漢譯本 硏究」, 『대동한문학』 11집, 대동한문학회, 1999 / 「『先世行錄』 해제」, 『경산문화』, 2000)

189) 본고는 민족문화추진위원회에서 발간한 『北軒集』을 주텍스트로 하였다.

190) 金春澤, 〈論詩文〉, 『北軒集』 권16, 「囚海錄」, 224면.

따라 새롭게 편찬한 『諸子通選序』에서 고금의 수많은 辭 가운데 理를 담은 것을 가릴 필요가 있다고 전제하고 다음과 같이 말했다.

내 친구인 宋伯純씨에게서 이른바 『百家類纂』을 빌려 읽었는데, 明의 沈津이 편찬한 것이었다. 이 책은 儒·道·法·名·墨·縱橫·雜·兵의 여덟 조목으로 분류되었고, 편집된 것은 40권이었다. 이것이 바로 이른바 '고금의 辭가 많은 것'이다. 심진이 한 것은 대개 그 분류가 옛날의 『藝文志』, 『經籍志』 등의 예를 모방한 것이고, 오로지 사사로이 한 것은 아니었다. 그러나 내가 그것을 보니 이른바 儒의 분류에는 짐짓 荀旭·揚雄 등의 여러 사람을 두었고 또 宇文測·王通 같은 이들은 洛閩의 선생들이 칭찬한 것이기는 하지만 또 한 이른바 純全한 자는 아니었다. 내가 말하기를, "그가 분류한 儒者는 마땅히 가려할 바가 있다. 그러나 그 또한 혹 다 없애기는 어려워서 그런 것인 것 같기도 하다. 이것이 또한 이른바 흠이 있고 상처난 것 중에서 구슬을 구하는 것이다."라 하였다. 그래서 儒者에 대해서는 『晏子春秋』·『新語』·『荀子』·『新書』·『春秋繁露』·『韓詩外傳』·『新序』·『說苑』·『鹽鐵論』·『法言』·『潛夫論』·『昌言』과 『申鑑』 중에 「論文中子」를 얻고, 法에 대해서는 『管子』를 얻고, 잡다한 것들에 대해서는 『呂覽』·『淮南子』·『白虎通』을 얻고, 兵法에 대해서는 『三略』을 얻고, 기타의 것들은 비록 혹 이치가 비슷하기는 했지만 이미 분류할 것이 아니었던 까닭으로 취하지 않았다. 이치가 심원한 것에 대해서는 베풀어지지 않은 것을 선택하였고, 19家 가운데 선택한 것에 대해서는 또 각각 그 아름다운 것을 모으고 빼어난 것을 가려 대략 겨우 4권을 만드는데 그쳤다. …중략… 또 "儒家와 諸家는 자못 서로 멀지 않다."하여 분류의 전례를 따르지 않고 오직 시대로 차례를 정해서 책을 만들고 그것을 『諸子通選』이라고 명명하였다. 沈氏가 이것을 안다면 어떻게 생각하겠는가? 그러나 번다하면서 한갓 文辭 뿐인 것보다는 간략하면서 理致에 맞는 것이 좋으며, 종류대로 하면서도 매우 구별이 없는 것보다는 통하여 귀결을 이해하는 것이 좋으니 이것이 나의 뜻이다.[191)

북헌은 理를 얻는 방법에서 주자와 다른 방법을 취하였다. 그는 유가의 도통을 계승한 程朱의 저술을 가장 純全한 것으로 간주하고 이외의 諸家의 서적 가운데 理를 체득하는데 도움이 되거나 유가의 이론과 근사한 것을 수용한다는 입장이었다. 북헌은 주자학의 이념적이고 폐쇄적인 성격을 비판하고, 그것이 시대와 인간사의 변화에 따라 변용되어야 함을 강조했다. 그가 『諸子通選』을 시대의 선후로 차례를 정하였던 것은 儒家와 諸家의 가치에 대한 기존 관념을 파괴한 의식의 소산이라는 의미를 갖는다. 또한 이러한 태도는 주자이념을 절대시하던 당대의 일반 학자들에 비해 진전된 태도라고 할 수 있다.

북헌은 〈西浦遺事別錄〉[192)에서 혹자가 『서포만필』이 先儒와 차이가

---

191) 金春澤, 〈諸子通選序〉, 『北軒集』 권17, 「鷲山錄」, 229면. "從吾友蘇堤宋伯純氏, 借所謂百家類纂者讀之, 書卽明人沈津氏所編也. 其類凡八曰儒曰道曰法曰名曰墨曰縱橫曰雜曰兵, 而編凡四十, 卽所謂古今之辭多者也. 沈之所謂, 類盖倣古藝文經籍等例, 非專用已私也. 而以余觀之, 其所謂儒者, 姑置荀揚諸人, 卽如廣川·汾亭, 頗爲洛閩所稱, 而卽亦所謂不能純且全者也. 余以謂其儒者, 旣所宜擇, 而他亦或難盡廢, 是又所謂求眞玉於瑕纇者也. 今於其儒者, 得晏子春秋·新語·荀子·新書·春秋繁露·韓詩外傳·新序·說苑·鹽鐵論·法言·潛夫論·昌言·申鑑中論文中子, 於法者得管子, 於雜者得呂覽·淮南子·白虎通, 於兵者得三略, 而其他或雖近理, 旣以不類故不取. 其與理遠者, 則擇無所施, 而於所擇十九家之中, 又各采其英而拔其秀 而略勤四卷而止. …中略… 又謂其儒與諸家, 殊無相遠, 而不復從類例, 惟次以時代, 於是書成, 則命之曰, 諸子通選. 沈氏有知, 其以爲如何? 然與其繁而徒辭, 孰若略而以理, 與其類而無甚別, 孰若通而會其歸, 是余之志也."

192) 金春澤, 〈西浦遺事別錄〉, 『北軒集』 권16, 「囚海錄」, 223면.

나고 佛家에 근사한 듯하다고 힐난하자 程子와 朱子, 주자와 李侗, 주자의 초·만년의 차이를 예시하면서, 객체를 인식하는 주체의 시각차가 생길 수 있으며, 그것은 학문적 경향을 공유하는 동일한 사제간에도 그럴 수 있고 주체의 역량이 성장하거나 시간적 추이에 따라서도 차이가 생길 수 있다고 하였다. 이점에서 북헌이 학문 주체의 개별성과 시간적 상대성을 인식하고 있음을 알 수 있다. 또한 그는 당대 사람들이 선입견에 의해 무조건 불가를 배척하고, 큰 스승이나 세상에 명망있는 선비라 해도 이와 같이 편협한 작태를 행한다고 비판하고 그 이유로 그들의 '천박한 식견'을 지적했다. 그리고 주자의 불가에 대한 평을 예시하여 자신의 주장에 대한 타당성을 확보하였다. 이러한 그의 학문태도는 당대의 보수적이고 폐쇄적인 시각에 사로잡힌 사람들에 비해 개방적이라고 할 수 있다.

북헌은 諸子百家, 唐宋八家 뿐만 아니라 明·淸代 문학에 대해서도 상당한 조예와 심도있는 이해를 했던 것으로 보인다. 그는 茅坤의 『唐宋八家文秒』를 읽고, '팔대가의 문장이 모두 辭理를 겸비하고 우열의 차이가 없는가' 하는 의문을 제시했다.[193] 또한 소설에서는 작품의 특징을 파악하여, 『太平廣記』는 우아하고 아름다우며 『水滸志』와 『西遊記』는 기변하고 굉박하며 『平山冷燕』은 그 風致가 대단하다고 했다.[194] 뿐만 아니라 淸나라 楊大鶴의 〈劍南詩序〉에 대해서는 그 내용의 일부를 구체적으로 예시하며 왕세정과 이반룡의 폐단을 바로 잡을 수 있는 사람이라고 평가했다. 이어서 당시 중국 문단의 작가들이 모두 錢謙益의 영향을 입어 가슴 속에서 우러나오는 詩를 귀하게 여기는데 그의 주장은 양대학의 의

---

193) 金春澤, 〈擬策問三首示兒〉, 『北軒集』 권18, 「恩歸錄」, 245~246면. "茅坤氏集唐宋爲八代家, 八家之文, 果皆兼得於辭理, 而無優劣之不同歟?"

194) 金春澤, 〈論詩文〉, 『北軒集』 권16, 「囚海錄」, 223면.

견과도 같다고 논술함으로써 청대 문학에 대한 그의 이해가 수준 높음을
보여주었다.[195]


## 3. 辭理兼備의 창작론

북헌은 古今의 시간적 변화와 運氣·人事의 공간적·환경적 차이에서
道文이 분리된 것으로 인식했는데, '辭로 理를 구한다'는 견해가 그것이다.
이를 통해 북헌이 理의 인지를 위해 辭의 작용이 필수적이라는 견해를 갖
고 있었음을 알 수 있다. 북헌이 말한 '因辭求理'는 고문가들의 '因文及道'
와 유사한 것으로 이것은 新進後學이 聖人의 文을 통해 道에 이름을 의미
한다. 북헌은 〈擬策問三首示兒〉에서 문장 창작에서 중요한 것은 辭理를
겸비하는 것이라고 한 뒤, 그가 의미하는 辭와 理를 구체적으로 밝혔다.

> 묻는다. 文章에 귀한 것은 오직 辭理를 겸한 것이다. 韓愈는 "『周
> 易』은 기이하면서도 법이 있고 『詩經』은 바르면서도 향기롭다." 라고
> 하였다. 이른바 "기이하면서도 향기롭고 바르고 법이 있다."고 하는데
> 무엇이 辭이고 무엇이 理인가? 그가 『書經』에 대해 "渾渾하여 끝이
> 없다"하고 또 "詰屈聱牙"라고 했는데, 이것은 또한 理와 辭를 나누어
> 서 말한 것이다. 또 "『春秋』는 謹嚴하고 『左傳』은 浮誇하다."고 하는
> 데 어째서 '謹嚴'이 辭를 말한 것이 아니며, '浮誇'는 理가 약화되었기
> 때문인가? …중략… 다만 예를 들어 「伊訓」·「說命」·「旅獒」·「無
> 逸」 등의 글 및 『論語』·『孟子』의 문장은 理는 진실로 말할 것도
> 없고 辭도 극진하지 않은 것이 없다함은 어째서 그런가? …중략… 六

---

195) 金春澤, 〈東文問答〉, 『北軒集』 권18, 「恩歸錄」, 249면.

經의 理를 터득한 것으로는 濂·洛·關·閩의 문장 같은 것이 없고 그 辭에 있어서도 마땅히 아울러 다하였는데 사람들이 그것을 보고 마침내 韓愈·歐陽修 등의 諸家와 다르다고 한 것은 어째서인가? 明代의 여러 작가들은 대부분 辭를 숭상하였는데 그 가운데 간혹 理를 주로 한 사람도 있었다.196)

북헌은 韓愈가 〈進學解〉에서 三經을 평가한 것을 예로 들어 '辭'는 문장 자체나 문장의 형식, 또는 형식의 제요소를 의미하며, '理'란 문장의 內容·大意, 또는 그 속에 담겨 있는 성현의 사유나 사유방식을 의미하는 것으로 풀이하였다. 그는 같은 글에서 辭理를 기준으로 우리나라의 창작 추세를 파악하여, 주자학이 국내에 유입되기 시작한 고려말과 조선 초의 유교를 국시로 내세우던 때를 理가 우세한 시기로 파악했다. 그리고 宣祖朝를 중심으로, 그 이후는 점차 辭章에 몰두한 것으로 파악하고 문장 창작에서 辭理를 겸비할 것을 강조했다. 이어서 그는 辭章風 유행의 발생 원인을 古今의 시대 변화에 따른 문장 자체의 쇠퇴와 科擧制로 인한 辭章에의 치중을 지적하고, 이것 가운데 어느 것이 문풍의 쇠퇴에 더욱 큰 원인이 되었는가를 질문했다. 그러나 실제적으로 그는 문풍 쇠퇴의 원인으로 이 두 가지를 모두 지적하였다.197)

더욱이 북헌은 道를 구하기 위한 文의 범위를 설정할 때 아름다운 구슬

---

196) 金春澤, 〈擬策問三首示兒〉, 『北軒集』 권18, 「恩歸錄」, 245~246면. "問. 文章之所貴, 惟在辭理之兼盡而已. 韓子曰, 易奇而法, 詩正而葩, 所謂奇葩正法, 何者爲辭? 何者爲理歟? 其於書曰, 渾渾無涯, 又曰, 詰屈聱牙, 此亦分理與辭而言歟! 又曰, 春秋謹嚴, 左氏浮誇, 豈謹嚴者, 非辭之謂, 而浮誇者, 以理有所屈歟! …中略… 只如伊訓·說命·旅獒·無逸諸篇及論語·孟子之文, 理固無論, 辭亦無所不盡矣, 何爲而然歟? …中略… 得六經之理者, 莫如濂·洛·關·閩之文, 則其於辭, 亦宜兼盡, 而人之視之, 終異於韓·歐諸家者, 何歟? 皇明諸子, 率多尙辭, 其或主於理."

197) 金春澤, 〈擬策問三首示兒〉, 『北軒集』 권18, 「恩歸錄」, 246면.

을 구하려는 자들이 그것의 명산지인 합포와 곤륜에 가서 골라내듯이 道를 간직하고 있는 문장을 위해서는 道를 간직하고 있는 문장을 배워야 한다고 주장했다. 또한 그는 합포와 곤륜에 있는 흠있고 조각난 구슬이나 옥부스러기도 잘 연마해서 사용하면 그 아름다움을 발휘하게 할 수 있다고 했는데, 이것은 異端의 학설이라 할지라도 儒家의 설과 비슷하거나 혹은 유가의 설에 위배된다고 할지라도 求道의 측면에서 그것을 잘 이용하면 오히려 그러한 문장에서도 道를 체득할 수 있다고 본 것이다.[198] 이러한 입장에서 북헌은 先秦 · 兩漢의 諸家書 뿐 아니라 佛家나 明 · 淸代의 소설까지도 求道의 자료로 인정했다. 이러한 태도는 당대의 보수적 이학자들이나 특정 시대의 문장만을 전범으로 삼아야 한다고 주장하는 고문가들에 비해 진전된 태도로 평가할 수 있다.

## 4. 自國語文學의 提唱

북헌은 明나라와 우리나라의 문장을 비교하여 명나라 문장은 귀신을 잡고 교룡을 움켜쥐는 것 같아 '文'은 될 수 있지만 '言'은 될 수 없고, 우리나라의 경우는 길거리의 천한 사람들이 겉으로는 문자를 아는 척하지만 사실은 문자를 모르기 때문에 매우 어색하고 자연스럽지 못해서 입내키는 대로 말을 할 수 없는 것이 '文'도 아니고 '言'도 아니라고 했다. 즉 그는 자연성과 사실적인 측면을 기준으로 위와 같이 비판하며 자국어 문학의 가치를 제창했다.

---

198) 金春澤, 〈諸子通選序〉, 『北軒集』 권17, 「鷺山錄」, 229면.

옛날의 歌詞 중에 舜과 皐陶와 夏나라의 다섯 아들이 말한 것부터 周나라 詩로 음악으로 연주된 것에 이르기까지 그 音律과 節奏가 모두 음악에 합당했는데 음악이 망한 뒤로 노래의 음절을 또한 고찰할 수 없다. 후세의 노래와 음악이 진실로 옛날의 노래와 음악이 아니지만 저절로 서로 조화됨은 지금이 옛날과 같다고 하더라도 무방하다. 우리 나라 사람들은 혹 옛 사람을 본떠서 歌詞를 짓는데, 구분하는 것은 오로지 '四聲' 뿐이고 그 중의 淸濁虛實은 흐리멍덩하게 알지 못하니 어떻게 중국의 樂律과 부합될 수 있겠는가? **本國의 언어로 만든 것은 본국의 樂律과 저절로 부합되는지의 여부를 논할 것도 없이 그 말 뜻 [辭意]에 나아가면 혹 悠揚하고 婉切하여 진실로 사람의 청각을 움직 이고 사람의 마음을 감동시키는 것이 많다. 옛날의 歌詞를 본받는 것보 다 훌륭할 뿐만이 아니다. 詩文의 여러 작품과 비교해 보면 또 그보다 나을 뿐만 아니니 그것은 다름이 아니다. 참과 거짓의 구분이다.**[199]

북헌은 『書經』, 『詩經』의 여러 작품들은 性情을 함양하여 사람들로 하 여금 간사하고 더러운 것이나 마음의 찌꺼기 등을 제거하는 음악에 적합 했지만 이러한 음악이 없어진 뒤로 그것에 적합한 歌詞가 없었다고 했다. 그런데 우리나라의 경우는 사람들이 歌詞를 지을 때 음악의 본질을 이해 하지 못하고 외형적인 四聲을 알 뿐, 그것의 淸濁과 虛實의 성질을 제대 로 알지도 못하기에 악률이라고 할 수 없다고 했다. 뒤이어 그가 '제대로

---

199) 金春澤, 〈論詩文〉, 『北軒集』 권16, 「囚海錄」, 227면. "故歌詞, 自舜皐陶及夏五子 所謂, 至周詩之被管絃者, 其音律節族, 皆當合於樂, 而樂旣亡, 歌之音節, 亦無得以 考焉. 後世之歌與樂, 固非古之歌與樂, 而然其自相諧合, 則不害謂今猶古也. 東人或 效古人爲歌詞, 而所辨惟四聲, 其中淸濁虛實, 則昧然不知, 何能與中華樂律相合哉? 其以本國言語爲之者, 不論其自合於本國樂律與否, 就其辭意, 或多悠揚婉切, 眞可以 動人聽感人心者. 不惟勝於效古之歌詞, 其視詩文諸作, 又不啻過之, 無他, 眞與假之 分也."

알지 못하는 외국의 문자로 歌詞를 짓는 것보다는 우리의 언어로 짓는 것은 우리나라의 악률에 부합될 것인가'라고 문제를 제기한 것은 바로 사람의 마음을 감동시키는 참[眞]과 거짓[假]에 있다는 답을 유도하기 위한 설의인 것이다.

결국 북헌의 이러한 태도는 문학이나 사상이 일정한 典範에 예속되기보다 時空의 차이에 따라 그 시대와 그 시대를 살아가는 사람들의 性情을 함양할 수 있는 것이면 어느 것이라도 그 가치를 인정할 수 있다는 그의 개방적 학문관에서 유래한 것이다. 이 때문에 북헌은 정철의 「前·後思美人曲」이 人君에 대한 충성과 고아하면서도 곡진한 가사와 순정한 곡조로 性情을 함양하는데 뛰어나다고 보고, 屈原의 『離騷』를 짝할 수 있다고 칭찬했다.[200]

이런 생각은 김만중의 경우도 마찬가지였다. 김만중은 한문과 한글의 문자체계에 따른 표현차에서부터 문학에 대한 일반론을 개진하였다. 핵심을 간추려보면 '절주가 있는 말', 즉 문학은 국적에 관계없이 보편적 감동력을 지니는데, 우리나라의 경우 나무하는 아이와 물긷는 아낙네가 부르는 민간가요가 바로 그러한 특성을 가장 잘 체현하고 있다고 했다.[201] 김만중은 새로운 시대의 조짐, 즉 士大夫의 한문학은 점점 경직되어 현실적 대응력을 잃어가고 있는 반면 基層民의 문학은 거칠고 비속한 속성 속에 도저한 생명력을 지니고 있다는 것을 감지하고 있었다.

김만중이 당대 문학의 체계를 사대부의 한시문학과 기층민의 가요라는 신분계층에 의한 이원적 체계로 인식하고 우열을 비교했다면, 북헌은 '本

---

200) 金春澤, 〈論詩文〉, 『北軒集』 권16, 「囚海錄」, 227면.
201) 고미숙, 「조선후기 민족어문학론의 전개양상」, 『金萬重文學研究』, 1993, 국학자료원, 55면의 예문 재참조.

國의 言語', '本國의 樂律'이라는 용어를 사용하여 일원적 체계로 인식하고
眞·僞를 기준으로 작품의 가치를 판단하였다.

북헌은 언문 가사 작품이나 소설의 가치를 인식하고, 사대부 계층의 문
학과 기층민의 언문문학을 아울러 일원적 체계를 지향하여 '본국의 언어',
'본국의 악률'이라는 말을 사용함으로써 '본국 문학'의 독자성과 가치를 인
식하였다. 그럼에도 그 역시 역사적·신분적 존재의 한계를 벗어나지 못
한 점이 있다. 위의 예문에서 알 수 있듯, 북헌이 '본국의 언어', '본국의
문학'이라고 인정하는 것은 그 주제적 측면에서 忠臣戀主之詞 등의 世敎
에 도움이 되는 것에 한정하여 일부의 한계성을 드러내기는 했다. 그럼에
도 그의 이러한 인식은 당대의 수준에 비해본다면 상당히 진전된 것이라
할 수 있다. 비록 그의 입론이 주제적 측면에서 일부의 한계성을 드러내기
는 했지만, 마음에서 우러나오는 문장을 진실되게 창작하여야 독자를 감
동시킬 수 있다는 언급은 그가 이 시기에 출현하기 시작한 眞境의 가치를
확실히 인식하고 있었음을 보여준다.

북헌은 사실적인 문장 표현을 위한 수사기교로 減字法과 換字法을 제
시·비판하였다.

朱子가 세속의 作文이 모두 거짓인 것을 탄식하여 유명한 자를 거론
하여 말하였다. "지금 세상에 어떻게 문장을 얻을 수 있는가? 다만 減
字法과 換字法이 있을 뿐이다. 예를 들면 '湖洲'를 말할 때에는 반드시
'洲'자를 제거하고 다만 '湖'라고 칭하니 이것이 減字法이다. 그렇지
않으면 '雪上'('雪'은 吳興의 水名―역자 주)이라고 하니 이것이 換字
法이다. 우리나라 사람들이 문장을 지을 때에도 이러한 법을 쓰는 이
가 있다. 그러나 減字法은 그다지 심하지는 않지만 오로지 換字法은
자못 혐오할 만하다. 또 地名은 말할 것도 없으니 곧 보통 말하는 사이

에 분명히 써야 할 글자인데도 문득 모두 쓰지 아니하고 반드시 낯설
은 뜻밖의 글자를 취하여 수식하고는 스스로 명명하여 '古文'이라고
하니 粗率한 말과 俗言이 도리어 혹 自然에 가까운 것만 못하다. 대개
우리나라의 글에는 조솔한 말과 속언이 매우 많다. 그렇지 않으면 또
이 換字法이니, 이 두 길의 밖으로 벗어날 수 있는 것이 드물 뿐이다.
그 地名에도 '水原'의 경우에는 '隋城'이라고 하고 全州를 '完山'이라고
칭하는 것은 두 길의 문장인데 모두 성하게 그것을 사용하여 鉅公과
名家라도 면할 수 없는 바다. 비록 내가 이미 그것이 그릇된 줄을 알면
서도 혹 때로 흉내내니 習俗이 그러하기 때문이다.202)

북헌은 당대에 부화한 문풍의 유행으로 감자법과 환자법이 유행하자 이
를 비판하며 주자의 견해를 부분적으로 수용하여 '湖州'를 '湖'로 표현하는
예와 같은 減字法의 경우는 본래의 의미를 크게 손상시키지 않아서 그것
의 활용을 묵과하였다. 그러나 '水原'을 '隋城'으로 바꾸어 쓰는 등의 換字
法에 대해서 그것이 문장의 자연스러움을 해친다고 비판하였다. 우리나라
의 문장으로 정제되지 않고 우리나라식의 어휘가 섞이는 것과 감자법·환
자법을 거론하면서 후자는 전자의 자연스러움만 못하다고 하였다. '자연
스러운 우리식의 표현에 대한 강조' 이것이야말로 자국어 문학론이 아닐
수 없다. 그러면서도 북헌은 그 자신도 換字法을 즐겨 쓴다고 실토했다.

202) 金春澤, 〈論詩文〉, 『北軒集』 권16, 「囚海錄」, 226면. "朱子嘆世俗爲文, 都是假
底, 而擧其聞於人者曰, 今世安得文章, 只有箇減字換字法爾. 如言湖洲, 必須去州字,
只稱湖, 此減字法也. 不然則稱雪上, 此換字法也. 東人爲文, 亦有用此法者, 然減字
法不至甚, 惟換字法殊可惡. 且無論地名, 卽於尋常行語間, 分明宜下之字, 却都不下,
必取生面意外之字以飾之, 自命爲古文, 而反不如粗言俚說之或近自然. 盖東文, 粗言
俚說甚多, 不然, 又是換字法, 鮮有出此兩塗之外者耳. 其於地名, 則如水原稱隋城,
全州稱完山者, 兩塗之文, 皆盛爲之, 鉅公名家, 亦所不免, 雖以愚之已知其非, 而或
時效尤, 習俗然也."

북헌은 『史記』와 『漢書』, 『春秋』 등에서도 制度와 名物뿐만 아니라 시속의 稱號, 夷狄 등 외국의 무의미한 명칭을 현지의 발음대로 표기하였지만, 그것이 문장의 가치를 전혀 손상시키지 않았음을 예로 들면서 우리나라 고유의 관직명인 判書와 參判을 중국의 관직명인 尙書와 侍郎으로 고쳐 쓰는 것은 거짓된 것이며, '大監, 寧監, 使道, 兄主' 등 우리의 언어 문자 가운데 한문의 관점으로 본다면, 비록 거칠고 조잡한 것이라고 하더라도 고유한 어휘를 문장 속에 바로 표기해도 단점이 되지 않는다고 보았다.203)

## 5. 결론

이상에서 17세기 후반에서 18세기 초반의 문인 北軒 金春澤의 문학론을 고찰해 보았다.

그는 주자를 존숭하는 가풍 및 학통의 영향하에서 맹목적으로 그것을 추종하기보다 그것의 이념적이고 폐쇄적인 성격을 비난하고 時空에 따른 變用을 강조했다. 또한 道・文의 분리 현상에 문제의식을 갖고 道・文을 겸비할 수 있는 방법으로 儒家와 諸家의 사상이 완전히 이질적인 것은 아니라는 입장을 바탕으로 제자서에서도 理를 체득하는데 도움이 되거나 유가이론과 근사한 것을 수용하였다. 그가 『諸子通選』을 시대순으로 차례를 정한 것은 儒家와 諸家의 가치에 대한 기존 관념을 파괴한 의식의 소

---

203) 金春澤, 〈論詩文〉, 『北軒集』 권16, 「囚海錄」, 226면. "東文多稱判書爲尙書, 參判爲侍郎, 此或無妨, 而亦不可謂非假也. 史漢中無論一代制度名物, 至於時俗稱謂與夫夷狄外國無意義之名號, 皆置書之, 何害於其文之高且古哉? 如我國之稱官高者, 爲大監令監 稱主將爲使道者, 乃擧世所通行, 取用於文, 無所不可. 如書札之用兄主叔主之稱, 亦未見其爲文之病."

산이라는 의미를 갖는 동시에 주자이념을 절대시하던 당대의 일반 학자들에 비해 진전된 태도라고 할 수 있다.

북헌은 六經을 문장의 전범으로 간주하고 唐·宋 및 明代 문장을 비판했지만, 각 시대 문학의 가치를 인정하여 육경 이후의 문장이나 이단의 학설에 대해서도 그것을 연마하면 오히려 道를 체득하는 데 도움이 될 수 있다고 했다. 이러한 논리의 연계선상에서 그는 自國語文學論의 가치를 제창하여 優劣을 기준으로 上下의 문학체계를 논하기보다 眞僞를 기준으로 상하의 문학체계를 일원적으로 인식하였다. 그가 진위의 판별 여부의 중요한 기준으로 적용시킨 것은 事實性과 自然性의 유무였다. 사실적인 문장표현을 위한 수사기교로 본래의 의미를 크게 손상시키지 않는 減字法을 수용하고, 문장의 자연스러움을 해치는 換字法을 비판하였다. 그리고 이것보다 정제되지는 않았을 지라도 우리식의 어휘가 섞인 문장이 더욱 자연스러운 것이라고 했는데, 이것은 바로 당대에 제창되기 시작하던 眞境文化에 대해 그가 적극 찬동하고 문학적으로 실천함을 보여준다.

이러한 이유로 그는 詩에서도 性情의 자연스러운 표출과 실제 경관을 그대로 표현할 것을 강조하였다. 그는 시란 작자의 氣習이 배어나며, 詩作의 심오한 깨달음은 天得으로 인해 얻어지므로 人工으로 그것을 보완하여 자연스럽고도 잘 지을 것을 요구했다. 이것은 그가 문학창작에서 형식미를 취하기 위한 文學的 鍛鍊과 문학에서의 審美 價値를 지녀야 함을 인식했다고 할 수 있다.

결론적으로 말하자면, 북헌은 17세기 후반에서 18세기 초반에 시공의 변화에 따른 문화의 동태적 특성을 인식하고, 우리 문학사의 중대한 문학관 및 문예론의 전환을 뚜렷이 보여주었다고 할 수 있겠다.

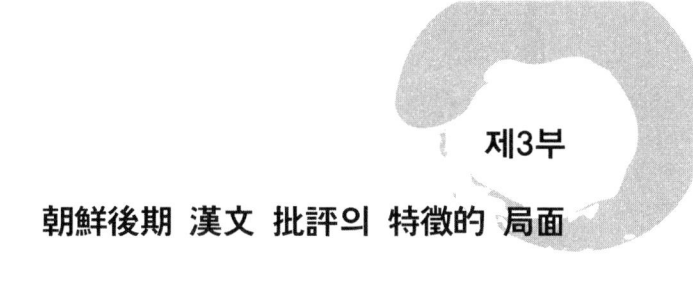

제3부

朝鮮後期 漢文 批評의 特徵的 局面

# 제1장
# 朝鮮後期 三田渡 碑文의 形象化 類型攷

## 1. 머리말

기존의 朝鮮後期 漢詩研究는 동시대적 특징을 나타내는 作家·創作方法·風格·詩體·漢詩流波 등에 중점을 두었다. 그 결과 한국한문학에서 조선후기 한시문학이 가지는 특징 및 의의가 밝혀졌음은 주지의 사실이다. 그러나 이러한 연구는 몇 가지의 폐해를 노정하였다. 그 중의 하나가 當爲性을 앞세운 편견과 참신함에 대한 집착이다. 늘 새로운 연구소재의 발굴에 대한 집착은 기왕에 알려진 事實에 대해서는 실질적인 연구를 외면한 채 이미 주입된 사실로만 연구·분석하려는 경향을 나타냈다. 그 한 예가 三田渡를 소재로 한 시에 대한 해석이다.

삼전도는 병자호란을 계기로 조선전기와는 또다른 새로운 사회·역사적 의미를 내포한다. 이 때문에 기왕의 연구자들 가운데는 '삼전도'를 소재로 한 시를 지나치게 정치적 관점에서 이해하려는 경향이 있기도 하였다.

이에 본고에서는 한시문학 연구에서 노정된 폐해를 극복하려는 노력의 하나로 '삼전도'를 소재로 한 시를 연구·분석하여 그것의 사회·역사적 의미와 창작과의 실제 관계를 밝혀보기로 한다. 이를 위해 먼저 三田渡

詩[1]를 대상으로 그것의 역사적 의미를 고찰하다. 이어서 이를 바탕으로 그것의 시적 형상화 유형을 조선전·후기로 나누어 살핌으로써 창작의 소재가 지니는 사회·역사적 의미와 창작과의 연관성 및 그 형상화 유형을 고찰하여 조선전·후기 한시의 형상화의 한 특징을 살펴보고자 한다[2].

## 2. 三田渡詩의 歷史的 意味

한국한문학에서 '三田渡'가 하나의 의미있는 소재로서 기능하게 된 것은, 1439년(세종 21), 都城에서 30리 지점인 한강 상류의 廣津과 하류의 中浪浦 사이에 위치한 나루로 건설되면서이다. 이곳은 당시 서울과 광주의 남한산성을 이어주는 교통 요지·군사의 요충지로서 또 한강 주변의 승경지로 알려졌다.

   ① 의정부에서 兵曹의 呈文에 의거하여 아뢰기를,
    "바라건대, 새로 설치한 三田渡에 漢江渡船 한 척과 司宰監船 두 척을 주고, 또 漢江津尺 5인과 洛河津尺 5인을 덜어 이에 소속시키고, 이어서 口分田을 주어 輪番으로 교대하여 서게 하소서."

---

1) 본고에서 의미하는 '三田渡詩'란 아래에 나타나는 것처럼 한강 일대의 주요한 교통요지, 군사적 요충지, 淸의 전승비가 세워진 곳 등등의 복합적 의미를 지닌다. 이에 대해 본고에서는 이들을 하나로 총칭하여 '三田渡詩'라고 한다. 그러나 본문의 논리 전개상 삼전도시에 대해 부분적으로 三田渡碑 혹은 三田渡라는 용어를 쓰기도 하였다.
2) 본고에서 대상으로 한 삼전도시는 『韓國文集叢刊』(이하 『叢刊』)에 수록된 것을 주 대상으로 하였다. 그러나 아래에 언급될 삼전도시와는 달리 허체(1563~1640)·李安訥(1571~1637)·趙絅(1586~1669)·李昭漢(1598~1645)·趙錫胤(1606~1655)·朴長遠(1612~1671)의 삼전도시는 창작연대를 추정하기가 불가능하였으므로 본고의 분석 대상에서 제외한다.

하자, 그대로 따랐다.3)

② 임금이 친히 獻陵과 英陵에서 朔祭를 지내고 환궁하다가 三田渡
에 이르러 시위 군사들로 하여금 살곶이 들판에서 사냥하게 하였다.4)

③ 임금이 …中略… 定今院의 西山에서 사냥을 구경하였다. 돌아오
다가 三田渡에 이르러 배 위에서 술자리를 베푸니 大駕를 따른 宗親
과 宰樞가 입시하였다.5)

　이러한 생활공간으로서의 삼전도를 소재로 창작한 문인은 徐居正, 金宗
直, 李賢輔, 朴誾, 黃俊良, 權文海 등이다. 이들의 시에 형상화 된 삼전도
역시 위의 실록에 나타난 삼전도의 모습과 대체로 일치한다.
　그러나 병자호란(1636) 이후, 삼전도의 사회·역사적 의미는 조선전기
의 그것과 뚜렷한 차이를 보인다. 淸의 강요로 '大淸皇帝功德碑[三田渡碑]'
를 세우게 되자 仁祖는 李慶全·趙希逸·張維·李景奭 등에게 三田渡碑
文을 짓게 한다. 장유 등이 모두 상소하여 사양했지만 받아들여지지 않았
고, 이경전 만이 병과 노령으로 면제받는다6). 세 사람의 비문을7) 청나라
에 보내자 范文程 등이 평가하였다. 이때 조희일은 고의로 글을 거칠게

---

3)『朝鮮王朝實錄·世宗 21년, 7월 7일(癸丑條)』.
4)『朝鮮王朝實錄·端宗 2년 9월 1일(己酉朔條)』.
5)『朝鮮王朝實錄·世祖 3년 5월 5일(丁卯條)』.
6) 李慶全,「丁丑至月二十六日 辭撰三田渡碑文疏」,『石樓遺稿·文集』권1(『叢刊』V.73),
　410면. "伏以臣伏聞臣名亦在於三田渡碑文撰出次啓下之中. 臣不勝怪訝焉. 此事不輕
　而重, 豈可人人而爲之, 有若等閑驅策然哉? 如臣以言年齒精神, 則八十垂至, 眊荒昏
　錯, 觸事茫然, 以言備諳首末, 則有如鄕人入洛, 不識東西, 以言詞翰, 則抛棄文字, 殆
　五十年于今矣. 不知何故而及於臣身乎. 反覆思惟, 莫曉其緣由也. 臣雖不自暴白, 聖
　明何所不察乎? 伏乞聖明, 亟命削去臣名於啓下中, 以重國事, 以順瞻聆, 不勝幸甚."
7)『朝鮮王朝實錄·仁祖 15년 11월 25일(己丑條)』.

만들어 채용되지 않았고, 장유는 인용한 내용이 온당치 못하다[8]는 이유로
채택되지 못하였다. 이경석이 지은 글이 쓸 만하지만 첨가해 넣을 말이
있으므로 조선에서 고쳐 쓰라고 지시하였다. 이 사실을 통보받은 인조는
이경석을 부른다.

> 지금 저들이 이 비문으로 우리의 향배를 시험하고자 하니 나라의
> 존망이 여기에 달려 있다. …… 훗날 나라가 일어서는 것은 오직 내
> 게 달려있지만, 오늘의 급선무는 문자로 저들의 마음을 달래어 사세
> 가 더욱 격화되지 않도록 하는 것일 뿐이다.[9]

군왕으로서의 명령이라기보다 간절하고도 곡진한 부탁에 이경석은 더
이상 주저하지 않고 청나라의 비위에 맞도록 비문을 고쳐 짓는다. 종사의
안위를 위한 불가피한 선택이었다[10].

삼전도비문의 篆額을 申翊聖에게 쓰게 하자 중병으로 사양하여[11] 吳竣
이 篆文을 쓴다. 삼전도비와 관련된 일을 마무리 하고 참여자에게 상을
주었지만 『실록』에서는 '상을 받은 사람이 사대부의 마음을 지녔다면 수
치로 여겼으리라[12]'고 하여 이 일에 대한 당시의 견해를 나타냈다.

삼전비가 세워진지 30년이 지난 1668년(현종 9)에 이경석은 국가에 대

---

8) 『朝鮮王朝實錄·仁祖 16년, 3월 17일(庚辰條)』. 張維의 卒記에 '그의 순후하고 깨끗
한 사람됨과 완전하고 통달한 문장의 기운은 세상에 따를 자가 없었고 오래도록 이조
판서의 자리에 있으면서도 청렴하여 여러 사람들이 그를 흠잡거나 거론하는 자가 없
을 정도였다. 그렇지만 그가 和親을 주장한 사실과 居喪 중에 三田渡碑文을 지은 것
을 士論이 단점으로 여겼다.'라고 기록되어있다.

9) 李肯翊, 「顯宗朝故事本末」, 『燃藜室記述』 권31.

10) 이성무, 『조선시대 당쟁사』 1, 동방미디어, 2000, 234~235면.

11) 申翊聖, 「三田渡碑篆額辭免箚」, 『樂全堂集』 권8(『叢刊』 V.93), 293면.

12) 『朝鮮王朝實錄·仁祖 17년 12월 5일(丁亥條)』.

한 공로로 신하로서는 최고의 영예인 几杖을 하사받는다. 그러나 宋時烈은 「几杖宴序」에서 '하늘의 도움을 받아 늙도록 편안하게 살았다[壽而康]'는 신랄한 비판을 한다. '壽而康'은 朱子가 金나라에 아첨해 만수무강을 누린 孫覿을 논척할 때 사용한 말이었다. 송시열의 의도는 이경석을 春秋大義로 논단하려는 것이었다.

1669년(현종 10), 현종이 신병을 치료하기 위해 온양온천에 행차할 때 왕을 문안하고 쾌유를 비는 신하가 없자 이경석이 짧은 글로 시세를 개탄했다. 그런데 이것에 대해 송시열이 가장 민감하게 반응한다. 그가 지병을 핑계로 현종의 부름에 응하지 않고 있었는데 이경석이 올린 차차로 입장이 난처해졌기 때문이었다. 송시열은 즉시 待罪하며 올린 차자에서 이경석에 대한 반감을 노골적으로 표하며 앞서 말한 '壽而康'의 숨은 뜻을 드러낸다.

> 孫覿은 壽而康하여 한 세상의 존중은 받았지만 의리를 알고 기강을 진작했다는 말은 듣지 못했기 때문에 가련하게 여기는 사람도 있었습니다.[13]

이경석의 입장에서 볼 때는 매우 모욕적인 언사였지만 이경석은 정면 대응보다는 오해를 풀고자 노력하여 송시열과의 정의를 강조하며 차자에 대한 해명을 한다. 양자간의 시비가 발생하자 송시열이 지나치다는 여론이 지배적이었고 조정의 여론도 동조하지 않고 그를 책망했다. 송시열은 춘추대의를 명분삼아 이경석을 외세 의존적인 인물로 규정하며 더욱 철저히 비난한다. 그럼에도 이경석은 송시열의 공격에 의연하게 대처하여

---

13) 『朝鮮王朝實錄·顯宗改修實錄 10년 4월(丙子條)』.

1671년(현종 12) 사망할 때까지 국가의 원로로 대접받았다.

송시열과 이경석 사이의 불화는 1702년(숙종 28) 徐必遠의 일로 송시열의 반감을 산 朴世堂이 이경석의 神道碑銘을 찬하면서 치열한 老小黨爭을 유발한다.

> 老成人의 귀중함이 이와 같다. 그럼에도 불구하고 만일 노성인을 모욕하는 자가 있다면, 천하의 不祥함이 막대할 것이다. 불상한 짓을 감히 행한다면, 또한 반드시 불상한 응보가 따를 것이다. 이것은 하늘의 도이니, 어찌 두려운 일이 아니겠는가?[14]

박세당은 송시열을 노성인[이경석]을 모욕한 不祥한 무리로 규정하는 데 주저하지 않았다. 그리고 銘文에서 두 사람을 봉황[이경석]과 올빼미[송시열]에 비유하여 송시열의 존재를 여지없이 뭉개 버렸다. 그런 다음 삼전도비문 찬술의 불가피함을 피력해 이경석을 두둔했다. 마지막으로 송시열에 대해 한마디 말을 더 추가했다. 그것은 바로 은의를 저버린 '背恩者'였다. 결국 박세당은 이경석을 군자로 칭송한 반면 송시열을 小人·不善者로 낙인찍었다.

박세당의 송시열에 대한 비판에 老論의 金昌協·金昌翕 등이 개입하여 나서고 관학 유생이 궐기하여, 박세당이 위로는 朱子와 아래로는 송시열을 모독한 것이 聖人과 先正臣을 모욕한 것으로 간주되면서 그에 대한 성토가 본격화된다.

노론은 박세당이 이경석의 신도비명을 지은 것을 계기로 송시열의 정신을 온존하게 계승하기 위해 박세당에게 斯文亂賊의 족쇄를 채울 필요를

---

14) 朴世堂, 「領議政白軒李公神道碑銘」, 『西溪集』 권22(『叢刊』 V.134).

느꼈다. 그들은 박세당이 주자의 '四書集註'를 공박하는 한편 『中庸』의 장구까지 개변한 『思辨錄』을 反朱子學의 대표적인 저술로 간주하여 이를 빌미로 박세당을 공격하였다. 이 일로 박세당은 삭탈관직되고 그가 지은 『사변록』과 「領議政白軒李公神道碑銘」 역시 숙종의 명으로 불태워진다. 그 결과 박세당은 사문난적으로 낙인찍히고, 이경석의 신도비는 250년을 땅속에 묻힌다.[15]

1729년(영조 5)에 吳光運이 高祖 吳竣을 申處洙가 모욕한 것을 호소하는 상소에 대해 英祖가 신처수를 駁怪하고 悖理한 말을 한 자로 판정하고 오준에게 죄가 없음을 인정한 뒤로 삼전도비가 政爭의 빌미로 부각된 적은 거의 없다.

아래 장에서는 삼전도의 사회 · 역사적 의미 변화를 바탕으로 그것의 형상화 유형을 고찰하여 사회 · 역사적 현실과 창작의 상관관계를 파악해 보기로 한다.

## 3. 朝鮮前期 三田渡詩의 類型

시와 과학의 차이는 형상화의 여부에 달려 있다. 발견한 사실과 다른 사물을 관련짓기 위하여, 과학자가 이론 · 관찰 · 실험이라는 방법을 사용한다면, 시인은 그의 感情과 情緖를 사용하여 형상화 시킨다. 따라서 시는 형상화 과정을 통해서 세계에 대한 우리의 감정을 설명해준다[16].

이러한 시적 형상화의 과정에 영향을 미치는 요인, 즉 동일한 대상에

---

15) 이성무, 『조선후기 당쟁사』 1, 동방미디어, 2000, 235~237면 참조.
16) 朴喆熙, 『韓國詩史研究』, 一潮閣, 1984, 5면 참조.

관해 감정을 달리하는 문제는 작자가 제재를 어떻게 보는가 하는 개인적
인 인식의 세계관적 차이에 기인한다. 동시에 그것에는 사회 · 역사적 차
원에서의 의미 분화도 함께 작용한다고 할 수 있다. 이 때문에 같은 시대
를 살던 작가들의 작품 경향이 시인의 美的 觀照에 의한 自律的 原理에
의하여 각기 다른 모습으로 형상화 된다.

徐居正(1420~1488)[17]은 樂天亭, 箭串, 三津, 楮子島, 中平, 溪山, 麻田
島 등 주로 삼전도 주변의 경물을 소재로 승경으로서의 삼전도를 형상하
는데 중점을 두었다. 그의 '삼전도'시에는 한가지 특징이 나타난다. 그것은
삼전도의 지리적 환경을 연상시킬 수 있는 소재들이 주로 사용되었다는
것이다.

| | |
|---|---|
| **樂天亭**下路迢遙 | **樂天亭**下白沙路 |
| 行渡**三津**泛小舠 | **楮子島**邊江水濃 |
| 却認我家來入望 | 斜日蹇驢一鞭影 |
| 淸算窈窕誰周[18] | 遭推敲字迷肩聳峯[19] |
| | |
| 江水澄澄潑眼明 | **樂天亭**下**箭郊**路 |
| **箭郊**如掌望**中平** | 年去年來自煙雨 |
| 半竿落日蹇驢影 | 晴天隱映**漢陽**樹 |
| 萬里長空孤雁聲 | 落日微茫**麻田**渡 |
| 蘭芷已香秋漸老 | 我時艤船渡江去 |
| **溪山**如畵雨新晴 | 靑山鱗鱗好無數 |
| 南來北去成何事 | 愁絶江南是何處 |

---

17) 조선전·후기의 시인들 가운데 삼전도를 소재로 가장 많은 6수의 시를 창작하였다.
18) 徐居正, 「三田渡」, 〈詩集〉, 『四佳集』補遺, 권1, 150면(『叢刊』 V.11).
19) 徐居正, 「三田渡中」, 〈詩集〉, 『四佳集』 권22, 470면(『叢刊』 V.11).

　　　辜負平生白鳥盟[20)]　　　　歸來鮑昭斷腸賦[21)]

　예컨대 渡三津·泛小舠·白沙路·楮子島邊·江水·渡江 등은 삼전도 주변 환경을 뚜렷이 나타낸다. 또한 여기에 덧붙여 사용되는 보조어―濃·淸·窈窕·澄澄·如畵 등은 삼전도의 승경을 형상하는데 일조를 한다.

　이와 달리 삼전도에서 임금이 군대를 사열하는 광경을 제재로 太平盛世를 읊조릴 때[22)]는 閱大兵·嚴士馬·貔貅·龍虎動旗旌 등의 기세와 동세를 느끼게 하는 시어를 선택·조합하여 사열의 장엄한 경관을 묘사했다.

　金宗直(1431~1492)은 삼전도를 과거의 역사와 자신의 고향을 회상하게 하는 기제로 사용한다.

　　해평 옛 집의 닭·돼지 다 흩어졌건만,　　海平舊宅鷄豚散,
　　온조왕의 남은 터엔 초목이 무성하다.　　溫祚遺墟草樹濃.
　　이미 王城에서 삼십 리나 지났으니,　　已去王城三十里,
　　百丈으로 하여금 가는 길 재촉말게 하라.　　莫敎百丈促行蹤.

　　　廣州 北山 언덕에는 海平君의 고택이 있다. 百濟의 始祖인 溫祚가 慰禮省을 떠나 漢山州에 도읍했다. (한산주는) 지금의 廣州이고 慰禮는 바로 지금의 稷山縣이다.[23)]

　어느 가을날 새벽, 김종직은 廣州로 가는 배 위에서 시를 짓는다. 그는

---

20) 徐居正,「三田渡箭郊途中」,〈詩集〉,『四佳集』권50, 77면(『叢刊』V.11).

21) 徐居正,「三田渡」,〈詩集〉,『四佳集』권28, 481면(『叢刊』V.11).

22) 徐居正,「大閱三田渡南炭川邊, 扈從有作」, 전게서, "聖君干羽致升平, 時復南郊閱大兵. 野擁貔貅嚴士馬, 雲開龍虎動旗旌."

23) 金宗直,「初十日, 三田渡, 早行過廣州」,『佔畢齋集·詩集』권12(『叢刊』V.12), 300면.

해평의 옛집과 韓愈의 「南溪始泛詩」시에서 用事한 "鷄豚" 그리고 백제의
시조인 溫祚王이 廣州에 도읍한 전고를 인용하여 과거의 역사를 회고한
다. 또 고향 친구들의 모임이 해체되었다는 "鷄豚散"의 전고를 이용하여
이미 친구들이 떠나버린 고향으로 바삐가려는 마음이 없어졌고, 녹음 우
거진 광주의 승경을 감상하고자 하는 농후한 심정을 "散"과 "濃"으로 절묘
하게 나타내었다.

위의 시인들이 생활공간으로서 또 역사를 회고하는 곳으로 삼전도를 바
라보았다면 朴闇은 삼전도를 대상으로 자신의 불우를 형상화 하였다.

朴闇(1479~1504)은 「廣津渡風雨甚惡, 力棹泊三田渡, 晚來波濤稍安, 乘
月下楮子島, 淑鴨鷗亭下, 曉到漢江下岸」라는 긴 제목의 40구로 이루어진
시에서 풍랑이 일렁이는 험한 뱃길에서 말세를 시는 불우한 처지를 나타냈다.

| | |
|---|---|
| 백자의 높은 파도를 다투어 일으키는 廣津의 바람 | 百尺先爭廣津風 |
| 한 줄기 가랑비에 길을 재촉하는데 몽촌에는 비내리네. | 一霎相催夢村雨 |
| 나의 길 풍파 없는 때가 없었으니 | 我行無日不風波 |
| 오늘도 어제처럼 괴롭기만 하구나 | 今日又如昨日苦 |
| …中略… | |
| 부산한 末世에 잠깐 노여움을 억누르고 | 末世蕭蕭暫拗怒 |
| 흩어지는 엷은 물결처럼 가벼이 살아가리라. | 散漫微瀾蹙輕練 |
| …中略… | |
| 天公이 나에게 고의로 많은 일을 만드니 | 天公向我故多事 |
| 비바람도 미워않고 맑아도 괜찮다네. | 風雨不惡晴亦可 |
| 이미 湖山을 향해가며 아름다운 경치에 배부르건만 | 已向湖山飽絶朦 |
| 또 평생토록 불우하겠지. | 遮莫平生饒轗軻[24] |

---

24) 朴闇, 『挹翠軒遺稿』 권2(『叢刊』 V.21), 28면.

廣州에서 漢江 하류로 내려가는 여정에서, 삼전도는 험한 날씨를 피할 포구로서 인식된다. 이 시에서 박은은 험한 일기에도 굴하지 않고 묵묵히 목적지를 찾아가는 여정처럼 어지럽고 분망한 말세를 살면서 노여움을 억누른채 불우를 감내하며 살아가려는 의지를 투영하였다.

그는 또다른 삼전도시에서 '술에 취해 불그레한 가을빛의 얼굴빛을 띤 노쇠한 늙은이'로 자신을 형상한다. 이 때의 삼전도는 이 늙은이가 묵어가는 숙박지로서 또 자신의 지난 삶을 회상하는 공간으로 의미된다[25].

黃俊良(1517~1563)의 시에 나타난 삼전도는 꽃이 만발하고 맑은 모래가 펼쳐있는 승경지이기도 하고 행인들이 뒤섞여 강을 건너고 채색한 배가 드나드는 교통의 요지이기도 하다. 그러나 이보다 더욱 뚜렷이 부각되는 의미는 인생에 대한 悔恨을 일으키게 하는 敍情의 空間이라는 점이다.

> 세상의 바닥에 있는 것이 위험한 것이 아니라　人間底處非至險,
> 눈에 보이는 것이 더욱 위태로워 마음이 슬프네.　眼見轉危心緒愡.
> 어지러운 풍진 속에서 홀로 늙어가며　風塵擾擾自爾老,
> 아득한 강물에 길게 탄식을 한다.　悠悠江水成長歎[26].

또다른 「三田渡」 시에서 그는 종일토록 바람 가득한 창에 기대어 세속에 대한 염원을 바람에 날려 버리고 한 조각 얼음처럼 맑고 투명한 마음을 지닌 '客'이 된다. 그는 동서로 바라다 보이는 아름다운 경관 속에서 속세의 먼지를 씻어버린다[27]. 여기에서 삼전도는 속세에 대한 미련을 버리고

---

25) 朴誾, 「宿三田渡」, 『挹翠軒遺稿』 권2(『叢刊』 V. 21), 38면. "寓庵初被酒, 箭串晚乘風. 白雨時時墮, 黃花處處同. 詩篇半行李, 秋色一衰翁. 獨問漁村宿, 平羌月影空"
26) 黃俊良, 「三田渡口, 見風舟」, 『錦溪集·外集』 권2(『叢刊』 V. 37), 74면.
27) 黃俊良, 「三田渡」, 『錦溪集·外集』 권2(『叢刊』 V. 37), 74면. "風滿蓬窓盡日憑, 客懷淸似一條氷. 東看嶠嶺蒼龍隔, 西近雲宵紫鳳騰. 霞散半天金縷縷, 沙吞明月玉層層.

자신을 淨化하는 空間이다.

權文海(1534~1591)는 박은이나 황준량과 다르게 삼전도를 인식한다.

| | |
|---|---|
| 어제 험한 蕪嶺을 지나 | 昨過蕪嶺險 |
| 오늘 동쪽으로 廣津에 도착했다. | 今到廣津東 |
| 모래밭의 풀들은 흰서리를 맞았고 | 沙草經霜白 |
| 강물결에는 해가 붉게 일렁인다. | 江波漾日紅 |
| 南山의 외로운 섬 너머 | 南山孤島外 |
| 오색의 구름 속에 대궐이 있다. | 北闕五雲中 |
| 평생 忠孝에 뜻을 두었건만 | 忠孝平生志 |
| 이리저리 나부끼는 따북쑥이 되었구나. | 飄飄作轉蓬[28] |

권문해에게도 삼전도는 여정에 지나는 곳의 하나이다. 그 너머에는 임금이 계신 궁궐이 있다. 평생 忠孝를 신념으로 살아온 그에게 그 공간은 낯선 땅이 아니라 그의 평생의 신념을 돌이켜 생각나게 하고 현재의 그의 처지를 되돌아보게 하는 個人的 敍情의 空間이다.

그러나 황준량이 삼전도에서 혼탁한 속세에 물든 자신을 淨化하고픈 충동을 느낀데 반해, 권문해는 자신의 忠孝의 신념을 펼쳐보일 시험의 장으로 인식한다. 양자가 삼전도를 개인적 敍情의 공간으로 인식한 점은 공통적이지만 함축된 의미는 뚜렷한 차이를 보인다.

이상에서 조선전기 문인들에게 인식된 삼전도의 의미를 살펴보았다. 그것은 주로 교통의 요지, 승경지로서 인식된다. 또한 개인적 서정의 공간으로 그것은 인생에 대한 회한을 불러일으키거나 평생의 신념을 선보일 시

---

三山咫尺疑飛到, 一洗塵間五鬼陵."

28) 權文海, 「行到三田渡 偶吟」, 『草澗集』 권1(『叢刊』 V.42), 297면.

험의 장으로도 형상화 되었다. 또한 지난 과거의 역사를 되새겨 덧없는 시간의 흐름을 불러일으키기도 하였다.

그러나 병자호란에 仁祖가 受降壇에서 淸나라 太宗에게 항복하고, 그들의 전승을 칭송하는 三田渡碑가 세워지면서 이곳은 더 이상 단순히 생활의 공간이나 개인적인 서정의 공간이기보다 민족의 수치와 북벌의 의지를 다짐하게 하는 의미를 더하게 된다. 아래에서 구체적으로 살펴보기로 한다.


## 4. 朝鮮後期 三田渡詩의 類型

병자호란 이후 청나라의 사신이 조선에 와서 南漢山城과 江都를 수축하고 군량미를 쌓아둔 것을 청나라에 대한 항거로 해석하여, 수축한 곳을 허물고 군량을 없애도록 한 일[29]이나 볼모로 심양에 도착한 세자에게 용골대가 舟師를 징발하던 과정에서 兩南 선비들의 중지 상소가 있었는지 여부와 조선포로와 走回人에 대한 刷還의 문제, 元孫을 청나라에 볼모로 보내는 일에 대한 문책으로 崔鳴吉과 申景禛 같은 주화파 관료가 해직된 것인지에 대해 질문을 했다는 기록은 당시의 조선에 대한 청의 간섭이 어느 정도였는지를 알게 한다[30]. 특히 安州에서 돌아온 鄭明壽가 영남의 선비가 舟師를 중지시키려다 뜻을 이루지 못하고 돌아가다가 三田渡碑를 깨부수었다는 헛소문을 말하자 淸을 비롯하여 조선에서 사실을 확인코자 신하들을 파견한 기록[31]에서 당시 사회에서의 삼전도비의 의미를 알게 한다.

---

29) 『朝鮮王朝實錄·仁祖 17년, 12월 6일(戊子條)』.
30) 『朝鮮王朝實錄·仁祖 18년, 5월 17일(丁酉條)』.

위에서 살펴보았듯이 조선후기의 삼전도에는 오랑캐에 대한 항복의 상징이라는 의미가 첨가된다. 따라서 조선후기 작가들의 작품 속에 형상화되는 삼전도 역시 전기와는 또 다른 의미를 지닌채 형상화될 것을 알 수 있다.

南龍翼(1628~1692)은 「追次三田碑舊題韻幷小序」에서 삼전도의 역사적 의미에 중점을 두어 작품화하였다.

> 내가 열세살에, 삼전비를 지나며 절구 한 수를 짓기를,
>
> 六國을 아우른 기이한 공을 岱嶽에 새기고,　幷六奇功鐫岱嶽
> 千年에 보답할 큰 공을 靈州에 세웠다.　　報千洪烈立靈州
> 가련타, 어찌 이리도 頑固한 물건이기에,　憐渠同是頑然物
> 홀로 동방 만고의 羞恥를 새겨 있는가?　獨在東方萬古羞
>
> 라고 하여 자못 남들에게 칭찬을 받았다.
> …中略…
>
> 어렸을 적에 三田碑를 시로 읊어,　　曾在髫齡題此石
> 개연히 탄식을 하며 神州를 생각했네.　慨然興歎念神州
> 어찌하여 사십 삼년이 지난 후에도,　如何四十三年
> 白首로 속세에 살며 수치를 풀지 못하나?　白首隨塵不解羞[32]

31) ①『朝鮮王朝實錄·仁祖 18년, 10월 30일(丁丑條)』, ②『朝鮮王朝實錄·仁祖 19년, 11월 8일(庚辰條)』, ③『朝鮮王朝實錄·仁祖 20년 12월 16일(辛巳條)』.

32) 南龍翼, 「追次三田碑舊題韻幷小序」, 『壺谷集』 권7(『叢刊』 V.131), 137면. 余於十三歲時, 經過三田碑, 有一絶曰, …中略… 頗爲人所稱道矣. 今日以館伴隨勅使到此碑下, 忽憶此作, 有靦于顔. 追次其韻, 而詞氣俱挫, 氣衰之致耶? 意歉之故耶? 觀者當辨之.

　남용익의 삼전도에 대한 인식은 조선전기의 문인들과 현저히 다르다.
그것은 창작 소재의 시대 · 역사적 의미가 달라졌기 때문이다. 조선후기의
시인들의 작품에 형상화 된 삼전도는 작가의 개인적 敍情이 주가 되어있
는지 아니면 사회 · 역사적 의미가 부각되어 있는지에 따라 몇 가지 유형
으로 분류해 볼 수 있다.

　먼저, 삼전도를 역사적 의미체로 바라본 경우이다. 이것은 삼전도를 대
상으로 비분강개한 심정과 청나라와의 전쟁, 주화론자들에 대한 비판을
직접적으로 나타낸 경우이다.

　姜再恒은 병자호란의 패배와 정축년 삼전도에서의 항복을 치욕스럽게
생각하는 비분한 심정을 다음과 같이 나타냈다.

| | |
|---|---|
| 만약 느낄 수 있는 사람이라면 | 如人有所感 |
| 慷慨함을 가슴에 호소하며 | 慷慨訴胸臆 |
| 자주자주 눈물을 닦아내며 | 頻頻拭將去 |
| 떨어지는 눈물 때문에 쉬지 못했으리라. | 漣漣不自息 |
| 추악한 무리들은 바라보고 이상하다며 | 醜類見之異 |
| 모두 놀라 소리치며 꾸짖기만 한다. | 驚呼咸嘖嘖 |
| …中略… | |
| 절개를 지키고자 물에 빠져 죽는 이 없고 | 人無蹈海節 |
| 세상에 매국노만 많다. | 世多賣國賊 |
| 나홀로 周禮를 지키며 | 惟我秉周禮 |
| 가장 먼저 험난함을 참으리라. | 憑凌最先毒 |
| 팔방의 만백성들이여! | 八方百萬姓 |
| 쑥과 갈대를 베듯 적들을 베자. | 斬伐如蓬荻 |
| 사직의 깃발을 드높이 세워 | 社稷危綴旒 |

| 성대하게 정의를 실현하자. | 正議纘拘遂 |
| 오래도록 무릎을 굽힘도 달게 여기고 | 甘心屈長膝, |
| 젊은이여, 북쪽 사막을 향할지어다! | 婉變向北漠33) |

이 시는 66구로 이루어진 장편의 오언시이다. 강재항은 직접 병자호란
을 경험하지 못했지만 경험자들처럼 강개한 심정을 나타냈다. 지난날의
가슴 아픈 역사가 가슴을 휘저어 눈물이 그칠 새가 없다. 그는, 느낄 수
있는 인간이라면 누구나 이러하다고 생각한다. 그러나 추악한 무리들, 즉
화친을 주장하고 권좌에 앉은 자들은 이러한 심정을 지닌 그와 같은 인물
을 이상하다고 나무란다. 강재항이 생각하기에 세상에는 이들 같은 매국
노가 많다. 그러나 그 자신은 周禮를 지키며 팔방의 백성들과 쑥과 갈대
를 베듯 적을 없애기를 바라며 애끓는 호소를 한다.

40구로 이루어진 「三田渡」시에서 강재항은 지난 역사에 대해 끝없이
탄식한다34). 그가 탄식하는 것은 정축년의 치욕스런 항복이다. 또한 오랑
캐에게 나라를 잃었다는 것에 대해서이다.

강재항의 시와 유사한 것을 朴弼周(1665~1748)의 시에서도 찾아볼 수
있다.

| 지난 일 모두 놀랄 만하고 | 往事儘可驚 |
| 보이는 것에 더욱 감개했다. | 觸目尤感慨 |
| 和親을 주장한 것 이미 너무나 수치스러울텐데 | 主和已足羞 |
| 공을 칭송하는 이것은 어째서 만들었는가? | 頌功此何爲 |

---

33) 姜再恒,「三田石」,『立齋遺稿』권2(『叢刊』 V.210), 20면.
34) 姜再恒,「三田渡」,『立齋遺稿』권2(『叢刊』 V.210), 29면. "南漢山城頭一歎息, 三
田渡口再歎息. 歎息歎息何歎息, 歎息崇禎之丁丑, 丁丑年間國事何岌岌"

| 뛰어난 三韓國에 | 卓卓三韓國 |
| 누가 周禮를 지킨다고 하는가? | 孰謂秉周禮 |
| 지금 백년사이에 | 至今百年間 |
| 山河는 남은 수치를 띠고 있다. | 山河帶餘恥 |
| 어찌하면 힘있는 자를 얻어 | 安得有力者 |
| 단번에 부술 수 있을까? | 擧手一搥碎35) |

　박필주가 비난하는 것은 화친을 주장한 사람들이다. 그는 三韓國의 산
하를 침략한 오랑캐를 쳐부수어 周禮를 지키겠다고 하였다.

　강재항과 박필주의 시에 비분한 감정이 나타난다고 하여 이들의 의식을
민족적 자주의식의 발로라고 하기는 어렵다. 오히려 中華論的 세계관의
體現이라고 규정할 수 있을 것이다. 단서는 '周禮'이다. 그렇기는 하지만
이들의 세계관 및 삼전도에 대한 인식은 조선후기 문인의 그것에 대한 정
서를 대변하는 한 전형이라고 할 수 있을 것이다.

　洪世泰(1653~1725)는 직접 병자호란을 체험하지는 않았다. 그러나 아
래의 「三田渡」시에서 그는 호란을 체험한 누구보다 비분한 심정을 읊고
있다.

| 비분강개하며 평생토록 烈士의 노래를 부르며 | 慷慨平生烈士歌, |
| 삼전도 가를 또 지난다. | 三田渡上又經過. |
| 春秋의 大義 책에 공연히 남아있고 | 春秋大義書空在, |
| 예물바쳐 항복하니 수치가 남고 | 皮幣餘羞石不磨. |
| 삼전비도 닳지 않는다. | |
| 비 지나간 모래밭에 쌓인 백골 드러나고 | 白骨崩沙經雨出, |

---

35) 朴弼周, 「三田渡」, 『黎湖集』 권1(『叢刊』 V.196), 16면.

노을빛 구름 지는 해 곁에는 사람도 많다.　黃雲落日傍人多.

관리들은 각자 화융책을 내놓고　　　　　諸公自有和戎策,

괴로운 군왕만이 창을 베고 눕는다.　　　辛苦君王獨枕戈[36].

　首聯에서 홍세태는 삼전도가를 지나며 비분강개한 마음에 평생토록 '烈士歌'를 부르겠다고 한다. '열사가'란 씩씩한 의지를 지니고 벼슬에는 나아가지 않는 열사의 노래이다. 그 이유는 삼전비에 나타나 있듯이, 청나라 오랑캐에게 예물을 바쳐 지속된 조선왕조가 불만스러워서이다. 또 한 가지 이유는 비 지난 모래밭에 드러난 수많은 백골과 달리 君王의 辛苦를 도외시한 채, 주문처럼 되뇌이던 '忠孝'나 '春秋大義'를 외면한 채, 和戎을 주장하여 일신의 안위를 도모하고자 한 관리들 때문이다. 이러한 관리들이 가득찬 조정이 홍세태에게는 무의미하게 느껴졌을 것이다. 이 시는 표면적으로는 삼전도비에서 느낀 비분강개한 심정을 읊고 있지만 그 이면에는 당대 위정자에 대한 신랄한 비판의 의미도 아울러 지니고 있다고 할 수 있다. 이점은 中人이라는 그의 신분적 특성에 기인한 것이라고도 이해할 수 있을 것이다.

　金春澤(1670~1717)은 三田渡를 다음과 같이 바라보았다.

강머리에 삼전비가 없으니　　　　　　　　　　不有江頭一穹石

행인 중 그 누가 병자·정축년의 일을 기억할까?　行人誰記丙丁年

산신령과 물의 신이 부지런히 잘 보호하여　　　山靈水伯勤呵護

만고에 越王 句踐처럼 嘗膽해야할 것이다.　　萬古應如越膽懸

　삼전비는 김춘택에게 병자년과 정유년의 수치와 전란에 관한 기억을 일

---

36) 洪世泰, 「三田渡」, 『柳下集』 권4(『叢刊』 V.167), 379면.

깨운다. 그는 직접적인 감정을 토로하기보다 吳王 夫差에게 패배한 뒤 그
것을 설욕하고자 노력한 越王 句踐의 고사를 인용한다. 김춘택이 이 用事
를 선택한 것에는 많은 의미가 함축되어 있다. 먼저 조선과 청나라가 君臣
의 관계였음에도 김춘택이 吳越처럼 대등한 관계로 인식하고 있다는 점이
다. 군주의 나라인 청나라를 원수로 간주하여 기필코 멸망시키겠다는 의
도로 臥薪과 嘗膽 가운데 嘗膽의 고사를 인용하였다. 이런 의미에서 김춘
택의 삼전도시는 홍세태의 경우보다 더욱 비분강개한 심정을 토로하고 있
다고 할 수 있다. 또한 홍세태가 중인의 입장에서, 삼전비를 신분계급적
차원에서 인식하였다면, 김춘택은 위정자인 양반관료의 입장을 나타냈다
고 할 수 있다.

　김춘택의 「自京還蘆山, 因南江始氷未堅, 取路三田乘舟間, ……」[37]은
서울에서 蘆山으로 돌아가기 위해 남강을 건너려다가 兪汝安의 조카를 만
나 南漢山城의 장경사에 그가 있다는 말을 듣고 따라가서 만난 감회를 읊
은 것이다. 이 시의 제목에서 알 수 있듯이 三田은 나루로서 의미된다.
그러나 시를 살펴보면 단순한 나루로 의미되지는 않음을 알 수 있다. 이
시에서 김춘택은 삼전도 주변의 사육신의 사당과 대청비[三田碑]를 말한
다. 전자는 안개에 덮여 잘 보이지 않고 후자는 밝은 햇살아래 드러나 있
다. 이것은 무엇을 의미할까? 사육신처럼 충절을 지키며 국가를 지킨 이
들은 모두 숨거나 혹은 죽어버리고 수치스럽게 淸나라와의 강화를 주장하
던 이들은 드러나게 칭송받으며 활동함을 비유적으로 표현하고 있는 듯하
다. 首聯과 頷聯에 주의하여 尾聯을 살펴보면 이해된다. 엷은 얼음은 평

---

37) 金春澤, 「自京還蘆山, 因南江始氷未堅, 取路三田乘舟間, 見兪汝安姪彦度・載論, 語
　之山城長慶寺, 隨遇興感逸一」, 『北軒集』 권6(『叢刊』 V.185), 88면. "來往異所見,
　孤懷誰得知. 荒煙六臣廟, 白日大淸碑. 薄氷應可戒, 平地亦多危."

평하다. 그러나 그것을 밟으면 갈라져 목숨마저도 앗아가는 무서운 것이
다. 위의 네 구절과 연계하여 이 시를 살펴보면, 강화를 주장함으로써 지
금 차지하고 있는 권좌가 영화롭고 평안할 수는 있지만 다시 清과의 전쟁
을 치러 조선이 이긴다면 지금 조정의 권좌에 앉아 있는 이들은 결국 민족
의 반역자로 목숨을 잃게 될 것은 자명하다. 그러니 안전한 곳 평평한 곳
처럼 보이는 것도 위험이 많다고 한 것이다.

둘째, 회한에 찬 시선으로 삼전비를 바라본 경우다. 대표자는 吳竣이다.
吳竣은 삼전도비의 篆文을 쓴 인물이다. 그는 「三田渡呼韻」이라는 제목
으로 두 수의 시를 지었다. 그 가운데 두 번째 시가 그의 회한어린 정조를
잘 나타낸다.

> 문서를 담당하는 일을 그만 두지 못하여    未投班筆掃風塵
> 풍진에  휩쓸려
> 　사흘을 삼전에 묵으며 이 몸을 그르쳤다.    三宿三田誤此身
> 　글을 아는 것이 원래 우환의 시작이라하더니   識字從來憂患始
> 　처음에 위부인에게 書法 배운 것이 후회된다.   悔他初學衛夫人

'班筆'은 『後漢書・班超傳』에서 나온 것이다. 반초는 집이 가난하여 오
래동안 관청에서 글씨 써주는 일로 품을 팔아 어버이를 봉양하였다. 그러
나 대장부로서 다른 智略이 없이 문서만 써대는 일에 괴로움을 느껴 일을
그만두고 붓을 내던지며[投筆] 傅介子나 張騫처럼 공을 세워 제후에 봉해
지기를 바랐다. 여기에서 '문서로 인한 번잡한 일'을 뜻하는 고사가 되었
다. 오준은 전란을 맞은 국가를 위해 전장에 뛰어들어 싸우지 못하고 전승
비에 전문을 새기게 된 처지를 자조하였다. '사흘을 삼전에 머물며 이 몸
을 그르쳤더라'는 구절에서 그의 자괴감을 느낄 수 있다. 그는 서법에 능

한 것이 우환의 시작이라고 한다. 이 심정은 결구에까지 이어져 衛夫人 故事를 인용하게 한다. '衛夫人'은 王羲之·王獻之에게 書法을 가르친 東 晉의 여성 서법가로 篆書에 더욱 뛰어났다. 杜甫는 「丹靑引」에서 서법에 서 왕희지를 능가하지 못함을 한스러워 하였다. 오준은 서법을 배운 자체 를 원망한다. 그가 서법에 뛰어나지 않았더라면, 더욱이 篆書에 뛰어나지 않았더라면, 삼전비를 쓰는 치욕스러운 일이 없었을 것이기 때문이다.

위와 달리 조선전기의 삼전도 시에 나타는 것처럼 승경에 대한 흥취와 작가의 개인적인 흥취만으로 시를 짓는 경우도 있다. 대표자는 金壽興과 申靖夏 등38)이다.

金壽興(1626~1690)은 병자호란 당시 斥和派의 주동인물로 심양에 끌려 가서 고초를 겪었던 金尙憲의 아들이다. 그러나 그는 삼전도에 대해 비분 과 강개의 어조를 토로하기보다 오랜 객지생활에 지친 나그네의 입장을 형상화하였다.

外物에 부려짐이 어느 때나 끝나려나         物役何時了
해마다 말에 안장을 얹고 客地를 떠돈다.      年年鞍馬勞
옛 나루를 건너 돌아오는 저녁에              還從古渡夕
고개돌려 높이 솟은 華山을 바라본다.          回望華山高39)

이 시에 삼전도는 역사적 상징물이 아니라 오랜 객지생활을 끝내고 京 畿로 돌아오는 김수흥이 건너는 나루터이다. 그는 '관직'이라는 외물에 부 려져 각처를 떠도는 자신의 처지를 괴로워한다.

---

38) 앞의 주2)에 언급한 작들의 시 대부분이 객관적인 자연 물상으로서의 삼전도를 형
   상하였다. 그러나 정확한 창작연대를 확인할 수 없으므로 논의에서 제외하였다.
39) 金壽興, 「三田渡口號」, 『退憂堂集』 권1(『叢刊』 V.183), 7면.

삼전도시에서 申靖夏(1680~1715)는 그것의 역사적 의미를 배제한 채 하나의 흥취를 자아내는 현실에 존재하는 객관적인 자연계의 물상으로 인식하였다.

| | |
|---|---|
| 떠날 때의 유람의 흥취는 깊은 봄에 속했는데, | 去時遊興屬春深 |
| 돌아가는 길에 도리어 초여름을 맞는다. | 歸路還逢首夏臨 |
| 바람 따스한 모래밭에 갈매기가 낮잠을 자고 | 風暖沙鷗眠白日 |
| 꽃잎 날리는 우거진 나무에 새로 그늘이 지네. | 花飛幽樹作新陰 |
| 배에서 객을 보내고 이어서 낮잠을 자고, | 舟中送客仍淸睡 |
| 말 위에서 산을 보며 다시 홀로 읊조리네. | 馬上看山更獨吟 |
| 두루마리 가득 좋은 시를 얻어 흡족하니, | 恰得好詩携滿軸 |
| 응당 조카와 함께 자세히 살펴보리라. | 應同家姪細看尋[40] |

위의 시에서 신정하는 삼전도에 대한 역사적 인식을 배제한 채 하나의 흥취를 자아내는 현실적인 물상으로 인식하였다. 생경하거나 현실적 가치가 결여된 시어를 배제하고 평이하면서도 소박한 시어를 사용하여 삼전도 주변의 경관을 그려내었다.

삼전도에 대해 비분한 심정이나 회환에 찬 심정을 형상화했던 작가들 가운데 홍세태[41]는 객관적인 자연계의 물상으로 바라본 삼전도를 소재로 작품화 하였다. 이것은 창작 소재의 특정한 시대 사회·역사적 의미가 작품의 형상화에 기능하기도 하지만 창작 순간의 작자의 情緖的 감흥에 따라 그것의 형상화 유형이 달라 질 수 있다는 사실을 의미한다. 자연계의 일반적인 물상으로서 삼전도를 인식한 조선후기의 시인들이나 아래의 김

---

40) 申靖夏,「舟次三田渡」,『恕菴集』권2(『叢刊』V.197), 208면.
41) 洪世泰,「吾三田間醫迷路歸述」,『柳下集』권7(『叢刊』V.182), 141면.

간의 경우처럼 天理가 구현되는 이념적 공간으로 삼전도를 형상화 한 것
역시 구체적인 예가 된다고 할 수 있다.

신정하와 또 다른 의미에서 삼전도를 바라보았던 金幹(1646~1732)의
시를 주목해 볼 만하다.

> 아름다운 삼전포의 鷺州에,　　　　　　　　三浦名區勝鷺洲
> 그림 같은 작은 정자가 강머리에 서있다.　　小亭如畫壓江頭
> 한가로운 가운데 고요히 아무 일이 없어,　　閑中靜寂無機事
> 한가로이 물가로 나가 보았다.　　　　　　　濠上從容見出遊
> 뛰었다 잠기는 것은 모두 본성대로이고,　　一躍一潛皆順性
> 오가는 것을 바라보니 근심을 잊을 만하다.　看來看去足忘憂
> 朱夫子의 작은 연못에 대한 감상을 깨우치니, 河南當日盆池賞
> 천고에 남긴 가르침을 짝할 만하구나.　　　千載遺風可與儔[42]

김간은 朴世采와 宋時烈의 문인이다. 學行으로 천거되어 持平 · 執義
등의 벼슬을 역임하고 노년에 四書箚記를 저술하고 특히 禮學에 대한 조
예로 명성이 높았다. 김간은 삼전도의 사회 · 역사적 의미보다는 삼전도
주변의 뛰어올랐다 잠기는 물고기와 하늘을 나는 새들에 주목한다. 그것
들은 汚辱에 點綴된 역사를 되새기며 분노와 복수를 다짐하는 인간군상과
달리 타고난 본성에 순종하며 삶을 사는 것들이다. 이것은 『詩經』의 이른
바 "鳶飛戾天, 魚躍于淵"의 지극한 경지를 방불케 한다. 또한 작은 연못
역시 소홀히 보아 넘길 수 없다. 그것은 朱熹의 「觀書有感」 가운데 "半畝
方塘一鑑天, 天光雲影共徘徊"와 흡사하다. 김간이 "盆池"를 감상하며 천
고의 유풍을 즐긴다는 것은 바로 이러한 天理에 따른 淸澄한 삶을 즐기며

---

42) 金幹, 「次三田浦李都事觀魚亭韻」, 『厚齋集』 권1(『叢刊』 Ⅴ.155), 28면.

살겠다는 그의 의지의 또다른 표현으로 이해할 수 있다. 이와같은 삼전도에 대한 김간의 시각 역시 조선후기 작가의 삼전도에 대한 또 다른 인식의 단면을 보여 준 것으로 평가할 수 있을 것이다.

## 4. 결론

이상에서 조선후기 三田渡詩의 역사적 의미 및 그것의 시적 형상화 유형을 고찰하였다. 이를 통해 도출한 결론은 다음과 같다.

삼전도가 교통의 요지 및 군사적 요충지·승경지로 인식되던 조선전기의 경우, 한시 작품에 나타나는 형상 역시 이러한 生活空間이라는 의미에 거의 일치되었다. 그러나 일부 시인들의 경우에 삼전도는 조선전기에 통용되던 일반적인 의미로 형상화되기보다는 작자의 個人的 敍情의 空間, 歷史에 대한 回顧의 空間으로 의미되었다.

조선후기의 경우에 삼전도는 더욱 다양한 형상으로 표현된다. 먼저 그것은 병자호란의 패배를 상기하는 소재로 작자의 비분강개한 심정과 함께 형상화 되었다. 둘째로 그것은 지난 날 작자의 삶의 행적에 대한 회한을 형상화하였다. 후회와 회한으로 형상화 되는 삼전도는 조선전기에도 나타났다. 그러나 조선전기 시에 나타난 후회와 회한은 작가 개인의 인생이 주된 요인이었지만 조선후기의 경우는 사회·역사적 환경이 더욱 큰 요인으로 작용하였다. 셋째는 삼전도를 한강 주변의 승경지 및 교통 요지로서 인식하여 형상화 한 경우이다. 이것은 조선전기의 삼전도시와는 큰 차이가 없지만 조선후기 삼전도의 사회·역사적 의미를 고려할 때 상당히 주목할 만한 형상화 유형이다. 삼전도에 대한 이러한 형상화 유형이 조선후

기에도 다수가 존재했다는 것은 특정 소재가 특정 시기에 지니는 사회·
역사적 의미가 다수의 작가의 작품에서 체현되기도 하지만 또 다수의 작
가군에서는 그것의 객관현실적 의미—승경지·교통요지·군사적 요충지
그대로 인식되고 있음을 짐작하게 한다. 특히, 삼전도가 조선후기의 老小
間 政爭의 빌미가 되는 경우가 있었음을 고려한다면 이러한 형상화 유형
과 작가의 문학관과의 상관관계는 조선후기의 한시문학 연구에서 다루어
볼만한 소재라고 생각된다. 넷째는 삼전도를 천지만물의 본성이 구현되는
哲理的 空間으로 형상화 한 경우이다. 이 경우는 본고에서 연구 대상으로
삼은 전체 50여 수의 작품 가운데 1수 정도로 매우 드문 경우이기는 하지
만, 객관적 사물에 대한 작자의 의식 작용이 독특하게 형상화 된 경우라고
볼 수 있다.

　위의 형상화 유형을 통해 알 수 있는 것은 조선전기보다 특히 조선후기
한시의 창작에서, 한시의 소재가 지니는 사회·역사적인 의미가 작자의 창
작에 일정한 영향을 주기는 하지만 그보다 창작의 순간에 작자가 느끼는
感興 또한 한시의 창작과 소재의 형상화에 상당한 영향을 끼친다는 점이
다. 또한 삼전도를 소재로 한 창작에서 조선전기보다 오히려 조선후기의
한시에 창작 순간의 개인적 감흥이 더욱 기능하고 있음을 알 수 있다.

　이러한 한시 창작의 형상화 유형에 대한 보다 심도 있는 연구를 위해서
는 각각의 창작 유형에 속하는 작가군의 창작론과 직접 대비하여 고찰해
야 할 것이나 본고에서는 이를 위한 예비단계로 한시 창작 소재가 가지는
시대·사회적 의미와 창작과의 관련성만을 살펴보았다. 이에 대해서는 앞
으로의 지속적인 연구 작업을 통해 보안하고 확충해 나갈 것이다.

# 제2장
# 朝鮮後期 文集 序跋의 特徵的 局面

## 1. 머리말

序는 산문 문체의 일종으로 '敍', '序錄', '序略', '引'(小序의 의미로서) 등의 異稱이 있다. 서의 유래에 대해서는 문헌의 연대 고증의 어려움과 필자의 불확실함 등의 이유로 통일된 학설이 마련되지 않고 흔히 '詩序由來說'과 '孔子十翼由來說'로 축약한다.[43] 이와 같은 서가 하나의 문체로서 정식으로 출현한 경우는 司馬遷의 『史記』「太史公自序」, 班固의 『漢書』「敍傳」, 揚雄의 『法言』「法言序」 등으로 거론된다. 또한 서는 주로 저작물이나 시문학 작품의 앞부분에 자리하여 저자 소개, 저작 과정 및 저작의도·저작 내용, 저작 체제, 목차 등에 대해 敍述하거나 論議하며 혹은 서정성이 나타나는 경우도 있다. 그리고 두 가지의 특성이 동시에 나타나는 경우도 있다.[44]

跋은 '後序', '後敍', '題後', '題跋', '跋尾' 등으로 불리는데, '발'의 명칭이

---

43) ① 詩序由來說 : 王應麟 『辭學指南』, 吳訥 『文章辨體』, 徐師曾 『文體明辯』
　　② 孔子十翼由來說 : 姚鼐 『古文辭類纂』.
44) 王洪 외 共編, 『古代散文百科大辭典』, 학원출판사, 1990, 839면.

처음으로 확인되는 것은 歐陽修의『集古錄』「跋尾」이다. 발은 주로 저작물이나 시문학 작품의 뒤에 위치하며 특성은 서와 거의 차이가 없다.

문학적 측면에서, 위와 같은 특성들은 서발의 고유한 형식미로 이해되기도 하고 훌륭한 문학적 특성으로 이해되기도 한다. 그렇다면 이와 같은 다양하고 복합적인 특성을 내포하는 서발이 한국한문학 속에서는 어떤 특징적인 면모를 보이는지 궁금하지 않을 수 없다. 비록 소박하기는 하지만 이와 같은 의문을 탐색하고 검증하는 과정은, 중국문학과 구별되는 한국한문학에서의 서발의 존재 양상을 규명하는 일이 될 것이며 동시에 한국적인 서발의 특징을 파악하는 유의미한 작업이 될 것이다.

위에서 제기한 의문은 단순한 듯하다. 그렇지만 그것을 해결하기 위해서는 지극히 고되고 오랜 작업과 시간이 요구된다. 즉 의문을 해결하기 위해, 현전하는 문집의 서발 작품을 독서하여 분석하고 그것을 통한 계통적 혹은 일반론적 결론을 도출해야 하기 때문이다. 사실 이와 같은 작업은 개인 연구자가 단시간에 수행하기에는 불가능하다. 이 때문에 본고에서는 연구 진행의 편의를 위해 다음의 몇 가지 기본 방침을 설정하였다. 첫째, 연구 범위는 한국문집총간(이하『총간』) 소재의 문집 가운데 최치원에서부터 정약용까지로 한정한다. 둘째, 다양한 문집에서 저작 혹은 서적의 '서', '발' 만을 연구 범주로 설정하며, 그 외의 '후서', '서록' '제사', '발미' 등은 제외한다. 셋째, 문집 전체의 서발이 있는 경우와 없는 경우로 대별하여 양자간의 특징을 추론한다. 이상의 기준으로 연구를 진행한 결과 아래의 몇 가지 특징을 확인할 수 있었다.

## 2. 序·跋의 전개 양상의 특징

### 1) 序跋이 없는 경우

서발은 저작의 처음과 끝을 장식하며, 작자의 事迹·品德·학적 성취, 저작의 과정·주요 내용·특징, 그리고 가치 평가의 기능을 담당한다. 그러므로 저작에서 서발이 차지하는 위상은 결코 작지 않다. 이와 같은 서발의 중요성에도 불구하고『총간』소재의 문집 가운데 문집 전체를 아우르는 서발이 없는 경우가 보였다. 그리고 이러한 양상이 주로 특정한 시기의 정치적 영향과 밀접한 관계가 있음을 확인할 수 있었다. 특정한 시기란 흔히 '黨爭의 時期'로 불리는 1600년대~1800년대 사이이며, 대상이 되는 인물 역시 직접 혹은 간접으로 정치적 사건에 연루되는 경우가 있었다.

| | | |
|---|---|---|
| 德溪集 | 吳 健(1521, 중종 16~1574, 선조 7) | 간행 1829년 |
| 沙溪遺稿 | 金長生(1548, 명종 3~1631, 인조 9) | 간행 1688년 |
| 愚伏集 | 鄭經世(1563, 명종 18~1633, 인조 11) | 간행 1657년 |
| 石樓遺稿 | 李慶全(1567, 명종 22~1644, 인조 22) | 간행 1659년 |
| 鶴湖集 | 金奉祖(1572, 선조 5~1630, 인조 8) | 간행 1813년 |
| 愼獨齋遺稿 | 金 集(1574, 선조 7~1656, 효종 7) | 간행 1710년 |
| 澗松集 | 趙任道(1585, 선조 18~1664, 현종 5) | 간행 1744년 |
| ⓐ 龍洲遺稿 | 趙 絅(1586, 선조 19~1669, 현종 10) | 간행 1703년 |
| ⓐ 孤山遺稿 | 尹善道(1587, 선조 20~1671, 현종 12) | 간행 1678년 |
| ⓐ 記言 | 許 穆(1595, 선조 28~1682, 숙종 8) | 간행 1692년 |
| ⓐ 魯西遺稿 | 尹宣擧(1610, 광해군 2~1669, 현종 10) | 간행 1712년 |
| 久堂集 | 朴長遠(1612, 광해군 4~1671, 현종 12) | 간행 1730년 |
| 歸溪遺稿 | 金佐明(1616, 광해군 8~1671, 현종 12) | 간행 1672년 |

| ⓑ 藥泉集 | 南九萬(1629, 인조 7~1711, 숙종 37) | 간행 1723년 |
| ⓓ 南溪集 | 朴世采(1631, 인조 9~1695, 숙종 21) | 간행 1732년 |
| 西河集 | 李敏敍(1633, 인조 11~1688, 숙종 14) | 간행 1701년 |
| 水村集 | 任埅(1640, 인조 18~1724, 경종 4) | 간행 1760년 |
| 睡谷集 | 李畲(1645, 인조 23~1718, 숙종 44) | 간행 1739년 |
| 三淵集 | 金昌翕(1653, 효종 4~1722, 경종 2) | 간행 1732년 |
| ⓑ′ 遯窩遺稿 | 任守幹(1665, 현종 6~1721, 경종 1) | 간행 1760년 |
| ⓑ 昆侖集 | 崔昌大(1669, 현종 10~1720, 숙종 46) | 간행 1725년 |
| ⓒ 巍巖遺稿 | 李柬(1677, 숙종 3~1727, 영조 3) | 간행 1760년 |
| ⓓ 陶菴集 | 李縡(1680, 숙종 6~1746, 영조 22) | 간행 1803년 |
| ⓑ 老村集 | 林象德(1683, 숙종 9~1719, 숙종 45) | 간행 1735년 |
| 鳳巖集 | 蔡之洪(1683, 숙종 9~1741, 영조 17) | 간행 1783년 |
| ⓒ 屛溪集 | 尹鳳九(1683, 숙종 9~1767, 영조 43) | 간행 1802년 |
| ⓑ 夢囈集 | 南克寬(1689, 숙종 15~1714, 숙종 40) | 간행 1723년 |
| 月谷集 | 吳瑗(1700, 숙종 26~1740, 영조 16) | 간행 1752년 |
| 渼湖集 | 金元行(1702, 숙종 28~1772, 영조 48) | 간행 1799년 |
| 百弗菴集 | 崔興遠(1705, 숙종 31~1786, 정조 10) | 간행 1816년 |
| 江漢集 | 黃景源(1709, 숙종 35~1787, 정조 11) | 간행 1790년 |
| 大山集 | 李象靖(1711, 숙종 37~1781, 정조 5) | 간행 1802년 |
| 艮翁集 | 李獻慶(1719, 숙종 45~1791, 정조 15) | 간행 1795년 |
| 三山齋集 | 金履安(1722, 경종 2~1791, 정조 15) | 간행 1854년 |
| 近齋集 | 朴胤源(1734, 영조 10~1799, 정조 23) | 간행 1817년 |
| 立齋集 | 鄭宗魯(1738, 영조 14~1816, 순조 16) | 간행 1835년 |

『총간』에 수록된 문집 가운데 서발이 없는 경우는 약 80여 건이다. 이 가운데, 당쟁이 가열되기 시작하는 1600년대 중반 이후~1800년대에 간행

된 경우는 42건, 간행 연도 미상의 경우는 35건, 1900년대 이후 간행된 경우는 5건이다. 제시한 바와 같이 서발이 없는 인물의 생몰 연도의 대부분은 정쟁이 격렬하던 환국기와 이면적 정쟁이 치열하던 탕평기에 주로 집중된 것으로 보인다. 또 이들 가운데 다수가 정쟁의 중심에서 당시 정국의 주도세력이나 운영 방향에 대립 혹은 비판적 입장에 섰다.

먼저, ⓐ 유형의 경우이다. 여기에 속하는 인물은 대체로 송시열에 대한 극렬한 비판을 전개하였다. 한 예로, 尹善道는 현종 1년(1660)에 慈懿大妃의 服制 논의에서 三年說을 주장하였다. 그는 복제와 관련한 許穆의 상소를 '국가의 기쁨, 禮의 정대한 원리, 나라를 다스리는 빈틈없는 계책, 天理의 節文에 밝고 신하로서의 진실한 충성심이 우러난 것'으로 극찬하였다. 반면에 宋時烈에 대해서는 '宗統을 부인한 인물, 잘못을 변명하는 인물, 禮經을 알지 못하는 인물'로 폄하하며 낱낱이 논박하였다.[45] 이와 같은 상소에 대해 金壽恒 등은 윤선도가 음흉하여 남을 잘 속이고 허풍치는 인물이라고 비난하며 그의 상소를 불태우기를 주장했을 뿐만 아니라 논죄하여 유배를 당하게 하였다.[46] 이러한 영향 탓인지 실록의 졸기에는 "윤선도가 죽었다[尹善道死]." 네 글자만 기록하고 일체의 부기를 생략하였다.[47] 윤선도가 누린 지위와 평판에 걸맞지 않은 졸기라 할 수 있다. 趙絅은 淸文과 苦節로 추앙을 받았지만 윤선도를 변호하는 疏를 올린 탓에 삼사의 탄핵을 받아 파직되었다.[48] 또한 이 일로 時議에 거슬려 '사특하다'는 비판을 받았으며 현종의 묘정에 배향되었다가[49] 숙종 조에 다시

---

45) 『顯宗實錄 1년 4월 壬寅條』(『朝鮮王朝實錄』 V.36), 246면.
46) 『顯宗實錄 1년 4월 戊申條』(『朝鮮王朝實錄』 V.36), 252면.
47) 『顯宗改修實錄 12년 7월 己酉條』(『朝鮮王朝實錄』 V.38), 70면.
48) 『顯宗實錄 2년 4월 庚子條』(『朝鮮王朝實錄』 V.36), 296면.
49) 『顯宗實錄 10년 2월 戊辰條』(『朝鮮王朝實錄』 V.36), 612면.

출향되는 수모를 겪었다.[50] 許穆은 淸南의 영수로 송시열에 대한 가혹한 처벌을 주장하여 온건론을 주장하던 許積 등의 濁南 일파와 대립하였다.[51] 이 때문에 실록의 졸기에서 그가 '중요한 일을 핑계 삼아 남을 얽어 해치는 죄의 구덩이에 스스로 들어감을 몰랐다', '晩年인 갑인년(1674, 숙종 즉위년) 이후에 여러 사람을 따라서 조정에 들어간 지 반 년 만에 재상이 되었는데, 자기의 역량을 생각지 못하고 職任을 받아서 늙어 쇠약하여 일이 전도되거나 잘못되어 부딪치는 곳에서 웃음거리를 남겼다.'[52]는 등의 질타를 당하였다.

이들의 문집은 1678년(윤선도, 『孤山遺稿』), 1692년(허목, 『記言』), 1703년(조경, 『龍洲遺稿』)에 간행되었다. 1680년에 일어난 庚申換局으로 西人이 주도하는 정국이 진행되면서 송시열이 유배에서 석방되고 허적, 윤휴 등의 남인의 영수들은 사사되었다. 이와 같은 정국 상황을 고려한다면 이즈음 간행된 이들의 문집에서 서발이 생략된 정황은 충분히 짐작된다.

둘째, ⓑ 유형의 경우이다. 주로 西人 老論系가 주도하는 정국 운영에 비판적인 인물의 경우이다. 南九萬은 영의정으로 재직할 때 張禧嬪의 부친묘의 무고옥사를 조사하다가 자작극임이 밝혀지자, 장씨와 張希載 등에게 중형을 주장하는 金春澤·鄭澔·李賢錫 등의 노론에 맞서 동궁을 보

---

50) "경자년(1660)에 윤선도가 상소하여 예론을 무함했다가 죄를 얻어 쫓겨났을 때, 조경이 상소를 올려 구원하면서 심지어는 효묘를 위하여 윤선도의 견해에 동의하겠다는 말까지 하였다. 이 때문에 온 세상이 비로소 그의 간악한 실상을 믿게 되었다. 갑인년(1674) 이후에 간흉들이 정권을 도둑질하고는, 조경이 예론에 공이 있다고 하며 묘정에 배향했다. 여론이 못마땅하게 여겼지만 감히 말하지 못한 것이 여러 해였다. 경신년(1680) 정권이 바뀐 이후 공의가 다시 펴져 묘정에서 내쫓겼다.(『顯宗改修實錄 10년 2월 己巳條』, 『朝鮮王朝實錄』 V.37), 651면.)

51) 『肅宗實錄 9년 6월 丙寅條』(『朝鮮王朝實錄』 V.38), 654면.

52) 『肅宗實錄 8년 4월 甲辰條』(『朝鮮王朝實錄』 V.38), 599면.

호하기 위해 경형을 주장하다가 노론측으로부터 '護逆', '小人'으로 비난을
받았다.53) 崔昌大는 부친 崔錫鼎이 쓴 尹拯 제문의 송시열의 春秋大義를
폄하하여 배척한 부분에 대한 黃尙老의 변파에 대해 무고함을 주장하였
다.54) 또한 주자학적 세계관을 비판하고 현실중심의 가치를 내세운 朴世
堂의 『思辨錄』의 가치를 옹호하는 장문의 소를 올리고자 하다가 부친의
만류로 그만둔 일이 있다.55) 林象德 역시 스승인 윤증을 변무하는 소를
지었고, 南克寬은 짧은 생애에도 불구하고 문집에서 당대 노론의 핵심이
던 김창협 등에 대한 비판과 폄하를 摘示하였다. 이같은 행적은 노론 주
도의 정권 동향에 대해 비판적이었다는 점에서 공통적이다. 또 한 가지
주목할 것은 이들 남구만, 최창대, 남극관 등의 소론계 인물의 문집이 거
의 동시에 간행되었다는 점이다. 『藥泉集』(1723년)·『昆侖集』(1725년
경)·『夢囈集』(1723년) 등의 板式이나 크기, 체제가 같고 활자 역시 印書
體活字이며 간행 시기 역시 대략 1723~1725년경으로 확인된다. 이 당시
는 소론 주도의 정국이 막바지에 이르고, 경종의 죽음(1724)으로 영조가
즉위하며 노론이 우세를 점하는 시기였다. 이즈음 간행된 문집에서 정국
의 향방에 위배되는 이들의 행적을 찬양하기란 쉽지는 않았을 것으로 추
정된다.

이들과 조금 다른 입장에서 노론 주도의 정국 운영에 비판적이던 任守
幹이 있다. 임수간은 小北의 명문 출신으로 남인과 정치적 행보를 같이
하면서도, 주자설의 허구성을 비판한 박세당을 비호하여 『사변록』을 辨

---

53) 『肅宗實錄 21년 10월 戊申條』(『朝鮮王朝實錄』 V.39), 399면
54) 『肅宗實錄 補闕正誤 40년 8월 壬午條』(『朝鮮王朝實錄』 V.40), 547면
55) 崔昌大, 「論思辨錄疏 癸未 ○ 不果上」, 『昆崙集』 권8,(『韓國文集叢刊』 V.183),
    135~144면.

破하는 것에 반대하는 입장이었다.[56) 이 때문에 金相稷으로부터 배척을
받았다.[57) 또한 그는 晝講의 과목 중에 朱子의『節酌通編』이 친구 사이
에 한만하게 수작한 것을 기록하여 제왕이 治平하는 방법을 설명하기에는
적절하지 못하다는 이유로 序・記・祭文・墓誌 등의 문자를 진강하지 않
도록 주청하였다. 이에 대해 侍講官이던 李觀命은 '위대한 현자의 한 가지
언사와 한 가지 행동은 모두 본받을 만한 것이다. 친구 사이에 수작하여
문답한 것도 병세에 따라 약을 쓰는 것과 같은 점이 있기 때문에 모두 성
찰하기에 적절하여 버릴 수 없다'고 주장하였다. 이에 대해 최석정 역시
節刪하자는 임수간의 의견에 찬동하였다.[58) 이러한 임수간의 문집이 간
행된 것은 영조의 등극 이후 소론 주도의 정국이 위축되던 1725년이었다.
더욱이 이 해 3월에는 辛壬獄事가 무옥으로 판정되어, 노론 4대신과 被禍
者들의 신원이 이루어지고 소론 4대신이 축출되는 乙巳處分이 단행되는
등 정국의 대대적인 지각 변동이 일어나 노론이 득세하였다. 이 시기에
간행된 임수간의 문집에 서발이 생략된 것은 어쩌면 당연한 일이었을 듯
하다.

　셋째, ⓒ 유형의 경우이다. 노론계이면서도 노론계와 불화한 경우의 인
물들이다. 李柬은 權尙夏 문하의 江門八學士의 일원으로 일찍부터 명성
이 있었으며 韓元震과 벌인 人物性 논쟁이나 未發心體本善 등의 논쟁은
湖洛論爭으로까지 발전하며 당시 학계의 주목을 받았다. 그러나 스승인
권상하와 湖西의 학자들이 한원진의 견해를 따르면서, 洛論을 대표하던

---

56)『肅宗實錄 29년 4월 丁未條』(『朝鮮王朝實錄』 V.40), 45면.
57)『肅宗實錄 29년 12월 乙亥條』(『朝鮮王朝實錄』 V.40), 60면.
58) ①『肅宗實錄 34년 3월 甲戌條』(『朝鮮王朝實錄』 V.40), 292면. ②『肅宗實錄 34
　　년 3월 戊寅條』(『朝鮮王朝實錄』 V.40), 292면.

이간은 오히려 소외를 받게 되었다. 이 때문인지, 이간의 행적에 대해서는 후대에 洪直弼이 지은 神道碑銘만 있고 그마저도 문집이나 저술에 대한 언급이 없다. 팔학사의 일원이던 尹鳳九가 1761년 權震應에게 보낸 편지에 "巍巖의 遺稿를 慶山에서 보내왔는데 교정을 상세히 할 수 없었습니다. 그 중 「與宋務觀書」나 「師說」 등의 글은 너무 놀라우니 후인에게 보여줄 수 없습니다. …… 그 내용을 삭제하기 전에는 받아둘 수 없습니다. …… 여덟 책을 단단히 봉해서 慶山으로 돌려보내는 것이 좋겠습니다."[59] 라고 하여 간행된 『巍巖集』에 대해 상당한 불만을 표시하였으며, 이간의 아들 李頤炳에게도 편지를 보내 문집의 일부를 나중에라도 추개할 것을 요구하였다. 윤봉구가 지적한 문제는 『외암집』 卷10의 「與宋務觀 壬寅」에서 이간이 자신의 주장을 강화하기 위해 스승인 권상하의 실수를 드러내는 불경한 내용이 있다는 이유 때문이었다. 이간을 비판한 윤봉구도 道統을 '李珥 → 宋時烈 → 權尚夏'로 잇기를 주장하는 바람에 金長生의 자손들과 분쟁이 생긴 탓인지 묘도문자조차 하나 없고 단지 실록의 기록만이 있는 정도이다. 또한 윤봉구의 문집 간행을 주도한 문인 洪永變이 정조 즉위 초에 역적으로 처단된 洪相寬의 아들이었다는 점 또한 서발이 없는 이유에 대한 설명이 될 수 있을 것이다.

넷째, ⓓ 유형의 경우이다. 이 경우는 朴世采와 李縡가 해당된다. 이들의 경우는 문집이 편찬되는 과정에서 벌어진 제자들 간의 극심한 대립으로 서발이 게재되지 못한 것으로 이해된다. 소론에서 노론으로 정치적 행보를 달리 한 박세채의 사후에 그의 후손과 문인이 老論과 少論으로 갈리

---

59) 尹鳳九, 「答權亨叔」, 『屛溪集』 卷14(『叢刊』 V.203), 302면. "巍巖稿慶山送來, 而以校事不得詳覽, 其中與宋務觀書師說等文字, 大可驚駭, 不可留示後人, …… 且其不刪之前, 不宜受置之, …… 幷其八冊堅封, 送傳於慶山爲宜."

면서 서로 입장을 달리하는 갈등이 문집의 간행에 드러났다. 즉 송시열과
尹拯 간의 懷尼是非와 관련하여, 특히 書簡에서 노론계의 후손과 문인들
은 박세채가 윤증을 두둔하고 송시열에게 윤증을 이해시키려 하였던 것은
기사년(1689) 이전의 문제이고 이해 송시열 사망 이후 만년에는 송시열을
위해 素帶三月의 服制를 행하는 등 大定之論을 세웠으므로 저자 만년의
대정지론을 받들어 그 이전의 懷尼文字를 裁量하여 刪削해 버려야 한다
고 하였다. 반면 少論系 후손과 문인들은 오히려 소론의 영수였던 윤증과
관련된 모든 시문을 다 살려 산삭하지 말고 실어야 한다는 입장이었다.[60]
이재의 경우는, 문집 간행을 주도하던 朴聖源과 洪啓禧의 갈등 외에, 任聖
周, 宋明欽, 金元行 등도 문집 편찬에 문제를 제기하였고, 지연되던 문집
간행 역시 박성원의 죽음으로 구심점을 잃으면서 제대로 이루어지지 못한
이유 때문인 듯하다.[61]

## 2) 序跋이 있는 경우

『총간』에 소재하는 서는 8,900여 편, 발은 2,500여 편 총 10,000여 편을
넘는다. 산술적으로도 개인 연구자가 단기간에 독서하여 분석해 내기에는
절대 불가능한 분량이다. 이와 같은 연구 방법상의 난제를 해결하기 위한
궁여지책으로 문집의 해제, 한문학사, 관련 서적 등을 읽으며 서발문체의
특징적인 양상을 이해 하고자 하였다.

우선 한국 서발의 특성을 파악하기에 앞서 가졌던 의문은 '서발에 기재
된 내용은 모두 신뢰할 수 있는가' 하는 것이었다. 이와 같은 의문을 품게

---

60) 申暻, 「上厚齋先生 辛丑 七月」, 『直菴集』(『叢刊』 V.216), 170면.
61) 金元行, 「渼湖先生言行錄」, 『渼湖全集』.

한 것은 신몽삼의 『一庵集』의 간행 일화이다.

> 내가 젊은 시절부터 창설재 권두경 형제분에게 선생의 풍모를 들으
> 니, 대개 그분들에게 예물을 가지고 와서 더 배우기를 부탁하려는 생
> 각이 있었지만 가난하고 병이 깊어 끝내 뜻을 이루지 못했다고 하였
> 다. 이제 선생의 증손 辛德鍾이 유고를 가져와 나에게 正刊해 줄 것
> 을 부탁하였다. 내 나이가 이미 팔십이 넘어 매우 노쇠하고 또 깊은
> 병으로 거의 죽게 되었으므로 그의 바람에 부응할 수 없었다. 그러나
> 신덕종이 멀리서 와서 맡기고 부탁하며 우리 집에서 함께 지내며 성
> 의를 다해 나를 구호하여 7개월이 지났는데도 후회하는 기색이 없었
> 다. 비록 쇠나 돌이라 할지라도 또한 감동했을 것이기에 문득 혼모함
> 을 생각지 않고 짬을 내어 살펴보고 아울러 붕우 중에 안목이 있는
> 자에게 질정하여 대략 교정을 더하여 약간 권을 만들었다.[62]

위는 신몽삼의 증손인 신덕종이 李光廷에게 문집의 서발을 부탁하는 내
용이다. 생면부지의 일면식이 없을지라도 문형에게 서발을 부탁하여 선조
의 문집에 첨기하는 것은 당시의 하나의 풍조였다. 張維의「南窓雜稿序」
에서도 이러한 문제가 지적된다. 본래 우리나라의 풍속이 문인들의 작품
들을 인쇄하여 세상에 전하는 일이 드물다가 장유의 시대에 들어 문학을
숭상하고 글을 쓴다 하는 이들의 遺集을 간행하는 일이 앞 다투어 일어나
고 있지만 반드시 유집이 나와야 할 그런 인물들의 것만이 간행된 것은

---

62) 辛夢參,「行狀 - 李光廷」,『一庵集』附錄(『叢刊』V.158), 330면. "光庭自少時聞
先生之風於蒼雪翁兄弟, 蓋亦有執贄請益之意, 而貧病汨撓, 竟莫之逯, 酒者先生之曾
孫德鍾奉遺稿, 求刊正之役於光庭, 光庭犬馬齒已躔八耋, 耄甚, 又毒疾幾死, 無以副
其須, 而德鍾遠來委托, 同處於枕席臭穢之中, 竭意救護, 閱七朔而無悔色, 雖金石亦
動, 輒不量昏謬, 俟間披閱, 兼質朋友之有眼目者, 粗加讎竄, 爲若干卷."

아니라고 하였다. 대체로 집안이 일어나 후손이 현달하거나 하면 보잘 것
없는 경우라 할지라도 간행되었으며 자손이 궁곤한 경우는 웅대한 포부의
아름다운 재주를 지닌 인물의 것이라 할지라도 간행되지 못하는 일이 많
다고 하였다.[63] 이러한 경우에는 저자의 학문적 성취, 품덕 등에 대해 사
실 그대로의 서술보다는 대체로 수식과 관용적인 미사여구가 첨부되는 경
우가 많았을 것이다. 신덕종의 경우, 그는 칠 개월 남짓을 이상정의 집에
머물며 선조의 문집에 서발을 써 주기를 간청한다. 그 결과, 당대의 문형
이던 이광정의 허락을 받아 서발을 얻게 된다.

　문형의 허락을 얻어 서발을 얻게 된 경우라 하더라도 모든 것을 문형이
직접 쓰는 것은 아니었다. 병이나 노쇠함, 죽음 등의 이유로 대작이 일어
나는 경우가 있었다. 이광정도 문집의 간행 도중에 사망하였다. 이 때문에
스승의 유업을 받들게 된 이상정과 이원조 등은 그러한 전말을 서문과 발
문의 행간에 노출하였다.

　　李象靖,「一庵先生文集序」
　　鷲城一庵辛公先生, 生於遐鄉學絶之後, 未有淵源授受之傳, 而乃
　獨慨然發憤, 得於殘編敗册之中, 有以知問學必本於彝倫, 工夫全在
　於日用, 而病夫世之學者徑慕懸揣, 馳騖於空虛玄眇之域, 而卒不可
　以入聖人之道, 是以發於言論, 見諸行事之間者, 階級平實, 踐履篤
　厚, 黽勉於規矩繩約之中, 體驗於言動食息之際, 蓋無一日不學, 亦
　無一事非學者而俛焉, 以終其身而靡懈焉, 使其及於孟氏之門, 其殆

63) 張維,「南窓雜稿序」,『谿谷先生集』卷7(『叢刊』V.92), 121면. "我東俗椎鮮好事,
文人述作, 罕有鋟行於世者, 近歲稍稍右文, 操觚家競出遺集, 可謂盛矣, 然徐而察之,
未必皆其人也, 蓋其家世隆顯, 胤胄趾美, 則雖折楊皇荂, 亦可以混響韶濩, 咄嗟之頃,
能令木災而紙貴, 卽窮塗冷族, 雖懷雲夢之富, 薀隨和之珍, 沒世之後, 旋就湮滅, 是
以孝標興秋草之感, 子駿有醫咶之譏, 雖關世情, 理亦宜爾,

善信之列, 而朱先生所謂得於古之灑掃應對進退者, 不獨在湖學爲然
也, 至其深造自得之妙, 有非後生所敢輕議, 然所與文敬庵書論性命
之理, 殆數千言, 而明白剴切, 率不戾於先儒之舊視, 夫世之强探臆
揣, 寄命于耳目而了然無得於己也者, 又奚足以議公之閫奧哉, 公素
不以著述自居, 今得於收拾爛脫之餘者, 率多遇興肆筆之作, 與人答
問之辭, 然其色黝而長, 其味淡而永, 質而不失於俚, 簡而不拚於陋,
蓋慤乎有德之言也, 公隱居自樂, 不求人知, 而英華彪蔚, 孚尤旁達,
則遠近大夫士翕然慕悅, 相與論薦於朝, 蓋嘗三授以官, 而東岡之志,
確乎不變, 然愛君憂國, 傷時悼學之意, 往往發於哦詠酬酢之際, 於
是又知公之不果於忘世也.

 其曾孫德鍾氏, 嘗以公遺集求訂於徵士訥翁李公, 且托以弁卷首者,
而不幸徵士公下世, 遂以屬於象靖, 則顧眇然後生, 未及供灑掃於當
日, 又何足以相玆役哉, 惟是慈孫見責之意甚勤, 有不可以終孤者, 敢
推本其平日所以爲學者, 而竊附所感於心者, 以寓夫高山景行之思云,
韓山李象靖謹序.[64]


李源祚,「跋」

 右一庵先生辛公遺集, 大山李先生已序之, 歎其學先近小而後遠大,
**平實篤厚, 殆孟門善信之列**, 又擧所與文敬庵書, **論性命數千言, 視世
之强探力揣者, 奚足以議其閫奧**, 蓋誠心歎仰而致鄭重焉, 余嘗繹其
遺文, 而竊有感於以一名庵之旨曰, 理之一本, 道之一貫, 總會于人之
一心, 心之主一, 卽敬也, 貫動靜該體用, 由下學而達天德, 一非學問
之頭腦乎, 辛先生之以是自號, 卽一生從事之實, 而湖爺之敍, 已包得
這意思於不言之中, 小子何贅焉, 遺集凡四局, 因本孫零替, 巾衍之
莊, 殆百十年, 尚未付剞劂氏, 余適參道山洞主, 諸辛氏視以膽本, 請

64) 辛夢參,「一庵先生文集序」,『一庵集』(『叢刊』V.158), 203면.

余丁乙, 觀於附錄行狀, 已經訥翁校勘, 眇玆後生, 何敢遽然下手而
傳寫註漏, 頗失其本面目, 顧念事契不可終辭, 略加櫽括, 以復其舊,
兼書其所感於心者, 以俟後之具眼, 星山李源祚謹撰[65]

위의 서발의 내용 어디에도 신몽삼에 대한 비판적인 논조는 발견되지
않고 거의 미사여구로 점철되고 있다. 그렇다고 해서 李象靖이나 李源祚
가 신몽삼과 특별한 교의가 있었던 것은 아니다. 서발문의 끝부분에 보이
듯, 이상정이 서문을 쓴 것은 신덕종에게 문집을 교정해 주기로 약속한
이상정이 죽는 바람에 스승의 유업을 마무리 하는 차원에서 이루어 진 것
이었다. 이원조의 경우도 마찬가지다. 이원조가 道山의 모임에 참석했을
때 여러 신씨들이 『일암집』의 교정을 부탁하였다. 이들의 부탁에 이원조
는 별다른 대응을 보이지 않다가 발문을 써 주는데 동의한다. 그 계기는
이광정에 의해 문집의 교감이 이루어졌다는 사실과 부록에 수록된 이광정
의 行狀 때문이었다.

이를 통해, 개인 문집의 서발에는 문집 저자와 서발 저자 상호간의 교류
와 우의에 의한 경우뿐 아니라 의례적이고 도의적인 차원에서 이루어진
것이 상당수 존재할 수 있음을 확인할 수 있었다.

둘째, 문집 서발이 내포하는 부분적인 의례성, 상투성을 인정한다면, 한
국한문학의 전개 과정에서 논의할 수 있는 서발의 또 다른 양식적 특성은
무엇인가? 그것은 의론성이다.

고려 중엽 이후, 한문학의 발전과 함께 서발문 역시 높은 학술적 · 문학
적 특성을 겸비한 작품들이 지어졌다. 이러한 특성을 대표하는 예 가운데
하나가 崔滋의 「補閑集序」이다. 그는 최초로 文과 道를 연관지어 '文者,

---

65) 辛夢參, 「跋-李源祚」, 『一庵集』(『叢刊』 V.158), 333면.

蹈道之文'이라고 정의하였다.

> 글은 道를 실천하는 문이기에 법도에 맞지 않는 말을 사용하지 않
> 는다. 그렇지만 기운을 돋우어 말을 멋대로 하여 듣는 사람을 감동시
> 키고자 하거나 간혹 험하고 괴이한 말을 사용하기도 한다. 하물며 시
> 짓기는 比興과 諷諭를 근본한다. 그런 까닭에 반드시 奇詭에 우탁한
> 뒤에야 그 기운이 웅장하고 그 뜻이 깊으며 그 말이 드러나 사람의
> 마음을 감동케 하고 미묘한 뜻을 발양시켜 올바른 데로 돌아가게 한
> 다. 예컨대 남의 것을 훔치든가 모방하여 지나치게 떠벌리는 짓을 선
> 비는 하지 않는다. 비록 시인들에게 琢鍊四格이 있다지만 취하는 것
> 은 琢句와 鍊意일 뿐이다. 지금의 후진들은 聲律과 章句만 숭상하여
> 글자를 다듬을 때는 반드시 새롭게 하고자 하기 때문에 그 말이 생소
> 해지고, 대구를 다듬는 데는 반드시 유사한 말로써 하려고 하기 때문
> 에 그 뜻이 졸렬해져서, 웅걸하고 노성한 기풍이 이로 말미암아 상실
> 된다.[66]

이것은 매우 중요한 견해이다. 性理學이 무르익지 않은 시기에 기본적
으로 성리학적 道文論과 이해를 같이하며 이후 수 백년의 문학 논리를 관
통하는 載道論的 文學觀의 탄생을 예고하여서이다. 이와 같은 재도론적
견해는 조선의 건국으로 채택된 신유학이 학문적 이론적 정점에 도달한
16세기에 이르러 지배적인 문학사상으로 자리한다. 그리하여 사림파의 주

---

66) 崔滋,「補閑集序」,『補閑集』(『高麗名賢集』V.2), 105면, 성균관대 대동문화연구
　　원, 1973. "文者, 蹈道之門, 不涉不經之語, 然欲鼓氣肆言, 竦動時聽, 或涉於險怪,
　　況詩之作, 本乎比興諷諭, 故必寅託奇詭, 然後其氣壯其意深其辭懸, 足以感悟人心,
　　發揚微旨, 終歸於正, 若剽竊刻畫, 誇耀青紅, 儒者固不爲也. 雖詩家有琢鍊四格, 所
　　取者, 琢句鍊意而已. 今之後進, 尙聲律章句, 琢字必欲新, 故其語生, 鍊對必以類, 故
　　其意拙, 雄傑老成之風, 由是喪矣."

동이던 李珥에 이르러 '道之顯者謂之文'이라고 정의되며 道本文末의 입장을 더욱 확고히 하고 문장을 '聖賢之文'과 '俗儒之文'으로 대별하여 공고한 載道論의 아성을 구축하게 되었다. 이이가 "사람의 소리 중에 정수가 말이 되고, 시는 말 중에서도 정수인데, 시란 性情에 근본 한 것이므로 꾸미고 가꾸어 되는 것이 아니라 소리의 높낮이가 자연스러운데서 나오는 것이다"[67].고 한 것 역시 문학 창작에서 인간 본성의 역할을 강조하는 성리학적인 주요 언급으로 이해된다. 이 외에 宋時烈의 「圃隱先生集重刊序」는 도통을 밝힌다는 의도를 가지고 장중한 문체로 천지의 理는 점차로 이루어지지 않는 것이 없다는 『周易』의 원리를 제시하며 고려 말의 정몽주가 도학의 연원을 열었다는 사실을 거론하였다. 여기에서 그는 정몽주에 대한 종래의 통설-"盡忠所事, 畢命改社, 其扶倫立彛之功"-이 가지는 관점의 한계를 반박하며 "遠承殷師之道, 近守晦翁之法, 以啓我朝文明之盛"이라는 자신의 입론을 체계적으로 제시하였다.[68]

셋째, 이와 같은 의론성과 함께 서발이 가지는 또 다른 특징은 서정성의 겸비이다. 서발류의 작품 가운데 서정성과 의론성이 겸비된 독특하면서도 뛰어난 작품으로 李齊賢의 「櫟翁稗說前序」가 있다.

　㉠ 여름비는 달포를 두고 오는데, 문을 굳게 닫고 지내자니 찾아오는 이의 발걸음 소리도 없어 답답함을 물리칠 수가 없었다. 벼루를 가져다가 처마에서 떨어지는 빗물을 받아 벗들 사이에 오고간 편지 조각들을 이어 붙인 다음, 기억나는 대로 그 종이 뒤에다 적고서 그 끝에다 '역옹패설'이라고 쓴다.

---

67) 李珥, 「精言妙選序 癸酉」, 『栗谷先生全書』 卷13(『叢刊』 V.44), 271면. "人聲之精者爲言, 詩之於言, 又其精者也. 詩本性情, 非矯僞而成, 聲音高下, 出於自然."
68) 沈慶昊, 『한문산문의 미학』, 고려대학교 출판부, 1998, 324~328면 참조.

ⓛ '역[櫟]' 자에 '낙[樂]' 자를 붙인 것은 소리를 따른 것이지만 쓸 만한 재목이 못 되어 해를 입지 않는 것이 나무로서는 즐겁기 때문에 '낙[樂]' 자를 붙인 것이다. 내가 버슬아치가 된 뒤 죄를 면하고 어리석고 졸렬함을 지키면서 호를 '櫟翁'이라 하니, 쓸 만한 재목이 못 되어 오래 살게 되어서이다. '패[稗]'에 또 '비[卑]' 자를 붙인 것은 역시 소리를 따른 것이다. 그 뜻으로 보면, 패라는 것은 벼 가운데서 제일 못한 것이다.[69]

ⓖ은 장마로 인해 찾아오는 이가 없자 무료함을 달래기 위해 처마의 빗물을 받아 벗에게서 받은 편지를 붙이며 추억을 회상하는 한가로운 삶의 맛과 멋을 읽게 한다. 그러나 ⓛ는 '櫟'과 '稗'의 자형을 분석하여 字意를 형성자의 聲部에서 찾는 右文說의 문자학 이론을 배경으로 하고 있다. 이처럼 서발류의 문장에는 조합하기 힘든 의론성과 서정성을 절묘하게 배합하여 문학적 성취를 드높인 작품들이 있다. 이와 같은 예로 거론할 수 있는 것의 하나가 朴趾源의 「菱洋詩集序」이다[70]. 박지원은 기성의 지식이나 언어의 구속력이 세계의 다양성을 매몰시켜 버리는 것을 비판하였다. 그러한 예로 그는 까마귀의 깃이 빛의 각도에 따라 옅은 황금빛·연한 초록빛·자주빛·비취빛 등으로 변화함을 말하면서 까마귀를 검은 색으로

---

69) 李齊賢, 「櫟翁稗說前序」, 『麗韓十家文鈔』 卷2.

70) 朴趾源, 「菱洋詩集序」, 『燕巖集』 卷7(『叢刊』 V.252), 108~109면. "達士無所怪, 俗人多所疑, 所謂少所見, 多所怪也, 夫豈達士者, 逐物而目覩哉, 聞一則形十於目, 見十則設百於心, 千怪萬奇, 還寄於物而己無與焉, 故心閒有餘, 應酬無窮, 所見少者, 以鷺嗤烏, 以鳧危鶴, 物自無怪己, 酒生嗔一事不同, 都誣萬物, 噫, 瞻彼烏矣, 莫黑其羽, 忽暈乳金, 復耀石綠, 日映之而騰紫, 目閃閃而轉翠, 然則吾雖謂之蒼烏可也, 復謂之赤烏, 亦可也, 彼旣本無定色, 而我乃以目先定, 奚特定於其目不覩, 而先定於其心, 噫, 錮烏於黑足矣, 酒復以烏錮天下之衆色, 烏果黑矣, 誰復知所謂蒼赤乃色中之光耶, 謂黑爲闇者, 非但不識烏, 並黑而不知也, 何則, 水玄故能照, 漆黑故能鑑, 是故有色者, 莫不有光, 有形者莫不有態, 觀乎美人, 可以知詩矣."

만 한정하는 것을 비판하였다. 즉 창작의 다양성과 현실적으로 세계를 인식하자는 의도를 서정어린 섬세한 관찰을 통해 밝혀낸 것이다.


## 3. 결론

본고는 문집 전체를 총괄하는 서발이 없는 경우와 있는 경우를 대별하여 서발문의 특징을 고찰하고자 하였다. 그 결과 전자의 경우에 서발의 창작이 특정한 시기의 정치적 영향력의 행사에 힘입는다는 점을 지적할 수 있었다. 이 점은 특정 시기의 문학창작이 정치권력에 종속되는 특징적인 양상일 뿐만 아니라 한국한문학의 이해에서도 주목할 만한 현상으로 이해된다.

또한 서발이 있는 경우에서도 상호간의 친분과 교의, 학적 교류에 의해서가 아닌 의례적이고 상투적인 서발문의 존재 가능성을 확인할 수 있었다. 이것은 장유의 언급에서도 확인되듯이 조선후기 서발문의 한 특징으로 이해된다. 또한 서발 본연의 속성인 서사성・의론성・서정성 등이 시대 한문학의 흐름과 긴밀히 연계되는 양상과 함께 두 가지 이상의 복합적인 성격이 한 작품에 동시적으로 나타나는 양식적 특성을 고찰할 수 있었다.

본 연구는 한문 서발문의 존재양상과 특성을 조망하는 하나의 실험적인 시도에 불과하다. 한국 서발문에 대한 보다 치밀하고 내실 있는 연구가 되기 위해서는 개별 자료에 대한 구체적인 독서와 분석을 통한 유형화, 양식적, 내용적 특성의 파악을 통한 총체적인 구 이해가 필요하리라 생각된다.

# 찾아보기

저자 · **김영주**

慶北大學校 漢文學科 卒業.
慶北大學校 同大學院 漢文學科 卒業(文學博士).
現 慶北大學校, 嶺南大學校 講師.

**주요 논저**

「北軒 金春澤의 文學論 硏究」,「昆侖 崔昌大의 修辭論 硏究」,「朝鮮後期 少論系 文學理論의 特徵 硏究」,「少論系 學人의 言語意識 硏究」외 10여 편의 논문이 있음.

# 조선 후기 한문 비평 연구

초판 1쇄 발행 _ 2006년 8월 18일

저　자 _ 김영주
발행인 _ 김흥국
펴낸곳 _ 도서출판 보고사
등　록 _ 제6-0429
주　소 _ 서울시 성북구 보문동7가 11번지 2층
　　　　전화 922-5120~1(편집) 922-2246(영업) | 팩스 922-6990
　　　　메일 kanapub3@chol.com | www.bogosabooks.co.kr

정　가 _ 18,000원
ISBN _ 89-8433-472-3